THE HISTORY
OF AMERICAN POPULAR FICTION

美国通俗小说史

1787—2020

黄禄善 著

陕西新华出版
陕西人民出版社

图书在版编目（CIP）数据

美国通俗小说史：1787—2020 / 黄禄善著. —西安：陕西人民出版社，2024.7

ISBN 978-7-224-15322-4

Ⅰ.①美… Ⅱ.①黄… Ⅲ.①通俗小说—小说史—研究—美国 Ⅳ.①I712.074

中国国家版本馆CIP数据核字(2024)第036874号

责任编辑：晏　藜　田　媛
封面设计：白　剑

美国通俗小说史：1787—2020

MEIGUO TONGSU XIAOSHUOSHI：1787—2020

作　者	黄禄善
出版发行	陕西新华出版传媒集团　陕西人民出版社
	（西安北大街147号　邮编：710003）
印　刷	陕西隆昌印刷有限公司
开　本	787mm×1092mm　1/16
印　张	33
插　页	8
字　数	610千字
版　次	2024年7月第1版
印　次	2024年7月第1次印刷
书　号	ISBN 978-7-224-15322-4
定　价	98.00元

如有印装质量问题，请与本社联系调换。电话：029-87205094

引诱言情小说家苏珊娜·罗森

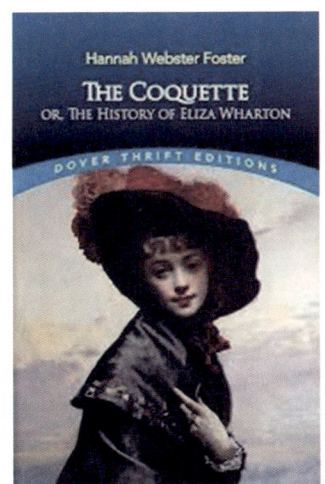
福斯特的引诱言情小说
《卖弄风情的女人》

历史浪漫小说家莉迪亚·蔡尔德

罗伯特·伯德的历史浪漫小说
《林中尼克》

"西部冒险小说巨子"托马斯·里德

女性言情小说家凯瑟林·塞奇威克

乔治·利帕德的城市暴露小说
《贵格城》

爱德华·埃利斯的廉价西部小说
《塞斯·琼斯》

宗教小说家伊丽莎白·费尔普斯

格雷斯·希尔的蜜糖言情小说
《最佳男人》

新历史浪漫小说家
玛丽·约翰斯顿

黑幕揭发运动旗手
戴维·菲利普斯

女工言情小说家范尼·赫斯特

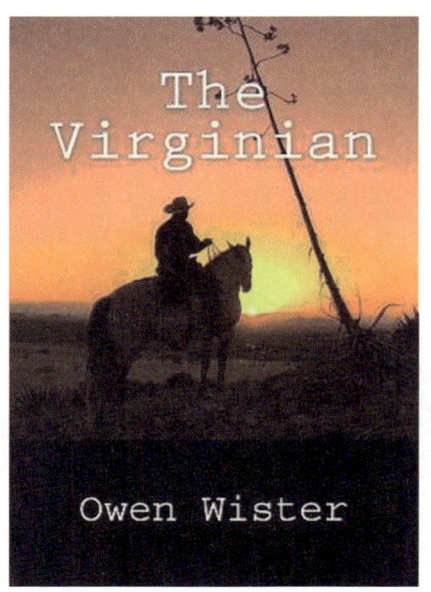
欧文·威斯特的牛仔西部小说
《弗吉尼亚人》

侦探小说鼻祖爱伦·坡

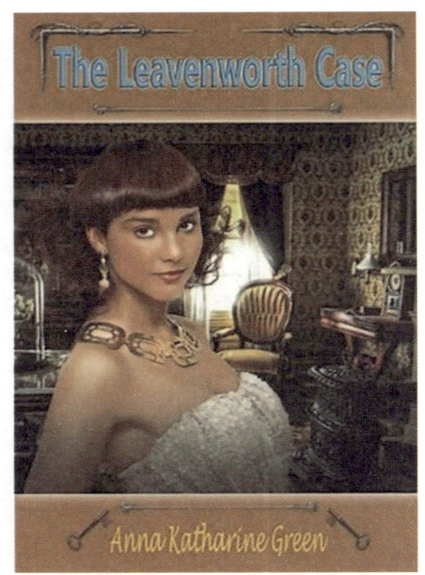

安娜·格林的古典式侦探小说《利文华斯案件》

星际历险科幻小说家埃德加·巴勒斯

英雄奇幻小说家詹姆斯·卡贝尔

安布罗斯·比尔斯的超自然恐怖小说
《猫头鹰河桥上的故事》

历史言情小说家玛格丽特·米切尔

硬派私家侦探小说家雷蒙德·钱德勒

历史西部小说家路易斯·拉摩尔

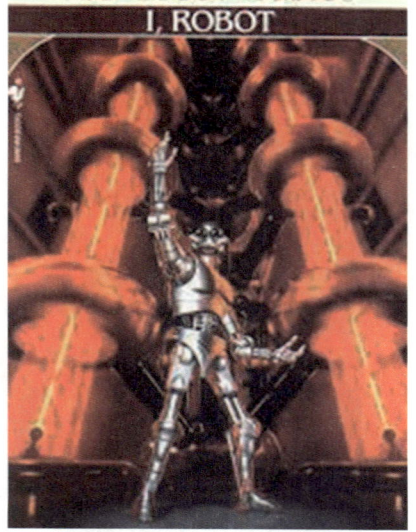

伊萨克·阿西莫夫的硬式科幻小说
《我，机器人》

剑法巫术奇幻小说的开创者罗伯特·霍华德

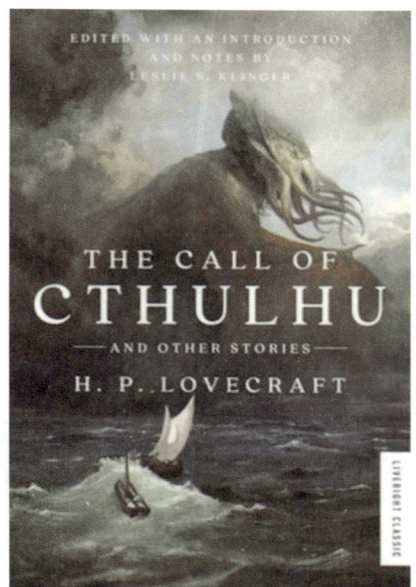

霍华德·洛夫克拉夫特的
《克修尔胡的召唤》

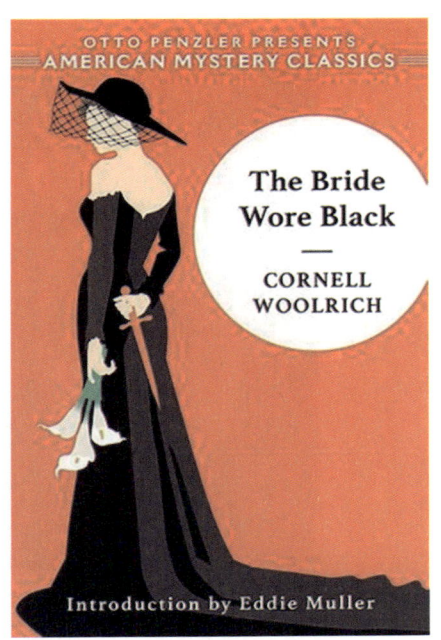

康奈尔·伍里奇的黑色悬疑小说
《黑衣新娘》

哥特言情小说家菲利斯·惠特尼

塞缪尔·德拉尼的新浪潮科幻小说
《通天塔-17》

林·卡特的奇幻小说研究专著
《托尔金：〈指环王〉之回顾》

甜蜜野蛮言情小说家罗丝玛丽·罗杰斯

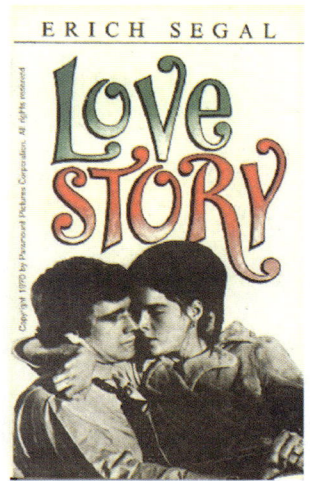

埃里克·西格尔的新女性言情
小说《爱的故事》

硬派女性私家侦探小说家
马西娅·马勒

警察程序小说家希拉里·沃

间谍小说家罗伯特·卢德勒姆

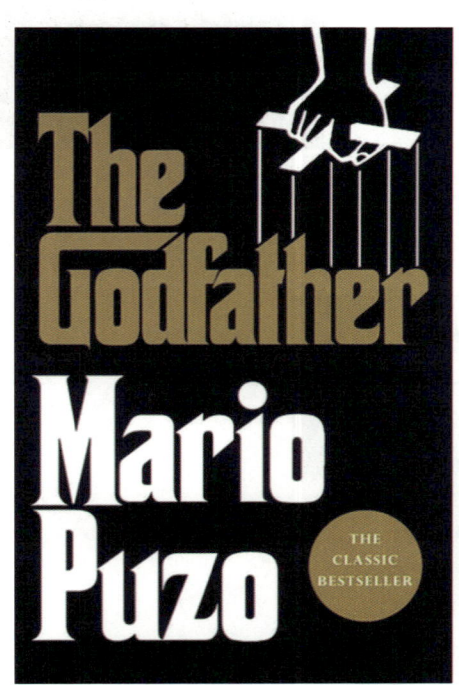

马里奥·普佐的家族犯罪小说《教父》

社会暴露小说家约翰·格里森姆

高科技惊悚小说家汤姆·克兰西

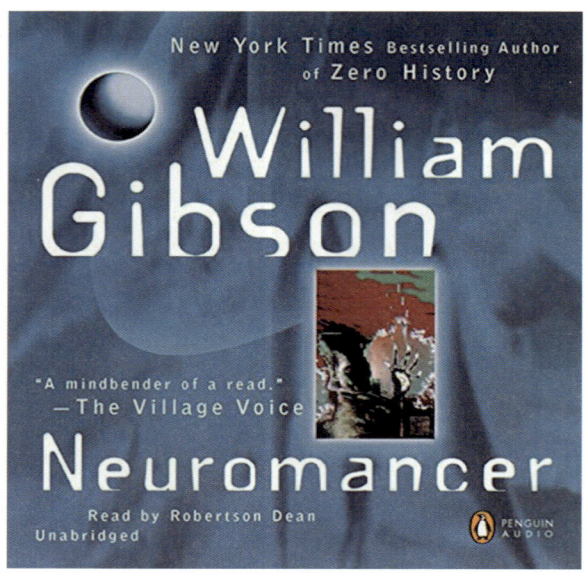

威廉·吉布森的赛博朋克科幻小说《神经浪游者》

社会恐怖小说家斯蒂芬·金

家庭黑幕小说家吉莉安·弗琳

克里斯托弗·雷希的金融惊悚
小说《风险王子》

蒸汽朋克科幻小说家盖尔·卡莉格

帕特里夏·布里格斯的城市奇幻小说《唤月》

启示录恐怖小说家休·豪威

目　录

导　论 ··· 1
　一　战后美国文学的新格局和文学史观的变化 ··············· 1
　二　通俗小说:特征、界定与模式 ······························· 5
　三　美国通俗小说的起源与发展脉络 ··························· 11

第一章　18世纪末和19世纪初 ·· 18
　第一节　北美殖民地通俗文学 ······································ 18
　　　　　北美殖民地建立 ··· 18
　　　　　殖民地通俗文学 ··· 19
　　　　　早期美国通俗小说 ·· 21
　第二节　引诱言情小说 ··· 22
　　　　　渊源和特征 ·· 22
　　　　　苏珊娜·罗森 ··· 23
　　　　　汉纳·福斯特 ··· 24
　　　　　其他作家和作品 ··· 26
　第三节　讽刺冒险小说 ··· 26
　　　　　渊源和特征 ·· 26
　　　　　休·布雷肯里奇 ·· 28
　　　　　其他作家和作品 ··· 29
　第四节　哥特式小说 ·· 30
　　　　　渊源和特征 ·· 30
　　　　　查尔斯·布朗 ··· 31
　　　　　其他作家和作品 ··· 33

第二章　19世纪前半期 ·· 35
　第一节　历史浪漫小说 ··· 35
　　　　　渊源和特征 ·· 35
　　　　　莉迪亚·蔡尔德 ·· 38
　　　　　威廉·卡拉瑟斯 ·· 39
　　　　　约翰·肯尼迪 ··· 40

		威廉·西姆斯	41
		丹尼尔·汤普森	42
		罗伯特·伯德	43
		约瑟夫·英格拉哈姆	44
	第二节	西部冒险小说	46
		渊源和特征	46
		查尔斯·韦伯	48
		埃默森·贝内特	50
		托马斯·里德	52
	第三节	女性言情小说	55
		渊源和特征	55
		凯瑟林·塞奇威克	57
		埃玛·索思沃思	59
		苏珊·沃纳	60
		玛丽亚·卡明斯	62
		玛丽·霍尔姆斯	63
		奥古斯塔·埃文斯	65
第三章	19世纪后半期		67
	第一节	城市暴露小说	67
		渊源和特征	67
		乔治·利帕德	69
		其他作家和作品	72
	第二节	廉价西部小说	73
		渊源和特征	73
		爱德华·埃利斯	75
		爱德华·贾德森	77
		普伦蒂斯·英格拉哈姆	80
	第三节	宗教小说	82
		渊源和特征	82
		伊丽莎白·费尔普斯	84
		爱德华·罗	85
		卢·华莱士	87
		查尔斯·谢尔顿	89
		哈罗德·赖特	90
		劳埃德·道格拉斯	92

- 第四节　蜜糖言情小说 …………………………………… 94
  - 渊源和特征 …………………………………………… 94
  - 格雷斯·希尔 ………………………………………… 95
  - 艾丽斯·赖斯 ………………………………………… 97
  - 凯特·威金 …………………………………………… 98
  - 埃莉诺·波特 ………………………………………… 100
  - 吉恩·波特 …………………………………………… 101
- 第五节　新历史浪漫小说 ………………………………… 103
  - 渊源和特征 …………………………………………… 103
  - 弗朗西斯·克劳福德 ………………………………… 105
  - 玛丽·约翰斯顿 ……………………………………… 107
  - 乔治·麦卡琴 ………………………………………… 109

第四章　20世纪前半期(上) …………………………… 112
- 第一节　政治暴露小说 …………………………………… 112
  - 渊源和特征 …………………………………………… 112
  - 戴维·菲利普斯 ……………………………………… 114
  - 厄普顿·辛克莱 ……………………………………… 116
  - 温斯顿·邱吉尔 ……………………………………… 118
- 第二节　女工言情小说 …………………………………… 119
  - 渊源和特征 …………………………………………… 119
  - 维纳·德尔玛 ………………………………………… 121
  - 范尼·赫斯特 ………………………………………… 123
  - 克里斯托弗·莫利 …………………………………… 124
- 第三节　牛仔西部小说 …………………………………… 126
  - 渊源和特征 …………………………………………… 126
  - 欧文·威斯特 ………………………………………… 129
  - 赞恩·格雷 …………………………………………… 131
  - 马克斯·布兰德 ……………………………………… 133
- 第四节　古典式侦探小说 ………………………………… 135
  - 渊源和特征 …………………………………………… 135
  - 安娜·格林 …………………………………………… 140
  - 玛丽·莱因哈特 ……………………………………… 141
  - 阿瑟·里夫 …………………………………………… 143
  - 范·戴恩 ……………………………………………… 145
  - 埃勒里·奎因 ………………………………………… 146

		克雷克·赖斯 ……	148
		雷克斯·斯托特 ……	149
	第五节	原型科幻小说 ……	152
		渊源和特征 ……	152
		埃德加·巴勒斯 ……	155
		阿伯拉罕·梅里特 ……	156
	第六节	英雄奇幻小说 ……	158
		渊源和特征 ……	158
		詹姆斯·卡贝尔 ……	161
		奥斯汀·赖特 ……	162
	第七节	超自然恐怖小说 ……	163
		渊源和特征 ……	163
		安布罗斯·比尔斯 ……	165
		罗伯特·钱伯斯 ……	167
第五章	20世纪前半期(下) ……		169
	第一节	历史言情小说 ……	169
		渊源和特征 ……	169
		赫维·艾伦 ……	170
		玛格丽特·米切尔 ……	172
		凯瑟琳·温莎 ……	174
		托马斯·科斯坦 ……	175
	第二节	硬派私家侦探小说 ……	177
		渊源和特征 ……	177
		卡罗尔·戴利 ……	181
		达希尔·哈米特 ……	182
		雷蒙德·钱德勒 ……	184
		约翰·麦克唐纳 ……	186
		罗斯·麦克唐纳 ……	187
		米基·斯皮兰 ……	189
	第三节	历史西部小说 ……	191
		渊源和特征 ……	191
		厄内斯特·海科克斯 ……	192
		卢克·肖特 ……	194
		路易斯·拉摩尔 ……	196
		杰克·谢弗 ……	198

目　录

- 第四节　硬式科幻小说 ····· 200
  - 渊源和特征 ····· 200
  - 爱德华·史密斯 ····· 203
  - 默里·莱因斯特 ····· 204
  - 杰克·威廉森 ····· 205
  - 克里福德·西马克 ····· 206
  - 西奥多·斯特金 ····· 208
  - 罗伯特·海因莱恩 ····· 210
  - 伊萨克·阿西莫夫 ····· 211
- 第五节　剑法巫术奇幻小说 ····· 214
  - 渊源和特征 ····· 214
  - 罗伯特·霍华德 ····· 216
  - 凯瑟琳·穆尔 ····· 218
  - 亨利·库特纳 ····· 219
- 第六节　克修尔胡恐怖小说 ····· 221
  - 渊源和特征 ····· 221
  - 霍华德·洛夫克拉夫特 ····· 222
  - 克拉克·史密斯 ····· 223
  - 奥古斯特·德莱思 ····· 225
  - 唐纳德·万德里 ····· 227
  - 罗伯特·布洛克 ····· 229

第六章　20世纪后半期（上） ····· 231

- 第一节　黑色悬疑小说 ····· 231
  - 渊源和特征 ····· 231
  - 康奈尔·伍里奇 ····· 233
  - 夏洛特·阿姆斯特朗 ····· 235
  - 吉姆·汤普森 ····· 236
  - 帕特里夏·海史密斯 ····· 238
  - 琼·波茨 ····· 240
  - 玛格丽特·米勒 ····· 241
- 第二节　色情暴露小说 ····· 244
  - 渊源和特征 ····· 244
  - 格雷斯·梅塔利尔 ····· 246
  - 哈罗德·罗宾斯 ····· 248
  - 杰奎琳·苏珊娜 ····· 249

　　　　　欧文·华莱士 …………………………………………… 251
　　第三节　哥特言情小说 ……………………………………… 253
　　　　　渊源和特征 …………………………………………… 253
　　　　　菲利斯·惠特尼 ……………………………………… 254
　　　　　达奥玛·温斯顿 ……………………………………… 257
　　　　　芭芭拉·迈克尔 ……………………………………… 258
　　第四节　新浪潮科幻小说 …………………………………… 261
　　　　　渊源和特征 …………………………………………… 261
　　　　　塞缪尔·德拉尼 ……………………………………… 263
　　　　　厄休拉·勒吉恩 ……………………………………… 265
　　　　　罗杰·齐拉兹尼 ……………………………………… 267
　　　　　哈伦·埃利森 ………………………………………… 269
　　　　　菲利普·迪克 ………………………………………… 271
　　第五节　新剑法巫术奇幻小说 ……………………………… 273
　　　　　渊源和特征 …………………………………………… 273
　　　　　斯普拉格·德坎普 …………………………………… 275
　　　　　林·卡特 ……………………………………………… 277
　　　　　安德烈·诺顿 ………………………………………… 278
　　　　　约翰·诺曼 …………………………………………… 280
　　第六节　现实恐怖小说 ……………………………………… 282
　　　　　渊源和特征 …………………………………………… 282
　　　　　理查德·马西森 ……………………………………… 283
　　　　　弗里茨·莱伯 ………………………………………… 285
　　　　　雪莉·杰克逊 ………………………………………… 286
　　　　　其他作家和作品 ……………………………………… 288

第七章　20世纪后半期（中） ……………………………………… 290
　　第一节　甜蜜野蛮言情小说 ………………………………… 290
　　　　　渊源和特征 …………………………………………… 290
　　　　　凯瑟琳·伍迪威斯…………………………………… 292
　　　　　罗斯玛丽·罗杰斯 …………………………………… 293
　　　　　其他作家和作品 ……………………………………… 295
　　第二节　新女性言情小说 …………………………………… 296
　　　　　渊源和特征 …………………………………………… 296
　　　　　埃里奇·西格尔 ……………………………………… 298
　　　　　简纳特·戴利 ………………………………………… 300

　　　　　　丹尼尔·斯蒂尔 …………………………………… 301
　　　　　　安妮·泰勒 ……………………………………… 303
　　第三节　硬派女性私家侦探小说 ………………………… 305
　　　　　　渊源和特征 ……………………………………… 305
　　　　　　马西娅·马勒 …………………………………… 308
　　　　　　休·格拉夫顿 …………………………………… 310
　　　　　　萨拉·帕莱斯基 ………………………………… 312
　　第四节　警察程序小说 ……………………………………… 315
　　　　　　渊源和特征 ……………………………………… 315
　　　　　　希拉里·沃 ……………………………………… 318
　　　　　　埃德·麦克贝恩 ………………………………… 320
　　　　　　托尼·希勒曼 …………………………………… 322
　　　　　　约瑟夫·万鲍 …………………………………… 323
　　　　　　玛格丽特·马伦 ………………………………… 325
　　　　　　帕特里夏·康韦尔 ……………………………… 327
　　第五节　间谍小说 …………………………………………… 328
　　　　　　渊源和特征 ……………………………………… 328
　　　　　　唐纳德·汉密尔顿 ……………………………… 332
　　　　　　帕特里夏·麦格尔 ……………………………… 334
　　　　　　多萝西·吉尔曼 ………………………………… 336
　　　　　　罗伯特·卢德勒姆 ……………………………… 338
　　　　　　威廉姆·巴克利 ………………………………… 340
　　　　　　比尔·格兰杰 …………………………………… 342
　　第六节　家族犯罪小说 ……………………………………… 344
　　　　　　渊源和特征 ……………………………………… 344
　　　　　　马里奥·普佐 …………………………………… 346
　　　　　　其他作家和作品 ………………………………… 347
第八章　20 世纪后半期（下） ……………………………………… 348
　　第一节　社会暴露小说 ……………………………………… 348
　　　　　　渊源和特征 ……………………………………… 348
　　　　　　西德尼·谢尔顿 ………………………………… 350
　　　　　　罗宾·库克 ……………………………………… 352
　　　　　　玛格丽特·杜鲁门 ……………………………… 354
　　　　　　彼得·多伊特曼 ………………………………… 356
　　　　　　约翰·格里森姆 ………………………………… 358

第二节	高科技惊悚小说	361
	渊源和特征	361
	迈克尔·克莱顿	362
	汤姆·克兰西	365
	其他作家和作品	367
第三节	赛博朋克科幻小说	370
	渊源和特征	370
	威廉·吉布森	372
	布鲁斯·斯特林	374
	鲁迪·拉克	376
	约翰·雪利	379
	刘易斯·夏勒	381
第四节	新英雄奇幻小说	383
	渊源和特征	383
	特里·布鲁克斯	384
	斯蒂芬·唐纳森	386
	戴维·埃丁斯	388
	罗伯特·乔丹	390
	雷蒙德·费斯特	392
	特里·古坎德	394
第五节	社会恐怖小说	397
	渊源和特征	397
	斯蒂芬·金	398
	彼得·斯特劳布	400
	安妮·赖斯	403
	其他作家和作品	404

第九章 21世纪前二十年 407

第一节	同性恋小说	407
	渊源和特征	407
	拉德克利夫	411
	洛莉·莱克	414
	亚历克斯·桑切斯	416
第二节	家庭黑幕小说	419
	渊源和特征	419
	吉莉安·弗琳	421

		金伯利·贝尔	424
		玛丽·库比卡	427
	第三节	金融惊悚小说	429
		渊源和特征	429
		斯蒂芬·弗雷	432
		克里斯托弗·雷希	434
		克里斯蒂娜·阿尔杰	436
	第四节	蒸汽朋克科幻小说	438
		渊源和特征	438
		盖尔·卡莉格	441
		切瑞·普里斯特	444
		梅吉恩·布鲁克	446
	第五节	城市奇幻小说	449
		渊源和特征	449
		劳雷尔·汉密尔顿	453
		吉姆·布切	455
		帕特里夏·布里格斯	458
	第六节	启示录恐怖小说	461
		渊源和特征	461
		苏珊娜·柯林斯	464
		休·豪威	467
		维罗妮卡·罗斯	470

主要参考书目	473
主要参考网站	479
附　录	483
美国通俗小说大事记	485
中英术语对照表	501
后　记	506

Table of Contents

Introduction ··· 1
  1. The Postwar American Literature and the Alteration to the Nature of
    Literary History ·· 1
  2. The Features, Definition and Formulas of Popular Fiction ············ 5
  3. The Growth and Development of American Popular Fiction ············ 11
Chapter 1 From End of 18th Century to the Beginning of the 19th Century
  ··· 18
  1. A Survey ·· 18
    The Settlement of the English Colonists in North America ············ 18
    The Popular Literature in the English Colony ························· 19
    The Early American Popular Fiction ·································· 21
  2. Seductive Fiction ·· 22
    Origins and Features ·· 22
    Susannah Rowson ··· 23
    Hannah Foster ·· 24
    Other Writers ·· 26
  3. Satiric Adventures ·· 26
    Origins and Features ·· 26
    Hugh Brackenridge ·· 28
    Other Writers ·· 29
  4. Gothic Fiction ··· 30
    Origins and Features ·· 30
    Charles Brown ·· 31
    Other Writers ·· 33
Chapter 2 During the First Half of the 19th Century ······················ 35
  1. Historical Romance ··· 35
    Origins and Features ·· 35
    Lydia Child ·· 38

William Caruthers ················· 39

　　　John Kennedy ···················· 40

　　　William Simmers ················· 41

　　　Daniel Thompson ················· 42

　　　Robert Bird ······················ 43

　　　Joseph Ingraham ················· 44

　2. Western Adventure ················· 46

　　　Origins and Features ·············· 46

　　　Charles Webber ·················· 48

　　　Emerson Bennett ················· 50

　　　Thomas Reid ····················· 52

　3. Women's Fiction ···················· 55

　　　Origins and Features ·············· 55

　　　Catherine Sedgewick ·············· 57

　　　Emma Southworth ················ 59

　　　Susan Warner ···················· 60

　　　Maria Cummins ·················· 62

　　　Mary Holmes ···················· 63

　　　Augusta Evans ··················· 65

Chapter 3 During the Second Half of the 19th Century ········ 67

　1. City Exposé Fiction ················· 67

　　　Origins and Features ·············· 67

　　　George Lippard ·················· 69

　　　Other Writers and works ·········· 72

　2. Dime Western ····················· 73

　　　Origins and Features ·············· 73

　　　Edward Ellis ····················· 75

　　　Edward Judson ·················· 77

　　　Prentis Ingraham ················· 80

　3. Religion Fiction ···················· 82

　　　Origins and Features ·············· 82

　　　Elizabeth Phelps ·················· 84

　　　Edward Roe ····················· 85

　　　Lew Wallace ····················· 87

　　　Charles Sheldon ·················· 89

           Harold Wright ………………………………………… 90
           Lloyd Douglas ………………………………………… 92
       4. Molasses Fiction ………………………………………… 94
           Origins and Features ………………………………………… 94
           Grace Hill ………………………………………… 95
           Alice Rice ………………………………………… 97
           Kate Wiggins ………………………………………… 98
           Eleanor Porter ………………………………………… 100
           Gene Porter ………………………………………… 101
       5. New Historical Romance ………………………………………… 103
           Origins and Features ………………………………………… 103
           Francis Crawford ………………………………………… 105
           Mary Johnston ………………………………………… 107
           George McCutcheon ………………………………………… 109
Chapter 4 During the First Half of the 20th Century (I) ………… 112
       1. Political Exposé Fiction ………………………………………… 112
           Origins and Features ………………………………………… 112
           David Phillips ………………………………………… 114
           Upton Sinclair ………………………………………… 116
           Winston Churchill ………………………………………… 118
       2. Working-Girl Fiction ………………………………………… 119
           Origins and Features ………………………………………… 119
           Vina Delmar ………………………………………… 121
           Fannie Hurst ………………………………………… 123
           Christopher Morley ………………………………………… 124
       3. Cowboy Western Fiction ………………………………………… 126
           Origins and Features ………………………………………… 126
           Owen Wister ………………………………………… 129
           Zane Grey ………………………………………… 131
           Max Brand ………………………………………… 133
       4. Classic Detective Fiction ………………………………………… 135
           Origins and Features ………………………………………… 135
           Anna Green ………………………………………… 140
           Mary Rinehart ………………………………………… 141
           Arthur Reeve ………………………………………… 143

    S. S. Van Dine ··· 145
    Ellery Queen ·· 146
    Craig Rice ·· 148
    Rex Stout ··· 149
  5. Interplanetary Science Fiction ··· 152
    Origins and Features ··· 152
    Edgar Burroughs ·· 155
    Abraham Merritt ·· 156
  6. Heroic Fantasy Fiction ··· 158
    Origins and Features ··· 158
    James Cabell ··· 161
    Austin Wright ·· 162
  7. Supernatural Horror Fiction ·· 163
    Origins and Features ··· 163
    Ambrose Bierce ··· 165
    Robert Chambers ·· 167

Chapter 5 During the First Half of the 20th Century (II) ············· 169

  1. Historical Romantic Fiction ··· 169
    Origins and Features ··· 169
    Hervey Allen ··· 170
    Margaret Mitchell ··· 172
    Kathleen Winsor ··· 174
    Thomas Costain ··· 175
  2. Hardboiled Private Detective Fiction ··· 177
    Origins and Features ··· 177
    Carroll Daly ·· 181
    Dashiell Hammett ··· 182
    Raymond Chandler ··· 184
    John MacDonald ··· 186
    Ross MacDonald ··· 187
    Mickey Spillane ·· 189
  3. Historical Western Fiction ·· 191
    Origins and Features ··· 191
    Ernest Haycox ··· 192
    Luke Short ·· 194

    Louis L'Amour ·· 196
    Jack Schaefer ··· 198
  4. Hard Science Fiction ·· 200
    Origins and Features ·· 200
    Edward Smith ·· 203
    Murray Leinster ··· 204
    Jack Williamson ··· 205
    Clifford Simak ··· 206
    Theodore Sturgeon ··· 208
    Robert Heinlein ·· 210
    Isaac Asimov ··· 211
  5. Sword-and-Sorcery Fantasy ·· 214
    Origins and Features ·· 214
    Robert Howard ·· 216
    Catherine Moore ·· 218
    Henry Kuttner ··· 219
  6. Cthulhu Horror Fiction ·· 221
    Origins and Features ·· 221
    Howard Lovecraft ··· 222
    Clark Smith ··· 223
    August Derleth ·· 225
    Donald Wandrei ··· 227
    Robert Bloch ··· 229
Chapter 6 During the Second Half of the 20th Century (I) ············ 231
  1. Black Suspense Fiction ·· 231
    Origins and Features ·· 231
    Cornell Woolrich ·· 233
    Charlotte Armstrong ··· 235
    Jim Thomson ··· 236
    Patricia Highsmith ·· 238
    Jean Potts ··· 240
    Margaret Millar ·· 241
  2. Steamy Exposé Fiction ·· 244
    Origins and Features ·· 244
    Grace Metalious ··· 246

　　　　Harold Robbins ········· 248
　　　　Jacqueline Susann ········· 249
　　　　Irving Wallace ········· 251
　　3. Gothic Romantic Fiction ········· 253
　　　　Origins and Features ········· 253
　　　　Phyllis Whitney ········· 254
　　　　Daoma Winston ········· 257
　　　　Barbara Michaels ········· 258
　　4. New-Wave Science Fiction ········· 261
　　　　Origins and Features ········· 261
　　　　Samuel Delany ········· 263
　　　　Ursula Le Guin ········· 265
　　　　Roger Zelazny ········· 267
　　　　Harlan Ellison ········· 269
　　　　Phillip Dick ········· 271
　　5. New Sword-Sorcery Fantasy ········· 273
　　　　Origins and Features ········· 273
　　　　Sprague de Camp ········· 275
　　　　Lin Carter ········· 277
　　　　Andre Norton ········· 278
　　　　John Norman ········· 280
　　6. Reality Horror Fiction ········· 282
　　　　Origins and Features ········· 282
　　　　Richard Matheson ········· 283
　　　　Fritz Leiber ········· 285
　　　　Shirley Jackson ········· 286
　　　　Other Writers ········· 288
Chapter 7 During the Second Half of the 20th Century (II) ········· 290
　　1. Sweet-and-Savage Romance ········· 290
　　　　Origins and Features ········· 290
　　　　Kathleen Woodiwiss ········· 292
　　　　Rosemary Rogers ········· 293
　　　　Other Writers ········· 295
　　2. New Women's Fiction ········· 296
　　　　Origins and Features ········· 296

  Erich Segal ·· 298
  Janet Dailey ··· 300
  Daniel Steel ·· 301
  Anne Tyler ··· 303
 3. Hard-Boiled Female Private Detective Fiction ························ 305
  Origins and Features ·· 305
  Marcia Muller ··· 308
  Sue Grafton ·· 310
  Sara Paretsky ·· 312
 4. Police Procedural Fiction ··· 315
  Origins and Features ·· 315
  Hillary Waugh ·· 318
  Ed McBain ··· 320
  Tony Hillerman ··· 322
  Joseph Wambaugh ·· 323
  Margaret Maron ·· 325
  Patricia Cornwell ·· 327
 5. Espionage Fiction ··· 328
  Origins and Features ·· 328
  Donald Hamilton ··· 332
  Patricia Hamilton ·· 334
  Dorothy Gilman ·· 336
  Robert Ludlum ·· 338
  William Buckley ·· 340
  Bill Granger ·· 342
 6. Family Crime Fiction ··· 344
  Origins and Features ·· 344
  Mario Puzo ··· 346
  Other Writers ·· 347
Chapter 8 During the Second Half of the 20th Century (III) ········ 348
 1. Social Exposé Fiction ·· 348
  Origins and Features ·· 348
  Sidney Sheldon ·· 350
  Robin Cook ··· 352
  Margaret Truman ··· 354

　　　　Peter Deutermann ·············· 356
　　　　John Grisham ················ 358
　　2. High-Technical Thriller ·········· 361
　　　　Origins and Features ············ 361
　　　　Michael Crichton ·············· 362
　　　　Tom Clancy ·················· 365
　　　　Other Writers ················ 367
　　3. Cyberpunk Science Fiction ········ 370
　　　　Origins and Features ············ 370
　　　　William Gibson ················ 372
　　　　Bruce Sterling ················ 374
　　　　Rudy Bucker ·················· 376
　　　　John Shirley ·················· 379
　　　　Lewis Shiner ·················· 381
　　4. New Heroic Fantasy Fiction ········ 383
　　　　Origins and Features ············ 383
　　　　Terry Brooks ·················· 384
　　　　Stephen Donaldson ············ 386
　　　　David Eddings ················ 388
　　　　Robert Jordan ················ 390
　　　　Raymond Feist ················ 392
　　　　Terry Goodkind ················ 394
　　5. Social Horror Fiction ············ 397
　　　　Origins and Features ············ 397
　　　　Stephen King ·················· 398
　　　　Peter Straub ·················· 400
　　　　Anne Rice ···················· 403
　　　　Other writers ·················· 404
Chapter 9 The First 20 Years of the 21st Century ······ 407
　　1. Gay and Lesbian Fiction ·········· 407
　　　　Origins and Features ············ 407
　　　　Radclyffe ···················· 411
　　　　Lori Lake ···················· 414
　　　　Alex Sanchez ·················· 416
　　2. Domestic Noir Fiction ············ 419

    Origins and Features 419
    Jillian Flynn 421
    Kimberly Belle 424
    Mary Kubica 427
  3. Financial Thriller Fiction 429
    Origins and Features 429
    Stephen Frey 432
    Christopher Reich 434
    Cristina Alger 436
  4. Steampunk Science Fiction 438
    Origins and Features 438
    Gail Carriger 441
    Cherie Priest 444
    Meljean Brook 446
  5. Urban Fantasy Fiction 449
    Origins and Features 449
    Laurell Hamilton 453
    Jim Butcher 455
    Patricia Briggs 458
  6. Apocalyptic Horror Fiction 461
    Origins and Features 461
    Suzanne Collins 464
    Hugh Howey 467
    Veronica Roth 470

Reference to Books 473
Reference to Websites 479
Appendices 483
  Chronicles 485
  A Glossary 501
Afterword 506

导 论

这是一本美国通俗小说发展史,全书以较为翔实的第一手资料,全面、系统地描述了自公元18世纪末至21世纪初美国通俗小说的起源、衍变和现状,并力求在介绍最新相关文学理论的同时,展示各个历史时期最有影响力的作家和作品,突出学术性、知识性、资料性。

为什么要编写这样一本书?这样做有何实际意义?美国小说是否需要进行"严肃"和"通俗"的区分?如何对通俗小说进行界定?通俗小说与文学史上的经典小说之间的相互关系如何?所有这些问题,都是本书在撰稿前必须弄清楚的。

一 战后美国文学的新格局和文学史观的变化

文学是一种上层建筑,其存在和发展同政治、法律、道德、宗教等观念形态一样,离不开对经济基础的依托。第二次世界大战进一步削弱了欧洲诸国的经济,将美国推上了西方经济霸主的地位。与此同时,美国文化也逐渐成为西方文化的中心。在所谓"美国学研究"的推动下,人们纷纷以挑剔的目光对待文学传统,争先恐后地挖掘过去被遗忘和忽视的角落。土著印第安人文学、黑人文学、华人文学、女权主义批评、新浪潮运动、赛博朋克运动等各种各样的文学热点接踵而来,其数量之多、速度之快、内容之新,令人惊叹。经过数十年的分化、重组、嬗变和融合,到了20世纪70年代,美国文学已经基本形成了新的文学格局。这种格局是以多元化为根本标志的。如果说,古典主义文学、前现代主义文学、现代主义文学是由一系列带有共同特征的文学现象构成的一统天下,那么到了后现代主义文学时代,这种一统天下已经被打破,成了群雄割据、诸侯纷争的局面了。

在这个不寻常的后现代主义文学时代,许多人不约而同地注意到数百年来被划入亚文学范畴的通俗小说。毕竟,美国各个历史时期都存在大量的通俗小说。这些小说曾经深受欢迎,但一直没有地位。历来人们所熟知的美国小说,实际上只是按照文论家心目中的批评标准圈定的所谓严肃小说。显然,这样做未免失之全面、公允。与此同时,他们也在反思,到了后现代主义文学时代,严肃小说和通俗小说的对立是否已经消除或正在消除?

美国著名文论家莱斯利·菲德勒(Leslie Fiedler,1917—2003)第一个指出这种对立已经消除。早在60年代,他就断言:当代西方文学实际上是通俗文学。以后,他又在《越过边界——填平鸿沟:后现代主义》("Cross the Border and CLose that Gap:Post-modernism")一文中对这一观点做了详细阐述。他说:"几乎所有活着的读者和作者都意识到一个无法用适当的词来表达的事实,不仅在英格兰找不到这个词,而且在美国也找不到这个词。这二十年来——准确地说是从1955年后——我们经历了现代主义的垂死挣扎和后现代主义的分娩阵痛。那种标榜自己是'现代'的文学(以为它代表着形式和内容的终极进步,再也不可能被超越),只是辉煌了一阵子,即从一战前夕到二战后不久,就已经死亡了,即是说属于历史,不复存在。在小说领域,这意味着普劳斯特、曼和乔伊斯的时代已经终结,正如在诗歌领域里,T. S. 艾略特、保罗·瓦勒里、蒙泰尔和塞弗里斯的时代终结一样。"①接着,他分析了当代一些知名作家,如约翰·巴斯(John Barth,1930—2024)、诺曼·梅勒(Norman Mailer,1923—2007)、菲利普·罗思(Philip Roth,1933—2018),等等,无不采用西部小说、科幻小说、色情小说等所谓亚文学的构成要素和写作手法。最后,他得出结论:后现代主义小说实际上是通俗小说,是"反艺术"和"反严肃"的。它致力于创造新的神话,"在其真实的语境中'创造一种'原始的魔力"②。

到了80年代,著名文论家柯蒂斯·史密斯(Curtis Smith,1939—)在论述当代科幻小说的特征时,以同样肯定的语气从另一个角度指出严肃小说和通俗小说已经融合:"60年代末的科幻小说在许多方面经历了深刻的变化。科幻小说与所谓'主流小说'的界限正在消除,这在当时已经成为共识。过去科幻小说作家采用彻头彻尾的通俗小说杂志的传统文学技巧,但现在他们正在运用多重视角、意识流、超现实主义和表现主义。那些年轻的作家兼评论家,如德拉尼、埃利森,为这种似乎是本质性的脱离通俗小说贫民区公开叫好。这意味着科幻小说的地位正在上升,正在获得主流小说的承认,而主流小说作家也反过来选用科幻小说的主题。据说'科幻小

---

① Marcus Cuncliff, ed. *American Literature Since* 1900. Greenwood Press, Westport, Connecticut, 1987, p. 329.
② Ibid.

说'的术语已经失去了原有的含义,20世纪变得十分不可理解,以至于用现实主义的科学无法描绘,惟有'推测小说'(speculative fiction),无论是通俗小说杂志作家还是主流小说作家创作的,可以继续作为一类。"①

这一时期著名西方马克思主义文论家弗雷德里克·詹姆逊(Fredric Jameson,1934—),则进一步从历史发展的角度论证了当代西方文学已经走上了通俗化、商品化的道路。他把资本主义的发展分成三个阶段:市场资本主义、垄断资本主义和后工业化资本主义。与之相适应,在思想文化上便有了前现代主义、现代主义和后现代主义。在他看来,历史发展到了后工业化资本主义阶段,不仅劳动力已经商品化,而且精神领域,如艺术生产,甚至各种理论的生产,都已普遍地融入了商品生产的形式。正因为这样,高雅文化与大众文化之间的界限消除,出现了以通俗化、商品化为主要特征的后现代主义文学作品。他明确指出:"事实上,后现代主义迷恋的恰恰是这一完整的'堕落'了的景象,包括廉价低劣的文艺作品、电视系列剧和《读者文摘》文化,广告宣传和汽车旅馆,夜晚表演和B级好莱坞电影,以及所谓的亚文学,如机场销售的哥特式小说和传奇故事、流行传记、凶杀侦探小说和科幻小说或奇幻小说:这些材料它们不再只是'引用',像乔伊斯或梅勒之类的作家所做的那样,而是结合进它们真正的本体。"②

在这种理论气氛下,人们对于通俗小说的观念逐步发生了变化。60年代,美国成立了通俗文化协会,编辑、出版了《通俗文化杂志》(Journal of Popular Culture)。伴着一本本"不入流"作品的重新出版和对一个个"已遗忘"作家的重新评价,密歇根大学、乔治·华盛顿大学等高等学府都纷纷开设了有关通俗小说的课程。70年代和80年代是人们对通俗小说的观念发生根本改变的时期。这不仅表现在美国高等学府开设的通俗小说课程增加了一倍,还表现在诞生了一批高质量的研究通俗文学的专著。这些著作几乎涉及通俗小说的一切领域。有的为纠正人们对通俗文学的偏见摇旗呐喊,有的全方位、多角度地考察通俗小说的历史和现状,还有的试图构建通俗小说的理论大厦。学术界和思想界对于通俗小说观念的变化,刺激了通俗小说进一步发展。一方面,许多传统的通俗小说继续保持强劲的发展势头,不时形成巨大的回归潮流;另一方面,社会环境的改变和大众阅读口味的更迭又促使部分创作模式发生嬗变,诞生了许多新型通俗小说。在

---

① Curtis C. Smith, ed. "Preface and Reading List", *Twentieth-Century Science-Fiction Writers*. St. Martin's Press, New York, 1986, p-vii.

② Fredric Jameson. *Postmodernism, or the Cultural Logic of Late Capitalism*. Verso, London, 1991, p. 5.

这些传统型和创新型通俗小说中，有不少被列入《纽约时报》的畅销书排行榜，发行量少则十万册，多则一百万册。而几乎每一本畅销小说的诞生，都会引发根据同名书籍改编的电影、电视剧、广播剧热。反过来，某些原创性的电影、电视剧、广播剧在走红之后也几乎会很快派生出同名畅销小说。这些形形色色的畅销小说和十分火爆的电影、电视剧、广播剧交相辉映，构成了战后美国通俗文学的极其繁荣的景象。

面对这种新格局、新理论、新景象，美国一些文学史家早已按捺不住内心的冲动，纷纷闯入禁区，开始从各个不同的侧面和层次，对通俗小说的历史进行了描述。50年代这方面的重要著作有詹姆斯·哈特（James Hart，1911—1990）的《通俗书籍：美国文学趣味史》（*The Popular Book: A History of American's Literary Taste*，1950）。该书从读者接受批评的角度，首次描述了不登大雅之堂的通俗小说的历史发展轨迹。60年代末，拉塞尔·奈（Russel Nye，1913—1993）的《不窘迫的缪斯：美国大众艺术》（*The Unembarrased Muse: The Popular Arts in America*，1970）又以新颖的通俗小说阐述获得了人们的瞩目。该书不仅罗列了许多曾经在历史上十分畅销但又被人们遗忘的通俗小说，还记录了图书市场需求的变化。此外，还有读者人数的增加、印刷出版的更新、廉价报刊的泛滥、作家的相互影响，等等，具有十分重要的参考价值。70年代和80年代是美国通俗小说史研究纵深发展时期，在此期间诞生了不少有深度的分类史专著，如布赖恩·奥尔迪斯（Brian Aldiss，1925—2017）的《亿万年欢闹：科幻小说史》（*Billion Year Spree: The History of Science Fiction*，1973），雷切尔·安德森（Rachel Anderson，1943— ）的《红心战栗：爱情的亚文学》（*The Purple Heart Throbs: The Sub-literature of Love*，1974），朱莉安·西蒙斯（Julian Symons，1912—1994）的《血腥谋杀：从侦探小说到犯罪小说》（*Bloody Murder: From the Detective Story to the Crime Novel*，1985），克里斯廷·博尔德（Christine Bold，1955— ）的《出售荒芜的西部：1860—1960的通俗西部小说》（*Selling the Wild West: Popular Western Fiction*，1860—1960，1987），等等。90年代初，一些经典文学史也开始列入通俗小说，如哥伦比亚大学出版社的一卷本《哥伦比亚美国文学史》（*The Columbia Literary History of the United States*，1988）和剑桥大学出版社的多卷本《剑桥美国文学史》（*The Cambridge History of American Literature*，1994）都包括了言情小说、侦探小说、科幻小说、奇幻小说等内容。正如当代美国著名学者莫里斯·迪克斯坦（Morris Dickstein，1940—2021）所说："文学批评精神也已经更改了文学史本质。"①

其实,这种因文学观念的更新而更改文学史的例子在西方历史上也并不鲜见。在 18 世纪古典主义占优势的时代,小说是受排斥的,所以最初的西方文学史是以诗歌、散文为中心,只是随着时间的推移,小说愈来愈显得重要,才在后来的文学史中改变了附庸的地位。而在 19 世纪西方文学史中比重很大的"名人生活书信"(Letters and Biographies),也因这一时尚的转向,而在 20 世纪的文学史中变得无影无踪。出于同样的道理,当 19 世纪美国文学尚未完全摆脱英国文学的影响时,第一部问世的美国文学史仅把华盛顿·欧文(Washington Irving, 1783—1859)、詹姆斯·库珀(James Cooper, 1789—1851)之类受英国文学影响很深的人作为最重要的作家。到了 20 世纪,随着美国民族自信心的增强,原先的华盛顿·欧文、詹姆斯·库珀之类的作家遭到不同降格,而一些具有美国浓郁风味的作家,如爱伦·坡(Allan Poe, 1809—1849)、纳撒尼尔·霍桑(Nathaniel Hawthorne, 1804—1864),等等,在文学史上有了一流作家的桂冠。

总之,文学史的编写应该紧跟时代的步伐。"每一代人至少应该编写一部美国文学史,因为,每一代人都应用自己的观点阐述过去。"②更何况在我们中国自己的学者编写的美国文学史中,通俗小说史是一个空白。正因为如此,本人考虑编写这本专著。

二 通俗小说:特征、界定与模式

在英语里,通俗小说被称为 popular fiction。Popular 有"受欢迎的、流行的"之意,所以通俗小说也被称为流行小说。此外,通俗小说还有多种名称,如畅销小说(bestseller)、消遣小说(entertainment)、模式小说(formula)、亚文学(subliterature)、粗俗文化(lowbrow culture)、垃圾艺术(trash art),等等。这些名称反映了人们依据不同的观念对通俗小说的多角度、多层次的思考,同时其中一些也体现了通俗小说的某些重要特征。

毋庸置疑,持有亚文学、粗俗文化、垃圾艺术等观念的人对通俗小说表现出了一种极度的蔑视。然而,这种蔑视实际上是偏见,是经不起事实推敲的。文学是一种语言艺术,而"艺术的创造是一种社会行为,是艺术家用

---

① Morris Dickstein. "Popular Fiction and Critical Values", *Reconstructing American Literary History*. Harvard English Studies 13, Harvard University Press, 1986.
② Spiller Robert. "Preface", *Literary History of the United States*. Macmillan, New York, 1948, p. 7.

一种特殊艺术媒介把思想和情绪传达给旁人的行为"①。因此,检验一部文学作品的优秀与否,归根到底,不是依据权威人士划定的批评标准,而是看人民大众的欢迎程度。通俗小说绝大多数是畅销书,是深受人民大众欢迎的,因而没有理由将其划入"亚""粗俗""垃圾"之列。不容否认,在通俗小说当中存在一些粗制滥造的劣等品,但这正如严肃小说中也同样存在一些粗制滥造的劣等品,是不能借此进行全盘否定的。更何况权威人士划定的批评标准也并非一成不变。历史上不乏这样的先例,在一定时期被一些权威人士认定是不优秀的文学作品,到了另一时期,则被另一些权威人士认定是优秀的。19世纪美国作家爱伦·坡在世时,他的短篇小说并没有得到承认,只是后来,随着人们从这些短篇小说中发掘出越来越多的新的意义,这才尊称他为美国短篇小说之父。同样,美国超验主义作家亨利·梭罗(Henry Thoreau,1817—1862)的散文名著《瓦尔登湖》(*Walden*,1854)问世之后也被认为毫无文学性。甚至在他死后半个世纪,这种定论还没有改变。直至20世纪30年代,简朴逐渐成为美国人生活中的时尚,他才获得了主流作家的地位。如今,他不但被人们认为应当属于美国浪漫主义文学时期最伟大的作家,而且其声誉甚至超过了拉尔夫·爱默生(Ralph Emerson,1803—1882)。

　　正因为如此,许多人主张对于不同类型的文学作品采取不同的文学批评标准。当代著名女权主义批评家尼娜·贝姆(Nina Baym,1936—2018)就曾经针对女性小说(women's fiction)遭排斥的现象指出:女性文学之所以遭排斥,是因为它不符合传统的经典规范。这种规范从来都是以男性为中心。而这种以男性为中心的思维策略一旦确立,就会进一步维护以男性为中心的文学经典,并对以女性为中心的文学予以排斥。女性文学的特点正是在于,不但作者是女性,而且作品的题材和主题也属于女性,即以女性为中心。至于这种以女性为中心的通俗文学是否有价值,回答是肯定的。判断一部文学作品的优劣,不但要看作品本身,而且要注重批评的角度,如性别、种族、阶层,等等。必须确立一套以女性为中心的批评标准,来评价女性文学②。值得注意的是,这里所说的女性文学实际上是指19世纪的女性言情小说。也即是说,必须确立一套不同于严肃小说的批评标准,以此来评价通俗小说。

---

　　① 路易斯·哈拉普:《艺术的社会根源》,朱光潜译,新文艺出版社,1951年版,第115页。
　　② Nina Baym. "Introduction and Conclusions", *Women's Fiction*. Cornell University Press, Ithaca and London,1978,pp. 11-21.

流行小说是相对经典小说而言的,反映了人们由来已久的另一种看法,即经典小说是经得起时间检验的作品;而通俗小说只能流行一阵子,随着时间的推移和人们欣赏口味的变化,它会自行消亡。但其实,这种看法也有悖于事实。纵观西方图书出版史,许多通俗小说并不随着时间的推移而消亡。像美国早期著名的引诱言情小说《卖弄风情的女人》(*Coquette*, 1797),在1802年和1803年连续重印了两次,1824年至1828年又重印了八次。之后不断地再版,直至现在,仍有新的版本出现。又如美国早期暴露小说的开山之作《贵格城,或僧侣殿里的僧侣》(*Quaker City, or, The Monks of the Monk Hall*),自1845年问世后,也是一版再版,即便遭到权威人士非难,还是作为地下畅销书流行,直至现在,新版本仍层出不穷。与之相反,有些所谓经典小说倒是短命。像纳撒尼尔·霍桑的《古屋青苔》(*Mosses from an Old Manses*, 1846),出版时就遭冷落,以后虽偶尔重印,但持续时间绝不能与上述两本书相比。所以,以所谓经不起时间检验来看待通俗小说是不恰当的。

比较准确的说法是,某些优秀的通俗小说,在某个特定的时期,会特别受欢迎。而且这个时期的长短,是与其受欢迎的程度成正比的。如斯蒂芬·金(Stephen King, 1947—)的《神秘火焰》(*Firestarter*, 1980)曾经在《纽约时报》畅销书排行榜首驻留三周,《佩特·塞玛特利》(*Pet Sematary*, 1983)驻留十三周,《它》(*It*, 1986)驻留十四周,等等。通俗小说在某个时期表现出特别受欢迎,这才是"流行"的真正含义。不过,严格地说,不仅通俗小说"流行",严肃小说也"流行","流行"是一切优秀小说的属性。

"畅销小说"这个词最早见于19世纪末美国一份供出版者参考的杂志《书商》(*Bookman*)。该杂志自1895年2月起即按读者的需求数量依次列出受欢迎的50本长篇小说的书目,并不久冠之以"畅销书"的名称。从此这个词就在西方流传开来。如今西方许多报刊要定期公布畅销书排行榜。其中最有权威的是《纽约时报》。这家报纸每周都要根据分布在各地的一千四百家大型书店和四万个图书批发商的电脑销售记录公布小说类和非小说类的精装本、平装本的前十五名畅销书。一般来说,上了排行榜的平装本销售额都要超过一百万册,而精装本销售额也往往在八至十万册之间。此外,还有所谓超级畅销小说(top-bestseller),即指从上了排行榜的小说中再精选出来的畅销小说,每年约二十至三十本。在许多人心目中,通俗小说即是畅销小说。伦敦大学教授约翰·苏塞兰德(John Sutherland, 1938—)于1981年撰写的专著名为《畅销书:70年代的通俗小说》(*Bestsellers: Popular Fiction of the 1970s*),可见他是把通俗小说当成畅销小说的。印第安纳大学两位学者1988年出版了名为《美国畅销书》(American Bestsellers)的专著,也是在通俗小说和畅销小说之间画等号。

可以说,"畅销"是通俗小说的一个显著特征。当然,实际上,并非所有的通俗小说都畅销。而且在畅销的小说当中,也包括许多严肃小说,如索尔·贝娄(Saul Bellow,1915—2005)的《洪堡的礼物》(Humboldt's Gift, 1975)、约翰·厄普代克(John Updike,1932—2009)的《兔子富了》(Rabbit Is Rich,1981),等等。但是,对于通俗小说的作者来说,他们寄希望于自己的作品畅销,围绕着畅销这个基点而创作。19世纪美国女权主义运动中,许多妇女之所以纷纷走出家庭,选择通俗小说作家的职业,正是受当时女性言情小说畅销的诱惑。而爱伦·坡之所以首创古典式侦探小说,也是出于谋生的需要。70年代西方十大畅销书之一的《教父》(The Godfather, 1969)的作者马里奥·普佐(Mario Puzo,1920—1999)毫不掩饰地说:"我写它的目的是为了赚钱……你们这些人怎么可以让作家不赚钱而写作呢?"[1]正因为如此,通俗小说的作者十分重视读者的阅读心理。他们一切从读者的需要出发,按照读者的需要构思情节、编写故事。这样创作的小说就不独是精神产品,也是打上市场烙印的商品。

从作者的角度来看,通俗小说是"畅销小说";而从读者的角度来看,通俗小说又是"消遣小说"。人们为什么阅读通俗小说?主要是为了消遣。美国学者贝蒂·罗森贝格(Betty Rosenberg,1941—2022)和黛安娜·赫勒尔德(Diana Herald,1954—)指出:"阅读通俗小说是一种消遣。读者沉浸在幻想化的天地,与作品中的男主人公或女主人公产生共鸣,和他们共同冒险——身体的,浪漫的,智力的——既脱离现实,又没超出想象。读者可以生活在不同的国家,不同的历史时期,甚至另外的世界,进入无法进入的社会,会见无法会见的许多人。"[2]英国学者泰勒(D. J. Taylor,1960—)也指出:"从内心里说……我认为是消遣,是给自己平淡的生活带来有益的紧张。无须说,书中描绘的是远距离的生活。我对于小说,好比十二岁的儿童对于足球比赛,好比十八岁的青年对于摇滚音乐。"[3]当然,通俗小说的作用不仅是消遣。许多通俗小说,特别是优秀的通俗小说,也能传授知识、启迪人生,等等。但是,比较而言,这些作用毕竟是次要的。

通俗小说为什么能消遣?因为它能满足人们闲暇生活的需要。闲暇

---

[1] John Sutherland. *Bestsellers*. Routledge & Kegan Paul,London,1981,p. 38.
[2] Betty Rosenberg & D. T. Herald. *Genreflecting*. Libraries Unlimited, Englewood, Colorado, 1991, XVI.
[3] D. J. Taylor. *A Vain Conceit:British Fiction in the 1980s.* Bloomsbury,London,1989,p. 21.

生活往往需要一种感官刺激,以此达到平衡神经官能的作用。美国学者哈里·伯杰(Harry Berger,1924—2021)指出:"人有两种原始需要。一种是生活安宁、有次序、不恐怖、不混乱,有一个预期的熟悉的环境,生活一如既往的幸福……而另一种恰好相反:人类确实需要焦虑、不安,需要混乱、危险,需要麻烦、紧张、危难、新奇、神秘,没有敌人反倒迷茫,有时最痛苦反倒最幸福。"①在一般情况下,这两种需要是相互矛盾的。倘若追求安宁、有次序,必然会感到厌烦、千篇一律;而追求新奇、有波折,又必然会带来麻烦、危险。通俗小说恰好能综合这两种需要,使矛盾暂时得到解决。因为一方面通俗小说的故事曲折,而且往往充满了性和暴力,给人的感官以强烈的刺激;另一方面,这种刺激又是由虚拟世界的紧张带来的,不会有实际危害。正如当代美国著名通俗小说家罗丝玛丽·罗杰斯(Rosemary Rogers,1932—2019)所说:"实际的强奸和想象的强奸是不同的。前者令人恐惧,而后者可以选择男性和环境,一点也不恐惧。"②

不过,"畅销小说"和"消遣小说"的提法只是说明了通俗小说的市场属性和社会功能,没有揭示其艺术特征。而艺术特征是界定一种文学题材的不可或缺的因素。从这个意义出发,"模式小说"是比较理想的揭示通俗小说本质的名称。美国学者乔治·达夫(George Dove,1913—2003)指出:"许多信奉弗洛伊德精神分析法、马克思主义批评、存在主义的文论家或持有这些学派观点的人,之所以研究通俗小说不得要领,就在于他们并没有把通俗小说看成是模式小说,从而未能正视研究的基本问题。"③美国肯塔基大学英语教授约翰·卡维尔蒂(John Cawelti,1929—2022)进一步对模式小说的概念做了深层分析。他把通俗小说的"模式"切割成两方面:文化模式和情节模式。所谓文化模式,是指通俗小说中经常使用的反映一定时期、一定范围特征的文化形式。如西部小说中的牛仔、拓荒者、逃犯、印第安人、边塞城镇;哥特式小说中的城堡、寺庙、天真少女、邪恶势力,等等。而情节模式是指通俗小说的相对稳定的艺术框架,如西部小说的惊心动魄的冒险故事,哥特式小说的少女逃离魔窟的恐怖经历,等等。这一系列特定的文化形式与相对稳定的艺术框架的有机结合,即构成了某一类通俗小说。因此,要创作西部小说,除了要有惊心动魄的冒险故事,还要有展示19世纪美国西部文化特征的牛仔、拓荒者、逃犯、印第安人、边塞城镇等

---

① Harry Berger, Jr. *Bulletin of the Midwest Modern Language Association*, 6, No. 1, p. 35.
② Betty Rosenberg & D. T. Herald. *Genreflecting*. Libraries Unlimited, Englewood, Colorado, 1991, p. 178.
③ George Dove. *Suspense in the Formula Story.* Popular Press, 1989, p. 7.

形式。同样，要创作哥特式小说，也必须将反映中世纪文化特征的城堡、寺庙、天真少女、邪恶势力诸形式体现在少女逃离魔窟的恐怖经历中。①

在传统文论家眼里，"模式"意味着没有独创，没有艺术品位。因此他们竭力排斥通俗小说，对其不屑一顾。然而，这种看法也是有失偏颇的。首先，一切小说都有"模式"，严肃小说和通俗小说皆不例外。所不同的是，严肃小说的"模式"比较广泛、普遍，通俗小说的模式则比较明显、特别。明显、特别的"模式"反映了读者、作者、出版者对该类通俗小说的某些要素特别感兴趣。正因为如此，作者在创作时反复使用这些要素，从而形成了该类通俗小说的"模式"。其次，"模式"不等于没有创造。任何一部通俗小说，在表现某些要素的同时，还必须加进自己的东西。这就好比一个演员出演莎士比亚悲剧《哈姆莱特》的男主角哈姆莱特，尽管该剧的内容已经家喻户晓，但这个演员仍然可以用自己的独特表演赢得观众的掌声。再次，"模式"是读者审美的桥梁。人们阅读小说时之所以感到愉悦，感到一种即时的满足，是与以前对这类小说的"模式"的体验分不开的。尤其是通俗小说，强调动作和情节，给人以强烈的刺激，令人陷入难以忘却的境地。这就成功地解释了为什么有的读者在看了玛格丽特·米切尔（Margaret Mitchell，1900—1949）的《飘》（*Gone with the Wind*，1936）之后，还想再看亚历山德拉·里普利（Alexandra Ripley，1934—2004）续写的《斯嘉丽》（*Scarlett*，1991），为什么在买了阿瑟·黑利（Arthur Hailey，1920—2024）的《航空港》（*Airport*，1968）之后，还要买他的《晚间新闻》（*Evening News*，1990）。

"模式"不但决定通俗小说的艺术构成和艺术品位，还决定了它的发展和衍变。这是因为众多作家在遵循通俗小说的"模式"进行创作时，往往会按照读者的需要添加若干新的因素。一旦这些添加的因素积累到了一定数量，原有的"模式"就会产生质变，成为新的"模式"。于是，一类新的通俗小说宣告诞生。以西部通俗小说为例。最早的西部通俗小说是根据詹姆斯·库珀的"皮裹腿丛书"（Leatherstocking Series）生成的西部冒险小说（western adventure）。之后，随着社会上廉价小说（dime novel）的兴起，西部冒险小说又被添加一些廉价小说的要素，从而发展成为廉价西部小说（dime western）。再后来，欧文·威斯特（Owen Wister，1860—1938）的《弗吉尼亚人》（*The Virginia*，1902）的巨大成功，又在廉价西部小说中融入

---

① John Cawelti. *Adventure*, *Mystery and Romance*. University of Chicago University Press, Chicago, 1976, pp. 5–8.

了牛仔等要素,于是又形成了牛仔西部小说(cowboy western)。40年代前后,厄内斯特·海科克斯(Ernest Haycox,1899—1950)等人在牛仔西部小说的故事情节中掺入了大量的西部山川资料和风土人情,并引起了轰动,于是历史西部小说(historical western)宣告诞生。

三　美国通俗小说的起源与发展脉络

一般认为,现代意义的西方小说诞生于18世纪中期的英国。这个时期英国兴起的现实主义、个人主义、清教主义,以及当时占优势地位的中产阶级读者大众的欣赏趣味、文化程度、经济能力,为这种新颖的文学样式的崛起做了思想上、物质上的准备。丹尼尔·笛福(Daniel Defoe,1660—1731)是第一个具有代表性的英国小说家。他的《鲁滨孙漂流记》(*Robinson Crusoe*,1719)等一系列小说开创了早期冒险小说和犯罪小说的模式。稍后,塞缪尔·理查逊(Samuel Richardson,1689—1761)出版了轰动一时的《帕美拉》(*Pamela*,1740)和《克拉丽莎》(*Clarisa*,1747)。这两部书信体小说被尊称为感伤主义的经典之作。亨利·菲尔丁(Henry Fielding,1707—1754)是第一个社会小说家。他的《汤姆·琼斯》(*Tom Jones*,1749)等小说描绘了当时英国社会的丰富多彩的画面,代表着18世纪英国小说发展的最高峰。丹尼尔·笛福、塞缪尔·理查逊、亨利·菲尔丁等人的现实主义小说和之前任何一种叙事性虚构作品的根本区别是:前者体现了带有个人经验的现实主义,而后者反映了它们所处时代的文化力求与传统实践和主要的真理检验标准相一致的总体趋势。[1]

这种带有革命性质的文学样式刚一诞生,即遭到当时占统治地位的古典主义文论家的抨击。他们认为小说这种文学体裁以虚构为基础,会给人们的行为带来不良的影响。譬如塞缪尔·理查逊的《帕美拉》刚一问世,就有人指责这本书对青少年起腐蚀作用,而塞缪尔·理查逊在辩解时,也一再强调书中的情节是完全真实的。这位名人的情况尚且如此,其他小说家的命运可想而知。在这种局面下,许多小说家竭力按照古典主义文论家的批评标准进行创作,以便保持作品的严肃性,取得文学上的地位。这就是当时问世的许多小说,往往要加上"根据真人真事创作""素材来自实际生活""一个真实的故事"之类的副标题的缘故。不过,西方小说毕竟是宫廷文学走向没落时期的产物,不可避免地带有商业的印记。当国王和贵族

---

[1]　伊恩·瓦特:《小说的兴起》,高原、董红钧译,三联书店,1992年版,第6页。

不再向文学提供庇护时,就逐渐形成了一个新的阶层,即出版商或书商。书商控制了书籍的出版,从而也控制了小说的创作。正如笛福所说:"写作变成了英国商业的一个相当大的分支。书商是总制造商或雇主。若干文学家、作家、撰稿人、业余作家和其他所有以笔墨为生的人,都是所谓总制造商雇佣的劳动者。"①而一些完全听命于书商的作家,则降低小说的严肃性,把作品变成赤裸裸的商品。于是,通俗小说应运而生。

一开始,通俗小说是和严肃小说混杂的。人们很难判定哪些是严肃小说,哪些是通俗小说。到了18世纪末和19世纪初,通俗小说逐渐和严肃小说分离。这主要表现在通俗小说开始形成自己的固定模式。这些通俗小说的模式完全派生于严肃小说。如引诱言情小说的模式来自塞缪尔·理查逊的感伤主义小说;讽刺冒险小说的模式来自乔纳森·斯威夫特(Jonathan Swift,1667—1745)、亨利·菲尔丁的讽刺小说和社会小说;历史浪漫小说的模式来自瓦尔特·司各特(Walter Scott,1771—1832)的历史小说,等等。哥特式小说的模式也来自塞缪尔·理查逊的感伤主义小说,只不过它比其他通俗小说更多一些创造性。在《克拉丽莎》中,罗伯特·勒夫列特可以说是一个撒旦式英雄,他引诱、糟蹋了克拉丽莎;而克拉丽莎也可以说是哥特式小说中困居古城堡或寺院的女主人公原型,她感情丰富,易受伤害。霍勒斯·沃波尔(Horace Walpole,1717—1797)的《奥特兰托城堡》(*The Castle of Otranto*,1765)借用了"女郎—恶棍"的对立模式,摒弃了道德说教,但从民间文学、莎士比亚和浪漫主义诗歌中吸取了诸多养分,添加了超自然和中世纪的色彩。总之,当某类严肃小说的某些畅销要素被反复使用时,便形成了某类通俗小说。

早期通俗小说完全派生于严肃小说。反过来,它又影响严肃小说,推动严肃小说发展。这是因为任何通俗小说在借用严肃小说的某些畅销要素时,还会添加一些创造成分。一旦这些创造成分获得成功,便被严肃小说借用。19世纪的英国现实主义作家经常从哥特式小说及其蓝皮书中吸取养分。在瓦尔特·司各特的《黑侏儒》(*The Black Dwarf*,1816)、《帕斯的美女》(*The Fair Maid of Perth*,1828)、《危险的城堡》(*Castle Dangerous*,1831)等小说中,每每有神秘、怪诞的描写。而查尔斯·狄更斯(Charles Dickens,1812—1870)的《雾都孤儿》(*Oliver Twist*,1838)、《小杜丽》(*Little Dorrit*,1857)、《荒凉山庄》(*Bleak House*,1853)等小说,也引进了与主人公命运相联系的神秘因素。至于夏洛蒂·勃朗特(Charlotte Brontë,1816—1855)的

---

① 伊恩·瓦特:《小说的兴起》,高原、董红钧译,三联书店,1992年版,第52页。

《简·爱》(Jane Eyre, 1847)和爱米丽·勃朗特(Emily Brontë, 1818—1848)的《呼啸山庄》(Wuthering Heights, 1848),更是笼罩着浓郁的神秘气氛。到了19世纪末,西方通俗小说的发展趋于相对稳定。各类主要的通俗小说,如女性言情小说、历史浪漫小说、西部小说、暴露小说、侦探小说、科幻小说、奇幻小说,等等,都已基本定型。这时候,通俗小说一般不再借鉴严肃小说,而改以内部纵深发展。其主要手段是,各类通俗小说相互融合。如哥特式小说和言情小说融合成哥特言情小说,历史浪漫小说和言情小说融合成历史言情小说,等等。与此同时,严肃小说也摒弃了通俗小说的一切影响,在现代主义的高雅艺术道路上越走越远。直至20世纪下半期,现代主义已经完全走进了死胡同,严肃小说和通俗小说又从相互分离逐渐走向融合,加入了莱斯利·菲德勒、弗雷德里克·詹姆逊等人描述的后现代主义文学大合唱。

1776年美国独立革命战争爆发时,社会上已经出现了一些准小说性质的叙事文学,如本杰明·富兰克林(Benjamin Franklin, 1706—1790)的幽默、讽刺叙事小品《好管闲事者的书信》(Letters of a Busybody, 1778),弗朗西斯·霍普金森(Francis Hopkinson, 1737—1791)的政治讽喻《一个极妙的故事》(A Pretty Story, 1774),等等。到了1787年,美国剧作家威廉·布朗(William Brown, 1765—1793)在波士顿匿名出版了《同情的力量,或自然的胜利》(The Power of Sympathy; or, The Triumph of Nature)。该书为书信体,包含有两个互不相关的诱奸故事,其主题正如"序"中所言,"暴露诱奸的恶果,阐明女性教育的重要"。显然,这是模拟塞缪尔·理查逊的《帕美拉》和《克拉丽莎》创作的一本引诱言情小说。不过,它的出版却标志着美国第一部严格意义的小说,也即通俗小说的问世。在这之后,一些女作家也相继出版了颇有影响的引诱言情小说作品。到18世纪末,美国引诱言情小说已经充斥市场。与此同时,依据乔纳森·斯威夫特、亨利·菲尔丁的讽刺小说模式创作的讽刺冒险小说也在流行。美国小说之所以一开始就采取通俗小说的形式,一方面与当时的美国书商大量贩卖同样类型的英国通俗小说有关,另一方面也因为独立革命之后的美国在相当长的一段时期内还不能摆脱依附英国的状况,政治、经济、文化不能独立,无法产生具有独特思想意识和独特艺术形式的作品。

两个多世纪以来,美国通俗小说走过了一个模仿、成熟、发展、繁荣的历史进程。18世纪末和19世纪初的美国通俗小说,无论是引诱言情小说,还是讽刺冒险小说、哥特式小说,主要是模仿英国的,从内容到形式可以说都是英国的舶来品。自19世纪20年代起,随着美国民族文学的崛起,通俗小说也逐渐完成了从单纯模仿英国到创作有民族特色的作品的过渡。一方面,原有的通俗小说创作模式逐步淡化,融入了美国本土更多因素。如伊莱扎·库欣(Eliza Cushing,1794—1886)的引诱言情小说《约克敦》(*Yorktown*,1826),詹姆斯·波尔丁(James Paulding,1778—1860)的讽刺冒险小说《科宁斯马克》(*Koningsmarke*,1823),等等。另一方面,受英国作家瓦尔特·司各特和美国作家詹姆斯·库珀的历史小说的成功影响,许多通俗小说家把目光瞄准美国历史,从中挖掘鲜为人知的素材,创作了一系列具有轰动效应的历史浪漫小说。这类新型通俗小说带有浓郁的民族特色,令国内外读者耳目一新。以后,随着时代的变迁,历史浪漫小说又衍生出西部冒险小说。这类小说打上了深深的美国民族烙印,并很快流传到欧洲各国,成为继《鲁滨孙漂流记》之后的又一主要冒险小说模式。进入50年代后,伴着美国第一次女权主义运动的兴起,又产生了以家庭婚姻说教为宗旨的女性言情小说热。这类小说深受女性读者欢迎,其畅销势头一直延续到70年代。与引诱言情小说相比,女性言情小说的现实主义成分已经极大加强。人们能从中窥见当时美国社会的若干真实画面。传统的引诱言情小说、讽刺冒险小说、哥特式小说的本土化,以及新型的历史浪漫小说、西部冒险小说和女性言情小说的诞生,标志着美国通俗小说已经基本成熟。

  南北战争以后,美国社会趋于稳定,经济力量持续上升。随着欧洲移民的不断涌入,人们的思想日益变得活跃,迫切需要新的精神食粮。而1840年欧洲兴起的工业大革命,又带来了印刷技术的革新。纽约、费城、波士顿、巴尔的摩、辛辛那提、查尔斯顿等大中城市的零星印刷小作坊,纷纷变成大规模的印刷工厂。所有这些,为美国通俗小说的初步发展奠定了社会基础。这个时期最先诞生的新型通俗小说是城市暴露小说。它的迅速崛起,反映了伴随着经济的发展,美国的贫富差距日渐扩大,社会矛盾变得十分尖锐。但在残酷的社会现实面前,许多人选择了皈依宗教,寻求精神安慰,故宗教小说又应运而生。而宗教小说的大量流行,又促使传统的女性言情小说发生裂变,产生了蜜糖言情小说。同女性言情小说相比,蜜糖言情小说加重了宗教色彩,"眼泪"变成"微笑",展示了在耶稣基督的感召下,处在社会低层的普通百姓对未来幸福的向往和信心。自50年代起,历史浪漫小说也在新的历史条件下开始了一系列复杂的衍变,至80年代,生成了新历史浪漫小说。新历史浪漫小说融入了哥特式小说和冒险小说的一些要素,其创作模式与以前相比,历史成分更加淡化,甚至为了故事情节需要,不惜虚构历史,形成所谓虚拟历史小说。在题材方面,它趋于国际化,反映了政治野心日益膨胀的美国对欧洲古老文明的觊觎和向往。至于西部冒险小说,则在图书市场的诱惑下,逐渐演变成廉价西部小说。与之前相比,它的暴力因素更多,惊险气氛更浓厚,但与此同时,文学性也更加淡薄。

20世纪上半叶是美国通俗小说大发展的时期。随着世纪初美国新的社会矛盾产生,新闻界爆发了"黑幕揭发运动"(muckraking movement)。这次运动直接催生了政治暴露小说。与城市暴露小说相比,政治暴露小说对社会的批判深度和力度有所增加,但创作基础依然是满足读者的猎奇心理,依然是追求所谓"轰动效应"(sensation)。它的问世反映了第一次世界大战前夕美国民众对国家前途与命脉的关注。而战后社会的激烈动荡又使人们的思想性情、道德观念和欣赏口味发生了很大变化。这些变化很快反映在通俗小说作家笔下,形成了新的浪潮、流派和倾向。这个时期的一个突出倾向是自然主义的色情描写成为时尚,因而蜜糖言情小说与时俱进,衍变成女工言情小说。这类小说以煽情为能事,通篇描写姘居、滥交、强暴等情景。而此时已经走进自我毁灭怪圈的廉价西部小说,也受欧文·威斯特的《弗吉尼亚人》的冲击,逐步衍变成牛仔西部小说。这类新型西部小说一扫廉价西部小说的陈腐主人公设置和情节结构,而改以全新的西部英雄塑造和冲突模式,一定程度上恢复了长久以来被阉割的东、西部文化碰撞内涵和社会生活的复杂性。与此同时,英国通俗小说也加强了对美国通俗小说的渗透。这种渗透首先表现在古典式侦探小说领域。本来,古典式侦探小说为爱伦·坡所创,但由于种种客观因素,直至19世纪和20世纪之交,它才在英国成形。不久,它又返回美国,并逐步形成一类颇有影响的通俗小说。此外,先后派生于英国哥特式小说的科幻小说、奇幻小说和恐怖小说,也随着各类通俗小说杂志(pulps)的兴起而在美国落户,形成了具有美国特色的星际历险科幻小说、英雄奇幻小说和超自然恐怖小说。它们的问世,构成了整个美国通俗小说的半壁江山。

到了20世纪30年代前后,以上超自然、非超自然的通俗小说又在新的历史条件下开始了复杂衍变,先后生成了历史言情小说、硬派私家侦探小说、历史西部小说、硬式科幻小说、剑法巫术奇幻小说和克修尔胡恐怖小说。历史言情小说由"言情"和"历史"联姻而成,它以"言情"为主,"历史"只是烘托。一旦历史浪漫小说中的历史因素已经淡化到成为烘托言情成分的故事框架,就成了历史言情小说。同古典式侦探小说相比,硬派私家侦探小说融入了较多的现实主义成分,其故事场景、情节构造和人物塑造,均体现了由神秘型到冒险型的转换。历史西部小说依旧套用牛仔西部小说的情节模式,但在背景描写上更强调"古老真实的西部",使作品在保持原有浪漫主义色彩的同时,增添了不少历史现实主义魅力。而硬式科幻小说、剑法巫术奇幻小说、克修尔胡恐怖小说均是这一时期超现实通俗小说大师的伟大创造。它们既有传统的要素,又有各自新的具有轰动效应的成分。

  第二次世界大战以后的美国文学新格局和人们的通俗文学观念的更迭,为美国通俗小说走向繁荣创造了契机。50年代和60年代是繁荣的初期。在此期间,新的社会思潮、哲学理念和文化热点不断地冲击传统的通俗小说,促使它们的创作模式先后发生裂变,诞生了黑色悬疑小说、色情暴露小说、哥特言情小说、新浪潮科幻小说、新剑法巫术奇幻小说、现实恐怖小说等新型通俗小说。这些名目繁多的新型通俗小说的总趋势是现实主义进一步增强,但保留有自己的特征。黑色悬疑小说派生于40年代的黑色电影浪潮(noir films),其基本创作模式等同硬派私家侦探小说,不过作品主人公已不是任何意义的侦探,而是一些有着种种人性弱点和生理缺陷的反英雄(anti-hero)。作品通过他们的充满悬疑的冒险经历,表现人生的污秽、疑虑、浮躁、虚无和挫败。而色情暴露小说的诞生,与五六十年代的美国的性解放运动密切相关,其创作模式实际上是言情小说和暴露小说的融合,通过男女主角婚恋中赤裸裸的色情描述,达到暴露丑恶、针砭时弊的目的。其余的几类新型通俗小说,则分别与英国通俗小说有这样那样的联系。它们有的是英国的舶来品,如哥特言情小说;有的是英国文学思潮冲击的产物,如新浪潮科幻小说。

  70年代和80年代是美国通俗小说发展的鼎盛时期,不但诞生了诸如甜蜜野蛮小说、硬派女性私家侦探小说、警察程序小说、间谍小说、家族犯罪小说、高科技惊悚小说、赛博朋克科幻小说等一系列令人眼花缭乱的新型通俗小说,而且传统的女性言情小说、英雄奇幻小说、超自然恐怖小说也出现了强有力的回潮。这些形形色色的传统和新型的通俗小说的问世,几乎都是某个作家的某部作品取得了轰动效应之后而引起众多作家竞相仿效的结果。在创作模式的衍变方面,甜蜜野蛮小说等新型通俗小说主要采用两种方式,或直线型纵深发展,或横向型相互融合。而回潮之后的女性言情小说等传统通俗小说,也并非遵循纯粹意义的传统创作模式。相比之下,它们的题材多有拓展,背景更加丰富,人物刻画也更加生动。90年代,以上传统的、新兴的通俗小说依然共存,沿袭了之前的模式衍变和发展途径。其中,社会暴露小说一枝独秀,以其深邃的主题和惊险的故事情节成为20世纪末通俗小说界的一个亮点。

21世纪头二十年,随着主流小说和通俗小说界限的基本消除以及互联网技术的推波助澜,美国通俗小说走向了更大繁荣,无论是作品数量,还是销售数量,都成倍增长。在创作类型方面,也持续呈现"传统与新潮"交相辉映的万花筒般景象。一方面,许多作家不断从传统中寻找灵感,出版了"老瓶装新酒"的西部小说、女性言情小说、警察程序小说、社会暴露小说、英雄奇幻小说和社会恐怖小说;另一方面,许多作家又审时度势,不断寻找新的社会热点,推出了十分前卫的同性恋小说、家庭黑幕小说、金融危机小说、蒸汽朋克科幻小说、城市奇幻小说和启示录恐怖小说。这些名目繁多的传统的、新潮的通俗小说有一个共同特征,即不再专注自身或相近类型的创作模式,而是对多种类型的创作模式兼收并蓄,由此形成了"你中有我,我中有你"的"类型杂糅"奇观。

下面,我们依据美国通俗小说的上述发展脉络进行分类详述,并重点介绍各个历史时期最有影响的作家和作品。

第一章　18世纪末和19世纪初

第一节　北美殖民地通俗文学

北美殖民地建立

追述早期美国通俗小说,不能不涉及北美殖民地文学,也不能不涉及北美殖民地历史。北美殖民地历史,可以追溯到中世纪海盗肆虐的时代。据史料记载,大约在公元1001年,一位名叫利夫·埃里克森(Leif Ericson,970—1020)的北欧人曾经探察位于北美洲东北部的岛屿,并在现今被称为纽芬兰的地方安营扎寨,进行了短暂的居住。时隔近500年,意大利航海家克里斯托弗·哥伦布(Christopher Columbus,1451—1506)在第四次探险中重新发现了北美大陆。从那以后,欧洲诸国逐渐对这块陌生的土地产生了兴趣,由此拉开了争夺新大陆的序幕。

英国是最早宣布拥有北美领土权的国家。公元1497年,英格兰航海家约翰·卡伯特(John Cabot,1450—1499)为寻求前往亚洲的西北通道,到了濒临加拿大的大西洋海岸,并宣称该地区为英王所有。紧接着,意大利航海家阿梅里科·韦斯普奇(Amerigo Vespucci,1454—1512)也声称为西班牙发现了南美海岸。美洲的地名America即产生于此。然而,最早向新大陆移民的是西班牙人。1513年,西班牙人在庞塞·德·莱昂(Ponce de León,1460—1521)的率领下登上了佛罗里达。从1565年起,他们在佛罗里达以及东南沿海建立了一系列永久性居民点。这片地区被称为新西班牙。随后,荷兰和法国也急起直追,分别在哈德逊河流域和密西西比河沿岸等地区建立了新荷兰和新法兰西。

1588年西班牙无敌舰队的覆没标志着英国海上霸主地位的确立。在这之后,英国加快了向新大陆移民的步伐。1606年,由伦敦公司(London Company)出资的探险队前往弗吉尼亚,于第二年在那里建立了第一个永久性居民点詹姆斯敦(Jamestown)。第三年,又有一批移民抵达弗吉尼亚。最重要的一次移民是1620年11月9日。一艘名叫"五月花号"(Mayflower)的轮船载着101位受迫害的新教徒在马萨诸塞的科德角登陆。他们成为新英格兰的移民始祖。到了 1733 年,英国在北美的定居点已增至 13 个,分布在大西洋沿岸和阿巴拉契亚山脉之间的狭长地带。

殖民地通俗文学

  这些英国移民来到北美大陆创业,也把英国文学带到了这片土地。据当时波士顿一位名叫约翰·厄谢尔(John Usher,1648—1726)的书商记载,他一次性从英国运入二千六百七十一本图书,其中有一百六十二本传奇,八十一本诗集,二十八本笑话。"英国国内的人读什么书,殖民地的移民也读什么书。两地读者阅读的内容大抵相同。"[1]

  与此同时,这些英国移民也在开始创造自己的文学——北美殖民地文学。在早期来到北美大陆创业的英国移民当中,有相当数量的人是信奉清教主义的文人学士。他们分别担任各定居点的牧师和总督,控制着大多数移民的思想,主宰着殖民地的命运。可以说,北美殖民地文学是与清教主义密不可分的。从 1620 年 11 月 11 日《五月花号公约》制定到 1776 年 7 月 4 日《独立宣言》诞生的一百多年里,清教徒留下了不可胜计的宗教文学作品。这些作品文笔洗练,感情丰富,哲理性强。尤其是威廉·布拉德福德(William Bradford,1590—1657)、约翰·温斯罗普(John Winthrop,1588—1649)、迈克尔·威格尔斯沃思(Michael Wigglsworth,1631—1705)、乔纳森·爱德华兹(Jonathan Edwards,1703—1758)等人的编年史和布道词,堪称高雅宗教文学的经典。

  然而,众多清教徒在关注加尔文神学思想的同时,也关注世俗的创业经历。在他们的眼里,北美大陆既神秘又险恶。参天的大树,密集的森林,还有地震、海啸和洪涝。尤其是土居印第安人。这些红皮肤野蛮人的外貌、衣饰、语言、习俗、狩猎、烹饪、治病方法令他们惊讶不已。他们纷纷拿起笔,把自己的耳闻目见,以书信、日记、游记等方式记录下来。

  许多人描绘了不寻常的动物和花卉。约翰·劳森(John Lawson,1674—1711)述说自己在加利福尼亚看见一条蟒蛇,额头有角,尾巴有毒刺。科顿·马瑟(Cotton Mather,1663—1728)也描述了一条响尾蛇,该蛇曾经咬断了一把大斧的木柄。詹姆士·肯尼(James Kenny,1814—1836)声称自己在森林中看见一群巨大无比的野马,这些野马晚上倚着参天大树睡觉。贝弗利(Beverley)则宣布发现了一种特别美丽的花,它的外形和女

---

 [1] Russel B. Nye. *The Unembarrassed Muse*: *The Popular Arts in America*. Dial Press, New York, 1970, p. 10.

人的生殖器有惊人的相似。

还有许多人描绘了神灵、鬼魂和女巫。对于这些信奉加尔文教义的清教徒来说,上帝主宰一切。任何有悖常理的现象都值得分析和解释。印第安人来犯,家畜犯病,瘟疫流行,庄稼歉收,雷鸣闪电——这一切预示着上帝发怒或某种警示。鬼魂和女巫本是英国人的传统话题。殖民地的开拓者依据一些不寻常的事实,在传统的基础上进行想象。一艘鬼船曾于1647年光顾纽黑文港。沃尔特·雷利爵士(Sir Walter Raleigh,1552—1618)的货船迟至1709年还在卡罗来纳海岸出现。一位被海盗杀害的少女的鬼魂每逢去世的这天晚上就要在马布尔黑德港发出惨叫。而佛蒙特的一个鬼魂居然在当地喧闹了数十年之久。新罕布什尔的苏珊娜·特里明斯(Susannah Trimmings)信誓旦旦地说,自己确实与一位女巫相遇。她"头戴黑帽,面系白巾,身穿红色马甲和绿色裙子",在要了一磅棉花之后,"化成一团火","消失在溪水边"。①

然而,更多人描绘了殖民地开拓者与印第安人的战争。清教徒相信,印第安人同女巫一样,是魔鬼撒旦的使者。威廉·哈伯德(William Hubbard,1621—1704)的《与印第安人的纠纷》(Narrative of the Troubles with the Indians,1677)、科顿·马瑟的《十年耕耘》(Decennium Latuosum,1699)、托马斯·普林斯(Thomas Prince,1687—1758)的《菲力普国王之战》(History of King Philip's War,1716),都记载了早期殖民者与印第安人的血腥的相互掠夺和残杀。那些被印第安人俘获而侥幸逃脱的人则记录下了自己被俘的经历。约翰·史密斯(John Smith,1580—1631)是这方面的先驱者。他在《弗吉尼亚通史》(General History of Virginia,1624)中所述的被美丽的印第安少女波卡洪塔斯搭救的故事风靡一时。此后,同类故事源源不断地出现。这些故事将事实与想象相互糅合,极力渲染被俘者遭受的痛苦和磨难,深受读者欢迎。整个殖民地时期,共出版了五百多部被俘故事。其中,玛丽·罗兰森(Mary Rowlandson,1636—1711)、约翰·盖尔斯(John Gyles,1683—1763)、约翰·威廉姆斯(John Williams,1664—1729)等人的被俘自述都是脍炙人口的名篇。

美国独立战争爆发后,这类被俘故事又逐渐衍变成战争被俘故事。故事的主人公依然如旧,但对立面不再是"红皮肤印第安人",而是"身穿红色军服的英国皇家士兵"。忍受痛苦和折磨的动力也不再是"宗教",而是

---

① Russel B. Nye. *The Unembarrassed Muse*: *The Popular Arts in America*. Dial Press, New York, 1970, p. 12.

"爱国主义"。尤其是叙述中包含大量的暴力描写。如一群俘虏被狂怒的英国卫兵用刺刀活活捅死;一个水手被罚打八百鞭,当打到第六百鞭时,该水手即断气,然而狠心的英国士兵还要在他血淋淋的躯体上续打二百鞭,等等。这类被俘故事的作者,多数是普通人。其中最有名的是伊桑·艾伦(Ethan Allen,1738—1789)。他的《被俘自述》(*A Narrative of Ethan Allen's Captivity*,1779)描述了自己在纽约被英军俘获的经历。

这些形形色色的书信、日记、游记、故事构成了早期殖民地时期的通俗文学,同时也为日后诞生的诸多种类的通俗小说提供了丰富的创作素材。

早期美国通俗小说

18世纪80年代,英国的《哥伦比亚杂志》开始陆续刊发美国人写的文章,其中一部分是带有引诱言情小说性质的通俗小说,如1787年10月刊载的无名氏的《阿米莉亚,或不忠的不列颠人》(*Amelia, or the Faithless Briton*)。美国第一部严格意义的引诱言情小说是1787年美国剧作家威廉·布朗在波士顿匿名出版的《同情的力量,或自然的胜利》。这部书信体小说包含两个催人泪下的爱情故事。头一个故事是:男主人公哈林顿同女主人公哈里奥特一见倾心。但后来哈林顿发现,哈里奥特居然是自己的同父异母妹妹。原来,他的父亲年轻时曾经诱奸过一个女人,那个女人怀孕生下了哈里奥特,于是造成了兄妹恋爱的悲剧。最后,哈里奥特忧郁而死,哈林顿也愤然自尽。后一个故事描述一位名叫马丁的先生和弟媳奥菲利亚私通。结果奸情败露,奥菲利亚自杀。

早期美国通俗小说除了引诱言情小说之外,还有讽刺冒险小说和哥特式小说。后面两类通俗小说分别源于英国的社会讽刺小说和感伤主义小说。相比之下,美国讽刺冒险小说和哥特式小说的声势不如引诱言情小说。这是因为,美国是在殖民地基础上建立的国家。一方面,它的社会矛盾尚未充分暴露,缺乏讽刺冒险小说深入嘲讽的条件;另一方面,它也不具备哥特式小说所惯有的一些场景,如神秘的古城堡、邪恶的寺院、森严的社会体系,等等。早期美国通俗小说基本上是英国小说的翻版。艺术上为英国小说所左右,没有多大创新。故事绝大部分根据真人真事改编,情节单线发展,不注重人物个性描写。在叙事风格方面,则存在严重的散文化倾向。

第二节　引诱言情小说

渊源和特征

美国引诱言情小说(seductive fiction)源于塞缪尔·理查逊的《帕美拉》和《克拉丽莎》。这两部书信体小说不但以新颖的思想内容和完美的艺术形式成为西方长篇小说的奠基之作,而且它们的情节模式也构成了美国引诱言情小说的基础。《帕美拉》主要叙述了一个少女贞洁得报的故事。贫穷少女帕美拉受生活所迫到某富人家当女仆。女主人去世后,其儿子垂涎帕美拉美色,千方百计勾引她,但她恪守贞洁,抵挡住了勾引。于是,这位少爷受到感动,改变了态度,并对她产生了爱情,正式娶她为妻。《克拉丽莎》的主人公克拉丽莎的境况和帕美拉完全不同。她出身于城市一个富裕家庭,尽管遵守上流社会的种种道德规范,还是无法容忍父母将自己许配给一个不爱的人。这时,一个有着肮脏灵魂的贵族青年出现了。他假装帮助克拉丽莎摆脱困境,伺机将她奸污。失身后的克拉丽莎痛不欲生,自杀身亡。

《帕美拉》和《克拉丽莎》在英国出版后,立即引起轰动。许多读者,特别是女读者,对这两本书的喜爱简直到了着迷的地步。如此心态是不难理解的。在18世纪的英国,一个严重社会问题是妇女的婚姻危机。一方面,妇女人口过剩,许多妇女无法找到对象;另一方面,家庭工业的失败又剥夺了她们的经济独立,促使她们越来越依赖婚姻。可以说,理查逊的这两部小说喊出了广大妇女改变婚姻现状的心声。然而,对于作家和出版商来说,更重要的是理查逊的创作模式。无疑,《帕美拉》《克拉丽莎》之所以在社会上造成轰动,是与其中的引诱、失身、自杀等情节分不开的。于是,一本本模仿作品接踵问世,其引诱的情节更加详尽,失身的叙述更加曲折,自杀的过程更加新奇。早期西方国家的引诱言情小说热由此而生。

在这股热潮中,美国也扮演了重要的角色。除《同情的力量》外,还有许多引诱言情小说问世。这些作品中,最优秀的是苏珊娜·罗森(Susannah Rowson, 1762—1824)的《夏洛特·坦普尔》(*Charlotte Temple*)。这部小说自1794年在美国再版后,连年畅销不衰,成为美国有史以来第一本畅销书。《夏洛特·坦普尔》的成功,吸引了更多的人从事引诱言情小说的创作。到19世纪初,市面上的引诱言情小说已经多达数千种。这些形形色色的引诱言情小说构成了早期美国通俗小说的一大景观。

引诱言情小说的基本模式是"引诱—失身—自杀"。故事的主人公均为美丽的女性,她们在生活中无不多灾多难。尤其是,她们遭到了各种各样的男性引诱,并且往往会在引诱中失身。接踵而来的是被遗弃,而遗弃又导致自杀。结局无不显示:传统的性道德是完美无缺的,偏离了就会有危险,而这方面的堕落则会受到可怕的惩罚。在表现形式上,引诱言情小说多采用理查逊式的书信体,也有的采用笛福和菲尔丁式的第三人称白描手法。无论是前者还是后者,均有细腻的女性心理描写。不过总的来说,故事性不强,文字比较粗糙,缺乏风格。

苏珊娜·罗森

美国最有影响的引诱言情小说家当推苏珊娜·罗森。她原名苏珊娜·哈斯韦尔(Susannah Haswell),1762年生于英格兰朴次茅斯。父亲为海军军官。她出生仅十天,母亲即患产褥热去世;五岁时,由在北美殖民地任职的父亲带往新英格兰。在"这个亲爱的移居国家",她如饥似渴地阅读荷马、莎士比亚、德莱顿、斯宾塞的著作。美国独立战争后,她随同已被关押三年的父亲和继母回到英格兰,并承担起养活全家的重任。1786年,她与五金商兼剧团乐师威廉·罗森(William Rowson)结婚。鉴于丈夫经商失败,她去剧团当演员,并于1793年随剧团辗转到了波士顿。1797年,她离开剧团,创办女子学校,并获得成功。与此同时,她出版教科书,编辑词典,出任杂志编辑、自由撰稿人、诗人、剧作家,还翻译哥特式小说。来美国定居前,她已出版了几部书,其中包括引诱言情小说《夏洛特:一个真实故事》(Charlotte:a Tale of Truth,1891)。1794年,该书以《夏洛特·坦普尔》的书名在美国费城再版。开始销量不大,后来影响逐步增大,成为美国第一部超级畅销书。直至1852年哈里特·斯托(Harriet Stowe,1811—1896)的《汤姆叔叔的小屋》(Uncle Tom's Cabin)问世,它的畅销纪录才被打破。接下来,她又写了《人心的磨难》(Trials of Human Heart,1795)、《鲁本和雷切尔》(Reuben and Rachel,1798),以及《夏洛特·坦普尔》的续集《夏洛特的女儿》(Charlotte's Daughter,1828)。后者于她去世后出版。

苏珊娜·罗森总共写了十部小说、六个剧本、两卷诗集、六册教科书,以及不计其数的歌词。然而,她在美国文坛的声誉主要是引诱言情小说《夏洛特·坦普尔》。同其他引诱言情小说相比,《夏洛特·坦普尔》的故事不落俗套,情节设置也很巧妙,有较强的真实感。小说女主角夏洛特·坦普尔生于英格兰一个体面的中产阶级家庭,在就读某著名女子学校期间,同一位即将被派往美国参加战争的年轻军官蒙特拉维尔邂逅并相爱。

蒙特拉维尔生性善良而软弱，经不住他的兄弟，同样将赴美国参战的军官库尔贝尔的劝说，设法带夏洛特一道到美国结婚。在美国，蒙特拉维尔又迷上了另一位姑娘朱莉亚。这时库尔贝尔为了达到将夏洛特占为己有的目的，设计使蒙特拉维尔抛弃了夏洛特和私生的孩子。但不久，库尔贝尔又对夏洛特失去了兴趣，撇下她而去。贫病交加的夏洛特历尽磨难，最后在一个穷苦的仆人家找到栖身处。当她的忠实朋友比彻姆太太、日夜思念的父亲和蒙特拉维尔找到这个仆人家时，她已奄奄一息。

对于这部轰动美国的第一部超级畅销书，当时美国评论界没有反应。仅在英国有少数评论家发表了看法，而且均为微词。直至1960年，莱斯利·菲德勒才在《美国小说的爱与死》(Love and Death in the American Novel)有所提及。不过，他在肯定它是"第一部由美国人写的感动美国读者的书"的同时，也抱怨"文字极其粗糙"，像是"粗通文墨的习作"。[1] 然而，到了80年代，随着女权主义批评的兴起，不少人对上述以偏概全的传统观念提出了疑问。她们认为这是以男性为中心的文学批评的结果。一本小说的畅销，本身就说明了有艺术价值。如果说，《夏洛特·坦普尔》没有迎合少数人的胃口，那么它满足了多数人的需要。[2]

汉纳·福斯特

汉纳·福斯特(Hannah Foster，1758—1840)是继苏珊娜·罗森之后又一位颇有影响的引诱言情小说家。她于1758年生在马萨诸塞的索尔兹伯里。父亲名叫格兰特·韦伯斯特(Grant Webster)，是个波士顿富商。汉纳·福斯特五岁时，母亲因病去世。之后，她被送往寄宿学校。1785年她和约翰·福斯特(John Foster)结婚，此人是个牧师，毕业于达特茅斯学院，在布赖顿第一教堂任职。两人生育了六个孩子，其中两个是女儿，均为通俗小说作家。晚年汉纳·福斯特生活在小女儿家中，直至1840年去世。

汉纳·福斯特总共写了两部小说:《卖弄风情的女人；或伊莱扎·渥顿的历史》(Coquette; or, The History of Eliza Wharton, 1797)和《寄宿学校；或，一个女教师给学生的功课》(The Boarding School; or, Lessons of a Preceptress to Her Pupils, 1798)。前者是引诱言情小说，后者为宗教小说。《卖弄风情的女人》出版后，立即引起轰动。1802年和1803年连续重印两次，1824年

---

[1] Leslie Fiedler. *Love and Death in the American Novel*. Dalkey Archive Pr. 1960.
[2] Joyce W. Warren, edit. *The (Other) American Tradition*. Rutgers University Press, New Jersey, 1993.

至1828年又重印八次。之后不断再版,至20世纪初,仍有新的版本出现。其畅销程度仅次于《夏洛特·坦普尔》。该书是根据马萨诸塞州一个名叫伊丽莎白·惠特曼(Elizabeth Whitman)的女人的真实经历创作的。女主角名叫伊莱扎·渥顿,奉父母之命与一位名叫哈里的牧师订婚。但她不满意这桩婚事。不久,她的父亲病故,哈里先生也撒手西归。她的母亲暂时安排她到表姐瑞奇曼夫人家小住。瑞奇曼表姐为她物色了一位刚从神学院毕业的牧师波雅。波雅被伊莱扎美丽的外表及不凡的谈吐征服,着迷似的爱上了她。而伊莱扎对波雅也有好感,但她并不希望马上与他步入婚姻的殿堂。因为此时拜倒在她石榴裙下的还有一位纨绔子弟桑福特少校。伊莱扎的美丽与聪慧令桑福特魂不守舍,整日追逐在伊莱扎的身后,想尽办法满足她的所有虚荣心。就这样,可怜的伊莱扎一下子陷入了两个男人的世界。一个真心爱她,想娶她为妻;另一个也十分爱她,但是更垂涎于她的美色,不打算与她结婚。伊莱扎与桑福特的恋情在当地引起很大震动,大家开始就伊莱扎的不检点行为评头论足,说她是个卖弄风情的女人。终于牧师波雅认为,伊莱扎玩弄了自己的感情,于是宣布与她终止婚约。伊莱扎懊悔不已。桑福特继续欺骗伊莱扎,伊莱扎又一次轻信了他。两人明来暗往。不久,桑福特成功地诱奸了伊莱扎,并使她受孕。伊莱扎无法再隐瞒偷情的恶果,在一个夜晚仓皇出走。此时的她,不再有名节,不再有美德,完全被19世纪美国那个所谓的上流社会抛弃。最终她因难产而死,为自己的卖弄风情付出了惨重的代价。

汉纳·福斯特在写作《卖弄风情的女人》时,显示了较高的技艺。书中的女主人公伊莱扎和两个追求者——桑福德少校和波雅牧师——源于生活,高于生活。作者让伊莱扎在桑福德少校和波雅牧师的追求中举棋不定。一方面,她看出桑福德少校和波雅牧师各自的优缺点,意识到两人都不是她的理想丈夫。另一方面,她又不坚决地拒绝他们的求爱,从而在大胆选择和软弱退缩、明智冷静和自我蒙骗中苦苦挣扎。波雅牧师被刻画成具有双重个性的人物。他的频频说教无疑是令人厌烦的,但他对意中人的异乎寻常的关心也无疑让人尊敬。桑福德少校在被赋予一副自私的外表的同时,也被打上了聪明伶俐、能言善辩的烙印。而且,他是真心爱伊莱扎的。这不同于波雅牧师追求伊莱扎只是为了娶一个地位相当的妻子。如此复杂的个性描写在早期美国通俗小说中是少见的。正因为这样,《卖弄风情的女人》被誉为最好的引诱言情小说。

其他作家和作品

除了《夏洛特·坦普尔》和《卖弄风情的女人》，美国比较有影响的引诱言情小说还有无名氏的《不幸的孤儿》(The Hapless Orphan, 1793)、海伦娜·韦尔斯(Helena Wells, 1758—1824)的《继母》(The Stepmother, 1799)、伊莱扎·维塞里(Eliza Vicery, 1791—1865)的《埃米莉·汉密尔顿》(Emily Hamilton, 1803)，等等。

《不幸的孤儿》的场景设置在费城，女主人公卡罗琳是个多灾多难的美丽少女。各种各样的灾难纷纷降落在她身上，尤其是她的叔叔、婶婶去世后，她遭到了种种男性的引诱。然而，卡罗琳是个坚强的女性。她不但成功地抵挡住了那些引诱，保住了贞洁，而且最终化解了绑架的灾难。该小说的独到之处在于将传统的男性恶棍换成嫉妒的女人。该女人频频在卡罗琳和恋人埃弗蒙上尉之间制造屏障，直至埃弗蒙上尉和卡罗琳解除婚约，卡罗琳自杀。此外，作者似乎对美国军队很熟。小说中的男性几乎全为美国1790年对印第安人作战的军官，显得比较真实。《继母》为一部两卷本长篇小说。作者系查尔斯顿人，后随英军撤回英格兰，定居在伦敦。该书的说教气息很浓，不过故事编排尚有新意。作者没有让女主人公接受有钱有势的恋人的求婚，而是让她出人意料地嫁给一个鳏夫，并含辛茹苦地抚养他的前妻所生的几个女儿。此书的宗旨，正如序言中所说，是"抨击当时风行的恋爱婚姻观"。《埃米莉·汉密尔顿》原系匿名出版，后经考证估计是伊莱扎·维塞里所作。该书的新颖之处是出现了一个不寻常的次要人物伊莱扎·安德森。她在遭到引诱、被抛弃后，没有选择自杀，而是写了一封信，辱骂和嘲讽引诱者。除此之外，大多数人物显得苍白、无力。以上几部书都一版再版，畅销不衰。

第三节　讽刺冒险小说

渊源和特征

正当苏珊娜·罗森、汉纳·福斯特等人的引诱言情小说风靡美国的大地之际，另一类通俗小说——讽刺冒险小说(satiric adventure)——在美国的销售也到达了顶峰。西方冒险小说最早可以追溯到西方小说成形的年代。丹尼尔·笛福的第一本小说《鲁滨孙漂流记》，即为地地道道的海上冒险小说。他后来几本关于海盗的小说，虽然掺入了犯罪小说的成分，但基本遵循了同一模式。《鲁滨孙漂流记》等小说很快流传到荷兰、法国和德国,构成了西方冒险小说的第一个基本模式——鲁滨孙模式。从那以后,这一模式又不断分化、融合,衍生出其他许多模式。由此,西方冒险小说产生了许多分支。讽刺冒险小说为冒险小说的一个分支,其模式往往表现为单个或群体男主人公,克服重重障碍和危险,完成某种具有道德意义的重要使命。但在主题方面,作者力求表现出一种嘲讽,而且这种嘲讽往往与政治因素有关。正因为如此,这类通俗小说比引诱言情小说更有社会深度。

讽刺冒险小说在18世纪末的美国流行绝非偶然,它是当时美国各种社会因素的综合反映。经过数年的浴血奋战,美国终于摆脱了英国的殖民桎梏,成为独立的国家。战事方休,百废待兴。一方面,对英国的残酷统治还记忆犹新,人们痛恨它、斥责它,为美国的新生感到庆幸;另一方面,他们对于新生的政权脱胎于旧社会时所产生的种种弊端有切肤痛恨,期待改变现状。讽刺冒险小说的艺术形式,可以说恰到好处地宣泄了这种复杂的情结。

在文学渊源上,讽刺冒险小说和18世纪英国的讽刺文学有密切联系。乔纳森·斯威夫特是英国第一个讽刺文学大家。他的《书战》(*The Battle of the Books*, 1697)、《格列佛游记》(*Gueliver's Travels*, 1726)等一系列散文故事开创了西方讽刺文学的新时代。稍后,亨利·菲尔丁在《约瑟夫·安德鲁冒险史》(*The History of the Adventures of Joseph Andrews*, 1742)等小说中,糅合了塞万提斯、斯威夫特的讽刺手法,辛辣地讽刺了英国政治社会的种种黑暗,成为当时欧洲最优秀的现实主义小说家。乔纳森·斯威夫特和亨利·菲尔丁的文学传统对北美殖民地素有影响。早在18世纪30年代,美国文学之父本杰明·富兰克林就发表了许多相当出色的幽默、讽刺叙事小品。到了1774年,弗朗西斯·霍普金森又以一本政治讽喻《一个极妙的故事》轰动了美国文坛。该书以"农场主"比喻乔治国王,"旧农场"比喻英格兰,"新农场"比喻北美殖民地,"妻子"比喻议会,"厨子"比喻牧师,等等,辛辣地讽刺了英国在北美殖民地的血腥统治。1787年6月,《哥伦比亚杂志》连载的杰里米·贝尔纳普(Jeremy Belknap, 1744—1798)的《森林人》(*The Foresters*, 1792)也是脍炙人口的政治讽喻名篇。该书以"森林人"比喻殖民者,轻松、幽默地追述了自殖民地开拓至合众国成立的历史。这些准小说文体的流行,为美国讽刺冒险小说的诞生做了文学上的铺垫。

美国第一个成功的讽刺冒险小说家是休·布雷肯里奇(Hugh Brackenridge, 1748—1816)。早在美国第一部小说《同情的力量》问世之前,他就在构思一部规模宏大的小说。这部小说由一系列相对独立的故事构成。主人公为一个无票乘船移民,他在卖身偿还船资期间所发生的一系列可笑的冒险经历形成了对当时美国社会的种种陋习的嘲讽。不过,直到1792年,这部题为《现代骑士》(Modern Chivalry)的讽刺冒险小说才以杂志连载的形式陆续面世。该小说的第一部出版后,立即引起了轰动。尤其在西部地区,休·布雷肯里奇的名字几乎家喻户晓。时隔一年,另一位美国作家吉尔伯特·伊姆利(Gilbert Imlay, 1754—1828)也出版了一部讽刺冒险小说。该小说名为《移民;或一个移居国外的家庭的历史》(The Emigrants, etc.; or The History of an Expatriated Family),以英国的现行婚姻制度为嘲讽对象,同样受到欢迎。休·布雷肯里奇和吉尔伯特·伊姆利的成功,激励了更多的作家从事讽刺冒险小说创作。从此之后,讽刺冒险小说源源不断地出现。有的讽刺奴隶买卖,有的讽刺江湖郎中,有的讽刺英国君王。此外,比较知名的作家还有罗亚尔·泰勒(Royall Tayler, 1757—1826)和詹姆士·巴特勒(James Butler, 1755—1842)。前者出版了脍炙人口的讽刺冒险小说《阿尔及利亚被俘记;或厄普代克·昂德希尔医生的生活和冒险》(The Algerine Captive; or the Life and Adventures of Dr. Updike Underhill),而后者也出版了颇受欢迎的《命运之球;或默丘里奥的冒险》(Fortune's Football; or The Adventures of Mercurio)。

休·布雷肯里奇

1748年,休·布雷肯里奇出生在苏格兰。五岁时,他随全家移民到宾夕法尼亚,后就读于普林斯顿大学,曾任军队副官、法官,当过剧作家、诗人、编辑。1788年,他模仿英国作家写讽刺诗,开始在讽刺文学领域展露才华。然而他的文学声誉主要是和讽刺冒险小说《现代骑士》连在一起的。这部小说的前一部分于1792年开始在杂志上连载,1796年出单行本。后一部分在十年后面世。整部著作于1819年在匹兹堡出版。主人公为爱尔兰人蒂格·奥里根,他因无票乘船赴美而被判罚给法拉戈船长做一定时期的奴役。正是在给法拉戈船长当仆人期间,蒂格·奥里根周游了全国各地,并因自己的无知和野心闹了许多笑话,从而辛辣地讽刺了美国的社会现实。

在小说的前一部分,作者的讽刺笔触主要涉及法律界、研究机构、高等学府和税收部门。蒂格·奥里根随同法拉戈船长来到一个城镇,适逢当地举行选举,百姓居然推举他为议员,他受宠若惊。显然,这是讽刺议会选举的随意性。休·布雷肯里奇同后来的詹姆斯·库珀一样,主张的是贵族式的民主,而不是大众式的民主。其后,蒂格·奥里根又先后闯入辛辛那提、美国哲学学会和教会。在他失踪于费城之后,法拉戈船长造访宾夕法尼亚大学,怀疑新录用的希腊教授就是自己的仆人。嗣后,蒂格·奥里根又偶然成为税收官,并卷入抗税事件,幸亏美国哲学学会两个会员声称在他身上发现一种新的动物特性,他才被送往法国。这里,讽刺的对象就不仅仅是任用官员的随意性,也包括荒谬的科学研究了。在小说后一部分,休·布雷肯里奇简单介绍了蒂格·奥里根在法国的冒险,然后笔头一转,重新叙述彼得·波库派因的支持者和其对手的支持者之间的争夺,主要目的仍是讽刺美国的极度民主。不过,由于失去法拉戈船长的人物依托,内容显得呆板,而且休·布雷肯里奇的越来越散文化的叙述笔调,也在一定程度上削弱了讽刺的力量。

其他作家和作品

吉尔伯特·伊姆利于1754年生在北美殖民地,曾参加美国独立战争,与卷入艾伦·伯尔(Aaron Burr)政治密谋案的詹姆斯·威尔金森(James Wilkinson,1757—1825)交往密切。法国革命期间,他在巴黎和著名女权主义作家玛丽·沃斯通克拉夫特(Mary Wollstonecraft,1759—1797)相识并同居,以后又遗弃了她,一时声名狼藉。在文学方面,他的主要影响是讽刺冒险小说《移民》。这部小说的主要目的是宣扬美国的社会制度比英国优越,抨击英国的婚姻制度,鼓吹自由离婚。场景大部分设置在匹兹堡,也有一部分设置在路易斯维尔、费城和英格兰。故事主要叙述伦敦一位商人偕同妻子、三个女儿和一个儿子移民到匹兹堡的经历。女主人公卡罗琳为感伤言情小说中的常见人物,屡遭险境,其中包括有一次被印第安人俘获。但阿林顿迅速从费城赶来救了她。接下来,吉尔伯特·伊姆利开始叙述卡罗琳的叔叔为帮助某女士脱离凶狠丈夫的婚姻羁绊而遭受迫害。他不得不离开英格兰,但不幸被印第安人剥了头皮。七个小孩也成了牺牲品。该小说的最大缺陷是内容庞杂,既有冒险,又有感伤,还有社会改革,从而使风格不一致,削弱了讽刺的力量。不过,其中的一些事件的描写,较真实地反映了早期美国的社会现实,具有一定的史料价值。

罗亚尔·泰勒于1757年生在波士顿,1776年毕业于哈佛大学,当过军人、法官,从事过诗歌、剧本创作,曾因喜剧《反差》(Contrast,1787)蜚声剧坛。该剧被认为是美国第一部成功的剧本。他的讽刺冒险小说《阿尔及利亚被俘记;厄普代克·昂德希尔医生的生活和冒险》是一部力作。该书于1797年在美国出版,1802年在伦敦再版。主人公为厄普代克·昂德希尔医生。作者假托昂德希尔医生的口气,辛辣地讽刺了新英格兰和南方地区的江湖医生的种种骗术。然后,他的笔锋一转,将讽刺矛头指向当时美国和非洲的奴隶制度。在运送奴隶的船上,昂德希尔博士目睹了奴隶遭受折磨的种种惨象。其后,他在离开非洲时,居然被阿尔及利亚人俘获,也成了奴隶。于是一系列厄运降临在他的头上。这些绝妙的讽刺,无疑是对奴隶制度的有力控诉。就讽刺的力度和深度而言,《阿尔及利亚被俘记》是最好的一部讽刺冒险小说。

詹姆士·巴特勒原籍英国,后移居宾夕法尼亚州哈里斯堡。也正是在那个城市,他的讽刺冒险小说《命运之球;或默丘里奥的冒险》出版面世。相对而言,该书更像一部流浪汉传奇。它叙述一个英国绅士去美国途中遭遇一艘海盗船,失去了未婚妻和管家小姐,后又被一艘英国船追赶,一路坎坷到了魁北克,但美国始终可望而不可即。其间,作者中断故事主线揭露英国对美国的暴政,之后不厌其烦地述说途经西班牙、意大利、俄罗斯时的冒险经历,还不时插入几个局外人,让他们讲述自己的冒险故事。此外,作者对美国的描写也显得很生硬。

第四节　哥特式小说

渊源和特征

早期美国通俗小说第三道风景线为哥特式小说。"哥特式"(Gothic)这个词在英语里有多种含义。它既是一个文学词语,又是一个历史术语,还可以用作建筑和艺术方面的专门用语。作为一个文学词语,它也有多种含义,既指一种文学现象,又指一类文学作品,还可以表示一种文学创作方法。而且在不同的历史时期和阶段,这些文学现象、文学作品、文学创作方法的内涵不尽相同。此处按照通常的做法,用它来表示一类通俗小说。这类小说曾经在18世纪末和19世纪初十分繁荣,然而它们的作者,除少数外,均被文学批评家和文学史家所忽视。其特征是,故事常常发生在遥远的年代和荒僻的地方,人物被囚禁在狭窄的空间和鬼魂出没的建筑内,悬疑和爱情交织在一起。惯常的悬疑手段有神秘的继承权、隐秘的身世、丢失的遗嘱、家族的秘密、祖传的诅咒,等等。到最后,悬疑解开,歹徒暴露,男女主人公的爱情障碍扫除。不过,这种爱情有别于言情小说里的爱情。两者的区别是:哥特式小说通常描写神秘冒险故事,其爱情障碍往往来自歹徒;而言情小说描写家庭平凡琐事,其爱情障碍往往来自男女主人公本身。

哥特式小说起源于18世纪后期的英国,开山鼻祖是霍勒斯·沃波尔。他的《奥特兰托城堡》创立了早期古典哥特式小说的模式。哥特式小说的出现,既与当时英国墓园派诗人的"哥特"情结有关,也与埃德蒙·伯克(Edmund Burke,1729—1797)的"哥特"美学标准有联系。此外,它还借鉴了理查逊的《克拉丽莎》的"女郎—恶棍"这一对立模式。这种小说问世不久,即引起克拉拉·里夫(Clara Reeve,1729—1807)、索菲娅·李(Sophia Lee,1750—1824)、威廉·贝克福德(William Beckford,1760—1844)等许多人仿效,成为最流行的体裁,并迅速从英国扩展到整个欧美。至90年代,哥特式小说逐渐演化成两个分支。一个分支是恐怖型哥特式小说,其特点是坚持传统的手段,并在此基础上融入病态的邪恶,以增加神秘、恐怖的效果,如马修·刘易斯(Matthew Lewis,1775—1818)的《修道士》(The Monk,1795)。另一个分支是感伤型哥特式小说,其特点是保留古堡场景,但抛弃过分的神秘成分和极度的恐怖气氛,使故事得出合乎逻辑的解释,如玛丽·拉德克利夫(Mary Radcliffe,1764—1823)的《尤道弗之谜》(The Mysteries of Udolpho,1794)。这两个分支对美国都有影响。在美国恐怖型哥特小说家当中,代表人物是查尔斯·布朗(Charles Brown,1771—1810)。他的《威兰》(Wieland,1798)等一系列恐怖哥特小说以阴郁的色调和神秘的气氛,极为传神地描述了主人公的恐惧心理,对后世的严肃小说家影响很大。在感伤型哥特小说家当中,代表人物有萨莉·伍德(Sally Wood,1759—1855)和伊萨克·米契尔(Isaac Mitchell,1759—1812)。前者以18世纪的法国和西班牙为背景,创作了《朱莉亚》(Julia,1800)等一系列知名的哥特式小说。后者以哥特式小说《庇护所》(The Asylum,1804)闻名。该小说描述了美国殖民地时期一位男主人公从闹鬼的古堡里拯救自己的意中人的故事,在早期美国很有影响。

查尔斯·布朗

1771年1月17日,查尔斯·布朗降生在费城一个古老的贵格会教徒家庭。他是家中最小的儿子,自小体弱多病。然而,在读书和写作方面,他展示了较大的天赋。儿时,他在费城友人语法学校上学,即博览古典作品。十岁便给《哥伦比亚杂志》撰稿。十六岁时,他师从亚历山大·韦尔考克斯(Alexander Wilcox),学习法律。但是,他的兴趣依然在写作上。1793年,他决定放弃法律,改学文学。同年他到了纽约,参加了由英国著名作家威廉·戈德温(William Godwin,1756—1836)领衔的友谊会。威廉·戈德温的思想对布朗的影响很大。尤其是他的哥特式小说《凯莱布·威廉斯》(*Caleb Williams*, 1794),促使布朗下决心从事哥特式小说创作。一回到费城,布朗即开始写作。1798 年,他出版了第一本书《阿尔克温:关于女权的对话》(*Alcuin, A Dialogue on the Rights of Women*),为改变妇女的不平等地位大声疾呼。同年,他的第一部哥特式小说《威兰》也面世。在这之后,他重返纽约,出任《每月杂志》和《美国评论》的编辑。短短三年,他连续出版了五部小说。它们是:《奥蒙德;或秘密见证》(*Ormond; or, The Secret Witness*, 1799)、《埃德加·亨特利》(*Edgar Huntly*, 1799)、《阿瑟·默文》(*Arthur Mervyn*, 1800)、《珍妮·塔尔博特》(*Jane Talbot*, 1801)和《克拉拉·霍华德》(*Clara Howard*, 1801)。其后,布朗再次回到费城,编辑《文学杂志》《美国纪事》和《美国纪事或综合事录》。这一时期,他撰写了许多文章,出版了一系列政治小册子。1804 年,他和纽约的伊丽莎白·林(Elizabeth Linn)结婚。长期的艰苦的写作毁坏了他本来就虚弱的身体。1810 年 2 月 22 日,他因患肺结核在费城去世,年仅三十九岁。

查尔斯·布朗的声誉主要在于《威兰》等一系列哥特式小说。《威兰》述说纽约一个名叫威兰的农夫突然看见天空闪现一道亮光。两个天使敦促他"摧毁自己的偶像"。于是,他变得疯狂起来,先是杀死了所有的马,继而杀死了小孩和妻子。接着,他去探望妹妹,想将她也杀死。结果他被逮住,作为疯子被关押起来。查尔斯·布朗成功地将传统的恐怖哥特式小说的技巧同美国的场景结合起来,并出色地描绘了威兰的复杂恐怖心理。威兰幼时,父亲即死于非命。原因是没有遵循冥冥之中神灵的指令。尽管后来威兰同自己的妻子、儿女、妹妹克拉拉一道平安地生活了许多年,但那件事在他的心中留下了很深的阴影。尤其是在他父亲建造的"圣殿",在露天平台,在克拉拉的卧室,经常有一种神秘的声音。他一方面诚惶诚恐地揣摩这种声音带来的不幸,另一方面又联想起昔时父亲的惨死。恍惚中,他听到一个声音:"你的祷告听见了。为了证明你的忠诚,把你的妻子献给我。"于是,他杀死自己的妻子、孩子,又去杀妹妹克拉拉。

《阿瑟·默文》的主题不同于《威兰》。它是展现一种自然的邪恶,即黄热病在人类之间的肆虐。这部小说于 1798 年 6 月开始在《每月杂志》上连载,但只连载了两期,便以该杂志的停刊而告终。翌年,布朗将其中的一部分整理出版。第三年,剩余的部分又被整理出版。鉴于布朗本人患过黄热病,书中有关这种瘟疫的描写非常逼真。此外,它的情节也最为复杂。故事有两个主人公。一个是医生斯蒂文斯,另一个是十九岁的小伙子阿瑟·默文。正是在自家门口,斯蒂文斯发现了染上黄热病的阿瑟·默文。

接下来,阿瑟·默文述说了自己令人吃惊的经历,这些经历大部分与韦尔贝克有关,此人出卖、掠夺、杀害了自己的所有朋友。阿瑟·默文则属于智慧型的人物,他依靠的是动脑筋,而不是武力。在他解救十五岁的少女伊莱扎时,就巧妙地帮助她战胜了她残忍的叔叔。

继《阿瑟·默文》之后完稿的《奥蒙德》同样以黄热病为背景。不过,黄热病不再充当串联情节的角色,而是作为一种手段,突出主人公的坚强性格。主人公康斯坦蒂尔兼有普通女人的个性和理想女人的品质。她以积极的态度迎接灾难。即便是面对遗弃自己情人的奥蒙德,她也非常镇静。而后来她逐渐对奥蒙德产生兴趣,与其说是为了占有他,不如说是为了捍卫自己的荣誉。相比之下,奥蒙德的个性就显得乖戾。大概布朗想把他塑造成一个凶悍、极端自私的男人,结果未能如愿。

《埃德加·亨特利》又回到了原先的主题,即展现人的扭曲了的心理。一开始,布朗通过主人公埃德加·亨特利的视角,大力渲染了克利西罗梦游时的恐怖情景。与此同时,他以肯定的语气,对克利西罗表示了深切的同情,从而在读者心中激起了很大的悬念。接下来,查尔斯·布朗交代了克利西罗的负罪感,埃德加·亨特利怀疑克利西罗杀死了他未婚妻的兄弟,调查最后居然走进了死胡同。他已经丧失了对最近事情的记忆。无须挑明,埃德加·亨特利本人就是梦游者。

总之,查尔斯·布朗的《威兰》等恐怖型哥特式小说是早期美国通俗小说中的上乘之作。它们反映了作者的贵格会教徒家庭背景,体现了威廉·戈德温的社会改革的思想。尤其是,书中具有独创性的复杂恐怖心理描写影响了后世的一些著名小说家,如纳撒尼尔·霍桑、爱伦·坡,等等。尽管《威兰》等恐怖型哥特式小说在艺术上取得了很大的成功,但并没有受到美国读者很大的欢迎。真正为美国读者青睐的是另一类哥特式小说,即感伤哥特式小说。这方面的代表作家是萨莉·伍德和伊萨克·米契尔。

其他作家和作品

萨莉·伍德,原名萨莉·巴雷尔,1759年出生在缅因州约克县一个海军军官家庭。她从小和当法官的祖父一道生活,接受了他的良好熏陶。19岁时,她和理查德·基廷结婚。但婚后仅五年,理查德·基廷去世,留下两个女儿和一个刚出世的儿子。她含辛茹苦地抚养子女,数年后再嫁,后夫名叫埃比尔·伍德,系缅因州威斯卡西特的一个将军。从1800年起,她接连创作了五部哥特式小说,起初署名"马萨诸塞州一女士",后改署"缅因州一女士"。这五部小说中,最重要的是处女作《朱丽亚和受启迪的男爵》

(*Julia and the Illuminated Baron*,1800)。该书的场景设置在18世纪的法国,女主人公为美丽善良的少女朱丽亚。经过种种磨难,她和恋人终于揭开了自己的身世之谜,结成夫妇。小说里运用了许多传统的哥特式小说的成分,如危险的高原、坟墓、绑架、强奸未遂,等等。其余几部小说是《多佛尔》(*Dorval*,1801)、《阿米莉亚》(*Amelia*,1802)、《费迪南德和埃尔米拉》(*Ferdinand and Elmira*,1804)和《黑夜的故事》(*Tales of The Night*,1827)。它们的场景均设置在欧洲,而且均有神秘、恐怖的情节。

伊萨克·米契尔于1759年出生在纽约州奥尔巴尼县。他曾是当地报纸《政治晴雨表》的编辑。1804年,就在这家报纸上,他以连载的形式刊登了自己创作的哥特式小说《庇护所;或阿朗索和梅莉莎》(*The Asylum;or,Alonzo and Melissa*)。不过,直至1811年,这部小说才由纽约州波基普西的书商约瑟夫·纳尔逊(Joseph Nelson)出单行本。同一年,一本署名为丹尼尔·杰克逊(Daniel Jackson)的类似书名的剽窃之作《阿朗索和梅莉莎;或冷漠的父亲》(*Alonzo and Melissa;or,the Unfeeling Father*)也出版问世。具有讽刺意味的是,在以后的一百多年里,受到读者青睐,一再重印的居然是丹尼尔·杰克逊的版本。后来,人们终于辨别了真伪。其根据是,盗版本不像原作那样载有一篇内容丰富的序言。《庇护所,或阿朗索和梅莉莎》主要叙述一个传统的古堡救美人的故事。小说的场景设置在北美殖民地时期的康涅狄格州。女主人公梅莉莎爱上了贫困的革命者阿朗索,结果被父亲关在一个闹鬼的古堡。后来,阿朗索参加了华盛顿的海军,在独立战争中被英军俘虏。在富兰克林的帮助下,他逃离了魔掌,并取道法国回到了家乡。这是富兰克林在美国哥特式小说中第一次也是唯一的一次亮相。故事的高潮发生在结尾。在查尔斯敦,乡人传说梅莉莎已死,阿朗索便去她的坟前祭奠。然而,梅莉莎没死,她设法逃离古堡来和意中人相会。

第二章　19 世纪前半期

第一节　历史浪漫小说

渊源和特征

1814 年,英国小说家瓦尔特·司各特匿名出版了《威弗利》(*Waverley*)。这是一部别开生面的小说。首先,它以历史为题材。在此之前,没有哪位西方作家运用历史题材进行小说创作。该书真实地描写了 1745 年苏格兰山地人民不畏强暴,举行武装起义的历史进程。其次,它含有许多虚构成分。小说中的詹姆士党人起义在历史上确有其事,但里面的具体人物和具体细节属于虚构。在艺术形式上,它吸取了哥特式小说的表现手法,书中不时出现神秘、怪诞的描写。由于这种历史的真实和小说的虚构的双重身份,它被冠以历史小说的名称。紧接着,司各特又创作了一系列历史小说。其中重要的包括《盖·曼纳令》(*Guy Mannering*, 1815)、《古董家》(*The Antiquary*, 1816)、《黑侏儒》(*The Black Dwarf*, 1816)、《清教徒》(*Old Mortality*, 1816)、《罗伯·罗伊》(*Rob Roy*, 1817)、《艾凡赫》(*Ivanhoe*, 1819)、《修道院》(*The Monastery*, 1820),等等。司各特的历史小说立即在大西洋两岸产生了轰动。一时间,这些小说充斥美国大街小巷。仅在费城,就有十家专门印刷司各特小说的工厂。在南方,人们对司各特的崇拜简直到了着迷的地步。许多城镇叫作"威弗利",大量汽艇被命名为"罗伯·罗伊",而仿照《艾凡赫》的女主人公罗伊娜取名的小女孩则不计其数。一句话,美国兴起了司各特热。

既然瓦尔特·司各特的历史小说大受欢迎,为什么不向他学习,创作反映美国过去经历的同类小说呢? 许多美国作家进行了尝试。首先获得成功的是詹姆斯·库珀。他的反映美国独立战争的小说《间谍》(*The Spy*, 1921)在问世的头两个星期,即售出三千五百册。接下来的两个月里,又售出五千册。以后不断再版,并被译成多种文字在欧洲各国出版。嗣后,库珀又创作了《开拓者》(*The Pioneers*, 1823)、《水手》(*The Pilot*, 1824)、《莱昂内尔·林肯》(*Lionel Lincoln*, 1825)、《最后的莫希干人》(*The Last of the*

Mohicans,1826)等一系列同样题材的小说,也同样取得了成功。从1921年至1851年,库珀共创作了三十三部历史小说。这些历史小说大体可以分成三类,即以《间谍》为代表的革命战争小说,以《开拓者》为代表的西部边疆小说和以《水手》为代表的海上冒险小说。由于库珀的这些非凡的成就,他被誉为"美国的司各特"。

司各特和库珀的历史小说之所以受欢迎,主要在于他们有着一个独特的历史与浪漫、真实与虚构相结合的创作模式。司各特所处的时代,正值英国两种文艺思潮交替之际。一方面是古典浪漫主义的余绪,另一方面是批判现实主义的先导。因此,他的小说必然具有历史浪漫主义和现实主义的双重色彩。以他的代表作《艾凡赫》为例。该书描写了狮心王理查发动十字军东征未遂,在艾凡赫等侠士的帮助下,几经辗转,终归故土的经过。小说的主要情节有史可考,对12世纪末英王朝全盛时期的再现也十分逼真。但与此同时,男主人公艾凡赫是个子虚乌有的人物;历史上的暴君狮心王理查被刻画成有勇有谋、体恤下情的贤主;罗宾汉百步穿杨等一些场景的描写纯属夸张。而"美国的司各特"库珀,处在美国民族文学崛起的时代。这个时代的特点是政治独立,经济强盛,文化繁荣,整个国家蓬勃向上。这就决定了他不可能摒弃司各特的带有浓厚浪漫主义情调的双重色彩创作方法。事实上,他的《间谍》正是这样一种创作方法的产物。该书真实地描写了1780年美国独立战争后期革命派和保皇派之间的激烈交锋以及爱国将士的伟大牺牲精神。但男主人公哈维·伯奇,也即华盛顿派出刺探英军情报的间谍,纯属虚构。有关他的一系列细节描写都被赋予理想化色彩。加之,库珀又善于编织故事和运用悬疑手法,场面宏大,情节惊险。所有这些,将该书打上了历史与浪漫、真实与虚构的深深烙印。

整个美国大地兴起的司各特热和库珀热,极大地鼓舞了美国的通俗小说作家。他们纷纷把目光移向欧洲历史和美国历史,从中挖掘鲜为人知的素材,以期创作具有同等轰动效应的小说。不过,他们当中绝大多数人并不具备司各特和库珀的艺术才能。他们的作品没有也不可能完整地表现历史事件中的复杂社会矛盾和民族矛盾。因而在历史的真实和小说的虚构的天平上,往往后者大于前者。在创作模式方面,他们也只是看重司各特和库珀的作品中一些具有市场价值的浪漫因素,譬如惊险的情节、高度的悬疑、神秘的气氛,等等。至于他们小说中的历史事实,已经被淡化,仅对故事情节起着烘托作用。这些小说已不是严格意义上的历史小说,而是以浪漫故事情节加少量历史事实为特征的另一类通俗小说,即历史浪漫小说(historical romance)。

第二章　19 世纪前半期

早期美国历史浪漫小说家有新英格兰的莉迪亚·蔡尔德(Lydia Child,1802—1880)和凯瑟林·塞奇威克(Catherine Sedgewick,1789—1867)。前者的声誉主要在于 1824 年出版的《霍波莫克》(Hobomok)。这部小说模仿库珀的《开拓者》,描述了殖民地时期一个十分动人的白人移民和土著印第安人的爱情故事。而后者则主要以 1827 年出版的《霍普·莱斯利》(Hope Leslie)闻名。这部小说也得益于库珀的西部边疆小说,融合了殖民地的历史、传说,以及白人、印第安人的爱情。不过,凯瑟林·塞奇威克对美国通俗小说的主要贡献在于同一时期创作的女性言情小说。因此本书把她放到第四节来进行介绍。

进入 30 年代后,美国历史浪漫小说家主要有"南方派"的威廉·卡拉瑟斯(William Caruthers, 1802—1846)、约翰·肯尼迪(John Kennedy, 1795—1870)和威廉·西姆斯(William Simms, 1806—1876)。"南方派"又叫"查尔斯敦派",是南北战争前一个著名的文学派别。18 世纪和 19 世纪之交,美国南方的政治、经济、文化中心已经从弗吉尼亚州移到南卡罗来纳州。在查尔斯敦,已经出现了若干图书馆、报纸和杂志。当时以杂志《南方评论》为核心,聚集了一批评论家、小说家和诗人。不过这个派别的主要成就还是模仿司各特和库珀所创作的历史浪漫小说,尤其是威廉·卡拉瑟斯的《弗吉尼亚骑士》(The Cavaliers of Virginia, 1834)、约翰·肯尼迪的《马蹄铁鲁滨孙》(Horse Shoe Robinson, 1835)、威廉·西姆斯的《雅马西》(The Yemassee, 1835),颇负盛名。

此外,马萨诸塞州的丹尼尔·汤普森(Daniel Thompson, 1795—1868)、宾夕法尼亚州的罗伯特·伯德(Robert Bird, 1806—1854)、密西西比州的约瑟夫·英格拉哈姆(Joseph Ingraham, 1809—1860),效法司各特和库珀,在历史浪漫小说创作方面也很活跃。丹尼尔·汤普森的《青山男儿》(The Green Mountain Boys, 1839)讴歌了殖民地人民反抗英王暴政的业绩,堪称《间谍》的姊妹篇。罗伯特·伯德的《林中尼克》(Nick of the Woods, 1837)简化了詹姆斯·库珀的"皮裹腿"模式,为西部冒险小说以及廉价西部小说的兴起迈出了关键性的一步。而约瑟夫·英格拉哈姆不但以海盗题材的历史浪漫小说《拉菲特:墨西哥湾的海盗》(Lafitte: The Pirate of Gulf, 1836)等军事题材的历史浪漫小说见长,而且后期创作的《大卫王室的王子》(The Prince of the House of David, 1855)等小说已经成为宗教小说的先驱。

整个 19 世纪上半叶美国的历史浪漫小说的故事情节大体可以分成四类:一、殖民地时期英国移民的艰苦创业和勇敢开拓;二、殖民者和印第安人的相互冲突和血腥残杀;三、美国独立战争中的革命英雄主义;四、合众国建立前后的复杂斗争。其中,以反映美国独立战争和殖民者、印第安人的相互冲突的数量居多。这些历史浪漫小说的流行,构成了美国19世纪上半叶通俗小说流行的一大景观。

莉迪亚·蔡尔德

原名莉迪亚·弗朗西斯(Ludia Francis),1802年2月11日出生在马萨诸塞州梅德福。她的父亲是个面包师,也是虔诚的清教徒。十二岁时,母亲不幸去世,她遂离开梅德福,到缅因州诺里奇沃克与一位已成年的姐姐共同生活。她从小在女子书院上学,与此同时接受在哈佛大学神学院当教授的哥哥的指导。二十二岁时,她去哥哥家,无意中看到《北美评论》有一篇描述殖民地时期菲力普王战争的长篇叙事诗,遂产生了创作长篇小说的念头。当即她以早期新英格兰的历史为背景,构思了一部清教徒少女和土居印第安人联姻的长篇小说,并动手写了第一章。六个星期后,这部名为《霍波莫克》的小说问世,深受读者欢迎,她由此而成名。时隔一年,她又出版了一部反映美国独立战争的长篇小说《反叛者》(Rebels),同样取得成功。1826年,她与戴维·蔡尔德结婚,并于第二年创办杂志《青少年杂录》。从此,她积极投身社会活动,成为著名的废奴主义者。1935年,她重返文坛,出版了一部以古雅典历史为背景的小说《菲洛西娅》(Philothea)。1841年,蔡尔德同丈夫去纽约,共同编辑杂志《全国反奴旗帜》。其间,她继续撰写文章,出版著作,直至1880年去世。

莉迪亚·蔡尔德的三部历史浪漫小说,均以男女主人公的爱情为主线,故事情节曲折,人物形象鲜明,具有较强的文学感染力。尤其是她的处女作和成名作《霍波莫克》,与她一贯奉行的人道主义如出一辙。《霍波莫克》的同名男主角是一个土著印第安人,他对前来塞勒姆定居的清教徒十分友好,尤其和女主角玛丽一家交往密切。当定居点移民和当地印第安人产生矛盾时,他依然不改初衷,背着叛徒的罪名,继续帮助玛丽一家。后来,白人和印第安人的矛盾演变成了激烈冲突。一次血腥屠杀,让玛丽失去了母亲和白人未婚夫。她悲痛万分,精神近乎失控。关键时刻,霍波莫克救了她,给予她无私的爱。出于感激之情,玛丽嫁给了霍波莫克,两人育有一个儿子。数年过去了,玛丽对霍波莫克的情感由起初的感恩渐渐衍变成爱情。正当此时,玛丽被误传溺死的未婚夫回来了。为了玛丽的幸福,霍波莫克忍痛割断情丝,悄悄离去,并在整个部落灭绝之际自杀身亡。同库珀的《开拓者》一样,莉迪亚·蔡尔德也刻画了一个具有浪漫色彩的正面的印第安人形象。

威廉·卡拉瑟斯

  1802年,威廉·卡拉瑟斯出生在弗吉尼亚,1817年入宾夕法尼亚大学医学院求学,毕业后在弗吉尼亚、纽约、佐治亚等地行医。30年代初期和中期,他以"一个弗吉尼亚人"的笔名,在南方一些报刊发表了许多历史浪漫小说。这些小说陆续在纽约出版,其中流传下来的有三部,也即《纽约的肯塔基人》(The Kentuckian in New York,1834)、《弗吉尼亚骑士》和《马蹄铁骑士》(The Knights of the Horse-Shoe,1841)。

  《纽约的肯塔基人》的场景设置在殖民地时期的纽约,主人公为肯塔基人蒙哥马利·戴蒙。不过,他实际上只是起着串联情节的作用,书中大量的篇幅被用来描述弗吉尼亚人维克托和弗朗西斯的爱情。经过种种曲折,维克托终于拨开了笼罩在弗朗西斯周围的一切迷雾,赢得了她的芳心。该书的最大特色是叙述流畅,字里行间流露出作者对奴隶制的痛恨。此外,作者对南北两地贵族的性格差异也刻画得比较成功。

  相比之下,《马蹄铁骑士》的历史气息更浓,所反映的历史年代也更早。该书依据的历史材料是约翰·方丹(John Fontaine)所记载的斯波茨伍德总督(Governor Sportswood)于18世纪初在弗吉尼亚西部进行的一次冒险。作者没有拘泥于历史材料,而是在此基础上大胆想象。一方面,他夸大了这次探险的规模和难度;另一方面,又融入了浪漫的爱情故事,并杜撰了白人移民和土著印第安人的冲突,通篇洋溢着不畏艰险、不怕牺牲的英雄主义。另外,小说中的几个主要人物,如斯波茨伍德总督、埃利奥特将军、弗朗西斯·李,也显得比较真实。

  《弗吉尼亚骑士》是威廉·卡拉瑟斯的成名作,代表着他艺术上的最高成就。该书的历史场景设置在公元17世纪查理二世复辟时期的詹姆斯敦。主人公为北美殖民地著名革命领袖纳撒尼尔·培根(Nathaniel Bacon,1598—1676)。在他的领导下,弗吉尼亚农民和种植园主举行了反抗英国殖民当局的武装起义。这次起义被认为是美国独立战争的前奏。作者生动地描述了以伯克利总督为代表的英王势力、圆颅党人和起义军三方之间的错综复杂的斗争。其中有圆颅党人对总督府的进攻,起义军和印第安人的冲突,培根的不寻常的婚姻,等等。小说最后以起义军的胜利和培根的去世而告终。

约翰·肯尼迪

1795年10月25日,约翰·肯尼迪出生在马里兰州巴尔的摩,1812年毕业于巴尔的摩学院。在这之后,他开业当律师。但不久,第二次英美战争爆发,他参加了马里兰民兵组织。战争结束后,他积极投身于社会政治活动,并于1820年起担任马里兰州议员。1826年,他竞选联邦议员失败,但他并不气馁,终于,1837年得以成功,不过只任了一届。1846年,他重新担任马里兰州议员。1852年被菲尔莫尔总统任命为海军部长,履新了一年军职。

虽然约翰·肯尼迪的政治生涯不算辉煌,但在文学上取得了令人瞩目的成就。早在1818年,他就出版了散文诗歌集《红书》(*The Red Book*);1832年,又出版了《燕子谷仓》(*Swallow Barn*)。这本散文故事出色地描述了弗吉尼亚的风土人情,被誉为华盛顿·欧文散文风格的杰出继承者。不过,奠定他重要文学地位的还是受詹姆斯·库珀的影响而创作的两部历史浪漫小说:《马蹄铁鲁滨孙》和《跛子罗布》(*Rob of the Bowl*,1838)。这两部小说出版后,即成为当年的畅销书,以后又多次重印,并被译成德文在德国出版。直至现在,仍有新的版本出现。而且,历来的文论家也对这两部小说颇有好评。爱伦·坡在评论《马蹄铁鲁滨孙》时说:"如果人们已经确定肯尼迪先生的风格是质朴、有感染力,那么现在,我们可以毫不犹豫地说,他的风格还是极富文采、极富想象力。"[1]

确实,《马蹄铁鲁滨孙》无论是思想内容还是艺术形式,都堪称美国历史浪漫小说的佳作。该书的场景设置在1780年的南卡罗来纳州。其时,美国的独立革命正处在紧要关头,华盛顿领导的革命军和康沃利斯领导的英军已经进行了几次交战,处境十分困难。正是在这样一个复杂背景中,小说的主人公阿瑟·巴特勒少校和他的随从"马蹄铁"鲁滨孙开始了一系列流浪汉式的冒险经历。作者生动地记叙了革命军坚守弗吉尼亚和卡罗来纳的战斗,尤其以对"王山战役"的描述最为精彩。书中的主要人物,一个个显得有血有肉。巴特勒少校和"马蹄铁"鲁滨孙,一个是勇敢的绅士,一个是忠实的随从,两人配合默契,依靠自身的智慧和意志一次次地化险为夷。特别是,巴特勒少校能够正确处理革命的利益和女主人公的爱情。而女主人公的父亲菲力普的所作所为,充分体现了有钱阶层对独立革命的冷漠和敌视。

---

[1] J. V. Ridgely. *John Pendleton Kennedy*. Twayne Publishers, New York, 1966, p. 86.

而《跛子罗布》的重要性在于它是美国第一部也是多年来仅有的一部以早期马里兰殖民地为背景的小说。该书的主题,正如约翰·肯尼迪在序言中所说,是为马里兰州天主教创立者扬名。全书以生动的笔调描述了1681 年马里兰殖民地天主教徒和清教徒的斗争。不过,相比之下,作者有点拘泥于历史事实。另外,书中的主要人物,从神秘的跛子罗布到巴尔的摩勋爵,再到海盗首领,有点概念化。1838 年后,约翰·肯尼迪因政治活动过于繁忙而中止了文学创作。直至 1870 年去世,仅出版了一部政治讽刺著作《神学论辩实录》(Annals of Quodlibet,1840)。

威廉·西姆斯

1806 年 4 月 17 日,威廉·西姆斯出生在南卡罗来纳州查尔斯敦。他的父亲是爱尔兰人,母亲来自弗吉尼亚一个革命派家庭。他出生后不久,母亲去世,于是不得不离开父亲,和外祖母一道生活。虽然他的儿时充满了坎坷和不幸,但外祖母经常给他讲独立革命战争时期的故事,这为他以后从事革命题材的历史浪漫小说创作打下一个良好的基础。二十一岁时,他凭借自身的努力,当了一名律师,但没过多久,他便放弃这个职业,改任《查尔斯顿城市报》编辑。自此,他一边当编辑一边搞创作,走上了漫长的文学道路。

他的文学才华最初体现在诗歌创作方面。在出了几本诗集之后,他开始转向小说创作。他的第一部小说《马丁·费伯》(Martin Faber)于 1833年由哈珀斯图书公司出版。这是一部带有犯罪小说因素的小说,书中男主人公的自我心理分析令人想起查尔斯·布朗的《威兰》和《埃德加·亨特利》。但不久,他又改变方向,将主要精力置于历史浪漫小说领域。从 1835 年至 1856 年,他以惊人的速度,创作了大量的革命题材小说。这些小说绝大部分以 18 世纪末的南卡罗来纳州为场景,分别从不同的角度,描绘了独立革命战争的宏伟画面。其中比较知名的有南卡罗来纳三部曲:《爱国者》(Partisan,1835)、《梅利钱普》(Mellichampe,1836)和《凯瑟琳·沃尔顿》(Katherine Walton,1851)。

《爱国者》取材于 1780 年革命军为抵御英军而进行的查尔斯顿、卡姆登保卫战。这两次著名战役都以英军的胜利和革命者的失败而告终。为此,革命暂时陷入低潮。威廉·西姆斯出色地描绘了战争场面。历史上一些著名的人物,如纳撒尼尔·格林(Nathaniel Greene)、弗朗西斯·马里恩(Francis Marion),纷纷在书中亮相。此外,作者还虚构了男主人公辛格尔顿少校和沃尔顿上校。他们分别代表年轻的、年长的一代革命者。相比之下,《梅利钱普》的战争场景没有那么悲壮,但作者精心虚构了效忠派的一个间谍。该间谍名叫布洛奈,系印第安人和女巫的混血儿。鉴于汉弗莱斯中尉的部队造成了他母亲的死亡,遂卖身投靠英国人。他那既贪婪钱财,又对女主人公阿澳逢迎的神态被刻画得惟妙惟肖。小说最后,布洛奈的阴谋败露,并被雇用他的英国人击毙。而男主人公梅利钱普也被解救。在《凯瑟琳·沃尔顿》中,男主人公又回到了辛格尔顿。他已经救出沃尔顿上校,并去了这位同僚的家。其时,查尔斯敦已被英军占领。曾一度,辛格尔顿和沃尔顿的女儿凯瑟琳遭遇敌人,但辛格尔顿镇静自如地装扮成英军弗内斯上尉脱离了险境。接下来,威廉·西姆斯描述了查尔斯敦革命派和效忠派的纠葛,其中还夹杂着英军军官的相互倾轧。故事发展到最后,沃尔顿上校悲壮地死去。

然而,威廉·西姆斯写得最好的一部历史浪漫小说还是《雅马西人》。这部小说取材于1715年南卡罗来纳州土著印第安人和当地白人移民的一次大冲突。不过,整个故事情节基于威廉·西姆斯本人对印第安许多部落的研究和体验。该小说的主人公是印第安部落长萨纳蒂,他已经预感到白人移民会带来他整个民族的覆灭,为此,他决定采取果敢的措施。不幸的是,他麾下的一些头领出卖了他,其中包括他的亲生儿子奥科内斯托嘎。有关萨纳蒂处罚奥科内斯托嘎的场面是全书最精彩的部分。按照印第安人的习俗,奥科内斯托嘎必须让一支图腾箭刺入臂膀,然后永远离开此地。正当他全身被缚躺在地上等待这一时刻来临之时,他的母亲趁话别之机杀死了他。因为她相信,与其让儿子触碰图腾与自己永远分离,还不如让他能够来世和自己相见。

丹尼尔·汤普森

1795年10月1日,丹尼尔·汤普森出生在马萨诸塞州查尔斯敦一个没落的贵族家庭。他的父亲原是商人,因经营不善,携家搬迁至佛蒙特州柏林镇,在奥尼昂河边置了一些荒地,辛勤耕作。丹尼尔·汤普森自小在穷乡僻壤长大,过早地挑起了家庭的重担。但他没有一时一刻放弃学习。十六岁时,他以优异的成绩进入米德尔伯里学院。毕业后,一边担任家庭教师,一边自学法律。1823年,他回到佛蒙特州,在蒙彼利埃开业当律师。不久,他获得县法院遗嘱验证官的职位,并被选进州议会。几年后,他担任了议会干事,1853年又被选为佛蒙特州干事。除了担任这些政治、法律领域的职务外,他还是佛蒙特州历史学会的发起人,并主编《青山公民报》。

尽管丹尼尔·汤普森对政治、法律、历史感兴趣,但文学也是他的一个爱好。早在大学读书期间,他就在报刊上发表了许多短篇故事和杂文。1835 年,他又将自己在《新英格兰明星报》获奖的长篇儿童作品《梅·马丁》(May Martin)整理出版。然而,真正确立他的文学地位的还是 1839 年出版的《青山男儿》。这部小说是在研究基础上创作的,反映了早期佛蒙特州一段不寻常的革命历史。公元 1770 年,佛蒙特还只是新罕布什尔和纽约相互争夺的许多授地。为了抵制英王将授地划归纽约,当地人民自动组织起来,成立了名叫"青山男儿"的武装队伍,同专制势力进行了不懈的斗争。美国独立革命爆发后,这些"青山男儿"又协助革命军和英军作战,累建功勋。丹尼尔·汤普森成功地刻画了著名爱国者伊桑·艾伦的光辉形象,讴歌了他的大智大勇和不怕牺牲的精神。《青山男儿》很快成为 19 世纪 40 年代的著名畅销书,一版再版,风靡美国一个多世纪。

《青山男儿》的成功,驱使丹尼尔·汤普森创作了续篇《突击队员》(The Rangers, 1851)。该书主要描述佛蒙特州人民在独立革命战争中的业绩,因情节雷同,没有什么影响。此外,他还创作了一部反映 19 世纪初在美国和加拿大边境上非法贸易的历史浪漫小说《高特·格利》(Gaut Gurley),也没有什么影响。

罗伯特·伯德

1805 年 2 月 5 日,罗伯特·伯德出生在特拉华州纽卡斯尔。十九岁时,他进入宾夕法尼亚大学,主修医学和药学。其间,积极参加学校的人文社团活动,显示了较好的文学天赋。毕业后,他当了医生。但仅过了一年,他便放弃这个职业,专心从事创作。1830 年,他开始和当时的著名演员兼剧团经理埃德温·福里斯特(Edwin Forrest, 1806—1872)合作,写了不少剧本。其中比较著名的有《斗剑士》(The Gladiator)、《波哥大的掮客》(The Broker of Bogota),等等。与此同时,他也出版了不少小说和诗集。1837 年,他离开埃德温·福里斯特,到《美洲月刊》当编辑。其后,他又变换了多种职业,包括经营农场、从政、重回医药界,等等,但从未放弃文学创作。

他对墨西哥历史的兴趣导致了《卡拉瓦》(Calavar, 1834)和续篇《异教徒》(The Infidel, 1835)的诞生。这两部历史浪漫小说生动地刻画了科特兹这个西班牙籍人物,将他既虔诚又贪婪、既勇猛又残忍的个性表现得恰如其分。作者还善于描写爱情,对主人公的爱情描写比较吸引人。不过,相比之下,情节编排不如场景描写那样有趣。在《异教徒》出版当年,罗伯特·伯德还出版了一部反映美国独立战争的历史浪漫小说《鹰谷之鹰》(The Hawks of Hawk-Hollow)。该书的场景设置在宾夕法尼亚州,描写一个效忠派的庄园被包围,其家人企图负隅顽抗,但最终逃脱不了覆灭的命运。全书情节惊险,高潮迭起,颇有悬疑感。

罗伯特·伯德最有名的历史浪漫小说《林中尼克》于1837年由费城一家图书公司出版。该书的场景设置在18世纪末的西部边疆肯塔基。主人公名叫内森·斯劳特,在家人惨遭当地印第安人杀害之后,疯狂地进行复仇,成为令红皮肤野蛮人闻风丧胆的"林中尼克"。全书的复仇场面描写得比较生动,主人公的个性刻画也还算成功。作为一个贵格会教徒,他害怕流血;但作为复仇者,他杀死了仇敌,在每一具尸体上留下了自己的标记。这部小说的人物和情节显然来自库珀的"皮裹腿丛书"。不过,罗伯特·伯德在吸取库珀的创作养分的同时,对其意欲表现的西部边疆生活主题进行了简单化处理。在罗伯特·伯德的笔下,白人移民和土著印第安人之间没有友情,只有仇恨;所有的印第安人均是野蛮、凶残,根本没有高尚可言;整个美国边界西移的复杂历史过程被简化成善与恶的冲突。这种简单化处理,对后来的西部冒险小说和廉价西部小说的创作起了示范作用。

约瑟夫·英格拉哈姆

1809年1月26日,约瑟夫·英格拉哈姆出生在缅因州波特兰。早在少年时代,他即出海谋生,在一艘商用帆船上当见习水手。在此期间,他还卷入了南美一些国家的革命活动。大概在二十岁时,他从海外返回美国,在鲍登学院接受大学教育。之后,他到了密西西比州纳奇兹,出任杰斐逊学院语言教授。这段时期,他已经开始根据自己的经历进行文学创作。1835年,他在纽约出版了第一部书《一个美国人眼中的南方和西方》(The South-West by a Yankee)。这是一部两卷本游记,里面记录了新奥尔良的大量风土人情。虽然该书引起了众多美国人瞩目,但在经济上没有给他带来多大收入。于是,他转而创作历史浪漫小说《拉菲特:墨西哥湾的海盗》。这部小说于1836年出版后,即刻成为畅销书,并创下了近几年历史浪漫小说销售的最高纪录。从此,他以极快的速度进行历史浪漫小说创作,短短几年内,出版了近八十本书,如《基德船长;或海上男巫》(Captain Kyd; or, The Wizard of the Sea, 1839)、《霍华德;或神秘的失踪》(Howard; or, The Mysterious Disappearance, 1843)、《西班牙战舰;或地中海的海盗》(The Spanish Galleon; or, The Pirate of the Mediterranean, 1844)、《诺尔曼;或海盗船长的新娘》(Norman; or, The Privateersman's Bride, 1845)、《爱德华·曼宁;或新娘和处女》(Edward Manning; or, The Bride and the Maiden, 1847),等等。虽然这些小说也很畅销,但影响远不如《拉菲特:墨西哥湾的海盗》。

《拉菲特:墨西哥湾的海盗》主要取材于蒂莫西·菲林特(Timothy Flint,1780—1840)的名作《密西西比流域或西部各州的地理和历史》(*Geography & History of the Western States or the Mississippi Valley*,1828),小说中许多情节都源自历史上的真人真事。主人公名叫阿其利,是一位流放到美洲新大陆的法国贵族之子。出于爱情上的嫉妒,他把利刃插进了孪生兄弟亨利的胸膛,只身逃到海外。经过十多年的闯荡,阿其利成了远近闻名的海盗首领拉菲特。第二次美英战争爆发后,拉菲特归顺在安德鲁·杰克逊将军麾下。在新奥尔良保卫战中,拉菲特与老对手——法国一艘战舰的舰长多伊利伯爵相遇,并被他击中要害。临终之前,他才发现,多伊利伯爵就是自己的孪生兄弟亨利。原来,当年亨利被刺后并未死去,他随同父亲返回法国,继承了伯爵爵位。整部小说以曲折、惊险的故事情节,再现了第二次美英战争的若干真实历史画面。不过,正如当时一些评论家所指出的,整个叙述显得冗长、拖沓,语言使用也不规范。

1852年,约瑟夫·英格拉哈姆接受了美国基督教的洗礼,并出任亚拉巴马州莫比尔、田纳西州里弗赛德等地圣公会牧师。从此,他热心教会事业,开办了多所教会学校。与此同时,他也对以前写的海盗小说感到愧疚,于是开始创作宣扬基督教教义的历史浪漫小说。1855年,他出版了《大卫王室的王子》。这是一本书信体小说,通过希律王朝亚历山德里亚一位名叫阿迪娜的犹太少女写给远在埃及的富翁父亲的一系列书信,展示了拿撒勒的耶稣从约旦受洗到被钉十字架致死的身世。数年之后,约瑟夫·英格拉哈姆又出版了《火柱》(*The Pillar of Fire*,1859)和《大卫王》(*The Throne of David*,1860)。前者描述以色列人在埃及遭受奴役的经历,后者则从伯利恒牧羊人祝圣一直述说到押沙龙反叛。这三本书的发行量都远远超过《拉菲特:墨西哥湾的海盗》。约瑟夫·英格拉哈姆的基督教历史浪漫小说"三部曲"的畅销,直接引发了19世纪末和20世纪初的宗教小说热。许多著名的宗教小说家都从这三部曲中获取了不少养分。

1860年,约瑟夫·英格拉哈姆在密西西比州霍利斯普林斯任教区长时,突然遭受枪击,不幸逝世。

第二节　西部冒险小说

渊源和特征

作为一个在特定的历史条件下产生的词语,"美国西部"(American West)有着多层含义。首先,它是一个地理概念,意指美国幅员广大的西部地区。这个地区东至密西西比河,西至太平洋,南至墨西哥,北至加拿大。其次,它又表达人的一类思维状况。这类状况是和两个多世纪的恶劣自然环境的缓慢变化以及多种文化的相互碰撞、磨合连在一起的。再次,它还表达一种已经逝去的地域观念。这个地域已不复存在,人们只能根据电影、电视的画面进行想象。尘土飞扬的街道,三教九流的人物,惊心动魄的暴力,这些就是其主要特征。最后,它还表达一处丰富的文学矿藏。从这个矿藏,人们进行发掘、加工。形形色色的西部文学作品和西部文学形式,皆出于此。

早在殖民地时期,就有许许多多的探险家、毛皮商人、士兵和厌俗遁世者穿越密西西比河,进入西部的崇山密林。到了 18 世纪初,随着美国版图的西扩,官方开始派员到西部勘察。其中最重要的一次是梅里韦瑟·刘易斯(Meriwether Lewis,1774—1809)和威廉·克拉克(William Clark,1770—1838)的西行。这些西部先行者所留下的大量书信、杂记、自传、回忆录既是最早的西部文字记录,又是后来的西部文学源头。其后,又有丹尼尔·布赖恩(Daniel Bryan,1816—1882)、詹姆斯·波尔丁以诗歌的形式赞美了西部的人文景观。他们的《高山缪斯》(*The Mountain Muse*,1813)和《荒蛮人》(*Backwoodsman*,1818)堪称最早的西部诗歌名篇。不过,作为西部文学重要组成部分的西部小说,则成形于 18 世纪 20 年代,其标志是詹姆斯·库珀的《开拓者》的诞生。这部作品不但是美国历史小说的杰作,而且也是美国最早的以西部边疆生活为题材的长篇小说之一。该小说以及后来的四部续集,即《最后的莫希干人》、《大草原》(*The Prairie*,1827)、《探路者》(*The Pathfinder*,1840)和《猎鹿者》(*The Deerslayer*,1841),构成了有名的"皮裹腿丛书"。该丛书塑造了西部英雄"皮裹腿"纳蒂·班波的典型形象,表现了西部边疆的复杂斗争和历史性变化,为后世的种种西部小说奠定了一个基础。由于这一开拓性的贡献,库珀被尊为"西部小说之父"。

正如《间谍》等历史浪漫小说一样,"皮裹腿丛书"也有其严肃性和通俗性。一方面,它们是严肃小说,每部书都从自己的独特西部视角,展现了美国边界西移这一历史过程中的宏伟画面。这里有自然环境的恶劣和移民的生存斗争,有多种文化的相互碰撞和磨合,有英、法殖民者之间的激烈争夺,有白人和土著印第安人的相互残杀。可以说,美国西部边疆的诸多复杂的历史性变化在这里第一次得到生动的反映。但另一方面,它们又包含着大量的通俗成分。该丛书的五部小说,均不同程度地强调了暴力,描写了英雄、恶棍以及他们之间的打斗、追杀、俘获和折磨,而这些正是通俗小说所热衷的具有轰动效应的文学因素。尤其是,在《最后的莫希干人》等后四部续集中,主人公纳蒂·班波已被理想化和神秘化。他不再是普通的林中人,而是变得超凡脱俗,具有文明社会和野蛮社会的双重杰出才能,能克服古老西部的任何危险。这种形象塑造可以说遍布任何一类通俗小说之中。

几乎从一开始,西部小说就沿着两条决然不同的道路向前发展。一些作家注重库珀作品的严肃性,自觉或不自觉地借鉴其严肃主题和若干严肃表现手法,创作了许多较为严肃的西部小说。如蒂莫西·菲林特(Timothy Flint,1780—1840)的《弗朗西斯·贝里恩》(*Francis Berrian*,1826),以中西部为背景,述说一个哈佛大学毕业的新英格兰人和一个西班牙美丽少女的爱情故事,其中不乏库珀式的多种文化的碰撞和磨合。又如卡罗琳·柯克兰(Caroline Kirkland,1801—1864)的《新家》(*A New Home*,1839),以库珀的《开拓者》的类似的素描手法,从多种视角展现了早期移民艰苦创业的图画。而另外一些作家,如莉迪亚·蔡尔德、凯瑟林·塞奇威克、威廉·西姆斯,则注重库珀作品的通俗性,自觉或不自觉地借鉴其中若干具有轰动效应的因素,创作了许多较为通俗的西部小说。他们的《霍波莫克》《霍普·莱斯利》《雅马西人》既是早期美国历史浪漫小说的代表作,也可以说是"皮裹腿丛书"的通俗成分的延伸和发展。其中最值得一提的是罗伯特·伯德的《林中尼克》。这部小说的主要人物和情节基本模仿"皮裹腿丛书"。但与库珀不同的是,伯德完全抹杀了西部边疆的社会因素和历史变化,将整个美国边界西移过程中的复杂斗争简化为白人移民和土著印第安人之间的善与恶的较量,从而为西部小说的进一步通俗化树立了一个典型范例。

西部冒险小说(western adventure)是早期西部通俗小说的一种重要形式,基本表现为单个或数个男主人公,克服重重障碍和危险,完成某种具有道德意义的重要使命。而且,这一过程往往是和暴力连在一起的。正因为如此,这类小说的主题大多与暴力有关,如白人移民对土著印第安人的复仇、执法者和歹徒之间的追杀、英雄和恶棍的较量,等等。在表现手法上,作者借用了"皮裹腿丛书"的通俗要素,并融入了传统通俗小说的许多成分,极尽神秘、恐怖之能事。至于主人公的形象,已经完全理想化。他不但有正义感,爱打抱不平,而且练就了一身超凡脱俗的才干,游刃于文明世界和野蛮世界之间。不过,这一切都是在西部地域发生的。所谓西部地域,有着地理位置和历史变化两方面的特定含义,其中殖民者的西进是一个时空焦点。

19世纪20年代和30年代是西部冒险小说的孕育期。到了40年代和50年代,西部冒险小说已经成形,产生了许多有影响的作家,其中最有影响的是查尔斯·韦伯(Charles Webber, 1819—1856)、埃默森·贝内特(Emerson Bennett, 1822—1905)和托马斯·里德(Thomas Reid, 1818—1883)。查尔斯·韦伯主要以塑造第一代西部冒险小说主人公"荒蛮人"(Backwoodsman)而著称。这类主人公脱胎于库珀所塑造的"皮裹腿"纳蒂·班波,而成形于罗伯特·伯德所塑造的"游荡的魔鬼"内森·斯劳特,其主要特征是崇尚无政府主义的自由,逃离现代文明的羁绊,沉溺于凶杀和暴力。尤其是所塑造的"大胡子幽灵"杰克·朗,成为许多作家仿效的对象。埃默森·贝内特是当时著名畅销小说家。他对于西部冒险小说的最大贡献是创造了新一代男主人公"边疆人"(plainsman)。自他开始,美国西部冒险小说的男主人公逐步实现了由"荒蛮人"到"边疆人"的转换。托马斯·里德是北爱尔兰出生的小说家,有着"西部小说巨子"之称。同当时大多数具有英国血统的小说家一样,他的西部冒险小说多以青少年为读者对象。亨利·詹姆斯(Henry James, 1843—1916)、罗伯特·史蒂文森(Robert Stevenson, 1850—1894)等许多作家都对他有很高评价。

西部冒险小说的问世和流行,标志着美国历史上第一类真正意义的本土通俗小说已经诞生。从此,美国通俗小说逐渐摆脱英国通俗小说的羁绊,走上了独立发展的道路。

查尔斯·韦伯

1819年5月29日,查尔斯·韦伯出生在肯塔基州拉塞尔维尔。他的父亲是当地一个名医,母亲系将门之后。受外祖父影响,查尔斯·韦伯从小就喜欢野游。1838年,他不顾家人劝阻,独自去得克萨斯州闯天下。一连数年,他待在荒野,结交了包括约翰·海斯(John Hays, 1817—1883)在内的许多著名的森林巡警队朋友。这段时期的生活经历为他日后的西部冒险小说创作积累了丰富的素材。1842年,他在当地参加了反击墨西哥入侵的志愿军,但不久,该志愿军解散,他返回了肯塔基。在这之后,他学习过医学,又上普林斯顿大学学习神学,均因缺乏兴趣而中途放弃。1844年,他到了纽约,想从事新闻业。在老朋友约翰·奥杜本(John Audubon, 1806—1844)的鼓励下,他开始使用笔名写了许多有关西部题材的短篇小说,投寄给《新世界》《文学世界》《民主评论》《星期天快报》《格雷厄姆杂志》等报刊。与此同时,他也创作和出版了西部冒险小说《杰克·朗;或,枪眼》(Jack Long;or, The Shot in the Eye)。这部小说顿时在社会上引起了轰动,一连数年畅销不衰,他因此成为著名的西部冒险小说家。自1846年起,他担任了《美国评论》的编辑,并出版了一系列长、中、短篇西部冒险小说,如《老向导希克斯》(Old Hicks the Guide, 1848)、《希拉河的金矿》(Gold-Mines of the Gila, 1849)、《自然主义猎手》(The Hunter Naturalist, 1851)、《内布拉斯加的野姑娘》(Wild Girl of Nebraska, 1852)、《野景与鸣鸟》(Wild Scenes and Song Birds, 1854),等等。这些几乎全是畅销书,其中《老向导希克斯》及其续篇《希拉河的金矿》还获得舆论界的好评。1854年,查尔斯·韦伯又萌发了去科罗拉多和亚利桑那地区探险的念头。经过一番周折,他拿到了纽约议会的许可证,于是,立即着手准备穿越西部沙漠的骆驼队。但就在这时,尼加拉瓜发生了驱逐威廉·沃克(Willian Walker, 1824—1860)的事件。他遂参加了由这位著名美国冒险家组织的偷袭尼加拉瓜的军队。1856年8月11日,在双方一次激烈的交战中,查尔斯·韦伯被杀,年仅三十七岁。

查尔斯·韦伯短促的一生留下了大量长、中、短篇西部冒险小说。这些小说的故事情节多半模仿库珀的"皮裹腿丛书",表现美国边界西移过程中的历史画面。主人公为"纳蒂·班波"式人物。他们游荡于密西西比河以西的荒山峻岭,推崇无政府主义的极端自由,逃离现代文明的影响和羁绊,是所谓的"荒蛮人"。不过,同罗伯特·伯德一样,查尔斯·韦伯抹杀了西部边疆的社会因素和历史变化,将整个美国边界西移过程中的复杂斗争简化为白人移民和土著印第安人之间的善与恶的较量,以及双方的不可调和的血腥暴力和拼杀。譬如他的成名作《杰克·朗;或枪眼》。该小说出版于罗伯特·伯德的《林中尼克》问世之后的七年。如同《林中尼克》,它的基本情节也表现为一个复仇故事。主人公杰克是个"内森"式的复仇狂。他在惨遭印第安人屠杀之后,从坟墓中爬出,进行了极端狡诈、残忍的报复行动。每当他杀了一个印第安人,都要在尸体上留下标记,即让子弹从眼睛穿进,在脑颅后面穿出。这种近乎倒退到原始动物状态的暴力行为令当地印第安人十分恐惧,都称他为"大胡子幽灵"。这部小说曾受到爱伦·坡的高度评价,称之为"我所看过的最令人兴奋、最有持久力的小说之一"①。

查尔斯·韦伯最好的西部冒险小说当属《老向导希克斯》。这部小说主要述说一群白人移民到俄克拉荷马州科曼切印第安人居住区探寻金矿的冒险经历,故事的情节虽然没有跳出报复与反报复的圈子,但融入了"荒蛮人"的"尚古主义主题"。作者以相当的篇幅描述了"我"从得克萨斯州的特里尼蒂河到加拿大人河的所见所闻,表达了对当地印第安人的原始生活方式的推崇,此外,小说中对男主人公与法国移民爱弥尔的爱情描写也比较复杂、生动。作者没有简单地把印第安人作为两人结合的障碍,而是精心设计了一个白人恶棍,让他处心积虑地诱拐爱弥尔,而且解决矛盾的方式也是通过爱弥尔的兄弟杀死那个白人恶棍,从而弥补了自库珀以来所有西部小说中的女性人物显得呆滞、生硬的缺陷。正因为这样,有人认为查尔斯·韦伯"勇敢地展示了我们的无所不能者一直感到困惑的真相"②,他的"出色才能",甚至"超越了同时代的赫尔曼·麦尔维尔(Herman Melville,1819—1891)"。③

埃默森·贝内特

1822年3月16日,埃默森·贝内特出生在马萨诸塞州汉普顿。他从小就喜欢文学,渴望到大学深造,然而,时运不济,十三岁那年,他的父亲不幸逝世,全家失去了经济来源,他不得不弃学到农场打工。然而,他还是顽强地自学。十七岁时,他前往纽约,想跻身新闻界,但种种努力以失败而告终。这段时期,他曾在秘密共济会(Odd-Fellows)主办的一家杂志发表了一首题为《强盗》("The Brigand")的诗歌。在这之后,他又前往费城,以及巴尔的摩,最后在辛辛那提如愿地当上了一家杂志的巡回记者。从那时起,他开始在《每日商讯》发表短篇小说,不久,又开始创作长篇小说。1847年,他的第一部西部冒险小说《奥塞奇匪帮》(The Bandits of the Osage)在辛辛那提出版。这部小说一问世,即引起瞩目,成为当年的著名畅销书。紧接着,他的西部冒险小说《迈克·芬克》(Mike Fink,1848)、《边疆之花》(Prairie Flower,1849)、《莱尼·利奥蒂》(Leni-Leoti,1849)、《森林玫瑰》(Forest Rose,1850)又相继出版,而且同样受到读者的欢迎,他因此成为闻名遐迩的畅销书作家。1850年,他创办了一家名为《宝库》的杂志。

---

① James A. Harrison, ed. The Complete Works of Edgar Allan Poe, 17 vols. AMS Press, New York 1965, XIII, P. 154.
② United States Magazine and Democratic Review, New Series, XXII, 332, May, 1848.
③ Graham's Magazine, XXXII, 356, June, 1848.

但由于经营不善,这家杂志仅维持了九个月就倒闭。于是,他搬迁到费城,一边当编辑,一边创作。自1851年至1859年,他先后在《纽约纪事报》《费城晚邮报》等报刊发表了数以百计的西部边疆生活速写,以及数十本西部冒险小说。其中比较著名的有《迈阿密联盟》(*League of the Miami*,1851)、《沃尔多·沃伦》(*Waldo Warren*,1852)、《克拉拉·莫兰》(*Clara Moreland*,1853)、《凯特·克拉伦多》(*Kate Clarendo*,1854)、《艺术家的新娘》(*The Artist Bride*,1857),等等。1860年,他又创办了《一元月刊》。但不久,这次尝试又宣告失败。从此,他彻底打消办杂志的念头,专心创作,直至1905年去世。

埃默森·贝内特一生所出版的西部冒险小说,大部分是依据自己到西部边疆采访的素材进行创作的,而且这些小说的情节模式也多半是库珀的"皮裹腿丛书"中的通俗成分的演绎和补充。主人公基本上表现为"崇尚极端自由""逃避现代文明"的男性,他们每每卷入当地白人移民与印第安人的冲突,由此产生了"冤冤相报"和"血腥屠杀"。譬如他的成名作《奥塞奇匪帮》,记录了俄克拉荷马州白人移民与奥塞奇印第安人之间的激烈冲突,其中不乏一些令人心颤的生死搏击和暴力拼杀。而《迈克·芬克》也记录俄亥俄河两岸一段由来已久的传闻。河面劫匪猖獗,总督侄女被绑架,龙骨船工奋力营救,读来极感惊险、刺激。当然,最令人难忘的是《森林玫瑰》中"英雄救美人"的故事。该书男主人公是一个白人移民。一次,他在狩猎中结交了一个青年猎手,并应邀到他家做客。但不料,这个青年猎手的家人惨遭印第安人屠杀,心爱的未婚妻也被掳走。在男主人公的帮助下,青年猎手展开了营救未婚妻的行动。两人沿着崎岖的林间小道赶到印第安人宿地。只见青年猎手的未婚妻还活着,但已遍体鳞伤,步履蹒跚。而那几个印第安人则散坐在篝火边。青年猎手旋即要向仇敌开火,但被男主人公阻止了。两人游过小河,设下埋伏。一阵激战,仇敌均被击毙,未婚妻回到了青年猎手的怀抱。整个故事投射着罗伯特·伯德的《林中尼克》的影子。

评论界普遍认为,埃默森·贝内特的最出色的作品是《边疆之花》。该书主要描述几个年轻移民向西穿过落基山脉,到加利福尼亚探险的经过。故事的情节并不特别新奇,但有关山中捕兽者形象的描述以及他们之间所用方言的情趣令人耳目一新。尤其是,书中出现了"边疆人"基特·卡森(Kit Carson)的人物形象。基特·卡森在美国历史上确有其人。他于1809年出生在肯塔基州一个白人移民家庭,从小在密苏里长大,在荒野练就了一副罕见的求生本领。长大成人之后,他在森林狩猎,给人做向导,还当过印第安人代表和士兵。在长期的多变的生涯中,他游走于远西大荒野的各个角落,经历了不计其数的艰难险阻。白人移民挑选他为领袖,印第安人也把他看成保护者和朋友。埃默森·贝内特首次把这个古老西部的真实人物变成文学上的西部人物形象。尽管在《边疆之花》中,他没有把基特·卡森列为男主人公,但描写了他的人物雏形,描写了他在茫茫大荒野中游刃自如的神奇本领。很快地,基特·卡森成了众多西部小说家追逐的对象。一本本以基特·卡森为男主人公的西部冒险小说接踵问世,有的侧重描述他传奇般的身世,有的侧重描述他的历史功绩,但更多的是添加种种夸张和想象,虚构了一个个西部冒险故事。"边疆人"基特·卡森是继"荒蛮人"纳蒂·班波之后又一个典型的西部冒险英雄形象。他活动在远离美国西部边疆数百英里的落基山脉,以上山狩猎和毛皮贸易为生,不但迎娶了印第安姑娘为妻,而且生活方式、习俗均混同于印第安人,因此较之纳蒂·班波,这个典型西部英雄显得更原始、更野蛮、更具有吸引力。

不过,对于埃默森·贝内特能够创作《边疆之花》这样一部颇有新意的作品,目前通俗小说界尚有争议。一些人认为,该书的原创者很可能是悉尼·莫斯(Sidney Moss,1810—1901)。此人是俄勒冈市的一家旅店的老板,曾于 1842 年会同一伙年轻人到加利福尼亚旅行。旅行结束后,他就写了这部小说,并于 1844 年通过一个名叫奥弗顿·约翰逊(Overtone Johnson)的人将手稿带到内地。后来,埃默森·贝内特不知如何得到了手稿,以自己的名字出版。事实上,《边疆之花》在辛辛那提出单行本之前曾在《大西方》杂志上刊载,而埃默森·贝内特当时正是该杂志的编辑。

尽管如此,埃默森·贝内特仍是一位杰出的西部冒险小说家。他在 19 世纪美国西部冒险小说领域的重要影响是不可抹杀的。自他的一系列小说问世后,"廉价小说像雪崩似的产生,从而形成了 1860 年至 1895 年廉价小说泛滥的局面"[1]。

托马斯·里德

1818 年 4 月 4 日,托马斯·里德出生在英国北爱尔兰道宁郡。他的父亲是当地一位有名的牧师,曾入主北爱尔兰长老会最高裁决会议。自幼年起,托马斯·里德便被灌输长老会教义,以后又被送到贝尔法斯特的皇家研究院学习神学,但因他思想上有抵触,未等学完全部课程,便启程回家。

---

[1] James H. Maguire. "Introduction", *A Literary History of the American West*. Texas Cristian University Press, 1987, P. 135.

在这之后,他办了一所学校,但很快,这所学校又关闭了。于是,他产生了去美国闯天下的念头。1839年12月,他移民到了美国。在纽约、纳什维尔等地,他先后干过仓库保管、黑奴监工、小学教师等工作,还参加过几次远足狩猎、与印第安人作战。1843年,他作为《费城晚邮报》的新闻记者,定居在费城。正是在那里,他与爱伦·坡相识。1846年,他离开了费城,到《纽约先驱报》当记者,并被派驻罗得岛纽波特。同年9月,他又加盟《威尔克斯时代精神》。墨西哥战争爆发后,他参加了纽约第一志愿军,并被任命为中尉军官,奔赴韦拉克鲁斯前线。在作战中,他非常勇敢,几次身负重伤,甚至被误传牺牲。鉴于上述突出表现,他被晋升为上尉。

1848年5月,他从军队退役,回到了美国。在俄亥俄州的一个朋友家中,他开始了西部冒险小说《持枪巡警》(The Rifle Rangers)的创作。1849年9月,他启程前往英格兰,想会同那里的朋友一道去德国和匈牙利,参加那里爆发的革命运动,但因旅途受阻,计划未能成功。于是,他转道返回自己的家乡北爱尔兰,后来又到了伦敦,在那里完成了《持枪巡警》。1850年,这部描述他早年西部冒险经历的小说在伦敦出版,立即引起轰动。翌年,他又出版了西部冒险小说《剥头皮的猎手》(The Scalp Hunters)。这部小说获得了更大成功。于是,他便将自己的主要精力用于文学创作。

从1852年起,他出版了一系列十分畅销的青少年长篇小说。这些小说同样以美国西部为主要背景,描述惊险、神秘的冒险故事,其中重要的有《荒漠之家》(Desert Home,1852)、《少年猎手》(The Boy Hunters,1853)、《年轻的森林人》(The Young Voyageurs,1853)、《猎手的盛宴》(The Hunter's Feast,1854)、《丛林少年》(The Bush Boys,1855)、《混血儿》(The Quadroon,1856),等等。这期间,他与出身英国显贵家庭的伊丽莎白·海德(Elizabeth Hyde)结婚。1866年11月,他在当地卷入了一起不恰当的房地产交易,被迫宣布破产。为摆脱困境,他携妻重返美国,并定居在罗得岛纽波特。尽管接下来的几年里,他又出版了诸如《无助的手》(The Helpless Hand,1868)之类的畅销书,而且在"纽约斯坦韦大厅"也有颇为丰厚的演讲收入,但终因无法照料妻子的生活,放弃了在美国继续发展的打算。1870年,他回到伦敦,身体状况逐渐恶化,住了几次院,以后又被诊断患了忧郁症。与此同时,他的家庭收入也愈来愈差。虽说他拼命地写书,但没有一本畅销,最后全家沦落到依赖美国政府发放的抚恤金过活。1883年10月22日,他在伦敦去世,被安葬在肯塞尔格林公墓。

托马斯·里德一生的创作生涯长达三十多年,在此期间他总共出版了五十多本西部冒险小说。这些小说的创作,同查尔斯·韦伯、埃默森·贝内特一样,主要是依据本人的生活经历。正因为这样,它们深深地打上了个人的印记。如《持枪巡警》,基本上是托马斯·里德早年在墨西哥南部冒险的记录。而《剥头皮的猎手》也融入了他在纽约当黑奴监工时的许多不寻常经历。该书的男主人公是一个土著混血儿,被一个剥头皮的猎手雇来追杀另外两支部落的印第安人。尽管他乐意追求各种充满刺激的冒险,但也为自己残杀成百上千个无辜者而备受良心谴责。小说最后,他神奇般地从印第安人手中救出了剥头皮的猎手的女儿。该书被一些评论家誉为"描写荒芜西部的最好的小说之一"①。

不过,托马斯·里德的大部分西部冒险小说,主要以青少年读者为对象。因此他在描述惊险、神奇的西部故事的同时,还注意穿插有关美国大荒漠的历史事实和地理环境。如他的第一部标示青少年读物的《荒漠之家》,小说一开始就出现了一个博学的商人,并借着这个商人之口向青少年读者详细介绍了美国大荒漠。当然,这种穿插不是孤立的,而是作为男主人公罗尔夫一家的奇特经历的铺垫。如果说,《荒漠之家》主要是采用笛福的小说结构向青少年展示鲁滨孙式的冒险情景,那么《少年猎手》等小说则是通过大仲马式的小说手法,为他们描绘了极其美好的理想蓝图。这些小说往往有一个坚韧不拔的少年主人公,因为受到诬陷与迫害,隐名埋姓到了美国西部,尽管摆在面前的道路荆棘丛生,但经过几番生死磨炼,最终洗净了罪名,获得了财富。而女主人公也往往是纯情少女,虽然不久便找到了自己的意中人,但屡屡遭到人面兽心的天主教神父或道德败坏的印第安人歹徒的劫持。于是,在男主人公和劫持者之间,发生了营救与反营救的生死较量。

美国学者苏珊·马厄(Susan Maher, 1942—2020)在谈到托马斯·里德的小说模式时指出:"他的《荒漠之家》采用笛福的小说结构反映了他对市场的重视超过了对艺术的重视。"②事实上,重市场而不重艺术,这不仅是托马斯·里德的创作缺陷,也是包括查尔斯·韦伯、埃默森·贝内特在内的一切西部冒险小说家的创作缺陷。这种缺陷直接导致了西部冒险小说的泛滥,同时也预示着西部冒险小说向廉价西部小说过渡的开始。

---

① Bernard DeVoto. *The Year of Decision*. Houghton Mifflin, Boston, 1943, p. 404.
② Susan Maher. "Westering Crusoes", *Journal of the Southwest*, Vol. 35, No. 1 (Spring, 1993), pp. 93-105.

第三节 女性言情小说

渊源和特征

19世纪20年代之后,美国引诱言情小说逐渐衰落,代之而起的是另一类反映妇女家庭婚姻问题的言情小说。这类言情小说,不但作者是女性,阅读对象是女性,而且述说的也是女性故事,是地地道道的女性言情小说。女性言情小说的兴起与美国妇女在当时的社会地位变化有关。伴随着女权主义运动的深入开展,广大妇女开始走上社会,思索自身的种种问题。一时间,社会上涌现出许多有关妇女问题的杂志,如《戈迪》《宝库》《象征》,等等。这些杂志的畅销,促使越来越多的妇女选择自由撰稿人这个职业。她们以笔墨为武器,撰写了无数见闻、特写和杂感,为"灵魂高尚而地位低下"的妇女大声疾呼。与此同时,她们也把视角瞄准图书领域,撰写了各种家庭指南以及与家庭婚姻有关的通俗小说。于是,女性言情小说(women's fiction)应运而生。鉴于这类小说以女性为中心,反映妇女所感兴趣的家庭婚姻问题,所以深受广大妇女读者的欢迎。整个19世纪中期和后期,美国都在流行这类言情小说。

女性言情小说依然带有引诱言情小说的印记。它有三大要素:性、感伤和宗教。"性"构成小说的基本情节,多半为单一的故事,描述女主人公的曲折爱情经历。"感伤"贯穿情节的始终。女主人公多为软弱无助的孤儿,她们历尽磨难,让人读了伤心落泪。"宗教"既是解决矛盾的源泉,也是催人奋进的动力。从这些方面说,它是引诱言情小说的继续。不过,它也有自己的独特之处,那就是女主人公的形象已经大大加强。在读者面前,她不再是多愁善感、任人宰割的牺牲品,而是勇于同不幸命运抗争的斗士。尤其是,小说中几乎没有出现她被引诱、堕落的情景。也就是说,它已经摈弃了引诱言情小说的基本模式,成为一类新型的言情小说。

尽管女性言情小说的主题不尽相同,但目的只有一个:道德说教。最常见的一种说教是,具有高尚灵魂的女主人公最终必胜,无论她所处的环境多么恶劣,也无论她经受了怎样的磨难。这也从另一个角度说明了女性言情小说为什么受到广大妇女的欢迎。经过数十年的发展,女性言情小说逐渐形成了自己的主要人物。他们是:孤立无援的少女;贪财恋色的监护人;专横残忍的父亲;心狠手辣的继母;虚伪自私的丈夫;势利浅薄的姐妹;口蜜腹剑的求婚者;颇有爱心的基督徒;心地善良的贵妇;道德高尚的先生;等等。情节模式大体有四种。其一,兴衰模式。叙述女主人公在失去原有的财富和幸福后,如何自强不息,终于追回了一切。其二,追寻模式。女主人公或为孤女,或为寡妻,或为没有防卫能力的贞女,虽历尽磨难,数陷险境,最终还是获得了幸福。其三,牺牲模式。女主人公为了丈夫和家庭,放弃了个人的一切,如苦思的恋人、理想的工作、成功的机会,等等。其四,悲剧模式。描述误入歧途的丈夫,分崩离析的家庭,不可治愈的疾病和种种不幸的逆境。

总之,女性言情小说反映了 19 世纪上半叶女权主义思潮冲击下的美国种种社会现实,对广大妇女的思想解放具有一定的启迪作用。不过,在艺术上,它显得比较粗糙。故事情节基本为单线条型,人物形象相对不够生动,文字叙述受英国道德小说家玛利亚·埃奇沃思(Maria Edgeworth, 1767—1849)等人的影响很深。正如美国学者尼娜·贝姆所说,女性言情小说的作者是"职业作家",不是"艺术家",她们以满足当时读者的口味为己任。[1]

美国第一个成功的女性言情小说家是凯瑟琳·塞奇威克。她于二三十年代出版的数部女性言情小说,刻画了若干历经磨难但经过自己努力最终获得幸福的年轻女性,为后来的创作起了示范作用。40 年代最有影响的女性言情小说家为玛丽亚·麦金托什(Maria McIntosh,1803—1878),她的一系列女性言情小说不但增加了情节复杂性,而且心理描写也有一定的深度。到了 50 年代,又有埃玛·索思沃思(Emma Southworth,1819—1899)、卡罗琳·亨兹(Caroline Hentz,1800—1856)、苏珊·沃纳(Susan Warner,1819—1885)、玛丽亚·卡明斯(Maria Cummins,1827—1866)、玛丽·霍尔姆斯(Mary Holmes,1825—1907)、马里恩·哈兰德(Marion Harland,1830—1922)等一大批知名女性言情小说家诞生。她们均是多产作家,作品十分畅销,在艺术上各有建树。埃玛·索思沃思的女性言情小说主题深刻,人物丰富,并融入了一些哥特式小说的成分。卡罗琳·亨兹成功地把早期女性言情小说的模式同冒险小说的若干因素结合起来,故事显得曲折离奇,惊险动人。苏珊·沃纳以情感细腻、动人著称,作品社会含量大,涉及面广,堪称女性言情小说的百科全书。玛丽亚·卡明斯在作品中摈弃了一些俗套,并加入了道德传奇剧的成分,情节显得更加紧凑,更加吸引人。玛丽·霍尔姆斯擅长描写丑小鸭式女主人公,作品的情节和主题更加贴近实际生活,更少说教气。马里恩·哈兰德则别出心裁,在作品的

---

[1] Nina Baym. *Women's Fiction*. Cornell University Press, Ithaca and London, 1978, p. 32.

传统结构方面做了大胆探索和创新。60年代后期,女性言情小说开始走下坡路,但也出现了奥古斯塔·埃文斯(Augusta Evans,1835—1909)这样卓有成效的作家。她的作品集前人之大成,展示了新型女主人公形象,被誉为19世纪女性言情小说的一大"绝唱"。

凯瑟林·塞奇威克

1789年12月28日,凯瑟林·塞奇威克出生在新英格兰一个富裕家庭。她的父亲是有名律师,曾在华盛顿时代的国会任职。她的母亲也很有教养。幼时,她即接受家庭教师的教育。但未等成年,她的父母便相继去世。在此之后,她同自己的哥嫂一道生活。为了摆脱日益严重的精神忧郁症,她开始写作,先是创作成人小说,继而撰写青少年道德启蒙读物和礼仪书。她总共写了六部小说,其中两部为历史浪漫小说,四部为女性言情小说。历史浪漫小说《霍普·莱斯利》(Hope Leslie,1827)曾经受到很高评价。她的四部女性言情小说是:《一个新英格兰故事》(A New-England Tale,1822)、《雷德伍德》(Redwood,1824)、《克拉伦斯》(Clarence,1830)和《结婚还是单身》(Married or Single,1857)。这些小说大都是美国最早的女性言情小说成功之作,为后来的同类小说的创作起了示范作用。

《一个新英格兰故事》描述了一个自立自强的少女的非凡经历。简·埃尔顿十二岁时,父亲因破产死亡。一年之后,她的母亲又伤心过度离世。出于无奈,简·埃尔顿和冷漠、自私的姑母一道过活,饱受了欺凌和痛苦。但她并没有气馁,而是设法让姑母送她去上学。在学校,简·埃尔顿是优等生,校方曾破例考虑让她担任教师助理。当姑母诬赖简·埃尔顿偷了家里的钱时,她和姑母决裂。其后,一个名叫爱德华·厄斯金的年轻律师主动帮助她,并继而向她求婚。出于感激之情,她应允了。简·埃尔顿孜孜不倦地工作,成为一名出色的教师。但在这时,她和爱德华·厄斯金的分歧越来越大。终于,两人分手。年复一年,简·埃尔顿拒绝了爱德华·厄斯金的任何帮助,执着地过着单身生活。小说最后,简·埃尔顿和有钱的鳏夫劳埃德先生结了婚。劳埃德先生育有两个女儿,当年就是他买下了简·埃尔顿家的房子。突然一下,简·埃尔顿有了丈夫,有了孩子,有了温馨的家。作者意在说明,简·埃尔顿依靠自己的不懈努力,赢得了父母未能为她赢得的幸福。

《雷德伍德》也是述说女主人公的非凡成长经历,不过人物较多,情节较复杂。这反映了作者的创作技巧日益成熟。故事一开始,雷德伍德先生和女儿卡罗琳因车祸被迫住在农夫伦诺克斯家中。同伦诺克斯一道生活的,还有女主人公埃伦·布鲁斯。不久,伦诺克斯家中又来了颇有身份的韦斯托尔太太和她的儿子查尔斯。韦斯托尔太太和雷德伍德先生都有意让查尔斯和卡罗琳联姻。但查尔斯却爱上了生身父亲不明的埃伦。埃伦幼时,母亲即已去世。临终前,她留下一封信,指明了埃伦的父亲是谁,但叮嘱必须等到埃伦成人或订婚才能将信打开。面对查尔斯的选择,卡罗琳心生妒意。终于,她悄悄溜进埃伦的房间,打开埃伦的箱子,找到了埃伦母亲留下的那封信。令她吃惊的是,信中指明的埃伦的生父不是别人,正是雷德伍德先生。原来雷德伍德先生早年和埃伦的母亲秘密结合,以后又遗弃了她。卡罗琳意识到埃伦不仅是她的情敌,而且将要和她共分遗产,于是把那几页信纸拿走,依原样将空信封封口。当埃伦同意查尔斯的求婚时,她打开那个信封,发现里面竟然是空的,她极为伤心。但查尔斯并不看重埃伦的出身,依然爱着埃伦,卡罗琳的诡计落空。最后,窃信之事暴露,卡罗琳仓促嫁给一个军官,不久病死在西印度群岛。而埃伦有了丈夫,有了父亲,有了财产,赢得了母亲被遗弃时失去的一切。显然,作者是以卡罗琳作为埃伦的反衬,揭示灵魂高尚、具有奋发精神的少女终究会战胜邪恶,获得幸福。

在《克拉伦斯》中,凯瑟林·塞奇威克继续塑造具有独立意识、奋发向上的女性,并进一步采用双重反衬手法,以埃米莉的胆怯和消极来反衬女主人公克拉伦斯的果敢和顽强,以埃米莉母亲的世俗和贪婪来反衬克拉伦斯的品行端正和高尚。当然,克拉伦斯的品行不是天然形成的。小说一开始,作者就介绍了克拉伦斯的成长背景。她的父亲是一个长期在外奔波的商人。尽管他赚有万金,却带来了家庭不幸。儿子病故,妻子也忧郁而死。悔恨中,他带领着女儿隐居乡村,并极力影响她脱离世俗的观念。整部小说核心是叙述克拉伦斯如何帮助自己的朋友埃米莉摆脱父母包办的金钱婚姻。因为欠下了佩德里罗一大笔债,埃米莉的父母答应将自己的女儿嫁给他。而埃米莉真心所爱是一个南方小伙。当埃米莉无法为自己的命运抗争时,克拉伦斯挺身而出,先是主动替埃米莉的父母还债,继而设计在化装舞会上帮助埃米莉逃脱。正义的行动终于带来了完美的结果。

《结婚还是单身》是凯瑟林·塞奇威克的最后一部女性言情小说,成书于《克拉伦斯》问世二十七年之后。这时候,女性言情小说已经发展到了顶峰,新的潮流不断产生。凯瑟林·塞奇威克多少受了影响,这主要表现在她的笔下主人公不再是完美无缺的女性化身。小说一开始,就述说了主人公格雷斯·希尔的父亲、叔叔、姑姑等人的婚姻不幸,由此得出一个结论,与其婚姻不幸,不如不结婚。接着,作者描述了格雷斯·希尔本人恋爱的复杂过程,显示她如何从追求对方的金钱地位到重视对方的人品,并最终获得了幸福。

埃玛·索思沃思

1819年12月26日,埃玛·索思沃思出生在华盛顿。她父亲是一个法裔商人,曾在弗吉尼亚经商。埃玛三岁时,父亲去世,母亲带着她改嫁给乔舒亚·亨肖。此人曾任国务卿秘书,后致力于教育事业,办了一所学校。正是在继父办的这所学校,埃玛完成了自己的学业。尔后又担任了教师。1840年,她嫁给弗雷德里克·索思沃思,并跟随他去了威斯康星。数年后,夫妇俩感情破裂,她独自带着两个孩子回到华盛顿,仍然以教书为生。为了弥补收入不足,她开始创作女性言情小说。1849年,她在《全民时代》连载了第一部小说《报应》(*Retribution*)。这部小说十分受欢迎,并于当年由哈珀斯出版公司出版单行本。从此,她开始了一个职业小说家的创作生涯,以每年两部小说的速度辛勤笔耕,到1899年逝世,已创作六十多部女性言情小说。这些小说在出版前大都在报刊连载,出版后又多次重印。直至现在,还有新版本出现。有研究者指出,她的作品销售总量已经超过任何一位女性言情小说创作者,是19世纪该领域作品最畅销的一位小说家。[①]

比起凯瑟林·塞奇威克和玛丽亚·麦金托什,埃玛·索思沃思所揭示的"女性解放"主题显得更深刻。她的小说,尤其是50年代的小说,含有明显的"反男人倾向"。书中的男性主要人物,无论是作为"父亲"还是充当"丈夫",一个个显得自私、专横、虚伪、愚昧。而女主人公,则往往被当作道德高尚、富有个性的正面人物来歌颂。即便是一些代表反派势力的女性次要人物,其邪恶根源也在于男人的势利和愚蠢。譬如她的成名作《报应》,作者以朴实的文字抨击了一位狠毒的监护人。他不但虐待成性,而且有强烈的物质占有欲。当他千方百计诱使女继承人上钩之后,又立即移情他人。然而,等待他的是同样的折磨和惩罚。又如《遗弃的女儿》(*The Discarded Daughter*,1852),作者把抨击的矛头指向一位邪恶的父亲。这位父亲是个将军,利用自己的权势和女继承人结了婚。但其实,他看中的只是她的宅院。二十年后,为了把邻居的宅院和自己的宅院连成一片,他又不惜牺牲自己女儿的幸福,上演了同样一幕逼婚的把戏。而《克利夫顿的咒骂》(*The Curse of Clifton*,1853)的抨击对象,表面上是年轻貌美的克利夫

[①] John Tebbel. *A History of Book Publishing in the United States*, Vol I. R. R. Bowker Company, New York, 1975.

顿太太。她不但工于心计,而且心狠手辣。正是她,对道德高尚的女主人公进行了一系列陷害。然而克利夫顿太太的所作所为,皆源于克利夫顿上校的纵容和偏见。

与上述小说近乎千篇一律的男性反派形象相映照,埃玛·索思沃思笔下的女性正面形象则是千人千面,丰富多彩。像《岳母》(*The Mother-in-Law*, 1852),作者精心刻画了七个主要女性人物。她们的年龄、外貌、身份、个性均不相同,各自有着一段曲折的经历。这些经历相互交织,构成了整部小说的绚丽画卷。女管家布赖蒂以自己的聪明和洒脱赢得了富有的戈登将军的爱。但这个幸福的结合却给善良的女主人公路易斯带来了灾难,因为她的母亲阿姆斯特朗太太强迫她和戈登将军的儿子斯图亚特离婚。然而当年,正是阿姆斯特朗太太觊觎戈登将军的财产,一手包办了路易斯和斯图亚特的婚姻。在性格正直、活泼的北欧少女格特鲁德的帮助下,路易斯度过了一个又一个磨难,终于使阿姆斯特朗太太的愿望落空。

埃玛·索思沃思最畅销的一部女性言情小说是《隐匿的手》(*The Hidden Hand*)。这部小说于 1859 年初开始在《纽约纪事》连载,同年 7 月连载完毕,以后分别在 1868 年和 1883 年又连载两次,直至 1889 年出单行本。在此期间,先后有四十多家剧院将其改编成剧本上演,其中三次在伦敦上演。像埃玛·索思沃思的大多数女性言情小说一样,该小说包含许多相对松散的人物和情节。女主人公名叫卡皮托拉,她原本是弃儿,在纽约街头到处流浪。一位好心的南方庄园主救了她,将她带回弗吉尼亚。但她不甘心做笼中金丝雀,化装成男孩骑马闯天下,于是有了一幕幕惊心动魄的冒险经历。其中包括她和凶狠的匪帮格斗,救出无辜受害的少女。而她本人,也成为匪帮谋害的目标。其根源在于她是一笔巨大财富的继承人,但她自己对此一无所知。卡皮托拉这个自强自立的"假小子"形象对当时的通俗小说家影响较大;甚至一些严肃小说家,如路易莎·奥尔科特(Louisa Alcott, 1832—1888),也曾进行过模仿。

苏珊·沃纳

1818 年 7 月 11 日,苏珊·沃纳出生在纽约州。她的父亲亨利是个律师,事业颇有成就;她的母亲也是大家闺秀,这个不幸的女人结婚后生有五个孩子,但存活的仅有苏珊和比她小八岁的妹妹安娜。儿时,苏珊和安娜享受了一个富贵家庭孩子所能享受的一切。为了照顾她俩,亨利特意找来了他的终身未嫁的妹妹范妮,由此,范妮成了沃纳家的永久成员。苏珊长至十余岁,亨利又为她请了家庭教师,讲授音乐、绘画、语言、历史、地理、文学、数学、生物等课程。苏珊天资聪颖,酷爱读书,亨利为了她的身体健康,不得不强迫她去户外玩耍。于是她学会了骑马,而这一爱好也成为她以后作品中所有女主人公的爱好。1837年,亨利跻身于房地产业,进行了几次错误投资,输了很多钱。自此,家中境况一落千丈。为了糊口,苏珊和安娜不得不跟着范妮做针线活。在范妮的提议下,苏珊开始尝试小说创作,并于1850年12月匿名出版了女性言情小说《宽阔、宽阔的世界》(*Wide, Wide World*)。这部小说顿时引起轰动,两年内印刷了十四次,销售量超过其他任何一本女性言情小说。从这以后,苏珊开始了一个忙碌的职业小说家的生涯。她夜以继日地进行写作,至1885年去世,已经出版了十七部小说(其中和妹妹合写四部)。此外,还著有大量的宗教、园艺图书。这些图书的版税绝大部分支付了亨利的诉讼费和债务。苏珊终身未婚,在劳碌和孤独中度过了一生。

《宽阔、宽阔的世界》是苏珊·沃纳的成名作,也是她最成功的一部女性言情小说。该书出色地描写了一个孤苦伶仃的美丽少女所遭受的磨难,涉及大量社会现实,堪称女性言情小说的百科全书。相比其他女性言情小说家笔下的女主人公,苏珊的女性人物心理刻画更加细腻,字里行间浸透着哀伤幽咽,具有强烈的感染力。由于父亲的法律诉讼失败,家中的境况突然发生变化,十岁的埃伦被迫离开母亲,寄住在姑姑福琼家中。这个性格怪异的老处女无形之中给埃伦带来了许多心灵创伤。幸而邻居阿丽斯是一个颇有爱心的基督徒,她经常开导、安慰埃伦。不久,阿丽斯去世,埃伦失去了挚友,但阿丽斯的弟弟约翰从神学院学成归来,继续给予埃伦以无私的爱。随着时光的流逝,埃伦逐渐成长为一个具有高尚道德精神的少女。然而,母亲和父亲的相继离世,又使埃伦不得不离开约翰,接受远在苏格兰的亲戚埃利奥茨的监护。从此,埃伦陷入了另一种苦难境地。关键时刻,约翰出现在埃伦身边。两人终于幸福地结合在一起。

苏珊·沃纳的第二部女性言情小说《奎切》(*Queechy*, 1852)的写作套路基本类同《宽阔、宽阔的世界》,主人公也是一个孤苦伶仃的少女,这个少女在成长的过程中也遭受了许多社会磨难。不过,她的人物形象与埃伦相比,显得更完美。弗雷达自幼父母双亡,跟随笃信基督的祖父一道过活,有着无私的高尚品质。祖父猝死后,弗雷达由堂兄罗西特的英国朋友卡尔顿护送去了叔叔家。叔叔是个事业有成的人。一连数年,弗雷达和堂弟休一道,过着优裕的生活。然而,随着叔叔的商业失败,情况急转直下,一家人被迫到远离巴黎的小农场耕作为生。叔叔无法接受残酷的现实,性格变得暴戾,整个家庭的重担落在弗雷达和休身上。弗雷达默默地忍受着这一切,直至堂兄罗西特回家,斥责其父的所作所为。弗雷达为了拯救全家,去纽约面见敲诈的恶棍,不料身陷虎穴。危急时刻,卡尔顿挺身而出,救了弗雷达。最后,弗雷达和卡尔顿幸福地结合,跟随他去了英格兰。

在第三部女性言情小说《谢特马克的山冈》(The Hills of the Shatemuc, 1856)中,苏珊·沃纳改变了写作套路,女主人公由孤苦伶仃的少女变为娇生惯养的小姐,主要情节也由少女的成长经历变为青年男女的恋情。由于作者将主要笔墨用于描述女主人公如何从骄横变为恭谦,从自私变为无私,而她所遭受的一系列磨难只是实现这一性格转变的手段,作品的思想性已经有所降低。该书的女主人公名叫伊丽莎白,她出身富家,养成了任性、骄纵的性格。当她爱上了年轻有为的律师温思罗普时,却因性格的差异未能如愿。后来,她的父亲续娶了轻浮的女继承人,并将其所有财产挥霍一空后死去。她也因此遭受继母引起的一系列磨难。然而,这些磨难恰恰造成了她的性格的转变。她最终赢得了温思罗普的爱,有了一个理想的丈夫。

苏珊·沃纳后来的女性言情小说,大都和《谢特马克的山冈》一样,过分强调女主人公的屈从和谦卑,说教气比较严重,在销售方面,均没有超过《宽阔、宽阔的世界》和《奎切》。

玛利亚·卡明斯

1827年4月9日,玛利亚·卡明斯出生在马萨诸塞州,她的父亲是个法官,收入颇丰。她从小生活在优越的环境中,父亲为她请了家庭教师,后又送她到贵族女子学校上学。她走上文学创作道路纯粹出于爱好。从1854年至1864年,她总共出版了四部长篇小说,其中两部是女性言情小说。正是这两部女性言情小说,确立了她的重要通俗小说家地位。1866年,她英年早逝,终身未婚。

《灯夫》(The Lamplighter, 1854)是玛利亚·卡明斯的第一部小说,也是继《宽阔、宽阔的世界》之后又一风靡美国的女性言情小说。这部小说在问世的头两个月即售出四万册,在以后的十个月里又售出了三万册。如此惊人的销售量令纳撒尼尔·霍桑"大发雷霆",咒骂"当今美国被一群该死的乱涂乱写的女人占据了"。[1] 同《宽阔、宽阔的世界》一样,《灯夫》也叙述了一个孤女成长的故事。然而,玛利亚·卡明斯技高一筹。她在吸取

---

[1] Hawthorne's 1855 letter to his publisher William D. Ticknor, quoted in Pattee, *The Feminine Fifties*, p. 110.

苏珊·沃纳的哀婉幽咽的感伤表现手法的同时,摈弃了监护人作为反派人物的俗套,并加入了道德传奇剧的成分,令故事情节显得更紧凑,更吸引人。该书的女主人公名叫格蒂,她从小失去父母,到处流浪。八岁时,她被一个年迈的灯夫收留。这个善良的老人倾尽全力给予帮助,使她感受到从未有过的温暖。与此同时,她也享受了邻居沙利文太太及儿子威利的无私的爱。尤其是,一位双目失明的女基督徒埃米莉成为她的良师益友。老灯夫死后,格蒂搬到埃米莉家居住。她以实际行动赢得了埃米莉家人的尊敬。五年过去了,格蒂已经成长为一个端庄稳重的姑娘。她先是照料重病在身的沙利文太太,继而帮助遭受继母虐待的埃米莉,并赢得了事业有成的威利的爱情。正当格蒂和威利结婚之际,她的父亲突然露面。原来,他并没有在海上遇难。当年正是他无意中造成埃米莉失明,因而仓促出逃。于是,埃米莉也有了好的归宿。

玛利亚·卡明斯的第二部女性言情小说《梅布尔·沃恩》(*Mabel Vaughan*,1857)选用了当时颇受读者青睐的另一模式——女继承人的兴衰经历。女主人公梅布尔出身富家,从小被送往女子寄宿学校,受到了良好的教育。回家后,她面对的是一派纸醉金迷的堕落景象。起初,受虚荣心的驱使,她也加入了享乐行列,但不久,即从哥哥哈里酗酒中意识到这种生活的可怕。在虔诚的基督徒霍普太太一家人的影响下,她决心帮助哈里改变陋习。这时,她的父亲商业投资失败,全家人陷入了贫困和重重灾难。有的染上重病,有的横遭车祸,有的猝然死亡。经过梅布尔的悉心照料,哈里恢复了健康。两人一道帮助父亲经营仅有的小农场。梅布尔遂成为家庭的主要支柱。数年过去了,他们的家业终于得到恢复。而梅布尔也在此期间获得了美满的婚姻。该书的重要意义在于首次展示女人有着驾驭男人和重振家园的才能。

玛丽·霍尔姆斯

1825年4月5日,玛丽·霍尔姆斯出生于马萨诸塞州。她的父亲是个穷苦的农夫,无法供她上学,但她凭借顽强的毅力自学,并早早地当上了教师。1848年,她和丹尼尔·霍尔姆斯结婚。四年之后两人仍没有生育子女,丹尼尔遂去大学攻读法律,而她也开始进行小说创作。她于1854年出版了处女作《暴风雨和阳光》(*Tempest and Sunshine*),并获得成功。该书被列为50年代十大畅销书之一。自此之后,她以平均每年一本的速度继续创作,至1907年逝世时,出版了二十多本小说。这些小说大部分属于女性言情小说的范畴,而且几乎每本书的销售量都超过五万册。

玛丽·霍尔姆斯的女性言情小说有着许多明显不同于以往任何女性言情小说的特征。她笔下的众多年轻女主人公,往往是丑小鸭式的人物。这些人物本身已具备完美的个性,不需要根据宗教教义进行灵魂净化和道德提升。但是,她们和男人一样,需要外在力量的帮助,需要后天素质的补充,如接受教育、增加阅历,等等。正因为这样,小说所描绘的情节和主题更贴近实际生活,更少说教气,因而也更受欢迎。如《英国孤儿》(*The English Orphans*, 1855),作者以当时美国移民潮为背景,述说了一个丑小鸭变成白天鹅的动人故事。英格兰的霍华德一家历尽千险,移民到了美国,但等待他们的是饥饿和疾病。不久,全家仅存活玛丽、埃拉两姐妹。埃拉天生丽质,很快被一富孀收养;而玛丽长得丑陋,仅被送到济贫院。然而,玛丽并没有沉沦,以平常心对待一切,生活过得有滋有味。终于,她也被人收养,并上了学,后又通过不懈努力,当了教师。最后,她去了波士顿,遇见了有钱的如意郎君,成为上流社会的一员。

《玛丽安·格雷》(*Marian Grey*, 1863)则述说了另一类"丑小鸭"的故事。女主人公玛丽安自幼父母双亡,接受雷蒙德的监护,不料此人心术不正,暗中侵吞了玛丽安的大量钱财。临终前,他还要儿子弗雷德里克发誓娶玛丽安为妻,以便达到彻底霸占其财产的目的。出于无奈,弗雷德里克应允,但他心中暗恋的是另一个姑娘伊莎贝尔。结婚那天,玛丽安在婚房了解到弗雷德里克的真实想法,顿时伤了自尊心,离家出走。对此,弗雷德里克感到十分内疚。玛丽安辗转来到纽约,有幸得到伯特太太及其儿子的帮助。几年过去了,她上了学,参加了工作,并逐步成长为一个有淑女风范的独立女性。嗣后,她返回庄园,当了女管家。鉴于她的外貌变化较大,弗雷德里克未能认出。然而,她的出现却每每引起弗雷德里克对出走新娘的思念。与此同时,弗雷德里克也爱上了这位女管家。至此,玛丽安才披露自己的真实身份,得到了期盼的一切。

玛丽·霍尔姆斯熟谙其他类型的通俗小说的创作艺术。她的女性言情小说大都采用了冒险小说的许多成分,因而显得传奇性强,有神秘感。像上面提到的两部小说,作者都以相当篇幅描述了女主人公的传奇冒险经历。而《水草地》(*Meadow-Brook*, 1857)在这方面的成就更是瞩目。玛丽·霍尔姆斯先是描述了家境贫寒的女主人公罗莎如何奇迹般当了教师,接着又描述她如何在初恋中遭遇失败。其后,她被一个有钱的姑母带到波士顿,受了教育,又当了肯塔基一位孀妇几个孩子的家庭教师。小说结尾,她成了作家,写出了畅销书,并找到了如意郎君。不难看出,其中有作者本人的影子。

此外，在写作风格方面，玛丽·霍尔姆斯一扫过去那种哀伤幽咽的笔调，代之以轻松活泼的讥讽和嘲弄，甚至情节安排也能体现一种幽默。如《莉娜·里弗斯》(*Lena Rivers*, 1856)中，女主人公莉娜是私生子，由祖父母在马萨诸塞山区抚养长大。祖父死后，祖母带着莉娜投奔她的叔叔利文斯顿。此人向来爱钱如命，而他的太太和大女儿也出奇地势利。她们一方面嫉妒莉娜的美丽，另一方面又讨厌祖母的土气。然而正是祖母的土气，无意之中打掉了这位势利儿媳的虚伪和高傲。也正是出身低贱的莉娜，帮助利文斯顿太太的小女儿逃避了与一个年老军官结婚的厄运。故事发展到最后，莉娜找到了白马王子，找到了生身父亲。而利文斯顿太太的大女儿丢人现眼，嫁给那个年老的军官，终身落下一个让祖母羞辱的话柄。

奥古斯塔·埃文斯

1835年5月8日，奥古斯塔·埃文斯出生在佐治亚州。她的父亲是个富商，母亲也系南方贵族后裔。儿时的奥古斯塔即经历了家庭由富变穷的不幸。鉴于投资失败而破产，她的父亲不得不携全家外出谋生，先是去得克萨斯，后又到亚拉巴马。尽管奥古斯塔没有受过正规教育，但她刻苦自学，阅读了许多文学书籍。十五岁时，她悄悄完成了一部小说初稿，并将其作为圣诞礼物送给自己的父亲。翌年，这部名为《伊内兹》(*Inez*, 1855)的小说在纽约出版。之后，她的第二部小说《伯拉》(*Beulah*, 1859)和第三部小说《马卡里亚》(*Macaria*, 1863)也相继问世。这两部小说均为畅销书；前者在当年就售出二万二千册，后者为南北战争中轰动一时的"禁书"。她由此而有了"亚拉巴马第一女作家"的声誉。然而，她的最畅销的一本小说是《圣·埃尔莫》(*St. Elmo*, 1866)。该书的发行量已经远远超过苏珊·沃纳的《宽阔、宽阔的世界》，成为19世纪最畅销的书之一。1868年，她以三十三岁的大龄同年近六十的邻居威尔逊上校结婚。从那以后，她搁笔七年，1875年重返文坛，直至1909年去世。

奥古斯塔·埃文斯一生写了八部女性言情小说，艺术成就最大的当属《伯拉》和《圣·埃尔莫》。这两部小说集沃纳、卡明斯、索思沃思、霍尔姆斯等女性言情小说家之大成，以细腻而奔放的笔调，复杂而生动的结构，展示了新型的女主人公形象。尽管这个女主人公也是自强自立、奋发向上的年轻女性，她在通往成功的道路上也遭遇了种种磨难，但是这些磨难既非外部的邪恶势力，也非自身性格的缺陷，而是唾手可得的种种机遇，如巨额财产、美满婚姻、安全庇护，等等。事实上，这些磨难的产生是自我选择、自我挑战的结果。为了终极目标的成功，她必须抵挡前进道路上的一切诱惑。如此一个新型的女性人物形象,无疑比任何一部女性言情小说中的女主人公都显得更执着、更坚强、更完美。

《伯拉》的女主人公伯拉从小生活在孤儿院,因为长相丑陋,直至十二岁还没有被人收养。后来,她被派到马丁太太家当保姆。尽管她干得十分卖力,还是受到不公正对待。这时一个名叫哈特维尔的中年鳏夫向她伸出了援助之手。此人有钱,但脾气古怪,易发怒。他看出伯拉的执着和潜力,想资助她上学,以便她日后自食其力。伯拉在哈特维尔家渐渐长大,准备按计划外出当教师。不料,哈特维尔蛮横地要她留下,并许愿将她正式收为养女,但伯拉坚决予以拒绝。工作之余,她结交了科莉妮亚和克拉拉,这两个女友的遭遇更加坚定了她自强自立的信心。几年之后,哈特维尔重新找到伯拉,许以更诱人的条件——与她结婚。事实上,伯拉已经深深爱上了哈特维尔。当初她拒绝被收为养女,也有这方面的原因。然而,伯拉不愿回到依附他人的状况,再次予以坚决拒绝。转眼又是四年。在此期间,哈特维尔漂泊东方,科莉妮亚死去,克拉拉有了美满婚姻,而伯拉也买了一幢小屋,请孤儿院的女管理员一道居住。她进行小说创作,获得读者好评。当哈特维尔又一次出现时,伯拉终于和他缔结良缘。

在很多方面,《圣·埃尔莫》都和《伯拉》类似。女主人公埃德娜也是一个孤儿,从小失去父母,跟随祖父在田纳西山区长大。不过,她有美丽的外貌,并且受祖父的教诲,养成了良好的品质。祖父死后,她决定去纽约打工,不料遇上车祸,受了重伤。好心的默里太太像哈特维尔先生一样收留了她,并送她上学。此人是个富孀,有个独养儿子,名叫圣·埃尔莫。不久,圣·埃尔莫外出返家,被埃德娜的外貌和品质所吸引。但他本人却是一个有着多项缺陷的浪荡子。当圣·埃尔莫第二次返家时,埃德娜已长至十七岁,完成了学业,准备出外当教师。这时,一件件好事向她扑来。先是默里太太要收她为养女,继而圣·埃尔莫向她求婚。尽管她感激默里太太,并且爱上了圣·埃尔莫,但她不愿再过依附他人的生活,还是一一予以拒绝。像《伯拉》里的伯拉一样,她努力工作,并给杂志撰稿,赢得了声誉。而圣·埃尔莫也在基督的感召下幡然悔悟。只有这时,埃德娜才向圣·埃尔莫发出爱情的微笑。

正如许多评论家指出,《伯拉》和《圣·埃尔莫》也有明显败笔。首先,伯拉和埃德娜被哈特维尔先生和默里太太收留的理由就显得很牵强。其次,对哈特维尔先生的性格描述有浓厚的理想成分。还有,圣·埃尔莫的某些行为也难以令人置信。

第三章 19世纪后半期

第一节 城市暴露小说

渊源和特征

"暴露丑恶,针砭时弊"历来是西方小说的社会功用之一。早在18世纪西方小说的草创时期,在丹尼尔·笛福的名著《摩尔·弗兰德斯》(*Moll Flanders*,1722)中,就出现了一位既是小偷又是娼妓的女主人公。有关她人性堕落的种种描写,可以说是对当时邪恶社会逼良为娼的深刻暴露。而亨利·菲尔丁的《大伟人江奈生·魏尔德》(*The Life of Mr. Jonathan Wild, the Great*,1743),也以反讽的手法塑造了一个恶贯满盈的强盗头目。这位"大伟人"广罗盗贼、到处作案,入狱后又与一伙骗子、无赖结成死党,开展了争夺和控制监狱犯人的激烈斗争。所有这些,尖锐地嘲弄了当时的统治阶级,暴露了他们欺压、鱼肉百姓的丑恶本质。18世纪末和19世纪初是西方浪漫主义文学的鼎盛时期,但几乎在同时,批判现实主义文学开始在欧洲兴起。这个时候的一些小说家,如奥诺瑞·巴尔扎克(Honore Balzac,1799—1850)、司汤达(Stendhal,1783—1842)、查尔斯·狄更斯(Charles Dickens,1812—1870),等等,将创作视线集中于现实社会,以批判的目光来审视日常生活中的问题和矛盾。他们的笔锋触及社会的一切阴暗角落,展示了资本主义制度的种种弊端。从广义上说,一切带有批判性和揭露性的现实主义小说都是暴露小说。

不过,本书阐述的并非是这种广义的严肃意义的暴露小说。它是通俗意义的,特指一类有着固定创作模式的通俗小说,其主要特征是追求所谓"轰动效应"(sensation)。作者刻意选取众所关注的社会丑闻,精心设置谋杀、盯梢、绑架、搏斗等惊险情节,其中包含许多富有刺激性的色情和暴力,以便引起读者高度关注。同一切严肃类型的批判现实主义小说一样,暴露小说的创作主题也旨在批判和揭露社会的阴暗面,然而这种批判和揭露是建立在满足读者猎奇心理基础之上的。往往作者只是对种种丑恶行为进行客观描述,甚至过分渲染其残忍和恐怖,而不对罪恶根源做深层分析和正面评判。正因为这样,通俗意义的暴露小说比起严肃意义的批判现实主义小说,显得揭露有余,批判不足。

西方最早的通俗意义的暴露小说是城市暴露小说(city exposé fiction)。这类小说直接派生于19世纪批判现实主义小说,其源头是法国杰出的批判现实主义小说家欧仁·苏(Eugene Sue,1804—1857)的名著《巴黎的秘密》(Les Mysteres de Paris)。1842年6月,欧仁·苏开始在杂志上连载这部长篇小说。该小说主要描写德国封建王公之子鲁道夫与英国一个没落贵族女子从相爱到分手,并在离异多年之后寻找被她遗弃的私生女的经过。为了找到这个私生女,鲁道夫乔装打扮,遍游了巴黎的监狱、医院、酒吧和强盗窝。最后,他发现妓女玛丽花就是自己的亲生女儿。整部作品以同情的笔调描绘了巴黎下层人民的悲惨生活,暴露了法国资本主义社会的冷酷和邪恶。欧仁·苏的这部小说很快在法国引起了轰动,创下了当年连载杂志销售的最高纪录;翌年出版单行本,又畅销不衰。为此,许多法国小说家纷纷仿效,竞相创作以暴露巴黎或其他都市阴暗面为题材的小说。不久,欧仁·苏的这部小说又流传到英国、德国、西班牙、葡萄牙和意大利,引起了那里的小说家竞相仿效。一本本以伦敦、柏林、马德里、里斯本、罗马等欧洲著名大都市的下层社会阴暗面为暴露对象的通俗小说相继问世,并迅速占领图书市场,汇成了一股声势浩大的国际城市暴露小说浪潮。

在美国,最早卷入这股浪潮的是乔治·利帕德(George Lippard,1822—1854)。1844年,他率先在报刊上连载了长篇小说《贵格城;或僧侣殿里的僧侣》(The Quaker City; or, The Monks of the Monk Hall)。这部以美国费城下层社会阴暗面为暴露对象的通俗小说刚一问世,即受到读者的热烈欢迎,以后改出单行本,又十分畅销,创下了同一时期美国通俗小说销售的最高纪录。与此同时,整个美国也掀起了一股城市暴露小说创作热潮。据粗略统计,从1844年至1860年,美国共有五十多部城市暴露小说问世,如《波士顿的秘密》(The Mysteries of Boston,1844)、《旧金山的秘密》(The Mysteries of San Francisco,1844)、《麻省菲奇堡的秘密》(The Mysteries of Fitchburg, Massachusetts,1844)、《塞勒姆的秘密》(The Mysteries of Salem,1845)、《伍斯特的秘密》(The Mysteries of Worcester,1846)、《特洛伊的秘密》(The Mysteries of Troy,1847),等等,其中以爱德华·贾德森(Edward Judson,1823—1886)的《纽约的苦难和秘密》(The Mysteries and Miseries of New York,1848)和乔治·汤普森(George Thompson,1823—1873)的《波士顿的维纳斯》(Venus in Boston,1850)最畅销,也最有名。它们同《巴黎的秘密》和《贵格城》一样,先在报刊上连载,后出单行本,而且在内容上也大同小异,竭尽对色情、暴力渲染之能事。而乔治·利帕德由于这种先导性的杰出贡献,被尊称为"美国暴露小说之父"。

乔治·利帕德、爱德华·贾德森、乔治·汤普森等人的城市暴露小说是对欧仁·苏的《巴黎的秘密》的演绎和发展。尽管他们成功地运用了美国场景和其他文学技巧,有时这些文学技巧还达到了相当的高度,如《贵格城》,但从总体上看,过分考虑市场因素,过分追求轰动效应,因而作品中不可避免地出现了较多的色情和暴力,冲淡了批判的深度和力度。

乔治·利帕德

1822年4月10日,乔治·利帕德降生在美国宾夕法尼亚州切斯特县一个农场。他的父亲原先是个教师,后在切斯特县当财务主管。经过几年的积蓄,他在切斯特县买下九十二英亩的肥沃土地。但不久,这个家庭即开始没落,到乔治·利帕德两岁时,他的父亲已将家产变卖殆尽,不得不让乔治·利帕德和几个妹妹到老家日尔曼敦去投奔他们的祖父。幼时的痛苦生活在乔治·利帕德心中留下了深深的印记。他变得沉默寡言,性格乖戾。1831年,他的母亲逝世,他回到费城父亲的身边。但不久,他的父亲再婚,他又离家出走,漂泊异乡。生活的艰辛驱使他到教会寻找安慰。他虔诚地诵读《圣经》,经常参加宗教活动。一位宗教界女士发现他有天赋,便设法帮助他到一所教会学校就读。但他不习惯学校的陈腐教育,不久,即愤而辍学。1837年,他的父亲去世,没有给他留下任何财产。为了糊口,他只得去帮律师抄写法律文稿。他经常入不敷出,生活捉襟见肘,甚至流落街头,四处流浪。通过抄写法律文稿,他了解到资本主义种种邪恶,而街头流浪生活更使他目睹了大萧条时期的失业和饥饿。他决心做一个作家,以笔作武器,将这个社会赤裸裸的罪恶暴露出来,以唤醒世上任何一个有良知的人。1842年,他担任《时代精神报》记者,不久又改任《庶民战士报》编辑。这期间,他发表了大量的文学作品,并结识著名作家爱伦·坡,与其成为莫逆之交。他竭力帮助贫病交加的爱伦·坡,此消息不胫而走,一时被传为文坛佳话。40年代后期,他积极投身政治运动,创办《贵格城周刊》,鼓吹通过通俗文学媒介推进社会改革,并创建激进的劳工组织美国兄弟会,将其社会改革理论付诸实践。乔治·利帕德晚年主要致力于美国兄弟会的工作。他相信自己会死于肺结核,因为这种疾病几乎夺去了他全家人的生命。自1853年10月,他的健康每况愈下。到该年12月,他不得不卧床歇息。然而他还是坚持写完一篇反对逃亡奴隶法的长篇报道。接下来,他又构思了近二十本长篇小说的提纲。翌年2月9日,他在伏案写作时怅然离世,年仅三十二岁。

乔治·利帕德一生出版的小说多达二十余部。这些小说大部分为历史浪漫小说,也有一些是杂文、传记和故事。然而,真正奠定他的文学地位的是第三部长篇小说,也即城市暴露小说《贵格城》。这部长篇小说自1844年11月起在报纸上连载,不久即引起广泛注意。一位剧院经理要求乔治·利帕德将其改编成剧本。剧本完成后,因故未能上演。许多戏迷纷纷抗议,差点形成骚乱。这个事件促使乔治·利帕德将已连载的小说内容扩充出版。《贵格城》实际上是一个系列,共分六个部分,大致由三个松散连接的情节组成。第一个情节叙述浪荡子劳瑞姆诱奸商人女儿玛丽,玛丽兄弟贝尼武德为妹复仇,谋杀劳瑞姆。第二个情节述说多拉出身贫穷,后嫁与富商阿尔伯特为妻。多拉觊觎更大名利,投向自称英国勋爵的阿尔杰农的怀抱。哈维公爵是多拉的旧情人,怀恨在心,将多拉不忠的行为向阿尔伯特告密。阿尔伯特发誓复仇,终于将多拉毒死在乡村宅院。其后,他也放火自焚。第三个情节围绕年轻姑娘梅布尔展开。梅布尔为大淫棍臭虫魔的私生女,然而抚养她长大的却是牧师派恩。人面兽心的派恩设法用药麻醉梅布尔,想强奸她。关键时刻,臭虫魔救出自己女儿。嗣后,邪教头目拉沃尼将梅布尔骗入险境,又是臭虫魔杀死拉沃尼,把她解救出来。最后,梅布尔嫁给哈维公爵。与上述三个主要情节相互交织的还有一些次要情节:臭虫魔谋杀诱奸者保罗和富孀贝基;商人利文斯顿、犹太人加布里埃尔伙同艺术家菲茨诈骗钱财;邪教头目拉沃尼创建新教。以上种种邪恶,大部分发生在僧侣殿,也即臭虫魔苦心经营的犯罪巢穴。一到天黑,费城上流人士就来这里酗酒、玩女人、抽鸦片。

该小说出版后,一些报刊齐声叫好,但更多的报刊则是对它进行谴责和提出非议。《时代精神报》主编约翰·杜索尔(John DuSolle, 1811—1876)指责乔治·利帕德"写了一大堆令人作呕的东西","想给费城杰出人士脸上抹黑"。[①]《美国星期六邮报》也载文抨击乔治·利帕德是"恶劣"的"法国派"作家,唤醒了"沉睡在每个人心中的淫魔"。[②] 在伦敦,《雅典娜神殿报》宣称,乔治·利帕德"描写了庸俗不堪的东西,简直糟糕透了,完全是一派胡言"[③]。就这样,在一片反对的喧嚣声中,《贵格城》被贴上"淫秽"的标签。乔治·利帕德的名字也逐渐被人们淡忘,仅在美国兄

---

① *Philadelphia Spirit of the Times*, January 17, 1845.
② *United States Saturday Post*, September 25, 1845.
③ Quoted in Joseph Jackson, "A Bibliography of the works of George Lippard," *Pennsylvania Magazine of History and Biography* 54(April 1930) :134.

弟会举行纪念活动时才被提及。但是,是金子总是要发光的。一个多世纪以来,《贵格城》一版再版,并被无数不法出版商盗印。到20世纪下半叶,情况开始发生根本性改变。随着通俗文学在美国文坛更加受重视,乔治·利帕德的大部分作品重新被人们发掘,不断地被重印和研究。《贵格城》这部"地下经典",也被重新定位。许多学者认为,这是一部很有价值的作品,是美国暴露小说的开山之作。[1]

《贵格城》的价值,首先表现在它有一个革命的主题。在19世纪中期的美国,阶级矛盾已相当尖锐。据历史学家记载,10%的富人占据着90%的财富,而90%的穷人却在忍饥挨饿。乔治·利帕德是最早认识到资本主义腐朽本质的人士之一。在《贵格城》中,他对资本主义社会赖以生存的各类中坚人物——资本家、僧侣、律师、政客、银行业主、主编和商人——都做了无情的揭露。他以详尽的白描手法,刻画了他们十恶不赦的种种罪恶,其中包括乱伦、强奸和谋杀。当然,这种刻画不是空泛的,而是各有侧重点,可以说全方位地体现了他们的腐朽本质。譬如法官,个个贪得无厌。有的"钱包膨胀,装满受贿的赃款";有的"手里触摸硬金块,那是杀人犯来换取性命、强盗换取自由的东西"。又如政客,个个都是政治骗子。"大搞选举欺诈","买通穷苦移民和土居印第安人选民"。再如牧师,表面道貌岸然,骨子里男盗女娼。"养父强奸养女",还要为自己立牌坊。这些极其生动的画面,不啻一把利剑,刺向没落社会的心脏。

《贵格城》的价值,还表现在独特的艺术魅力上。诚然,作为一部诞生于19世纪中期的作品,它不可避免地带有那个时代的通俗小说烙痕。如书中的几个诱奸者令人想起风靡大西洋两岸的引诱言情小说;而罪恶累累的"僧侣殿",也令人想起哥特式恐怖小说中的"城堡"和"寺院"。但是,乔治·利帕德比一般通俗小说作家高明的地方在于,他不是简单地照搬那些具有轰动效应的要素,而是将其有机结合,并在此基础上进行一系列后来被称为现代派技巧的创造。创造之一,时空倒错。乔治·利帕德将全书复杂的情节集中在圣诞节前三天。开始是序幕,紧接着迅速转换时空,追述各个人物以前的纠葛。创造之二,多重讽喻。贝尼武德对诱奸其妹妹玛丽的劳瑞姆有切齿之恨。然而正是他,与劳瑞姆打赌,鼓动他胡作非为。尤其是,他本人也是一个诱奸者。因而他在伺机谋杀劳瑞姆的过程中,会时时不安地想起自己如何诱骗年轻女仆安妮怀孕的罪恶。创造之三,印象烘

---

[1] Russel B. Nye. *The Unembarrassed Muse: The Popular Arts in America*. Dial Press, New York, 1970, p. 30.

托。最典型的例子是关于"僧侣殿"对面的贫民窟的描述:"在它对面,是一大片木屋,看它们的模样,似乎想一头栽进臭水沟里把自己淹死。再过去是两长排住房、厂房和办公室,望过去,时断时续、若隐若现,仿佛想隔着窄窄的街道握手言欢。"①在这里,乔治·利帕德通过费城房屋建筑的强烈反差来烘托社会的贫富悬殊,有一种梦魇般的效果。创造之四,黑色幽默。书中不乏这样的例子。尤其是阿尔伯特,成为这种幽默的主要来源。如阿尔伯特在他妻子谈起验尸官答应送她虫状头饰时的答话,他询问哈维公爵是否明白"我们的身份"时的情景,等等。

乔治·利帕德曾经这样评论他的挚友——美国天才的作家爱伦·坡:"也许可以说,他是美国有史以来最具原创性的作家。他喜欢描写荒凉的虚幻的世界,喜欢窥探人类灵魂的最隐秘之处。他创造了浩瀚壮观的梦景,创造了生动的幻景和恐怖的迷宫。"②其实,这段话在某种程度上也是对乔治·利帕德本人城市暴露小说的最好注脚。

其他作家和作品

爱德华·贾德森是继乔治·利帕德之后又一知名的城市暴露小说家。他于1823年3月20日出生于纽约州斯坦福,自小热爱冒险,一生充满传奇色彩。早年他在杂志上发表了大量的短篇小说,后来又与多家出版公司签约,以"爱德华·惠勒"等十几个笔名出版了四百多本廉价小说。这些小说绝大部分是西部小说,但也有一部分沿袭乔治·利帕德的《贵格城》的创作模式,属于城市暴露小说,如《诅咒:罪恶和报应的故事》(The Curse: A Tale of Crime and its Retribution,1947)、《新奥尔良的苦难和秘密》(The Mysteries and Miseries of New Orleans,1851)、《死亡之谜:纽约生活中的一段绯闻》(The Death of Mystery:A Crimeson Tale of Life in New York,1861)、《女贼》(The Lady Thief,1866),等等,其中最著名的是《纽约的苦难和秘密》。同《贵格城》一样,该书也是由一系列松散的故事串联而成。爱德华·贾德森信誓旦旦地宣称,这些故事"完全取自实际生活,决无半点虚假","纽约有一万八千个娼妓、五千个盗贼、五千个酒馆、两千个赌窟、一千个妓院"。③ 而且,这些故事也确实暴露了该城市下层社会的种种邪恶。如一个歹徒为谋杀一个富翁,霸占他的财产,想方设法给他当秘书;一个职员因

---

① George Lippard. *The Quaker City;or,the Monke of the Monk Hall*. Amherst,1995,p. 48.
② *Philadelphia Citizen Soldier*,November 15,1843.
③ Russel B. Nye. *The Unembarrassed Muse:The Popular Arts in America*. Dial Press,New York,1970,p. 30.

赌博负债累累,不得不去谋财害命,最后自杀身亡;一个与寡母相依为命的年轻女工累遭流氓侵扰;等等。然而,相比之下,揭露有余,批判不足。不过,爱德华·贾德森对于美国通俗小说的主要贡献并非是城市暴露小说,而是廉价西部小说。有关他的廉价西部小说的创作情况,本书将在下一节做系统介绍。

这个时期的另一位较有影响的城市暴露小说家乔治·汤普森于1823年出生在纽约市。40年代,他曾担任纽约一家以幽默为主要特色的杂志《百老汇美女》的编辑,并定期给《波士顿和纽约的生活》《维纳斯杂闻》等娱乐性通俗报纸供稿。但与此同时,他也出版了十余部城市暴露小说。这些小说同样以许多松散相连的故事,暴露了波士顿、纽约等一些北部城市的种种阴暗面,如压榨劳工、鱼肉百姓、强暴少女、团伙犯罪,等等,其中最有名的是《波士顿的维纳斯;城市生活罗曼史》(*Venus in Boston*; *A Romance of City Life*, 1849)和《城市罪恶;或纽约和波士顿的生活》(*City Crimes*; *or Life in New York and Boston*, 1849)。

第二节　廉价西部小说

渊源和特征

廉价西部小说(dime western)是继西部冒险小说之后又一重要西部通俗小说形式。它兴起于19世纪60年代,是詹姆斯·库珀的"皮裹腿丛书"在新的历史条件下的又一通俗化体现。

19世纪前半期的历史浪漫小说、西部冒险小说、女性言情小说的相继诞生,宣告了具有民族特色的美国通俗小说已经成形,同时也意味着众多出版商的激烈竞争的开始。自40年代起,一些出版商受利润的驱使,出版价格低廉的纸质封面的"黄皮传奇"和"故事书"。到了1860年,"比德尔-亚当斯"出版公司又对这类出版物做了进一步改进。他们选择女作家安·斯蒂芬斯(Ann Stephens, 1810—1888)的一部已经出版的作品《马拉丝卡,白人猎手的印第安人妻子》(*Malaeska, the Indian Wife of the White Hunter*),将其印制成7英寸×5英寸的小册子式样,页码为一百左右,定价十美分(dime)。该书出版后,即在数月内售出六万五千册。受这次成功鼓舞,他们又迅速制作了一本同样版式、同样定价的原创小说《塞斯·琼斯,或边疆囚俘》(*Seth Jones, or the Captives of the Frontier*)。该书投入市场后,比前一本更火爆,年销售达五十万册。于是,他们将这种图书形式固定下来,雇请一些写作快手,大规模地炮制三万至五万字的类似作品,并冠之以"廉价丛书"(Dime Series)的名称。西方最早的廉价小说就这样诞生。

从1861年至1866年,短短五年里,"比德尔-亚当斯"出版公司共销售廉价小说四百万册。该公司的成功经营吸引了众多出版商加入廉价小说的出版行列。一时间,这类出版公司林立。其中规模较大的有"乔治·芒罗""罗伯特·德威尔""诺曼·芒罗""弗朗克·图西""斯特里特-史密斯",等等。这些公司一般都出版有一套或几套大型廉价丛书,每套丛书数千种,在市面上产生了很大影响。70年代和80年代是廉价小说的繁荣期。到了90年代,廉价小说开始走下坡路,并渐渐被通俗小说杂志(pulp magazine)取代。

廉价小说的内容涉及方方面面。既有海上冒险,又有警匪厮杀,既有犯罪侦破,又有言情浪漫,甚至还有司各特、库珀、狄更斯的部分名著。不过,数量最多、流行面最广、市场上最走俏的还是西部题材小说。"比德尔-亚当斯"公司的廉价丛书出至六百三十一种,其中绝大部分是西部作品。该公司的"口袋丛书""廉价文库"和"特廉文库",也基本上以西部作品为主。"弗朗克·图西"公司专门设有"荒芜西部丛书",该丛书最后出至一千二百九十四种。而"诺曼·芒罗"公司的"老帽科利尔丛书",也出版有近八百种西部作品。至于"斯特里特-史密斯"公司,更是以多种品牌的西部丛书取胜。这些数以千万计的作品,构成了19世纪后半期美国通俗小说领域的一道亮丽的风景线——廉价西部小说。

同西部冒险小说一样,廉价西部小说继承有库珀作品中的通俗因素,其人物和情节模拟"皮裹腿丛书",基本表现为西部区域的单个或数个男主人公,克服与暴力有关的重重障碍和危险,完成某种具有道德意义的重要使命。不过,由于这类作品是完全根据出版商的意愿制作的,而出版商又完全屈从市场的需要,一切从故事的可读性出发,很少考虑作品的艺术性和思想性,因此逐步形成了自己的独特文体样式。标题往往分成两半,前一半点明人物,后一半指示故事内容。语言比较平淡,人物描述直截了当,对话简短、无明显个性。但是,故事悬疑性较强,特别强调对"不祥之兆"和"死亡"的气氛渲染,每章至少要有一个危险场景。一句话,在追求作品的通俗效应和简化西部边疆的历史因素、社会矛盾方面,廉价西部小说比西部冒险小说走得更远。

正因为如此,廉价西部小说一般要比西部冒险小说显得质量低下。主人公形象较为贫乏,性格雷同,甚至不可信。所有这些,给廉价西部小说带来了"小说工厂"的不佳声誉。但是,这并不意味着所有的廉价西部小说均属粗制滥造,毫无思想价值和艺术价值。事实上,在整个19世纪后半期,尤其是70年代和80年代,的确存在一些思想性和艺术性都不错的"精品"。正是这些"精品"的存在,才导致了廉价西部小说的迅速崛起,并不断被模仿、复制、泛滥、消亡。在那些制造"精品"的廉价西部小说作家中,最著名的有爱德华·埃利斯(Edward Ellis, 1840—1916)、爱德华·贾德森和普伦蒂斯·英格拉哈姆(Prentiss Ingraham, 1843—1904)。爱德华·埃利斯主要以创作美国第一本成功的廉价西部小说《塞斯·琼斯;或边疆囚俘》著称。在这本小说以及之后以多种笔名撰写的数百本廉价西部小说中,他创造了一类由东方人装扮成西部土著人的"伪装型"主人公,为早期廉价西部小说的主人公塑造奠定了基础。爱德华·贾德森堪称"廉价西部小说之王"。他以"内德·邦特兰"(Ned Buntline)、"爱德华·惠勒"(Edward Wheeler)等十几个笔名撰写了数百本廉价西部小说,创造了无数令人难忘的主人公,其中既有比"塞斯·琼斯"的人物形象更为复杂的"伪装型"人物"戴德伍德·迪克",又有依据现实生活中的原型所创造的真正的西部英雄"布法罗·比尔"。这两个主人公均已成为美国西部文学中的经典人物。普伦蒂斯·英格拉哈姆是继爱德华·贾德森之后又一位主要以"布法罗·比尔"为主人公的廉价西部小说家。他一生出版了七百多本书,其中有两百多本描写这一主人公,而且他的描写颇有创造性,大大丰富了这个人物的形象。

爱德华·埃利斯

爱德华·埃利斯于1840年4月11日出生于俄亥俄州日内瓦。从新泽西州师范学校毕业后,他成了一名教师,以后又当了校长和监管。在此期间,他开始创作长篇西部小说《塞斯·琼斯;或边疆囚俘》。1860年,这部小说由"比德尔-亚当斯"出版公司作为廉价小说出版。该小说投入市场后,十分火爆,年销售达五十万册。接下来的几年里,它又售出数十万册,并被译成十几种文字,远销世界各地。此书在商业上的巨大成功致使爱德华·埃利斯放弃了教师工作,专门进行廉价小说创作。自60年代初至70年代中期,他用多个笔名创作了几百部廉价小说。这些小说基本上是西部冒险故事,场景自18世纪初美国东部人到西部移民再到19世纪末美国边界西扩。爱德华·埃利斯曾假称自己是詹姆斯·亚当斯(James

Adams,1807—1860)①的侄子布鲁因·亚当斯(Bruin Adams)和杰·亚当斯(J. Adams),并以这两个名字为笔名,出版了一些非常受欢迎的廉价小说。其中一位名叫"迪尔富特"的人物已经成为继塞斯·琼斯之后又一著名西部主人公。这些小说的情节结构同《塞斯·琼斯;或边疆囚俘》一样,都被认为是廉价西部小说的标准创作模式。1874年,爱德华·埃利斯开始编辑《舆论周刊》和《特伦顿日报》,以后又受聘《黄金时代》和《假日》,担任这两家青少年杂志的编辑。在这期间,他写了很多青少年小说、传奇和历史读本。自80年代中期,他将主要精力用于编写历史书。1916年,爱德华·埃利斯在缅因州克利夫岛逝世,享年七十六岁。

尽管爱德华·埃利斯一生作品不计其数,但流传于后世的主要还是一些有影响的廉价西部小说,如《林中间谍》(The Forest Spy,1861)、《边疆天使》(The Frontier Angel,1861)、《迈阿密的枪手》(The Riflemen of the Miami,1862)、《猎人小屋》(The Hunter's Cabin,1862)《猎人脱逃》(The Hunter's Escape,1864)、《在平原上》(On the Plains,1863)、《印第安人吉姆》(Indian Jim,1864)、《失去的小径》(The Lost Trail,1864),等等。而在这些有影响的廉价西部小说中,又以处女作《塞斯·琼斯;或边疆囚俘》最为著名。该书的故事场景设置在独立战争后不久的纽约州西部,主人公名叫塞斯·琼斯,是个身着猎装、喜好言谈、态度和蔼的西部荒蛮人士。故事伊始,莫霍克族印第安人来到白人移民村侵扰,掳走了一位名叫艾娜的少女。于是,塞斯·琼斯前往营救。参加营救行动的还有艾娜的父亲、她的恋人,以及一个友好的印第安人。此人因全家遭到莫霍克族印第安人屠杀而发誓报仇。经过几次追踪、脱逃、救援,一行人终于带着艾娜平安地回到白人移民村。到这时,人们才发现,塞斯·琼斯并非西部荒蛮人士,而是一个年轻、有教养的东方绅士。他的真名叫尤金·莫顿,是艾娜的姑姑玛丽的未婚夫。故事最后,玛丽和莫顿、艾娜和恋人,还有一对滑稽的村民,共同喜结良缘。

显然,这本书的情节构造和人物设置均来自詹姆斯·库珀的"皮裹腿丛书"和罗伯特·伯德的《林中尼克》。不过,爱德华·埃利斯的高明之处在于,他没有简单地照搬传统西部小说中处理文明与野蛮对立的描述,而是用伪装的方法,将西部荒蛮猎手与东方年轻绅士处理成同一人。在以后

---

① 詹姆斯·亚当斯,绰号"灰熊",美国19世纪著名"西部边疆人"。他于1852年来到落基山脉,在那里生活了八年。在此期间,他学会了与灰熊打交道,屠宰了许多灰熊。他曾数次遭灰熊侵袭,九死一生。

的不计其数的西部廉价小说中,爱德华·埃利斯虽然在情节构造和人物设置方面做了一些改变,如增加了白人移民当中的反面人物,让白人移民与印第安人相恋,等等,但基本重复这个"伪装"的处理方式,从而创造了新一代西部通俗小说的主人公——"伪装"型东方绅士。传统西部通俗小说的主人公,无论是"荒蛮人"还是"边疆人",都是生活在西部的神秘人物。他们或游荡于密西西比河以西的荒山野岭,崇尚报复性的暴力凶杀,或置身于远离边界的落基山脉,进行更原始、更野蛮的各种冒险。而塞斯·琼斯一类的西部主人公虽然也是生活在崇山峻岭,而且有着与"纳蒂·班波"类似的外表,但却是伪装成"荒蛮人"和"边疆人"的有教养的东方绅士。他们活跃在18世纪的西部边疆,与当地印第安人发生这样那样的暴力冲突,其中不乏惊险的场面,如雨中行军、虎穴追踪、黑夜侦察、解救人质、血腥搏斗、生死逃亡,等等。而且他们言谈流利,举止文雅,在爱情上也是出乎意料地幸运,总是能和一个比自己社会地位高的小姐邂逅相爱,并最终步入神圣的婚姻殿堂。如《迈阿密的枪手》,主人公刘易斯与上流社会的伊迪丝相识之后,顿时坠入爱河。虽然他们之间地位悬殊,但爱德华·埃利斯还是安排了一个幸福美满的结局。如此抛开阶级差别,强调爱情至上的观念在当时是非常难得的。

爱德华·贾德森

1823年3月20日,爱德华·贾德森出生在纽约州斯坦福一个贵族世家。他从小酷爱冒险,少年时代便离家出走,到海上邮轮当了一名服务员。十五岁时,他成为美国海军一名见习水手。四年后,他辞去这一职位,先是参加了西米诺尔战争(Seminole Wars),后又去美国大西北,干起了皮毛生意。紧接着,他转入新闻界,在辛辛那提当了记者,又与人合办或独办杂志,但因经营不善而放弃。二十二岁时,他又独自创办了一家周刊,取名《内德·邦特兰其人》,并自编自写了很多海上冒险小说。翌年,他与情妇的丈夫发生严重冲突,并在决斗中将其杀死,为此锒铛入狱。在接受审讯时,因躲避死者兄弟的枪击,他跳窗逃走,后又被一伙暴徒抓回,行以私刑,差点送命。在这之后,他去了纽约,恢复了《内德·邦特兰其人》周刊。1849年,他领导了一场反对英国演员麦克里迪的骚乱,又被送进监狱,做了一年苦力。1852年,他在圣·路易斯组织了无知党,因选举发生骚乱,再次被判刑。保释后,他伺机脱逃。四年后,他在阿迪朗达克山区买了一幢宅院,过起了悠闲的乡绅生活。在此期间,他继续编辑《内德·邦特兰其人》周刊,写了许多冒险小说。内战期间,他应征入伍,先在纽约第一骑兵部队任军士,后来据说又被提升为上校,这一称号一直保留到他1886年去世。

同上述曲折离奇的个人经历一样,爱德华·贾德森的文学创作活动也是五光十色,充满了传奇色彩。他一生热衷于通俗小说创作,早年在杂志刊发了大量的短篇小说,后又与多家出版公司签约,以"内德·邦特兰""爱德华·惠勒"等十几个笔名出版了四百多本廉价小说。这些数量惊人的廉价小说除了一部分可以划入城市暴露小说和海上冒险小说之外,全是以西部冒险为题材。同爱德华·埃利斯相比,爱德华·贾德森的廉价西部小说显得情节更复杂,更有吸引力。尤其是,他创造了多个新型西部主人公,其中以"布法罗·比尔"和"戴德伍德·迪克"最为有名。

"布法罗·比尔"的人物原型是美国历史上有名的西部英雄——威廉·科迪(William Cody,1846—1917)。此人出生在爱奥华州斯科特县,原是个骑马送信的邮差,曾因承包(bill)铁路工人所需牛肉,一天之内屠宰了十二条公牛,因而被称为"布法罗·比尔"(Buffalo Bill)。内战爆发后,他参加了反南方的游击队,经常给北方军队带路,并协助侦察敌情。爱德华·贾德森是在执行侦察任务时结识这位西部英雄的。1869年12月23日,他开始把布法罗·比尔的事迹编成长篇小说《布法罗·比尔,边疆人之王》(Buffalo Bill, the King of the Border Men),并在"比德尔-亚当斯"出版公司的《纽约周刊》陆续连载。该小说的故事场景设置在堪萨斯州。一天,布法罗·比尔家突然闯进了一个名叫莫坎德拉斯的南方歹徒。此人残忍地杀害了布法罗·比尔的父亲和两个孪生姐妹。布法罗·比尔发誓报仇。数年之后,他和怀尔德·希科克一道参加了南北战争。两人共同执行侦察南方军队的任务。他们数次带领部队袭击敌军,抓获了骚扰堪萨斯-密苏里边界的逃犯。在此期间,布法罗·比尔追踪杀害他父亲的歹徒,营救了家中几个被俘的女性成员。最后,他认识了一位东部银行家的女儿,并如愿地与她喜结良缘。这部小说于1870年3月连载完毕,在社会上引起了极大反响。因而爱德华·贾德森继续收集威廉·科迪的素材,创作了一系列以布法罗·比尔为主人公的西部廉价小说。而且其他的廉价小说作家也纷纷仿效他,虚构了同一主人公的同类作品。一时间,这类作品在图书市场上大量泛滥,形成了美国通俗小说史上罕见的"布法罗·比尔"热。

"布法罗·比尔"的问世,标志着美国已经诞生了一个真正意义的正面西部英雄。传统西部通俗小说中的正面形象,向来都赋予东方绅士,而土生土长的"荒蛮人"或"边疆人",即便有种种义举,也带有某种负面效应。他们或沉溺于残忍的暴力复仇,或与文明世界有这样那样的对立。至于"塞斯·琼斯",原本就是伪装的东方绅士,自然也无正面的西部主人公可言。而"布法罗·比尔"首次以一个正面的主人公形象挺立于世。他在《布法罗·比尔,边疆人之王》中的所作所为,无疑起了许多本来应该让东方绅士承担的作用。当然,这种"交替"还不是很彻底。正因为如此,爱德华·贾德森还要在小说中设置"怀尔德·希科克"这个人物,让其分担一部分英雄角色。此外,还要让"布法罗·比尔"保留强烈的复仇愿望。但无论如何,"布法罗·比尔"这个人物形象毕竟比"荒蛮人""边疆人""塞斯·琼斯"前进了一大步,而且这种前进带有质的飞跃意义。

爱德华·贾德森是个不甘寂寞之人。70年代末,他又推出了一个新型的西部主人公"戴德伍德·迪克"。这个主人公首次出现在以爱德华·惠勒的笔名发表的廉价西部小说《戴德伍德·迪克,路匪之王》(*Deadwood Dick, The Prince of the Road*)。该小说的男主人公名叫内德·哈里斯,是个东部人,由于受到菲尔莫尔兄弟的迫害倾家荡产之后来到西部达科他,逐渐成为拦路打劫的强盗,过着人所不知的双面生活。在白天,他作为内德·哈里斯,与妹妹阿妮塔一道生活在与世隔绝的山谷。但到了晚上,他便作为戴德伍德·迪克,穿上黑衣黑裤,蒙上面罩,与同伙一起打家劫舍。这时,他在东部的几个朋友和仇敌也陆续来到西部,自然大多数是以伪装面目出现,但后来彼此都有这样那样的关联,加上当地本来有几个淘金的歹徒、逃犯,他们共同构成了此书的决斗、绑架、营救、脱逃等情节。故事最后,戴德伍德·迪克以恢复正常人生活为条件,先后向一个东部女人和卡拉米蒂·简求婚,后者曾经在东部与他相恋,来到西部后又化装成他人,多次对他出手营救。然而,两个女人都拒绝了他的求婚。于是,戴德伍德·迪克继续自己的强盗生涯。该小说问世后,取得了比《布法罗·比尔,边疆人之王》更大的轰动效应。接下来,爱德华·贾德森又写了一系列以戴德伍德·迪克为主人公的廉价西部小说。这些小说基本上都被收入比德尔-亚当斯出版公司的"特廉文库"。其中比较著名的有《戴德伍德·迪克的手段》(*Deadwood Dick's Device*,1879)、《戴德伍德·迪克的大出击》(*Deadwood Dick's Big Strike*,1880)、《戴德伍德·迪克的梦想》(*Deadwood Dick's Dream*,1881)、《戴德伍德·迪克的死亡之路》(*Deadwood Dick's Death-Plant*,1881)、《戴德伍德·迪克的大交易》(*Deadwood Dick's Big Deal*,1883)、《戴德伍德·迪克的十几个属下》(*Deadwood Dick's Dozen*,1883),等等。这些小说从不同的角度,编织不同的惊险情节,展示了戴德伍德·迪克的不同的强盗经历。

毋庸置疑,这时候的爱德华·贾德森重新采用了当年爱德华·埃利斯塑造塞斯·琼斯时所用过的一个重要手段——以东方人伪装西方人来消除东、西方人物的对立。不过,这种"重新采用"并非简单地照搬传统。在《塞斯·琼斯;或边疆囚俘》中,同名主人公是作为一个正面人物来被歌颂的,在他身上汇集着西部英雄的许多优点。一句话,他是个道德高尚之人。而在《戴德伍德·迪克,路匪之王》,同名主人公却是一个道德比较含糊的复杂人物。一方面,他是个强盗,干了许多伤天害理的勾当。但另一方面,他又是个受害者,他是在冤情无法得到申诉、无法寻求社会保护的条件下走上犯罪道路的,而且在犯罪时,不时有良心发现,甚至想改过自新,做一个扶正压邪的人。如此复杂的个性是比较接近现实生活的。这就彻底摒弃了传统西部通俗小说中那种"非好即坏"的脸谱化人物塑造,开创了现实化、复杂化的人物塑造之路。

该书的其他人物,也大体有这种现实化、复杂化的个性。譬如戴德伍德·迪克的前妻莱昂内,在无辜遭到歹徒绑架之后疏远了自己的丈夫,但当戴德伍德·迪克解救了另一个被绑架的女人伊迪斯时,却心生妒意,并进而反叛戴德伍德·迪克,唆使他的部下哗变。但后来,她感到后悔,与丈夫破镜重圆。然而,几件事情发生之后,她又开始沦落,酗酒,与人通奸。以上对主要人物和次要人物塑造的成功,反映了晚年爱德华·贾德森的创作技巧已日臻成熟。

普伦蒂斯·英格拉哈姆

1843年12月28日,普伦蒂斯·英格拉哈姆出生在密西西比州爱德姆斯县。他的父亲约瑟夫·英格拉哈姆也是一位著名的通俗小说作家,曾创作了《拉菲特:墨西哥湾的海盗》《大卫王室的王子》等历史浪漫小说。在父亲的影响下,普伦蒂斯·英格拉哈姆从小就酷爱文学。1861年4月,南北战争爆发之后,正在上大学的普伦蒂斯·英格拉哈姆像许多年轻人一样,加入了南部邦联的军队。战争中,他担任所在骑兵部队侦察兵的指挥官,曾多次受伤、被俘,九死一生。战争刚结束,在金钱的诱惑下,他去了南美,又卷入了那里的多场战争。他曾在墨西哥参加印第安人民族英雄胡亚雷斯(Juarez,1806—1872)领导的反对拿破仑三世及其傀儡马克米西连(Maximilian,1832—1867)的起义,又在奥地利参加了奥地利-普鲁士战争,还在克里特岛帮助希腊人抗击土耳其人。在帮助古巴人抗击西班牙人时,他被捕入狱,并判死刑,但后来顺利逃脱。1870年,他去了伦敦,从此弃甲从文,开始了漫长的写作生涯。起初,他写了一些讽刺英国社会的文章,但不是很成功。后来,他回到美国,定居在纽约,开始为比德尔-亚当斯出版公司创作廉价小说。这时候他主要是以自己在南美的经历为创作素材,写了许多反映南美各国战争和海上冒险的作品。其中比较著名的有"古巴战争丛书"(The Cuban War Series)和"墨西哥湾-加勒比海丛书"(The Mexico Gulf & the Caribbean Series),后者包括依据他父亲的成名作《拉菲特:墨西哥湾的海盗》改编的五部海盗小说。80年代初,他转向创作廉价西部小说,出版了大量作品,其中最有名的是《加利福尼亚·乔——神秘的边疆人》(California Joe, the Mysterious Plainsman,1882)。该书主要描述同名主人公传奇般的人生经历。在当地人眼里,加利福尼亚·乔不啻一个幽灵。他身穿黑衣,骑着白马,来无影,去无踪。但不久,他出现在一伙修筑边疆铁路的工人面前。他给这些工人带路,帮助他们免遭印第安人的侵扰。甚至,他偷了许多印第安人的战马,送给白人部队,为此同一位官员成了好朋友。

1984年,普伦蒂斯·英格拉哈姆利用替"狂野西部展示"(Wild West Show)①做宣传广告之机,与西部英雄布法罗·比尔相识。两人一见如故,遂成为好友。这时候的布法罗·比尔,早已断绝了同爱德华·贾德森的来往,但依然活跃在表演舞台,还出版了自传以及自撰了一些以布法罗·比尔为主人公的廉价西部小说。经过频繁接触,普伦蒂斯·英格拉哈姆收集到这位西部英雄的很多生活素材,为此他写了一本纪实性的廉价西部小说《布法罗·比尔从童年到成年的冒险经历》(Adventures of Buffalo Bill from Boyhood to Manhood,1884)。该书由比德尔-亚当斯出版公司推出后,颇受欢迎,因而该公司创立了一个"少年文库",雇请普伦蒂斯·英格拉哈姆继续创作以布法罗·比尔为主人公的廉价西部小说。普伦蒂斯·英格拉哈姆的创作速度极快,常常是一星期,甚至一天就写好一本书。到90年代末,他已经写了一百多本此类小说,其中比较著名的有《布法罗·比尔在死亡之谷》(Buffalo Bill in Death Valley,1887)、《布法罗·比尔的金矿之谜》(Buffalo Bill's Mine Mystery,1889)、《布法罗·比尔竞买声誉》(Buffalo Bill's Bid for Fame,1890)、《布法罗·比尔的间谍影子》(Buffalo Bill's Spy-Shadower,1892),等等。

普伦蒂斯·英格拉哈姆以布法罗·比尔为主人公的廉价西部小说,不但在数量上远远超过爱德华·贾德森,而且在质量上也高出一筹。在爱德

---

① 狂野西部展示,指美国19世纪末和20世纪初以描述西部荒野地区具有神秘、惊险色彩的各种事件和表演马术等绝技为特色的一系列演出。该展示由当时美国著名的西部英雄威廉·科迪,也即"布法罗·比尔"筹划和主办。

华·贾德森《布法罗·比尔,边疆人之王》中,同名主人公基本上是蛮横大汉。他穿着破烂衣服,佩戴陈旧武器,语言鄙俗,举止粗暴,尤其是,是非标准幼稚可笑。譬如,他对酗酒和赌博深恶痛绝,凡是沾上两个恶习的人,都会被认为是十恶不赦。虽然最后,他如愿地与意中人结合,但并不具备赢得淑女芳心的素质。而在普伦蒂斯·英格拉哈姆的笔下,布法罗·比尔的横蛮大汉外表已经一扫而空。他衣着入时、举止高雅、谈吐时尚,具有贵族风度,并且其内在素质,也既有思想深度又有浪漫情调。正如美国学者克里斯廷·博尔德所说:"在英格拉哈姆的笔下,布法罗·比尔已经失去了含糊不清的地位。他已经比周围所有的边疆人的才干都要高明,既能处死歹徒又能保持对女人的吸引力。他成了'英雄里的英雄'。"①

晚年,普伦蒂斯·英格拉哈姆生活在马里兰和伊利诺伊。1904 年 8 月 16 日,他在密西西比州博瓦尔南部邦联疗养院去世,终年七十一岁。

第三节 宗教小说

渊源和特征

美国是一个以基督新教为主要信仰的国家。自 17 世纪初起,安立甘宗、卫理公会、长老会、路德会、浸礼会等各个新教宗派先后传入,在人们社会生活的各个方面产生了很大影响,通俗文学领域也不例外。早在美国通俗小说草创时期,在许多引诱言情小说作家的笔下,新教教义就是重要的创作因素。她们的作品充满了说教气息,其宗旨是抨击有悖新教道德规范的恋爱婚姻观。随着社会的不断发展,人们的世俗观念不断增强,通俗小说也逐步减少了说教气息,但新教教义依然是许多作家,尤其是历史浪漫小说和女性言情小说作家的立题支柱。从广泛的意义上说,这些作家创作的小说即是宗教小说。

不过狭义的宗教小说(religion fiction),亦即以宗教教义和宗教人物为主要描写内容的通俗小说,诞生于 19 世纪 60 年代和 70 年代。经过南北战争后的社会激烈动荡,人们的物质生活趋于稳定,精神世界也日渐活跃。"怀疑主义""达尔文主义""科学唯物主义"等各种哲学思潮纷纷登场亮相。然而,以基督新教理论为主体的宗教哲学也在通过自身内部的变革和

---

① Christine Bold. *Selling the Wild West: Popular Western Fiction*, 1860—1960. Indianna University Press, Bloomington and Indianapolis, 1987, p. 13.

调整来适应变化了的社会,以期继续得到大众承认。这种局面很快反映在通俗小说作家笔下,形成新的创作潮流和倾向。1860年,约瑟夫·英格拉哈姆率先推出了三部反映基督教历史的长篇小说《大卫王室的王子》《火柱》和《大卫王》。这三部长篇小说,不但是历史浪漫小说的杰作,也是美国宗教小说的先驱。时隔数年,奥古斯塔·埃文斯和伊丽莎白·费尔普斯(Elizabeth Phelps,1844—1911)也相继推出了含有浓厚宗教色彩的女性言情小说《圣·埃尔莫》和《微开之门》(Gates Ajar,1868)。前者述说一个有着多项缺陷的浪荡子在基督的感召下幡然悔悟的经过,而后者描述了死后生命,肯定了灵魂不朽,给成千上万在南北战争中死去的军人遗属带来了安慰。继两位女作家之后,爱德华·罗(Edward Roe,1838—1888)又以另一本畅销小说《焚毁屏障》(Barriers Burned Away,1872)赢得了人们的瞩目。该书既有罗伯特·英格索尔(Robert Ingersoll,1833—1899)等怀疑主义者的理论带来的困惑,又有战后社会的动荡和不安,更有人们需要的精神食粮。不过,真正继承约瑟夫·英格拉哈姆的传统,从历史角度去描述宗教教义和宗教人物的杰出作家当属卢·华莱士(Lew Wallace,1827—1905)。1880年,他出版了一部描述古罗马年轻军官皈依基督教的长篇小说《本·赫:基督的见证》(Ben Hur:A Tale of the Christ,1880)。该书出版后,立即在全国引起了轰动,并先后被译成德语、法语、意大利语、西班牙语等十几种文字,风靡整个欧洲,成为美国有史以来最畅销的图书之一。

  19世纪和20世纪之交,美国掀起了又一轮移民高潮。随着来自欧洲的大批信仰天主教、犹太教的新移民的涌入,美国的天主教、犹太教的势力大为扩张。许多教士热切关注新移民的生活处境,帮助他们解决面临的种种困难,在人民大众当中取得了较高的声誉。与此同时,美国新教各派也在进一步改革。1908年美国全国基督教协进会的成立,不仅意味着新教力量的聚合,也象征着社会福利运动在新教中的胜利。在这种形势下,各种宗教教义和理念再次成为社会的热点,因而宗教小说也再度掀起创作浪潮。这一时期众多的宗教小说作家当中,最有成就的是查尔斯·谢尔顿(Charles Sheldon,1857—1946)、哈罗德·赖特(Harold Wright,1872—1944)和劳埃德·道格拉斯(Lloyd Douglas,1877—1951)。查尔斯·谢尔顿主要以描述基督教徒迎接生活挑战的超级畅销书《遵循他的脚步》(In His Steps,1897)而著称。该书自问世后已经被译成二十多种文字,畅销四十五个国家,成为除《圣经》外销售量最大的一本书。哈罗德·赖特自1903年跻身文坛以来,一共创作了十九本宗教小说。这些小说基本上全是畅销书或超级畅销书,并且多数被搬上银幕。劳埃德·道格拉斯是继约瑟夫·英格拉哈姆、卢·华莱士之后又一历史宗教小说家。他一生成功地推出了十一本历史宗教小说,这些小说,尤其是他晚年创作的以《新约》时代的巴勒斯坦和罗马为故事背景的小说,具有较高的艺术性,获得许多评论家的高度称赞。

伊丽莎白·费尔普斯

1844年8月31日,伊丽莎白·费尔普斯出生在马萨诸塞州安多佛一个知识分子家庭。她的父亲奥斯汀·费尔普斯是一位修辞学教授,母亲伊丽莎白·斯图尔特是一位知名作家,写过一些在当时极受欢迎的宗教图书。伊丽莎白·费尔普斯从小就表现了杰出的写作才能。1857年,她开始在《青年之友》杂志发表短篇小说。早期,她写得最好的短篇小说是《一月十日》("The Tenth of January")。该小说生动描述了马萨诸塞州一幢大楼倒塌,成百名雇员被埋在废墟,奋力逃脱厄运的故事,讴歌了处在恶劣环境下新英格兰人的坚定信仰和大无畏英雄气概。后来,这篇小说被收入她的第一部作品选集《男人,女人和幽灵》(Men, Women and Ghosts, 1869)。

1864年,伊丽莎白·费尔普斯开始创作第一部长篇宗教小说《微开之门》。两年后,她完成了全书各章节,但直到1868年该书才得以出版。全书以新英格兰少女玛丽·卡伯特的若干篇日记组成,述说她的兄弟罗亚尔在南北战争中丧生后,她悲痛欲绝,无法自拔。有一天,她的姨母威尼弗雷德·福西斯带着小女儿费思来看她,通过交谈,让玛丽·卡伯特坚信来生一定会再见到罗亚尔。该书出版后,立即引起了轰动,并一版再版,到1884年,该书在美国国内已经发行了五十六版,销售额达数百万册。与此同时,它还被译成德、法、意等数种语言,畅销欧洲各地。

毋庸置疑,《微开之门》受到成千上万在战争中失去亲人的美国妇女的欢迎。她们相信书中宣扬的灵魂不灭,渴望能在来生见到自己的亲人。这反映了西方宗教教义对处在痛苦之中的人们的精神慰藉。不过,从文学角度来看,此书的重要性在于发展了自霍桑、爱伦·坡以来的超自然文学主题。霍桑和爱伦·坡摘取地道的美国本土材料,通过对超自然事物的想象性运用,以神秘的象征性手法反映美国早期清教徒的道德历史,探索和挖掘人类的心灵真谛。但伊丽莎白·费尔普斯与他们不同,她更强调对原始、直接的宗教教义的演绎,强调对来世的描绘。《微开之门》以人类普遍的情感为基础,对新英格兰人的自我意识和情感进行了分析。它反对传统的东正教对天堂概念的冷漠定义,而坚持基督教的更人性化的天堂概念,即天堂是一个群山环绕、树木葱郁的地方,人的个性可以在那里得以保持。

继《微开之门》后,伊丽莎白·费尔普斯又写了《门外》(Beyond the Gates,1883)、《门之间》(The Gates Between,1887))、《门内》(Within the Gates,1901)三部作品。这三部作品与《微开之门》一道构成了她的著名的宗教小说四部曲。《门外》主要讲述一个妇女希望死后进入天堂的遐想。《门之间》描写一位名叫索恩的博士在偶然惨遭谋杀之后在冥府的历险记。而《门内》则对上述故事做戏剧化延伸,讲述后来的种种奇特经历。

1894年,伊丽莎白·费尔普斯完成了一部堪称宗教小说经典的作品《奇异的生活》(A Singular Life)。该小说描述男主人公伊曼纽尔·贝亚德被驱逐出新英格兰东正教教会后,成为基督教中坚力量的经历。他不仅摆脱了旧教义的制约,建立了自己独立的小礼拜堂,还冒着失去生命和损害名誉的危险,拯救了酒鬼乔布·斯利和妓女莉娜。如此种种义举,体现了伊曼纽尔·贝亚德对耶稣基督的虔诚以及对周围误入歧途的人的爱心。当然,本书最成功的地方在于这位男主人公与神学教授的女儿海伦·卡鲁思的恋爱经历。在伊丽莎白·费尔普斯的笔下,海伦·卡鲁思不是一个传统意义上的浪漫女子,而是旧宗教教义的产物。她信奉神学院的清规戒律,不敢越雷池半步。而伊曼纽尔·贝亚德却是一个敢于反叛神学院腐朽、僵化的教条的英雄人物。两人之间的爱情颇费周折,但海伦·卡鲁思凭着女性的同情、缄默和自尊,给处在困境中的伊曼纽尔·贝亚德以极大的帮助,使他在爱情和责任的挣扎中向海伦表白了自己的炽热情感。之后,伊曼纽尔·贝亚德在新教堂落成时被敌人用石头打死,众基督徒怀着悲痛的心情向他告别。

除了上述长篇作品,伊丽莎白·费尔普斯还出版过一些以宗教为题材的短篇小说,这些小说均被收在小说集《男人,女人和幽灵》中。此外,她还单独或与丈夫合作写了一些其他类型的长、中、短篇小说,如《魔法大师》(The Master of the Magician,1890)、《失去的英雄》(Lost Hero,1891),等等。这些小说与她的宗教小说相比,都不算成功。她还是一位优秀的诗人,写过一些受到好评的诗歌。晚年,伊丽莎白·费尔普斯关注妇女在美国的现状和地位,写了不少这方面的文章。1911年1月28日,伊丽莎白·费尔普斯在马萨诸塞州牛顿与世长辞。

爱德华·罗

1838年3月7日,爱德华·罗出生在纽约州新温莎。他是大家庭中最小的一个孩子,从小受到宠爱。在威廉姆斯学院度过了几年大学生涯后,他入读奥本神学院,一年后,又响应联邦政府紧急号召,成为内战爆发后首批入伍的志愿战士。在军队,他先后做过随军牧师和战地记者。其间,还接受林肯总统的任命,担任过门罗要塞几家医院的牧师。之后,他与一位来自奥兰县名门望族的女子安娜·桑兹结为夫妇,两人育有五个孩子。战争结束后,他在纽约州海兰福尔斯负责当地长老会的教堂事务。正是在那里,他写下了自己的宗教小说代表作《焚毁屏障》。该书以 1871 年芝加哥大火为题材。被这场悲剧震惊,爱德华·罗亲赴事故现场采访,积累了大量的创作素材。之后,他在布道之余,陆续完成了这部小说。起初,小说在《纽约传福音者》杂志连载,随后又应杂志编辑部请求,出版单行本。该书第一版发行量即达到了五万册,成为该年度最畅销的小说之一。接下来,爱德华·罗创作的另外两部宗教小说《她能做些什么》(*What Can She Do*, 1873)和《栗树开花》(*Opening of a Chestnut Burr*, 1874),也取得了巨大成功。由此,爱德华·罗认识到可以通过写作把基督教教义传播到更多人的心目中,于是决定放弃牧师职务,专门从事宗教小说写作。在这之后,他潜心写了十多部宗教小说,其中比较著名的有《从玩耍到真诚》(*From Jest to Earnest*, 1875)、《接近自然的心脏》(*Near to Nature's Heart*, 1876)、《19 世纪骑士》(*A Knight of the 19th Century*, 1877)、《他爱上了自己的妻子》(*He Fell in Love with His Wife*, 1886)、《发光的面孔》(*A Face Illumined*, 1878),等等。除了创作,爱德华还对园艺十分爱好。他在海兰福尔斯建立了全国最大的苗圃基地,经营非常成功。1888 年 7 月 19 日,因心脏病突发,他在纽约州康沃尔逝世,年仅五十岁。

爱德华·罗创作《焚毁屏障》的目的在于通过芝加哥大火悲剧展示一个道理:一个人属灵世界的长进离不开肉体遭受的磨难。该书的男主人公名叫丹尼斯,是一个穷困潦倒的教书先生的儿子。他在父亲死后不得不从美国东部一所学院辍学,来到芝加哥找工作养家糊口,并进而寻找个人发展机会。当他怀着美好愿望来到这个城市,却绝望地发现那里只有一片冷漠无情。通过虔诚的祈祷和坚韧不拔的努力,他在当地一个名叫鲁道夫的艺术商人的画廊里谋到一个职位。虽然薪水很低,但丹尼斯·弗利特还是认真地工作。他的经济状况逐步改善。但不幸的是,他爱上了雇主的女儿克里斯廷。此人长着美丽的容貌,但生性骄傲自大,瞧不起这个虽有才华但没有欧洲教育背景的穷小伙,并戏弄其真挚感情,固执地不相信任何宗教。从此,丹尼斯精神恍惚,不能自已。在书中,爱德华·罗对男女主人公所受的教育背景和天生个性逐一进行对比,细致描写了两人截然不同的生活经历以及由此带来的精神压力和不可避免的冲撞,其中既有罗伯特·英格索尔等不可知论者带来的困惑,又有战后社会的动荡和不安,更有人们需要的精神食粮。全书充满了爱的折磨、引诱、误解和恳求,要不是随后发生的那场大火,丹尼斯和克里斯廷之间的误解或许永远都不会消除。在小说情节达到高潮的时候,芝加哥城发生了一场毁灭性的大火。丹尼斯奋不顾身将失去父亲的克里斯廷从暴徒手中救了出来,克里斯廷恢复了纯洁、善良的人性,她皈依了耶稣基督。于是,在这个城市一切沾满腐朽、邪恶的有形无形之物在大火中化为灰烬后,一对恋人之间所有屏障被永远焚毁。所有虔诚的基督徒幸福地聚集在一起。

毋庸置疑,《焚毁屏障》是一部优秀的宗教小说。它一扫当时社会上许多质量低劣的同类作品的陈腐气,给这一颇受欢迎的通俗小说样式注入了新鲜活力。宗教小说离不开道德说教,离不开对宗教教义的演绎和诠释。但这一切被巧妙地融合在《焚毁屏障》的表现主题中。爱德华·罗以十分新颖的写作题材、生动丰富的背景描述和富于戏剧性的故事情节,激起了读者的强烈共鸣,促使他们认真面对人生磨难,思考属灵生活的长进,把满腔的爱奉献给基督,奉献给世人。爱德华·罗善于把一般宗教小说家视若畏途的宗教教义通俗化地穿插、融合在小说的人物、情节和主题中,读来不仅毫无枯燥之感,反而增添了不少乐趣。

爱德华·罗其他十多部宗教小说,也大致体现了这种"寓教于乐"的写作风格。它们多半有一个曲折、生动的故事情节,通过某个主人公视角,展示世人接受耶稣基督的救恩,属灵世界不断长进的复杂经历。不过,在总体艺术上,它们要比《焚毁屏障》稍为逊色。

卢·华莱士

1827年4月10日,卢·华莱士出生在印第安纳州布鲁克维尔。他的父亲是富兰克林县的一名律师,后来担任印第安纳州总督。在1846年至1847年的墨西哥战争中,卢·华莱士曾担任印第安纳第一步兵团中尉,在南北战争中又成为美国最年轻的将军。在这之后,他在墨西哥为政府从事秘密工作,1878年至1881年又担任新墨西哥州第九十七任州长,随后还做过美国驻土耳其大使。1905年2月15日,卢·华莱士在克劳福兹维尔逝世,终年七十七岁。

卢·华莱士一生军事、政治生涯极其辉煌,不过也偶尔涉足文坛,创作小说。他的第一部小说是历时三十年完成的《公正的上帝》(*The Fair God*,1873)。该书属于历史浪漫小说,主要讲述公元16世纪西班牙人征服墨西哥时的一个动人爱情故事。在这之后,他偶遇当时声名显赫的不可知论者罗伯特·英格索尔,并进行了有关耶稣基督的谈话。这次谈话使卢·华莱士深感震撼,不仅立即信奉基督教,还开始着手创作宗教小说《本·赫:基督的见证》。该小说于1880年出版后,立即引起轰动,成为当年头号畅销书,以后又不断再版,并被译成十几种文字,风靡欧洲各地。到19世纪末,该书累积销售额已达一百二十五万册,系该世纪美国最畅销的图书之一。

《本·赫:基督的见证》主要通过罗马帝国统治时期一位贵族青年皈依基督教的经历,展示了当时复杂、激烈的宗教斗争和政治斗争。该书篇幅巨大,场面宏伟,气势磅礴,充满了各种戏剧性历史事件。主人公名叫本·赫,年龄与耶稣相仿,系赫氏家族的一个王子。童年时代,他与罗马人梅萨拉是要好的朋友。长大后,由于梅萨拉对犹太民族的极端仇恨,两人友情开始发生变化。又过了几年,两人相遇,傲慢的梅萨拉对本·赫说:"罗马人就是要统治整个世界,犹太人就是要在尘土中爬行!……忘了你是个犹太人吧。"而自尊的本·赫素来以犹太血统为荣,毫不客气地反驳:"忘了我是个犹太人?还是忘了你是个罗马人吧!"从此,两人友谊彻底破裂。梅萨拉不仅设法使本·赫成为大划船奴隶,还无情地分裂其家族,并把本·赫的母亲和妹妹送进麻风病院。梅萨拉的所作所为激怒了本·赫,他发誓要为家人复仇。三年后,他从大划船逃脱,在战车比赛中胜了梅萨拉。由此,梅萨拉成为瘸子,并失去所有财富。但复仇之后的本·赫依然感到不快乐。像所有犹太人一样,他期待着耶稣推翻罗马政权的那天到来。然而当罗马士兵押着耶稣去钉十字架时,耶稣使本·赫母亲和妹妹的麻风病不治而愈。自称"神的儿子"的耶稣向人们宣布了自己的使命:他来到地球不是摧毁人类,而是拯救人类。从这时起,本·赫皈依基督教,成为一名虔诚的基督徒。

该书的成功不是偶然的。卢·华莱士成功地把历史浪漫小说、西部小说、言情小说的一些要素融入宗教小说的创作模式,使其成为既有宗教又有历史、既有冒险又有爱情的一部巨著。尤其是,卢·华莱士以罗马帝国统治时期对耶稣基督的迫害为历史场景,真实地刻画了他的人物形象,肯定了基督教,肯定了《圣经·新约》,肯定了耶稣的救世主地位。全书自始至终洋溢着耶稣救恩的基调。一次次考验本·赫信心的磨难,一茬茬帮他逃离死亡的神迹,还有他出人意料地战胜海盗,母亲和妹妹在麻风病院得救,等等。所有这些对于当时目睹宗教影响日渐衰微,处在怀疑主义等思潮包围圈中的人们来说,无疑具有巨大的吸引力。卢·华莱士善于处理作品中主要人物与次要人物的关系,每一个次要人物的行动都通过剪裁得当的方式与主要人物的行动相协调,从而使作品的情节构造、人物塑造保持高度的统一性和完整性。

除《本·赫：基督的见证》外，卢·华莱士还出版了一些宗教题材的传记，如《本杰明·哈里森传》(The Life of Benjamin Harrison, 1888)、《基督的少年时代》(The Boyhood of Christ, 1888)，等等。不过，这些作品大都反响平平，艺术上也没有多大特色。

查尔斯·谢尔顿

1857年2月26日，查尔斯·谢尔顿出生在纽约州韦尔斯维尔。他的父亲是一位有名的牧师，其一生成就包括19世纪70年代曾在北达科他州建立了一百多所教堂。查尔斯·谢尔顿成年后，即在堪萨斯州托皮卡的公理会教堂任牧师。他竭力推行教堂无种族隔离的改革，还在教堂附近建立了当地第一所黑人托儿所。与此同时，他还是一名杰出的社会活动家和宗教小说作家。1896年，他开始根据自己在托皮卡传授福音、鼓励教徒关心穷人和弱势阶层的经历，创作宗教小说《遵循他的脚步》。该小说完成后，于1897年在芝加哥《前进周报》连载，当即造成巨大反响，以后出单行本，又引起轰动。不计其数的人涌向街市，购买这部惊世之作。而书中的一句"耶稣会怎么做？"也成为街头小巷众人皆知的格言。据粗略统计，自1897年至现在，该书的发行量已累积达到三千万册，成为西方宗教世界仅次于《圣经》的一本特大畅销书。

《遵循他的脚步》的巨大成功在于查尔斯·谢尔顿以十分简朴的语言和贴近生活的范例，揭示了基督徒属灵生活的一个道理，即人们作为基督徒，应该关注社会，积极改善贫民的处境。该书的主人公名叫亨利·马克斯韦尔，是个牧师。一次，他在雷蒙德小镇讲道，一位失业印刷工前来拜访，希望他能给予一些帮助。马克斯韦尔告诉印刷工，目前帮不上忙，印刷工只得失望离去。下一个礼拜日该牧师讲道时，印刷工又来了。他当着众多听众的面，向马克斯韦尔述说了自己如何失去妻子、失去工作，生活陷于极度困境。之后，他愤懑地问，既然所有的基督徒都宣称自己忠实追随耶稣，那么他想知道这些人究竟是如何追随的。一些人自称是基督徒，自称信奉基督教的教义，但一心过着自己的小日子，对他如此痛苦视而不见。他们真的会甘心情愿地去接受耶稣的考验吗？他们真的可以说是为耶稣的名而生活吗？末了，印刷工痛心地喊了一句："耶稣会怎么做？这就是你们所说的遵循他的脚步？"然后，他当场晕倒在领圣餐的桌子旁。不久，他因贫病交加，在马克斯韦尔家中去世。印刷工的不幸经历使小镇上的基督徒扪心自问，他们是否真的为了信仰耶稣而生活？他们现在所拥有的一切，当年耶稣是否曾经拥有过？当别人经历痛苦和磨难，为缺衣少食而担忧时,他们却为一些芝麻小事在争吵,这应该吗? 于是,马克斯韦尔牧师和其他基督徒立下誓言,他们在今后的生活中每做出一项决定,都要考虑:这件事耶稣会怎么做? 在这种承诺下,出版商爱德华·诺曼对《每日新闻报》做了许多变革。从此,该报纸再也没有无聊的八卦新闻和无益的广告评论,尽管这意味着要损失不少金钱。另一位名叫雷切尔·温斯洛的女士天生一副美妙歌喉,但她拒绝了不法商人的歌约,坚持在教堂的唱诗班唱赞美诗。结果,她的歌声激励了广大基督徒,挽救了包括商人、瘾君子、妓女在内的许多人的灵魂。小说结尾,小镇上发生了一场大灾难,但人们最终得救,并无人流离失所。而马克斯韦尔也放弃了牧师的职位,来到罪犯中间,竭力帮助他们悔改。

除《遵循他的脚步》外,查尔斯·谢尔顿还写过许多宣传基督教的教义、帮助基督徒修炼灵性的小册子。这些小册子影响了一代又一代的基督徒。直至20世纪90年代中期,美国各基督教团体还掀起了一股查尔斯·谢尔顿的宗教小说新潮流,"耶稣会怎么做?"被再次提出当作基督徒属灵生活的准则。

哈罗德·赖特

1872年5月4日,哈罗德·赖特出生在纽约州罗马城。他的父亲是个酒鬼,整天游手好闲,一家人全靠母亲含辛茹苦地工作过活。十一岁时,哈罗德·赖特的母亲去世,他跟着父亲到处流浪,住贫民窟,做力不能及的苦工。之后,他到了俄亥俄州海勒姆,在一家书店找到了一份工作。在该书店,他开始有机会阅读各种书,还利用业余时间在海勒姆学院所属的预科学校上学。这是他一生中唯一受过的正规教育。一个星期天,当地的牧师因故无法到教堂来布道,哈罗德的朋友便鼓励他取而代之。于是,颇有口才的哈罗德·赖特没有受过任何神学院的教育就成了一名牧师,并且在那里一干就是十年。之后,他辗转到了堪萨斯城森林大道浸信会教堂,并在从事布道工作的同时,开始了宗教小说创作。

1903年,哈罗德·赖特完成了第一部宗教小说《尤德尔那个印刷工》(*That Printer of Udell's*)。该书出版后,不但在商业上取得了成功,而且受到了舆论界一致好评。有人盛赞它是一部"令人震撼的,奋发上进的小说,具有现时所需要的重要信息"[1]。这件事促使他放弃了神职,专心致志写

---

[1] Russel B. Nye. *The Unembarrassed Muse: The Popular Arts in America*. Dial Press, New York, 1970, p. 39.

作。接下来的几十年里,他总共出版了十九部宗教小说。这些小说绝大部分是畅销书,其中有六部被列入畅销书排行榜,而且根据小说改编的电影也至少有十五部之多。除了宗教小说,他还写过一些舞台剧,并为多家杂志撰稿。1944年5月24日,哈罗德·赖特因患肺炎在加利福尼亚州拉霍亚一家医院逝世,终年七十二岁。

同卢·华莱士一样,哈罗德·赖特的宗教小说成功的秘诀在于融合了一些颇受欢迎的通俗小说创作要素。在他的小说中,既有宗教又有历史,既有爱情又有冒险。虽然情节结构比较简单,故事人物塑造也没脱离俗套,如纯洁的少女、不幸的孤儿、邪恶的歹徒、英俊的勇士,等等,但作品突出了众所关注的一个宗教主题,即信奉耶稣基督,凭借基督的大爱,生活中的大部分困难即能迎刃而解。譬如他的处女作和成名作《尤德尔那个印刷工》。这部小说带有较强的自传性质,主人公迪克·福克纳出身贫苦,后来几经曲折,成为印刷商尤德尔手下一名工人。之后,他遭遇到歹徒的种种暗算,但凭借上帝的大爱,一次次逢凶化吉。故事最后,他皈依基督教,并与来自上层社会的女子艾米结为夫妇。

一般认为,哈罗德·赖特最重要的宗教小说是《芭芭拉·沃思的胜利》(*The Winning of Barbara Worth*, 1911)。该书以加利福尼亚州因皮里尔河谷为背景,主人公为芭芭拉·沃思,她四岁时跟随父母穿越沙漠遭遇了沙风暴的袭击,父母双双毙命,而她被当地实业家杰斐逊·沃思救起,成了他的义女。芭芭拉·沃思长大成人后,继承了杰斐逊·沃思的公司。但她念念不忘亲生父母的遗愿,意欲开垦沙漠里的"国王盆地"。然而,这项颇有前景的工程却被纽约银行家詹姆斯·格林菲尔德获得。此人唯利是图,只顾牟取暴利,不顾工程质量。詹姆斯·格林菲尔德的侄子,来自东部的年轻工程师威拉德·霍姆斯在芭芭拉·沃思的影响下,逐渐意识到工程质量的问题,于是离开了叔叔的公司。不久,科罗拉多河上的大坝坍塌,威拉德·霍姆斯设法将詹姆斯·格林菲尔德公司的不合标准的材料换成了芭芭拉·沃思公司的优质材料,避免了大堤决口,保护了当地居民的安全。故事最后,詹姆斯·格林菲尔德公司离开了西部大沙漠,"国王盆地"的开发工程由芭芭拉·沃思公司接替。而詹姆斯·格林菲尔德也对西部大沙漠产生了深厚感情,并与芭芭拉·沃思终成眷属。

显然,这部小说采用了西部小说许多手法,如故事场景的设置、男女主人公的塑造,都令人想起当时的西部通俗小说。不过,整部作品洋溢着浓郁的宗教气氛。上帝无所不能,无所不在。他既是包括男女主人公在内的许多正面人物的高尚道德和慈善行为的源泉,又是詹姆斯·格林菲尔德公司不法之举的克星。而在小说结尾,哈罗德·赖特更进一步做了"马太效应"式的描绘。由于高尚道德和慈善的行为,芭芭拉·沃思一家意外地得到一笔巨额财富。与之相对应,詹姆斯·格林菲尔德由于在工程上的不道德行为,在沙漠开垦计划中败下阵来,最终悻悻离去。此外,哈罗德·赖特在书中使用了大量具有宗教象征意义的词语,如因皮里尔河谷,作者在书中叫作"上帝手中的河谷"。这些词语恰到好处地烘托了作品的宗教主题。

除了《尤德尔那个印刷工》和《芭芭拉·沃思的胜利》,哈罗德·赖特还有一些比较重要的宗教小说,其中包括《山区的牧师》(The Shepherd of the Hills,1907)、《丹·马修斯的职业》(The Calling of Dan Matthews,1909)、《未加冕的国王》(The Uncrowned King,1910)、《世界的眼睛》(The Eyes of the World,1914)、《老宅里的海伦》(Helen of the Old House,1921)、《上帝与食品杂货商》(God and the Groceryman,1927),等等。这些小说大体有着类似的创作模式和创作风格。故事场景大都发生在西部,情节结构也大部分与拓荒者淘金、山谷里的枪战、磨坊里的争斗、土地的争夺、印第安人的骚扰等有关。但作品的中心思想并不在于爱情的演绎或土地的争夺,而在于道德说教。通过这些作品,哈罗德·赖特呼唤人们信仰上帝,用上帝的大爱去感化一切罪恶之人。

劳埃德·道格拉斯

1877年8月27日,劳埃德·道格拉斯出生在印第安纳州哥伦比亚一个牧师家庭。他从小受父亲的影响,渴望成为一名神职人员。1901年,他从位于俄亥俄州斯普林菲尔德的威滕伯格神学院毕业后,即接受任命,当了印第安纳州北曼彻斯特一座教堂的牧师。1904年劳埃德·道格拉斯和贝西尔·波切结为夫妻,婚后育有两个女儿。1905年,他被调往俄亥俄州兰开斯特,1908年又调到华盛顿特区。自1911年起,他开始担任伊利诺伊大学的牧师,负责学校的宗教事务。此后,他一直在美国和加拿大的一些教堂里任职。1933年,他辞去神职,专门从事写作。

早年,劳埃德·道格拉斯曾经出版一些宣扬基督教教义的小册子。20年代末,他开始创作首部宗教小说《高尚的着魔》(Magnificent Obsession)。该书完稿后,曾先后投寄给两家大型出版公司,但均遭到拒绝。后来,它总算被一家小型宗教出版公司所接受。不料此书出版后,居然大受欢迎,短短几年里即售出三百万册,并且两度被搬上银幕,形成罕见的火爆场面。于是,劳埃德·道格拉斯很快成为一名当红的畅销书作家。《高尚的着魔》主要讲述一位无神论者皈依基督教的故事。整部作品以医学界为背景，主人公博比·梅里克出身富家，是一位年轻的外科医生。在经历一番挫折之后，他向自己的导师寻求事业成功的秘诀。导师交给他一本用密码写成的日记，说秘诀就在日记里面。博比·梅里克奇迹般地将日记解密，学会了一种"极不寻常的利他主义投资"。从此，他暗中做好事，体验到帮助他人的快乐，其中包括治愈了一位失明妇女的眼睛，他对这位妇女的眼睛失明负有不可推卸的责任。原来，导师用密码写就的日记中录下了耶稣"山上宝训"里的一段话："你施舍的时候，不要叫左手知道右手所做的；要叫你施舍的事行在暗中，你父在暗中察看，必然报答你。"①最后，劳埃德·道格拉斯点题：这是一条正确的道路，一旦你找到了这条路，你就会有了义务。它会使你着魔，但是请你相信，这是一种高尚的着魔。

尽管劳埃德·道格拉斯以《高尚的着魔》成名，但他写得最好的宗教小说却是《圣衣》(The Robe, 1942)。该书故事场景设置在新约时代，主要情节包括早期基督教教会的成立、基督被钉上十字架，等等，其中还不时穿插四大福音书的引言。所谓圣衣，也就是耶稣被钉上十字架时所穿的长袍。主人公马塞勒斯为古罗马帝国的年轻百夫长，他不仅相貌出众，而且才智过人。由于坦陈自己的不满，他被贬到巴勒斯坦人居住的加沙地区，担任那里的指挥官。在由耶路撒冷前往加沙的途中，他接到了将耶稣钉死在十字架上的命令。其间，他在十字架前与众人下赌注，赢得了耶稣身上那件长袍。从此，那件长袍改变了他的命运，他的脑海时时浮现耶稣受难的情景。为了心灵的安宁，他开始寻找耶稣的救世主面目。故事最后，马塞勒斯皈依了基督教，并在古罗马圆形大竞技场殉教。全书洋溢着浓郁的宗教气氛，耶稣受难场面的描写十分感人。劳埃德·道格拉斯十分细致地刻画了马塞勒斯的人物形象。他的直言不讳的个性，对耶稣的迫害，思想上的变化，皈依基督，以身殉教，等等，读来十分可信。同《高尚的着魔》一样，《圣衣》也荣登畅销书榜首，并且被译成多种文字，畅销世界各地。1953年，它又被拍成美国首部宽银幕电影，上映后票房高得惊人，并赢得奥斯卡最佳艺术指导等两项大奖。

劳埃德·道格拉斯的最后一部宗教小说《伟大的渔夫》(The Big Fisherman, 1948)也是以新约时代为背景，故事的主要人物有耶稣、彼得，还有一对年轻的情人——埃丝特和沃尔迪。情节相对《圣衣》而言，有些松散，既有犹太希律王之子安蒂帕斯和阿拉伯公主的女儿埃丝特的感情纠

---

① 《圣经·新约》，马太福音，第六章，3—4节。

葛,又有埃丝特和沃尔迪的纯正爱情,还有基督一生的业绩和伟大渔夫彼得的故事。由于全书情节过于复杂,以致读者难以对某个特定人物的经历产生共鸣。不过劳埃德·道格拉斯对于耶稣十二圣徒之一的彼得的描写非常人性化,对罗马帝国统治下的早期基督教也有真实的描写。该小说也是有名的畅销书,一版再版,并被搬上银幕,形成火爆场面。

1951年2月13日,劳埃德·道格拉斯在洛杉矶去世。他的自传《难忘的时光》(*Time to Remember*)也于同年出版。

第四节　蜜糖言情小说

渊源和特征

美国女性言情小说风行了数十年,于19世纪70年代开始嬗变。以劳拉·利比(Laura Libbey,1862—1924)为代表的一批女性言情小说家,一改过去的女主人公俗套,专门描写处于社会最底层的女店员、女裁缝、女打字员的不寻常的婚恋经历,并且取得成功。比较著名的有《她最终爱上了他》(*She Loved Him Last*,1886)、《吻的价值》(*The Price of a Kiss*,1886)、《书籍装订女工的幸福恋爱史》(*The Romance of the Jolliest Girl at the Book Bindery*,1887)、《只是修理工的女儿》(*Only a Mechanic's Daughter*,1892)、《毛头小伙》(*Madcap Laddie*,1894)、《阴谋与情欲》(*Plot and Passion*,1896),等等。这些小说为20世纪初以色情为主要特征的女工言情小说崛起作了准备。与此同时,格雷斯·希尔(Grace Hill,1865—1947)用欢乐和微笑来代替传统女性言情小说中的感伤和眼泪,也取得了成功。从1877年发表处女作到1947年去世,她一共写了一百多部这样的言情小说,作品总销量超过四百万册。格雷斯·希尔的成功吸引了众多的仿效者,由此产生了一类新的言情小说——蜜糖言情小说(molasses fiction)。

蜜糖言情小说的兴起,反映了处在世纪之交广大美国妇女对自身权益的进一步觉醒,同时也反映了她们逃避现实、企图用幻想来麻醉自己的矛盾心理。这类小说依然是以女性为中心,反映妇女所感兴趣的家庭婚姻问题,而且作者意欲表现的主题也多半是进行道德说教,即具有高尚灵魂的女主人公最终必胜,无论她所处的环境多么恶劣,也无论她经受了怎样的磨难。不过,整个作品的基调不是给人以感伤和眼泪,而是给人以愉快和微笑。当然,这种喜乐来自对宗教的坚定信仰,来自耶稣基督对每个虔诚信徒的大爱。

艾丽斯·赖斯（Alice Rice，1870—1942）是继格雷斯·希尔之后又一位颇有声誉的蜜糖言情小说家。她的《卷心菜地的威格斯太太》(Mrs. Wiggs of the Cabbage Patch, 1901) 塑造了一位生活在贫民窟中的坚强女性，其人生哲学是"只要耐心等待，一切都会有的"。这句话已经成为当时非常流行的口头语。该书头三年平均每月销售四万册，并七次被改编成戏剧，四次被搬上电影银幕。另一位著名的蜜糖言情小说家凯特·威金（Kate Wiggin，1856—1923）在《阳光溪农场的丽贝卡》(Rebecca of the Sunnybrook Farm, 1903) 中描绘了一位从小失去父母、在姑母经营的农场长大的聪明少女丽贝卡，其"快乐"的性格比威格斯太太有过之而无不及。该书被搬上舞台，连演数年，后又被搬上电影银幕，引起轰动。还有埃莉诺·波特（Eleanor Porter，1868—1920）也是世纪初著名的蜜糖言情小说家，其成名作《快乐少女波利安娜》(Pollyanna, the Glad Girl, 1913) 中同名女主人公名字已被收入词典，成为"盲目乐观"的交替词。此外，一位居住在印第安纳州北部偏僻山村的女作家吉恩·波特（Gene Porter，1863—1924）也加入了蜜糖言情小说的创作队伍。她把当时同样流行的地方色彩小说和蜜糖言情小说结合起来，造成了更大的轰动，从1903年发表处女作到1924年去世，她一共出版了十二本蜜糖言情小说，其中五本的销售量超过了五百万册。许多受到鼓舞的读者给她来信。她回答说："对于我从世上找到的这种欢乐生活、欢乐爱情，我要永远写下去，直至用尽最后一滴蜜汁。"①

格雷斯·希尔

1865年4月16日，格雷斯·希尔出生在纽约州韦尔斯维尔。她的父亲是长老会的一位牧师，曾出版过几部著作。自小，格雷斯受到家庭的影响，信仰上帝，心中充满了对上帝的爱。这种宗教信仰日后支配着她的人生各个方面，包括文学创作。她儿时受到的文学影响主要来自姑母伊莎贝拉。此人是一位小有名气的作家，出版过好几部作品。十二岁时，格雷斯曾在姑母面前口述一则故事，姑母悄悄记录并打印出来，然后邮寄给一家出版社，想不到竟然被接受出版。于是姑母在她生日那天，把这本薄薄的小册子当作生日礼物送给了她。格雷斯的处女作就这样诞生。青年时代，格雷斯欲外出旅游，但家庭经济条件又不允许，于是产生了以写作赚取旅费的念头。在这种情况下，她完成了首部长篇小说《肖托夸浪漫插曲》

---

① Russel B. Nye. *The Unembarrassed Muse: The Popular Arts in America*. Dial Press, New York, 1970, p. 38.

(The Chautauqua Idle, 1887)。该小说也很快被接受,并且出版后获得好评。格雷斯本人也参加了在纽约州肖托夸举行的作品发布会,拿到了作为旅费使用的一笔稿酬。这件事的成功让格雷斯意识到自己的写作天赋,由此开始了一个多产的畅销书作家生涯。

1892年12月2日,格雷斯和弗兰克·希尔结婚,成为格雷斯·希尔。两人育有两个女儿。弗兰克·希尔和她的父亲一样,也是一位牧师。但不幸的是,他因盲肠炎在1899年过早去世。紧接着,格雷斯·希尔的父亲又去世。于是,格雷斯·希尔不得不挑起养家糊口的重担。此时写作对于她,已经不是爱好,而是求生的技能。1940年,格雷斯·希尔再婚,但一直保留着前夫的姓氏。十年后,她与第二个丈夫分居。自此,格雷斯·希尔一直和两个女儿生活在一起。1947年,这位才华横溢的女作家满怀着对上帝的爱离世。

格雷斯·希尔一生出版了一百多部小说,这些小说绝大多数沿袭女性言情小说的套路,即以年轻女性为主人公,描述她的不寻常的婚恋经历。不过,在作品的主题展示上,格雷斯·希尔更强调宗教的启迪作用。她的每一部小说都可以说是对基督教教义的颂扬,通过情节、对话、人物性格和道德品质的演绎,展示在基督的感召下,女主人公最后得到心灵救赎。譬如《奇怪的求婚》(The Strange Proposal, 1935),描述一对年轻男女由相识到恋爱,再到结婚的经过,故事情节虽然简单,但作者埋下了一条主线,即女主人公玛丽的心灵转变。一开始,玛丽参加舞会,与约翰一见钟情。两人交往逐渐密切,确立了恋爱关系。但就在此时,玛丽发现了约翰是个基督徒,而且非常虔诚,因而陷入矛盾境地。一方面,她爱约翰,爱他的一切,但另一方面,她又害怕约翰的上帝,害怕约翰发现她不信仰基督教而断绝来往。与此同时,玛丽以前的男朋友依然在向她召唤,但其实此人只是觊觎她的美貌。故事情节随着玛丽前往佛罗里达为约翰生病的母亲求医达到高潮。但最后,上帝给予玛丽力量,指引她在激烈思想斗争中战胜自我。一对有情人终成眷属。作者留给了读者深邃的思考:上帝的大爱无处不在,这种大爱超越了人间的男女之爱。

然而,格雷斯·希尔的小说的最大特色在于作品的乐观基调。传统的女性言情小说,从凯瑟林·塞奇威克、埃玛·索思沃思、苏珊·沃纳到奥古斯塔·埃文斯,都以感伤主义的白描作基础。"感伤"贯穿情节的始终。女主人公多为软弱无助的孤儿,她们历尽磨难,让人读了伤心落泪。而格雷斯·希尔尽管也让女主人公经历这样那样的磨难,但却是怀着坚信上帝会帮助她战胜这些磨难的乐观态度去描绘的。尤其是,她的作品结局总是十分美好,给读者一种"甜蜜""美好"的大团圆感觉。譬如《艾里尔·卡斯特》(*Ariel Custer*,1925),述说弗吉尼亚一个柔弱的美丽姑娘和一个名门淑女同时爱上了一个年轻小伙。当种种危险吞噬着这个小伙的生命时,那个美丽姑娘凭着自己的智慧和勇气赢得了他的心,同时也赢得了那个竞争对手和心存疑虑的母亲的爱。而《深红的玫瑰》(*Crimson Roses*,1928),则展现了一位年轻姑娘与自己的秘密意中人的曲折恋爱经历,其中不乏带点喜剧色彩的有惊无险的插曲。但一阵阵风雨过后,两人以欢天喜地的结合而告终。

最精彩的是《最佳男人》(*The Best Man*,1914)。该书述说五月的一天早上,西里尔·戈登像往常一样到华盛顿保密局的办公室上班。局长命令他马上出发去纽约。因为一份有关国家安危的密码文件被盗,戈登的任务是深入虎穴,取回文件。戈登于当天下午赶到纽约,按照事先的计划,他去霍尔曼家参加晚宴。席间,他如愿得到了密码文件,然后夺门而逃。谁知误入一个正在举行婚礼的教堂,被人当作新郎与一个名叫西莉亚的姑娘结了婚。西莉亚出身名门,并且继承了一笔可观的遗产。她有个远亲叫乔治,他们自幼相识,只是乔治缺乏教养,调皮捣蛋,西莉亚一直都很讨厌他。十年前,乔治出国定居,西莉亚与他没有什么联系。可是乔治一直觊觎西莉亚的财产和美貌,想娶她为妻。他写信给西莉亚,采用威胁恐吓的手段逼迫西莉亚嫁给他。西莉亚尽管心中痛苦,但是为了维护家族的声望和父母的名誉,她决定牺牲自己,嫁给这个无赖。阴差阳错的婚礼给戈登带来了摆脱霍尔曼派出的侦探的机会。他带着西莉亚乘火车,坐汽车,赶马车,辗转城市乡村。一开始,他不敢暴露身份,将错就错以乔治自居;而西莉亚也因为多年未见过乔治,把戈登当作她的丈夫兼仇人,以致造成一连串的误会,戈登也因此备受委屈。后来,在患难与共的旅途奔波中,双方从沟通到理解,终至互相倾慕,结为真正的夫妇。西莉亚庆幸自己嫁给了世上最佳男人。乔治则得到了应有的下场。

艾丽斯·赖斯

1870年1月11日,艾丽斯·赖斯出生在肯塔基州谢尔比县,不过在路易斯维尔长大。她的父亲是个艺术品经纪人,在艺术上颇有修养。艾丽斯从小受到父亲的艺术熏陶,养成了对文学创作的爱好。十六岁那年,她前往路易斯维尔贫民区一所业余学校协助搞社会调查。这次工作经历给她留下了深刻印象。她完成了自己的学业后,即参加了路易斯维尔的社会福利工作,重点管辖"卷心菜地"贫民区。数年的工作给她积累了大量的生活素材,她不由产生了创作冲动。1901年,她的第一部长篇小说《卷心菜地的威格斯太太》得以出版。该小说刚一问世,即成为畅销书,以后又多次被改编成戏剧,搬上电影银幕。1902年,她与来自肯塔基州迪克森的诗人凯尔·赖斯相识并结婚。此人曾先后就读于田纳西州莱巴嫩的坎伯兰大学和哈佛大学研究生院。从此,艾丽斯·赖斯同凯尔·赖斯一道定居在路易斯维尔,开始了职业文学创作生涯。艾丽斯·赖斯既写小说、诗歌,又写戏剧。到1942年2月10日去世时,她已经出版了二十部长篇小说以及许多短篇小说,其中一部分是她和丈夫合写的。1943年,在艾丽斯·赖斯去世一年之后,凯尔·赖斯也自杀身亡。

尽管艾丽斯·赖斯著作等身,但流传于后世的、影响最大的还是她的第一部长篇小说《卷心菜地的威格斯太太》。这部小说把格雷斯·希尔作品中的"欢乐和微笑"推到了极致,塑造了一个"痛苦无比但也快乐无比"的女性形象。该书的女主人公威格斯太太,性格开朗乐观,丈夫几年前酗酒身亡,家中又不幸失火,只得独自带着五个孩子在贫困线上挣扎。但令人称奇的是,她居然在自家小院子"开办"了一所主日学校,教授村里的孩子读《圣经》,唱圣诗,过得快乐无比。一个圣诞节前夕,威格斯太太家中无米下炊。她的邻居露茜,一个富家少女,雪中送炭,带来了一篮子食物,其中还有一只火鸡。为了以后几天能够填饱肚皮,她又将火鸡在市场出售。几天后大儿子生病,无钱医治死去。但露茜又将此事通过媒体向社会披露,引来了众人捐款,由此她一家得以渡过难关。甚至他们还遇上了一位好心的绅士里丁·鲍勃,实现了到剧场看一出戏的梦想。里丁·鲍勃又让威格斯太太的小儿子在他的报社当勤杂工,大女儿则被推荐进了一家包装工厂。于是,威格斯太太的生活情况大有好转。而好心帮助她一家的露茜和里丁·鲍勃也冰释前嫌,喜结连理。上帝的大爱不仅降临在威格斯太太一家,还降临在帮助他们的好心人身上。

凯特·威金

1856年9月28日,凯特·威金出生在宾夕法尼亚州费城。童年时代,她是在缅因州霍利斯、纽约城、加利福尼亚州圣·巴巴拉、旧金山等地度过的。因为居住地不稳定,她没有受过正规教育,只是进入了一些档次比较低的学校以及业余性质的培训班。1877年,她从幼教培训班毕业后,开始在幼儿园当教师。数年后,她在旧金山创办了西尔弗街幼儿园,这是美国西部第一家免费的幼儿教育机构。在此期间,凯特写了她的第一本小说《帕西的故事》(*The Story of Pasy*,1883)。之后,她的创作热情一发而不可收拾,又写了《鸟儿的圣诞颂歌》(*The Birds' Christmas Song*,1887)、《蒂莫西的探求》(*Timothy's Quest*,1890)等一系列小说。1903年,凯特·威金出版了她的最有名的小说《阳光溪农场的丽贝卡》。该书因塑造了一个比艾丽斯·赖斯笔下的威格斯太太还要乐观的女性而成为当年的超级畅销小说。同样,它也被多次搬上舞台和电影银幕,造成了火爆场面。在这之后,凯特·威金又写了一些颇受欢迎的小说,其中包括《河畔玫瑰》(*Rose of the River*,1905)和《苏珊娜和苏》(*Susanna and Sue*,1909)。

凯特·威金的上述小说,多数以少年儿童为服务对象,但也有一些沿袭格雷斯·希尔、艾丽斯·赖斯等人的创作模式,属于蜜糖言情小说。这些小说均以一些虔诚信仰上帝、具有乐观精神的女性为主人公,展示了她们在艰难的现实生活中,战胜自我、获得幸福的种种人生经历。同格雷斯·希尔、艾丽斯·赖斯一样,凯特·威金十分强调宗教的启迪作用。在她的笔下,女主人公总是聪明、美丽,总是纯洁、无瑕。她们沐浴在上帝的大爱中,从上帝那里获取力量和勇气,从而忍受了种种不幸和痛苦,克服了种种艰难险阻。这个"忍受"和"克服"是人类与上帝心灵沟通的结果,是人类对上帝坚定信仰的结果。也同格雷斯·希尔、艾丽斯·赖斯一样,凯特·威金为自己的女主人公编织了一个个十分甜蜜的美梦。无论她们的环境多么恶劣,也无论她们的人生道路多么坎坷,挫折总是让位于顺利,误会总是让位于信任,痛苦总是让位于快乐,故事的结局总是幸福美满。

譬如她的成名作和代表作《阳光溪农场的丽贝卡》,同名女主人公从小没有父母,在身为老处女的姑母的农场中长大。她天生是个"乐观派",性格开朗,从不知伤心为何物。尽管姑母非常严厉、苛刻,而且旁人也不断投来白眼,但她凭着心中对上帝的坚定信仰,凭着持续、不懈的爱,最终获得了周围人的赞赏和喜爱。全书以十分简洁、明快的语言描述了丽贝卡在寻求上帝的力量与支持的过程中所忍受的种种挫折,以十分细腻、动人的情节展示了她的复杂心灵转变过程。作者意欲告诉人们,上帝的大爱无处不在,他给人力量,给人勇气,给人心灵的慰藉和满足。而只有赞美上帝,皈依基督,才是人们幸福的必由之路。

凯特·威金的另外两部比较重要的蜜糖言情小说——《河畔玫瑰》和《苏珊娜和苏》也体现了类似的创作主题和创作风格。《河畔玫瑰》描述年轻的男主人公斯蒂芬在静谧的草地散步,与美丽的女主人公不期而遇。两人一见钟情。女主人公要求斯蒂芬把她带走,因为她将要被胁迫与自己不喜欢的男人订婚。但斯蒂芬出于种种考虑,没有答应她的要求。之后,他们的恋情几经周折。在此期间,两人分别经过了心灵的反省,从上帝那里获得了追求幸福爱情的动力。到最后,一对有情人如愿地结合。而《苏珊娜和苏》主要是述说女主人公苏珊娜在结束了自己与约翰的不幸福的婚姻以后,带着女儿苏在缅因州与谢克斯一家共同生活的故事。该书同样刻画了一个虔诚信仰上帝、乐观向上的女性形象。这里有现实生活的创伤,有心灵转变的慰藉,有对未来幸福的向往。苏珊娜的一句至理名言是:"没关系,让我们忘记以往,重新开始生活。"这句话体现了苏珊娜的生活准则,体现了上帝对她的大爱。像往常一样,凯特·威金通过朴实而带一点调侃的语言,画龙点睛般揭示了女主人公的个性,让读者阅后不禁展颜一笑,获得愉悦。而书末大团圆的结局更让他们沉浸在一个纯净、唯美的幻想世界,用虚拟的温情和至爱来慰藉自己在现实世界品尝过的种种苦难。

埃莉诺·波特

  1868年12月9日,埃莉诺·波特出生在新罕布什尔州利特尔顿。早在儿童时代,她就显露出唱歌的天赋,曾多次在音乐会和教堂唱诗班演出。1892年,她从位于波士顿的新英格兰音乐学院声乐系毕业,开始了一个歌唱演员的生涯。然而,到了1901年,她突然决定放弃唱歌,改学写作。从那以后,她的短篇小说源源不断地见诸一些通俗小说杂志和报纸。1907年,她出版了第一部长篇小说《穿越潮流》(*Cross the Current*)。紧接着,又陆续出版了《潮起时刻》(*The Turn of the Tide*, 1908)、《麦克的故事》(*The Story of Marco*, 1911)、《比莉小姐》(*Miss Billy*, 1911)、《比莉小姐的决定》(*Miss Billy's Decision*, 1912)等四部长篇小说。这些小说除《比莉小姐》外,均没有在社会上引起反响。1913年,埃莉诺·波特出版了她的第六部长篇小说《快乐少女波利安娜》。该小说刚一问世,即受到读者的热烈欢迎,以后又不断再版,销售额达一百万册。数年之后,它又被改编成剧本,搬上电影银幕。鉴于《快乐少女波利安娜》取得了巨大成功,埃莉诺·波特又出版了其续集《波利安娜成长》(*Pollyanna Grows Up*, 1915)。该书也获得了巨大成功。此后,埃莉诺·波特又马不停蹄地创作了五部畅销小说。它们是:《贾斯特·戴维》(*Just David*, 1916)、《理解之路》(*The Road to Understanding*, 1917)、《钱啊钱》(*Oh, Money! Money!* 1918)、《黎明》(*Dawn*, 1919)和《玛丽-马丽》(*Mary-Marie*, 1920)。她所写的二百多个短篇小说则被收入《穿越年代》(*Across the Years*, 1919)和《捆绑的绳结》(*The Tie That Binds*, 1919)两本小说集。1920年5月21日,因疲劳过度,埃莉诺·波特在马萨诸塞州坎布里奇去世,年仅五十三岁。

  埃莉诺·波特一生的文学创作成就,以蜜糖言情小说著称,而在她的蜜糖言情小说中,又以《快乐少女波利安娜》最著名、最有价值。该书的女主人公是一个普通少女,名叫波利安娜,由于失去了父母,不得不到贝尔丁斯威尔与姑母波利一道生活。同《阳光溪农场的丽贝卡》中的同名女主人公的姑母一样,波利是个老处女,责任感强,待人严厉、苛刻,处处看不惯波利安娜。而且周围邻居也处处和这个孤儿作对。但是,波利安娜很快以其永不消竭的乐观精神感染了她们。那些孤独的人、沮丧的人、身患重病的人也都深深地迷恋上了她的笑容,认同了她对生活积极向上的态度。不久,波利安娜爱上了一个漂亮小伙,但由于种种客观情况,这个漂亮小伙没有意识到她的爱。像往常一样,波利安娜从上帝那里获取了力量,坚信上帝会在爱情上赐给她幸福。几经周折,那个小伙终于认同了她的爱情,有情人终成眷属。

该书的重要价值在于塑造了一个豁达、乐观,永不知忧愁滋味的少女形象。面对眼前的复杂的残酷的现实世界,波利安娜完全抱着一种超脱的态度。她总是努力寻找事物的光明面,而对其黑暗的另一面,却不去正视,或者说,视而不见。尽管姑母讨厌她,对她百般刁难,但她毫不介意,不以此感到任何委屈、烦恼。对于邻人的种种恶举,她也毫不气愤,而报之以种种关爱和温暖。尤其是,她对自己的未来命运毫不担忧,即便自己相貌平凡,不具备爱情竞争优势,也还是凭借自己的信心,赢得了一个漂亮小伙的心。显然,如此一个少女形象比以往任何一个蜜糖言情小说的女主人公都要"豁达",都要"快乐"。她不啻夜空中的一团烈火,所到之处,黑暗变成光明,失望转为希望,腐朽化为神奇。当然,这种"快乐情结"来自她对上帝的虔诚信仰,来自她对上帝的炽热的爱。同格雷斯·希尔、艾丽斯·赖斯、凯特·威金等人一样,埃莉诺·波特用了较多的笔墨描写波利安娜如何在心灵与上帝沟通,获得了战胜气馁、沮丧,保持达观、快乐的力量。此外,整个故事的轻松、活泼的基调,幽默、诙谐的普通民众生活场景,以及简洁、朴实的人物对话,也都给人以强烈的印象。

吉恩·波特

1863年8月7日,吉恩·波特出生在印第安纳州沃巴什县。她的父亲是个牧师,在当地偏远地区经营一个大农场。童年时代,吉恩遍游了农场附近的乡村,养成了对大自然和户外生活的深厚热爱。十一岁时,她随父母移居县城,开始在公立学校接受基础教育。在那里,她一直待到二十岁。一次,吉恩在冰封的街道上不慎滑倒,头颅严重受伤,住院治疗期间,认识了比自己大十三岁的药剂师兼银行家查尔斯·波特,两人相爱并结婚。婚后,夫妇俩先是在迪凯特住了一段时期,之后,随着他们的女儿出世,他们在印第安纳自然保护区沼泽地附近建了一幢大房子,定居在那里。1901年,她开始在《大都市》刊发短篇小说,两年后,又出版了长篇小说《红衣风头鸟之歌》(The Song of the Cardinal, 1903)。该书刚一问世,即引起轰动,一版再版,畅销不衰。接下来,她又出版了五部长篇小说和五部描写自然风光的书,其中包括颇有影响的《弗雷克尔斯》(Freckles, 1904)、《彩虹脚下》(At the Foot of the Rainbow, 1907)、《林姆伯洛斯特沼泽地的少女》(The Girl of the Limberlost Swamp, 1909)、《收获者》(The Harvester, 1911)和《少年》(Laddie, 1913)。尤其是《林姆伯洛斯特沼泽地的少女》,曾经风靡一时,后又被搬上舞台,拍成电影。

1913年,林姆伯洛斯特沼泽地干涸。于是,波特夫妇卖掉了林中房屋,到印第安纳州北部重建了一个家。一战期间,他们又迁往加利福尼亚州。在那里,吉恩·波特为《麦考尔》杂志写评论,并于1922年创建了"吉恩·波特电影公司",把她的一些畅销书搬上银幕。此外,她和丈夫还分别在贝莱尔和卡塔里纳岛建了两个家。晚年的著作主要有《迈克尔·奥哈洛伦》(Michael O'Halloran, 1915)、《大地的女儿》(Daughter of the Land, 1918),等等。1924年12月16日,因为车祸,吉恩·波特在洛杉矶去世。死后,她的遗体安葬在加利福尼亚州好莱坞公墓。两部遗作,即《蜜蜂收留者》(The Keeper of the Bees)和《魔力花园》(The Magic Garden),分别出版于1925年和1927年。

吉恩·波特一生创作的小说,尤其是长篇小说,大部分沿袭格雷斯·希尔、艾丽斯·赖斯等人的创作模式,属于蜜糖言情小说之列。然而,她在创作这些作品时,没有一味地机械照搬,而是在保留基本创作要素的同时,竭力融入自己的创造。譬如《弗雷克尔斯》,以贫穷、身残的同名男主人公为叙事视角,聚焦他在林姆伯洛斯特沼泽地一家木材厂做守护人的经历,描述他的自强自立以及作为贵族后裔的身世之谜。不过,小说中的女主人公,依旧是一位能带来福音的美丽天使。正是她对上帝的虔诚、豁达、乐观的人生态度,深深感染了弗雷克尔斯,使他明白了人生的意义,抛弃了妄自菲薄的心理,勇敢地追求幸福的未来。而最终,他也获得了女主人公的甜蜜爱情。又如《彩虹脚下》,男主角是作为密友的丹尼和吉米。前者有爱心、豁达、乐观,而后者自私,善于蒙骗。几经周折,前者的欢乐和微笑感染了后者,净化了其心灵,彼此生活有了美好结局。

不过,吉恩·波特的蜜糖言情小说的最大创作特色是融入了大量的原始风味的大自然景色。《林姆伯洛斯特沼泽地的少女》是吉恩·波特早期最受欢迎的作品,也是她的花鸟画似的蜜糖言情小说代表作。该书女主人公埃尔诺拉是个贫穷少女,从小在林姆伯洛斯特沼泽地长大,热爱那里的野生植物、苔藓和鸟类。不过,她的母亲,却因早年丈夫在那里神秘死亡而变得乖戾、冷酷。为此她经常在家中遭受冷遇和责骂。每逢她受了委屈,就到沼泽地寻求安慰。中学毕业后,母亲要她回来养家糊口,而她渴望到大学深造,先是以爱心感动了母亲,取得了家里的理解和支持。接着,为了筹集足够的学费,她开始遍游沼泽地及其邻近地区,采集珍稀的飞蛾标本。终于,她开辟了成功之路。而上帝加倍赏赐她,让她与一个同样热爱大自然的法律系小伙子相识、相恋。不难看出,这部小说带有自传性质。吉恩·波特把自己对林姆伯洛斯特沼泽地的热爱倾注在作品中,让读者与她一道感受那里的野草花卉、奇珍异兽,感受被造之物的奇特、美丽。正是在这水彩画似的大自然背景中,善良、纯洁、可爱的男女主人公上演了一幕幕曲折、动人的甜蜜爱情剧。

吉恩·波特的蜜糖言情小说吸引了一代又一代的读者。迄今,这些小说已经被译成七种文字,总发行量已经超过了五千万册。

第五节 新历史浪漫小说

渊源和特征

同早期女性言情小说一样,历史浪漫小说流行的时间不算长。1851年詹姆斯·库珀的逝世,不但意味着美国早期浪漫主义小说的终结,而且也意味着从他的《间谍》和"皮裹腿丛书"直接派生的历史浪漫小说处于低谷。自19世纪50年代起,美国历史浪漫小说开始了一系列的复杂衍变。一方面,以约翰·库克(John Cooke,1830—1886)、西奥多·温思罗普(Theodore Winthrop,1828—1861)为代表的一批作家继续沿袭詹姆斯·库珀的传统,不时创作比较注重历史、注重虚构艺术的作品。他们各自的代表作《皮裹腿与西尔克》(*Leather Stocking and Silk*,1854)和《约翰·布伦特》(*John Brent*,1862),令人想起当年约翰·肯尼迪、威廉·西姆斯等人的小说。另一方面,以小西尔韦纳斯·科布(Sylvanus Cobb,Jr.,1823—1887)为代表的一批作家也在适应变化了的市场需求,竭力将传统历史浪漫小说纳入廉价小说的轨道。他们的《莫斯科的制枪者》(*The Gunmaker of Moscow*,1856)等小说具有故事情节离奇、人物性格简单化、暴力成分不断增强、历史因素进一步淡化等诸多特征。到了70年代,廉价历史浪漫小说继续增多,并最终压倒传统的历史浪漫小说,成为该领域的主导力量。

80年代,美国通俗小说迅猛发展。一些新型的通俗小说,如宗教小说、蜜糖言情小说,均已诞生,日益繁荣。这个时期的历史浪漫小说,也逐步摆脱了廉价小说的桎梏,进入了新历史浪漫小说(new historical romance)的发展阶段。同库珀派和廉价派的历史浪漫小说相比,新历史浪漫小说的创作模式有了很大变化。这种变化首先体现在题材拓展方面。这个时候的美国资本主义经济,正处在南北战争后的持续上升时期。伴随着经济的初步繁荣,美国的政治野心也日益膨胀。一方面,它仰慕欧洲的古老文化,渴望得到许多文明古国的接纳和承认。但另一方面,它又不满欧洲的现行保守制度,渴望用美国的民主来代替那里的世俗偏见和因循守旧。这种人生观和价值观无疑会反映到通俗文学领域,形成所谓"国际题材创作热"。新历史浪漫小说已经突破了独立革命、边疆西移、南北战争等美国背景的局限,将整个创作视野扩展到欧洲,描述那里的古老文明,展示新旧大陆的人生观和价值观的冲突。其次,在对待历史态度方面,新历史浪漫小说也显得更为激进。许多作品十分强调故事情节,并有意无意淡化历史事实,相比之下历史事实只是烘托故事情节的框架。有时候,为了故事情节的需要,不惜虚构历史事实,形成所谓"虚拟历史小说"。当然,这种"淡化"和"虚构"有别于廉价小说的胡编乱凑,它是建立在逻辑基础之上的艺术创造。此外,新历史浪漫小说还融入了其他通俗小说类型的一些要素,既有历史的神秘,又有爱情的缠绵,还有冒险的暴力和恐怖。这种"历史"与"哥特";"历史"与"言情";"历史"与"冒险"的相互交融,为20世纪历史言情小说、历史西部小说、新哥特式小说的崛起奠定了基础。

美国新历史浪漫小说的代表作家主要有弗朗西斯·克劳福德(Francis Crawford,1854—1909)、玛丽·约翰斯顿(Mary Johnston,1870—1936)和乔治·麦卡琴(George McCutcheon,1866—1928)。弗朗西斯·克劳福德是享誉大西洋两岸的国际题材小说家。自1882年起,他出版了四十多本以欧洲为背景的作品,其中绝大多数是新历史浪漫小说。这些小说通过惊心动魄的故事情节和栩栩如生的人物描述,展示了欧洲大陆的诸多文明古国的复杂历史和风土人情。玛丽·约翰斯顿擅长以自己的家乡弗吉尼亚的历史事件为题材,但也写了不少国际历史题材的小说。她的创作最大特点是融入了早期哥特式小说的若干因素,作品显得惊险、神秘和恐怖。而乔治·麦卡琴是美国最杰出的虚拟历史小说家。他成功地模拟英国通俗小说家安东尼·霍普(Anthony Hope,1863—1933),创作了"格劳斯塔克"系列小说。这些小说完全置历史真实于不顾,虚构了一个位于巴尔干半岛上的格劳斯塔克王国,并以此作为男女主人公的惊险、神秘的冒险经历的故事场景,从而将读者带入一种新的虚构历史美的境地。

弗朗西斯·克劳福德

1854年8月2日,弗朗西斯·克劳福德出生在意大利卢卡。他的父亲托马斯·克劳福德系美国有名的雕刻家,母亲则是美国独立战争中立下汗马功劳的弗朗西斯·玛丽恩将军的妹妹。两人在罗马邂逅,一见钟情,结为夫妇。弗朗西斯·克劳福德的大部分童年、少年时光是在罗马度过的。在这之后,他先后在美国、英国、德国的大学求学,但最后,还是选择在罗马大学完成了学业。其间,他师从意大利知名学者利格纳拉教授,学习梵语和比较哲学,又钻研了英国文学。如此生活经历让他既掌握了几个国家的不同语言,又熟悉了这些国家的各不相同的生活风俗、人物特征和社会历史,从而给他日后创作以国际题材为特色的通俗小说打下了深厚基础。从罗马大学毕业后,弗朗西斯·克劳福德去了西印度群岛,以后又去了美国。这期间,他先后谋求过多种职位,如编辑、大学教师,但最后还是决定当一个小说家。1884年,他在意大利那不勒斯湾买了一幢别墅,定居在那里,潜心创作。其间,他经常到美国演讲。1909年,他在意大利去世,但终生持有美国国籍。

弗朗西斯·克劳福德一生的写作生涯长达二十八年,共出版了四十多部长篇小说,此外还有许多中、短篇小说。在这些小说中,最著名、最有价值的是以意大利历史为题材的新历史浪漫小说。如同詹姆斯·库珀一样,弗朗西斯·克劳福德进入文学创作圈也属偶然。他曾给叔叔讲述了一个波斯珠宝商的故事,叔叔听完后催促他把故事写出来寄给出版社。于是弗朗西斯·克劳福德在六个星期内完成了长篇小说处女作《伊萨克斯先生》(*Mr. Isaacs*,1882)。这是一部当代题材的言情小说,故事场景设置在印度,同名男主角是一个颇有魅力的男子汉,本来已有三个妻子,又爱上了英国少女凯瑟琳。该书的最大特色是惟妙惟肖地描述了具有东方神秘色彩的英裔印度人的生活。《伊萨克斯先生》出版后,即刻引起了轰动。为此,弗朗西斯·克劳福德又接连写了两部长篇《克劳迪厄斯先生》(*Dr. Claudius*,1883)和《罗马歌手》(*A Roman Singer*,1884)。前者基本重复《伊萨克斯先生》的情节模式,而后者则初步显示了弗朗西斯·克劳福德驾驭国际题材的能力。

1885年,弗朗西斯·克劳福德出版了《佐罗斯特》(*Zoroaster*,1885)。这部小说不但标志着他的创作技巧日益成熟,也标志着他以国际题材为特色的新历史浪漫小说的开始。全书以曲折、动人的故事情节和较为浓郁的历史气氛,展示了公元前550年的波斯文明古国波斯人和犹太人之间的种族矛盾。同名男主人公既是一个勇敢的战士,又是一位资深的学者,性格复杂,感情真挚,给人以深刻的印象。另一部新历史浪漫小说《卡尔德》(*Khaled*,1891)主要述说古代阿拉伯一个奇特的爱情故事。大部分历史场景均为虚构,但有如《天方夜谭》般的神秘气氛。男主人公卡尔德具有神秘的超自然能力,当他准备接收一个人的魂灵的时候,书中女主人公,也即苏丹的女儿欧华,爱上了他。于是在虚拟历史的背景下,男女主人公开始演绎不平凡的爱情经历。该书所展现的东方神秘风味极大地吸引了大西洋两岸的读者,尤其是美国读者。

不过,弗朗西斯·克劳福德最优秀的历史浪漫小说当属《维·克鲁西斯》(*Via Crucis*,1898)。该书取材于欧洲中世纪第二次十字军东征。男主人公名叫吉尔波特·沃尔德,是一位具有诺曼底血统的英国贵族青年,虽说涉世不深,却有着一般青年未曾有过的痛苦经历。他的母亲——他心目中圣洁的母亲——居然背叛了父亲,嫁给了杀害父亲的凶手。而他所热恋的继父的女儿贝特瑞科斯,也突然有了这层兄妹关系而无法继续来往。总之,他心中美好的母爱、情爱和希望全都毁于一旦。一个偶然的机会,他到了法国宫廷,参加了第二次十字军东征。接下来,弗朗西斯·克劳福德以吉尔波特·沃尔德的活动为主线,描述了欧洲历史上这一历时最久、场面最大、情况最复杂的血腥战争,其中有宫廷的明争暗斗,贵族骑士的忠诚、勇敢和自尊,征服者威廉的坚毅、果断和智慧,等等。弗朗西斯·克劳福德充分发挥自己的想象,在真实历史的大框架内虚构了许多历史事件和历史人物,而且各个历史人物之间的关系复杂,心理刻画细腻,语言对话也符合身份,体现了他对欧洲中世纪这段历史的评价和思考。

弗朗西斯·克劳福德的另一部历史浪漫小说《玛丽埃特》(*Marietta*,1901)几乎与《维·克鲁西斯》齐名。该书故事场景设置在1470年威尼斯,男主人公罗兹是玻璃器皿作坊学徒,跟着师父安格鲁学习吹制各种玻璃器皿。他真挚地热爱这一技术,同时也狂热地爱着师父的女儿玛丽埃特。然而由于封建礼教的压制,两人只能偷偷相恋。几番曲折,男女主人公终于如愿结合。这部小说的成功之处在于生动再现了中世纪欧洲工业作坊的画面。接下来的几部历史浪漫小说,比较有名的是《阿瑞苏萨》(*Arethusa*,1907)。该书也以中世纪的欧洲为背景,但虚构了一个王国,通过一个名叫卡罗的士兵与女奴佐伊之间的爱情故事,展示了国王和儿子争夺王位的复杂政治斗争画面。

除了当代题材的言情小说和历史浪漫小说,弗朗西斯·克劳福德还写了其他许多类型的通俗小说,如灵异小说《上层铺位》("The Upper Berth",1898),恐怖小说《尖叫的头颅》("The Screaming Skull",1911),等等。这些小说也风靡一时,不过,多为中短篇,虽说在情节设置、超自然恐怖气氛等方面颇有特色,但在作品人物塑造、主题思想表达等方面要稍逊一筹。

玛丽·约翰斯顿

1870年11月20日,玛丽·约翰斯顿出生在弗吉尼亚州。她的祖父是美国南北战争时期南方联盟军队的将军,父母也是当地知名人士。玛丽·约翰斯顿从小没有进入正规学校读书,仅在家中跟着父母自学。不过,她对历史非常感兴趣,曾饱览了许多历史书。这为她日后创作历史浪漫小说打下了扎实基础。

1898年,玛丽·约翰斯顿在波士顿出版了第一部新历史浪漫小说《霍普的囚徒》(*The Prisoners of Hope*)。该书以殖民地时期的弗吉尼亚为历史场景,男主人公兰德勒斯是英国纯洁青年,后被奴隶主贩运到新大陆,卖给了一个种植园主。随着时间推移,兰德勒斯爱上了种植园主的女儿帕特丽萨,但帕特丽萨瞧不起这个奴隶。玛丽·约翰斯顿以十分细腻的笔触,刻画了彼此的复杂恋爱心理,描述了两人婚姻的不可能。为了强调这种不可能,她还为兰德勒斯塑造了一个情敌——查尔斯爵士。故事最后,弗吉尼亚白人移民村遭到印第安人袭击,兰德勒斯冒着生命危险救出了帕特丽萨。这部小说问世后,获得了一些好评,甚至还有人把玛丽·约翰斯顿比作英国小说家萨克雷,然而在商业上,却没有获得多大成功。紧接着,玛丽·约翰斯顿又出版了第二部新历史浪漫小说《拥有与占有》(*To Have and To Hold*,1900)。此书仍以殖民地时期的弗吉尼亚为题材,但增加了爱情戏的分量,而且故事的情节结构、表达方式和语言的运用都较《霍普的囚徒》有所改进。这一次,玛丽·约翰斯顿终于如愿以偿。《拥有与占有》很快在读者当中引起了强烈反响,并被列为当年的头号畅销书,一版再版。从此,玛丽·约翰斯顿开始了一个忙碌的畅销书作家生涯。她以每年一部或几年一部的速度继续创作,至1936年5月9日去世,一共出版了三十多部作品,其中绝大多数是新历史浪漫小说。

玛丽·约翰斯顿的新历史浪漫小说,大部分沿用传统模式,不过相比之下,她的作品的浪漫气息更浓,故事情节更生动。玛丽·约翰斯顿善于淡化历史,给作品制造一个朦胧的历史空间,随心所欲地虚构历史人物,编织惊险、曲折的故事。当然,这种淡化不是胡编乱造,而是建立在历史逻辑关系真实的基础之上。在这方面,她早年学习的历史知识起了关键作用。她的作品中每个虚拟历史人物的活动都与真实历史十分协调,看起来逼真、自然。与此同时,她也注重融入其他通俗小说类型要素,如哥特式小说的神秘和恐怖,言情小说的感伤和缠绵,西部小说的冒险和暴力,等等,从而给传统的故事框架注入了活力,增加了新鲜感和离奇感。

以她的成名作和代表作《拥有与占有》为例。该书主要以1622年弗吉尼亚詹姆斯敦的印第安人大屠杀为历史场景,但玛丽·约翰斯顿没有拘泥于客观历史事件的陈述,而是以浓重的笔墨,渲染了当时的恶劣自然环境以及当地白人移民与印第安人对立的紧张气氛,有汹涌的大海、怒吼的台风、严酷的烈日、恐怖的闪电、血腥的屠杀,等等。然而,所有这些历史环境描写都是为了烘托男主人公拉尔夫和女主人公乔瑟琳之间的爱情,让读者相信两人的离奇恋情发生在过去。为了制造矛盾和悬念,玛丽·约翰斯顿还专门采用哥特式小说的表现手法,引入了一个名叫卡纳尔的恶棍。此人即是拉尔夫的情敌、乔瑟琳的前任追求者。由于殖民地缺少女人,一些歹徒便从英国大肆搜捕不幸的妇女,将她们用船运往弗吉尼亚,卖给当地移民做妻子。但是书中的女主人公——一个贵族少女——却幸运地和弗吉尼亚好心的男主人公携手一生。一开始拉尔夫就爱上了乔瑟琳,买了她做妻子,而乔瑟琳经过了种种苦难和曲折,才真正地爱上了他。玛丽·约翰斯顿通过渲染环境,寄情于景,景随情迁,使故事人物活动和历史环境十分贴切地融合在一起。

其他新历史浪漫小说,如《奥德丽》(*Audrey*,1902)、《克罗埃坦》(*Croatan*,1924)、《大峡谷》(*The Great Valley*,1926)、《寻衬衫》(*Hunting Shirt*,1932),等等,也较好地体现了上述创作特色。在《奥德丽》中,玛丽·约翰斯顿用了较重笔墨描写殖民地时期弗吉尼亚的社交礼仪和风俗习惯,尽管纯属想象,但读者丝毫不觉得是虚构。而在《克罗埃坦》《大峡谷》和《寻衬衫》中,也有一流的历史环境描写,而且故事情节生动,人物形象逼真,语言表达流畅。在很大程度上,玛丽·约翰斯顿采用了西部冒险小说中的"追捕、逃亡"的创作模式。

同弗朗西斯·克劳福德一样,玛丽·约翰斯顿也写了几部国际题材的新历史浪漫小说。如《莫迪姆尔爵士》(*Sir Mortimer*,1904),场景设置在16世纪末的英国;《幸运的盖瑞恩》(*The Fortunes of Garin*,1915),场景设置在11世纪的法国;《敌人》(*Foes*,1919),场景设置在1745年的苏格兰;等等。不过,这些国际题材的新历史浪漫小说,无论是历史环境描写,还是故事情节设置,均不如以弗吉尼亚为背景的新历史浪漫小说。

乔治·麦卡琴

1866年7月26日,乔治·麦卡琴出生在印第安纳州蒂珀卡努县一个苏格兰裔家庭。他从小爱好戏剧,渴望做一个演员。终于,他看准一个机会,进了一家剧团。然而,现实与想象有很大距离,他渐渐由狂热变为失望。1887年,他进了珀杜大学。正是在大学求学期间,他开始了文学创作。他向有关杂志投寄了许多小说稿件,但几乎没有一次成功。两年后,他离开大学,到一家杂志社当了记者。翌年,他改任另一家杂志社的专栏作家,以后一直在《信使报》任兼职编辑。1901年,他受英国通俗小说家安东尼·霍普的影响,创作了一部以假想的格劳斯塔克王国为场景的新历史浪漫小说《格劳斯塔克:王权背后的爱情故事》(Graustark: The Story of a Love Behind a Throne)。该小说由芝加哥斯通图书公司出版后,立刻引起轰动,被列为当年美国最畅销的书之一。自此,他开始了一个当红通俗小说家的创作生涯。在创作《布鲁斯特的百万遗产》(Brewster's Millions, 1902)等三部畅销小说之后,他完成了"格劳斯塔克"系列的第二部《格劳斯塔克的贝弗利》(Beverly of Graustark, 1904)。该小说也被列为当年美国的畅销书。这个系列的第三部《特鲁克斯顿·金》(Truxton King: A Story of Graustark, 1909)是在第二部出版五年之后完成的。又过了五年,该系列的第四部《格劳斯塔克的王子》(The Prince of Graustark, 1914)问世。该系列的第五部《落日之东》(East of the Setting Sun: A Story of Graustark, 1924)和第六部《鹰鸦客栈》(The Inn of the Hawk and Raven: A Tale of Old Graustark, 1927)则是在他去世前几年出版。除了"格劳斯塔克"系列,乔治·麦卡琴还出版了四十多部长篇小说、短篇小说集、剧本和杂文集,是一位名副其实的多产作家。

尽管乔治·麦卡琴一生多产,但人们印象最深的还是"格劳斯塔克"系列小说。从情节结构来看,该系列当属新历史浪漫小说。不过,作者没有拘泥于传统历史浪漫小说的真实兼虚构的创作模式,而是完全置历史真实于不顾,虚构了一个巴尔干半岛上的神秘王国。在这个神秘王国,战祸绵延,危机四伏。一方面,强大的邻国野心勃勃,不断进犯,强迫赔款和割让土地。另一方面,国内乱臣当道,逆贼横行,柔弱的王权持续遭到颠覆威胁。也在这神秘王国,男女主人公抛头颅,洒热血,历尽千辛万苦,上演了一幕幕惊险曲折、威武雄壮的爱情人生剧。小说虚构是一种艺术虚构,必须与现实生活一致,达到栩栩如生的效果。应该说,"格劳斯塔克"小说系列的"格劳斯塔克王国"的虚构是符合这个原则的。现实中的巴尔干半岛在历史上曾经是罗马帝国的几个省,后来又被土耳其霸占。到了19世纪,随着土耳其的衰败,各个民族相继独立,成立了许多小国。鉴于复杂的历史渊源和民族矛盾,这些小国之间战祸绵延。加上当时英、法、俄等国纷纷在岛上寻求殖民势力范围,致使该岛变成有名的是非场所。历来西方许多文学家都对这里产生兴趣,进行过独特的文学想象。在某种意义上,乔治·麦卡琴的"格劳斯塔克王国"是西方文学家钟情巴尔干半岛的继续。

历史浪漫小说离不开爱情描写。这类作品往往有两条主线,一条是对历史事件的演绎,另一条是对男女主人公爱情的描写。两条线索相互交织,推动情节向前发展。许多传统的历史浪漫小说家,大多数不以爱情描写见长。他们作品中对历史事件的演绎和对男女主人公爱情的描写,总是显得前者孔武有力,后者势单柔弱。而少数身兼历史浪漫小说和言情小说的两栖作家,如凯瑟林·塞奇威克,尽管在同类作品中有出色的爱情描写,但基本沿用传统的女性言情小说模式,即以女性为中心对男女主人公的爱情进行叙述。乔治·麦卡琴的"格劳斯塔克"系列在爱情描写方面可以说是一个突破。该系列的六部小说,大部分是以爱情线索为主,历史线索为辅,而且爱情描写的角度基本是以男主人公为主,体现了典型的男性爱情小说色彩。

譬如该系列的第一部《格劳斯塔克》,作者一开始描述洛里在旅途中和一位姑娘邂逅,两人一道坐马车追赶火车。分手后,他情意难抑,决定去格劳斯塔克寻觅这位姑娘。不料到格劳斯塔克后,他处处碰壁。失望之际,他无意中获知叛臣篡位的阴谋,遂救了女王,并发现她就是自己要寻觅的心上人。然而,女王出于国家利益,被迫同意嫁给某邻国王子劳伦斯。这时,另一个觊觎女王美色的邻国国王加布里埃尔杀害了劳伦斯,并嫁祸于洛里。在女王的帮助下,洛里死里逃生。但就在这时,劳伦斯之父要求女王交出凶手,并以割让土地相威胁。紧急关头,洛里以大智大勇戳穿了加布里埃尔的阴谋。至此,一切真相大白,洛里和女王终成眷属。显然,这是一个经过改造的男性"辛德蕾娜"式故事。作者依据男主人公的视角,演绎出跌宕起伏的爱情冒险情节,其中交织着复杂的社会政治事件。整部作品犹如奔腾咆哮的大海;但见惊涛骇浪中,男主人公时而沉溺,时而漂浮,但最后终于游刃自如,胜利到达彼岸。如此出色的爱情描写,无疑具有震撼人心的魅力。

乔治·麦卡琴的"格劳斯塔克"小说系列反映了20世纪初处在资本主义上升时期的美国对欧洲古老文化的仰慕以及日益膨胀的称霸世界的野心。这六部小说的男主人公,无论是《格劳斯塔克》中的洛里,或是《特鲁克斯顿·金》中的特鲁克斯顿,或是《落日之东》中的约克,千里迢迢来到欧洲冒险,所追求的既不是有形的巨额财富,也不是抽象意义的宗教价值,而是被贵族阶层接纳和确认。与此同时,他们又不满意欧洲的现行保守制度,渴望用美国的民主来代替那里的世俗偏见和因循守旧。这种人生观和价值观正是同一时期现代主义鼻祖亨利·詹姆斯在《美国人》(The American,1877)等一系列国际题材的小说中意欲表现的。所不同的是,亨利·詹姆斯笔下的主人公是经过提炼的具有深刻个性的现实社会中的人物,他们没有也不可能达到融入贵族阶层的目的;而乔治·麦卡琴所塑造的诸多男主角已被简单化和理想化,他们已经克服无数的障碍,从欧洲歹徒手中拯救出美丽的贵族女性,实现了平民与贵族阶层的融合。

第四章　20世纪前半期（上）

第一节　政治暴露小说

渊源和特征

美国城市暴露小说热一直持续到19世纪60年代。之后，这一创作热潮渐渐消退。虽然社会上不时也会出现一些揭露城市阴暗面的作品，如爱德华·克莱布塞（Edward Crapsey，1836—1914）的《纽约的阴暗面》（The Nether Side of New York，1872）、西·伊·罗杰斯（C. E. Rogers）的《社会秘密罪行》（The Secret Sins of Society，1881）、杰·吉·格兰特（J. G. Grant）的《旧金山的罪恶》（The Evils of San Francisco，1884）、乔治·斯蒂文斯（George Stevens）的《芝加哥：邪恶的城市》（Chicago: Wicked City，1896），等等，但都偏重新闻纪实，而且就其影响而言，都不可与昔日同语。然而，到了19世纪与20世纪之交，这种冷寂的现象又起了变化。随着美国新的社会环境和新的社会矛盾的产生，暴露小说重新崛起，而且这次崛起的暴露小说直接把批判矛头对准美国统治当局，揭露政界要人的腐败和堕落，其内容的深度和广度都向前迈了一大步。这些作品的问世和大量流行，标志着美国通俗小说领域已经诞生了一类新型的暴露小说——政治暴露小说（political exposé fiction）。

美国政治暴露小说的诞生与世纪之交新闻界的"黑幕揭发运动"密不可分。这个时期的美国新闻业，伴随着国民经济的持续增长，获得了前所未有的发展。报刊数量锐增。仅以全国性日报为例，报社数量从五百七十四家猛增至二千六百家，订阅人数也从二百八十万猛增至二千四百八十万。面临巨大的竞争压力，许多报纸相继改换版面内容，由过去登载小道消息和绯闻逸事改为重点登载中下层人士所关心的重要时事和热点新闻，并且取得了良好的效果。在这种情况下，许多杂志也纷纷摒弃原有的以文学娱乐或产品促销为宗旨的办刊方针，而改以大量刊载新闻纪实和热点追踪之类的文章。其中一些杂志，如《麦克卢尔》《汉普顿》《皮尔逊》《全球》《科利尔》，等等，则把矛头直指统治阶层，刊载政界要人的政治、经济丑闻。1902年10月和11月,《麦克卢尔》连载了该刊著名女记者艾达·塔贝尔(Ida Tarbell,1857—1944)撰写的长篇调查报告《标准石油公司的发迹史》(History of the Standard Oil Company)。该文以大量的事实揭露了洛克菲勒(Rockefeller,1839—1937)的石油公司如何凭借"政治特权"实行销售垄断,从而一跃成为美国赫赫有名大财团的经过。紧接着,雷·贝克(Ray Baker,1870—1946)、林肯·斯蒂芬斯(Lincoln Stephens,1866—1936)、厄普顿·辛克莱(Upton Sinclair,1878—1968)、威廉·欧文(William Irwin,1873—1948)、戴维·菲利普斯(David Phillips,1867—1911)、查尔斯·卢塞尔(Charles Russell,1860—1941)、威廉·沃林(William Walling,1877—1936)等许多报界人士也在有关杂志发表了揭露政治腐败的文章。他们的文章在全国造成了巨大的影响,并吸引了更多的记者前来调查和揭露联邦及地方政府的政治、经济腐败,由此形成了声势浩大的反腐运动。一开始,美国总统西奥多·罗斯福(Theodore Roosevelt,1858—1919)是站在记者一边的。然而,随着运动的深入,记者开始把调查对象扩展到国会议员,特别是戴维·菲利普斯发表了多篇攻击西奥多·罗斯福总统本人的政治盟友的文章之后,美国政府的态度来了一个急转弯。1906年,西奥多·罗斯福总统在一次公开谈话中,借用约翰·班扬(John Bunyan,1628—1688)的《天路历程》(The Pilgrim's Progress,1678)中的一个典故,讥讽地称戴维·菲利普斯等人为"扒粪者"。这次谈话给记者们的黑幕揭发贴上了一个"扒粪"的标签,同时也宣告了他们行动的"不受欢迎"。自此,这场运动开始降温。而戴维·菲利普斯等人也迫于政府压力,由积极撰写新闻调查报告转为潜心创作小说。不过,他们的小说依旧保持新闻调查报告的战斗性,以资产阶级政客的营私舞弊现象为抨击对象,揭露政府部门和立法机构的种种腐败堕落。于是,美国政治暴露小说应运而生。

戴维·菲利普斯既是黑幕揭发运动的伟大旗手,又是颇有影响的政治暴露小说家。在他短促的一生中,共计创作了二十五部政治暴露小说,其中不少知名度很高。这些小说基于社会进步主义(progressivism)的立场,暴露了美国政界、金融界、女性领域的种种乱象,表达了对日益失控的资本主义运作模式的担忧。相比之下,厄普顿·辛克莱创作的政治暴露小说数量更多,内容更深刻。尤其是1906年出版的《丛林》(The Jungle),在社会上引起了巨大反响,以至于统治当局不得不对书中揭露的一些腐败现象进行调查。直至今日,这些小说还一版再版,畅销不衰。人们公认他是美国最有影响的政治暴露小说家。此外,受戴维·菲利普斯和厄普顿·辛克莱的影响,温斯顿·邱吉尔(Winston Churchill,1871—1947)也摒弃历史浪漫小说的创作,跻身于政治暴露小说家的行列。他的政治暴露小说,同历史浪漫小说一样,讲究"事实准确,主题深刻",因而也获得许多人的好评,其声誉仅次于厄普顿·辛克莱。

尽管戴维·菲利普斯、厄普顿·辛克莱、温斯顿·邱吉尔等人的政治暴露小说以反对政治腐败为己任,作品的批判力度和深度较以前的城市暴露小说都有所增加,但他们的创作基础依然是满足读者的猎奇心理,在揭露和批判的天平上,依然是前者大于后者,故整个类型依然应该属于通俗小说之列。

戴维·菲利普斯

1867年10月31日,戴维·菲利普斯出生在印第安纳州马迪逊。他的父亲是个银行家,在政界也小有名气。自小,戴维·菲利普斯过着衣食无忧的生活。中学毕业后,他入读当地的阿斯伯里学院,后又转入新泽西学院继续学习,于1887年获得学士学位。在这之后,他去了辛辛那提,在《辛辛那提时代星报》和《商业公报》当新闻记者,后又到了纽约,出任《纽约太阳报》《纽约世界报》《环球》等报刊的专栏作家和编辑。其间,他发表了大量的针砭时弊、揭露丑恶、倡导社会改革的文章。这些文章在社会上掀起了轩然大波,尤其是刊发在《环球》的以《议会的叛逆》("The Treason of the Senate")为题的系列报道,揭露了部分参议员贪赃枉法的种种劣迹,赢得了广大民众的称赞,由此推动了美国宪法第十七条修正案的问世。霎时间,戴维·菲利普斯在新闻界名声大震,被誉为"黑幕揭发运动"的先锋。

与此同时,他也开始了自己的政治暴露小说创作。处女作《伟大的神明》(The Great God Success,1901)问世后,是本畅销书。接下来的《妇人创业》(Woman Venture,1902)、《公主殿下》(Her Serene Highness,1902)、《流氓大亨》(The Master Rogue,1903)、《金羊毛》(Golden Fleece,1903)、《代价》(The Cost,1904),等等,又获得好评。从那以后,尤其是西奥多·罗斯福总统发表"扒粪"讲话以后,他逐渐淡出新闻界,将主要精力用于创作政治暴露小说。他的创作速度极快,常常是数月,甚至几周就完成一本书。1905年推出了《李树》(The Plum Tree)、《吉尔特的统治》(The Reign of Gilt)、《社会秘书》(The Socoal Secretary)和《洪流》(The Deluge);1906年又推出了《财富猎手》(The Fortune Hunter)、《第二代》(The Second Generation);此后,还陆续推出了《扒手绅士》(Light Fingered Gentry,1907)、《旧妻换新》(Old Wives for New,1908)、《饥饿的心》(The Hungry Heart,1909)、《约书亚·克雷格的时尚冒险故事》(The Fashionable Adventures of Joshua Craig,

1909)、《白色魔法》(*White Magic*,1910)、《丈夫的经历》(*The Husband's Story*,1910),等等。据不完全统计,自1901年至1911年,戴维·菲利普斯共计有二十一部政治暴露小说问世。

正当戴维·菲利普斯的政治暴露小说创作如日中天之际,一个突发事件给他带来了杀身之祸。1911年1月23日,他像往常一样在自家公寓附近散步。这时,突然跳出了一个枪手,朝他连开数枪,然后调转枪口,自杀身亡。事后查明,该枪手系某个精神失常的音乐教师,因怀疑戴维·菲利普斯的政治暴露小说《约书亚·克雷格的时尚冒险故事》披露了他家的隐私,遂选择与作者同归于尽。尽管戴维·菲利普斯被立即送往医院,还是未能挽救回他的生命。戴维·菲利普斯死后,他的妹妹整理了他的生前遗稿,交阿普尔顿公司陆续出版。它们是:《她付出的代价》(*The Price She Paid*,1912)、《乔治·赫尔姆》(*George Helm*,1912)、《德加莫的妻子及其他故事》(*Degarmo's Wife and Other Stories*,1913)和《苏珊·伦诺克斯沉浮录》(*Susan Lenox: Her Fall and Rise*,1917)。一个"黑幕揭发运动先锋"的政治暴露小说创作生涯就这样悲惨落幕。

戴维·菲利普斯上述数量不菲的政治暴露小说,带有同一时期黑幕揭发新闻报道的诸多痕迹,因而故事结构显得松散、人物刻画显得单一,然而,在素材遴选和主题挖掘方面,却十分成功。几乎在每一部政治暴露小说中,戴维·菲利普斯都基于社会进步主义的立场,反思了美国工业化带来的种种社会弊端,其中包括腐败政治、大财团垄断下的市场不自由、贫富差距不断加大。当然,侧重面有所不同。如《流氓大亨》《扒窃绅士》《冲突》,暴露了美国政界的腐朽不堪;《金羊毛》《洪流》《第二代》,抨击了资本家的尔虞我诈;《财富猎手》《旧妻换新》《她付出的代价》,揭示了人性的贪婪残忍。与此同时,戴维·菲利普斯也关注20世纪初期美国妇女的命运,重视表现她们对社会的影响。一方面,《代价》描绘了社会重压下的夫妻关系;另一方面,《社会秘书》又描绘了年轻女性意欲进入上流社会的种种挣扎;此外,《白色魔法》还通过出身富家的女主人公的爱情经历,表现了她试图摆脱世俗观念、自强自立的不懈努力。在《约书亚·克雷格的时尚冒险故事》中,戴维·菲利普斯别出心裁地塑造了一个上流社会的女主人公,她不啻"闲暇阶级"的化身,贪慕虚荣,追求物质享受,其贪婪、自私的个性造成了她和颇有政治野心的丈夫之间的激烈冲突。在她的背后,是财富大亨的贪得无厌和统治当局的腐朽不堪。

一般认为,《苏珊·伦诺克斯沉浮录》是戴维·菲利普斯的最好的政治冒险小说。该书为一部鸿篇巨制,共分三卷,计有一千余页。作者自述

1904年开始动笔,1910年底完稿,是他耗时最长的一部小说。与《约书亚·克雷格的时尚冒险故事》不同,《苏珊·伦诺克斯沉浮录》设置了一个社会最底层的女主人公。她原是一个私生女,寄养在势利姑母家,被强迫嫁给一个粗野农夫,于是逃跑,为了生存,住廉租公寓,干脏活、累活,甚至三番五次卖淫,还染上了酗酒、吸食鸦片的恶习。戴维·菲利普斯以西奥多·德莱塞式的自然主义手法,详细描述了她如何沦落为妓女,然后又如何利用自己的色相,俘获了一个剧作家,并一步步逆袭上位,成为名演员的经过。显然,作者意在表明,统治当局昏庸无能、腐败透顶,社会底层的恶劣环境、人的自然属性中的疯狂和兽性,逼良为娼,造成了妓女泛滥的悲剧。鉴于该书的受欢迎,1931年,美国米高梅电影公司将它搬上了电影银幕,由罗伯特·伦纳德(Robert Leonard,1889—1968)任导演,葛丽泰·嘉宝(Greta Garbo,1905—1990)和克拉克·盖博(Clark Gable,1901—1960)领衔主演。

厄普顿·辛克莱

1878年9月20日,厄普顿·辛克莱出生在马里兰州巴尔的摩。他的父亲是个酒商,而母亲出身富家,有着英国血统。自小,受母亲的影响,厄普顿·辛克莱喜爱读书和写作。十岁时,他开始在当地接受基础教育,十四岁入读纽约城市学院。其间,为了贴补求学的费用,他开始给报刊撰稿,并尝试进行通俗小说创作。在这以后,他又到哥伦比亚大学攻读法律硕士学位,但不久即辍学,开始了一个职业作家的创作生涯。他的创作速度很快,往往一年要出版数本,甚至十余本书。而且,这些书的种类也十分庞杂,既有小说,又有非小说,既有传记,又有戏剧,但大部分可以作为历史作品来阅读。1901年,他出版了长篇言情小说《迈达斯国王》(*King Midas*)。这部小说尽管获得一些好评,但在社会上没有引起反响。随后出版的几部通俗小说,如《亚瑟·斯特林日记》(*The Journal of Arthur Stirling*,1903)、《马纳萨斯:战争日记》(*Manassas: A Novel of the War*,1904),等等,也都不温不火,销量不佳。

1904年,厄普顿·辛克莱开始信仰社会主义。为了更好地为工人阶级服务,他深入社会调查,写了大量战斗性报道。他还和杰克·伦敦等人一起,组织了社会主义团体,与此同时,担任《渴求理性》杂志专栏作家。该杂志编辑要求他创作一部反映芝加哥屠宰场工人和外国移民生活的作品。他接受约稿后,即到芝加哥肉制品行业调查,取得了大量第一手资料。这些资料随即成为他的政治暴露小说《丛林》的创作素材。该小说出版后,获得了巨大成功,当年即售出十五万册,并且被译成十七种文字,风靡世界各地。1914年,《丛林》又被搬上电影银幕,再次引起轰动。

《丛林》的男主角朱格斯是一位年轻的立陶宛移民。他满怀着对自由、财富的向往,来到了美国。但很快,美好的愿望便被残酷的现实打破。在肮脏的芝加哥屠宰场,他经历了由善良工人到罪犯的转变,也经历了失去妻儿的悲痛。但在最后,他成为一名社会主义者。厄普顿·辛克莱以曲折、生动的故事情节和富于个性特征的小说人物塑造,暴露了资本主义的种种罪恶。此外,他还赋予该小说许多象征意义。如屠宰场象征着外国移民的悲惨命运,书名象征着资本主义社会的弱肉强食,等等。厄普顿·辛克莱不同意达尔文的"适者生存"理论,认为资本主义社会的成功人士不是人类的精英而是败类。不过,鉴于当时的出版环境,该小说从内容到形式,也不可避免地带有追求"轰动效应"的倾向。尽管小说对芝加哥屠宰场的丑恶现象做了种种暴露,但基本是客观描述,没有做深层分析和正面评判。正因为这样,它比同时期的一些自然主义的严肃小说,如西奥多·德莱塞的《嘉丽妹妹》,要显得逊色。

厄普顿·辛克莱曾代表新泽西州社会党竞选国会议员,但没有成功。1906年,他建立了一个乌托邦式的社区,然而,该社区的一场大火,令他多年的心血毁于一旦。之后,他又陆续创作了一些政治暴露小说。在《货币兑换商》(*Moneychanger*,1908)中,他抨击了华尔街的金融体制,贪婪资本家融资的卑劣手段被揭露得淋漓尽致。由于股市崩盘和银行挤兑,数以万计的工作岗位流失,世界金融陷入混乱。而在《煤王》(*King Coal*,1917)中,他又抨击了西部煤炭开采业的恶劣工作条件。鉴于老板只顾利润,忽视生产安全,矿井发生爆炸,而在此时,摆在救援第一位的居然是工具和设备。此外,还在《波士顿》(*Boston*,1928)中,他抨击了美国的司法制度腐败,坚信处决萨科和万泽蒂是"自亚伯拉罕·林肯遇刺以来美国历史上犯下的最令人震惊的罪行","将毒害我们一代人的公共生活"。① 但是,总的来说,这些暴露小说的艺术成就和社会效果都不如《丛林》。

1934年,厄普顿·辛克莱又参加了加利福尼亚州长竞选,虽然没有成功,但他的加利福尼亚灭贫计划获得了广泛支持。1940年,他开启了规模宏大的"兰尼·巴德系列"(Lanny Budd Series)的创作。该系列始于《世界的尽头》(*World's End*,1940),终于《兰尼·巴德归来》(*The Return of Lanny Budd*,1953),共计有十一个长篇,其中第三个长篇《龙齿》(*Dragon's*

---

① https://en.wikipedia.org/wiki/Boston_(novel),retrieved on May 27,2023.

Teeth,1942)涉及揭露纳粹阴谋的主题,为他赢得了普利策小说奖。1968年11月25日,他以九十一岁的高龄逝世。

温斯顿·邱吉尔

1871年11月10日,温斯顿·邱吉尔出生在密苏里州圣路易斯。早年,他入读当地的史密斯私立中学,1890年又去了马里兰州安纳波利斯,在一所海军学校读书。毕业后,他先是在纽约海军基地的"圣弗兰西斯科"号巡洋舰任见习军官,不久又从海军舰艇退役,成为《陆海军杂志》的编辑。1895年,他改任《全球》杂志主编,与此同时,开始了职业作家的创作生涯。1898年,他出版了一部当代题材的长篇小说《名望》(*The Celebrity*),但没有产生影响,遂把目光移向历史,写了一部描写美国独立战争的历史浪漫小说《理查德·卡沃尔》(*Richard Carvel*,1899)。该小说问世后,受到了极大欢迎,他因此而出名。紧接着,他又分别以美国南北战争和独立战争为题材,创作了历史浪漫小说《危机》(*The Crisis*,1901)和《穿越》(*The Crossing*,1904)。它们出版后同样成为畅销书。

然而,正当温斯顿·邱吉尔的战争题材的历史浪漫小说备受关注之时,他再次改变了创作类型,由再现光辉历史改为以古讽今,影射美国现实。其时,温斯顿·邱吉尔已经作为共和党议员进入了新罕布什尔州议会。他涉足政坛,目睹了美国政界的黑暗和腐败,感到自己有责任以小说的形式,把这一切揭露出来。为此,他深入调查,积累了丰富的创作资料。1906年,他推出了畅销小说《科尼森》(*Coniston*)。该书被公认是一部成功的政治暴露小说。故事背景设置在美国南北战争前后,主人公为新英格兰政治大亨加索·巴斯。此人早年加入民主党,步入政坛,后又追随共和党,凭借各种追逐权力的手腕,地位不断上升,成为当地的一个显赫人物。他非常富有,拥有许多农场,其政治行为代表着以他为主的新英格兰农场主的利益。而他的强大对手伊萨克·沃辛顿的行为则代表着铁路公司的利益。两人的冲突象征着个人强权政治与集团政治的对立。加索·巴斯热衷于权力角逐,手段也非常恶劣,但在小说中也表现出一点"良心发现"。他关心辛琪亚的个人幸福,因为他曾经爱过她的母亲。为此,他战胜了自我,放弃了一生处世的准则,也即以压倒政治对手为荣。故事的结局是加索·巴斯和伊萨克·沃辛顿进行了一番政治交易。加索·巴斯提出,只要伊萨克·沃辛顿不阻挠其子与辛琪亚结婚,他就让合并议案通过。小说揭露了美国政坛一个怪现状,即个人情感往往会左右一些重大政治、经济问题的决策。

在随后出版的政治暴露小说《克莱沃先生的职业生涯》(*Mr. Crewe's Career*,1908),温斯顿·邱吉尔抨击了议会操纵的黑幕。该书实际上是《科尼森》的续篇,故事场景依旧设置在南北战争时期的新英格兰,描述因铺设铁路而发生的一系列政治腐败。这次相互抗衡的两个人物是青年改革家奥斯汀和富商克莱沃。尽管两人想要打破公司垄断的努力以失败告终,但温斯顿·邱吉尔还是通过奥斯汀之口,乐观地宣称公司垄断的日子已经一去不复返。相比之下,该小说缺乏《科尼森》那样的具有个性鲜明的人物和富于戏剧性的情节。

除了《科尼森》和《克莱沃先生的职业生涯》,温斯顿·邱吉尔比较有名的政治暴露小说还有 1915 年问世的《遥远国度》(*A Far Country*)。该书系当代题材政治暴露小说,详尽而深刻地揭露了美国大公司的经济丑闻内幕,指出经济问题实际上与政治问题密不可分。故事主人公曾是个有理想的律师,但在巨大经济利益的驱使下,不择手段、以身试法。但最后,他还是凭着自己的聪明才智,逃脱了法律的制裁。

第二节 女工言情小说

渊源和特征

美国蜜糖言情小说发展到了第一次世界大战后,又开始嬗变,并于 20 年代末和 30 年代初派生出了一类新的言情小说——女工言情小说(working-girl fiction)。同蜜糖言情小说相比,女工言情小说的创作模式已经发生了相当大的变化。作品的主题突破了道德说教的框架,主人公也不再是单一的快乐女性,而是处在社会最低层的各类女工。不过,两者最大的区别是在性描写方面。蜜糖言情小说中的性描写是严格遵守传统道德规范的。男女主人公的恋情基本上局限在精神领域,双方除了偶尔接吻,没有肉体的接触。即便是作品中有关性堕落和性施暴的描述,也只有抽象的暗示,没有具体的描述。然而,女工言情小说作家却大胆地破除了这个禁忌。他们的作品不但出现了大量的姘居、滥交、强暴等情节,还有详细描述这些情节的文字。整个作品的基调给人一种肉欲横流、十分煽情的感觉。

美国女工言情小说的崛起与世纪之交整个西方文学界的自然主义文学繁荣有关,也与同一时期英国色情小说的冲击不无联系。1800 年,赫伯特·斯潘塞(Herbert Spencer, 1820—1903)将查尔斯·达尔文(Charles

Darwin,1809—1882)的生存竞争学说运用于现实社会,提出了著名的社会达尔文主义。这个理论很快反映在作家笔下,形成了自然主义文学。19世纪末和 20 世纪初是西方自然主义文学的鼎盛时期,诞生了诸如爱弥尔·左拉(Emile Zola,1840—1902)、西奥多·德莱塞、弗兰克·诺里斯(Frank Norris,1870—1902)等名作家。自然主义作家十分强调按照世界本来的面目进行创作。他们认为,真实的东西往往是原始的、丑陋的。因此,他们热衷于描写社会下层人物,表现他们的原始欲望、贫困和罪恶。

这一时期,一些英国女作家开始把自然主义文学的赤裸裸性描写手法运用于言情小说。最先获得成功的是埃莉诺·格林(Elinor Glyn,1864—1943)。1907 年,她在长篇小说《三星期》(Three Weeks)中,一反传统言情小说中以"灵"为主的婚恋模式,将男女主人公之间的"肉"欲情感提到了空前高度。小说的前半部是一个阿芙洛狄忒女神热恋美少年式的故事。① 年轻漂亮的男主人公保罗在欧洲旅游时和一位神秘的金发女郎不期而遇。该女郎频频以姿色撩拨保罗,终于将他俘获,并教给他做爱的艺术。两人一道在旅店度过了销魂勾魄的三个星期。在小说的后半部,读者发现,该女郎原来是中欧某国的王妃。她之所以引诱保罗,是出于政治斗争的需要。该国的君主,也即她的丈夫,终日花天酒地,不理国事。她迫切需要生养一个明智的王儿取而代之,以挽救日渐衰败的国家。然而,丈夫因荒淫过度不能生育,她只好到外面去借种,于是看上了英俊、正直的保罗。时隔数年,另一位英国女作家伊迪丝·赫尔(Edith Hull,1880—1947)也出版了具有同样色情效果的长篇小说《酋长》(The Sheik,1919)。小说的主人公黛安娜是个任性的英国姑娘。她不顾众人反对,独自到向往已久的大沙漠游览。正当她沉浸在对茫茫沙海的遐想中时,一位名叫阿米德的酋长劫持了她。于是,在这位酋长的帐篷里,发生了强暴和反强暴的搏斗。终于,黛安娜势单力孤,被酋长凌辱了。之后数月,黛安娜又多次遭到酋长强奸。无情的现实将她的高傲荡涤殆尽。黛安娜妥协了,驯服了,并逐渐对酋长产生好感。而酋长也真正爱上了黛安娜。这两本书分别在英国和美国出版后,顿时引起了轰动。尽管遭到部分城市的查禁,仍售出数百万册。

受西方自然主义文学创作思潮和英国色情小说的巨大成功的影响,以维纳·德尔马(Vina Delma,1905—1990)、范尼·赫斯特(Fannie Hurst,1889—1968)、克里斯托弗·莫利(Christopher Morley,1890—1957)为代表的一批美国作家尝试把劳拉·利比描写下层社会女工婚恋经历的小说与

---

① 阿芙洛狄忒,希腊神话中掌管爱与美的女神,相当于罗马神话中的维纳斯。

埃莉诺·格林、伊迪丝·赫尔的色情小说结合起来,并且取得了成功。维纳·德尔玛的处女作《坏女孩》(Bad Girl,1928)描写一个年轻女工对一个年轻小伙一见钟情,并草率结婚,后怀孕,陷入种种困境,其中不乏对男女性交的具体描述。范尼·赫斯特的成名作《后街》(Back Street,1931)描述一位贫穷而漂亮的女工爱上一个有妇之夫,两人私通,并自食苦果,其中也包含着大量私通的淫秽情节。而克里斯托弗·莫利的《基蒂·福伊尔》(Kitty Foyle,1939)也是以费城的一个贫穷的女工为主人公,她爱上缅因州一个贵族后裔,后以身相许,被迫堕胎,其私通的情节同样淫秽不堪。以上三本小说都是发行量超过一百万册的超级畅销书,而且被搬上电影银幕,荣获各种奖项。

女工言情小说的面世,对于美国通俗小说作家彻底冲破道德说教的束缚,创作真正意义的言情小说无疑具有积极作用。但它也带来了一个极大的负面效应——开色情描写之先河。从此以后,"色情"这个怪物,就像神话中无法被驾驭的魔鬼一样,与美国通俗小说,尤其是言情小说,结下了不解之缘。

维纳·德尔玛

原名维纳·克罗特(Vina Croter),1905年1月29日出生于纽约。早年她在纽约公立学校接受教育,毕业后即涉足社会,先后当过打字员、电话总机接线员、戏院引座员、演员、经理,等等。1921年与尤金·德尔玛结婚,育有一个孩子。1928年,她出版了第一部长篇小说《坏女孩》。该小说刚一问世,即在大西洋两岸引起轰动,许多人争先恐后地购买,形成了罕见的热闹场面。紧接着,她以同样的创作模式,又出版了几部小说。它们是:《姘妇》(Kept Woman,1929)、《女人活得太累》(Women Live Too Long,1932)、《婚姻闹剧》(The Marriage Racket,1933)、《小黑文之谜》(Mystery at Little Heaven,1933)和《世界末端》(The End of the World,1934)。此外,还有一本中、短篇小说集《荡妇》(Loose Ladies,1929)。这些书同样很受欢迎,一版再版,畅销不衰。在这之后,她基本上趋于停笔。1949年,她重返文坛,当年即出版了两部长篇小说,接下来的几十年里又出版了十几部长篇小说,其中比较重要的有《马卡博思家的女人》(The Marcaboth Women,1951)、《被爱戴者》(Beloved,1956)、《卡米洛来的微风》(The Breeze from Camelot,1959),等等。除了长篇小说和中、短篇小说,她还写了一些舞台剧本和电影剧本。1990年1月19日,她因病去世,终年八十五岁。

维纳·德尔玛各个时期的长、中、短篇小说,故事场景各异,情节结构也有简有繁。不过,它们大体遵循同一个题材:描写美国中下层妇女的生活。维纳·德尔玛以充满同情的自然主义笔调,真实、细腻地塑造了各类遭遇生活挫折,被社会所抛弃的女性人物,给人们留下了深刻的印象。她的成名作《坏女孩》即为这一创作主题定下了基调。故事的男女主人公在街头相遇,并一见钟情,然后闪电般地结婚,但婚后涌现出来的问题使两人陷入了重重困境。到这时,他们才意识到当初的不理智,但后悔已晚。《卡米洛来的微风》基本上重复了这一草率婚姻故事,但情节更为曲折、生动。小说一开始,沃德和迈拉一见钟情而结婚,但不久两人又发现彼此性格不合而决定分手。这时,沃德又闪电般地爱上了一位富家少女特里娜,并闪电般与她结婚。特里娜与迈拉不同,她单纯、涉世不深,而迈拉老练、比较世故。不过,两人都有维持同沃德的婚姻的愿望。正如迈拉默默接受自己婚姻已经失败,特里娜也主动提出与沃德离婚,因为他在同迈拉离婚后,继续与迈拉来往,并使迈拉怀孕。似乎这一切都是有预谋的,沃德正被拉入一张慢慢撒开的网中。特里娜提出了迅速结束婚姻的办法,但沃德与迈拉复婚后却对特里娜念念不忘。他找到特里娜,坦诚自己的爱,但因特里娜与他人结婚而彻底失望。后来他再次同迈拉离婚,并另觅新欢。但迈拉坚信,沃德还会与她复婚,因为她怀了他的孩子。

在《姘妇》中,主人公莉莲也是迈拉式的人物。她被一位名叫休伯特的孤独男子勾引,做了他的情妇。休伯特对莉莲一掷千金,并不惜变卖家产,以讨取她的欢心。当休伯特被自己的妻子扫地出门的时候,莉莲收留了他,并对他始终如一。与莉莲相反,《马卡博思家的女人》的主人公鲁比自私,有心计,她利用年迈丈夫对自己的宠爱,肆无忌惮地干涉家中其他女性的婚姻生活。

不过,维纳·德尔玛最优秀的作品当属《被爱戴者》。该书的故事场景设置在新奥尔良、纽黑文、伦敦、巴黎等地,主要描述美国南北战争时期南部邦联著名政治家朱达·本杰明的婚恋经历。故事的许多细节都来自真实历史,背景丰富,场面壮观。维纳·德尔玛先是追述了朱达·本杰明的早期生活,然后交代了他从耶鲁大学毕业后在纽黑文的经历。在新奥尔良,他爱上了美丽而淫荡的女子纳塔利,与她度过了一段不寻常的婚姻生活。晚年,他去了伦敦、巴黎,意识到自己的生命将要走到尽头。他试图向纳塔利隐瞒这一事实,直至故事结尾,两人仍保持火一般的爱情。这部小说反映了复出文坛之后的维纳·德尔玛试图摆脱早期的创作模式。

范尼·赫斯特

　　1889年10月18日,范尼·赫斯特出生在俄亥俄州汉密尔顿一个犹太人家庭。她的父亲是一个皮鞋制造商,事业上非常成功。早在学生时代,范尼·赫斯特就喜欢舞文弄墨,立志当一个作家。1909年,她从华盛顿大学毕业后,不顾父母的反对,放弃在哥伦比亚大学攻读硕士的机会,只身前往纽约实现自己的作家梦。她冒着常人无法想象的困难,深入社会底层做社会调查,研究普通人的生活方式和生活态度。她当过服务员、售货员、护士,还在剧团跑过龙套,出演过许多小角色。有时为了收集所需的生活素材,她还在夜间去法庭旁听案件审理,在环境恶劣的工厂当工人。所有这些生活经历,为她以后的文学创作打下了坚实的基础。这个时期,她主要是创作短篇小说。起初,她的作品常常被退稿。但她毫不气馁,继续写稿。不久,她的短篇小说开始源源不断地出现在报纸杂志上。1914年,她出版了第一本短篇小说集《就在街角》(*Just Around the Corner*),紧接着,又出版了《每个人都有自己的歌》(*Every Soul Has Its Song*,1916)等三本短篇小说集。20年代,范尼·赫斯特转入长篇小说创作,并相继出版了《星尘》(*Star-Dust*,1921)等五部长篇小说。然而,直至她的第六部长篇小说《后街》面世,她才改变了过去名气不大的状况,成为大红大紫的小说家。这部小说出版后,很快引起了轰动,当年即被列为畅销书,以后又被搬上戏剧舞台和电影银幕,长演不衰。继《后街》之后,范尼·赫斯特又出版了几部畅销书,其中包括长篇小说《模拟生活》(*Imitation of Life*,1933)。鉴于她在文坛的成就和声誉,罗斯福总统邀请她去白宫做客。她也因此步入了政坛,先后担任国家住房委员会主席、国家工人赔偿委员会委员、联合国世界卫生组织代表等职。50年代和60年代,她依旧笔耕不止,又出版了一些长篇小说。1968年2月23日,范尼·赫斯特在纽约市逝世,享年七十八岁。

　　范尼·赫斯特一生出版了二十一部长篇小说、八本短篇小说集,此外还有许多舞台剧本、电影脚本,以及大量散见在报纸杂志上的文章。这些作品基本上以处在社会底层的女性为主人公,描写她们不幸的婚恋以及这种婚恋所带来的种种恶果。譬如她的一个著名短篇小说《哈蒂·特纳》("Hattie Turner",1935),女主人公不幸嫁给了一个品行极其恶劣的丈夫,她渴望能亲手将他杀死。然而当他真的被人杀死以后,她却难以说服自己并不是杀害丈夫的凶手。范尼·赫斯特以细腻的笔触刻画了一个在肉体和精神上都受到折磨的女性形象,给人以深刻印象。不过,她的作品一个最常见主题却是表现纯洁、善良的女工因轻率委身于不相称男人所造成的人生悲剧。这方面最著名的作品是她的成名作《后街》。故事的主人公名叫雷·施米特,是20世纪初美国的一个女工,虽出身贫寒却长得楚楚动人,为此引起许多男人的爱慕和追求。然而她却出人意料地选择了一个道貌岸然的已婚男人,并悄然与他过起了姘居生活。此人名沃尔特·萨克塞尔,是当地名流,家有一个贤惠的妻子和三个可爱的孩子。尽管雷·施米特独自生活在沃尔特·萨克塞尔筑起的"后街",并能偷偷享受片刻的爱情欢娱,但她只能继续堕落下去,把自己的终身托付给自己所爱的已婚男人。沃尔特·萨克塞尔也爱雷·施米特,不过,这种爱体现了他的极为自私的占有欲。而且他没有为这个藏匿在与世隔绝的"爱巢"里的女人提供任何实际有用的东西。因此,当他过早地去世之后,雷·施米特的境况可想而知。接下来,范尼·赫斯特十分详尽地描绘了雷·施米特所遭遇的种种尴尬和苦难。渐渐地,雷·施米特被逼上了生活绝路。她万般后悔,但为时已晚。

同范尼·赫斯特的大多数女工言情小说一样,《后街》充满了大量露骨、淫秽的性描写。她以自然主义的白描手法,大胆地、客观地、细腻地描绘雷·施米特同沃尔特·萨克塞尔的男欢女爱和性交过程,展示一个缺乏教育素养、精神空虚的普通女工对性生活的极度渴求。按照范尼·赫斯特的观点,真实的东西往往是原始的、丑陋的,非如此不能反映处在社会底层的女工的真实精神生活。此外,她的作品里还充满了粗俗的比喻、下流的俚语、惯用语和对话。这些都是她早年做社会调查时收集的。虽然它们在衬托小说人物的个性方面起了一定的作用,但对一般读者来说,显得晦涩、难懂。正因为如此,有人认为"范尼·赫斯特也许是国际知名畅销书作家当中从未有过的拙劣者。在她的创作巅峰期,获得了多少有点令人引起好感的不相称的名号'啜泣姐妹女王',但她的作品刺激今天读者产生眼泪的惟一方面也许就是极其糟糕的文风和文法"[1]。

克里斯托弗·莫利

1890年5月5日,克里斯托弗·莫利出生在宾夕法尼亚州哈弗福德。他的父亲是哈佛大学教授,在数学方面很有造诣。克里斯托弗·莫利从小受父亲的影响,热爱读书,钻研学问。1910年,他从哈佛大学毕业后,又到牛津大学深造。在那里,他研究了三年历史。这种研究为他以后的写作打

---

[1] Aruna Vasudevan, ed. *Twentieth-Century Romance and Historical Wroters*. St. James Press, New Jersey, 1993, p. 336.

下了扎实的基础。在这之后,他从英国回到美国,做了一个专业作家。他的写作兴趣很广,所涉及的领域有小说、诗歌、戏剧、评论、杂文、随笔,等等。此外,他还是一个卓有成效的新闻记者、报刊编辑和专栏作家。他曾担任过《女士之家》杂志的编辑,又在《费城公共纪事晚报》和《纽约晚邮报》写过专栏文章,并发起创办了著名的《周六文学评论》。在此期间,他与海伦·费尔蔡尔德结婚,后来在纽约郊外买了一套老式房子,定居在那里,每天乘短途火车上下班。1957年3月28日,他在纽约家中逝世,享年六十八岁。

克里斯托弗·莫利一生多产,出版了五十多本书,其中有一部分是长篇小说。这些小说常常以他喜爱的纽约为场景,表现一些小人物的不寻常的生活经历。早年,他比较有影响的长篇小说是《闹鬼的书屋》(The Haunted Bookshop, 1919)。这是一部历史浪漫小说,主要描述纽约一家名为"家中诗社"的百年老店在美国建国前后发生的惊心动魄的历史事件。冬季的一个夜晚,年轻的广告代理商吉尔伯特冒雨来到这家老店,试图劝说店主罗杰让他代理广告业务。罗杰非但没有同意,反而把他狠狠地教训了一通。虽说吉尔伯特有点沮丧,但他出人意料地见到了店主的漂亮女儿田娜,并同她相识。两人来往渐渐密切。一天,田娜在书店收到一个转寄的邮包,里面装有一本很厚的旧书。她正要打开此书,遭到吉尔伯特的阻止。但充满好奇心的田娜还是把书打开。倏忽间,店内发生爆炸,所幸人员受伤不重。原来书内藏有炸弹。一个英国间谍企图利用乔治·华盛顿出席国际和平会议之机,将一本藏有炸弹的旧书送给他的一个私人秘书,以便将他炸死。最后,吉尔伯特的正直诚恳赢得了田娜的心,两人结为夫妇。

不过,克里斯托弗·莫利最有名的一部小说是《基蒂·福伊尔》。该小说出版后,很快引起轰动,短期内多次重印,畅销不衰。翌年,它又被搬上银幕,赢得了几项奥斯卡大奖。克里斯托弗·莫利也因此一改过去不温不火的状况,成为享誉大西洋两岸的畅销书作家。《基蒂·福伊尔》主要沿袭维纳·德尔玛和范尼·赫斯特的创作传统,描述处在社会底层的女工因轻率委身不相称的男人而造成的人生悲剧。该书的故事场景设置在费城,主人公基蒂·福伊尔是一个贫穷女工。她爱上了富家子弟丹尼斯,并以身相许,两人同居。但丹尼斯的家庭坚决不肯接纳这个出身低微的女工。基蒂·福伊尔出于无奈,只好与丹尼斯分手。随着时间的推移,她又爱上了同样贫穷但受过高等教育的詹姆斯医生。但这时,丹尼斯又割不断对基蒂·福伊尔的情丝。他设法说服了自己的父母,向基蒂·福伊尔求婚。然而,基蒂·福伊尔进入了那个名门望族之家后,日子过得并不幸福。经过冷静思考,她发现自己追求的应该是相伴一生的爱情,而不是金钱。于是,她设法到医院堕胎,投入了詹姆斯医生的怀抱。

像维纳·德尔玛、范尼·赫斯特的《坏女孩》和《后街》一样,《基蒂·福伊尔》以充满同情的笔触,十分详尽地描写了基蒂·福伊尔委身于丹尼斯之后所造成的肉体和精神上的严重创伤。也同这些作品一样,书中充斥着大量的淫秽的性描写。从丹尼斯和基蒂·福伊尔一见钟情,到两人秘密同居,再到结婚之后基蒂·福伊尔的怀孕、堕胎,克里斯托弗·莫利都做了大胆的、客观的、原始的暴露。不过,克里斯托弗·莫利毕竟技高一等。他先是融入了丹尼斯的家庭因素,接着又引入了一个第三者詹姆斯医生,从而增加了故事情节的复杂性。此外,克里斯托弗·莫利的文笔清新、淡雅,给人一种诗一般的魅力。这也是维纳·德尔玛、范尼·赫斯特无法比拟的。

第三节　牛仔西部小说

渊源和特征

廉价西部小说是按照出版商的意愿创作的通俗小说,作者处在屈从地位,他们没有也不可能过多地考虑作品的思想性和艺术价值。起初,他们还能从西部的现实生活中寻找创作原型。到后来,随着时间的推移,写作材料枯竭,不得不把实际生活抛在一边,关起门来胡编乱造。他们当中一些人甚至没有去过西部,创作时完全凭自己的想象。到90年代末,廉价西部小说终于走到了自己的反面。比德尔-亚当斯公司破产,芒罗公司停业,而斯特里特-史密斯公司也在兼并弗朗克·图西公司之后,改以经营通俗小说杂志。

正当后期的廉价西部小说作者胡编乱造,陷入自我毁灭的怪圈之际,在美国的严肃小说领域,以马克·吐温(Mark Twain, 1835—1910)、布雷特·哈特(Bret Harte, 1836—1902)为代表的一些作家发起了还原西部本色的"地方色彩运动"(local color movement)。这些作家先后到过西部,在那里接触了大量人和事,回来后根据自己的切身经历创作了大量长、中、短篇西部小说。这些作品恢复了长久以来被阉割的传统西部文学的严肃性和复杂性,描绘了新的历史条件下美国西部生活的多样性和文化碰撞。

地方色彩运动为当时以及后来的西部通俗小说创作提供了一种新框

架和新视角。然而,真正依据这种新框架和新视角,并开创现代西部通俗小说新局面的当推欧文·威斯特(Owen Wister,1860—1938)。1898年,他在杂志上陆续发表了一系列短篇西部小说后,开始创作长篇西部小说《弗吉尼亚人》。该小说于1902年问世,即刻引起轰动,当年即被列为头号畅销书,并且一连数年畅销不衰。据不完全统计,短短十余年里,该书至少销售了二百万册,并被多个导演搬上影视屏幕。

《弗吉尼亚人》不仅是一部商业成功之作,也是继詹姆斯·库珀的"皮裹腿丛书"之后又一部里程碑式著作。它的问世,预示着美国西部通俗文学一个新时代的开端。如果说,詹姆斯·库珀对西部小说的主要贡献是历史性地再现了美国边界西扩过程中东西部文化的矛盾和冲突,那么,欧文·威斯特则是展示了在美国西部边疆基本消失的历史条件下,这种东西部文化矛盾、冲突的调和与统一。更重要的是,这部小说成功地塑造了一个不同于以往任何男主人公的新型西部英雄——牛仔。尽管在《弗吉尼亚人》诞生之前,在一些廉价西部小说以及西部故事中,已经有牛仔出现,但他们基本上是暴力、凶杀故事的一个代码,并不具备主题意义。欧文·威斯特是第一个把牛仔与当时一些重要社会、文化主题挂钩,并使之理想化、典型化的西部通俗小说作家。该小说中的男主人公弗吉尼亚人,头戴宽边帽,颈系红围脖,腰挎六响枪,足穿长筒靴,不但勇敢、善良、正直,而且具有极强的自信心和非凡的洞察力。正因为如此,他一次次地战胜对手,踏上成功之路。也正因为如此,他赢得了理想的爱情。他是兼有古老的伦敦绅士风度和新型的西部牛仔特征的现代美国骑士。

《弗吉尼亚人》的巨大成功引起了当时以及后来许多人的模仿。在这些模仿者当中,不乏一些像欧文·威斯特一样对西部边疆的情况非常了解,且创作态度比较认真的作家。他们在《弗吉尼亚人》的创作主题和创作方式的启发下,纷纷把目光投向西部的牧场,以那里的牛倌为原型,塑造忠于实际生活的牛仔形象。譬如安迪·亚当斯(Andy Adams,1859—1935),他紧随欧文·威斯特之后出版了《牛仔日志》(*The Log of a Cowboy*,1903)。这部小说以近乎写实的手法,描述了一个非常贴近生活的西部牛仔的曲折经历。又如尤金·罗德斯(Eugene Rhodes,1916—1972),出版了《确实是好人》(*Good Men and True*,1910)、《阿卡迪亚城中布兰斯福德》(*Bransford in Arcadia*,1912)、《飞蛾的欲望》(*The Desire of the Moth*,1916)等一系列长篇西部小说。这些小说成功地描述了新墨西哥州的风土人情,再现了牛仔的实际生活。此外,小说中的辛辣讽刺和生动对话也给读者留下了深刻的印象。

然而,更多的模仿者是为了追求商业利润,获取高额写作报酬。同詹姆斯·库珀的"皮裹腿丛书"一样,欧文·威斯特的《弗吉尼亚人》也包含有大量的通俗成分。首先,该书描述了牛仔和盗贼的对立。这种对立导致了暴力冲突。而暴力冲突是构成任何一类惊险通俗小说的要素。尤其值得注目的是,暴力冲突中还首次出现了英雄和歹徒手持短枪,步步逼近,开展激烈巷战的情景。这一创造把自詹姆斯·库珀以来的绑架、伏击、搏杀、追击的情节向前推了一大步,极大地增强了作品的惊险性。其次,该书描述了男女主人公的浪漫爱情。本来爱情是一切通俗小说的要素,但在欧文·威斯特之前的西部通俗小说中,已被严重忽视,只被当作男主人公冒险的一种不成功的佐料。《弗吉尼亚人》首次给爱情以主导地位,书中情意缱绻的爱恋经历和凶悍惊险的枪战故事交织在一起,展示了一幅幅英雄加美人的生动图画。所有这些,不啻黑夜里的一道道亮光,给当时处在困境中的廉价西部小说家带来了重新崛起的希望。他们纷纷拿起笔,模拟《弗吉尼亚人》的人物塑造和情节结构,借鉴其中具有轰动效应的通俗成分,创作了大量的新型西部通俗小说——牛仔西部小说(cowboy western fiction)。

整个20世纪头30年,美国都在流行牛仔西部小说。第一个在该领域崭露头角的是伯莎·辛克莱(Bertha Sinclair, 1874—1940)。自1904年起,她用伯·姆·鲍尔(B. M. Bower)的笔名出版了《能人奇普》(*Chip of the Flying U*, 1904)等一系列牛仔西部小说。这些小说的同名主人公"奇普"是个弗吉尼亚人式的西部英雄,他生性腼腆,但有艺术才能,颇受读者青睐。稍后,克拉伦斯·马尔福德(Clarence Mulford, 1883—1956)也在以《Bar-20漫游岁月》(*Bar-20 Range Years*, 1907)起首的系列小说中推出了自己的西部英雄"霍帕朗·卡西迪"。相对"弗吉尼亚人"和"奇普",这个牛仔少了几分文雅,而且是跛足,但也更受读者喜爱。在这之后,又有威尔伯·塔特尔(Wilbur Tuttle, 1883—1969)、亨利·尼布斯(Henry knibbs, 1874—1945)、查尔斯·塞尔策(Charles Seltzer, 1875—1942)、威廉·雷恩(William Raine, 1871—1954)等人的作品引起了人们的瞩目。威尔伯·塔特尔是西部土生土长的作家,曾在通俗小说杂志发表了不少有影响的牛仔西部小说。他所塑造的牛仔,大多数以武艺高强、善于格斗著称,其人物形象对后世的通俗小说创作影响很大。亨利·尼布斯(Henry Knibbs, 1874—1945)也是西部土生土长的作家,曾在西部诗歌方面颇有建树,此外也在通俗小说杂志发表过不少牛仔西部小说,塑造过不少令人难忘的牛仔形象。其中最有名的是扬·彼得。他是个神枪手、行动敏捷,具有超常的意志和逢凶化吉的能力。查尔斯·塞尔策是个多产作家,创作有多部电影剧本和畅销书,其中大部分属于西部通俗题材。他所塑造的牛仔,给人以刚硬、冷酷的印象,而且往往卷入职业谋杀、强奸未遂之类的暴力冲突中。威廉·雷恩也是个多产作家,自 1908 年涉足牛仔西部小说以来,平均每年出版两本书,直至 1954 年去世。他的突出才能是善于描写爱情,男女主人公的"情"的成分多于"性"。

然而,这一时期影响最大、成就最突出的牛仔西部小说家当属赞恩·格雷(Zane Grey, 1872—1939)和马克斯·布兰德(Max Brand, 1892—1944)。赞恩·格雷于 1908 年开始牛仔西部小说创作,1912 年以《紫艾草骑士》(*Riders of the Purple Sage*)一举成名。从那以后,他的名字几乎每年都出现在畅销书单上。到 1939 年他去世时,总共出版八十九部书,销售总额超过两千万册。他创作的牛仔西部小说,集前人之大成,既有詹姆斯·库珀的埋伏和追杀,又有欧文·威斯特的枪战和格斗。他是西部牛仔小说作家当中率先描写枪手,并使之性格丰满之人,也是率先对女主人公的"性"进行道德划分,区别其正义和邪恶之人。而马克斯·布兰德一生著有五百三十本书,几乎涉及一切通俗小说领域,然而奠定他的文学地位的还是三百五十多部长、中、短篇牛仔西部小说。这些小说继承有欧文·威斯特的许多要素,与赞恩·格雷有异曲同工之妙。不过,相比之下,马克斯·布兰德更强调动作、暴力,从而在西部小说通俗化的道路上走得更远。

欧文·威斯特

1860 年 7 月 14 日,欧文·威斯特出生在宾夕法尼亚州费城一个医生家庭。他从小在欧洲一些名校读书,受到了良好的正规教育和文学熏陶。在新罕布什尔州康科德上中学时,他编辑校报、写杂文和诗歌。之后,他进了哈佛大学。在那里,他继续保持文学爱好,广交朋友,积极参加社团活动。毕业后,出于健康原因,他去了一趟怀俄明。没想到,这次远游成为他一生的转折点。从此,他爱上了西部,对那里的自然风光和乡风民俗产生了深厚感情。此后,他又多次前往西部采风,甚至放弃了原先的律师工作,在西部购置了一个农场。

19 世纪 90 年代初,他开始运用西部采风搜集的素材创作短篇小说。最初两个短篇小说——《汉克的女人》("Hank's Woman")和《林·麦克莱恩如何去西部》("How Lin Mclean Went West")——寄给了《哈珀杂志》,并很快被接受。接下来,他又在该杂志刊发了一系列短篇小说。这些小说从一个旁观者的视角,讲述了各种西部故事,塑造了各种人物,其中包括牛仔。1896 年,他出版了首部短篇小说集《红皮肤和白皮肤》(*Red Men and*

White）。不久，第二部短篇小说集《吉米约翰老板》(*The Jimmyjohn Boss*, 1900)也面世。紧接着，他开始酝酿以"林·麦克莱恩"和"弗吉尼亚人"为牛仔主人公的长篇小说。1897年，首部长篇小说《林·麦克莱恩》(*Lin Mclean*)问世，不久第二部长篇小说《弗吉尼亚人》也得以出版。这两部长篇小说都受到了极大欢迎。尤其是《弗吉尼亚人》，一连数月荣登畅销书榜首，并被改编成一系列电影和电视连续剧。然而，在获得了如此巨大的成功后，欧文·威斯特没有乘胜追击，反而转行做了记者。到1911年，他基本上停止了西部通俗小说创作。欧文·威斯特去世前最后一部作品是哀悼罗斯福总统逝世的《友谊的故事》(*The Story of a Friendship*)。

《弗吉尼亚人》的故事场景设置在19世纪80年代的怀俄明州，主人公是一个很不寻常的牛仔，当地人给他起了一个绰号——弗吉尼亚人。起初，弗吉尼亚人在一个牧牛场当监工，结识了来自佛蒙特州的漂亮女教师莫莉。在莫莉的影响下，弗吉尼亚人开始阅读莎士比亚、济慈等人的著作，但是东西方两种不同的文化给两人的进一步交往带来重重困难。莫莉认同的是由西方法律和道德体系构成的所谓文明世界；而弗吉尼亚人则认为，在西部，人们只需根据自己心中的道德规范和公平法则来判别是非。一次，弗吉尼亚人的好友因盗牛罪被处以绞刑，而弗吉尼亚人却违心去行刑。对于莫莉来说，这是无法理解的。但到后来，她才知道，这就是西部生活的法则，任何人都不能违背。后来，她也逐渐接受了弗吉尼亚人的生活方式和思维模式，而弗吉尼亚人也因为爱情的力量，逐渐放下了自己的生活准则，接受了莫莉的观点。可以说，这种相互了解和相互接受的意义十分重大。这也是欧文·威斯特创作《弗吉尼亚人》的一个主要目的——调和东西部之间的矛盾。然而，欧文·威斯特还想告诉读者，西部精神真谛在于变革时期的积极开拓和勇敢进取，东部人应该学习这种精神，抛弃固有的追求安逸和死气沉沉。在书中，当弗吉尼亚人为了同莫莉约会，遭到了印第安人的袭击时，看似柔弱的莫莉挺身相救。这实际是莫莉融入西部生活的第一步，是弗吉尼亚人所代表的西部精神激发了她的见义勇为。

与此同时，欧文·威斯特充分展现了编故事的才能。全书情节惊险，可读性极强。尤其是决斗场景，特别吸引人。牧场有个工人，名叫特伦帕斯，对弗吉尼亚人一直心怀愤恨。有一天，他当众立誓要杀死弗吉尼亚人。弗吉尼亚人不能容忍这种侮辱，于是，提出通过决斗解决这场争端。几番紧张枪战，弗吉尼亚人胜出，特伦帕斯死亡。这是美国西部文学史上第一次出现英雄和歹徒正面交锋的场景。两人手握短枪、互相对峙、步步逼近……如此形象和动作，以及人物对白，已成为后来的牛仔西部小说，乃至于根据这些小说改编的好莱坞电影的特定模式。此外,书中还描写了弗吉尼亚人与莫莉温馨、浪漫的爱情。以往的西部通俗小说也描写过男女主人公之间的爱情,但很大程度上那只是建立在肉体基础上的原始情感,双方没有思想上的沟通和交流。而弗吉尼亚人和莫莉的爱恋却不同,所代表的远不是婚姻本身,而是西部和东部的结合、乡村和城市的结合、自然和文明的结合。小说结尾,弗吉尼亚人通过自己的智慧和努力,完全融入了东部生活,成了一个事业有成的商人。

赞恩·格雷

1872年1月31日,赞恩·格雷出生在俄亥俄州曾斯维尔一个贵族世家。早在独立战争时期,他的先祖埃比尼泽·赞恩上校就定居在西部,为抗击印第安人和英国人立下了不朽战功。其余几个先祖,包括埃比尼泽·赞恩上校的妹妹贝蒂·赞恩,也是赫赫有名的人物。赞恩·格雷从小就生活在典型的西部环境中,耳濡目染了许多西部传说。渐渐地,他对文学有了一种特殊爱好。然而,当牙医的父亲却希望儿子继承自己的事业。1892年,赞恩·格雷进了宾夕法尼亚大学医学院。但他没有花费很多时间攻读医学,而是大量阅读一些著名小说家的经典著作。毕业后,他在纽约开了一个诊所,但很不成功。于是,他把主要精力转向文学创作,先是以自己的先祖为原型,创作了历史浪漫小说《贝蒂·赞恩》(*Betty Zane*,1901),并向一个女友借了一笔钱,自费出版。两年后,他同这个女友结婚,又用她的钱相继出版了历史浪漫小说《边界精神》(*The Spirit of the Border*,1906)和《最后的小道》(*The Last Trail*,1909)。尽管这三部历史浪漫小说没有在社会上造成多大反响,但标志着他的真正文学创作的开端。

1907年是赞恩·格雷一生文学创作的重大转折点。这一年,他去了大峡谷附近的西部庄园,会见了年迈的西部英雄布法罗·比尔,亲自感受到西部拓荒者生活的艰辛和坚韧不拔的精神,遂决心排除一切干扰,专心致志创作西部通俗小说。然而,一开始,这条路就布满荆棘。书稿不断遭遇退稿,但他毫不气馁。终于,哈珀公司接受了他的《荒蛮地的遗产》(*The Heitage of the Desert*,1910)。紧接着,他又在该公司出版了《紫艾草骑士》(*Riders of the Purple Sage*,1910)。这部小说刚一出版,即刻引起轰动,成为知名畅销书。从那以后,他开始了一个忙碌的畅销书作家的创作生涯。赞恩·格雷一生出版了八十九部小说,这些小说深受大众欢迎,几十年来畅销不衰,根据他的小说改编的电影也至少有一百部之多。尽管赞恩·格雷成名后变得非常富有,但他仍旧保持自己的简朴生活,并恪守宗教教义。

1939年10月23日,赞恩·格雷因突发心脏病,在洛杉矶去世。

赞恩·格雷一生创作的数量惊人的小说,除了早期创作的《贝蒂·赞恩》等少数作品,基本上沿袭欧文·威斯特的传统,以弗吉尼亚人式的牛仔为主人公,表现这类西部英雄同歹徒的对立以及由此产生的种种暴力行动,其中不乏剽悍凶险的枪战故事和情意缱绻的爱恋经历。譬如他的西部小说成名作《荒蛮地的遗产》,主人公杰克·黑尔是一个牛仔硬汉,而堕落的牧场主和一伙肆无忌惮的偷牛贼,则扮演了歹徒的角色。故事伊始,杰克·黑尔遭遇不测,命在旦夕。这时,一位貌似凶恶而内心善良的年老移民奥古斯特出面相救,并提供自己的牧场作为藏身地。但不久,杰克·黑尔发现,这个四面环海、地势险要的牧场并非一片光明。于是,他勇敢地接受了牧场主和偷牛贼的挑战。然而,摆在他面前的更大挑战是,他必须为自己心爱的女人梅斯考尔进行枪战。梅斯考尔是当地一个漂亮牧羊女,且已答应嫁给奥古斯特的长子,也即牧场主。杰克·黑尔知道,他必须阻止这场婚姻,但又不能杀死救命恩人的儿子。直到有一天,牧场主带着一伙偷牛贼同杰克·黑尔拔枪对峙,步步逼近,进行一场殊死的搏斗。

不过,赞恩·格雷在继承传统的同时,也有自己的独特创造。相比之下,他的作品鲜有故事背景介绍,而把叙述的重点放在"现在"的情节演绎上。故事的主要人物也更为庞杂,除了典型的牛仔,还有摩门教徒、矿工、墨西哥人、建筑工人、隐居者,甚至娼妓。尤其是,他把詹姆斯·库珀的"埋伏"和"追杀",同欧文·威斯特的"枪战"和"格斗"结合起来,创造出较为丰满的枪手人物形象。这方面最生动的实例是他的代表作《紫艾草骑手》。该书故事场景设置在1871年的犹他州,主要情节围绕着女主人公简·威瑟斯廷展开。她是一个自傲的摩门教少女,继承有父亲的贫瘠牧场。不久,灾难接踵而至。摩门教的妻妾成群的长老塔尔觊觎她的美貌,威逼她做妾,见她不从,又挑唆一伙摩门教徒去偷盗她的牛。这时,年轻的男主人公拉西特前来拯救孤弱无助的少女。于是在他和摩门教长老、教徒之间,展开了一场血雨腥风的较量。这里有残忍的报复与反报复,有紧张的追踪和脱逃,有令人心颤的拔枪对峙。奔腾的骏马、惊恐的牛群、黑心的秘密、隐匿的财宝、广袤的草地、血红的落日……可以说,囊括了一切西部通俗小说的经典场景。最令人难忘的是拉西特的牛仔人物形象。茫茫荒芜之地,奔驰着一匹骏马;骑马者身穿黑衣,腰插两支手枪,中等年龄,面带倦色,一双眼睛警觉地四处张望;他言语不多,喜好枪法,而且具有中世纪骑士的正义感。正是他帮助简·威瑟斯廷找回了自我,认识到掌管女人命运的既不是摩门教,也不是未来的丈夫,而是她自己,从而鼓起勇气离开父亲苦心经营的家,离开玷污她的人生的教会,追求新的生活。自赞恩·格雷起,这个牛仔、枪手加骑士的人物形象就出现在西部通俗小说中,被一代代小说家所模仿。

如同《紫艾草骑手》,赞恩·格雷的大部分牛仔西部小说主要以情节取胜,因而许多作品均被好莱坞改编。然而,赞恩·格雷并不满足以情节娱乐大众,尤其是1925年之后,他的写作风格明显发生变化,不再一味地平铺直叙,而是较多地使用了倒叙和插叙。此外,故事背景和作品的社会性、思想性都较以前有所提高。譬如《消失的美国人》(*The Vanished American*,1925),主要描述一个从小生活在白人圈子的印第安青年,在读完大学,小有成就以后,回到自己的故乡,试图帮助他的族人走出困境,恢复昔日荣耀,但由于世人对印第安人的种族偏见根深蒂固,他个人的良好愿望和努力一次次化为泡影,只能眼睁睁地看着勤劳、勇敢、善良的印第安人成为"消失的美国人"。

马克斯·布兰德

原名弗雷德里克·福斯特(Frederick Faust),1892年5月29日出生在西雅图。他出身贫苦,十三岁成了孤儿,四处流浪。后来,他拼命工作,有了一些积蓄,得以进入加利福尼亚大学。在学校,他是有名的"不安分者",酗酒、斗殴;与此同时,也是有名的"笔杆子",替校报和文学杂志写稿,猛烈抨击校方,以至于最终惹怒校长,被拒绝授予毕业文凭。1915年,他离开伯克利,去了印度,后辗转到了火奴鲁鲁,当了新闻记者。再后来,他去了加拿大,加入了当地军队。但战争爆发,他又当了逃兵,并放弃去欧洲的打算,回到了纽约。受生活所迫,他开始给通俗小说杂志撰稿,不过,他内心愿望是想成为一名诗人。1918年,受赞恩·格雷等西部作家成功的鼓舞,他尝试创作了西部牛仔小说《未驯服者》(*The Untamed*)。不料,这部小说问世后是本畅销书。从那以后,他把主要经历用于创作,出版了一部又一部西部牛仔小说。然而,与欧文·威斯特、赞恩·格雷不同,马克斯·布兰德对广袤的西部没有感情,在他看来,西部是"肮脏、原始、低劣"的代名词。正因为如此,他与西部几乎没有任何实际接触;也正因为如此,他的作品的时间和背景都比较模糊。甚至,他对自己的许多西部牛仔小说不屑一顾,即便《未驯服者》大红大紫时,也拒绝透露自己的真实姓名。30年代中期,随着通俗小说杂志逐渐走下坡路,他开始用自己的真名,替一些较为严肃的文学杂志撰稿,如《绅士月刊》《星期六晚邮报》。1938年,他又转向好莱坞,改编了一些非常成功的电影脚本。尽管他在通俗文学领域硕果累累,还是感到不满足,为此,他变得烦躁,经常酗酒。1944年,为了获得美军士兵作战的第一手资料,他以战地记者的身份去意大利前线采访,不幸被一块炮弹片击中胸部,不治身亡。

马克斯·布兰德一生多产,仅正式出版的作品就有五百三十部。这些数量惊人的作品涉及多种通俗小说类型,如侦探小说、间谍小说,等等,其中以西部牛仔小说数量最多,也最为有名。这些小说大体上沿袭欧文·威斯特、赞恩·格雷等人的传统,以弗吉尼亚人式的牛仔为主人公,表现这位西部英雄同歹徒的对立以及由此产生的种种暴力行动。不过,相比之下,马克斯·布兰德的作品更强调动作,而不强调思考,更强调情节,而不强调场景。而且他的场景描写,如人物服饰、房屋建筑、暴力手段,等等,也大都不依据西部的真实历史。对于他,场景描写并非再现西部生活的真情实景,而只是作为故事的框架。正因为如此,马克斯·布兰德的作品显得比一般牛仔西部小说更通俗化。

《未驯服者》是马克斯·布兰德创作的第一本西部牛仔小说,也是他的早期西部牛仔小说代表作。该书的故事场景设置在荒芜西部,主人公丹·巴里是一个孤儿,身世不明,后被牧场主乔·坎伯兰收为养子,与他的女儿凯特·坎伯兰一起长大。乔·坎伯兰自第一次看见丹·巴里起,就发现他有一种奇异的天性。这种天性兼有纯洁和暴戾两个特征。一方面,他热爱荒野,喜欢与动物为伴,身后总跟着一条名叫"黑巴特"的狼和一匹名叫"撒旦"的马。但另一方面,他又刚直不阿,疾恶如仇。因而,当丹·巴里遭遇一伙歹徒的袭击,受到其首领吉姆·塞伦特的伤害时,身上便充满了难以遏制的复仇愿望。接踵而来的是双方一系列暴力冲突。终于,看似瘦小的丹·巴里凭借突然爆发的神力以及"黑巴特"和"撒旦"的帮助,战胜了吉姆·塞伦特,并亲手将他掐死。在此期间,他经历了同养父的女儿凯特·坎伯兰的纯洁爱情。但是爱情的力量并没有战胜他内心深处对荒野的喜好与渴望。故事最后,丹·巴里还是离开了凯特·坎伯兰,独自在荒野中流浪。他依旧是"未驯服者"。

马克斯·布兰德非常钟情丹·巴里这个牛仔人物,之后又以他为主人公,写了两本续集《夜间骑手》(*The Night Horseman*, 1920)和《第七个人》(*The Seventh Man*, 1921)。《夜间骑手》主要描写丹·巴里后来又回到牧场,同凯特·坎伯兰热恋。尽管他十分爱凯特·坎伯兰,仍止不住对荒野的依恋。每天晚上,他都会骑着马在原野奔驰,享受着原始的激情和魅力。最后,他还是带着凯特·坎伯兰一起离开牧场,再次去荒野过流浪生活。而《第七个人》则集中描写丹·巴里的暴力行动。这时,他和凯特·坎伯兰已经结婚,并育有一个女儿,一家三口居住在荒野中的一个小木屋里。然而,平静的生活因丹·巴里的爱马被杀而打破。于是,他的身上又燃起了昔时那种强烈的复仇之火。他逐一寻找杀马者,最后,将他们七人全部残忍杀死。

后期马克斯·布兰德笔下的牛仔主人公塑造有非暴力化倾向。往往他不再让这些牛仔去直接杀人,而是着力表现他在暴力争斗中的克制和容忍。如《伊甸园》(*The Garden of Eden*,1922)中的牛仔在整个故事情节中一枪未发;而《枪声轰鸣》(*Singing Guns*,1928)中的牛仔也只打过两枪,其中只有一枪对他人造成了伤害。此外,还有一部分作品已经突破了牛仔西部小说的创作模式,呈现多个通俗小说类型相互交叉的情景。如《边界枪声》(*Border Guns*,1928),通篇描写边界警察、大功率汽车、走私活动和诡谲牛棚。而《西尔弗蒂普的搜捕行动》(*Silvertip's Roundup*,1933)的主要反面人物也来自东部窃贼;他拥有多种作案工具,但到最后,在主人公的感召之下,改邪归正。偶尔,马克斯·布兰德也会在作品中探索一些较为严肃的主题。这方面的典型例子是展示印第安人与白人冲突的"三部曲",亦即《战争聚会》(*War Party*,1933)、《边陲世仇》(*Frontier Feud*,1934)和《克贝炎尼金矿》(*Cbeyenne Gold*,1935)。小说中,主人公红鹰是个白人,他从小被印第安人俘虏,在印第安人部落长大。接下来,马克斯·布兰德描写了红鹰经历的一系列暴力事件,展示他在两种文化的夹击下遭遇的痛苦和磨难,尤其是,描写了白人的贪婪和狡诈,抨击了殖民者极其残暴的罪恶行径。

第四节　古典式侦探小说

渊源和特征

侦探小说(detective fiction)是以侦探为主要叙事视角和叙事内容的通俗小说。它有两大基本要素:其一,故事情节必须含有与犯罪事实相关的疑案;其二,这个疑案是由职业或非职业的侦探运用调查和逻辑推理来解开的。鉴于侦探小说具有"破案解谜"和"揭露犯罪"等重要特征,有时也被称为神秘小说(mystery fiction)或犯罪小说(crime fiction)。不过,严格地说,神秘小说和犯罪小说是两个比较宽泛的概念。前者不但应当包括含有"谜雾"成分的侦探、警察、间谍等小说,还应当包括含有"超现实"成分的哥特式、恐怖、奇幻等小说;而后者也不但应当包括以揭露、惩治犯罪为重点的英雄犯罪小说(hero crime fiction),还应当包括以剖析犯罪心理及原因为重点的反英雄犯罪小说(anti-hero crime fiction)。

西方最早的侦探小说为古典式侦探小说(classic detective fiction)。它崛起于19世纪和20世纪之交的英国,其标志是柯南·道尔(Conan Doyle, 1859—1930)所著的,以夏洛克·福尔摩斯为职业侦探的系列小说获得了巨大成功。许多人模仿他,由此,一本本以职业的、业余的侦探为主角的疑案调查小说接踵问世,构成了20世纪上半叶西方通俗文学界一大景观。西方古典式侦探小说也因此成为同一时期最受欢迎的通俗小说之一。

不过,西方古典式侦探小说从酝酿到诞生,再到流行,却经过了一个漫长历史时期。1794年,英国作家威廉·戈德温(William Godwin, 1756—1836)出版了《本来面目》(*Things as They Are*, 1794)。这是一部别开生面的哥特式小说,作者把闹鬼城堡换成了邪恶社会,遭受恶棍追逐的纯洁少女也换成了深受恐怖法律之害的男性青年。此外,在情节设置方面,作者也一反传统,以相当多篇幅描写了一起谋杀案,描写了调查案情、侦破凶手等一连串的"解谜"过程。该小说旋即成为畅销书,被译成法文、德文、俄文和波兰文,风靡欧美各地。许多作家仿效这一作品,从而形成了西方最早的犯罪小说——凶杀小说(whodunit)。1809年,西方最早的警探组织也在法国巴黎成立,由改邪归正的小偷弗朗索瓦·维多克(Francois Vidocq, 1775—1857)出任探长。十多年之后,弗朗索瓦·维多克从这一岗位辞职,撰写并出版了自传体长篇小说《维多克回忆录》(*Memoires de Vidocq*, 1827—1829)。在这部小说中,他根据自己的亲身经历,较为真实地描述了自己如何打入罪犯内部,侦破了一个又一个骇人听闻的案件的经历。该书同样被译成多种文字,在欧美大量流行。应当说,《本来面目》和《维多克回忆录》已经具备侦探小说的一些要素。它们为西方古典式侦探小说的问世做了文学上的铺垫。

然而,西方第一个严格意义的古典式侦探小说家并非出现在古老的英国或法国,而是出现在当时"没有多少文化底蕴"的美国。自1832年起,美国的天才作家爱伦·坡开始了各种体裁、各种风格的短篇小说创作实验。这些短篇小说包括哥特式小说、科幻小说、神秘小说、讽刺小说,等等,其中40年代初创作的,以杜潘为业余侦探的两个短篇具有古典式侦探小说的一切要素,堪称西方最早的古典式侦探小说。它们是《莫格街谋杀案》("The Murders in the Rue Morgue", 1941)和《玛丽·罗热疑案》("The Mystery of Marie Roget", 1842)。这两个短篇刚发表,即在美国引起了关注。紧接着,爱伦·坡又创作了《金甲虫》("The Gold-Bug", 1843)和《你是那人》("Thou Art the Man",1844)。这两个短篇虽然没有出现侦探杜潘,但运用了类似的逻辑推理方法进行"解谜"。1845年,爱伦·坡的第三个也是最后一个以杜潘为侦探的短篇《失窃的信》("The Purloined Letter")问世。这个短篇是爱伦·坡自认最好的,也获得了很多人的高度评价。

《莫格街谋杀案》等五个短篇小说确立了西方古典式侦探小说的基本创作模式。正是这些小说,把戈德温式的"藐视法律"变为维多克式的"维护法律",实现了从早期犯罪小说到古典式侦探小说的主题转换。也正是这些小说,在《维多克回忆录》的基础上创造了有史以来第一个侦探,有关这个侦探的叙述视角和刻画方式已经成为包括柯南·道尔在内的后世作家塑造同类人物的基础。还是这些小说,以极其超前的意识设置了破案、解谜的"六步曲",亦即介绍侦探、展示犯罪和线索、调查案情、公布调查结果、解释案情发生的原因和经过,以及罪犯的服输和认罪。整整一个世纪,西方侦探小说家大体上都在遵循这一结构方式。而由于爱伦·坡在创立古典式侦探小说的杰出贡献,他被誉为"侦探小说之父"。

不过,爱伦·坡本人并没有意识到自己创立了侦探小说。而且在《莫格街谋杀案》等小说问世后的四十余年里,侦探小说并没有在美国和欧洲得到迅速发展。这一方面是因为这种新颖的小说体裁太超前,当时的西方各国尚不具备大量流行的社会条件;另一方面也与爱伦·坡本人不重视侦探人物形象的刻画有关,而侦探人物形象是吸引读者的重要因素。在此期间,仅有少数作家运用爱伦·坡的模式创作了少数准古典式侦探小说。譬如大名鼎鼎的查尔斯·狄更斯,他在创作主流小说的同时,也涉足通俗文坛,写了《侦破三轶事》(Three Detective Anecdotes,1853)、而他的《埃德温·德鲁德之谜》(The Mystery of Edwin Drood,1870)更是侦探小说史上的名篇。可惜他还没来得及完成这部巨著就逝世了。此外,在当时西方颇为流行的"惊悚犯罪小说"(Sensation Fiction)和案例小说(Casebook)的作家当中,也有人创作了一些堪称古典式侦探小说的作品。前者如英国威尔基·柯林斯(Wilkie Collins,1824—1889)的《被窃之信》(The Stolen Letter,1855)、《月亮宝石》(The Moonstone,1877);后者如法国埃米尔·加博里欧(Emile Gaboriau,1832—1873)的《勒鲁热命案》(L'Affaire Le Rouge,1866)等"三部曲",小说中所塑造的职业侦探热乌罗尔和业余侦探塔巴雷均含有杜潘的影子。

19世纪末西方各国的工业大革命和警察制度的普遍建立为古典式侦探小说的大范围流行提供了契机。1887年,英国作家柯南·道尔率先在杂志上推出了中篇侦探小说《血字的研究》(A Study in Scarlet)。这篇小说的结构模式和人物塑造都明显借鉴爱伦·坡的《莫格街谋杀案》。整个情节安排完全遵循"六步曲"。中心人物是大侦探福尔摩斯与他的助手华生。他俩关系可以说是杜潘与他朋友关系的继承和发展。福尔摩斯为科学型侦探人物,具有超凡的逻辑推理能力,并且只热衷于破案,对别的事一概漠不关心。而华生虽然缺乏如福尔摩斯一般的推理能力,但聪明才智也不在常人之下。他既充当读者与福尔摩斯之间的联系纽带,又起着掩盖福尔摩斯心中想法的作用。福尔摩斯总是在案件侦破或罪犯抓获之后才说出破案过程中的想法。这就制造出了悬念,让读者急于想看下去。

《血字的研究》很快获得了读者好评。一年后,该小说出单行本,又在社会上引起轰动。从此,柯南·道尔将大部分时间用于创作福尔摩斯系列小说。至1905年,他已出版了三卷福尔摩斯中、短篇小说集,依次为《夏洛克·福尔摩斯的冒险》(The Adventures of Sherlock Holmes, 1892)、《夏洛克·福尔摩斯的回忆录》(The Memoirs of Sherlock Holmes, 1893)和《夏洛克·福尔摩斯的复归》(The Return of Sherlock Holmes, 1905)。它们一版再版,畅销不衰,与此同时,也影响了柯南·道尔同时代的许多侦探小说家,如阿瑟·莫里森(Arthur Morrison, 1863—1945)、伊·托·米德(E. T. Meade, 1844—1914)、埃德加·博蒙特(Edgar Beaumont, 1860—1921)、尤斯塔斯·巴顿(Eustace Barton, 1854—1943)、格兰特·艾伦(Grant Allen, 1848—1899)、维克托·怀特彻奇(Victor Whitechurch, 1868—1933)、等等。他们纷纷模拟柯南·道尔的套路,克隆福尔摩斯式人物,创作了许多内容不一、风格各异的古典式侦探小说。这些作家的加盟,进一步扩大了柯南·道尔的影响,促成了西方古典式侦探小说的市场繁荣。

在美国,最早运用爱伦·坡、柯南·道尔等人的古典式侦探小说模式进行创作的作家是哈里雅特·斯波福德(Harriet Spofford, 1835—1921)。她于19世纪中期在杂志上刊发了一些堪称古典式侦探小说的短篇作品。譬如《地窖》("In a Cellar", 1859),描述巴黎一位外交官如何破获一起骇人听闻的钻石盗窃案,其中不乏逻辑推理之类的破案手段的运用。不过,真正在西方造成巨大影响、享有"侦探小说之母"声誉的作家是安娜·格林(Anna Green, 1846—1935)。自19世纪70年代末,她陆续创作了三十多部古典式侦探小说,这些小说绝大多数是畅销书,深受大西洋两岸读者欢迎。可以说,在美国侦探小说史上,安娜·格林起着承前启后的作用。一方面,她将爱伦·坡等人的许多创作原则具体化、复杂化;另一方面,她所运用的一些人物塑造和情节设置方式又成为后来侦探小说家借鉴的重要手段。世纪之交美国最重要的古典式侦探小说家还有玛丽·莱因哈特(Mary Rinehart, 1876—1958)、阿瑟·里夫(Arthur Reeve, 1880—1936)和雅克·富特雷尔(Jaques Futrelle, 1875—1912)。玛丽·莱因哈特是"冒险探案"派创始人,她的作品既有现实主义的主题和风格,又有科学破案的结构和成分,此外还融入了与爱情冒险有关的浪漫和悬念。阿瑟·里夫主要以创造"科学探案"派业余侦探著称,无论是小说中所涉及的案例,还是破案的方式,均与最新的科学知识有关。雅克·富特雷尔为"不可能探案"派的杰出代表,他直接继承了爱伦·坡、柯南·道尔的衣钵,将杜潘、福尔摩斯式的超凡推理破案手段推到了极致。

黄金时代美国优秀古典式侦探小说家有约翰·卡尔(John Carr, 1906—1977)、范·戴恩(S. S. Van Dine, 1888—1939)、埃勒里·奎因(Ellery Queen)、斯图亚特·帕尔默(Stuart Palmer, 1905—1968)、克雷格·赖斯(Craig Rice, 1908—1957)、安东尼·阿博特(Anthony Abbot, 1893—1952)和雷克斯·斯托特(Rex Stout, 1886—1975)。约翰·卡尔与阿加莎·克里斯蒂一样,是所谓"直觉主义侦探小说家"。他坚持把"均等线索"作为侦探小说创作的指导原则,在小说的情节结构和语言风格方面做了一系列改革,并融入了历史浪漫小说和奇幻小说的一些成分。尤其是,他善于描写"封闭场所谋杀情景"(locked room),作品中受害者的死亡和罪犯的犯案都发生在一个无法进出之地,从而给读者带来了双重悬念。范·戴恩是具有美国特色的古典式侦探小说开拓者。他的作品主要以复杂、有趣的情节设置取胜,每个细节自成一体,令人阅读时感到是艺术享受。埃勒里·奎因早期受范·戴恩的影响,创作了不少构思精巧、逻辑性强的侦探小说。后来他逐渐形成了自己的独特风格,作品主题深刻,涉及面广,在社会上造成了很大影响。斯图亚特·帕尔默也是深受范·戴恩影响的作家。他不但善于编织复杂、惊险的故事情节,而且创造了一个言语冷峻、目光敏锐,敢于在男人世界自由驰骋的业余女侦探的不朽形象。克雷格·赖斯是范·戴恩又一杰出继承者。她的声誉主要表现为"喜剧式神秘"的写作特色。这种特色依赖于复杂的故事情节,所有人物塑造、背景设置、细节描写都给人全新想象。安东尼·阿博特也较为出色地继承了范·戴恩的传统。他的小说情节复杂,具有强烈的可读性,尤以谋杀场景描写细腻、动人。雷克斯·斯托特是美国黄金时代后期范·戴恩派作家的重要代表。他对于美国侦探小说的突出贡献是创造了一对栩栩如生的神探搭档。这对搭档在欧美的影响仅次于福尔摩斯和华生。

安娜·格林

　　1846年11月11日,安娜·格林出生在纽约布鲁克林一个律师家庭。她从小失去母亲,由姐姐一手带大。在当地完成基础教育后,她入读佛蒙特州里普利女子学院,1866年毕业,获学士学位。曾一度,她受拉尔夫·爱默生的影响,想朝诗歌方向发展,但最终,还是放弃这一念头,写起了古典式侦探小说。鉴于她的父亲是个有名律师,家中时常会有司法界朋友来往。她经常聆听父亲和朋友讨论案例,获取了不少法律知识。这些知识为她创作古典式侦探小说打下了扎实基础。1878年,她耗费六年时间写就的长篇小说《利文华斯案件》(Leavenworth Case)出版。该书共分两卷,以扑朔迷离的情节和栩栩如生的人物描述了一起骇人听闻的谋杀案,出版后,很快引起轰动,成为畅销书,并获得司法界人士以及威尔基·柯林斯的高度赞赏。从那以后,她成了职业作家,潜心创作古典式侦探小说,短短几年内又出版了《奇怪的失踪》(A Strange Disappearance,1880)、《达摩克利斯之剑》(The Sword of Damocles,1881)、《手与戒指》(Hand and Ring,1883)、《未知数》(XYZ,1883)等长篇作品。1884年,她与一个比自己小七岁的男演员结婚,先后育有一个女儿和两个儿子,但是,依然笔耕不止。从1886年至1923年,她又出版了三十余部长篇小说,外加几部中、短篇小说集。1935年4月11日,她以八十八岁的高龄在纽约布法罗去世。

　　安娜·格林的古典式侦探小说继承有爱伦·坡、柯南·道尔等早期侦探小说家的显著特征。不过,相比之下,她受"法国侦探小说之父"埃米尔·加博里欧的影响更深。她的作品更强调"侦察",而少于"解谜"。故事的开头往往是某人被谋杀,而且多与嫉妒、栽赃、复仇、秘密婚姻、父子冲突有关。主持案件调查的或为纽约警察局的刑事侦探,如埃比尼泽·格莱斯,或为出身富家的老处女,如阿米莉亚·巴特沃斯,他们在书中均有出色的表现。正当案情调查到了关键时刻,一切即将真相大白之际,故事叙述戛然而止,书中被插入大段回忆。这种倒叙的运用令人想起埃米尔·加博里欧的《勒鲁热命案》、柯南·道尔的《血字的研究》。

　　不过,安娜·格林的古典式侦探小说也有自己的独特创造,这主要表现在小说中的侦探人物形象已经被极大丰富。在《利文华斯案件》《奇怪的失踪》等系列小说中,纽约警察局警探埃比尼泽·格莱斯被描绘成大腹便便、不苟言笑之人,既善于获取点点滴滴的有形证据,又善于根据疑犯的有限供词推断出犯罪事实。然而,他一接触社会上层人士就惶恐不安,尤其是不敢正视漂亮贵妇。而在《阿加莎罗网》(Agatha Webb,1899)、《壁龛里的女人》(The Woman in the Alcove, 1906)等系列小说,纽约警察局警探凯莱布·斯威特沃特又是以另外一副面孔出现。他长得十分丑陋,高鼻子、尖下巴,只有脸上随时展露的微笑和彬彬有礼的仪态才能缓冲人们对他的不良印象。但是,在侦破案件方面,他同样具有敏锐的观察力和推断力。不过,这种能力又是在前辈埃比尼泽·格莱斯的不断培养下逐步获得的。如此复杂的性格描写在早期古典式侦探小说中确实不多见。尤其是《隔壁的风流事》(That Affair Next Door, 1897)等小说所描写的老处女阿米莉亚·巴特沃斯,脾气古怪、性格倔强,但正是她从纷繁复杂的线索中理出了头绪,成功地破获了一个又一个疑案。这种描写将威尔基·柯林斯首创的女性业余侦探小说朝前推进了一大步,为后世作家创造同类小说开辟了新的途径。事实上,阿加莎·克里斯蒂笔下脍炙人口的业余女侦探简·马普尔小姐的塑造正是借鉴了阿米莉亚·巴特沃斯。

此外,安娜·格林所创作的古典式侦探小说的情节设置也比爱伦·坡、柯南·道尔等人更加复杂。《利文华斯案件》一开始就展现了同名富翁被杀的情景。紧接着,搜寻疑犯的焦点集中在他的两个侄女玛丽和埃莉诺之间。前者拒绝交代一份重要文件的下落,而后者也无法解释死者书房里留下的断钥匙等问题。但进一步分析又似乎排除了她们作案的可能。正当案情的调查移向其他知情人之际,女仆汉纳突然失踪。而且此时新的线索表明,玛丽已秘密结婚,对方名叫亨利,死者的一名助手竭力证明此人值得怀疑。然而,直至汉纳的尸身被发现,她的身上带有一张亲笔简笺,整个谜底才初露端倪。当然,案情的真相大白最后是依靠警探格莱斯。他公开指明玛丽的目的只是诱使凶犯彻底暴露。在安娜·格林后期创作的《环形书房》(The Circular Study, 1900)中,安娜·格林进一步展示了构筑复杂情节的才能。荒僻郊外发现孤寂发明家的尸身,且似乎是一桩无头案。现场几乎没有搏斗痕迹,有关线索只是死者嘴里紧咬的一张神秘纸条、一个墙上扯下的十字架,以及一只神秘兮兮喊着某些女人名字的宠物鸟,而这些女人一开始又看不出和死者被杀有任何联系。警探好不容易找到一个曾在案发现场的仆人,然而他又聋又哑,根本不能提供任何证据。更令人啼笑皆非的是,业余侦探阿米莉亚在现场调查时留下的痕迹竟然被警探格莱斯误认为是进一步的证据。读者就这样在扑朔迷离中顺着三个侦探的调查和推理一步步开释悬念。

玛丽·莱因哈特

1876年8月12日,玛丽·莱因哈特出生在宾夕法尼亚州匹兹堡一个贫困家庭。她的父亲是个推销员，事业一直不成功，全家人主要靠母亲出租家里的几间房子维持生计。自小，玛丽·莱因哈特显露出了良好的文学天赋。十五岁在中学读书时，她任校刊编辑，还不时替《匹兹堡新闻》撰稿。然而，家庭的困境令她无法在文学方面深造，她不得不当地一家医院参加护理培训，借此谋生。1895年，她的父亲自杀。这给她很大打击，但她还是设法完成了学业，留在该医院当护士。翌年，她与年轻的医生斯坦利·莱因哈特相识和结婚。接下来的六年里，她协助丈夫开业，悉心照料三个儿子，其间，始终没有放弃创作念头。1904年，她尝试把自己的一些短篇小说寄给一家通俗小说杂志，不料竟被接纳。从那时起，她的短篇小说便累见于各种通俗报刊。这些短篇小说大多数是古典式侦探小说。自1906年起，玛丽·莱因哈特转入长篇小说创作，先后在通俗小说杂志连载了《底下十层的人》（The Man in Lower Ten，1906）、《环形楼梯》（The Circular Staircase，1907）和《白猫旁边的窗户》（The Window at the White Cat，1908）。它们问世后都深受欢迎，其中《环形楼梯》和《底下十层的人》还出了单行本，被列为当年的畅销书。她由此而成为美国知名的古典式侦探小说家。

在这之后，玛丽·莱因哈特陪同丈夫去了维也纳。不久，一战爆发，她作为《星期六晚邮报》的记者采访了前线战事，刊发了大量有影响的通讯报道；与此同时，也写了一些主流小说和舞台剧，其中根据《环形楼梯》改编的《蝙蝠》（The Bat）在百老汇上演后，引起了轰动。1929年，她的两个儿子与人共建了一个出版社，需要一些有经济效益的图书做支撑，她遂恢复了古典式侦探小说创作。这个时期她比较有影响的侦探小说有《门》（The Door，1830）、《粘贴簿》（The Album，1933）、《墙》（The Wall，1938），等等。1931年，她出版了自传《我的经历》（My Story），1948年又对该自传进行了修订。她的最后一部长篇小说《游泳池》（The Swimming Pool）问世于1952年。在这之后，她趋于封笔。1958年9月22日，因患乳腺癌，玛丽·莱因哈特在纽约去世，终年八十二岁。

玛丽·莱因哈特一生阅历丰富，文学涉猎面广，然而，她至今为人所知，乃是源于她的古典式侦探小说。这些小说，尤其是早期刊发在通俗小说杂志的作品，熔传统创作模式和哥特式小说、言情小说要素于一炉，让读者在赏心悦目地"破案解谜"的同时，感受到幽默风趣的爱情和毛骨悚然的恐怖。故事场景一般设置在远离城市的深宅大院。那里的尘封阁楼、诡奇房间、隐匿过道，不但展示了神秘、恐怖，而且象征着没落和衰败。中心人物往往有两个。一个是职业的警探，代表官方办案，负责实物取证、证人调查、疑犯跟踪,等等。另一个是业余女侦探,她系单身女人,年龄三十岁左右,聪明、睿智,有活力,虽然受过一些医务训练,但主要是凭借主观感觉获取侦破线索,如观察人们的反应,分析一些反常的行为,揣摩日常生活的变化,等等。一般来说,职业警探和业余女侦探相互信任,配合默契,但往往出于顾及脸面或担心自己关爱的人受牵连,会隐瞒一些真实情况。有时,业余女侦探为了证明职业警探的失误或纯粹享受冒险的刺激,也会单枪匹马地到现场调查取证。

以她的成名作《环形楼梯》为例。小说一开始,作者就点明了故事场景、叙述人个性、怪诞气氛和不祥预兆。紧接着,随着凌晨一声枪响,雷切尔·英尼斯发现环形楼梯下面躺着一具绅士的尸体。而这个绅士,她以前从未谋面。调查中,雷切尔·英尼斯发现了侄子哈尔西和外甥女格特鲁德已经秘密同居,而且两人都有作案动机。出于对哈尔西和格特鲁德的保护,她向警探贾米森隐瞒了事实。但是,随后显露的蛛丝马迹又充分说明,哈尔西和格特鲁德试图掩饰自己的秘密行径。在这里,玛丽·莱因哈特实际上埋下了两条主线。一条是明的,涉及未婚同居、遗弃的婴孩、复仇的女人,等等;另一条是暗的,涉及一个银行高级职员为了逃避侵吞公款的罪责而精心制造的假死骗局。不过,贾米森和雷切尔·英尼斯都只是在循着明线轨迹行进。接下来,这条明线又导致了一系列的谋杀,再就是哈尔西的失踪。如此设置起着情感转移的作用,因为此时读者关心的不仅是探案进程,还有书中的人物命运。为了增加故事悬念,玛丽·莱因哈特又用了许多哥特式小说手法,其中包括雷切尔·英尼斯在茫茫黑夜身陷一个藏有歹徒的密室。此外,雷切尔·英尼斯和贾米森的探案分歧也增添了不少戏剧色彩。

阿瑟·里夫

1880年10月15日,阿瑟·里夫出生在纽约州帕乔格。1903年,他从普林斯顿大学毕业后,进了纽约法学院,但很快,他放弃当律师的愿望,成为《公众舆论》杂志的编辑。1906年1月31日,他与来自新泽西州的玛格丽特·威尔森结婚,两人育有两子一女。1909年,受英国作家埃德温·巴尔默(Edwin Balmer, 1883—1959)和威廉·麦克哈格(William McHarg, 1872—1951)所塑造的"科学盗贼"(Scientific Cracksman)的启发,阿瑟·里夫开始创作以"克雷格·肯尼迪"为科学侦探的系列古典式侦探小说。起初,他的作品累遭通俗小说杂志拒绝,直至1910年12月,才在《世界主义者》刊发了第一篇小说。但从那以后,他的小说便频频出现在通俗小说杂志上。由此,他取得了科学探案小说家的声誉。

自1910年至1936年,阿瑟·里夫一共刊发了二十六篇"克雷格·肯尼迪"系列小说,如《毒笔》("The Poisoned Pen",1911)、《无声的子弹》("The Silent Bullet",1912)、《梦中医生》("The Dream Doctor",1914)、《战争恐怖》("The War Terror",1915)、《伊莱恩的功绩》("The Exloits of Elaine",1915)、《伊莱恩的罗曼史》("The Romance of Elaine",1916)、《伊莱恩的胜利》("The Triumph of Elaine",1916),等等,其中以《无声的子弹》最为出色。该小说主要描述金融界一个富豪在会议室突遭枪击死亡,克雷格·肯尼迪旋即展开调查。目击者有书记员唐尼、合伙人布鲁斯,此外还有在毗邻房间休息的派克太太和其他女眷。案件侦破的难点在于没人看到火光,也没人听到枪声。克雷格·肯尼迪所能收集的物证仅有印在弹壳上的纤维印痕和死者遇害前收到的便条。该便条经水浸泡,虽然无法知道上面内容,但能够通过比对找到唯一与之吻合的纸页。而且,克雷格·肯尼迪也能够通过分析弹壳上的纤维印痕,得出裹包枪械的纺织品是派克太太的车布。然后,他把四个当事人——布鲁斯、书记员、派克太太和一位当红女演员召集在一起,当众陈述了各种事实及分析结果。紧接着,他又从另一个房间叫来了自己的助手,让他当众宣读记录仪所记载的各个当事人的情绪变化。该记录仪被悄悄安放在他们的座位下面。由于提到手枪消音器时,只有布鲁斯一人反应异常,所以克雷格·肯尼迪推断他就是杀人凶手。至此,案情终于大白。

同早期以及同时代的古典式侦探小说作家相比,阿瑟·里夫的作品加重了科技分量。在他看来,侦破案件过程和科学实验过程并无二致。所谓通过错综复杂的线索找出真凶,实际上就是通过各种实验数据得出正确的科学结论。而要迅速、正确地断案,一方面要依靠高效率的警察组织的调查取证,另一方面要求助于现代科技设备的分析定论。如此的创作原则一直贯穿他的作品始终。在该系列小说中,往往故事一开头,克雷格·肯尼迪不是出现在大学校园的化学实验室,便是待在与詹姆士合租的公寓。紧接着,巴利·科诺警官或案件代理人前来拜访,陈述案情。一旦涉案人物之间关系交代完毕,克雷格·肯尼迪便会委派警方调查一些有待证实的佐证。最后,克雷格·肯尼迪将所有疑犯召集在一起,分析案情,并在故事结尾指出真凶。值得一提的是,这种召集疑犯宣布侦查结果的描述是阿瑟·里夫最早使用的,后来才成为直觉派著名作家阿加莎·克里斯蒂的经典模式。在逻辑推理方面,克雷格·肯尼迪也和传统的杜潘、福尔摩斯不同,他强调搜集、分析科技信息,并把最新科研成果运用于探案,如血清反应实验、纺织品纤维测试、窃听器、消声器、测谎仪,等等。从某种意义上说,克雷格·肯尼迪以科学探案为特色的古典式侦探小说也是美国科技发展的一个缩影。

范·戴恩

原名威拉德·莱特(Willard Wright),1888年10月15日出生在弗吉尼亚州夏洛茨维尔。少年时代的范·戴恩聪明颖悟,表现出对文学艺术特有的天赋。他先后在圣·文森特学院、波莫纳学院和哈佛大学就读,又到慕尼黑和巴黎的学校深造。1907年,他成为《洛杉矶时报》的文艺评论员,其间,撰写了大量文学、艺术、哲学、文化著述。1912年,他担任纽约著名的纯文学杂志《时髦人士》的编辑。由于他的努力,该杂志吸引了很多有影响的作者。长期的辛劳工作损害了他的健康。1923年,他的身体状况日益恶化,不得不长期卧床休养。这次休养竟然成为范·戴恩一生文学创作的转折点。两年多的时间里,他研读了两千余册侦探小说和犯罪学著作,并萌生了创作侦探小说的念头。1925年,范·戴恩向出版商递交了一份三万字的小说提纲。不久,根据该提纲创作的以"菲洛·万斯"(Philo Vance)为侦探主角的三部长篇小说相继出版。这三部作品是:《本森谋杀案》(The Benson Murder Case,1926)、《女歌手谋杀案》(The Canary Murder Case,1927)和《格林谋杀案》(The Green Murder Case,1928)。它们出版后在社会上产生了广泛影响。接下来的十几年里,范·戴恩继续以菲利·万斯为侦探主角,出版了十部侦探小说,如《主教谋杀案》(The Bishop Murder Case,1929)、《甲虫谋杀案》(The Scarab Murder Case,1930)、《狗窝谋杀案》(The Kennel Murder Case,1933),等等。这些小说同样是畅销书,进一步提高了范·戴恩的声誉。

范·戴恩笔下的菲洛·万斯是一个生活优裕的贵族侦探。他有着罕见天赋和文化背景,精通犯罪学和心理学,热爱音乐和绘画,并且擅长各项体育运动。此外,他还是一个不折不扣的美男子,永远穿着得体的服装,风度迷人而优雅。这个近乎完美的人物形象一直受到外界褒贬不一的评价。对此,范·戴恩本人曾撰文评论说:"他对人类的各种情绪反映都感兴趣,但这种兴趣更是基于科研的,而不是人文关怀的。他是一个非常迷人的人物,那些声称很难认同他的人同样也无法不去喜欢他。他的翩翩骑士风度和标准伦敦口音会让一些人误解是做作,然而实际上他就是如此一个人。"①从以上范·戴恩对菲洛·万斯的解读中可以看出,他心目中的侦探是个无所不能的人物,能够超越人类的情欲,达到臻于完美的境界。

范·戴恩的侦探小说结构严谨,逻辑缜密,小至细节安排,大至层次环节,都经过慎重考虑,虽说并不以玲珑剔透的巧思取胜,但各章各节的安排都给人以恰到好处的感觉。这种强调整体而不是强调各组成部分相加的创作手法具有高屋建瓴的效果。加上他的文风气势恢宏,颇有19世纪英国散文体之味,读来不啻是视觉上的享受。1928年,他在自己编撰的《侦探小说编年史》(*The Great Detective Stories: Archonological Anthology*, 1927)的序言中,详细阐述了侦探小说写作的总原则。这些原则在范·戴恩同时代及其后继者的作品中均有所体现,并被后来的侦探小说理论研究者奉为经典。事实上,范·戴恩所代表的古典式侦探小说描述的是一个纯粹化了的理性世界。小说的情节、人物、背景、环境都只是作者所设迷局的道具和组成部分,是作者和读者之间进行的一场智力游戏。此外,范·戴恩还特别强调了"均等线索"的创作原则。按照范·戴恩的理念,侦探小说应将读者和侦探放在同一思维平面,两者给予相同线索,并依据推理断案。这种干净利落、无枝无蔓的创作方式,正是两次世界大战期间饱受经济大萧条和纳粹恐怖之苦的人们,渴求一个纯净、未受外界干扰的虚幻世界的内心反映。

埃勒里·奎因

埃勒里·奎因是个笔名,不过它代表的不是一个作家,而是一个创作集体。这个创作集体的主要成员是一对表兄弟,名字分别叫作弗雷德里克·丹奈(Frederic Dannay, 1905—1982)和曼弗雷德·李(Manfred Lee, 1905—1971)。丹奈和李同年出生,又同在纽约布鲁克林的男子高中读书,而且都对侦探小说有着浓厚的兴趣。1928年,在一家由出版公司资助的侦探小说创作竞赛中,丹奈和李合作写出的小说《罗马礼帽之谜》(*The Roman Hat Mystery*)荣获大奖。这部小说的成功,不仅意味着"埃勒里·奎因"系列的正式开幕,也意味着他们漫长的侦探小说创作生涯的开始。

整个30年代,他们一共合作出版了十多本"埃勒里·奎因"侦探小说,其中比较著名的有《希腊棺材之谜》(*The Greek Coffin Mystery*, 1932)、《荷兰

---

① Frank N. Magill, edited. *Critical Survey of Mystery and Detective*, Volume 4. Salem Press, California, 1988, p. 1636.

鞋之谜》(The Ducth Shoe Mystery, 1931)、《法国香粉谜案》(The French Power Mystery, 1934)、《龙齿》(The Dragon's Teeth, 1939),等等。与此同时,他们也以巴纳比·罗斯(Barnaby Ross)的另一笔名,出版了四部"德鲁里·莱恩"(Drury Lane)系列小说。40年代,丹奈和李把主要精力用于编写《埃勒里·奎因历险记》(The Adventures of Ellery Queen)。此外,他们还创办了《埃勒里·奎因神秘杂志》(Ellery Queen's Mystery Magazine),由丹奈任主编。他们的合作一直持续到50年代和60年代。在此期间,两人又出版了更多的"埃勒里·奎因"侦探小说,编辑了许多作品集和短篇小说集,还参与创建了美国神秘小说家协会(The Mystery Writers of America)。1958年,他们出版了《最后一击》(The Finishing Stroke),想以此作为"埃勒里·奎因"系列的谢幕。但五年后,他们又恢复了该系列的创作。该系列的真正最后一本小说《好而隐秘的地方》(A Fine and Private Place)出版于李去世的1971年。之后,丹奈继续编辑《埃勒里·奎因神秘杂志》,直至十一年后去世。

丹奈和李的一生的文学成就,无疑以"埃勒里·奎因"系列为最大。该系列上下跨越四十个春秋,规模宏大,品种繁多,而且大多数为畅销书,给他们带来了巨大的经济效益,赢得了许多奖项,如爱伦·坡奖、美国神秘小说家协会大师奖,等等。从创作模式来看,该系列属于典型的古典式侦探小说。一桩谋杀案,一系列线索,一群犯罪嫌疑人,一个能把一些不相关的事实串联成清晰、完整图画的天才侦探,所有这些古典式侦探小说要素都贯穿"埃勒里·奎因"系列的始终。在早期,丹奈和李主要受阿加莎·克里斯蒂、范·戴恩等人的影响,十分重视情节构置。书中描述的案件被化解成河面上笼罩的一团团迷雾,让读者跟着穿过这些迷雾,走到阳光明媚的彼岸。丹奈和李信奉"均等线索"的创作原则,所有与案件有关的线索均被呈现在读者面前,从而使读者也能运用逻辑推理断案,获得赏心悦目的体验。相比之下,他们对人物刻画不是很重视,从《罗马礼帽之谜》《希腊棺材之谜》到《龙齿》,"埃勒里·奎因"显得个性苍白,无血无肉。不过,随着系列的不断推进,丹奈和李也逐渐增加了对"埃勒里·奎因"的描写深度,人物形象变得趋于丰满,虽说还没有达到三维立体的高度,但已被注入更多的人文精神,而且他的破案行动已开始融入更为广阔的社会背景。所有这些,突出地表现在丹奈和李的40年代和50年代的作品,如《十天的奇迹》(Ten Day's Wonder, 1948)、《多尾猫》(Cat of Many Tails, 1949)、《加倍,加倍》(Double, Double, 1950)、《邪恶之源》(The Origin of Evil, 1951)、《红字》(The Scarlet Letters, 1953),等等。它们不但情节构思精巧,也强调背景描写和气氛烘托,人物刻画较为深刻,复杂的逻辑推理与深层的人物分析交融在一起,反映出在历史、心理、宗教等方面的深度,体现了较高的艺术水准。

克雷克·赖斯

原名乔治亚娜·伦道夫(Georgiana Randolph),1908年6月5日出生在伊利诺伊州芝加哥。她的父亲是一位浪迹天涯的画家,母亲出身当地一位医生家庭。乔治亚娜·伦道夫自小继承了父亲的个性,洒脱、执着。她精力充沛,兴趣广泛,精通射击、烹饪和盆艺。十八岁时,她跻身文坛,担任记者、编剧和自由撰稿人,写了许多犯罪事实报道和广播、电影脚本。她结过四次婚,是三个孩子的母亲。在半自传体小说《家庭甜蜜谋杀》(Home Sweet Homicide,1944),她描述过一位养着三个孩子的母亲,为了静心写作,将他们送往寄宿学校。这个故事实际上是她个人生活的真实写照。1939年,乔治亚娜·伦道夫以克雷克·赖斯的笔名出版了第一部侦探小说《凌晨三点的八张脸孔》(Eight Faces at Three)。据她自己介绍,这部小说创作整整花费了两年时间。起初,她顺利地写完了第一章,但接下来的章节却不知如何动笔,后来总算敷衍成书。不料,书中侦探主角约翰·马隆居然得到广大读者的认可,她由此而成为知名的畅销书作家。紧接着,她把该书扩展为系列,连续创作了多部"约翰·马隆"侦探小说。其中比较著名的有《尸体作证》(The Corpse Steps Out,1940)、《错误谋杀》(The Wrong Murder,1940)、《正确谋杀》(The Right Murder,1941)、《第四个邮差》(The Fourth Postman,1948),等等。到了40年代,她又另辟门户,开始创作"梅尔维尔·费尔"(Melville Fairr)和"宾果·瑞格斯-韩德森·库萨克"(Bingo Riggs & Handsome Kusak)两个系列。不过,它们无论在规模还是在影响上,都不及"约翰·马隆"系列。1957年8月28日,她因酗酒、服用镇静剂过量而猝死在洛杉矶家中。

克雷克·赖斯一生短促,仅创作了二十八部侦探小说。这些小说情节曲折生动,逻辑推理环环相扣,体现了范·戴恩的典型的精巧布局和创作风格。不过,在侦探主角的形象刻画上,克雷克·赖斯也有自己的独特创造,尤其是约翰·马隆这个人物,被公认是古典式侦探小说的经典侦探形象。约翰·马隆是芝加哥一名业余侦探,其貌不扬,有着普通人的七情六欲,喜欢奢华衣饰,爱同漂亮女人周旋,生活上不拘小节,闲暇时总爱到酒吧消遣,经济上屡陷困境,经常拆东墙补西墙,四处告贷。在推理断案方面,他也没有特别才能,反应迟钝,疏于观察,有时仅靠几分运气。总之,在约翰·马隆身上,既没有菲洛·万斯那种生活优裕、风度迷人的贵族外表,又没有埃勒里·奎因那种冷静机智、处事不乱的断案天赋。他是一个有着普通人的诸多特征,在现实世界挣扎、沉浮的"反英雄"。而克雷克·赖斯是第一个塑造这种"反英雄"的古典式侦探小说家。

此外,在贯彻古典式侦探小说的创作原则方面,克雷克·赖斯也冲破了同时代作家将侦探小说看作是单纯性智力推理游戏的理念,做了许多突破性尝试和创新。首先,克雷克·赖斯注重社会的大环境对罪犯的影响,谋杀不再被单纯地处理成是逻辑推理的必要环节,而是一定社会的政治、经济、文化背景下的必然产物。其次,克雷克·赖斯加重了心理分析在作品中的分量,使得侦探小说在形式上摆脱了僵化的陈述,更趋于复杂性和文学性。再次,对于古典式侦探小说的许多传统风格,克雷克·赖斯或以谐谑的形式袭用,或反其道而"临摹"。生活是一幕悲剧,却总是要以喜剧的形式上演。所以她的作品总是将谋杀和幽默、伤害和诙谐融合在一起,展示出一种独特的艺术效果。

一般认为,克雷克·赖斯的最好的"约翰·马隆"小说是《第四个邮差》。该书体现了她的有悖于传统的许多创新。故事一开始,克雷克·赖斯即以未知杀人犯的视角,简短地描述了血案发生的情景,从而给读者带来了悲剧的气氛和极大的悬念。起初,受害者并没有被鉴定为邮差。但就在案情调查进一步深入时,克雷克·赖斯突然将笔锋一转,插入了约翰·马隆和警官冯·弗拉纳根的颇具闹剧性的对话。这种由悲剧到喜剧的转换,既延续了读者的悬念,又使他们体验到一种与前不同的新奇风格。凶手为什么要杀一个邮差?约翰·马隆提供了一个答案:赖账。但这是任何人都能想到的答案。接着,他又根据任何人都能做到的逻辑推理,找到了主要的犯罪嫌疑人,也即一个行为古怪的富翁罗德尼·费尔法克斯。迄今,此人还在苦苦等待心上人安妮·肯德尔回信。三十年前,安妮·肯德尔乘坐"泰坦尼克"号豪华客轮去英国,从此再也没回归。

雷克斯·斯托特

1886年12月1日,雷克斯·斯托特出生在印第安纳州诺布尔斯维尔。他出生不久,父亲即携全家迁往堪萨斯州一个农场。自此,雷克斯·斯托特在这个农场长大,童年时代的生活给他留下了许多美好回忆。雷克斯·斯托特的父亲是一位思想开明之人,经常鼓励自己的孩子多读书。十一岁时,雷克斯·斯托特就读完了父亲的一千多册藏书。他的记忆力非常好,书中字句常常过目不忘。或许是静谧的乡村生活不能提供更多的休闲方式的缘故，他经常和家里的八个兄弟姐妹自编自演戏剧，练成了非常好的口才。这种口才为他后来在侦探小说中创造妙趣横生、犀利机智的对话打下了良好基础。成年之后，雷克斯·斯托特经过商，当过水手，大江南北跑过不少地方。丰富的人生阅历使他的作品带有广阔的社会背景。1934年，雷克斯·斯托特出版了第一部长篇侦探小说《毒蛇》(*Fer-de-Lance*)。该小说十分畅销。从此，他放弃了大部分严肃文学创作，将主要精力用于创作以"尼罗·沃尔夫"(Nero Wolfe)为侦探主角的系列小说。受父亲的影响，雷克斯·斯托特对政治很感兴趣。二战期间，他极力为美国政府的参战政策做宣传。60年代，他一面支持政府对越宣战，另一面又反对胡佛建立美国联邦调查局。在他的身上，兼有文学家的浪漫气质和政治家的务实精神。1975年10月27日，雷克斯·斯托特在康涅狄格州丹伯里逝世，享年八十九岁。

雷克斯·斯托特一生创作颇丰，但以侦探小说的数量最多，成就最大。尤其是"尼罗·沃尔夫"系列，前后历时五十一年，共计产生了五十四部作品。这些小说大部分是畅销书，在社会上产生了很大影响。尼罗·沃尔夫是一个杜潘式侦探人物。他过着深居简出的生活，若非迫不得已，不会离开位于纽约市区三十五号大街的住所。但他和思路敏捷的福尔摩斯不同，不愿亲自收集证据，了解案情。所有这些工作，他都交给自己的亲密助手阿奇·古德温完成。这两个外貌不同、人格互补的侦探人物堪称侦探小说史上仅次于夏洛克·福尔摩斯和华生医生的黄金搭档。这一时期古典式侦探小说家所塑造的侦探主角，无论是范·戴恩笔下的菲洛·万斯，还是丹奈和李笔下的埃勒里·奎因，都与警方保持着密切的合作关系，有的甚至受警方委托负责调查案情。但尼罗·沃尔夫却是一个不折不扣的"独行侠"。他鲜与外界联系，终日迷醉于经营自己的独立王国。这位总体重达三百磅的美食家拥有一个种有三百株兰花的苗圃。他每天早上八点在卧室进餐，接下来的两个小时，他泡在苗圃侍弄兰花，十一点到下午一点属于办公时间。午饭过后，开始处理手头的案件。四点过后，他又会花费两个小时料理兰花，七点半准时享用晚餐。尼罗·沃尔夫恪守的人生哲学是私人空间神圣不可侵犯，这便可以解释为什么这样一位过着隐居生活的人物会殚精竭虑地要将罪犯绳之以法。一个过着恬淡生活的逻辑推理天才，完全沉浸于自我世界和美食的可爱老头，或许这便是尼罗·沃尔夫与众不同的魅力。

不过，在"尼罗·沃尔夫"小说的人物对话、心理分析、情节设置等方面，雷克斯·斯托特深受范·戴恩等人的影响。同范·戴恩等人一样，他的人物对话犀利机智,针锋相对,读来有如古希腊戏剧一般的雄辩色彩,儿时表演戏剧的经历在这里发挥了极大的作用。这些对话往往同大量的人物心理活动和性格特征描写结合在一起,被用作甄别凶手的有效手段。也同范·戴恩等人一样,他喜欢采用"二段式"框架结构。故事一开始,谋杀发生,侦探人物出场。紧接着,揭露凶手的作案手法。后半部则集中描述如何查找真凶。他的故事情节都是由点到面平铺,环环相扣,此起彼伏的一系列事件既是过程本身,又因各自的联系而组成有机整体。此外,他还善于营造真实氛围,作品中所有人物都被赋予固定化角色,并且每部均有出场。他十分巧妙地把案情的叙述融入单调、重复的日常琐事,成功地创造一个较为真实的虚拟世界。

一般认为,雷克斯·斯托特的"尼罗·沃尔夫"系列的代表作是《还是个恶棍》(*And Be a Villian*, 1948)、《第二次忏悔》(*The Second Confession*, 1949)、《在最佳家庭里》(*In the Best Families*, 1950)等"齐克三部曲"(Zeck Trilogy)。而在这三部曲中,又以《还是个恶棍》为最佳。这部小说不但故事情节曲折,人物性格鲜明,而且背景丰富,社会容量大,体现了雷克斯·斯托特驾驭复杂、宏大场面的能力。在该小说中,尼罗·沃尔夫被雇请调查西里尔·奥查德凶杀案。此人是《赛马内部新闻》出版商,喝了一种掺有剧毒物质的饮料后死亡,而这饮料是赞助商赞助给一个广播节目的。于是,所有与该节目有关的人都成了犯罪嫌疑人。经过艰难的调查,尼罗·沃尔夫发现,该节目女主持人弗雷泽在现场报道时,常常带着一瓶已偷换成咖啡的赞助饮料。但出事那天,有人神不知鬼不觉地调换了瓶子,因而西里尔·奥查德成了牺牲品。很有可能,弗雷泽是真正的谋害目标。然而,直至尼罗·沃尔夫看了报纸登载的《经济预测内部新闻》出版商被害,他才意识到,这里蕴藏着一个大阴谋,西里尔·奥查德确属被蓄意谋杀。接下来,尼罗·沃尔夫同血案策划者阿纳德·齐克进行了较量。此人是有钱有势的恶棍。他买通政府官员,充当慈善人士,栽赃、陷害,无所不及。到最后,虽然尼罗·沃尔夫查明了真相,但面临被害的危险。而且,这个恶棍很可能还会逍遥法外。

第五节　原型科幻小说

渊源和特征

科幻小说的名称来自英语 science fiction[①]。这个英语术语的创立者，据西方学者考证，先后有美国的爱伦·坡、埃德加·福西特（Edgar Fawcett, 1847—1904），英国的威廉·威尔逊（William Wilson, 1801—1860）等人，但主要是 20 世纪初美国杂志出版商兼编辑雨果·根斯巴克（Hugo Gernsback, 1884—1967）。自 1911 年，雨果·根斯巴克即在自己创办的《现代电学》《电学实验》等杂志发表一些融"科学事实"和"未来预测"于一体的长、中、短篇小说，并在 1923 年 8 月的《科学与发明》中，将这类小说命名为 scientific fiction。翌年，他又开始筹办副刊名为 scientifiction 的杂志《惊人的故事》。该杂志于 1926 年 4 月正式面世，颇受欢迎，由此引起了美国其他许多杂志出版商的效仿，产生了许多新的 scientifiction 杂志，如《科学奇迹故事》《惊诧的故事》《惊悚的故事》，等等。尤其是约翰·坎贝尔（John Campbell, 1910—1971）主编的《惊险的科幻小说》，畅销通俗小说界十余年，取得了极大声誉。从那以后，science fiction 逐渐为美国、英国，以及整个西方通俗小说界所接受，成为一类超自然通俗小说的名称。

作为一类衍生于美国 20 世纪初期通俗小说杂志的科幻小说，具有那个时代与精英小说相对立的低俗小说的许多特征。作者瞄准通俗文学市场，作品印有科幻小说的标记。尤其是，创作模式化，并惯于使用一系列既有的，甚至陈腐的"偶像符号"，如星际冒险、太空战争、机器人，等等。在文本类型上，它归属超自然通俗小说。作者的创作基本背离现实世界的实际生活，从主题展示到人物塑造，从情节构思到细节描述，均以虚拟想象为基础，表现幻想世界的种种奇迹。然而，尽管作品描写是建立在虚拟想象之上，但这种想象并非天马行空，恣意妄为，而是必须依从一定的科学事实或科学推测。在"科学"和"幻想"这两种创作要素中，"科学"是起决定作

[①] 关于 science fiction 的译名，此前本书初版曾主张译为"科学小说"，并阐述了译成"科幻小说"的种种弊端。时至今日，本人仍坚持这个看法。但考虑到在当今西方通俗小说界，各个类型相互交融已成为创作主流。事实上，像雨果·根斯巴克时代和约翰·坎贝尔时代那样刻意强调"科学因素"、纯之又纯的"科学小说"是较少的。加上现时我国绝大多数西方通俗小说读者，在阅读这类小说时，还是习惯将重心向"非科学成分"转移。综合这些原因，不妨"与时俱进"，将 science fiction 译成"科幻小说"。与之相对应，原先的"幻想小说"也改为"奇幻小说"。

用的。这是科幻小说的根本特征,也是此类小说区别于其他任何一类超自然通俗小说的根本标志。而由于《惊人的故事》《惊险的科幻小说》等通俗小说杂志的浓厚"科学"特征,这一时期美国的科幻小说也被称为硬式科幻小说(hard science fiction)。

尽管科幻小说始于美国20世纪初期雨果·根斯巴克时代和约翰·坎贝尔时代,创作模式也基于美国的《惊人的故事》《惊险的科幻小说》等通俗小说杂志,但毋庸置疑,在此之前的西方各国,尤其是科学相对发达的英国,已有相当数量的类似叙事作品问世。只不过这些类似作品,包括散文形式的准小说和严格意义的现代小说,含有科幻小说要素的数量、程度不等,而且仅在一定时间和一定范围产生影响,没有形成持续的、全面的文学潮流,因而也不足以成为一个真正的独立文学类型。然而,它们作为现代通俗意义的科幻小说原型,所起的文学传统影响是不可忽视的。概括地说,这些文学传统影响有五大种,它们分别构成了现代意义的原型科幻小说(proto science fiction)的五大基本创作要素,亦即幻想旅行、乌托邦、科学讽喻、哥特式恐怖和科学技术预测。

一般认为,英国最早的原型科幻小说可以追溯到公元16世纪托马斯·莫尔(Thomas More,1478—1535)的《乌托邦》(Utopia,1516)。到了18世纪60年代,伴着工业革命的兴起,英国的科学技术获得了前所未有的发展。生物学、天文学、物理学、化学等领域,涌现出许多新的发现和发明。与此同时,哥特式小说作为一门新兴文学艺术,也日趋成熟。1818年,玛丽·雪莱(Mary Shelley,1797—1851)出版了《弗兰肯斯坦》(Frankenstein)。这部小说形式上属于哥特式小说,但内容已起了本质变化——融入了伊拉兹马斯·达尔文(Erasmus Darwin,1731—1802)的"生机论",而且主题是"反科学"。该书描述男主角维克托·弗兰肯斯坦痴迷人体复活实验,从停尸房找来一堆尸骨,意欲用科学手段造人,但由于实验误差,造出了巨怪,令他惧怕不已。于是,他不负责任地将巨怪遗弃在社会,导致亲友陆续被杀害,自己也惨死在追杀巨怪的途中。时隔数年,玛丽·雪莱又出版了长篇小说《最后的人》(The Last Man,1826)。该书模拟《弗兰肯斯坦》的反科学套路,虚构了人类未来的一次空前大灾难。灾难中,饥荒的蔓延和瘟疫的猖獗吞噬着地球的文明,古老国土的居民几乎消失殆尽。

玛丽·雪莱的"反科学"对后世的英国原型科幻小说创作产生了很大影响,不过这种影响不是即时的。整个19世纪20至60年代,英国原型科幻小说的创作仍然沿袭了幻想旅行、乌托邦和星际历险的套路。1871年乔治·切斯尼(George Chesney,1830—1895)的中篇小说《杜金战役》

("The Battle of Dorking")在《布莱克伍德杂志》发表及引起轰动,标志着英国原型科幻小说创作的新突破。一年后,塞缪尔·巴特勒(Samuel Butler,1835—1902)又推出了《埃瑞璜》(Erewhon,1872)。在这之后,充斥英国原型科幻小说领域的是大量模拟法国儒勒·凡尔纳(Jules Verne,1828—1905)的科学传奇。到了世纪末赫伯特·威尔斯(Herbert Wells,1866—1946)以未来星际战争为主题的《星球大战》(The War of the Worlds,1897)出版单行本时,英国原型科幻小说已经完全多元化、复杂化和负面化。

在美国,最早涉猎原型科幻小说的有爱伦·坡。他在《一个名叫汉斯·普法尔的奇特历险》("The Unparalleled Adventure of One Hans Pfaall",1838)、《气球把戏》("The Balloon Hoax",1838)、《楠塔基的亚瑟·戈登·皮姆的自述》("The Narration of Arthur Gordon Pym of Nantucket",1838)中,运用已知的、揣测的科学知识,探索了人的心理恐怖。稍后,菲茨-詹姆斯·奥布赖恩(Fitz-James O'Brien,1828—1862)和爱德华·贝拉米(Edward Bellamy,1850—1898)也发表了一些堪称原型科幻小说的作品。前者的《钻石透镜》("The Diamond Lens",1858)首次依据现代微分子理论,描述了生活在一滴水中的美丽姑娘的情景。而后者的《回头看》(Looking Backward,1888)也真实地反映了科学技术高速发展下的美国下层社会人民的生活状况。

然而,严格地说,爱伦·坡、菲茨-詹姆斯、爱德华·贝拉米等人只是继承了早期英国原型科幻小说作家的传统,对于这一通俗小说样式的本身没有创新。而且他们这方面的作品数量较少,没有形成潮流。美国原型科幻小说的成熟期是在20世纪初。随着欧洲贫苦移民的大量涌入,社会上对通俗小说需求猛增。一时间,美国涌现了许多通俗小说杂志,如《宝库》《故事大观》《短篇故事》《蓝皮书》《冒险故事》,等等。这些杂志不但价格低廉,并且内容惊险、神奇。而原型科幻小说的内容和形式正好能满足这种需要。到20世纪前20年,原型科幻小说已经成为大部分通俗小说杂志的经常性刊登栏目,诞生了一大批原型科幻小说作家。其中最著名的是埃德加·巴勒斯(Edgar Burroughs,1875—1950)和阿伯拉罕·梅里特(Abraham Merritt,1884—1943)。他们的相关作品代表早期美国原型科幻小说创作的最高成就。

早期美国原型科幻小说主要采取"星际历险"(interplanetary romance)的创作模式。故事男主角往往是地球人,他以一种十分简便的方式到达了太阳系其他星球,而这个星球一般属于原始部落居住的凶险之地。就在这些凶险之地,男主角有着许多不寻常的冒险经历。并且最后,男主角总是战胜困难,赢得胜利。

埃德加·巴勒斯

1875年9月1日,埃德加·巴勒斯出生在芝加哥一个富商家庭。他的父母养有六个孩子,他排行垫底,备受疼爱。自小,他在当地的私立学校上学,后入读密歇根军事学院。毕业后,他先后在骑兵部队和后备部队服役,目睹了西部广袤的荒蛮地,接触到昔日同印第安人作战的风云人物。在这之后,他尝试了一系列工作,其中包括铁路警察、糖果推销商,但均不成功。三十五岁时,他和爱玛·赫尔伯特结婚,两人育有两个儿子和一个女儿。接下来的十年,他是在经济拮据中度过的。为了养家糊口,他开始替通俗小说杂志撰稿。首部小说《在火星的卫星下》(Under the Moons of Mars)于1912年分六次在《故事大观》连载,并获得成功。紧接着,他又在《故事大观》推出了第二部小说《人猿泰山》(Tarzan of the Apes),也获得成功。从此,他名声大震,稿约不断,平均每年都要出版数部畅销书。翌年,他创建了出版公司,不久又购买了豪宅,但依旧不停写作,以填补奢侈生活和错误投资的窟窿。二战期间,他以六十六岁高龄奔赴南太平洋,当了战地记者。1950年3月19日,他因心力衰竭逝世。

埃德加·巴勒斯一生创作的原型科幻小说有三大系列。第一个是火星系列,以《在火星的卫星下》起首。该小说于1917年出单行本,更名为《火星公主》(A Princess of Mars)。不久,他又出版了两部续集《火星众神》(The Gods of Mars, 1918)和《火星军魁》(The Warlord of Mars, 1919)。该三部曲以一位能超越生死界限、神秘莫测的地球人约翰·卡特为主人公,描述他被一种星际引力带到火星;在那里,发现了一个濒死世界,许多游牧部落生活在古老而颓废的社会。经过一番奋斗,约翰·卡特终于登上火星军魁的宝座,并与美貌绝伦的火星公主结婚。此后,约翰·卡特的足迹几乎遍及火星,还到过火星的卫星。该三部曲的成功致使埃德加·巴勒斯不断地添加续集,几乎直至他的逝世,整个系列才完结。

第二个系列为佩鲁塞塔历险记,共有七部。开首是《在地心》(At the Earth's Core, 1922)。接下来的五部依次为《佩鲁塞塔》(Pellucidar, 1923)、《佩鲁塞塔的塔纳》(Tanar of Pellucidar, 1930)、《泰山在地心》(Tarzan at the Earth's Core, 1930)、《返回石器时代》(Back to the Stone Age, 1937)、《恐惧之地》(Land of Terror, 1944)。第七部《野蛮的佩鲁塞塔》(Savage Pellucidar, 1963)在埃德加·巴勒斯死后出版。该系列主要描述男主人公佩鲁塞塔在钻探地下矿藏时,不小心将地壳钻穿。他惊讶地发现,地球核心像一个空心葫芦，并有一个照明用的微型太阳。那里住着许多原始人，也有许多古生动物和植物。经过一番曲折，佩鲁塞塔回到地面，向人们述说冒险经历。

1932 年，《宝库》开始连载埃德加·巴勒斯的第三个系列，也即金星系列的首部小说《金星的海盗》(Pirates of Venus)。该小说由火星系列衍生而成，但情节编排完全不同。男主人公名叫卡森·内皮尔，同埃德加·巴勒斯笔下的所有主人公一样，有着奇怪的背景。他出生在印度，由印度一位年迈的神秘主义者抚养成人，并被教给许多异能，其中包括传心术，据此开始了在金星的冒险。该系列的其余三部小说是《金星的迷失》(Lost on Venus, 1935)、《金星的卡森》(Carson of Venus, 1939)、《金星的逃脱》(Escape on Venus, 1946)。第五部本来已经动笔，因二战爆发而搁浅。

除此之外，埃德加·巴勒斯还写过一些单本的原型科幻小说，如《被时间遗忘的土地》(The Land that Time Forgot, 1924)、《永恒的情人》(The Eternal Lovers, 1925)、《月亮少女》(The Moon Maid, 1926)、《食人者》(The Man-Eater, 1955)，等等。不过，它们没有上述三个系列那样有影响力。

埃德加·巴勒斯的原型科幻小说具有较强的文学性，这主要表现在他的想象力特别丰富，编排手法多种多样，故事情节十分曲折，节奏感特别强。此外，他还善于运用悬念，使作品富于刺激性和趣味性。可以说，自埃德加·巴勒斯以来，西方原型科幻小说的创作已经从思索型、哲理型转为幻想型、文学型，后世绝大部分科幻、奇幻小说家都是他的模仿者。正因为如此，他的小说被一代代人阅读，许多重要作品被改编成电影、电视剧，在世界各地广泛流传。

阿伯拉罕·梅里特

1884 年 1 月 20 日，阿伯拉罕·梅里特出生在新泽西州贝弗利。他的父母都是贵格会教徒。少年时代，阿伯拉罕·梅里特曾上过中学，但仅过了一年，即因厌倦而退学。之后，他离家出走，到墨西哥尤卡坦丛林觅宝，成为百年间第一个进入古玛雅城的白人。回国后，他补习新闻专业课程，当了《问询者》杂志的记者和编辑，1937 年又出任《美国周刊》总编辑。与此同时，他也经营房地产，替通俗小说杂志撰稿。1917 年至 1934 年，他先后在《宝库》和《故事大观》连载和刊发了八部长篇小说、两部中篇小说和两个短篇小说，其中有四部是以史前科学为题材的原型科幻小说。它们是《月亮潭》(The Moon Pool, 1919)、《深渊的面孔》(The Face in the Abyss, 1931)、《海市蜃楼的居住者》(Dwellers in the Mirage, 1932)和《金属魔怪》

(*The Metal Monster*, 1946)。另外四部连载小说,《伊斯塔战舰》(*The Ship of Ishtar*, 1926)、《撒旦的七个脚印》(*Seven Footprints to Satan*, 1928)、《烧吧,女巫,烧吧!》(*Burn, Witch, Burn*, 1933)和《爬吧,影子,爬吧!》(*Creep, Shadow, Creep*, 1934),幻想成分和恐怖成分过于浓厚,只能算奇幻小说和恐怖小说。

《月亮潭》主要述说一个科学考察队到太平洋底一个洞穴探险的故事。这个洞穴是月球脱离地球引力时留下的。在洞穴,科学家发现了远古时期莱缪里恩人的遗物。莱缪里恩人早已懂得制造和使用高精尖仪器。他们的对立面是"头号闪烁",也即由三个地球超人创造的一个实体。《深渊的面孔》的故事场景发生在安第斯山脉一个鲜为人知之处。主人公为尼古拉斯·格雷顿,他和另外三个探险者带着一张旧地图来到那里寻觅秘鲁印加帝国末代皇帝丢失的珍宝。谁知那里是亚特兰蒂斯人的遗址,充满了庞大的恐龙和许多超科学生灵。统治者为雌性蛇王,她是从最早爬行类动物衍生的智慧生灵。此外还有"深渊的面孔",也即因禁中的撒旦。正是他,带来了远古的亚特兰蒂斯人。《海市蜃楼的居住者》被誉为阿伯拉罕·梅里特最好的作品,预言了现代熵增定律。这是一个发生在阿拉斯加偏僻山谷的惊险故事。那里居住着印第安人、蒙古人和斯堪的纳维亚人。由于火山活动和热流层,山谷经常出现海市蜃楼奇观。然而,就在海市蜃楼中,有一个独特生命形式的"失去的世界"。而《金属魔怪》的题材略有不同,描述四个美国人穿越喜马拉雅山脉时遭遇了一群古代波斯人,这些人从亚历山大时代起就与世隔绝。后来他们逃到一个山谷,发现一种来自其他星球、有感知能力和聪明智慧的金属生命形式,也即金属魔怪。它们生活在深山,能以极快速度繁衍后代。于是,这些美国人同其进行了殊死搏斗。

同埃德加·巴勒斯一样,阿伯拉罕·梅里特深受英国奇幻小说家亨利·哈格德的影响。他的上述小说总有一处人迹罕至的偏僻角落,总有一个充满幻想色彩的"湮没的文明"。而这文明无不归结到史前科学的主题。同样,由于他的这些小说发表在通俗小说杂志,也就不可避免地带有情节惊险、人物怪诞、节奏快等特征。男主人公总是来自外部世界,并且总是正义力量的化身。而女主人公,也往往分成两类。一类美貌、纯情、正直;另一类丑陋、阴险、歹毒。她们各自站在冲突的一方。此外,作品还融入了邪恶的神秘力量。尤其是他后期创作的《伊斯塔战舰》《撒旦的七个脚印》等奇幻小说和恐怖小说,这种邪恶的神秘力量还占有相当大的比例。这些创作模式和创作手法直接影响了后世的通俗小说杂志作家,成为他们的模仿目标。

第六节　英雄奇幻小说

渊源和特征

　　幻想小说有广义和狭义之分。广义的幻想小说即超自然小说,它是相对现实主义小说而言的,意指现实主义小说之外的一切幻想类小说,包括科幻小说、恐怖小说,等等。而狭义的幻想小说则指奇幻小说(fantastic fiction)。这类小说同科幻小说、恐怖小说一样,仅为超自然小说的一个分支,其基本特征是以魔法为基础,描述与自然规律相悖的荒诞故事。现实世界是不存在魔法的,所以这种荒诞故事必然要与超现实的幻想世界相联系。然而这里的"幻想"是所谓的"纯幻想",或者说,是"奇幻",既不像科幻小说那样,必须隐约地遵循一定的科学事实或科学逻辑,也不像恐怖小说那样,必须集中体现邪恶和恐惧。正如美国著名奇幻小说家林·卡特(Lin Carter,1930—1988)所说:"'奇幻小说'所描述的,据我看,是一种既非科幻小说又非恐怖小说的奇迹。这类小说的本质可以用一个词来概括:魔法。"[1]

　　尽管幻想文学很早就在西方产生了,但作为一种基于魔法、描述既非科幻小说又非恐怖小说的奇幻小说的出现,则是近两百多年的事。它的直接文学渊源,也可以追溯到18世纪末和19世纪初英国流行的哥特式小说。哥特式小说的一个显著特征是含有神秘的超自然因素。遥远的中世纪、荒僻的原野、鬼魂出没的古城堡,这一切和遭受歹徒暗算的纯洁少女的命运交织在一起,唤起了读者心中的神秘想象。几乎从一开始,哥特式小说中的超自然描写就带有双重性质。一方面,它能引起一些与死亡有关的恐怖联想;另一方面,也产生了某种程度的奇幻效果。尤其是一些借鉴东方幻想故事的哥特式作品,如威廉·贝克福德(William Beckford,1760—1844)的《瓦赛克》(*Vathek*,1786),在描写超自然神秘的同时,融入了较多的奇幻成分。可以说,这样的作品已经具备现代奇幻小说的雏形。到了维多利亚时代,随着人们对古代文明和原始生活的向往,一些有关魔法和巫术的故事书开始繁荣。像乔治·梅雷迪斯(George Meredith,1828—1909)的天方夜谭式的《沙格帕特的修面》(*The Shaving of Shagpat*,1855),乔治·麦克唐纳(George Macdonald,1824—1905)的半是梦幻、半是故事的《梦境》

---

[1] Lin Carter. *Imaginary Worlds*. Ballantine Books, New York, 1973, p. 6.

(*Phantastes*,1858),都非常受欢迎。特别值得一提的是英国小说家亨利·哈格德(Henry Haggard,1856—1925)的若干轰动一时的小说。自19世纪80年代中期起,他根据自己在非洲的探险经历,创作了一系列以"遗忘的年代、湮没的城市"为题材的新历史浪漫小说,其中不乏一些具有奇幻色彩的作品。譬如《所罗门王的宝藏》(*King Solomon's Mines*,1885),述说一个名叫阿兰的"猎手"在两千多年前的幻想王国觅宝,几经曲折,终遂心愿。又如《她》(*She*,1886),主人公是非洲一个假想的原始部落女统治者,她精通巫术,具有铁的统治手腕,但对爱情的执着酿成了一生的最大悲剧。这些原型奇幻小说的大量流行,为英国奇幻小说的诞生做了文学上的铺垫。

英国第一部严格意义的奇幻小说是威廉·莫里斯(William Morris,1834—1896)的长篇巨著《世界那边的森林》(*The Wood Beyond the World*,1894)。威廉·莫里斯,威尔士人,早年在英国牛津大学求学,发表了不少短篇奇幻故事。以后又翻译了许多北欧神话和传说。90年代初,他在杂志上连载了《来自乌有乡的消息》(*News from Nowhere*),又出版了《闪光平原的故事》(*The Story of the Glittering Plain*)。这两部作品均含有浓郁的奇幻色彩。在这之后,他开始创作长篇奇幻小说《世界那边的森林》。这部小说主要描写一个浪迹天涯的年轻骑士被一片幻景所吸引,进入一片神奇的森林。在那里,他遇上一个美丽的少女,但少女时隐时现,后来变得无影无踪。他再次见到这个少女是在一个岛上,她被一个女巫用魔法囚禁在屋子里。于是年轻骑士用自己的智慧与少女的魔法相结合,同女巫展开激烈的较量。最后两人战胜女巫,到了一个美好的世界。该小说的故事情节并不新鲜,但首次集中描写了魔法,描写了使用魔法的诸多角色和魔法场景。紧接着,威廉·莫里斯又以同样的手法创作了《神奇岛的海水》(*The Water of the Wonderous Isles*,1895)、《天涯海角泉》(*The Well at the World's End*,1896)、《切断的洪水》(*The Sundring Flood*,1896)等三部长篇小说。这三部小说连同《世界那边的森林》构成了他的著名的"四部曲"。创作这"四部曲"几乎耗尽了他的晚年心血。他还没来得及看到自己的全部成果便已辞世。然而,这些作品对后世产生了巨大的影响。许多人模仿他,从而产生了英国也是西方最早的一类奇幻小说——英雄奇幻小说(heroic fantasy)。

英雄奇幻小说主要表现男性主人公在幻想世界的冒险经历。他们均为传奇式的人物,有的出身卑微,必须经过一番奋斗才能赢得下属的尊敬;有的是落难王子,必须经过一番曲折才能恢复原有的地位;但无论属于哪种类型,最终都以力大无比、法术高明的武士面目在世上出现。不时地,他们要到世界各地冒险,并且在冒险中会遭遇各种超自然邪恶势力。经过激烈的较量,正义战胜邪恶,一切以美好而告终。

在美国,最早的英雄奇幻小说也是威廉·莫里斯式的奇幻小说。这方面的知名小说家主要有詹姆斯·卡贝尔(James Cabell,1879—1958)和奥斯汀·赖特(Austin Wright,1883—1931)。詹姆斯·卡贝尔不但是美国第一个严格意义的奇幻小说家,而且自他开始,西方奇幻小说的创作重心已经从英国转移到了美国。他的作品大大拓宽了英雄奇幻小说的魔法场景,丰富了主人公的冒险经历。奥斯汀·赖特主要以唯一的一部英雄奇幻小说《艾兰迪亚》(Islandia)著称。在这部小说中,他依据地理学、社会学和人类学的视角,以平缓、细腻的笔触,描述了一个具有丰富文化内涵的乌托邦式奇幻王国的情景。

此外,埃德加·巴勒斯、阿伯拉罕·梅里特、霍华德·洛夫克拉夫特等一批杂志派作家也在这个领域做出了重要贡献。埃德加·巴勒斯除在《故事大观》推出了带有一定幻想成分的三大科幻小说系列之外,还沿用亨利·哈格德和拉迪亚德·吉卜林(Rudyard Kipling,1865—1936)的套路,推出了"人猿泰山"奇幻小说系列。这个系列共二十五本,比较重要的有《人猿泰山》、《泰山归来》(The Return of Tarzan,1915)、《泰山的野兽朋友》(Beasts of Tarzan,1918)等。这些小说主要描述一对贵族夫妇在非洲旅游时不幸遇难,其婴儿被一大猩猩俘获,并抚养成人,后又被一人类学家发现,回到文明社会以及在这之后的种种神奇经历。阿伯拉罕·梅里特在《宝库》和《故事大观》连载的八部小说中,有五部是含有一定奇幻成分的科幻小说和恐怖小说,而另外三部是亨利·哈格德式的奇幻小说,其中《伊斯塔战舰》同《人猿泰山》一样,已经成为早期美国奇幻小说的名篇。该小说描述男主人公坠入魔法世界后,卷入了女神伊斯塔和另一邪神的冲突。他抓住良机,在惩恶扬善中发挥了重要作用,并赢得了一位美丽女祭司的爱情。霍华德·洛夫克拉夫特在创作"克修尔胡"恐怖小说前,曾受邓萨尼勋爵(Lord Dunsany,1878—1957)的影响,发表了不少奇幻小说,其中最著名的是《艾拉农探秘》(The Quest of Iranon,1935)。该篇提到了传说中的云游诗人艾拉农,正是他在古罗马共和国的旗子上面现身,从而显示了前所未有的号召力。

鉴于本书在"原型科幻小说"一节已经重点介绍过埃德加·巴勒斯和阿伯拉罕·梅里特,而霍华德·洛夫克拉夫特也将在第五章第八节"克修尔胡恐怖小说"做专门介绍,这里就不再赘述,而将主要的篇幅用于介绍詹姆斯·卡贝尔和奥斯汀·赖特这两位书本派英雄奇幻小说家。

詹姆斯·卡贝尔

1879年4月14日,詹姆斯·卡贝尔出生在弗吉尼亚州里士满一个贵族世家。他的曾祖父曾出任弗吉尼亚州长;祖父也颇有名气,是爱伦·坡的同学和密友。詹姆斯·卡贝尔天资聪明,早在威廉-玛丽学院上学期间,就在那里兼教法文和希腊文。毕业后,他先是在《纽约先驱报》当记者,后又从纽约回到里士满,任《里士满新闻》编辑。接下来的十余年,他潜心新闻工作和家谱研究,发表了不少短篇小说。他的第一部长篇小说是带有轻喜剧性质的《鹰之影》(The Eagle's Shadow)。该小说于1902年在《星期六晚邮报》连载,两年后又出单行本。在这之后,他依据自己的渊博知识,创作了一些中世纪题材的历史浪漫小说。这些小说虽然文笔老练,寓意深刻,但没有引起读者重视。

1917年,他转向英雄奇幻小说创作,并开始在这一领域展露才华。他的第一部英雄奇幻小说《绝妙笑料》(The Cream of the Jest,1917)刚一问世,即受到读者欢迎。当时的许多著名批评家,包括亨利·门肯(Henry Mencken,1880—1956),都给予高度评价。该书描述一位作家发现了一种魔法,这种魔法据说可以把梦幻变成追求理想爱情的经历。尽管他在梦中和一位理想女性演绎了一幕幕极其生动的爱情喜剧,但在实践中却总是未能如愿。最后,他把这种梦幻爱情用于丰富自己的实际生活,结果在妻子身上找到了那种理想女性的特征。紧接着,詹姆斯·卡贝尔又推出了英雄奇幻小说《贾根》(Jurgen,1919)。这部小说的幻想场面更宏大,情节更丰富。男主人公是一个名叫贾根的中年当铺老板,他与修道士争论时,说了一些言不由衷的赞美魔鬼的话。魔鬼为了报答他,掠走了他一度欲以摆脱的爱唠叨的妻子。之后,他受良心谴责,开始了为期一年的寻找妻子的冒险经历。在此期间,他遇到了种种传说中的灵界人物,也与神话、童话中的美女有了爱恋关系。鉴于在描写这些爱恋关系时存在一些比较露骨的色情细节,这本书问世不久,即被有关部门查禁。随之而来的是一场马拉松式的反查禁官司。这场官司虽然两年以后才以詹姆斯·卡贝尔的胜诉而告终,但在诉讼期间,成千上万的读者去书店抢购《贾根》。于是,一夜之间,詹姆斯·卡贝尔成为最知名的畅销书作家。

整个20年代,詹姆斯·卡贝尔都在创作《贾根》式英雄奇幻小说,其中著名的有《大地幻影》(Figures of Earth,1921)、《神殿》(The High Place,1923)、《银色牡马》(The Silver Stallion,1926)、《夏娃逸事》(Something About Eve,1927),等等。这类小说一本本问世,到最后合成了一套十八卷的大型丛书——"曼纽尔的生活纪事"(The Biography of the Life of Manuel)。这套丛书大部分故事场景设置在中世纪法国一个名叫波伊克特斯米的假想公国。男主人公是曼纽尔,他从牧猪娃逐渐成长为公国的国君。每一卷都记录着他的不寻常的冒险经历。30年代是詹姆斯·卡贝尔再度创新的时期。他摒弃了《贾根》的创作模式,连着写了二十多本书,这些书构成了多个三部曲。但与此同时,他的身体也每况愈下。不时地,他遭受疾病的侵扰。1958年5月5日,他因脑出血在里士满逝世,终年七十九岁。

詹姆斯·卡贝尔一生出版了五十多本书,内容涉及小说、诗歌、杂文、评论、戏剧等多个门类,然而奠定他的文学地位的还是《绝妙笑料》《贾根》《大地幻影》等英雄奇幻小说。这些小说大大拓宽了自威廉·莫里斯以来的英雄奇幻小说的魔法场景,丰富了主人公的冒险经历。詹姆斯·卡贝尔之前的魔法场景,或是模拟中世纪骑士传奇,如威廉·莫里斯的《天涯海角泉》;或是借鉴东方幻想故事,如邓萨尼勋爵(Lord Dunsany,1878—1957)的《帕格纳众神》(The Gods of Pegana,1905)。然而到了詹姆斯·卡贝尔笔下,这个魔法场景却被拓宽成一个浩瀚的世界。在这个世界,不仅有世俗的人间,还有天堂、地狱、地狱边缘、英烈祠和仙境。也在这个世界,他让自己的英雄人物到处游荡,到处遭遇危险,一切历史的、神话的、传说的人物,无论是人们熟悉的还是陌生的,纷纷登台表演,甚至连至高无上的上帝也不例外。詹姆斯·卡贝尔的这些成就,标志着西方英雄奇幻小说已经发展到了一个崭新的阶段,同时也标志着美国早期奇幻小说的逐渐成熟。

奥斯汀·赖特

1883年8月20日,奥斯汀·赖特出生在新罕布什尔州汉诺威一个书香之家。他的父亲是拉丁文和希腊文教授,曾担任哈佛研究生院长;母亲是个作家,出版有几本以大学校园为背景的长篇小说。自小,奥斯汀·赖特深受父母的影响。像他的父亲一样,他进了哈佛大学,先后获得文学士学位和法学士学位。在波士顿当了几年律师之后,他重返大学校园,在加利福尼亚大学和宾夕法尼亚大学担任法学教授。也像他的母亲一样,他爱好文学创作。早在童年时代,他就有了创作一部规模宏大的奇幻小说的设想,长大后开始将这个设想付诸实践。几乎整个业余时间,他都在创作这部巨著。然而,未等这部巨著全部完成,厄运便已来临。1931年9月18日,他在新墨西哥州拉斯维加斯遭遇车祸身亡,时年仅四十八岁。

奥斯汀·赖特逝世后,他的妻子和女儿在整理遗物时,发现了那叠厚厚的书稿。赖特妻子遂自学打字,从中整理出了一部两千余页的小说。之后,该小说又经过他的女儿编辑,压缩至一千余页,交给莱因哈特出版公司。1942年4月,也即奥斯汀·赖特去世十一年之后,这部题为《艾兰迪亚》的长篇巨著终于得以问世。当时一些有影响的评论家纷纷给予高度评价,很快地,它成为人们的关注热点。短短一年多内,共售出三万余册。

《艾兰迪亚》堪称美国奇幻小说史上的奇迹。奥斯汀·赖特依据地理学、社会学和人类学的视角,以平缓、细腻的笔触,描述了一个具有丰富文化内涵的乌托邦式幻想王国的情景。该小说主人公名叫约翰·兰,是哈佛大学毕业生。在校读书时,他和一位来自艾兰迪亚的同学交了朋友,从而对艾兰迪亚有了初步了解。艾兰迪亚是南太平洋一个岛国,具有高度发达的古文明,但基本上与世隔绝。由于整个美国仅有约翰·兰懂得艾兰迪亚语,他被任命为美国驻艾兰迪亚公使。于是,伴随他的到任,他在这个岛国开始了不寻常的漫游。与威廉·莫里斯、詹姆斯·卡贝尔等人不同,奥斯汀·赖特没有刻意描写巫师、小妖精、丑矮人、恶龙的魔法,也没有刻意描写仙人、众神之间的争斗,他给读者展示的只是这个岛国的地理环境、语言文化、宗教信仰和历史沿革。尽管约翰·兰在漫游中也遭遇这样那样的危险,但相比之下,其描写是第二位的。正是这种不落俗套的平缓、细腻的古文明描述,构成了此书的独特魅力。尤其值得称奇的是,小说准确地预测了英国奇幻小说大师托尔金教授的"出现",预测了他的"不朽业绩"。到最后,约翰·兰被岛上简朴的田园风光所吸引,决心永远生活在艾兰迪亚。

《艾兰迪亚》的影响一直持续到战后。1958年,该书经奥斯汀·赖特的女儿西尔维亚·赖特加序之后,由莱因哈特出版公司重版。1969年,该书的原始编辑马克·萨克斯顿又推出了续集《艾拉,或今日艾兰迪亚》(*The Islar, or Islandia Today*)。

第七节 超自然恐怖小说

渊源和特征

恐怖是人在遭受死亡、疯狂等威胁时所产生的一种高度焦虑的心理状态,凡描写这种心理状态的小说都可以称为恐怖小说。不过,本书阐述的恐怖小说是狭义的,特指一类有着悠久传统的超自然通俗小说。这类小说也是以人的高度焦虑的心理状态为主要描述对象,只是其死亡、疯狂等威胁的根源并非来自现实社会的现实事件,而是来自虚拟的某种超自然因素。一般来说,这种超自然因素是邪恶的。究其本质,恐怖小说是发现并暴露超自然邪恶的通俗小说。

同科幻小说和奇幻小说一样,恐怖小说的直接文学渊源也可以追溯到18世纪末和19世纪初英国流行的哥特式小说。哥特式小说的显著特征是神秘、悬疑和恐怖。遥远的中世纪、荒僻的场所、狭窄的空间,这一切和遭受歹徒暗算的纯洁少女的命运交织在一块,唤起了读者心中长期被压抑的丰富想象。其中不乏形形色色的超自然幽灵,例如鬼魂、活尸、吸血鬼、狼人,等等。这些超自然幽灵固然给读者带来了某种与死亡有关的恐怖联想,但本质还不是邪恶的。

1824年之后,英国的哥特式小说逐渐向两极分化。一方面,它的一些要素被严肃小说家接受,成为严肃小说的创作手段;另一方面,该小说的精髓又被后来的通俗小说家所继承,产生了新的超自然小说——灵异小说(ghost story)。相比之下,灵异小说中的超自然成分已经极大地增加。它基本上摒弃了少女逃离歹徒魔掌的模式,而改以死人的灵魂骚扰活人为主要描写对象。这时候的死人灵魂开始在作家笔下显得可怕,但也还没有到邪恶的地步。每每它们的骚扰是事出有因——或为了对活人的罪孽施行报复,或为了揭露活人的一个不可告人的阴谋,或为了宣泄对生前某种事物的留恋,或为了成就一项终身奢望的事业。到了19世纪和20世纪之交,灵异小说的主题进一步演变,作品中开始出现邪恶亡灵的文学形象。这意味着现代意义的恐怖小说已经逐渐成形。英国第一部标志性恐怖小说是布拉姆·斯托克(Bram Stoker, 1847—1912)的《德拉库拉》(*Dracula*, 1895)。在这部小说中,作者一反灵异小说的传统,塑造了一个邪恶的吸血鬼形象。该吸血鬼忽而化成迷雾,忽而变为狼和蝙蝠,采取种种狡诈手段,诱骗一些意志薄弱的人,特别是年轻妇女做它的牺牲品。

在美国,从哥特式小说到现代恐怖小说的演变也经历了大体相同的过程。不过,由于美国浪漫主义运动的滞后以及民族文学的稚嫩,哥特式小说在诞生后不久即被主流文学接受,成为严肃小说作家借鉴的重要对象。尤其是查尔斯·布朗的《威兰》等作品,对严肃小说作家影响很大。这就致使后来诞生的美国超自然恐怖小说更多地沿袭了严肃小说的创作传统,而没有受到灵异小说太多的影响。华盛顿·欧文是第一个受影响的美国主流作家。他在《睡谷传奇》(*The Legend of Sleepy Hollow*, 1819)中成功地刻画了一个深受"无头鬼"恐吓的穷酸教书匠的形象。稍后,詹姆斯·库珀和纳撒尼尔·霍桑也依据哥特式小说传统,在自己的作品中进行了许多令人瞩目的创造。然而,这方面最杰出的作家是爱伦·坡。他不但写了许多具有墓园派风格的优秀诗歌,还以"死亡"为主题,创作了许多具有开拓性的短篇小说,其中一些如《厄舍古屋的倒塌》("The Fall of the House of Usher",1839)、《红色死亡假面舞会》("The Masque of the Red Death",1842)、《黑猫》("The Black Cat",1843),等等,在描绘荒诞、离奇的恐怖经历的同时,展示了某些具有病态特征的人的邪恶本质,具有较高的艺术价值。不过,总的来说,这些作品较少涉猎超自然邪恶因素,与严格意义的恐怖小说还有一定距离。

美国严格意义的恐怖小说始于19世纪末。1891年后,报刊编辑、专栏作家、小说家安布罗斯·比尔斯(Ambrose Bierce,1842—1914)率先在两部小说集中展示了十多篇与"邪恶死亡"有关的恐怖小说。这些小说继承了爱伦·坡的大部分创作传统,语言辛辣、冷峻,故事荒诞、离奇,通篇浸透着对邪恶人性的敌意,但与此同时,作品中也融入了较多的超自然成分。而且这些超自然成分的描写比当时风靡英国的灵异小说技高一筹,在深度、广度上都有突破。时隔两年,言情小说家罗伯特·钱伯斯(Robert Chambers,1865—1933)也在一部小说集中展示了数篇描述"死亡威胁"的恐怖小说。这些小说同样带有爱伦·坡的印记,但与安布罗斯·比尔斯不同,作者没有直接表现超自然的死亡恐怖,而是创造了一个令人毛骨悚然的朦胧的多维世界。几乎每个故事都与这个多维世界有关。安布罗斯·比尔斯和罗伯特·钱伯斯的这些作品代表了世纪之交美国恐怖小说的最高成就,同时也标志着美国超自然恐怖小说(Supernatural horror fiction)的成熟。

早期美国超自然恐怖小说主要采取简单的超自然恐怖模式,作品中往往有一个依据神话传说或民间故事而杜撰的超自然臆想物,如鬼魂、活尸、吸血鬼、狼人,等等;它们在本质上是邪恶的,给主人公的生命安全带来了严重威胁。多数情况下,这些臆想物是无形的,仅是通过当事人的间接描述产生恐怖效果。有时,它们也以有形的物体形式出现,但恐怖效果不变。

安布罗斯·比尔斯

1842年6月24日,安布罗斯·比尔斯出生在俄亥俄州梅格斯县一个贫苦农民家庭。十几岁时,他随全家搬迁到北印第安纳,一家十余口人在小农场耕种为生。因为穷,他只上了一年中学,之后便在当地报社当印刷学徒工。南北战争爆发前夕,他参加了联邦军队,在威廉·哈森将军麾下当地形测量军官。这段不平凡的经历为他以后的文学创作打下了生活基础。战争结束后,他定居在旧金山,并依靠自学当上了《新闻通信》编辑。从此,他开始了一个编辑兼作家的忙碌生涯。他早期的作品主要是随笔和讽刺短诗,也包括一些短篇小说。1872年,他和一个有钱矿主的女儿结婚,婚后同她一道去英格兰,先后在几家报社任职。在此期间,他出版了三本作品集。1875年,他回到美国,出任《旧金山淘金者》副编辑,以后又加盟《旧金山考察家报》,任专栏作家。自1888年起,他的命运急转直下,先是妻子出走,接着大儿子死于决斗,小儿子死于酗酒。他逐渐变得悲观,对人生陷于失望。他的大部分与死亡有关的恐怖小说都是在这之后创作的。1891年,他将自己的一部分小说汇成作品集《军人和百姓的故事》(*Tales of Soldiers and Civilians*)出版,其中包含有一定数量的超自然恐怖小说。1893年,他又出了一本小说集《这些事可能吗?》(*Can Such Things Be*),此书所包含的超自然恐怖小说篇目更多。1896年,他从旧金山移居华盛顿。从这时起,他将自己的主要精力用于编辑作品集,并于1906年出版了《讥讽词书》(*Cynic's Word Book*),1912年又出版了十二卷本作品选《魔鬼词典》(*The Devil's Dictionary*)。翌年,他以七十二岁的高龄退休,之后断绝了与美国国内的一切往来,到了墨西哥,并于一年后在那里神秘失踪。

从1866年进入《新闻通信》到1914年神秘失踪,安布罗斯·比尔斯的著述可谓汗牛充栋,然而流传至今、为人们所熟悉的只有《军人和百姓的故事》和《这些事可能吗?》两本书。而在这两本书中,最有影响的又是其中十多篇超自然恐怖小说。这些小说结构精巧,故事离奇,语言辛辣,显然受到爱伦·坡的很大影响。如《猫头鹰河桥上的故事》("An Occurrence at Owl Creek Bridge"),描写一个间谍被联邦军队士兵带到猫头鹰河桥上绞死。突然,套在他脖颈上的绳索断了,他坠落在河里。随后,他挣扎着爬上岸,逃回家,扑上去与妻子拥抱。但就在这时,他感到脖颈一阵剧痛,随后断了气。原来,绳索并未断裂。这一切只是他临死前的心灵感应。

然而,安布罗斯·比尔斯也有自己的创造。他在作品中注入了较多的超自然邪恶因素,并且注意形式表达的多样性。如《闹鬼的山谷》("The Haunted Valley")和《死人屋夜事》("The Night-Doings at Deadman's"),两者都是描述被谋杀者向刽子手复仇,其中中国移民的鬼魂具有灵异小说的超自然因素的普遍特点。但《心理上的海难》("A Psychological Shipwreck")则出现了活人的灵魂,它被释放出来告诫将有海难发生。此外,安布罗斯·比尔斯还善于从被惊吓者的角度间接描写超自然邪恶幽灵。如《该死的东西》("The Damned Thing"),作者精心设计了一个侦探小说式结构,以被害农夫为中心,绘声绘色描述一种人的肉眼不能看见的怪物。又如《守在死者旁的人》("A Watcher by the Dead")和《宜人的环境》("The Suitable Surroundings"),两者都从死者视角描述了无形的鬼魂。最精彩的是《哈尔平·弗雷泽之死》("The death of Halpin Frayser"),述说一个离奇的谋杀故事。在外长久漂泊的主人公返回家乡,不知不觉躺在母亲坟墓上面入睡。梦中他看见母亲的鬼魂掐死了自己。第二天一早,人们发现他真的被掐死。然而,凶手并非母亲的鬼魂,而是替她看守坟墓的疯子,此人曾是她的第二个丈夫。

如此种种有形和无形的恐怖杀手,是安布罗斯·比尔斯的空前创造。正是这些创造,确立了他的美国超自然恐怖小说开拓者的重要地位。而且,随着西方文学研究的深入,他的这些小说不断被发掘出新的意义。据信,南美、日本的一些文学大师都从中吸取了不少营养。

罗伯特·钱伯斯

1865年5月26日,罗伯特·钱伯斯出生在纽约布鲁克林一个贵族世家。他的父亲是当地有名的律师,其直系祖先可以追溯到北美殖民地时期著名宗教领袖罗杰·威廉姆斯。自儿时起,罗伯特·钱伯斯即对绘画有特殊的爱好。1886年,他去巴黎学习绘画,并于三年之后在巴黎沙龙举办了首次个人画展。1893年,他回到纽约,开始在当地几家杂志社当插图编辑。然而,就在那一年,他突然决定当一个作家,并于翌年出版了一本反映巴黎学生生活的言情小说《在居住地》(In the Quarter)。此书出版时,适逢安布罗斯·比尔斯的两本小说集获得成功,他又对超自然恐怖小说产生兴趣。1895年,他的包括四篇超自然恐怖小说在内的作品集《黄衣国王》(The King in Yellow)问世。尽管该书是一本畅销书,但并不为批评家所看好。于是,他开始寻求比较严肃的创作主题。受他的朋友查尔斯·吉布森(Charles Gibson,1867—1944)的影响,他转向历史浪漫小说和社会言情小说的创作,并以反映法兰西—普鲁士战争题材的四部小说获得好评。从这以后,他以历史浪漫小说和社会言情小说为主要创作方向,但偶尔也写几本超自然恐怖性质的小说。至1933年去世时,他一共出版了八十七本文学书,是名副其实的多产作家。

尽管罗伯特·钱伯斯的作品多得不可悉数,并且多部历史浪漫小说和社会言情小说也一度获得成功,但流传时间最长、影响面最广的还是他早期创作的《黄衣国王》。该书由十一个篇目组成,其中四篇是严格意义的超自然恐怖小说。它们是《荣誉修复者》("The Repairer of Reputations")、《黄色标记》("The Yellow Sign")、《在龙宫》("In the Court of the Dragon")和《面具》("The Mask")。从作品内容来看,它们显然受到安布罗斯·比尔斯的影响,甚至一些人名、地名都相同或相似。但是,与安布罗斯·比尔斯的小说不同,它们并非被设计成一个个独立完整的故事,而是在情节上互相关联。这个关联物即是作品新设置的超自然邪恶成分——一个以剧本文字形式出现的多维恐怖世界。

《荣誉修复者》是四篇小说中篇幅最长、内容最荒诞的作品。男主人公希尔德雷德本属正人君子，但自从骑马摔伤、住进医院，读了题为《黄衣国王》的剧本后，变得异常孤独，仅同怀尔德先生来往。这个其貌不扬的怀尔德先生其实是黄衣国王的代理人，他唆使希尔德雷德实施一个疯狂的统治地球计划。最后，希尔德雷德的图谋因其宠物猫的异常举止而落空，他在疯狂中死去。第二篇《黄色标记》的男主人公也因读了《黄衣国王》的剧本而招致杀身之祸。不知何故，画家司各特和模特儿苔丝一直受到教堂巡夜人的骚扰，即便在梦中也不例外。他不停地追问两人是否读了《黄衣国王》剧本。果真，司各特和苔丝读了该剧本之后，被投进一个梦魇般的世界。故事最后，巡夜人身份真相大白。他是黄衣国王使者，专程来夺取两人的性命。第三篇《在龙宫》男主人公在教堂熟睡时梦见自己受到风琴师的可怕注视。随后，他逃离教堂，但怎么也不能摆脱风琴师的影子。从梦中醒来后，他依然无法摆脱风琴师。只见耀眼的白光中，他被带往黄衣国王的恐怖世界。第四篇《面具》一开始引用了黄衣国王的预言，后来的一切正好应验。画家亚历克爱上了雕塑家鲍里斯的同居女友吉恩维尔，而吉恩维尔也爱着亚历克。情思中，吉恩维尔被冥冥之物驱使，投进神奇魔水，成了一尊石像。于是，鲍里斯伤心自杀，亚历克也万念俱灰。正当他准备永远离开此地时，吉恩维尔的石像突然又还原成人，有情人终成眷属。

毋庸置疑，这个"黄衣国王"与安布罗斯·比尔斯的"无形杀手"有异曲同工之妙。它不是依赖赤裸裸的死亡威胁或血淋淋的邪恶形象来制造恐怖气氛，而是创造了一个朦胧的威胁整个人类安全的多维世界。后来许多通俗小说家都从这个多维恐怖世界得到灵感，尤其是霍华德·洛夫克拉夫特，依据"黄衣国王之谜"创造了"克修尔胡之谜"，并引起众多人的竞相模仿，从而带来了美国超自然恐怖小说的一个新时代。

第五章 20世纪前半期(下)

第一节 历史言情小说

渊源和特征

美国女工言情小说一直流行到30年代末。几乎在它大量流行的同时,美国言情小说又开始了一系列复杂的衍变。这些衍变基本上可以归纳为两大类:直线性纵深发展和横向性相互融合。30年代和40年代美国言情小说领域沿直线型纵深发展的作家主要有埃德娜·费伯(Edna Ferber, 1885—1968)、弗朗西斯·凯斯(Francis Keyes, 1885—1970)和泰勒·考德威尔(Taylor Caldwell, 1900—1985)。她们的作品各有创新,但总的来说,是淡化色情,竭力反映读者关心的现实问题。埃德娜·费伯,美国密歇根州人,早年任多家报社记者,1911年起成为职业作家,著有十八部长篇小说、八个剧本和十一卷中、短篇小说集。尽管她是一个相当成功的中、短篇小说家,但文学上主要成就还是在长篇小说。这些小说,特别是40年代大量流行的名篇,如《水上舞台》(Show Boat, 1926)、《旅行大皮箱》(Saratoga Trunk, 1941)、《巨人》(Giant, 1952),基本上反映了一个相对深刻的主题,即仅有疯狂的爱并不能构成牢固的婚姻。弗朗西斯·凯斯是美国弗吉尼亚州人,前总督和议员的遗孀,长期担任纽约一家著名杂志《好主妇》的副主编。她总共写了六十四本书,其中大部分是言情小说。这些小说主要以描写国际社交场合和纽约、华盛顿高层社会而著称,名篇有《安妮女王的饰带》(Queen Anne's Lace, 1940)、《新月的狂欢》(Crescent Carnival, 1942)、《河道》(The River Road, 1945)、《来了一个骑士》(Came a Cavalier, 1947),等等。泰勒·考德威尔生于英格兰,曾任法庭记者,1938年起成为专业作家。她的作品门类繁多,但最有影响的是言情小说。名篇有《宽屋》(The Wide House, 1945)、《梅莉莎》(Melissa, 1948)、《让爱最终到来》(Let Love Come Last, 1948),等等。这些小说有的表现伦理、教义和宽容,有的述说家长对儿女婚姻约束的失败,有的展示权利、金钱与神圣爱情之间的较量。

虽然埃德娜·费伯、弗朗西斯·凯斯和泰勒·考德威尔的言情小说做了一些变革,但这些变革基本上没有脱离传统的框架,而且影响有限,没有形成潮流。真正突破传统框架、形成潮流的是按横向性相互融合的方式诞生的一类新型的言情小说——历史言情小说(history romantic fiction),其特征是"言情"与"历史"的联姻。不过,严格地说,美国"言情"与"历史"的联姻并非自这时始。早在世纪之交,在美国新历史浪漫小说家乔治·麦卡琴的笔下,就运用了比传统历史浪漫小说多得多的言情成分。他的"格劳斯塔克"系列也可以说是美国最早的历史言情小说。然而,只有到了30年代和40年代,美国出现了一个较大的历史言情小说作家群,而且他们的作品在西方大量流行,美国历史言情小说才算真正形成气候。

美国历史言情小说与历史浪漫小说的区别是:前者以爱情为主线,强调爱情,看轻历史,往往历史仅为烘托爱情的背景框架,甚至可以对其进行任意虚构和编造;而后者以历史故事为主线,强调历史,看轻爱情,当然这里的强调历史是相对而言的,与严肃的历史小说相比,它对历史的强调又成了不强调。一旦历史浪漫小说的历史背景被淡化成烘托爱情故事的框架,它就变为历史言情小说。

赫维·艾伦(Hervey Allen,1887—1949)是美国30年代首个享有盛誉的历史言情小说家。他的《安东尼·阿德维斯》(Anthony Adeverse,1933)出版后,创美国经济大萧条时期图书销售的最高纪录。另一位历史言情小说作家玛格丽特·米切尔(Margaret Mitchell,1900—1949)取得了比赫维·艾伦更大的成功。她的第一部也是唯一的一部历史言情小说《飘》(Gone with the Wind,1936),以众多复杂的立体型人物和令人心颤的故事情节风靡大西洋两岸。到了40年代,凯瑟琳·温莎(Kathleen Winsor,1919—2003)又以一部畅销书《永久琥珀》(Forever Amber,1944)赢得了众人瞩目。她的这部历史言情小说塑造了一个异乎寻常的美丽而坚强的女性。而托马斯·科斯坦(Thomas Costain,1885—1965)是同一时期又一知名历史言情小说家。他的许多畅销作品通过惊心动魄的故事情节,展示了不同历史背景下青年男女的爱情悲惨命运。

在美国言情小说发展史上,历史言情小说的兴起具有里程碑式意义。它把言情小说作家的视角从当代扩展到历史,极大地拓宽了创作天地。从此,美国言情小说家在"历史"这片辽阔的天空下,任意施展自己的创作才华,演绎各种可歌可泣的爱情故事。

赫维·艾伦

1889年12月8日,赫维·艾伦出生在宾夕法尼亚州匹兹堡。他于

1910年入读马里兰州安纳波利斯海军军校,一年后转入匹兹堡大学,1915年获得理学学士学位。自1916年起,他即在宾夕法尼亚州国家警卫队服役。1917年至1918年,他被派往法国参加第一次世界大战。1920年退役后,他先是在马萨诸塞州哈佛大学攻读研究生课程,后又在南卡罗来纳州波特军校任英语教师。数年后,他又转到地方,在多所中学和大学任教。1927年,他与安妮·安德鲁结婚,育有两个女儿和一个儿子。30年代中期,他出任纽约《星期六评论》编辑,并在那里一直工作到逝世。

赫维·艾伦自小爱好文学,早在海军军校和匹兹堡大学读书期间,就发表了许多诗歌。后来,他把这些诗歌汇成诗集《边界民谣》(*Ballads of the Border*, 1916),自费出版。20年代在中学和大学任教期间,他继续进行诗歌创作,陆续出版了九部诗集。与此同时,他也进行诗歌研究,曾主编过爱伦·坡的作品选集。1929年,他转入历史言情小说创作,并历时四年,完成了第一部长篇小说《安东尼·阿德维斯》。该书一千二百余页,共分三部,每一部又分三卷,各卷都是一个独立的故事,但彼此之间有关联,末了还有一个尾声。尽管它是一个鸿篇巨制,而且出版又适逢美国经济大萧条时期,整个图书市场一片低迷,还是意外获得了成功。首版图书于1933年问世后,即销售一空,以后几年里多次再版,仍供不应求。1936年,它被好莱坞搬上银幕,又引起火爆场面,并赢得奥斯卡多项大奖。

《安东尼·阿德维斯》主要描述一个在西方资本主义金钱世界不断挣扎、沉浮的男青年的爱情冒险经历。故事场景设置在18世纪末和19世纪初,同名男主人公是遭遇遗弃的私生子。故事一开始,作者就展示了他的生身父母邓尼斯和玛利亚的不寻常罗曼史。玛利亚是纨绔子弟唐·刘易斯的妻子,与邓尼斯一见钟情,不久两人私通,生下了安东尼·阿德维斯。唐·刘易斯发现事情真相后,遂进行了残忍的报复。他先是杀害邓尼斯,接着又将安东尼·阿德维斯驱逐出家门。后来,玛利亚的父亲将安东尼·阿德维斯从教堂接到家中,抚养成人。接下来,安东尼·阿德维斯开始了走马灯似的人生闯荡。赫维·艾伦善于变换故事场景,他不断把安东尼·阿德维斯的活动空间从欧洲挪到非洲,又从非洲挪到新大陆,再从新大陆挪到海洋,使读者的视线随着活动空间的变换,领悟到新的历史环境,有时还用诗一般的语言来描绘自然景色,揭示人物心理。在此期间,安东尼·阿德维斯曾由赤贫变为暴富,又从暴富变为赤贫,而且每每卷入绸缪缱绻的男女之情,其中包括同外祖父家厨师之女阿珍勒的初恋。此外,他也经历了无数次人生磨难,既有黑奴贸易的凶险,又有拿破仑战争的疯狂,更有麻风病监狱的恐怖。当然,这些描写都是依据某些真实的历史事件,但赫维·艾伦没有拘泥于历史事件真实,而是为了故事情节的需要,随意进行想象和发挥。

不过,赫维·艾伦的想象和发挥有时过于奇特,让人难以相信。在安东尼·阿德维斯的漫长而复杂的人生旅途中,他和恋人离别后总能相聚,唐·刘易斯对他的复仇总是那么得心应手,而厄运也总是笼罩在他的身边。正如美国评论家琼·麦格拉斯(Joan McGrath)所说:"虽然这一冗长的流浪经历有着某种魅力,但读者自始至终很难把握这个巨型舞台的场面设置。如果说有一部小说要求读者'乐意欣赏难以置信的悬疑',那么它就是《安东尼·阿德维斯》。"①

继《安东尼·阿德维斯》之后,赫维·艾伦又实施了一个更宏大的创作计划。不过,这部题为《黎明的城市》(The City of the Dawn)的长篇小说巨著仅完成了三卷,他就不幸去世。这三卷依次为:《森林和城堡》(The Forest and the Fort,1943)、《贝德福德村庄》(Bedford Village,1944)和《走向早晨》(Towards the Morning,1948)。

玛格丽特·米切尔

1900年11月8日,玛格丽特·米切尔出生在佐治亚州亚特兰大。她的父亲是当地有名的律师,曾任亚特兰大历史协会会长;母亲是个女权主义活动家,写过许多维护妇女权益的文章。玛格丽特·米切尔从小受父母的影响,养成了对读书的爱好。与此同时,她也耳濡目染来家做客的亲戚、朋友所讲述的许多有关南北战争的故事。所有这些,为她日后的历史言情小说创作打下了良好的基础。1914年,玛格丽特·米切尔开始在当地一所私立学校上学。在校期间,她显露了较好的写作天赋,曾尝试写了一些短篇小说和剧本。毕业之后,她进了马萨诸塞州史密斯学院,但不久即因不适应环境而辍学。1922年,玛格丽特·米切尔开始担任《亚特兰大报》专栏作家和记者。同年,她与贝里恩·厄普肖结婚,但仅过了几个月,即因性格不合而离异。不过直至1924年,她才办了离婚手续,并于翌年与约翰·马什结婚。因为健康的原因,玛格丽特·米切尔辞去了报社的工作,回到家里潜心读书和写作。自1926年起,她开始创作长篇历史言情小说《飘》。这部小说陆续花费了十年时间才完成。起初,玛格丽特·米切尔把这部小说取名为《明天是另一天》(Tomorrow is Another Day),正式出版

---

① Aruna Vasudevan, edited. Twentieth-Century Romance and Historical Writers, Third Edition. St. James Press, Washington D. C., 1994, p. 11.

时又定为《飘》。1936年,《飘》刚一出版,即引起了极大的轰动,半年内销售了一百万册,以后不断再版,仍供不应求。翌年,它又荣获普利策图书奖,两年后搬上电影银幕,再次引起轰动,并一举夺得奥斯卡电影八项大奖。在这之后,她把主要精力用于南方历史研究,完成了一些志愿性项目。二战期间,她积极参加红十字会工作,担任该会代言人,深得众人好评。1949年8月11日,她在亚特兰大不幸遭遇车祸,不治身亡,年仅四十九岁。

《飘》主要描述南北战争时期亚特兰大近郊某庄园发生的一个令人心颤的爱情故事。故事的女主人公名叫斯嘉丽,她生在富家,自小娇生惯养,有很强的占有欲。她以自我为中心,狂热地爱恋梦中情人阿什利,却对一直深爱她的雷特·巴特勒视而不见。但后来,阿什利和梅莱恩结婚,斯嘉丽梦想破灭,于是她不顾家人的阻拦,引诱了梅莱恩的哥哥查尔斯,让他抛弃了原本的恋人——阿什利的妹妹。然而,斯嘉丽与查尔斯的婚姻并不幸福。不久,南北战争爆发,查尔斯参战身亡。而且战火很快就烧到了十二橡树,斯嘉丽被迫逃离家乡,辗转南部各地。为了过上比较好的日子,她嫁给了生活比较富裕的弗兰克。一次,斯嘉丽独自外出,在路上遭到黑人的袭击。而弗兰克在给斯嘉丽复仇时,又被枪杀。此时雷特·巴特勒再次出现在斯嘉丽身边,处处关心、照顾她。于是,遭受了两次婚姻失败的斯嘉丽同雷特·巴特勒结合。但是,由于她心中依旧恋着阿什利,与雷特·巴特勒婚后的日子过得并不顺心。此后,斯嘉丽和雷特·巴特勒的独生女坠马身亡,两人之间不存在任何维系了,于是斯嘉丽也离开了雷特·巴特勒。直至阿什利的妻子梅莱恩死后,斯嘉丽才看清了自己的感情归宿。她决定回到雷特·巴特勒身边,然而雷特·巴特勒却不再相信她,离她而去。但是,斯嘉丽已经认识到雷特·巴特勒在她生命中的意义。对于她来说,阿什利只不过是一团美丽的烟雾。她决心重新赢得雷特·巴特勒的心。

在这里,玛格丽特·米切尔成功地塑造了众多复杂的立体型人物。女主人公斯嘉丽感情丰富,敢爱敢恨,倔强、任性,而且勇于面对现实,在家境衰败后毫不气馁,不依靠男性,自强自立。梅莱恩与之性格截然相反。她心胸宽阔,极能包容,知书达理,是阿什利的精神支柱。明知斯嘉丽是自己的情敌,却仍然善待她。而正是她点醒了斯嘉丽,令斯嘉丽看清了自己的感情归宿和巴特勒对于她生命的意义。虽然作者对梅莱恩的用墨并不多,但她的形象光彩耀人,梅莱恩在书中的地位举足轻重,没有她就没有斯嘉丽的猛醒,就不会有斯嘉丽最终走向雷特·巴特勒的结局。应该说,这两个美丽女性都是南北战争之后美国广大妇女所向往的。而书中的男主人公雷特·巴特勒,虽然相貌粗野,语言尖刻,但目光敏锐,自尊心强,有很强的谋生能力。当他一次次遭受斯嘉丽的伤害时,表面上对她冷嘲热讽,但暗地里却一直进行帮助。他始终等待斯嘉丽,直到梅莱恩死后,雷特·巴特勒认为斯嘉丽有可能与阿什利结合,心中才彻底绝望。对爱情十分这样执着的男性也是当时美国广大妇女所渴求的。这是该书的巨大魅力之所在。

玛格丽特·米切尔对书中主要人物的形象刻画,如此鞭辟入里,发人深思,同时也不放弃任何一个小人物。对于他们,虽然着墨不多,但言谈举止,人物个性,都跃然纸上。而且许多细节富有喜剧色彩。譬如嬷嬷听到斯嘉丽要她去买胭脂,先是大吃一惊,继而是坚决抵制,最后自找梯子下台,乖乖地去买了。又如妓女贝尔按照雷特·巴特勒的指令,接受问话时故意胡搅蛮缠,给三K党打掩护,致使北方盟军上尉非常尴尬。凡此种种,令人忍俊不禁。

凯瑟琳·温莎

1919年10月16日,凯瑟琳·温莎出生在明尼苏达州奥利维。从加利福尼亚大学伯克利分校毕业后,她在当地一家报社做记者,与此同时开始了各种题材、各种风格的言情小说创作。她的第一部作品是长篇历史言情小说《永久琥珀》(*Forever Amber*)。该书于1944年出版后,立即成了畅销书,以后又被改编成电影,轰动一时。从此,她放弃了记者生涯,专心致志进行创作。接下来,她又出版了当代题材的《闪亮的金钱》(*Star Money*,1950)和历史题材的《情侣》(*The Lovers*,1952),然而,它们的销路远远比不上《永久琥珀》。1957年,在推出了家庭题材的《爱在美国》(*American with Love*)之后,凯瑟琳·温莎逐渐淡出文坛,仅出版了历史题材的《向东漫游,向西漫游》(*Wanderers Eastward, Wanderers West*, 1965)。但70年代末她又复出,陆续出版了当代题材的《卡莱斯》(*Calais*, 1979),奇幻题材的《贾辛莎》(*Jacintha*, 1985)、《罗伯特和阿拉贝拉》(*Robert and Arabella*, 1986),等等,不过,这些作品依旧反应平平。

《永久琥珀》之所以造成轰动,主要在于塑造了一个有悖于传统的美丽而坚强的女性人物。该书的故事背景设置在公元17世纪英国王政复辟时期,女主人公名叫安伯,这个名字与琥珀谐音,象征着美丽、坚强。安伯原是一个贵族的私生女,自小在一户自耕农家中长大。十六岁时,她爱上了卡尔顿勋爵,并劝说他带自己私奔到伦敦。在这之后,卡尔顿勋爵虽然依旧爱着安伯,但忙于到新大陆跑买卖,渐渐疏远了安伯。而此时的安伯已经怀有身孕,经历了一系列生活上的打击。因为无力还债,她被投进监狱。但她没有沉沦下去,而是设法逃离了监狱,并利用自己对男人的魅力,先后征服了几个男人,其中一个男人死后留给她一笔财富。从此,安伯摆脱了贫困,但与此同时,她也在演艺界积极发展,并靠着自己的聪明才智,逐步成为伦敦的著名演员。故事最后,她获得了查理二世的赏识,得以进宫,当了国王最宠爱的情妇。但是当一切浮华逝去,安伯发现她生命中真正需要的东西是坚贞不屈的爱情。于是,她走向了一直深爱着她的卡尔顿勋爵,随他一起远赴新大陆。

显然,凯瑟琳·温莎笔下的安伯是一个不同于传统类型的女主人公。一方面,她出身贫寒,聪明美丽,感情丰富,渴望爱与被爱,追求性的满足;但另一方面,她又爱慕虚荣,崇尚名利,并不惜用姿色来达到自己的目的。这样的描写未免有招徕色情之嫌,但毕竟比传统的"软弱无助"的"病美人"前进了一大步。更何况,通奸姘居、包养情妇,是英国王政复辟时期的社会时尚。事实上,自凯瑟琳·温莎的《永久琥珀》问世后,这种正视性要求,追求性满足,并以色相作为社交手段的女主人公塑造,已经成为王政复辟言情小说的套式。

凯瑟琳·温莎的其余几部言情小说,无论是历史题材的《情侣》,还是当代题材的《闪亮的金钱》《卡莱斯》,都大体具有类似性格的女主人公。《情侣》实际是一部作品集,包括三篇独立的中篇历史言情小说,故事的背景全设置在中世纪的欧洲,描写男、女主人公之间的爱情以及他们生活受挫的种种经历。场面宏大却不失精细,故事情节也非常动人。而《闪亮的金钱》被认为是一部带有自传性质的言情小说。女主人公谢利·德兰妮的生活经历与凯瑟琳·温莎非常相似。谢利是一位美丽的女作家,在战争期间坚持写作。她的第一部畅销书是一本历史言情小说,该书给她带来了巨大的财富与声誉。在将该书改编成电影的过程中,谢利会见了许多出版界和电影界的要人。由于当时她丈夫在海外,她感到寂寞孤独,遂与多位男性发生了肉体关系。后来,她丈夫从海外归来,谢利却无法继续获得他的爱。该书的主题是反映女性事业成功对自身爱情的影响。同样,在《卡莱斯》中,女主人公是一位成功的演员,有着坚强的个性,在拍电影的过程中与多位男性发生性关系,后来感情发生波折,情节描写颇为动人。

托马斯·科斯坦

1885年5月8日,托马斯·科斯坦出生在加拿大安大略省布兰特福德。早在学生时代,他就显示了不凡的写作天赋,被《布兰特福德信使报》聘为兼职记者。大学毕业后,他继续记者的生涯,先后在《布兰特福德评论报》《圭尔夫先驱报》《渥太华新闻报》《多伦多帝国邮报》等报社任职。1920年，他搬迁到美国费城，出任《星期六晚邮报》副总编，并加入美国国籍，成为美国公民。在这之后，他编辑了很多文艺类图书和小说。1942年，他以五十七岁的年龄，涉足通俗文坛，创作了长篇小说《荒唐的壮举》(For My Great Folly)。该书出版后，立即成为畅销书。从此，他辞去其他工作，专心致志进行创作。到1965年他去世时，已经出版了二十多本长篇小说。这些小说绝大部分以历史为题材，应当归属历史浪漫小说或历史言情小说，后者比较著名的有《随我一同骑马》(Ride With Me, 1944)、《黑玫瑰》(The Black Roses, 1945)、《金融家》(The Moneyman, 1947)、《高塔》(High Towers, 1949)、《百王之子》(Son of A Hundred Kings, 1950)、《银质圣杯》(The Silver Chalice, 1953)，等等。

托马斯·科斯坦的历史言情小说，往往有一个固定的套式，即男主人公是道德高尚的英雄，女主人公是貌若天仙的美女，横亘在这对恋人之间的威胁势力来自历史上的专制和暴政。而且在这对恋人当中，必然有一方是处在社会底层的人物，而另一方地位则非常高贵，由此带来了双方在种族、家族、阶级、文化上的较大差距。然而，在复杂、激烈的历史事件中，地位卑微的一方凭借自身的优势，一点点缩小差距，并最终如愿地与对方结合。譬如《随我一同骑马》，男主人公是一个貌不惊人的报纸出版商，他爱上了一位美丽、活泼的法国小姐，此人系反对拿破仑军事独裁的君主主义分子。于是，这位报纸出版商利用手中的舆论工具，掀起了一阵阵反对拿破仑的波涛，从而成为国人眼里的英雄，赢得那位法国小姐的芳心。又如《黑玫瑰》，男主人公是撒克逊时代的一位贵族，由于诺曼底人入侵而沦为平民。为了恢复自己的地位，他冒险去了中华，并邂逅、营救、爱上了一位撒克逊军官的女儿。在营救中，他历尽危险，终于以自己的勇敢精神感动了心上人。

不过，托马斯·科斯坦最好的一部历史言情小说还是《银质圣杯》。该书主要描述基督教创建时期一个年轻奴隶同一位贵族小姐的情感经历。这个年轻奴隶名叫巴慈尔，是一个银器铺的学徒。他刻苦学习技术，练就了一手雕刻绝技。因而一个贵族出钱为他赎身，让他成为自由公民。巴慈尔最得意的杰作是银质圣杯。该圣杯刻有耶稣和他的十二个门徒的画像。在最后的晚餐，耶稣曾用此杯与十二个门徒相互饮酒。此时，一位贵族少女走入了巴慈尔的心灵。尽管巴慈尔非常爱她，并为此夜夜不得安眠，但由于两人地位悬殊，还是不敢公开显露爱情。托马斯·科斯坦十分细腻地描写了这种极其复杂的矛盾心理，并不时穿插当时的历史事件。尤其是，他引入了早期基督教在十分困难的环境中引导人们皈依上帝的画面,塑造了一个个坚定不屈的基督徒形象。托马斯·科斯坦常常通过人物对话来显明他们对耶稣的爱。这种对话简洁优雅,着墨不多却尽现人物性格,显示了作者深厚的写作功底。如书中的一句话:"你心中的火苗会点燃熊熊大火,喊出你的信仰,让全世界都来倾听。"就这样,巴慈尔凭着自己的不懈努力,一步步走向自由,走向爱情。到最后,他和那位贵族少女终于携手。与此同时,他的生活信仰也在改变,灵性也在不断成长。他虽然生活在社会的最底层,却追求上进、荣誉和美好的信仰。这正是表达了作者写这部书的主旨:苦难不会持久,幸福却可以长存。

第二节 硬派私家侦探小说

渊源和特征

一战后,西方古典式侦探小说开始进入黄金时代。这个时代是以阿加莎·克里斯蒂、多萝西·塞耶斯、马杰里·阿林厄姆、约翰·卡尔、范·戴恩等一大批知名侦探小说家的出现为标志的。他们的作品代表西方古典式侦探小说创作的最高成就。然而,就在西方古典式侦探小说发展到顶峰的同时,它的创作模式也在开始发生变革,并且最早对这个创作模式进行变革的不是哪个"名流"或"大师",而是一些"出身低微"的通俗小说杂志作家。

1918年,受当时经济大萧条的影响,美国著名文论家亨利·门肯(Henry Mencken,1880—1956)和乔治·内森(George Nathan,1882—1958)主编的严肃文学刊物《时髦人士》在资金上陷入了严重困境。尽管他们已经成功地创办了两种言情小说杂志——《巴黎妇人》和《丽人故事》,还是不能弥补巨大的金钱赤字。于是,他们决定创办了第三种通俗小说杂志——《黑色面具》。该杂志于1920年4月正式面世。起初几期主要是沿袭一些惊悚小说杂志的做法,刊载当时颇受读者青睐的侦探、科学、言情、西部和灵异小说。尽管他们很快收回了投资,而且赢利逐月上升,但由于来稿质量不高,还是失去了继续编辑的兴趣。不久,他们决定将该杂志出售给《时髦人士》的发行商。1922年,新上任的主编乔治·萨顿(George Sutton,1888—1958)着手解决刊物质量问题。他大胆起用新作者,鼓励他们创作具有全新意识的通俗小说。很快,《黑色面具》团结了一批颇有才华的侦探小说家,其中包括卡罗尔·戴利(Carroll Daly,1889—1958)和达希尔·哈米特(Dashiell Hammett,1894—1961),也由此,诞生了一类新的侦探小说——硬派私家侦探小说(hardboiled private detective fiction)。

一般认为,美国最早的硬派私家侦探小说是卡罗尔·戴利刊发在1923年五月号《黑色面具》上的短篇小说《三枪特里》("Three Gun Terry")。该小说首次将冒险小说的情节结构融入侦探小说,描述了一个以私家侦探面目出现的男主人公——特里·麦克。而且这个特里·麦克的人物形象有别于之前侦探小说任何一类业余侦探。他身处纽约的僻街陋巷,游刃于受害者、罪犯和警察之间,语言幽默,性格洒脱,不畏强暴,视死如归。顿时,读者眼前一亮。时隔一月,卡罗尔·戴利又在《黑色面具》上推出了另一个短篇《奥本帕姆的骑士》("Knights of Open Palm")。该小说塑造的私家侦探雷斯·威廉姆斯与特里·麦克同属一个类型,但人物形象更丰满、更有趣,因而也更为读者所欢迎。受卡罗尔·戴利的影响,达希尔·哈米特也以彼得·柯林森的笔名在同年十月号《黑色面具》上发表了短篇小说《阿森·普拉斯》("Arson Plus")。该小说所塑造的男主角"大陆探员"既有特里·麦克、雷斯·威廉姆斯的个性,又有达希尔·哈米特本人在平克顿侦探事务所工作时所熟悉的众多私家侦探的影子。尤其是,他刚直不阿,不畏强暴,不为女色所动。很快,"大陆探员"又成为读者喜爱的一个小说人物。

不过,乔治·萨顿并没有意识到"特里·麦克""雷斯·威廉姆斯""大陆探员"等私家侦探的划时代变革意义。尽管他还在《黑色面具》不断地推出新人新作,但没有形成一个品牌、一个战略。不久,随着他的兴趣别移,他辞去了该杂志的编辑工作。接替他任主编的菲利普·科迪(Philip Cody)颇有战略眼光,他看到了这种变革的巨大潜力。一方面,他鼓励卡罗尔·戴利和达希尔·哈米特继续创作以"雷斯·威廉姆斯""大陆探员"为主人公的侦探小说,使之形成《黑色面具》的特色;另一方面,又不断地发现和扶掖新人,及时在该杂志推出他们的同类新作。在菲利普·科迪扶掖的同类新作当中,影响较大的有厄尔·加德纳(Erle Gardner,1889—1970)的"埃德·詹金斯影子窃贼系列"(Ed Jenkins Phantom Crook Series),弗雷德里克·内贝尔(Frederick Nebel,1903—1967)的长篇小说《戳穿把戏》(The Breaks of the Game,1926),等等。

经过菲利普·科迪的不懈努力,到1926年初,《黑色面具》的质量已经大为改善,而且在读者当中获得了一定的声誉。然而,是第四任主编约瑟夫·肖(Joseph Shaw,1874—1952),将《黑色面具》的编辑工作推上了一个新台阶,使之成为一种风靡大西洋两岸的专门性侦探小说杂志。与此同时,硬派私家侦探小说的创作模式也由窄变宽、由简变繁,日臻完善。1926年11月,约瑟夫·肖刚一上任,就在《黑色面具》上刊发了卡罗尔·戴利、弗雷德里克·内贝尔、厄尔·加德纳等人的硬派私家侦探小说。翌年6月,他在《黑色面具》上发表社论,宣称该杂志的办刊宗旨是建成世界第一家硬派私家侦探小说杂志。在他的推动下,《黑色面具》迅速建立了一支颇有规模的硬派私家侦探小说创作队伍。这支队伍除达希尔·哈米特等原班人马外,还有霍勒斯·麦科伊(Horace McCoy, 1897—1955)、诺伯特·戴维斯(Norbert Davis, 1909—1949)等新秀。1933年,雷蒙德·钱德勒(Raymond Chandler, 1888—1959)加盟《黑色面具》,主编约瑟夫·肖如虎添翼。他不但在该杂志发表了一系列很有影响的硬派私家侦探小说,而且塑造的私家侦探菲利普·马洛也获得了前所未有的声誉。至此,美国硬派私家侦探小说已经基本成形。

美国硬派私家侦探小说的创作模式在许多方面不同于黄金时代侦探小说。黄金时代侦探小说强调"解谜",所以作者对待故事场景的态度是"浪漫"式的。故事往往发生在一些具有东方神秘色彩的荒寂场合,即便是以城市为媒介,也多半设置在郊外,整个场景被赋予诡秘、凶险的气氛。而硬派私家侦探小说强调"冒险",因此作者对待故事场景的态度是"写实"式的。故事基本发生在城市的偏僻街道,着重表现现实世界的罪恶与苦难。伴随着这种故事场景的变化,情节设置也产生了较大差异。尽管黄金时代侦探小说和硬派私家侦探小说大体上都遵循"引入侦探、介绍案情、展开调查、查明结果、确定罪犯"的故事顺序,但前者侧重"从众多疑犯找出真凶",而后者强调"表现侦探与罪犯的冲突"。有时这种冲突是心理上的,有时则表现为枪战、拳击等形式的暴力争斗。但无论属于哪种情况,作为小说主人公的私家侦探都无一例外起着"罪恶审判官"和"惩罚执行官"的作用。他既是现代资本主义社会种种腐败的暴露者,又是现代法律制度不完善情况下以暴制暴、扶正压邪的理想人物。正因为如此,硬派私家侦探小说的主题一般要比黄金时代侦探小说显得深刻。

然而,这一创作模式的最大变革还在于作品中主要人物和次要人物的形象塑造。同黄金时代侦探小说近乎单一的受害者不同,硬派私家侦探小说的受害者是多元、复杂的。并且有关受害者情况的描述,也不再仅仅突出死亡线索的扑朔迷离,而改以强调凶案制造者的歹毒和残暴。往往最初受害者是主人公侦探的一个朋友,或是某个在感情上令他难以忘怀的人物,从而增强了读者对罪犯的痛恨和对将其绳之以法的期待。而罪犯也比黄金时代侦探小说的同类人物显得阴险、狡诈。往往此人以主人公的男性朋友或女恋人的面目出现,在社会上有着受人尊敬的地位,但与黑暗地下世界有这样那样的联系,其真相最终披露构成了案情发展高潮。像大多数黄金时代侦探小说中的任何侦探一样,硬派私家侦探小说中的私家侦探也汇集了与上述罪犯个性相对立的诸多理想化特征。不过,他不仅像黄金时代侦探小说中的侦探那样具有敏锐的直觉,善于借助推理进行破案,还具备了现代骑士的种种风范。一方面,他认识到现代社会的腐朽和奸诈,习惯用愤世嫉俗的眼光审时度势;另一方面,他又怀有强烈的社会责任感,不惜以生命为代价来暴露罪恶、惩罚罪犯。在他身上,聚集着正义与邪恶、冷酷与柔情、失败与成功等矛盾焦点。其中最突出的是不畏强暴和坚韧不拔。与这种硬汉式主人公形象相映衬的是次要人物的社会化和立体化。硬派私家侦探小说的次要人物不仅有犯罪嫌疑人,还有警察等社会各个层面人士,其中包括侦探的女恋人。这一女性人物的介入具有不寻常的意义。她不仅在案情的发展中起着一个联结的纽带作用,也极大地丰富了侦探的情感世界,从而为黄金时代侦探小说的缺乏爱情描写画上了一个句号。

在20年代和30年代美国《黑色面具》扶掖的众多硬派私家侦探小说家当中,最重要的当属达希尔·哈米特和雷蒙德·钱德勒。前者最早在自己的作品中设置了较为完备的现代城市场景,构想了许多十分精巧的故事情节,尤其是,虚构了多个性格复杂、不屈不挠的私家侦探形象,从而使硬派私家侦探小说成为一类明显区别于黄金时代侦探小说的通俗小说;而后者则以一系列脍炙人口的精品,从多方面完善了达希尔·哈米特的创作模式,尤其是,塑造了较为完美的私家侦探菲利普·马洛的人物形象,极大地扩大了硬派私家侦探小说的影响,确立了其文学地位。此外,厄尔·加德纳、卡罗尔·戴利、弗雷德里克·内贝尔、霍勒斯·麦科伊、诺伯特·戴维斯等人也各自在不同的方面拓宽了硬派私家侦探小说的深度和广度,丰富了其内涵。

40年代,美国硬派私家侦探小说继续朝纵深发展。但随着《黑色面具》渐渐走下坡路,雷蒙德·钱德勒等人也由创作短、中篇小说改为创作长篇小说。而且在他的影响下,诞生了像约翰·麦克唐纳(John MacDonald,1916—1986)、罗斯·麦克唐纳(Ross MacDonald,1915—1983)、米基·斯皮兰(Mickey Spillane,1918—2006)这样的硬派私家侦探小说大师。他们的创作活动一直持续到50年代和60年代。约翰·麦克唐纳主要以创作"特拉维斯·麦吉"系列小说著称。该系列的同名主人公是一个传统型私家侦探。他喜欢独立办案,既刚直不阿,又情感充沛。但相比之下,这个人物多了几分清新活泼的现代气息。罗斯·麦克唐纳的主要业绩是十八部

"刘·阿切尔"系列小说,这些小说不但社会容量大,主题深刻,而且在人物塑造和语言运用方面也都达到了较高的艺术水准。而米基·斯皮兰是最畅销的硬派私家侦探小说家。他所塑造的私家侦探虽然粗糙,但颇有新意,被许多人认为是对传统私家侦探形象的"灰色"补充。

卡罗尔·戴利

1889年9月14日,卡罗尔·戴利出生在纽约州扬克斯。早年,他对戏剧艺术有着浓厚兴趣,曾先后就读德拉萨勒学院和纽约国家戏剧艺术学院。成年后,卡罗尔·戴利放弃了表演生涯,转而把精力投入剧院的经营和管理,先后在纽约州的扬克斯、艾佛恩以及新泽西州亚特兰大等地建起了多个剧院。1918年《黑色面具》的创刊以及随之而来的轰动效应使许多人加入了通俗小说创作队伍,卡罗尔·戴利也不例外。1922年,他将自己创作的短篇小说《多利》("Dolly")投寄给《黑色面具》。不料,它很快被接受,并被刊发在当年10月出版的《黑色面具》上。紧接着,十二月出版的《黑色面具》又刊登了他的另一个短篇《咆哮的杰克》("Roarin' Jack")。从此,卡罗尔·戴利笔耕不止,成为《黑色面具》的一个主笔。与此同时,他也在积蓄力量,酝酿着创作艺术的更新和突破。

1923年5月卡罗尔·戴利在《黑色面具》刊发的《三枪特里》被公认是西方最早的硬派私家侦探小说,该小说塑造了一个性格洒脱、勇敢坚毅、疾恶如仇的私家侦探特里·麦克的形象。紧接着,卡罗尔·戴利又在《黑色面具》推出了另一个以雷斯·威廉姆斯为私家侦探的短篇《奥本帕姆的骑士》。同特里·麦克一样,雷斯·威廉姆斯的破案方式不同于黄金时代侦探小说中任何一类侦探。他不依赖逻辑推理,而是独行其是,推崇拳头加枪棒,并且宣称只遵从自己的道德标准。很快,这个别具一格的人物形象风靡全美,成为一战后精神空虚的美国人心目中的英雄偶像。继《奥本帕姆的骑士》之后,卡罗尔·戴利继续以雷斯·威廉姆斯为主角,创作了许多长、中、短篇硬派私家侦探小说。这些小说构成了有名的"雷斯·威廉姆斯"小说系列。在此期间,他也新辟门户,创作了许多以其他硬派私家侦探为主角的小说,其中包括"威·布朗"系列和"萨坦·赫尔"系列。自1953年起,他趋于停笔,同妻子移居洛杉矶郊外,安度晚年。他的最后一篇小说发表于1955年。接下来的几年,他的身体每况愈下,不断进出医院。1958年1月16日,卡罗尔·戴利在洛杉矶县总医院病逝,享年六十九岁。

毋庸置疑,卡罗尔·戴利一生创作的最大成就是"雷斯·威廉姆斯"系列小说。该系列由八个长篇和若干个中、短篇组成,其中比较有影响的除《奥本帕姆的骑士》外,还有《野兽的嚎叫》(The Snarl of the Beast,1927)、《隐匿的手》(The Hidden Hand,1929)、《指控谋杀》(The Tag Murders,1930),等等。这些小说的故事情节一般总是围绕与某个地下犯罪集团的正面交锋展开。在那里,既有歹毒、邪恶的集团首领,又有亦正亦邪的黑道人物,还有与黑帮勾结、一手遮天的政客以及利欲熏心、贪污腐化的警察。侦探和罪犯的较量不仅是双方智力上的比拼,更多的是现实社会场景中生死攸关的搏斗。这些人物均是现实社会中活生生的人,在性格、外貌、言谈举止上各有特色,并无为了情节需要而刻意安排之感。此外,卡罗尔·戴利也常常围绕着情节发展来设置人物对话,语言干净、利落而不失形象、生动。这种特色经过达希尔·哈米特、雷蒙德·钱德勒等人的进一步发挥,成为硬派私家侦探小说不可或缺的文字风格。

然而,"雷斯·威廉姆斯"系列小说对于硬派私家侦探小说的最大贡献还在于天才侦探人物塑造。正是这种塑造,西方古典式侦探小说从"量变"到"质变",衍变出一类有别于传统的新型创作模式。在《奥本帕姆的骑士》中,雷斯·威廉姆斯是个标准魁梧大汉。在他身上,既有除暴安良的英雄浪漫主义,又有为日常生活操劳、芸芸众生般的无奈。为此,他往往无法挑剔花钱雇其探案的雇主有何动机、背景,但他也从不违背自己良心,而是在与黑白两道各个人物的争斗中,凭借自己的勇气、智慧与惊人的体能化解危难,成为最后赢家。

卡罗尔·戴利在竭力渲染侦探人物的硬汉气质的同时,也不避讳"感情"的铺垫。他大胆地闯入范·戴恩所说的"好的侦探作品要避免情感纠葛"的禁区,把侦探人物个人情感生活作为描述对象,深入剖析其事业和爱情冲突中极为复杂的内心世界。譬如《指控谋杀》,绰号为"火焰"的女黑帮头目爱上了雷斯·威廉姆斯,情愿奉献出自己的全部江山,而雷斯·威廉姆斯也对"火焰"有几分说不清、道不明的情丝。在雷斯·威廉姆斯看来,"火焰"是个亦正亦邪的人物。有时候,他能感受到她的乖戾、邪恶、毒辣,但有时候他又觉得她是一个善良的女孩,那张冷酷的脸孔仿佛仅是个面具,将她的内心世界的纯真、善良一股脑儿隐藏起来。不难看出,卡罗尔·戴利力图在自己的作品中塑造较为全面、丰满的侦探人物形象。

达希尔·哈米特

1894年5月27日,达希尔·哈米特出生在马里兰州圣玛丽县。他的父亲是一个热衷于政治的农场主,而母亲是一个训练有素的护士。儿时,因为家庭经常搬迁,他只断断续续地上了几年学,直至1908年,才得以入读巴尔的摩理工学院。但一学期后,他又辍学回家,靠打零工贴补家用。1915年,达希尔·哈米特在平克顿侦探事务所谋得一份职务,这段生活经历为他后来的创作提供了大量素材。两年后,一战爆发,达希尔·哈米特应征入伍。战争结束后,他重返侦探社,干起了老本行。但不幸,他患了肺结核。住院治疗期间,他结识了护士约瑟芬·多兰,两人堕入爱河,并于1921年结婚。不久,他们生养了两个女儿。

这一时期,他已经尝试写了一些文学作品。1923年,他依据自己在平克顿侦探事务所的工作经历,创作了以"大陆探员"为主角的短篇小说《阿森·普拉斯》。很快,这篇小说得到了《黑色面具》主编乔治·萨顿的赏识,被刊登在该杂志上。之后,达希尔·哈米特继续创作以"大陆探员"为主角的中、短篇小说和长篇小说。起首两部长篇小说《血的收获》(*Red Harvest*,1927)和《戴恩的诅咒》(*The Dain Curse*,1929)在《黑色面具》连载后,引起了轰动,达希尔·哈米特遂成为该杂志最著名的作家。紧接着,他另辟门户,创作了以"萨姆·斯佩德"为主角的两部长篇小说《马耳他猎鹰》(*Maltese Falcon*,1929)和《玻璃钥匙》(*The Glass Key*,1930)。这两部长篇小说也在《黑色面具》连载,同样引起轰动,由此达希尔·哈米特确立了自己的硬派私家侦探小说大师的地位。30年代,正当达希尔·哈米特的创作达到巅峰之时,他突然改弦易辙,到好莱坞谋求发展。作品先后有十六部搬上电影银幕,而且每次放映都引起火爆场面。1933年,他的最后一部长篇小说《瘦子》(*The Thin Man*,1933)出版。至此,达希尔·哈米特几乎完全淡出文坛,把精力投入美国的民权运动。1961年11月10日,达希尔·哈米特因肺癌在纽约逝世,终年六十七岁。

达希尔·哈米特一生的文学成就在于为数不多的长篇小说和短篇小说。尽管这些作品人物各异,故事情节和写作风格也不相同,但却体现了一种崭新的硬派私家侦探小说的创作模式。达希尔·哈米特一改黄金时代侦探小说的许多俗套,在故事场景、情节设置、语言风格等许多方面做了革新,尤其是塑造了大陆探员和萨姆·斯佩德这两个具有"血肉之躯"的典型硬汉侦探的形象。大陆探员大约四十岁,在大陆侦探事务所工作,收入微薄。在破案方面,他主要依靠一系列警察调查程序,附以种种强迫罪犯就范的暴力行径。而且他除了工作,也没有特别嗜好,只是偶尔上酒吧、打牌。所有这些,均不同于福尔摩斯那种喜好音乐、吸食可卡因的古怪习性以及一系列神秘莫测的逻辑推理破案方法。而因为侦探不同,罪犯及其犯罪也不同。在大陆探员所处的世界,罪犯行为构成了准则和规范。犯罪不止一起,罪犯也不止一人。整个社会秩序不是暂时被打乱,而是腐败透顶。哪怕案件被侦破，罪犯被惩罚，社会依旧不可挽救。譬如在《血的收获》中，罪犯除了一伙歹徒之外，还有警察局长、一个有钱的当事人。小说结尾，书中大部分人物要么死去，要么等着蹲监狱。达希尔·哈米特所强调的并非一次犯罪，而是整个社会的腐败以及这种腐败给包括侦探本人在内的所有人带来的影响。基于这样的创作理念，小说的主题无疑要比黄金时代侦探小说显得深刻。

而萨姆·斯佩德，尽管仅出现在《马耳他猎鹰》等少数作品中，但他在读者当中的声誉已经远远超过了大陆探员。这很大程度上是因为好莱坞著名演员汉弗莱·博加特在同名电影中的出色表演。不过，萨姆·斯佩德的表现在某几处确实超过了大陆探员。这不独是因为他比较年轻，善于讨女人欢心，更重要的是他的个人情感得到了更充分的展露。在《马耳他猎鹰》的结尾，当萨姆·斯佩德向警方指出他的恋人布里吉德即是杀人凶手时，读者心中一下子激起了千层波浪。显然，萨姆·斯佩德一开始就知道是她犯的罪。他之所以迟迟不愿道破案件结果，是因为自己确实爱她，感情战胜了职业道德。但最后，理智还是占了上风。

雷蒙德·钱德勒

1888年7月23日，雷蒙德·钱德勒出生在伊利诺伊州芝加哥。他刚出生不久，父母即离异，之后，一直和母亲住在英国伦敦。1905年，雷蒙德·钱德勒离开伦敦达尔威治学院，到欧洲大陆旅游，先后在法国和德国待了一年。回到英国后，雷蒙德·钱德勒开始尝试写作。这一时期，他创作的主要是诗歌、散文，其中大部分被收集在后来出版的《雷蒙德·钱德勒早期诗歌散文选》（*Raymond Chandler's Early Prose and Poetry*，1973）。1912年，二十四岁的雷蒙德·钱德勒来到美国。不久，一战爆发，他以美国公民的身份去了加拿大服役，先是被分配在步兵团，后来转到皇家飞行大队。战争结束后，雷蒙德·钱德勒返回美国，并选择在加利福尼亚州定居。1919年至1932年，他先后在一家石油公司担任会计师和经理。30年代经济大萧条时期，该公司被迫关门，于是，为了维持生计，雷蒙德·钱德勒开始转向侦探小说创作。1933年，他的第一个短篇被刊登在《黑色面具》上。此后的几年，他又在该杂志及其他杂志上刊发了一些颇受读者欢迎的短篇。1939年，他转向长篇创作，并出版了第一部长篇小说《长眠不醒》（*The Big Sleep*，1939）。这是他的成名作，其问世不但标志着他的个人创作风格日臻成熟，而且标志着美国硬派私家侦探小说已经发展成形。在这之后，他又出版了两个长篇和一些中、短篇。1943年，雷蒙德·钱德勒应邀担任派拉蒙影业公司编剧,先后撰写了两个电影剧本《双重保证》(*Double Indemnity*,1944)和《蓝色大丽花》(*The Blue Dahlia*,1946)。它们均获得奥斯卡金像奖提名,其中后者还荣获爱伦·坡奖。1946年,雷蒙德·钱德勒离开好莱坞,到海滨城市拉霍亚定居。1953年,他又出版了一个长篇《冗长的道别》(*The Long Goodbye*),并梅开二度,再次荣获爱伦·坡奖。1959年,雷蒙德·钱德勒当选为美国侦探小说作家协会主席。但不幸的是,时隔一月,这位才华横溢的侦探小说家便在圣迭戈与世长辞。

雷蒙德·钱德勒并不是多产的侦探小说家。在二十多年的创作生涯中,他总共写了七个长篇、二十多个中、短篇,以及几个电影剧本。但他的小说,特别是30年代和40年代创作的"菲利普·马洛"系列小说,都是硬派私家侦探小说精品,在艺术上已经达到了较高水准,具体体现在场景设置、情节构造、语言表达、主题展示、人物刻画等各个方面。尤其是,他笔下的私家侦探菲利普·马洛,已被公认为是这类人物塑造的典范,对后世的硬派私家侦探小说创作产生了很大的影响。

菲利普·马洛最早出现在雷蒙德·钱德勒的长篇《长眠不醒》中。其时,他三十三岁,未婚,在洛杉矶当私家侦探。随着以后的长篇逐步面世,他的年龄不断增大,探案经历也越来越丰富。到了倒数第二个长篇《冗长的道别》出版时,他已经四十二岁,成为当地一个名探。菲利普·马洛具有传统硬派私家侦探的许多特征。他身处洛杉矶的僻街陋巷,游刃于受害者、罪犯、警察之间,性格坚强,威武不屈,有正义感,好冲动,喜欢诉诸暴力。不过,相比之下,他也多了一些中世纪的骑士风范。这不啻因为他的名字与《亚瑟王之死》(*Le Morte d' Arthur*,1485)的作者托马斯·马洛礼(Thomas Malory,1415—1471)谐音,还因为他具有的高度的使命感,把自己的惩治罪恶、维护社会秩序看得高于一切。可以说,这方面的描写比比皆是,贯穿"菲利普·马洛"系列的始终。

譬如在《长眠不醒》中,故事一开始,菲利普·马洛就注意到斯特恩伍德大楼的彩色玻璃窗嵌着骑士勇斗恶龙救少女的图案。良久,他发出感叹:"我要是住在这里,迟早会爬上去,助那个骑士一臂之力。他看上去并不怎么卖力。"后来,在抵挡女人的一阵引诱之后,他又看着自己的棋盘,沉思道:"骑士不会感兴趣,这不是骑士感兴趣的事。"又如在《高窗》(*The High Window*,1942)中,书中一个人物直接称菲利普·马洛为亚瑟王传奇的圣洁骑士"加勒哈德"。而紧接着的长篇《湖中女士》(*The Lady in the Lake*,1943)的书名则讽喻亚瑟王传奇的超现实神灵,这个神灵给亚瑟王提供了神剑,也提出了许多苛刻要求。之后,菲利普·马洛称人生如同"一场长期酷战",这话也来自亚瑟王传奇的骑士。为了体现菲利普·马洛的骑士风范,雷蒙德·钱德勒还刻意让他经历了许多"性"的磨难。几乎每一本长篇小说,都有漂亮女性的吸引、诱惑的细节描写。然而,他始终忠于自己的职责,不断抵挡她们的进攻。不过,雷蒙德·钱德勒也不过分把他神化,于是在《冗长的道别》中,让他与琳达·洛林上床,但拒绝一同私奔到巴黎。在《回放》(*Playback*,1958)中,他先后同两个女人睡觉,但在故事结尾,他给了琳达·洛林一些钱,自己回到了加利福尼亚。

除了人物塑造,雷蒙德·钱德勒的语言风格也颇有特色。他的故事场景多用白描,叙述生动、客观,给读者以身临其境之感。尽管书中经常变换街道和房屋名称,但读者还是能从字里行间体会到30年代和40年代洛杉矶、好莱坞的现实生活图景。在人物对话方面,雷蒙德·钱德勒采用了一些私家侦探和歹徒经常使用的都市街头用语,有时还刻意改变词语的音素、拼写,以符合其教育背景和身份地位。尤其是,他让菲利普·马洛的言谈充满了各色各样的俚语、口头禅和俏皮话,其效果虽然显得有点夸张、做作,但惟妙惟肖地突出了他的非知识型人物的特征。

约翰·麦克唐纳

1916年7月24日,约翰·麦克唐纳出生在宾夕法尼亚州沙伦。他是家中独子,十岁随父母迁居纽约的乌迪卡,并就读乌迪卡学院。两年后,他不幸患了猩红热,几乎病死。约翰·麦克唐纳的父亲希望儿子经商,他屈从父愿,进入宾夕法尼亚州商学院,并于1936年获得商科学士学位。之后,他又进入哈佛大学深造,获得经济管理硕士学位。二战爆发后,他应征入伍,被分配在远东美军战略服务处。为了打发时间,他写了一个短篇,寄给国内的妻子消遣。他的妻子非常喜欢,遂不经他同意,寄给了当时一家颇有名气的严肃文学杂志《小说》。不料,这个短篇居然很快被接受。受这次成功的鼓舞,约翰·麦克唐纳决定当一个作家。一俟回到国内,即创作了大量短篇小说。这些小说类型各异,大部分刊发在通俗小说杂志上。在这以后,随着通俗小说杂志走下坡路,他又转向长篇创作。1950年,他的首个长篇《黄铜蛋糕》(*The Brass Cupcake*)问世。这是一部侦探小说,但没有引起多大反响。之后,他又创作了一系列长、中、短篇侦探小说;与此同时,也在构思规模宏大的"特拉维斯·麦吉"系列。1964年,该系列陆续问世,并引起轰动。他遂把主要精力用于该系列创作。到1985年他去世,该系列已经扩展至二十一部,几乎占他的整个长篇数量的三分之一。

"特拉维斯·麦吉"系列的同名男主角是一个传统型私家侦探,不过,相比之下,多了几分清新活泼的现代气息。他身材魁梧,沙色头发,蓝眼睛,善于拳击。早年,他是足球运动员,并参加过朝鲜战争,经常开一辆老式劳斯莱斯轿车,住船屋,其突出才能是破获盗窃案,失主多半为柔弱无助的小人物,尤其是遭遇漂亮男性欺骗的年轻女性。虽然他知道凭借个人力量无法改变社会不合理现状,但尽可能去做一些"路见不平,拔刀相助"的事情。为了实现心中道德准则,他拼死与歹徒搏斗,头部、脸部、胸部、腿部均受过重伤。而且,他办的案件也不是每次都成功。有时他的当事人会在案情大白时死去,而更多的受害者则死在办案中途。譬如《鲜橙色的寿衣》(*Bright Orange for the Shroud*, 1965),特拉维斯·麦吉为了追赶上歹徒布恩·韦克斯韦尔,不得不用他觊觎的一个女人做诱饵。然而,情况突变,不等特拉维斯·麦吉实施逮捕计划,该女人即被布恩·韦克斯韦尔抓获,并强奸致死。

特拉维斯·麦吉不仅帮助那些遭受性欺骗和性侵犯的少女,也常常爱上一些获得他拯救的女人。几乎在每一桩案件,他都会被卷入情感纠纷。同达希尔·哈米特笔下的萨姆·斯佩德一样,特拉维斯·麦吉的硬汉外表下隐藏着万般柔情。尽管他善于控制自己,将神圣的事业置于感情之上,但也每每在思想上造成创伤。相比大多数硬派私家侦探,他是个女权主义者,即是说,他能深深地理解和体谅女人的情感。他经常拒绝淫荡女人的性诱惑,也从不为了案件去操纵女人,而是平等看待,当然,也不屈尊俯就。相对而言,书中含有较多的色情场面。

在《深蓝色的再见》(*The Deep Blue Good-bye*, 1964)、《紫色的死亡之地》(*A Purple Place for Dying*, 1964)和《绿色涟漪》(*The Green Ripple*, 1979),特拉维斯·麦吉曾借中世纪传奇文学中骑士拯救落难少女、维护女士荣誉的典故,把自己比成一个虽已筋疲力尽但仍斗志不懈的骑士,随时准备把利剑刺向恶龙。他知道前面充满艰难险阻,但除了勇往直前,别无他法。他是一个塑造成功的现代反英雄,并无太高的侈望,只求按照自己的是非观念活得有意义。也许正因为如此,特拉维斯·麦吉这个人物受到众多读者喜爱。而约翰·麦克唐纳也因此跻身于硬派私家侦探小说大师的行列。

罗斯·麦克唐纳

原名肯尼思·米勒(Kenneth Millar),1915年12月13日出生在加利福尼亚州洛斯加托斯。他是家中的独子,父母均为加拿大人。罗斯·麦克唐纳刚出生不久,父母即带他移居温哥华,在那里,父亲谋得一个港口引航员的职位。但没过多久,父亲突然抛妻弃子,离家出走,罗斯·麦克唐纳遂在加拿大亲戚家度过了自己的童年生活。后来,他进了安大略省基奇纳-滑铁卢特别学校。在校期间,他结识了玛格丽特·斯特姆,这位女孩后来成了他的妻子玛格丽特·米勒,且同他一样,在通俗文坛享有盛誉。1932年,他的父亲病故,留下二千五百美元保险金。罗斯·麦克唐纳靠着这笔钱进入了西安大略大学。1938年毕业后,他与玛格丽特·斯特姆结婚。一年后,他们有了一个女儿。1941年,罗斯·麦克唐纳进入美国密歇根大学研究生院深造,并于1952年获得文学博士学位。在此期间,他开始了长篇小说创作。1944年,他的第一部长篇小说问世。紧接着,他又出版了几部长篇小说。二战后,罗斯·麦克唐纳携妻带女定居加利福尼亚州圣巴巴拉。从此,他在那里潜心创作,直至1983年去世。

自1944年至1977年,罗斯·麦克唐纳共计出版了二十六部长篇小说。在这些小说中,前两部《黑暗隧道》(The Dark Tunnel, 1944)和《麻烦跟随我》(Trouble Follows Me, 1946)是间谍小说,第三部《绿城》(Blue City, 1947)和第四部《三条路》(The Three Roads, 1948)是硬派私家侦探小说。它们代表着早期罗斯·麦克唐纳对通俗小说创作的探索。从第五部《移动目标》(The Moving Target, 1949)开始,罗斯·麦克唐纳把主要精力用于创作"刘·阿切尔"系列。该系列的陆续问世和随之而来的畅销,奠定了他的硬派私家侦探小说大师的地位。

同达希尔·哈米特、雷蒙德·钱德勒笔下的主人公一样,刘·阿切尔是个传统型私家侦探。他身高六英尺,黑头发,蓝眼睛,烟瘾很重,也喜欢饮酒。性格孤僻,离过婚,后一直不娶。早年他是加利福尼亚州长滩警察署一名警官,后来成了私家侦探。他从事这行业完全是为了谋生,常常替当事人寻找失踪孩子、逃跑新娘、被窃珠宝,等等,并由此卷入了与歹徒的种种对立和暴力冲突。面对罪犯的威慑,他不低头,不退缩,与此同时,也每每陷入女人的感情旋涡。不过,相比之下,他这个形象显得更深沉,更善于思考,也更有文学气息。

一般认为,"刘·阿切尔"系列的第十六部小说《地下人》(The Underground Man, 1971)是他最优秀的作品。小说一开始,罗斯·麦克唐纳以简洁、传神的语言描述了一个风光明媚的早晨,并由此引出刘·阿切尔在草坪与邻人孩子龙尼一起喂松鸦的休闲场景。但就在这时,发生了龙尼的父亲斯坦利和妻子吉恩激烈争吵的闹剧。这场闹剧最后以斯坦利带着龙尼以及一个年轻的金发女郎去母亲的牧场探亲而告终。数小时后,斯坦利母亲的牧场附近突然发生了森林大火。出于对龙尼的担心,吉恩央求刘·阿切尔带她一道去火灾现场。一路上,吉恩向刘·阿切尔坦陈了与丈夫斯坦利的感情危机。接下来的章节有如开篇一样精巧,每个细节安排都恰到好处,没有丝毫牵强附会。原来斯坦利的父亲当年也是个喜新厌旧者。早在十五年前,他就为了另一个女人,抛妻弃子,离家出走。这些年来,斯坦利每时每刻都想寻找父亲的踪迹,并因此越来越忽视自己的家庭。在火灾现场,有关人员发现了被匆忙掩埋的斯坦利的尸体。这场已经失控的森林大火是斯坦利被谋杀时落在草地的烟头引起的。龙尼和那个年轻的金发女郎已经失踪。在这里,罗斯·麦克唐纳意欲通过森林火灾和斯坦利谋杀案这两条主线的平行发展,揭示一个深邃的主题,即人生的灾难有如这场大火,是由一个十分微小的火星点燃的。而且,它一旦被点燃,就无法控制。

米基·斯皮兰

原名弗朗克·斯皮兰(Frank Spillan),1918年3月9日出生在纽约的布鲁克林。他的父亲是爱尔兰人,在酒吧做招待。学生时代,米基·斯皮兰喜欢踢足球和游泳,但也对文学非常爱好,曾阅读大仲马、安东尼·霍普等人的许多著作。30年代初,他进了堪萨斯师范学院,但不久即因踢足球荒废学业,回到了纽约。在这之后,他开始给通俗小说杂志撰稿,也写了一些广播剧和漫画故事。二战期间,他在美国空军部队服役,退役后,携妻带子回到了纽约。为了养家糊口,他重新开启了创作。1947年,他根据自己早年的一本漫画故事创作了长篇小说《我,陪审团》(*I, the Jury*)。起初的精装本并不被看好,但随后的平装本却给他带来了极大声誉,他因此成为当红畅销书作家。接下来,他把《我,陪审团》扩展为一个系列,继续创作以"迈克·哈默"为主人公的侦探小说。其中比较有影响的有《我是快枪手》(*My Gun Is Quick*,1950)、《我的复仇》(*Vengeance Is Mine*,1950)、《孤独之夜》(*One Lonely Night*,1951)、《致命的亲吻》(*Kiss Me, Deadly*)、《幸存,零》(*Survival, Zero*,1970),等等。与此同时,他也另立门户,创作了"泰格·曼"系列以及一些单本的长篇小说。到70年代初,他已经出版了二十四部小说。这些小说几乎全是畅销书,其中有七本是超级畅销书,销售总量超过了六千七百万册,创下了美国图书销售史上的奇迹。

米基·斯皮兰的硬派私家侦探小说之所以如此受欢迎,很大程度上是因为塑造了一个新颖、别致的私家侦探迈克·哈默。同大多数硬派私家侦探小说作家笔下的主人公一样,迈克·哈默身强力壮,性格刚毅,勇敢睿智,有正义感。他原是二战的退伍老兵,后来成了纽约私家侦探。该系列开始时,他年仅二十多岁,未婚,但非常讨女人喜欢,身边有一个名叫维尔达的性感女秘书。此人也是一个私家侦探,兼有情妇和母亲的角色。另外,迈克·哈默还有一个在警察局当侦探的朋友帕特里克·钱伯斯。他起着衬托作用,办案机械、呆板,但能理解迈克·哈默的处境,经常慷慨相助。

不过,迈克·哈默也有一副前所未有的新面孔,这就是他的探案带有强烈的暴力色彩。几乎在该系列每一部小说开篇,都会有他的战友或知己被杀的恐怖场景。譬如《我,陪审团》,故事刚一开始,迈克·哈默昔时战友杰克·威廉姆斯就被一颗0.45口径的子弹击中要害,倒地痛苦死去。而《我的复仇》的开场白不到两页,迈克·哈默另一个战友切斯特·惠勒也莫名其妙被枪杀。其时,迈克·哈默和切斯特·惠勒醉倒在一张床上,而且凶手用的是迈克·哈默的手枪。最能引起读者悬念的是《幸存,零》,死者为迈克·哈默所结识的一个机灵可爱的小偷,他在给迈克·哈默打电话时被人从后背用匕首捅死。

继上述之类的恐怖谋杀后,迈克·哈默开始了一连串复仇行动。他就像一个站在飞驰战车上的武士,挥舞着"以眼还眼,以牙还牙"的长矛,朝自己的仇敌猛烈冲锋。在《孤独之夜》中,他用联邦调查局的机枪,扫射死了一伙政治流氓,又用一根"棍棒",敲碎了另外几个敌人的腭骨和牙齿。而在《我是快枪手》中,他抓住敌人的脑袋,"像拧一片湿布似的不停地左右旋转,然后,觉得还不解恨,朝地上用力一撞,随即传来了令人作呕的脑浆溅落声"。在迈克·哈默看来,自己就是法律,可以任意处置人。只要对方确实是坏蛋,怎么处置都是正义。迈克·哈默的主要对手,以女性居多,她们多半被黑社会性质的组织操纵,尤其是,她们不但心肠狠毒,而且善于挑逗异性,热衷于同迈克·哈默进行床上游戏。最典型的例子是《我,陪审团》中的心理医生夏洛特·曼宁,当迈克·哈默经过艰难的调查和取证,找到这位已经沦落为毒枭的美丽女郎时,她立即脱得一丝不挂,想用男女之欢换取自己的性命。但是,迈克·哈默最后还是将复仇的子弹射入了她的胸膛。"你怎——怎么——开枪?"夏洛特·曼宁痛苦、惊讶地问。"这很容易。"迈克·哈默回答。以上对话已经成为这部小说的名段。

米基·斯皮兰离过一次婚,后又与一模特儿结婚。1969年,他在田纳西州组建了一家独立的影片公司。他一边写作,一边拍电影和电视,将"迈克·哈姆"系列的侦探小说大多都搬上了电影银幕。1983年,米基·斯皮兰荣获美国私家侦探作家协会终身成就奖。不过,他总是拒绝领取各种奖项。他坦承自己创作有固定的套式,可以像手工作坊一样铸出一个又一个产品。而且,他也从不否认自己写小说的目的是为了赚钱。晚年,他定居南加利福尼亚南部一座海滨别墅,过着幽静而富足的生活。

第三节 历史西部小说

渊源和特征

牛仔西部小说流行了近三十年,于20世纪30年代初开始发生嬗变。这个嬗变同其诞生一样,表现为一个复杂的渐进过程。起初是某个作家在某个作品中融入了某个独创性的元素;随着这个元素受欢迎,它被反复使用,从而被固定下来。与此同时,一些陈腐的不受欢迎的元素被淘汰。如此新旧元素更替,循环往复。到30年代末和40年代初,这种新旧元素更替已经到了一定程度,从而量变产生质变,诞生了一类新的西部通俗小说,也即历史西部小说(historical western fiction)。

历史西部小说依旧套用牛仔西部小说的情节模式,即以牛仔式硬汉为男主人公,描述这位西部英雄同歹徒的对立以及由此产生的种种暴力冲突,其中不乏剽悍凶险的枪战故事和情意缱绻的爱恋经历。而且,在创作主题上,也是基本肯定西部区域的道德象征地位,肯定西部区域在铸造人的灵魂方面的价值。不过,从作品的总体基调和背景来说,已经现实主义化。传统的西部通俗小说,包括西部冒险小说、廉价西部小说和牛仔西部小说,均以东部意识为中心。作者站在东部人角度,用东部人对待西部的理想化态度进行创作,其作品的故事情节、人物塑造、背景描写,均充满了浪漫主义色彩。而历史西部小说立足于西部,强调不但给予读者一个生动的西部故事,也要展示一个"古老的真实的西部"。作者采用历史现实主义的手法,在故事情节中融入了大量的西部山川资料和风土人情,使作品在保持原有浪漫主义色彩的同时,增添了不少现实主义魅力。

40年代美国历史西部小说代表作家是厄内斯特·海科克斯(Ernest Haycox,1899—1950)和卢克·肖特(Luke Short,1908—1975)。自30年代末至50年代初,厄内斯特·海科克斯出版了一系列颇受欢迎的长、中、短篇西部小说。这些小说率先打破了欧文·威斯特、赞恩·格雷、马克斯·布兰德的创作模式,在保留传统的理想主义故事框架的同时,添加了历史视野,增进了现实主义活力。此外,他也是最早运用心理分析手法、塑造个性较为复杂的男女主人公的作家。受他的影响,卢克·肖特在同一时期也出版了一系列重要西部小说。这些小说在总体艺术上不如厄内斯特·海科克斯,但依旧融入有大量生动的历史现实主义描写。尤其是,他善于描写边陲小镇的历史和地理风貌,而且所塑造的少数族裔女主人公形象,也很有新意和特色。

战后历史西部小说继续保持"超群拔萃"的发展势头。随着约翰·福德（John Ford, 1894—1973）、威廉·博伊德（William Boyd, 1898—1972）等人的历史西部电影和电视连续剧持续取得轰动，美国《纽约时报》畅销书排行榜上的历史西部小说书目也屡屡不断。而1952年美国西部小说家联盟的成立，又团结了一大批有才华的作家，进一步促进了历史西部小说的繁荣。这一时期美国历史西部小说的主要代表作家是路易斯·拉摩尔（Louis L'Amour, 1908—1988）和杰克·谢弗（Jack Schaefer, 1907—1991）。路易斯·拉摩尔以创作生涯长、作品数量多、艺术质量高而著称。他的许多小说融入了大量西部历史知识和自然风光。而且他也是战后全球最畅销的小说家，曾被授予美国国会金质奖章和美国总统自由勋章。与路易斯·拉摩尔相比，杰克·谢弗没有那样多的作品，也没有那样高的荣誉。但他在战后西部文学领域具有同样重要的地位。这种地位相当程度上来自他的处女作和成名作《沙恩》（*Shane*, 1949）。该书不但是商业上的成功之作，也是历史西部小说的经典，其充满浓郁原始西部风味的山川风貌和民俗描写，十分传神、逼真。1975年，他被西部文学协会授予杰出成就奖。

厄内斯特·海科克斯

1899年10月1日，厄内斯特·海科克斯出生在俄勒冈州波特兰一个穷困的家庭。他的童年时代充满了不幸。十岁时，由于父母离异，他不得不被寄养在几个亲戚家里。十四岁时，他便到社会上谋生，先后当过报童、洗碗工、送奶员，还在火车上兜售过花生。一战爆发后，他到军队服役，被派驻法国十四个月。1919年，他退役回家，在经历短时期的工作后，于1920年入读俄勒冈大学新闻系。其间，他遇到了终生的良师益友——撒切尔教授。正是在他的指点与鼓励下，海科克斯开始创作了一些短篇小说。到1923年毕业时，他已发表了近十个短篇。1924年是海科克斯一生最重要的转折点。这一年，他只身来到纽约，同《西部小说》等刊物建立了初步联系。自此，他开始了漫长的西部小说创作生涯。他的创作十分勤奋，仅1924年就发表了十七个中、短篇，此后更是佳作不断。随着时间推移，他的创作逐渐由短篇改为长篇。接下来的三十年，他总共创作了二十四个长篇和三百多个中、短篇——其中大部分是西部小说。长期的辛勤写作损害了他的健康。1950年，他因患癌症去世，享年五十一岁。

厄内斯特·海科克斯一生创作的西部小说，大致分成三个时期。1924年至1931年是第一时期。在这七年多的时间里，他总共创作了一百零五篇作品。这些作品主要是仿效欧文·威斯特、赞恩·格雷、马克斯·布兰德等作家,故事场景、人物形象和语言均流露出模仿痕迹。所涉及的题材也不外乎是土地之争、白人与印第安人之间的冲突、骑警与歹徒之间的追击,等等。其中比较有影响的三个长篇——《自由的草地》(*Free Grass*,1929)、《咆哮的马》(*Chaffee of Roaring Horse*,1930)和《低语的牧场》(*Whispering Range*,1931)——也无法称为上乘之作。作者将过多注意力集中在故事本身,而在塑造人物形象与个性时,显得力不从心。而在叙事手法上,白描部分太多,文笔太过平实,没有戏剧性高潮和情节的跌宕起伏。此外,小说女主人公形象也被塑造得过于完美,读来缺乏真实感,不够亲切。

在1931年至1945年的第二时期,厄内斯特·海科克斯开始摆脱传统创作模式的局限,踏上了一条全新的历史西部小说创作之路。这一时期是他写作生涯的黄金时期。在此期间,他发表和出版了大量轰动一时的经典之作,其中包括《小径雾霭》(*Trail Smoke*,1936)、《麻烦枪手》(*Trouble Shooter*,1937)、《边界喇叭》(*The Border Trumpet*,1939)、《奥尔德·格尔奇》(*Alder Gulch*,1942)、《午后冲锋号》(*Bugles in the Afternoon*,1944)、《沙漠边缘》(*Rim of the Desert*,1941),等等。在这些小说里,牛仔式硬汉、打斗动作、激烈枪战,已不再是强调的重点。反之,人物的性格特色和思想深度成为关注的重要对象。男女主人公都是有一定思想深度、形象饱满的人物,而小说情节的发展过程同时也就是寻找自我的心路历程。在经历过一番坎坷之后,他们往往会悟出一些重要的人生哲理和生命真谛。譬如《小径雾霭》,男主人公既是一名勇敢战士,同时又是一位哈姆雷特式沉思者。小说一开始,他风尘仆仆,在空旷的原野上策马狂奔,这时,一声震惊长空的枪响引起了他的警觉。他立刻勒住马,下意识地感觉到又是自己一展身手之时。果然,没过多久,他就卷入了一起牧羊人和养牛人之间的纷争,直到冲突平息,才得以脱身,继续前行。然而,这番突如其来的遭遇使他陷入了沉思。他想起了以往的各种经历,想到了曾经遭遇的人和事。渐渐地,他悟出了一个道理:任何事情的发生都不是偶然。人的一生注定要遭遇许多磨难。而作为个人,他所能做的只是想方设法摆脱这些磨难。在这里,厄内斯特·海科克斯的宿命论思想已初露端倪。接下来的几部小说中,厄内斯特·海科克斯进一步思考这样的问题:人们日常行为的背后是否有法则在起作用?如果有,那又是怎样的法则?在他最著名的《午后冲锋号》,海科克斯对这个问题做了深入探讨。他首次直截了当地把人描绘成一种在无意义空间中拼死搏斗的兽类。作品充满了血腥的火药味,将人类身上所隐匿的极端残忍的兽性暴露无遗。这种把传统西部故事和宿命论思想糅合在一起的创作模式构成了这一时期的创作基调。尤其是,在作品的故事背景描述方面,厄内斯特·海科克斯做了许多堪称革命性的转变。他不再专注紧张、刺激的格斗场景,而更强调真实地描写故事发生的历史背景和地理环境。作品情节的构造也变得日渐复杂,人物性格刻画趋于细腻,而女性人物在西部小说史上第一次有了独特的地位。她是作为一个独立的活生生的主体存在,而不仅作为男主人公的附庸或故事情节发展的附属品。

自1946年起,海科克斯进入了创作生涯的巅峰期。这一时期海科克斯的作品较之前又有质的飞跃。其中一个显著特点是:人物类型复杂化,正面人物与反面人物已无明显区分标志。在他看来,人类并不是如自我标榜的那样,是自然进化的万灵之最,而只是浩瀚大海的一类生物,在大自然灾难面前显得同样渺小无力。人具有自私、懦弱的本性,所奉行的是自我保护的准则。在1946年出版的《大风暴》(*Long Storm*)中,读者明显感受到这种社会达尔文主义气息。按照适者生存的规则,当生命受到威胁时,为了生存,除了奋起反击,别无出路。在随后的《毁灭者》(*The Earthbreakers*, 1950)和《冒险者》(*The Adventurers*, 1955),海科克斯更是无所顾忌地把人比作动物,为了求得生存,他们可以互相杀戮,互相践踏,从而把人的本质中兽性的一面表现得淋漓尽致。

卢克·肖特

原名弗雷德里克·格利登(Frederick Glidden),1908年11月19日出生在伊利诺伊州基瓦尼。他的父亲是办事员,母亲是中学教师。自小,他学习成绩优良,爱好篮球、足球,并积极参加社会活动。1926年中学毕业后,他先是进了伊利诺伊州大学,两年后又转入密苏里州大学,学习新闻写作。1930年,他从该大学毕业,开始出任报社记者。然而,命运似乎有意捉弄他。短短几年间,他连续被几家报社解雇。失望之中,他将今后的发展目标锁定到西部文学创作。

起初,卢克·肖特的文学努力屡遭失败。在朋友的建议下,他写信给纽约的玛格丽特·哈珀(Marguerite Haper, 1898—1966),请她做自己的经纪人,结果获得了对方同意。这是卢克·肖特一生中重要的转折点。可以说,他今后文学创作的成功很大程度上归功于玛格丽特·哈珀的支持和帮助,甚至连卢克·肖特这个笔名都是根据她的建议而取的。1935年,玛格丽特·哈珀帮助卢克·肖特在斯特里特-史密斯公司的一家通俗小说杂志连载了第一部西部小说《一枪之仇》(*The Feud at Single Shot*),并获得成功。从此,他便一发而不可收,每年以三至四部的速度,源源不断地创作西部通俗小说。接下来的十年是卢克·肖特事业发展的高峰期。在这一时期,他不仅在通俗小说杂志发表了大量的受欢迎的小说,也在文学档次较高的严肃小说杂志刊登了很多有思想深度的作品。其中影响较大的有《勇敢的骑手》(*Bold Rider*, 1936)、《科尔特王》(*King Colt*, 1937)、《血汗钱》(*Hard Money*, 1940),等等。同厄内斯特·海科克斯一样,卢克·肖特很多作品也都被好莱坞改编成电影,其中比较著名的有《枪杆》(*Ramrod*, 1947)、《月亮上的血光》(*Blood on the Moon*, 1948)、《验尸官克里克》(*Coroner Creek*, 1945),等等。自20世纪50年代开始,卢克·肖特的创作热情渐渐减退,在艾森豪威尔总统任职期间,他仅发表了六部作品。此后,整个60年代,卢克·肖特都是在不幸和悲伤中度过的。先是1960年,他在普林斯顿上大学的儿子溺水身亡,继而1966年,玛格丽特·哈珀又去世。随着这位最忠诚的经纪人离去,卢克·肖特同出版界的紧密联系也完全断开。接下来的岁月,他的身体每况愈下。从1965年至1975年,他每年只出版了一本书。1975年8月18日,卢克·肖特因患喉癌去世,享年六十六岁。

卢克·肖特一生创作时间漫长,发表和出版了许多有影响的西部通俗小说,尤其是30年代和40年代的西部通俗小说,取得了较高声誉。这些小说无疑带有那个时代的烙印,即强调牛仔式硬汉主人公,强调暴力冲突,强调英雄加美人的浪漫爱情。然而,这并不意味着他一味照搬传统,没有自己的创造。同厄内斯特·海科克斯一样,他十分注重历史现实主义描写,注重再现一个古老的真实的西部。他的每一部优秀作品都融入了大量的西部历史传说和风土人情。尤其是,他善于描写西部边陲小镇的历史风貌。贪婪的地主,黑心的商贾,无能的县治安官,这些带有封建权势特征的人物都在他的笔下得到了真实再现。

此外,也同厄内斯特·海科克斯一样,卢克·肖特比较注重刻画人物形象,注重体现作品思想深度。在处女作《一枪之仇》中,他塑造了一个忠于职守却不分是非的县治安官。此人遭歹徒陷害入狱,却一直对真心帮助他的主人公戴夫·特纳怀恨在心。直至最后,通过戴夫·特纳的不懈努力,整个阴谋败露,他才明白事情真相。接下来的其他几部小说也出现了县治安官,他们也都是些昏庸无能的人物,要么贪污腐化,要么胆小怕事,没有一个能够挺身而出。正因为如此,执法者职责就落在男主人公身上。他们以暴力为武器,向邪恶势力宣战。耐人寻味的是,这些作品中的女主人公通常都反对男主人公的以暴制暴,而推崇以德服人的和平方式。如

《勇敢的骑手》和《科尔特王》,虽然女主人公渴望生活在一个安定平和的社会环境中,却无法接受男主人公通过暴力手段达到这一目的。故事一开始,因为这种思想观念的差异,男女主人公之间矛盾重重、误会多多,双方都无法妥协或接受对方观点。不过,到故事的结尾,女主人公通常都会向事实低头,并学会欣赏和仰慕男主人公的智慧和勇气。

然而,卢克·肖特的其他作品中的女主人公,尤其是少数族裔女主人公,却有别传统,很有新意。如《血汗钱》,沙伦·博纳尔是一个煤矿主的女儿,像所有边界地区暴发户的子弟一样,她生性自私,傲慢,为人凶悍。但在男主人公的教导下,她慢慢变得成熟,学会了尊重劳动人民。而另一个女性角色范尼·肖则热情奔放、富有同情心,且魅力十足。但仅仅因为她曾和一个已过世的煤矿主同居,就遭到该地区人的歧视和排斥。所以,即便她比沙伦·博纳尔优秀,也无法成为男主人公的妻子。又如《多难的乡村》(*Trouble Country*,1976),女主人公瑞达是一位有着墨西哥血统的女子,因丈夫犯罪出逃,遭到遗弃。在这之后,男主人公山姆承担了照顾瑞达的责任,并与之坠入爱河。卢克·肖特没有让山姆选择门当户对的县治安官的女儿,而选择了自己哥哥的寡妇,如此结局安排是颇有意义的。

在卢克·肖特的大多数作品中,始终贯穿一条主线,那就是集体利益高于一切。如《将他打下马》(*Ride the Man Down*,1942),女主人公过度专注自我,很少考虑集体利益,而男主人公之所以最终放弃她,也因为她这种狭隘自私。同样,在《纸警长》(*Paper Sheriff*,1966)中,男主人公凯里被迫在集体利益和个人利益之间做出抉择,很长一段时间不知何去何从。一方面,他想保护自己的妻子,另一方面,他不愿意昧着良心任由他妻子邪恶的亲属胡作非为,干出有害社区的违法勾当。最后,他还是选择站在社区居民这边,采取措施惩治了他的姻亲,履行了自己的职责。

路易斯·拉摩尔

1908年3月22日,路易斯·拉摩尔出生在北达科他州詹姆士敦一个多子女家庭。他的父亲是个农场兽医,兼营农业器械,系法属加拿大人后裔,母亲有着爱尔兰人血统。自小,路易斯·拉摩尔生活在西部边陲重镇,听说了许多印第安人的传说和神秘故事。十五岁时,因父亲经营失败,一家人生活陷入困境。为减轻家庭负担,路易斯·拉摩尔很早就离开农场,外出谋生。他先后当过码头搬运工、伐木工,还替人驯象、剥死牲口皮。二战爆发后,他在美国海军服役,其间,去过红海,到过西印度群岛,还随同触礁军舰水手一道,漂流至莫哈维沙漠,度过了一段时期的鲁滨孙式生活。

退役之后,他做过职业拳击手,当过记者和大学老师,并作为商船船员,遍游西部各州及英格兰、日本、中国、加里曼丹岛、荷属东印度群岛、阿拉伯、埃及和巴拿马。所有这些经历,都为他日后创作历史西部小说打下了坚实基础。30 年代初,他与父母一起搬迁到俄克拉荷马州乔克托,并安顿在那里,继续追逐自己的作家梦。

起初,他写了一些短篇小说,寄给有关杂志,但均未成功。然而,他毫不气馁,笔耕不辍。终于,到了 1937 年,他的一篇题为《虎套》("Gloves for a Tiger")的短篇小说,被《惊人的冒险》杂志接受。从那以后,他的中、短篇小说源源不断地见诸通俗小说杂志。不久,他的创作又逐渐从中、短篇扩展至长篇。而且,他的创作速度很快,几乎每周完成一个中、短篇,平均每年出版三至四部书。到 1988 年他因患肺癌逝世,已累计出版长篇小说九十五部,外加由四百多个短篇构成的几十本小说集。其中除极少数外,均是以西部边陲为背景的历史西部小说。无须说,它们都是畅销书,一版再版。也由此,路易斯·拉摩尔被公认为美国战后最有影响的历史西部小说家。

路易斯·拉摩尔的历史西部小说创作大体可以分成三个阶段。第一阶段为 20 世纪 50 年代,在此期间,他出版了包括长篇处女作《潮汐西去》(*Westward the Tide*,1950)在内的许多单本作品。其中最有代表性的是《洪铎》(*Hondo*,1953)。该书主要描述美国边界西移过程中,土著印第安人威多罗与白人侦察员洪铎从敌对到和解的经过。作者以惊心动魄的战争场面和极其浓重的原始西部风味描写,展示了一个敬重土地、保护妇女儿童、忠于家族荣誉、疾恶如仇、有恩必报的西部英雄形象。威多罗统领的厄白奇族印第安人曾与白人移民订有互不侵犯条约。一个偶然因素,白人移民杀害了威多罗的爱子。为此,威多罗决定毁约,开始了追杀白人移民的行动。美军侦察员洪铎闻知此事,急往司令部报信。途经小农场,他结识了心地善良的白人少妇安吉和她的儿子约翰尼。后来,威多罗决定血洗白人居住的移民村。他来到小农场,想杀死安吉母子,但见约翰尼十分可爱,便饶过她和安吉,并要收约翰尼为义子,娶安吉为妻。然而安吉说丈夫尚健在,执意不从。后来,洪铎再次来到小农场,被厄白奇族印第安人抓获。威多罗误以为他是安吉的丈夫而饶他不死。在以后的交往中,洪铎渐渐和坦率、勇敢的厄白奇族印第安人交上了朋友。为了报答威多罗的不杀之恩,他拒绝为白人军队带路。一次,白人移民与厄白奇族印第安人激战,威多罗阵亡。洪铎厌倦了双方互相残杀,遂带着安吉母子离开小农场,寻找和平安宁之地。

路易斯·拉摩尔的历史西部小说创作的第二阶段是 20 世纪 60 年代和 70 年代。这一时期,他的主要成就是依据《萨克特》(Sackett,1961)扩展的十八本"萨克特"系列小说,其中最有代表性的除《萨克特》外,还有《萨克特烙印》(The Sackett Brand,1965)、《萨克特土地》(Sackett's Land,1974)、《武士之路》(Warrior's Path,1980),等等。这些小说主要描写了白人后裔朱波·萨克特只身前往中西部印第安人居住地探险,其坚强意志和勇敢精神,尤其是博爱之心,赢得了一些印第安部落的信任和支持。鉴于书中存在大量有别于传统的西部历史知识和自然风光,它们在读者心中,有着历史风光小说的美誉。

20 世纪 70 年代末和 80 年代初,路易斯·拉摩尔的历史西部小说创作进入了第三阶段。这一时期,他终止了"萨克特"系列小说,又推出了类似《潮汐西去》的多个单本。比较有影响的包括《风从集市过》(Fair Blows the Wind,1978)、《本迪戈·沙夫特》(Berdigo Shafter,1979)、《孤独的神》(The Lonesome Gods,1983)、《最后的品种》(Last of the Breed,1986),等等。这些小说的创作风格多有改变,题材也多有扩展。譬如《孤独的神》,描写了一个在印第安人中间成长的孤儿如何成为冒险家,体现了现代人的孤独和迷惘。又如《最后的品种》,描写美国空军打击西伯利亚人的经历,系地地道道的惊悚小说。该书一连四周荣登《纽约时报》畅销书榜首。1987 年,他以七十九岁的高龄创作了《方山萦绕》(The Haunted Mesa,1987)。该书再次荣登《纽约时报》畅销书排行榜首。

路易斯·拉摩尔的作品之所以赢得了大量读者,很大原因是他继承厄内斯特·海科克斯的传统,在作品中融入了大量真实而迷人的原始西部风土人情,尤其是印第安人的风土人情和白人移民的拓荒劳动。这些描写迎合了美国当代人回归自然的寻根心态,也提高了作品的艺术高度。时至今日,仍然有不少人手捧一本路易斯·拉摩尔的历史西部小说,好奇地、怀旧地阅读下去。他们如同《萨克特》中的同名主人公,是对祖先的好奇驱使自己到书中去探险,去寻找自己生命的根。路易斯·拉摩尔历史西部小说的另一大特点是字里行间流露出的浓厚感情。他是西部疆域的儿子,是深爱那里的土地与民众的作家。这种对故土的眷恋之情通过小说的情节、场景、人物流露在字里行间,令人感动不已。

杰克·谢弗

1907 年 11 月 19 日,杰克·谢弗出生在俄亥俄州克利夫兰一位律师家庭。自小,他受父母的影响,十分爱好读书。中学时代,他曾跟随自己的姐姐编辑文学杂志,因十分投入,在同学当中有文学迷之称。1925 年至 1926 年,他入读俄亥俄州奥柏林学院英语系,在取得学士学位之后,到纽约的哥伦比亚大学进一步深造,但因所学专业与自己兴趣不符,中途辍学。从此,他开始了作为一个新闻工作者的漫长生涯,先是在纽黑文的《联合报》任记者,后又受雇于《新闻信使报》等八家报社和杂志社,任副编辑和编辑。1945 年,他在《诺弗克-弗吉尼亚向导报》工作期间,为了调节紧张的工作,开始创作历史西部小说《乌有乡来的骑士》(*Rider from Nowhere*)。该小说在通俗小说杂志《宝库》连载后,获得了读者好评。于是,他对该小说做了扩充和修改,并将其更名为《沙恩》(*Shane*),交霍夫顿·米费林出版公司出版单行本。该书于 1949 年问世,起初销路不大,但不久即成为畅销书,供不应求。1953 年,它又被搬上电影银幕,再次引起轰动,并被译成二十多种语言,远销世界各地。

  《沙恩》主要描述美国西部怀俄明州大蒂顿山区,一位枪手在当地一家农场当雇工,并卷入农场主与歹徒的暴力冲突,最后一举将歹徒歼灭的惊险故事。整个故事是通过农场主乔·斯塔雷特的儿子鲍伯的视角来叙述的。这位枪手名叫沙恩,来自乌有乡。正当他在鲍伯家农场扎根,想忘掉不堪回首的过去,重塑未来时,狠毒的大牧场主弗莱切采用种种威慑手段,霸占鲍伯家的土地。出于同鲍伯一家在劳动中建立起来的深厚情谊,沙恩重新拿起枪,与弗莱切及其帮凶进行了殊死搏斗。最后,歹徒被铲除,而沙恩本人也带着重伤离开了山谷。

  毋庸置疑,这部小说采用了传统的西部牛仔小说结构。整个故事情节以沙恩和弗莱切的对立为主线,描述了这位西部英雄同歹徒的种种暴力冲突,其中夹杂着他与鲍伯的母亲彼此之间埋藏在心灵深处的爱恋。而且沙恩本人也被塑造为一个典型的牛仔硬汉。他富有男性魅力,行踪古怪、神秘,但同时又不失正义感。所有这些,也都突出了传统西部小说的创作主题——肯定西部区域道德象征性地位,肯定西部区域在铸造人的灵魂方面的价值。然而,《沙恩》绝不仅是一部传统西部小说的模拟之作。同厄内斯特·海科克斯、卢克·肖特、路易斯·拉摩尔等人一样,杰克·谢弗十分注重历史现实主义描写,注重再现一个古老的真实的西部。为此,整部《沙恩》充满了浓郁的原始西部风味,无论是西部山川风貌描写,还是民俗传闻陈述,都十分逼真、传神。尤其是,书中洋溢着一种独特的西部挽歌式悲壮情调。比起传统西部小说中的牛仔英雄,沙恩身上多了一些忧愁和伤感,少了一些铁石心肠与英雄气概。他就像一个孤独的游行侠,常常不由自主地做出一些于己不利的义举,体现了个人与世宿命运抗争的无奈。最动人的是小说最后一幕。当沙恩骑着马穿过丘丘坟茔,鲍伯望着他渐渐消失的身影,动情地大声呐喊:"沙恩!……沙恩……回来……谢谢你。"看到这里,读者不能不沉浸在主人公与少年朋友的挽歌式离别中,与他们一道伤感、落泪。

《沙恩》商业上的巨大成功致使杰克·谢弗源源不断地推出历史西部作品。从20世纪50年代中期至1991年逝世,他一共出版了二十多本长篇小说和中、短篇小说集,其中比较著名的有《第一滴血》(First Blood, 1953)、《大牧区》(The Big Range, 1953)、《一群懦夫》(Company of Cowards, 1957)、《蒙特·沃尔什》(Monte Walsh, 1963)、《牲畜》(Mavericks, 1967),等等。这些小说与《沙恩》相比,情节结构各异,但均有着类似的历史现实主义风味和西部挽歌式情结。如《牲畜》主要描述牧场一位行将死亡的老牛仔杰克·汉隆的人生悲剧。他一辈子钟爱自己的西部故土,以种种努力来保护它,但到头来却发现,正是他本人,给它造成了最大的破坏。不过,杰克·谢弗自己最喜欢的是《峡谷》(The Canyon, 1953)。该书的主人公名叫小熊,是个印第安人,因为不愿参加战争,逃离了部落。为了弄清自己行为的对与错,他忍受着难以想象的煎熬,在山谷静候神灵现身。由于长时间没有进食,他支持不住,从山顶一直滚到山脚,并跌断了腿。当他挣扎着爬起,开始明白了自然力的不可抗逆。他从谷底爬回部落,赢得了爱情,并试图将妻子带到峡谷过田园生活。但新生儿的猝死,妻子的悲哀,再次将他带回部落。此时此刻,他已彻底明白了人生的真谛。这些作品的问世,反映了杰克·谢弗不满战后美国西部小说的现状,试图通过自身的种种努力提高其艺术创作水准。

第四节　硬式科幻小说

渊源和特征

20世纪20年代末,美国科幻小说开始进入现代发展时期。这个时期是和美国通俗文坛的两个不寻常人物连在一起的。正是这两个人的努力,美国先后诞生了两家严格意义上的科幻小说杂志。这两家杂志团结了许多年轻的科幻小说爱好者,其中不少人成长为硕果累累的通俗小说作家。也正是这两个人的努力,美国科幻小说产生了根本性变革,从题材选择到情节构成,从人物描绘到风格体现,都焕然一新,并由此先后掀起了两轮科幻小说创作高潮。这两个人的名字,一个叫雨果·根斯巴克,另一个叫约翰·坎贝尔。他们分别代表着美国硬式科幻小说的两个时代——根斯巴克时代和坎贝尔时代。

雨果·根斯巴克是美国著名通俗小说杂志出版家兼编辑。1908年，他创办了世界第一家无线电杂志《现代电气学》，并于几年后在该杂志留出一定篇幅连载自己根据科学知识原理创作的小说《拉尔夫》(*Ralph 124C 41+*)。该小说的较强的科学因素与巴勒斯、梅立特等人作品的众多幻想成分形成了鲜明对照。在这之后，雨果·根斯巴克又在该杂志刊登了一些根据科学知识原理创作的小说，并给这类小说取了科幻小说的名称。鉴于该杂志留出的科幻小说篇幅有限，满足不了日益增长的读者需要，他决定另外创办一份杂志，专门刊登科幻小说。1926年，这份名叫《惊人的故事》的科幻小说杂志正式面世。首期创刊号登载了凡尔纳、爱伦·坡、威尔斯等人的作品。接下来的几期除了刊登巴勒斯、梅立特等人的作品外，还开辟了新人新作园地，发表了许多年轻作家的高质量作品。雨果·根斯巴克强调科幻小说的科学因素准确性，要求每篇小说阐述一个科学原理。与此同时，他还在青少年当中倡导成立热心读者组织。这些组织建有自己的出版社，设有自己的评论机制，并定期召开各种规模、各种层次的科幻小说会议，给优秀科幻小说评奖。所有这些，极大地提高了雨果·根斯巴克的声誉。很快地，雨果·根斯巴克以《惊人的故事》为中心，团结了一大批科幻小说作者。这些作者具有大致相同的创作主题、创作原则和创作方法，逐渐形成了一个文学派别。这个派别的最大特征是拓宽了科幻小说的题材，除了传统的"星际冒险"，还增加了"太空战争""宇宙空间与生命形式的关系""机器人"等内容。在创作方法上则强调增加科学因素，避免不顾科学事实、海阔天空地胡编乱造。该派别的形成，标志着美国早期巴勒斯式的原型科幻小说已经演变成根斯巴克式的硬式科幻小说。

在雨果·根斯巴克扶掖的一大批硬式科幻小说作家中，最有影响的当属爱德华·史密斯(Edward Smith, 1890—1965)、默里·莱因斯特(Murray Leinster, 1896—1975)和杰克·威廉森(Jack Williamson, 1908—2006)。爱德华·史密斯是太空冒险小说大师。他丰富和完善了太空冒险小说的创作模式，使这类小说成为美国通俗小说杂志中与巴勒斯式的星际冒险小说并驾齐驱的科幻小说分支。他的"云雀丛书"和"透镜人丛书"代表了美国太空冒险小说的最高成就。默里·莱因斯特也是根斯巴克时代具有开创性成就的作家，他的作品主题涉及方方面面，既有传统的星际冒险，又有新型的并行世界，此外还对宇宙空间与生命形式的关系进行了严肃探讨。杰克·威廉森30年代中期以新型的太空冒险小说震惊文坛，40年代又努力挖掘人和机器的关系等题材,是当时最多产的科幻小说家之一。

根斯巴克时代持续了十年,迎来了坎贝尔时代。这个新时代的产生也是始于一家科幻小说杂志。雨果·根斯巴克的《惊人的故事》的成功,引起了众多出版商仿效。不多时,社会上又冒出了许多科幻小说杂志,如《惊奇故事》《星际故事》《惊悚故事》《未来船长》,等等。这些杂志有的发表巴勒斯式的星际冒险小说,有的发表史密斯式的太空战争小说,有的二者兼具。但总的来说,质量不如《惊人的故事》。到了20世纪30年代末,这些杂志的质量变得越来越差,经营也越来越困难,不少已自然淘汰。但其中有一家名为《惊险的科幻小说》杂志,自1937年约翰·坎贝尔任主编以来,取得了较好的经济效益。约翰·坎贝尔原是一位有影响的科幻小说作家。他早年受根斯巴克派影响,发表了不少史密斯式的太空冒险小说。鉴于他本人有着丰富的创作经验,因而知道读者的口味和创作方向。他倡导作家要跳出传统的太空冒险、机器人题材的圈子,将注意力转向科学文明可能给社会带来的负面影响,与此同时要改变重情节轻人物的陋习,在小说风格与技巧方面精益求精。在约翰·坎贝尔的影响下,《惊险的科幻小说》很快团结了一大批才华横溢的作家,从而又掀起了一轮创作高潮。坎贝尔派别是对根斯巴克派别的继承和发展。相比之下,他们的题材范围更宽,主题更深刻。而且他们更重视小说技巧,讲究文学性。整个坎贝尔时代从30年代末一直持续到了50年代初。在这十余年里,硬式科幻小说的发展可以说是到了巅峰。因而,坎贝尔时代又被称为科幻小说的黄金时代。

黄金时代最有影响的硬式科幻小说作家,除了坎贝尔本人,还有克利福德·西马克(Clifford Simak,1904—1988)、范·沃格特(Van Vogt,1912—2000)、西奥多·斯特金(Theodore Sturgeon,1918—1985)、罗伯特·海因莱恩(Robert Heinlein,1907—1988)和伊萨克·阿西莫夫(Isaac Asimov,1920—1993)。克利福德·西马克以作品丰富著称,并且部分小说展示了一种独特的田园风光和乌托邦情结。范·沃格特的科幻小说不但题材多样、主题各异,而且充满了复杂、离奇的情节,其中尤以超人、机器人、外星人的描写十分成功。西奥多·斯特金是高质量的科幻小说家。他一生创造出许多主题新颖、风格雄健、人物鲜明的短、中、长篇作品,其中不少已经成为科幻小说经典。罗伯特·海因莱恩主要以"未来史"系列闻名;这些科幻小说一扫某些作家为惊险而惊险、为神奇而神奇的陋习,显示出较丰富的艺术内涵和较崇高的思想价值。此外,他还出版了不少颇受欢迎的青少年科幻小说读物。伊萨克·阿西莫夫一生的作品多得惊人,他的科幻小说成就主要体现在"机器人"和"创建"两个系列。前者对传统的题材大胆革新,塑造出许多具有灵气、充满人情味的机器人形象;后者则从心理历史学的角度,模拟古罗马的若干史实,展示出一幅幅惊心动魄的银河帝国兴衰的图画。

爱德华·史密斯

1890年5月1日,爱德华·史密斯出生在威斯康星州希博伊根一个贫困家庭。为了糊口,他从小就颠沛流离,到处打工。一个偶然机会,他获得了工程学奖学金,这才结束流浪生活,进学校读书。他先后毕业于爱达荷大学、乔治·华盛顿大学,最终获得化学工业学博士学位。在这期间以及工作之后,他很少写文章,更不用提创作小说。然而,到了1915年,一天晚上纳凉时,朋友的妻子戏言和他合作写小说,他便构思了《太空云雀》(The Skylark of Space)的写作提纲。这部小说断断续续写了四年才完成,接着又在家里搁置了很长时间。终于,到了1928年,他决定投寄到《惊人的故事》,不料竟被接受,而且在社会上引起轰动。从此,爱德华·史密斯一发不可收,开始了一个忙碌的科幻小说作家的创作生涯。

爱德华·史密斯创作的科幻小说,主要有"云雀丛书"和"透镜人丛书"。这两套丛书都以"太空冒险"为主要特色。尽管这种特色的科幻小说,起源可以追溯到19世纪末和20世纪初,但直到爱德华·史密斯这两套丛书的问世,创作模式才基本成型。其主要特征是:故事冲突的双方往往牵涉两个或两个以上的科技高度发展的社会。主人公一方是人类,反主人公一方或为人类或为其他高等动物。人物活动的场景发生在太空,而且使用了宇宙飞船或宇宙飞船编队等高科技运输工具。

"云雀丛书"共有四部,除《太空云雀》外,还有《云雀三号》(Skylark Three, 1948)、《云雀瓦莱伦》(Skylark of Valeron, 1949)和《云雀杜凯斯恩》(Skylark DuQuesne, 1974)。整个系列以地地道道的三角恋开头。女主角多萝西聪明美丽,同时受到两个男主角的求爱。这两个男主角,一个正直,名叫西顿;另一个卑劣,名叫杜凯斯恩。为了不让心上人落入虎口,西顿发明了原子能宇宙飞船,在茫茫太空同杜凯斯恩进行了拉锯式搏斗。基于这个框架,爱德华·史密斯展示了一系列富有创意的惊心动魄的超科学冒险故事。然而,"透镜人丛书"的规模和魅力还要超过"云雀丛书"。该系列共有六部,其中最主要的是《银河巡逻兵》(Galactic Patrol, 1950)和《透镜人格雷》(Gray Lensman, 1951)。两者集中体现了美国太空冒险小说的最高成就。故事的基本框架是阿里西人和埃多里人在宇宙太空进行的战争。

中心情节涉及一个动人的家世传奇,最引人注目的人物是金波尔。"透镜人"指阿里西人一方在宇宙中的精锐军团,均由身强力壮、道德高尚、高智商的士兵组成。"透镜"既是每个士兵的"徽章",又是他们克敌制胜的超科学武器。

除了上述两套丛书,爱德华·史密斯还写了一些著名的太空冒险小说。如《宇宙猎犬 IPC》(*Spacehounds of IPC*,1947),述说一对被遗弃在外星上的男女婴儿的故事。又如《普赖姆斯星系》(*The Galaxy Primes*,1965),描述了微粒子世界的最新主题。而《子空间探索者》(*Subspace Explorers*,1965),据说是一个新的"三部曲"的开篇,但其余两篇,爱德华·史密斯仅开了个头便不幸逝世。

默里·莱因斯特

原名威廉·詹金斯(William Jenkins),1896 年 6 月 16 日出生在弗吉尼亚州诺福克,曾在当地公立学校和私立学校求学,先后参加过两次世界大战。他很早就替通俗小说杂志撰稿,之后成了一个职业通俗小说家。自 1913 年至 1967 年,他发表了大量的长、中、短篇小说,其中大部分是科幻小说。这些小说题材广泛,内容丰富,既有星际探险,又有太空争斗,既有异草猛兽,又有奇闻怪事。然而,默里·莱因斯特在继承和发扬传统的创作手法的同时,也有一些创新。正是这些创新,确立了他在科幻小说史上的重要地位。

默里·莱因斯特的创新,主要体现在短篇小说。他认为,任何一种物质存在都是相对的,都有可能被改变。基于这样的哲学思想,他在创作中开拓出了"并行世界"的主题。所谓"并行世界",是指现实世界之外还存在一个世界,它和现实世界并立,只要改变时间和空间,就可进入。为此,他在 1931 年刊发的一个题为《第五维弹射器》("The Fifth-Dimension Catapult")的短篇,描述科学家在实验室发明一种炼丹术,只要运用这种神奇法术,就可以改变时空,进入一个完全陌生的"并行世界"。不过,他有关该题材最好的一个短篇是《横向时间》("Sidewise in Time",1935)。该小说描述地球因一种莫名其妙的震动而衍生出无数时间轨迹。故事情节生动,人物刻画细腻,令先前一切按照爱因斯坦时空相对论进行创作的作家相形见绌。

此外,默里·莱因斯特还在一些短篇小说中探讨了宇宙空间不同形式生命体之间的关系。这方面的名篇有《比邻星》("Proxima Centauri",1835)、《第一接触》("First Contact",1945)、《孤独的行星》("The Lonely Planet",

1949）、《锁眼》("Keyhole", 1951），等等。《比邻星》描述外星上一种奇异植物，不但能思维、能行走，而且吃肉食，一切特征皆与人们在地球上看到的相反。《第一接触》则是从语言交流角度描述这种关系。由于语言不通，地球人抵达外星后无法同那里的居民交流，彼此把对方看成异类，从而产生了危机。在《孤独的行星》中，一种名叫阿莱斯的庞大生物占据了整个行星。人类来到后，它们凭借心灵感应进行交流。由于该行星只存在这样一种生物，进化程度尚未达到能够隐瞒自己思维的地步。于是，人类教给阿莱斯如何保守内心秘密，如何与他人竞争。而阿莱斯一旦学会将自己的世界封闭，也就尝到了孤独的滋味。《锁眼》中的月亮猴也能凭借心灵感应进行交流，因而能完全了解人类的思维和感情。对于它们来说，地球上人类就是外星人。

相比之下，默里·莱因斯特的一些中、长篇科幻小说显得比较逊色。它们大多采用传统的手法，情节结构与一些名家作品雷同。但是，由于这些作品具有强烈的可读性，因而同样受到读者欢迎。比较著名的有三个系列，即"巨人之地"（Land of the Giants）、"梅德·瑟维斯"（Med Service）和"到恒星去"（To the Stars）。此外，他还著有一些单本的科幻小说，如《生命之战》（Fight for Life, 1949）、《黑银河》（The Black Galaxy, 1954）、《行星探险者》（The Planet Explorer, 1957）、《时间隧道》（Time Tunnel, 1964）、《太空船长》（Space Captain, 1966）、《未知危险》（Unknown Danger, 1969），等等。

杰克·威廉森

原名约翰·威廉森（John Williamson），1908年4月29日出生在亚利桑那州比斯比一个穷苦家庭。他从小跟随父母流浪，饱尝了生活艰辛。因没有固定居住场所，他少年时代没有上学，直至长大工作后才断断续续接受正规教育。他先后在新墨西哥州上中学和大学，获得学士和硕士学位，以后又获得科罗拉多大学博士学位。二战期间，他投笔从戎，任美军气象预报员，退役后，做了一段时期编辑和专栏作家，又当了几年大学英文教师。1960年，他被东新墨西哥大学聘为教授，从此，在那所大学教书，直至1977年退休。2006年，他以九十八岁高龄在新墨西哥州波塔莱斯去世。

杰克·威廉森自二十岁起写科幻小说，晚年仍笔耕不止，七十多年来，共计创作五十多个长篇和一百多个短篇，此外，还有不计其数的文学评论和杂谈。20年代末和30年代初，他先后在《惊人的故事》等杂志刊发了《金属人》("The Metal Man", 1928）、《来自火星的女孩》("The Girl from

Mars",1929)、《外星人的智慧》("The Alien Intelligence",1929)、《绿色姑娘》("The Green Girl",1930)《绿星来的石头》("The Stone from the Green Star",1931)等短、中篇小说。这些小说虽然没有造成很大影响,但初步展示了他后来力图反映的人和机器关系的主题。30年代中期,受爱德华·史密斯的影响,他开始创作太空冒险题材的科幻小说。长篇小说《太空军团》(The Legion of Space,1934)分六次在《惊险的科幻小说》连载,引起轰动。从此,他跻身于太空冒险小说大师之列。接下来,他又在该杂志连载了《彗星人》(The Cometeers,1936)、《军团的对立者》(One Against the Legion,1939)等两个续篇,同样取得了成功。这些太空冒险小说的故事情节,已经没有早期爱德华·史密斯那种经不起推敲的科学技术描述,因而显得干净利落,更具可读性。

在这之后,杰克·威廉森重新回到原先涉猎过的人和机器关系的主题。自1936年,他陆续推出了"人形机"系列,包括《操起双手》("With Folded Hands",1947)、《人形机》("The Humanoids",1949)、《点击人形机》(The Humanoid Touch,1980)等数个中、长篇。其中,《人形机》是最优秀的一部,也是伊萨克·阿西莫夫之前以机器人为题材的科幻小说中最优秀的一部。全书根据金属物理学、粒子物理学、概率论等原理,展示了运用科学和滥用科学的不同命运,批判了所谓纯科技主义和纯神秘主义。杰克·威廉森创作的与《人形机》同属一个主题的科幻小说名篇还有《比你想象的更黑暗》(Darker Than You Think,1938)和《星桥》(The Star Bridge,1939)。前者描述狼人和人类的争斗,把狼人看成是自由的化身。而后者主要探讨社会政治变化,中心人物为一杀手,个人和社会冲突不是很尖锐。

50年代后,杰克·威廉森将主要精力用于教学和研究,但也与另一科幻小说作家弗雷德里克·波尔(Frederik Pohl,1919—2013)合作,出版了"杜鹃"(Cuckoo)、"星孩"(Starchild)、"伊甸"(Eden)等几套系列丛书。这些丛书的读者对象主要是青少年,且影响不大。

克利福德·西马克

1904年8月3日,克利福德·西马克出生在威斯康星州米尔维尔,并从小在该地长大。自威斯康星大学新闻专业毕业后,他涉足新闻出版界,先后在密歇根、艾奥瓦、北达科他等地当记者和编辑。1949年起,他任《明尼阿波利斯星报》和《明尼阿波利斯论坛报》编辑,并主编《科学系列读物》栏目。1976年,他从编辑岗位上退休,专心致志搞创作,直至1988年去世。

克利福德·西马克一生创作了大量作品,其中包括二十五个长篇和二百多个短篇,这些几乎全是硬式科幻小说。早在 1931 年,他就在《惊奇故事》刊发了以时间机器为题材的短篇小说《红太阳的世界》("The World of the Red Sun")。鉴于这篇小说以及随后相继刊发的几个短篇均未产生影响,他便放弃了科幻小说创作。1938 年,受约翰·坎贝尔的鼓励,他再度拿起笔,创作了《第十八条法规》("Rule 18")、《木卫三的团聚》("Reunion on Ganymede")等四个短篇。这些短篇全部刊发在《惊险的科幻小说》。时隔一年,他又在该杂志连载了第一部长篇小说《宇宙工程师》(Cosmic Engineers, 1939)。之后,他不断地在该杂志发表和连载小说,其中包括轰动一时的《城市》("City", 1944)。该短篇给他带来了极大声誉,也由此,他成为坎贝尔派最杰出的科幻小说作家之一。

50 年代是克利福德·西马克的硬式科幻小说创作的高峰期。在此期间,他不但开辟了另一园地,在《银河科幻小说》杂志连载了《再三》(Time and again, 1951)、《环绕太阳》(Ring Around the Sun, 1953)等长篇小说,而且还出版了《邻居》("Neighbors", 1954)等数十个高质量短篇小说。60 年代,他几乎每年出版一个长篇,如《时间是最简单的东西》(Time is the Simplest Thing, 1961)、《他们像人一样走路》(They Walked Like Men, 1962)、《中转站》(Way Station, 1963),等等。其中,《中转站》被誉为他的又一杰作。70 年代和 80 年代,他的作品依旧源源不断产生,直至他逝世,仍然有几部遗作出版。

克利福德·西马克创作的硬式科幻小说,虽然数量庞杂、题材多样,但最有特色的还是 40 年代至 60 年代创作的《城市》《邻居》《中转站》等短、长篇作品。《城市》和《邻居》主要表现作者对理想田园生活的向往,展示出了一种浓郁的乌托邦情结。前者描述未来几个世纪里,人类一批又一批离开拥挤的城市,回复到美好的田园牧歌式生活,而留在城市里的只有机器人和已经进化到高级阶段的智慧狗。后者则具体描绘一个由好邻居构成的乌托邦社会。那里的庄稼一旦种下,可以永无止境地收割;各种机器也在永无休止地转动;每个人都能住上别墅,有汽车外出旅游;大家过着悠闲自乐、与世无争的生活。《中转站》的题材与《城市》《邻居》完全不同,但寓意同样深刻,体现了作者对人类未来命运的深刻思考。在表现手法上,它则融合了侦探小说的因素,故事情节充满了紧张的悬念和浪漫的气氛。男主人公为美国南北战争时期一位退伍军人,名叫恩洛克·华莱士,尽管已经一百二十四岁,但看上去像三十岁小伙。在银河系,他负责一家中转站,供星际旅行者歇息。他孤独地生活在中转站,靠卖珠宝为生,只有一位邮递员做朋友。后来,一次意外事件,他营救了一位名叫露西·弗什的聋哑人,从此卷入了麻烦,生活失去了往日的平静。原来,银河系用以避邪的稀世法宝突然被盗,恩洛克和露西都不慎与此事有染。

西奥多·斯特金

1918年2月26日,西奥多·斯特金出生在纽约州斯塔滕岛。他原名爱德华·沃尔多(Edward Waldo)。九岁时,母亲带着他改嫁给一个苏格兰人,这才有了现在的名字。然而,除了这个姓名,继父并没有给他带来任何东西。中学毕业后,他被迫离家谋生。本来,他还期待获取体操奖学金入读坦普尔大学,但突如其来的一场大病摧毁了他的希望。后来他揣着祖母的些微遗赠,进了宾夕法尼亚州航海学校,但仅过了一个学期,又辍学出海,到一艘商船上当了清洁工。

正是在海上漂航的日子,西奥多·斯特金开始了硬式科幻小说的创作。起初,他把自己的一些稿件寄给了《辛迪加报》。终于,该报于1938年7月发表了他的处女作《丰厚保险》("Heavy Insurance")。他由此受到鼓舞,创作更加努力。一个偶然的机会,他从布鲁克林一对夫妇那里看到了约翰·坎贝尔主编的《未知》,遂向该杂志投稿,而且他的创作才华很快得到了约翰·坎贝尔的首肯。不久,《未知》和《惊险的科幻小说》分别发表了他的两个短篇《花园之神》("God in a Garden",1939)和《苍穹喘息》("Ether Breather",1939)。从此,他与约翰·坎贝尔建立了密切的合作关系。在后者的指导下,西奥多·斯特金勤奋写作,不到两年便在通俗小说报刊发表了三十多个短篇,初步建立了自己的声誉。

1940年,他和中学时代的女友结婚,蜜月期间完成了短篇《它》("It",1940),该小说后来被誉为美国恐怖小说的经典之作。紧接着,他又完成了《肖特尔·博普》("Shottle Bop",1941)、《微观世界之神》("Microcosmic God",1941)等十几个短篇。这些小说不但题材多样,而且富于艺术性,他由此进一步成为坎贝尔时代一名杰出的科幻小说作家。二战期间,他应征入伍,忙碌于西印度群岛军用物资管理,但也完成了短篇《杀人机》("Killdozer",1944),该小说曾于70年代中期被改编成电视剧。长期的艰苦写作导致了他的家庭破裂,他一度自暴自弃,但在约翰·坎贝尔的劝慰下,恢复了替《惊险的科幻小说》创作。1948年,他的第一本短篇小说集《没有魔力》(Without Sorcery)由普莱姆图书公司出版。从此,他将一部分精力投入长篇创作,并于1950年出版了《梦想珍宝》(The Dreaming Jewels)。这部小说融入了他早年的辛酸的生活经历。1953年,他将已刊发的中篇《贝比是三》("Baby is Three")扩充成了长篇《超人》(More Than

Human)。该书以新颖、深刻的主题和近乎完美的艺术形式获得了读者的青睐,精装本和平装本都销售一空。之后,他又陆续出版了几部长篇小说和短篇小说集。1962年,《科幻小说杂志》还特地为他出了专号。他的创作活动一直持续到80年代。1985年5月8日,他因病在俄勒冈州尤金逝世。

西奥多·斯特金的硬式科幻小说,无论是通俗小说报刊发表的短篇,还是图书公司出版的长篇,均有较高的艺术价值。这种价值既体现在新颖、深刻的主题,也体现在个性复杂的人物塑造和雄健奔放的行文风格,此外还与作品所渗透的大胆浪漫情调和心理意识不无联系。譬如他的早期带有浓厚恐怖色彩的短篇《它》和《比安卡的手》("Bianca's Hand",1947),前者述说一个被害者的骷髅长出了无知生灵,提出了地球威胁来源问题;后者述说一个长着美丽双手的女痴如何掐死自己的恋人,给人以强烈的刺激。早期另一个带有浓厚幻想色彩的短篇《成熟》("Maturity",1947)则提出了一个发人深省的问题:什么是成熟?故事的男主人公是一个科学奇才,但由于天生性腺不发达而显得幼稚。然而,一旦经医生注射荷尔蒙变得成熟,他便很快死去。有评论家认为,该主人公的复杂个性颇像作者本身。再如他后期创作的短篇《孤独的飞碟》("Saucer of Loneliness",1953),述说一个失意的女孩借助微型飞碟打消了轻生念头,并最终获得了爱情,故事委婉动人,寓意深长。而《海上失踪者》("Man Who Lost the Sea",1956)则以讽刺笔调述说了一个说大话者和轻信者的故事。某人谎称自己曾被流放到火星,并如何存活。然而,当第一个登上火星的人依他的生存方法行事,却即刻遭遇死亡。还有,在《爱恋绿猴》("Affair with a Green Monkey",1957)中,一个自命不凡的心理学家从强盗手里救下了一个小伙。随后,他十分大度地把这个小伙和自己的妻子关在一起。出乎他的意料,小伙对他的妻子只有精神爱恋,没有性接触。原来,小伙是外星人,外星人和地球人无法进行性的沟通。该小说一定程度表现了西奥多·斯特金的性爱观——主张恢复原始的男女性爱关系。同样的主题还特殊地体现在长篇《带有X的金星》(Venus Plus X,1960)。该书述说一个名叫查理的地球人被送到金星考察那里的乌托邦社会。查理发现,该社会的人已经进化到不分性别,男女同体。尽管他对其余一切十分欣赏,还是在评语上打了个"X"。显然,他不能接受没有性爱的社会。

不过,西奥多·斯特金最有名的一个长篇《超人》的主题却是追求人性完美。该小说实际上由三段松散连接的叙述组成。第一部分小标题为"难以置信的白痴",述说四个身体有缺陷但拥有超常能力的年轻人的经历。一人名洛恩,精神发育不全,但会心灵感应;一人名贝比,思维迟钝,但有速算能力;另外两人是一对双胞胎,名字分别叫波尼和比尼,两人不会言语,但能随时用意念搬运身体。当洛恩、贝比、波尼、比尼四人连在一起时,超人"格式塔尔"就诞生了。第二部分小标题为"贝比是三",述说"格式塔尔"长大后到了外部世界,面临着种种生存挑战。几年过去了,"格式塔尔"的"头"——洛恩——已经死亡,他的位置被一个名叫格里的残疾顽童代替。第三部分小标题为"道德",述说又过了许多年,"格式塔尔"的各个部件又经历了一系列变迁,到最后,终于成熟,进化成一个完美的人。

罗伯特·海因莱恩

1907年7月7日,罗伯特·海因莱恩出生在密苏里州巴特勒,不过,成长地是堪萨斯城。中学毕业后,他进入了向往已久的海军学院,成为一名海军军官。从1929年到1934年,他先后在"犹他"号军舰和"列克星敦"号航空母舰服役。然而,正当他的军事生涯蓬勃向上之际,他患了肺结核,不得不提前退役。在这之后,他从事过多项职业,还到过加利福尼亚大学洛杉矶分校研习物理和数学,但均以不满意而告终。

他最后选定的职业是科幻小说作家。早在中学时代,罗伯特·海因莱恩就对科幻小说非常爱好,经常阅读20、30年代的通俗小说杂志,深受巴勒斯、威尔斯等人的作品影响。1939年,他看到《惊悚离奇的故事》有则征文启事,遂创作并寄去了一篇题为《生命线》("Lifeline")的短篇,以后又将它寄给了《惊险的科幻小说》,不料该小说竟被约翰·坎贝尔看中,刊发在该杂志。从此,罗伯特·海因莱恩开始了一个职业科幻小说家的创作生涯。短短一年,他在各种通俗小说杂志刊发了《格格不入》("Misfit")、《安魂弥撒》("Requiem")、《路须压平》("The Roads Must Roll")、《逻辑王国》("Logic of Empire")等十个短篇。这些小说,连同后来发表的其他许多小说,共同构成了他的著名的"未来史"系列。

1941年,他的长篇《梅休斯拉的子孙》(*Methuselah's Children*)开始在杂志连载。同年,他又根据约翰·坎贝尔的设想,创作和连载了另一个长篇《第六根圆柱》(*The Sixth Column*)。到了1947年,他不但在著名的《星期六晚邮报》刊发了四个短篇,还推出了一个以青少年读者为主要对象的长篇《伽利略飞艇》(*Rocket Ship Galileo*),从而将创作阵地由通俗小说杂志转向严肃报刊和出版社。《伽利略飞艇》以及翌年起陆续出版的《卡德特太空》(*Space Cadet*, 1948)、《红色行星》(*Red Planet*, 1949)、《空中农夫》(*Farmer in the Sky*, 1950)、《行星之间》(*Between Planets*, 1951)等十几个长篇,共同构成了他的另一个著名系列——"少年科幻小说"。50年代和60年代是罗伯特·海因莱恩的创作巅峰期。他的一些获奖的长篇,如《双星》(*Double Star*,1956)、《飞船部队》(*Starship Troopers*,1959)、《陌生地的陌生人》(*Stranger in a Strange Land*,1961)、《无情的月亮情妇》(*The Moon Is a Harsh Mistress*,1966),都是这个时期的产物。1966年后,由于健康恶化,他较少动笔,70年代和80年代一度恢复了创作,但已显得力不从心。1988年5月8日,他因心力衰竭逝世,享年八十一岁。

罗伯特·海因莱恩创作的硬式科幻小说,从题材和情节模式来看,大部分以太空冒险为主题。然而,他的这类作品已经跳出了根斯巴克后期一般科幻小说家为惊险而惊险、为神奇而神奇的怪圈。罗伯特·海因莱恩是约翰·坎贝尔创作原则的伟大实践者。他总是将自己的人物置于纷繁复杂的社会关系中,让整个故事显得色彩斑斓、真实可信。与此同时,他也注重作品的社会道德价值。尽管男主人公面前铺满了荆棘,但故事发展到最后,正义总是战胜邪恶。譬如他早期的长篇《梅休斯拉的子孙》,故事主线是公元2125年梅休斯拉家族在太空冒险的经历。然而,这个长寿家族之所以离开地球,是因为不堪忍受一些短命家族的嫉妒和迫害。为了生存,他们乘坐宇宙飞船到了外星,但等待他们的却是比地球更难战胜的威胁。又如他的第一部荣获雨果奖的长篇《双星》,男主人公是一个穷困潦倒的演员,他答应代替与他面貌酷似而身患重病的政治领袖去火星进行外交活动。起初,他的动机是接受一个千载难逢的表演挑战。但后来,事情的发展威胁到八十亿地球人的生存时,他又义无反顾地改变初衷,投入保卫地球的战斗。他的另一部荣获雨果奖的长篇《飞船部队》也揭示了同样的主题。男主人公胡安原是和平主义者,平素不关心政治。他几乎是怀着取悦一位心爱女性的动机,参加了飞船部队。可是后来,在残酷的斗争中,他渐渐意识到自己的神圣使命,决心为保卫他人的生命而战。

伊萨克·阿西莫夫

1920年1月2日,伊萨克·阿西莫夫出生在苏联的一个名叫彼特罗维奇的小镇。时隔三年,父母带着他和妹妹移民到纽约州布鲁克林,在那里建立了新家。伊萨克·阿西莫夫在当地接受了初等和中等教育,又上了两所高等学院。1939年,他如愿进入哥伦比亚大学,并以优异成绩获得学士学位,以后又继续在该校深造,分别于1941年、1948年获得硕士学位和博士学位。在这之后,他受聘波士顿大学医学院,担任生化专业教授。1958年,他放弃繁忙的教学工作,专心致志地写作。1992年4月6日,因心、肾等器官衰竭,他不幸逝世,享年七十二岁。

早在孩童时代,伊萨克·阿西莫夫就对读书和写作感兴趣。六岁时,他利用课余时间帮父亲照看糖果店。正是在那里,他接触到了科幻小说杂志。不久,他就迷上了这类杂志,成为"热心读者俱乐部"的会员。1938年,他开始创作硬式科幻小说,起初两个短篇《太空瓶塞钻》("Cosmic Corkscrew")和《卡里斯坦·梅纳斯》("Callistan Menace")投给了《惊悚小说》,但均被退稿。然而,他并不气馁,继续创作。终于,第三个短篇《被放逐的维斯塔》("Marooned off Vesta")被接受,刊登在1939年3月的《惊人的故事》。到了1941年春天,他已经在通俗小说杂志刊发了十五个短篇,其中包括最早创作的机器人小说《陌生的玩耍伙伴》("Strange Playfellow")。再后来,他的最有名的短篇《夜幕》("Nightfall")在约翰·坎贝尔的《惊险的科幻小说》问世。该小说描述一颗远离地球的行星世界的恐怖经历,那里有着极其漫长的黑夜,而这黑夜象征着人类文明的周期性衰落。很快,伊萨克·阿西莫夫受到了约翰·坎贝尔的赏识。从此,两人建立了长期合作关系。在后者的帮助下,伊萨克·阿西莫夫在《惊险的科幻小说》推出了一系列有影响的作品,其中包括《火星之路》("The Martian Way", 1952)、《梦是隐秘物》("Dreaming is a Private Thing", 1955)、《死亡的过去》("The Dead Past", 1956)、《丑陋的小男孩》("The Ugly Little Boy", 1956),等等。1949年5月,他第一个长篇《空中飘砾》(Pebble in the Sky)由双日图书公司出版。从此,他和该公司建立了长期合作关系。到1992年逝世,他已经在该公司出版了一百多个长篇,如《恒星如灰尘》(The Stars Like Dust, 1951)、《宇宙急流》(The Currents of Space, 1952)、《地球足够大》(Earth is Room Enough, 1957),等等。

不过,奠定他的硬式科幻小说大师地位的还是"机器人"和"创建"两个系列。"机器人"系列由《我,机器人》(I, Robot, 1950)、《钢窟》(The Caves of Steel, 1954)和《裸露的太阳》(The Naked Sun, 1957)等三卷组成。《我,机器人》是一本短篇小说集,收录了伊萨克·阿西莫夫在坎贝尔时代写的十多个有关机器人题材的短篇,其中包括上面提到的《陌生的玩耍伙伴》以及《理由》("Reason")、《说谎者》("Liar")、《苦囚》("Galley Slave")、《证据》("Evidence"),等等。本来,"机器人"为科幻小说中的传统题材,之前选用"机器人"题材的作家,无不采取古老的弗兰肯斯坦模式,即把"机器人"描绘成会随时失控、对人类安全产生威胁的怪物。而伊萨克·阿西莫夫的这些小说则完全不同。在他的笔下,"机器人"充满了灵性,富于人情味,非但不是人类的潜在敌人,而且是他们征服自然、探索宇宙奥秘的朋友。此外,在创作这些小说时,伊萨克·阿西莫夫始终贯彻了他和约翰·坎贝尔反复商讨的"机器人创作三原则"。其一,机器人不得伤害人,也不能对伤害人的事袖手旁观;其二,机器人应服从人的一切命令;其三,机器人应保护自身的安全。事实上,这三个原则已经成为当时大部分科幻小说作家共同遵守的准则。而《钢窟》和《裸露的太阳》是伊萨克·阿西莫夫在50年代创作的两个互相关联的长篇。故事背景设置在三千年之后银河星系,那时的地球已有一些人在外星定居,但留下来的人对自己没有约束。男主人公尼尔·奥利沃是个具有高等智慧的机器人。他在侦破地球太空城首席科学家被杀案和保卫地球安全方面起了关键作用。这两部长篇的重要意义在于出色地描绘了地球末日的情景,是科学神秘小说的经典之作。

"创建"系列是伊萨克·阿西莫夫数年酝酿、数年写作,并且和约翰·坎贝尔反复研讨、反复修改的结晶。整个系列从心理历史学的角度,模拟古罗马的若干史实,展示了第一银河帝国衰亡和第二银河帝国兴起的宏伟画面。该系列也有三卷,每卷由两个或两个以上松散连接的中篇构成。第一卷成书于1951年,书名《创建》(Foundation),描写整个银河系的万千世界已经腐朽堕落,第一银河帝国行将灭亡,哈里·谢尔顿等科学家果断采取措施,准备创建第二银河帝国。第二卷成书于1952年,书名《创建和帝国》(Foundation and Empire),描写第二银河帝国创建伊始,哈里·谢尔顿等科学家及其后代同腐朽的第一银河帝国进行了殊死搏斗。第三卷成书于1953年,书名《第二创建》(Second Foundation),描写第二银河帝国建立后,第一银河帝国的腐朽势力不甘心失败,以更狡猾和更残忍的手段疯狂进行反扑。该系列无论是思想性还是艺术性都堪称一流,代表着伊萨克·阿西莫夫创作的最高成就。正因为如此,它于1968年荣获雨果奖。

70年代和80年代,在众多书商和读者的强烈要求下,伊萨克·阿西莫夫开始扩充"机器人"系列和"创建"系列,他甚至打算把两个系列连在一起,如《创建的危机》(Foundation's Edge, 1982)、《黎明的机器人》(Robots of Dawn, 1983)、《机器人和帝国》(Robots and Empire, 1985)、《创建和地球》(Foundation and Earth, 1986)、《创建序曲》(Prelude to Foundation, 1988),等等。尽管这些小说都十分畅销,有的还荣登畅销书榜首,但总的来说,其艺术成就,较以前没有突破。

第五节　剑法巫术奇幻小说

渊源和特征

　　早期美国英雄奇幻小说的大厦是由詹姆斯·卡贝尔、奥斯汀·赖特等书本派作家和埃德加·巴勒斯、阿伯拉罕·梅里特、霍华德·洛夫克拉夫特等杂志派作家共同构筑的。随着时间的推移和通俗小说杂志的迅猛发展,书本派英雄奇幻小说渐渐衰落,而杂志派英雄奇幻小说日益兴旺,尤其是1923年《神怪小说》创刊后,杂志派英雄奇幻小说几乎完全排斥书本派英雄奇幻小说,控制了整个美国奇幻小说领域。杂志派英雄奇幻小说与书本派英雄奇幻小说的不同之处在于融入了科幻小说、恐怖小说、历史浪漫小说的一些因素。此外,在人物塑造方面,它也较多地沿袭了哈格德、巴勒斯的传统,注重表现主人公的侠胆忠义和大智大勇。几乎整个20年代,杂志派奇幻小说家都在沿用这个模式进行创作。到了30年代,一些作家不满足这种人物塑造,对传统模式进行了大胆改革。他们有意淡化主人公的英雄业绩,变"侠胆忠义"为"恃强凌弱",变"大智大勇"为"暴躁鲁莽",大肆渲染历险中的血腥恐怖场面,使整个作品蒙上了野蛮和残忍的色彩。这种对主人公形象的"黑色改造"在一定程度上刺激了读者的新奇感,并极大地增加了通俗小说杂志的销路,从而引发了新一阵奇幻小说创作热,产生了一个新的奇幻小说类型——剑法巫术奇幻小说(sword and sorcery fantasy)。

　　剑法巫术奇幻小说是英雄奇幻小说在新的历史条件下的延续和发展。尽管这一新型奇幻小说类型早在30年代就已诞生,而"剑法巫术"的名称却一直延迟到60年代才出现。1961年,英国著名通俗小说家迈克尔·穆尔科克(Michael Moorcock,1939—)在奇幻小说爱好者杂志《阿姆拉》刊登公开信,征求对这一奇幻小说类型的命名,并提出"史诗奇幻小说"的名称供考虑。当即,美国著名通俗小说家弗里茨·莱伯(Fritz Leiber,1910—1992)在另一家通俗小说爱好者杂志撰文响应,提出可以叫"剑法巫术"。虽然后来别的通俗小说家还提出了不少可供考虑的名称,如"血与雷"、"斗篷与短剑",等等,但大家最终还是选择了"剑法巫术"。该名称于当年7月在《阿姆拉》杂志被正式启用。从那以后,它逐渐被通俗小说界普遍接受,并一直延续至今。

　　罗伯特·霍华德(Robert Howard,1906—1936)是第一个对英雄奇幻小说进行"黑色改造"的作家,也是剑法巫术奇幻小说创始人。自1928年起,他在《神怪小说》发表了一系列颇有影响的奇幻小说,这些小说均以黑色英雄为主人公。如《红色影子》("Red Shadows",1928)中的所罗门·凯恩,性格阴郁,谙于剑术,经常出没深山老林和湮没的城市,同各种各样的人间和非人间的妖孽进行血腥残杀。又如《影子王国》("Shadow Kingdom",1929)中的库尔,自小生长在原始部落,性格暴戾,行动鲁莽,时常诉诸暴力,混迹于血淋淋的屠戮场。然而,罗伯特·霍华德最有名的一个黑色英雄是剑客柯南。此人系他的短篇《剑上永生鸟》("The Phoenix on the Sword",1932)里的主人公,铜筋铁骨,剑法高明,在神秘的史前社会冲冲杀杀,恃强凌弱。该小说于1932年12月在《神怪小说》刊出后,众多读者拍手叫好。于是,罗伯特·霍华德将其扩充为一个较大的系列。直至1936年他自杀身亡,该系列共有二十一个篇目,其中一个为长篇。在这些小说中,罗伯特·霍华德煞费苦心地让柯南在远古时期的欧洲、亚洲和非洲到处游荡,时而作为雇佣的剑客、侠士和武夫,时而作为流窜的黑魁、海盗和杀手。伴随着作品中一个个历险逐步升级,柯南也成为一个万民拥戴的国王。

　　罗伯特·霍华德的剑法巫术奇幻小说顿时引起了许多作家的模仿。其中首屈一指的是一对名叫亨利·库特纳(Henry Kuttner,1914—1958)和凯瑟琳·穆尔(Catherine Moore,1911—1987)的夫妇。凯瑟琳·穆尔于1933年跻身于《神怪小说》撰稿者行列。翌年,她受罗伯特·霍华德的影响,又在《神怪小说》推出了题为《黑神之吻》("Black God's Kiss")的短篇。该小说的故事场景设置在公元15世纪的欧洲,主人公名叫吉瑞尔,是个勇敢、美丽的王后。她诉诸暴力,为自己以及被屠戮的士兵讨回了公道。这一中古时期的"女性柯南"的冒险经历同样获得了读者瞩目,于是凯瑟琳·穆尔也将它扩展为一个系列。从1935年至1936年,在短短的一年多时间里,她接连写了五个以吉瑞尔为女主人公的短篇,每篇都获得读者的好评。正是这个时候,她和亨利·库特纳一见如故,结为夫妇。亨利·库特纳虽然比凯瑟琳·穆尔晚出道几年,但才能出众,很快成为《神怪小说》主要撰稿人。1938年,他模拟罗伯特·霍华德的"柯南"系列小说,开始创作以史前亚特兰蒂斯王国的剑客埃拉克为男主人公的系列作品。该系列的前三个中篇于当年在《神怪小说》刊出后,均获得好评。1941年,他又为该系列创作了一个中篇。该中篇同样在《神怪小说》刊出,同样获得成功。凯瑟琳·穆尔和亨利·库特纳的这些作品,极大地丰富了剑法巫术奇幻小说的宝库。

此外，克拉克·史密斯（Clark Smith, 1893—1961）、弗里茨·莱伯也曾涉猎剑法巫术奇幻小说，且颇有建树。克拉克·史密斯于30年代中期模拟"剑客柯南"，相继推出"埃弗罗伊纳"（Averoigne）和"海帕波雷"（Hyperborea）两个小说系列，前者设置在中世纪的幻想王国，后者以假想的极地大陆为背景，每篇均以黑色英雄为主人公，性格各异，历险曲折。而弗里茨·莱伯则于1939年在《未知》杂志刊发了著名的《二人探险记》（"Two Sought Adventure"）。该小说破天荒地出现了两个主人公，一个孔武有力，一个矮小机灵。后来，他把这篇小说扩展为一个很大系列，出版有同名小说集。鉴于这两位作家的主要成就是在恐怖小说领域，本书拟将他们分别放在后面有关恐怖小说的章节进行介绍，而将下面的篇幅用于介绍罗伯特·霍华德、凯瑟琳·穆尔、亨利·库特纳三位作家。

罗伯特·霍华德

　　1906年1月22日，罗伯特·霍华德出生在得克萨斯州帕克县。他的父亲是当时美国西南拓荒者中最早的医生，常年在外行医，从而使独子对母亲有种异乎寻常的眷恋。1936年7月11日，当罗伯特·霍华德得知病重昏迷的母亲再也不能苏醒过来后，他选择了自杀，与其母在当日先后逝世。罗伯特·霍华德终生未婚。

　　在罗伯特·霍华德的童年时代，一家人因父亲工作关系在得克萨斯州频繁迁徙，直到1919年才定居在克罗斯普雷恩斯。20世纪20年代的克罗斯普雷恩斯仍然是个仅有两千多人口的小镇，像得克萨斯州中西部多数地方一样经历着石油开发热。成百上千人来镇上开发油田，企图实现一夜暴富的美梦，随之而来的各种相关行业人流令小镇热闹非凡。然而，随着石油开发殆尽，克罗斯普雷恩斯又逐渐走向萧条。这一切给罗伯特·霍华德留下深刻的印象，形成了他对社会文明兴衰的初始看法。另外，他的童年时代恰好是西部文学重新崛起的时期。他沉浸在西南大峡谷的民间传说和历史史实中，感受着拓荒者的传奇经历和无穷活力。十岁左右，罗伯特·霍华德即开始写作，十五岁时完成了一个描述史前野蛮的奇幻短篇。男主人公既显得野蛮又有绅士风度，此外还拥有诗人的忧郁气质和拓荒者的粗犷个性。1923年，罗伯特·霍华德从中学毕业，开始在当地一所商业学校学习簿记、打字和速记。这期间，他尝试过其他许多职业，均以不满意而告终。他决心要实现自己的梦想，成为一名专业作家。1925年7月，《神怪故事》首次刊发了他的短篇《长矛和犬齿》（"Spear and Fang"），从此，他走上了职业的通俗小说创作之路。

几乎一开始，罗伯特·霍华德就以一个多题材、多产的小说家面目呈现在读者面前。他的小说连篇累牍地出现在各通俗小说杂志上，既有西部传说又有侦探故事，既有海上冒险又有神秘恐怖。这些小说代表着他早期对通俗小说创作的探索。随着时间的推移，他的兴趣主要集中在奇幻小说领域。而且，他还特别注重塑造新型奇幻小说主人公，以吸引读者注意力。1928年，《神怪故事》接连刊发了他的四个短篇，其中包括以所罗门·凯恩为男主人公的《红色影子》。这个性格阴郁、谙于剑术、喜欢诉诸暴力的人物刚一问世，就引起了众人瞩目。紧接着，罗伯特·霍华德又连续写了七篇"所罗门·凯恩"小说，陆续刊发在《神怪故事》。

时隔一年，罗伯特·霍华德又在《神怪故事》推出了一个新型主人公，这个主人公名字叫库尔，是作为影子王国的男主角推出的。相比之下，库尔具有所罗门·凯恩的大部分人物特征，但性格显得更暴戾，更热衷于血腥屠杀，因而也更富于刺激性。小说中，黑色英雄库尔首次遇见匹克特部落的武士布鲁尔，两人遂结为好友，共同携手，以武力挫败了蛇人部落企图控制古老的维路西亚王国的阴谋，其中不乏你死我活的拼杀。一个月后，《神怪故事》又从速刊发了库尔小说的续集《特赞·休恩的镜子》("The Mirrors of Tuzun Thune")，再次上演了惊天动地的拼杀闹剧。也由此，罗伯特·霍华德初步确立了他的杰出奇幻小说家的地位。此外，罗伯特·霍华德至少还写过六篇库尔小说，但这些作品在他生前都未能发表。

1932年12月，罗伯特·霍华德最有名的一个黑色英雄出现在公众视野，他就是《剑上永生鸟》的剑客柯南。该小说在《神怪故事》刊出后，获得了众多读者瞩目，因而罗伯特·霍华德马不停蹄地创作了一系列续篇，使柯南迅速成为最受读者欢迎的一个奇幻小说主人公。在罗伯特·霍华德一生的最后几年，他一共写了二十一篇柯南小说，其中有十七篇由《神怪故事》刊出。此外，他还有五篇未完成的作品。"柯南"系列主要描述柯南一生的传奇经历。他是史前社会的一个野蛮人，生在战场，长在战场，祖父因为世仇而逃离部落，四处流浪，最后来到辛梅里安定居。成年后的柯南身高六英尺，体重一百八十磅，铜筋铁骨，威武勇猛。他继承了祖业，走上了流浪和战斗之旅。其间，他与各部落交战，推翻了一个又一个史前王国统治者。四十岁时，他登上了阿克罗尼亚帝国的国王宝座，从一个剑客变成了指挥千军万马的帝王。

"柯南"系列的问世，标志着罗伯特·霍华德个人创作技巧已趋于成熟。如果说所罗门·凯恩是一个用于试验的半成品，库尔是一个成品，那么柯南则是地地道道的精品。在柯南身上，罗伯特·霍华德倾注了对奇幻小说的新研究、新理解和新创造。这些创造集中到一点,即是对传统主人公形象进行黑色改造,淡化所谓的英雄业绩,强调带有反英雄色彩的恃强凌弱,渲染血腥暴力争斗和恐怖厮杀。而罗伯特·霍华德如此改造的直接效应,则是促成了一类新型奇幻小说——剑法巫术奇幻小说的诞生。

罗伯特·霍华德的剑法巫术奇幻小说对后世产生了很大影响。而且随着时间推移,这种影响越来越大。一代又一代人阅读他的作品,不断地从中发掘新的意义。60年代,他的追随者继发掘、续写他未完稿的"柯南"小说之后,又创作了许多新的"柯南"续集。70年代,他的作品又被改编成连环画,搬上银幕。如今,罗伯特·霍华德已经成为与鲁埃尔·托尔金(Ruel Tolkien, 1892—1973)、埃德加·巴勒斯齐名的奇幻小说作家。每年6月,他的家乡克罗斯普雷恩斯都要举行庆祝活动,欢迎来自各地参观罗伯特·霍华德故居的游客。

凯瑟琳·穆尔

1911年1月24日,凯瑟琳·穆尔出生在印第安纳州印第安纳波利斯。她自小体弱多病,有相当多时间是在病床上度过的,为此养成了静心读书的爱好。她博览了许多民间故事,尤其是古老的凯尔特传说。这些书不仅培养了她对超自然文学的兴趣,也为她日后创作这方面的通俗小说打好了基础。青年时代,她曾到大学求学,但不久即因家庭经济困难辍学,出任当地一家银行的文秘。其间,她接触到许多通俗小说杂志,遂产生了创作通俗小说的愿望。起初,她向《宝库》《故事大观》《惊险的科幻小说》投寄了一些稿件,均遭到拒绝。但她没有灰心,继续坚持创作。终于,在1933年,她的一个短篇被《神怪小说》接受,刊登在该杂志十一月号。这是一篇科幻小说,题目叫《沙姆布洛》("Shambleau"),主要描述一个星际冒险家在地球外部世界的奇异冒险经历。该冒险家名叫诺思韦斯特·史密斯,身材瘦长,相貌丑陋,性格顽强,他从一伙狂暴的火星居民手中救出了一个懂得心灵感应的女孩沙姆布洛。整个小说构思新颖,人物形象生动,颇受好评。

接下来,凯瑟琳·穆尔开始沿袭罗伯特·霍华德的柯南小说模式,创作剑法巫术奇幻小说《黑神之吻》。这篇小说刊登在1934年10月的《神怪小说》上。女主人公吉瑞尔是一个柯南式人物,她生长在中世纪,性情刚烈,谙于剑法,为了夺回被侵占领土,替自己以及被屠戮士兵讨回公道,只身闯荡地下黑魔世界,经历了种种暴力冲突和血腥屠杀。这位别具一格的女柯南很快引起了读者瞩目,于是凯瑟琳·穆尔又在《神怪小说》陆续推出了一些续篇,如《黑神阴影》("Black God's Shadow", 1934)、《吉瑞尔遭遇魔法》("Jirel Meets Magic", 1935)、《黑土地》("The Dark Land", 1936)、《守卫地狱的人》("Hellsgarde", 1939),等等。在这些小说中,吉瑞尔回到了自己的国家,继续同黑神进行种种生死较量。

"吉瑞尔"小说的问世在美国奇幻小说史上具有重要意义。历来的美国奇幻小说,均是以男性人物为主角,而女性人物只能为配角,充其量不过扮演某个女神或蛊惑男性的角色。而"吉瑞尔"既是主角,又扮演了本来应该由男性扮演的英雄角色。她是第一个以女英雄身份出场的故事人物。在她身上,不仅有男性一般的威武和刚勇,也有女性特有的细腻和激情。她以正义之气浪迹中世纪欧洲各地,用自己的剑术和智慧同超自然恶势力搏斗。正因为如此,她受到读者喜爱。而凯瑟琳·穆尔也因为这一经典人物的塑造,成为继罗伯特·霍华德之后,又一著名的剑法巫术奇幻小说家。

这时,凯瑟琳·穆尔结识了《神怪小说》另一位名作者亨利·库特纳。此人非常欣赏凯瑟琳·穆尔的才华,还给《神怪小说》写过一封信,对她的第一篇小说《沙姆布洛》赞不绝口。两人逐渐产生爱情,并于1940年结婚。其后,他们定居在加利福尼亚州南拉古纳,以"劳伦斯·欧唐纳尔"(Lawrence O'Donnel)、"刘易斯·帕基特"(Lewis Padget)等多个笔名,共同创作了许多颇受欢迎的科幻小说和奇幻小说。1950年,夫妻双双进入南加利福尼亚大学,亨利·库特纳先于1954年毕业,而凯瑟琳·穆尔则比丈夫晚了两年才毕业。1958年,亨利·库特纳突发心脏病去世。从此,凯瑟琳·穆尔放弃了科幻小说和奇幻小说的创作,将主要精力用于撰写电视节目。在度过二十余年的再婚、沉寂生活之后,她于1987年4月7日去世,享年八十六岁。

亨利·库特纳

1915年4月7日,亨利·库特纳出生在加利福尼亚州洛杉矶。四岁时,他的父亲不幸去世,母亲含辛茹苦地将他带大。由于营养不良,他长得个子矮小,面黄肌瘦,与此同时,也养成了内向、腼腆的个性。青年时代的亨利·库特纳是个通俗小说迷,特别崇拜霍华德·洛夫克拉夫特、克拉克·史密斯、弗里茨·莱伯等小说家,并同他们保持了长久的通信。在他们的鼓励和指导下,亨利·库特纳很早就开始了通俗小说创作。1936年3月,《神怪小说》刊发了他的首个短篇《坟场硕鼠》("The Graveyard Rats")。这是一篇沿袭霍华德·洛夫克拉夫特传统的恐怖小说,深受读者好评。从此,他一发而不可收,在许多通俗小说杂志刊发了作品。同罗伯特·霍华德一样,亨利·库特纳是个多面手,擅长创作各种类型和各种题材的通俗小说。林·卡特曾揶揄地称他是"作家中的作家","同时代的其他作家的嫉妒和崇拜之情简直可以把他驱逐出这个圈子"。①

不过,在20世纪30年代末和40年代初,亨利·库特纳最有名的作品还是依据罗伯特·霍华德的模式创作的剑法巫术奇幻小说。1938年5月和6月,《神怪小说》连载了亨利·库特纳的中篇小说《黎明雷声》("Thunder in the Dawn")。该小说的故事场景设置在史前亚特兰蒂斯王国,主人公为埃拉克王子,是个"库尔""柯南"式剑客。他性格鲁莽,武艺高强,在地球、外星等各个不同的生存空间与各种妖魔、恶汉搏斗,最后都以武力战胜对手。埃拉克的角色赢得了读者的称赞,于是亨利·库特纳仍以他为主人公,连续创作了两个中篇《在菲尼克斯的那一边》("Beyond Phoenix")和《恶魔的子孙》("Spawn of Dragon")。两者于当年在《神怪小说》刊出后,同样获得了读者好评。在这之后,亨利·库特纳又开启了一个新的剑法巫术奇幻小说系列——"雷纳"系列。故事场景从史前亚特兰蒂斯王国转换到传说中的中亚戈壁王国沙多波利斯,主人公雷纳进行了与埃拉克类似的种种冒险和搏杀。不过,该系列仅问世了两个中篇便以《奇异故事》的停刊而告终。而"埃拉克"系列的最后一个中篇《邪恶月球》("Dragon Moon")也于1941年1月刊登在《神怪小说》,这也是该杂志刊登的最后一篇剑法巫术奇幻小说。

同罗伯特·霍华德的"库尔""柯南"相比,亨利·库特纳的"埃拉克""雷纳"的人物形象显得有些雷同。正因为如此,有人批评亨利·库特纳是"模仿者"。不过,他的剑法巫术奇幻小说,也并非没有一点自己的创造,那就是融入了科幻小说的一些成分。此外,他的语言幽默,逻辑性强,从而有了一种明显不同的叙事风格。随着时间的推移,这种风格越来越成熟。这一点,可以在他后期的最好作品中得到例证。

1940年,亨利·库特纳与凯瑟琳·穆尔结婚。夫妇俩定居在加利福尼亚州南拉古纳。从此,他的创作兴趣逐渐转向科幻小说领域。40年代和50年代,他和凯瑟琳·穆尔携手合作,以多个笔名,创作了一系列颇有影响的长、中、短篇科幻小说,其中最著名的有《狂怒》(*Fury*,1950)、《有一个侏儒》(*A Gnome There Was*,1950)、《明日复明日以及仙人棋子》(*Tomorrow and Tomorrow*, *and Fairy Chessmen*,1951)、《机器人没有尾巴》(*Robots Have No Tails*,1952)、《突变体》(*Mutant*,1953),等等。1958年,亨利·库特纳再次当选世界科幻小说大会嘉宾。然而,就在他准备出席世界

---

① Lin Carter. *Imaginary Worlds*. Ballantine Books, New York, 1973, p. 67.

科幻小说大会前夕,因心脏病突发,他在加利福尼亚州圣莫尼卡去世。

第六节　克修尔胡恐怖小说

渊源和特征

安布罗斯·比尔斯和罗伯特·钱伯斯的超自然恐怖小说在世纪之交造成了轰动,从而影响了美国许多后来的作家。其中有位霍华德·洛夫克拉夫特,由于他的努力,美国恐怖小说进入了一个新时代,而他本人也作为这个新时代的开拓者被载入通俗小说史册。

这个新时代是与所谓"克修尔胡神话"(Cthulhu Mythos)分不开的。霍华德·洛夫克拉夫特成长的时代,正值美国各类通俗小说杂志兴起之际。一时间,美国各城市涌现出了诸如《宝库》《故事大观》之类的杂志。这些杂志主要刊登短篇的神秘、惊险作品,其中不乏一些具有浓厚科幻、奇幻、恐怖气息的超自然小说。霍华德·洛夫克拉夫特天生聪慧,六岁即开始创作。在他短暂而艰难的一生中,共计创作了六十多篇恐怖小说。这些小说,尤其是晚年在《神怪故事》刊发的恐怖小说,描述了发生在浩瀚宇宙的灾难故事。霍华德·洛夫克拉夫特试图把古代的鬼魔学说同近代爱因斯坦的时空相对论结合起来,以此表现宇宙生存的危机。在他之前,没有任何人对这种恐怖题材做过如此大胆的探索。此外,他的文风庄重,用词讲究,这也给当时的通俗小说杂志带来了清新的空气。

尽管霍华德·洛夫克拉夫特做出了划时代的贡献,但他同爱伦·坡一样,生前并没有得到足够的重视。然而,他的"太空恐怖"的创作思想却在部分彼此长期通信的同行好友和年轻追随者身上产生了深刻影响。这些人当中包括克拉克·史密斯、奥古斯特·德莱思(August Derleth,1909—1971)、唐纳德·万德里(Donald Wandrei,1908—1987)和罗伯特·布洛克(Robert Bloch,1917—1994)。这些人在他去世后,将他的一些重要小说汇集出版,并展开了广泛讨论,以此纪念他,建立他的声誉。讨论中,奥古斯特·德莱思依据霍华德·洛夫克拉夫特作品中一个表示超自然邪神首领的名称,杜撰了一个术语"克修尔胡神话",以此来统称他的晚年作品及其创作主题。随着霍华德·洛夫克拉夫特的影响愈来愈大,"克修尔胡神话"的讨论也愈来愈热烈。而且,这场讨论的发动人本身也成为第一代"克修尔胡神话"的继承者。于是,一个崭新的超自然恐怖小说类型——克修尔胡恐怖小说(cthulhu horror fiction)——应运而生。

克修尔胡恐怖小说的主题本质是"太空恐怖"。然而这种恐怖不是死尸复活的描绘,也不是凶险谋杀的再现,而是基于这样一种信念,我们的地球曾是另外一种高等生物的家园,在行使黑色魔法时,失去了地球根基,被驱逐到外星栖身。但他们对人类虎视眈眈,每时每刻都想把地球夺回去。由此看来宇宙并不太平,人类并不太平。现时人类的文明与其说是胜利,不如说是灾难。这是一种时空错位的恐怖,宇宙灾难的恐怖。

霍华德·洛夫克拉夫特

1890年8月20日,霍华德·洛夫克拉夫特出生在罗得岛州普罗维登斯。他的祖父是个企业家,在当地颇有声誉;父亲则在一家大公司当销售员。霍华德·洛夫克拉夫特三岁时,他的父亲因精神病被关进医院,并于五年后死去。于是,抚养他的担子落到了他的母亲、祖父和两个姑姑身上。霍华德·洛夫克拉夫特天资聪明,两岁会背诗,三岁会识字,六岁会写文章。他从小就喜欢读《天方夜谭》,听祖父讲鬼怪故事,稍大又迷上了化学和天文学。由于体弱多病,他中学没有读完,以后一直在家自学。

他最早公开发表的文字是关于天文学的一封书信,这封书信刊发于1906年的《普罗维登斯周刊》。不久,他就开始定期给该刊以及其他报刊撰写专栏文章。在此期间,他也尝试写了一些短篇小说。然而,祖父的去世,母亲的患病,给他以沉重打击。他变得十分忧郁,停止了写作。随后数年,他是在一种极其孤僻的状态中度过的。1914年,他逐渐恢复了同外界的联系,也恢复了写作。不多时,他就完成了《坟墓》("The Tomb")和《大衮》("Dagon")两个短篇。在这之后,他不时写一些短篇,但主要精力用于写诗歌、杂文。与此同时,他更加频繁地同外界朋友和学生交流,留下了大量文学评论方面的书信。

1921年5月,他的母亲不幸病故。数月后,他遇到了一位比他大七岁的犹太姑娘,两人一见钟情。很快,霍华德·洛夫克拉夫特同这位姑娘结婚,并随同她去了纽约。事实证明这是一次不成功的婚姻。到了1926年7月,霍华德·洛夫克拉夫特又离开纽约,回到两个姑姑的身边。接下来十年是他个人生活和文学事业的最辉煌时期。他多次到东海岸旅游,参观了那里的许多名胜古迹,与此同时,积极为新面世的《神怪故事》撰稿,发表了一生当中最优秀的小说,不少脍炙人口的恐怖小说名篇都在这一时期问世。此外,他还培养了大批文学新人,其中一些成长为新一代著名通俗小说家。然而,他也遭遇了一些不幸。先是两个姑姑去世,继而好友罗伯特·霍华德自杀。尤其是,他发现自己患了不治之症,不得不忍受身体的巨大疼痛。1937年3月10

日,霍华德·洛夫克拉夫特因肠癌在医院逝世,终年三十七岁。

霍华德·洛夫克拉夫特一生的创作,可以划分成三个时期。第一个时期是从1906年至1920年。这个时期他受英国奇幻小说家邓萨尼勋爵(Lord Dunsany,1878—1957)的影响,发表了不少模拟之作。第二个时期是20年代初。在此期间,他主要是遵循爱·伦坡的传统,创作了不少传统型恐怖小说,此外也有少量的"克修尔胡神话"问世。第三个时期是从1926年至逝世,在此十年间,他在《神怪故事》刊发了不少成熟的克修尔胡恐怖小说,其中重要的有《克修尔胡的召唤》("The Call of Cthulhu",1926)、《宇宙外的光彩》("The Color Out of Space",1927)、《在疯狂的山峦》("At the Mountains of Madness",1931)、《时间外的影子》("The Shadow Out of Time",1934),等等。

《克修尔胡的召唤》主要描述宇宙间一种威胁人类生存的自然力的故事。克修尔胡是众邪灵之首,外观为庞大的绿色球体,长有恐怖的触须,已经在太平洋底沉睡了千万年,正等待星斗右移,冲出海面。像往常一样,该故事是以第一人称叙述的。叙述者的主要特点是万般好奇。当他打破砂锅探明"克修尔胡"的奥秘后,不由为之一怔。在《宇宙外的光色》,霍华德·洛夫克拉夫特同样描述了一种邪恶力量,形如昔时怪兽,身体处在第四维空间,肆意摧残马萨诸塞州乡村百姓。《在疯狂的山峦》是霍华德·洛夫克拉夫特篇幅最长的中篇,情节曲折,充满了恐怖悬念。该小说主要描述一群科学家去南极探险,在那里发现了外星人的古老文明遗址的经历。《时间外的影子》被认为是霍华德·洛夫克拉夫特晚年最好的一篇作品。故事主人公为一位科学家,他为了获取宇宙间信息不自觉地和外星人交换了身体。当他恢复地球人身形时,记忆力已经丧失,只是通过考古学家的发掘才吃惊地觉察到自己千万年前的可怕奥秘。

克拉克·史密斯

1893年1月13日,克拉克·史密斯出生在加利福尼亚州朗瓦利。他的父亲是个英国人,母亲则来自美国中西部。由于家境贫寒,父亲拼命工作,到1902年,终于攒够一笔钱,在科罗拉多州博尔德买了一个四十四英亩土地的农场,全家人也随之搬迁到那里。克拉克·史密斯天生聪慧,热爱文学,十一岁时能模拟《天方夜谭》写神话故事和冒险小说。十三岁时,他开始读爱伦·坡的诗,同年开始写诗,并引起文坛的注目。从此,克拉克·史密斯把主要精力用于诗歌创作。渐渐地,他的诗歌在旧金山有了一定影响,被当地出版界称为"济慈再世"。然而成名后的克拉克·史密斯不喜欢繁华都市,而是继续留在农场陪伴年老体弱的父母。

1926年,克拉克·史密斯开始涉足通俗文坛。当年,他发表了短篇小说《可恶的扬多》("The Abomination of Yondo"),并引起了霍华德·拉夫克拉夫特的瞩目。霍华德·拉夫克拉夫特特地写信鼓励克拉克·史密斯,又把他介绍给《神怪小说》杂志。从此,克拉克·史密斯成为《神怪小说》的主要撰稿者。自1927年起,他一共在该杂志发表了一百多个短篇。这些小说包括科幻小说、奇幻小说、恐怖小说等各个超自然通俗小说类型,其中以恐怖小说的数量最多,成就也最大。受霍华德·拉夫克拉夫特的影响,克拉克·史密斯的恐怖小说大都沿用克修尔胡小说的创作模式。不过,相比之下,他更强调描述人物内心情感,强调探索超自然邪恶势力的根源,因而作品中幻想成分较多,恐怖气氛不是太浓厚。同他的诗歌一样,克拉克·史密斯在他的恐怖小说中倾注了宿命论的情感,表达了对现实命运的顺从以及对未来美好的期盼。

譬如《厄博-萨斯拉》("Ubbo-Sathla",1933),描述了一个克修尔胡式恐怖邪神,它是地球的生命起源,是万物之终极。早在地球初创时代,这个没有形体的黑色怪物就栖息在湿气腾腾的沼泽地,繁衍着地球的原始生命。而且在它手中,掌管着许多刻有史前神怪智慧的黏土块。为了取回这种黏土块,作品主人公在昏睡中穿越时空,回复到了地球的初创时代。然而,他刚一接近"厄博-萨斯拉",便立刻由高等生物倒退为原始的简单生命形式,再也无法从昏睡中醒来。又如《埃夫罗伊山寺院的怪兽》("The Beast of Averoigne",1933),描述了一个来自天外的恐怖邪灵,它在天空出现彗星和流星雨时降临到埃夫罗伊山寺院。不料,其怪兽模样被一个修道士瞧见,并被张扬出去。于是,邪灵将修道士杀死,紧接着,又相继杀死了许多知情者。后来,寺院请来了巫师,通过他的魔法,将邪灵驱赶进寺院院长的卧室。但意想不到的是,巫师向室内喷洒驱魔水时,邪灵突然变成了寺院院长。趁着众人不备,它霍地逃向荒野,再次呈现怪兽模样。这时,天上彗星落地,邪灵死去,一切风平浪静。

此外,克拉克·史密斯还依据传统的模式,创作了不少传统型超自然恐怖小说。《鬼谷幽会》(A Rendezvous and in Averoigne,1931)是安布罗斯·比尔斯式恐怖小说集,内含三十个短篇。同名短篇小说中,男主人公杰哈德前往山中和情人相会,听到了树林里的惊叫声。他遂跑进树林,发现里面三个男子正在扭打一位妇人。但杰哈德的身影刚露面,四个人顷刻消失。然后,杰哈德返回原地,又发现情人和两个仆人也不见踪影。在寻找她们的时候,杰哈德发现了一座城堡,他感到这是不祥之地,转身逃走,却怎么也走不出城外。后来,他又发现那个挨打的妇人和自己的情人都在城内。谁知到了晚上,他又看见情人和两个仆人都倒在血泊中,但上前细看,她们都还活着。于是,杰哈德一行人决定找出其中秘密。他们发现一座坟墓,墓中有两口棺材,里面躺着两个吸血鬼。于是,他们杀死吸血鬼,一起离开了这个可怕的城堡。而《故事的结局》(The End of the Story,1930)则与罗伯特·钱伯斯的《黄衣国王》有异曲同工之妙。该小说的主人公名叫莫兰德,是大学法律系学生。一天,他在寺院避雨,修道士给他展示了书房的藏书,并说这些书除了其中一本之外,均可以随便翻阅。但莫兰德无法控制自己的好奇情绪,夜里偷看了那本书。书中记载了作者和一个男色情狂的对话,结尾描写了一片废墟,而且这片废墟和寺院后山废墟完全一样。他立刻去后山查看,刚一走进废墟,顿时阳光普照,一派美景,身着古希腊服装的女奴将他引向一个名叫尼卡的美女。莫兰德立即被尼卡的美色所吸引,两人相拥而睡。第二天,修道士在山中喷洒圣水,唤醒了莫兰德。修道士告诉他,尼卡是吸血女妖,要危害他的生命。莫兰德返回家中,却一直想回到废墟,重新寻找尼卡。同他的克修尔胡恐怖小说一样,克拉克·史密斯充分发挥自己诗人的想象力,编织一幅幅魔幻般的恐怖图画。

1933年,正值克拉克·史密斯的创作高峰之际,传来了他的父母病重的消息。此后,他又经历了父母相继病故和霍华德·洛夫克拉夫特去世等一连串打击。从这以后,克拉克·史密斯创作热情锐减,并渐渐处于封笔状态。自1950年始,他的健康状况开始下降,身体患有多种疾病。1961年8月,他在睡梦中悄然离世,之后,骨灰被带回到博尔德博,埋在老家宅子西面一棵橡树下面。

奥古斯特·德莱思

1909年2月24日,奥古斯特·德莱思出生在威斯康星州索克城。他自幼热爱文学,十三岁时就开始写作。1926年,年仅十七岁的德莱思在《神怪故事》刊发了短篇小说《蝙蝠的脑袋》("Bat's Belfry"),并获得好评。自此,他放弃了其他追求,全身心投入创作。整个大学期间,他在各种通俗小说杂志发表了大量文学作品。大学毕业后,他出任福西特出版公司编辑,又在威斯康星大学当教师。1939年,他与唐纳德·万德里一道创办阿克汉姆出版社,为整理、编辑、出版霍华德·拉夫克拉夫特的克修尔胡恐怖小说做了大量工作。与此同时,他依然坚持文学创作。1941年,他出版了第一本短篇小说集《黑暗中的人》(Someone in the Dark),翌年又出版了长篇小说《威斯康星河》(The Wisconsin)。此时,他已经在索克城西部买了十亩地,与父母一道定居在那里。1953年,奥古斯特·德莱思与桑德拉·温特斯结婚,并育有两个子女。但不久,婚姻关系破裂。从此,他在故乡埋头编书和创作,直至1971年7月4日去世。

奥古斯特·德莱思是位多产作家,一生出版了九十多本书,发表了近三千篇作品。此外,他的写作路子也很宽,有小说、诗歌、散文、杂文、随笔,等等。而在小说领域,又有主流小说、侦探小说,恐怖小说,等等。不过,相比之下,他的恐怖小说成就更大。这些恐怖小说,尤其是20世纪30年代和40年代发表在《神怪故事》的克修尔胡恐怖小说,享有很高的声誉。同霍华德·拉夫克拉夫特、克拉克·史密斯等人的同类作品一样,奥古斯特·德莱思的这类小说往往有一个太空邪神,它们曾经栖息在地球,因为作恶多端而遭到囚禁,但每时每刻都想返回自己的家园,由此给人类带来了生存危机。譬如《哈斯特归来》("The Return of Hastur",1939),描述了一个难以言状的邪神哈斯特,被囚禁在一片湖水下面,正等待人类来这里探险进行交战。此外,它有个随从,名叫比亚基,住在太空,能快速在星际间飞行,有头,有手,有翅膀,身体坚硬如甲,能吸食人血。又如《山峦里的夜鹰》("The Whippoorwills in the Hills",1948),描绘了一个面目狰狞的邪神尤戈·索瑟斯,被正义之神击败后,一直在英格兰某地森林徘徊,威胁人类安全。除了哈斯特和尤戈·索瑟斯,奥古斯特·德莱思创造的邪神还有《桑德温契约》("The Sandwin Compact")里的罗伊格,《海中城市》("The Countries in the Sea",1931)里的亚特兰蒂斯,《索拉尔·庞斯归来》("The Return of Solar Pons",1958)里的索拉尔·庞斯,等等。这些邪神极大地丰富了克修尔胡恐怖小说的创作模式。

不过,奥古斯特·德莱思并非只善于描绘克修尔胡式邪神。在人物塑造方面,他也有较高的造诣。譬如《克修尔胡的足迹》(*The Trail of Cthulhu*,1962)里的男主人公拉班·施鲁斯伯里博士,性格刚毅,坚韧不拔。他精通历史,擅长魔法,并据以和太空中邪神搏斗。此外,他还了解太空秘密,可以驾驭哈斯特的随从比亚基在空中飞行,并到达太空中的星球。为了寻找远古时代留下的可怕秘密,他率领探险队追寻克修尔胡的踪迹,一路跋山涉水,历尽风险。他们从马萨诸塞州阿克汉姆出发,途经浓雾笼罩的伦敦,穿越无数的阿拉伯无名城市和湮没的古国废墟,最后到达水淹之城瑞里埃。那里正是克修尔胡的栖息之地。他们与克修尔胡斗智斗勇,终于揭开远古留下的秘密。

奥古斯特·德莱思对克修尔胡恐怖小说的另一个突出贡献是宣传、扩大了这类小说的影响。他创造了"克修尔胡神话"这个术语,发起了对这个主题的讨论,并与人创建了专业出版社,出版了大量有关作品,如霍华德·拉夫克拉夫特的《外来者及其他》(The Outsider and Others, 1939)、唐纳德·万德里的《眼睛和手指》(The Eye and the Finger, 1944)、罗伯特·布洛克的《开路者》(The Opener of the Way, 1945)、他本人的《黑暗中的那个人》(Someone in the Dark, 1941),等等。尤其值得提及的是,奥古斯特·德莱思根据霍华德·拉夫克拉夫特生前未竟遗稿或创作构想,续写了大量的克修尔胡作品。如长篇小说《门内潜伏者》(The Lurker at the Threshold, 1945),该书前三分之一是出于霍华德·拉夫克拉夫特之手,奥古斯特·德莱思只是在个别地方进行了改动。而后三分之二,则是由他本人撰写。奥古斯特·德莱思忠实地继承了霍华德·拉夫克拉夫特的创作风格,以大量的变幻莫测的情节和令人毛骨悚然的场景,表现了"克修尔胡神话"的主题,深得读者好评。

《门内潜伏者》主要描写克修尔胡式邪神尤戈·索瑟斯在一幢千年古屋作祟的恐怖经历。故事主人公是一个美国青年,在祖父去世之后,从新英格兰回到了阔别多年的祖上遗留的英格兰老宅。令人惊讶的是,宅子一切保存完好,但隐约放射出阴霾气氛。不久,他又发现了一些蹊跷之事,其中包括记载巫术和恶魔的旧书和手稿。疑点逐渐移向一座古塔,古塔周围的河水已经干涸,蛙鸣狼嗥,阴风飒飒。至此,一切真相大白。从太空来的邪神尤戈·索瑟斯已经潜伏在古塔内,并且挖了一个连着古宅的秘密通道。于是,围绕着古塔,人类与太空邪神展开了生死较量。

唐纳德·万德里

1908年4月20日,唐纳德·万德里出生在明尼苏达州圣保罗。早在大学期间,他就开始了文学创作。起初,作品总是被拒绝,但他毫不灰心,继续投稿。终于,1927年,《神怪故事》发表了他的短篇恐怖小说《红脑》("The Red Brain")。该小说获得了编辑的高度称赞,并在读者当中反响较大。他由此受到很大鼓舞。从那以后,他把通俗小说作为自己创作的主要目标,继续在《神怪故事》《惊人的故事》《线索》《黑色面具》发表了大量短篇小说。1928年,唐纳德·万德里出版了第一部短篇小说集《饥饿的花朵》(The Hungry Flowers),又出版了长篇小说《梦魇》(Dream-Horror)。大学毕业后,他移居纽约,在一家出版公司任广告经理,与此同时,继续自己的文学创作生涯。1939年,他协助奥古斯特·德莱思创建了阿克汉姆出版社,为整理、编辑、出版霍华德·拉夫克拉夫特的克修尔胡恐怖小说做了大量的工作。二战爆发后,他应征入伍,退役后,去了加利福尼亚,出版了不少连环漫画、电影、电视脚本。在这之后,他又回到阿克汉姆出版社,协助奥古斯特·德莱思编辑霍华德·拉夫克拉夫特的书信集以及克拉克·史密斯等人的恐怖小说。1987年,他在圣保罗去世,终年七十八岁。

　　唐纳德·万德里一生的作品,门类繁多,有小说、诗歌、戏剧、杂文、随笔,等等,然而流传于后世、为人们所称道的还是他早年创作的一些恐怖小说。这些恐怖小说大部分以"太空恐怖"为题材,表现克修尔胡式超自然邪神对人类的侵害。譬如短篇小说《炫目的阴影》("The Blinding Shadows",1934),描述纽约一位科学家发明了一种时光机器,乘坐该机器能够进入四维空间。本来他是想制造一些四维空间的生物或者物品,但不料机器尚未制作完毕,从外星上射来了一道炫目的阴影。很快,阴影又化成怪物,窜出实验室,到了外面的街道,并开始疯狂地吞噬居民。于是,等待科学家的将是一场关系到人类生存的殊死搏斗。又如短篇小说《火怪降临》("When the Fire Creatures Came",1926),述说某地天降流星,一个流星击中湖区,迸发出无数看不见的生物体。之后,这种生物体以一种极其可怕的方式攻击人类。人类遭受攻击后会莫名其妙地自燃。再如《女巫制造者》("The Witch-Makers",1936),述说一个冒险者到非洲探险,偷了当地土人的一个珍贵偶像。当他带着这个偶像逃离土人的追击时,却鬼使神差地进了两个科学家的实验帐篷。此时,他们正在进行动物换脑实验。于是,冒险者成了他们的刀下冤魂。而这个悲剧的始作俑者,就是那个珍贵偶像。

　　一般认为,唐纳德·万德里最优秀的克修尔胡作品是1948年版长篇小说《复活节岛上的罗网》(The Web of the Easter Island)。该书述说复活节岛有个巨大的墓葬群,那里埋葬着许多人类进化前的古生物。一天,有人在墓穴发现了一尊塑像,但不久这人即猝死。之后,凡是接触到这尊塑像的人都一个个死去。这种情况引起了一位人类学家的注意。他相信这尊塑像是宇宙间某个生物活体的一部分,解剖了这个生物活体就等于打开了通往史前社会的古生物的大门。于是,他开始对这尊塑像进行研究,但与此同时,也把自己推向了死亡的边缘。

　　同霍华德·拉夫克拉夫特、克拉克·史密斯等人一样,唐纳德·万德里有着十分丰富的想象力。他的作品里往往有一个丑陋可怕的超自然臆想物,由于科学家实验的致命错误,或是不可抗拒的自然因素,它们逃脱了自己的羁绊,肆意践踏人类。但相比之下,唐纳德·万德里更善于刻画人物,铺垫背景气氛,从而增添了故事的真实性。

罗伯特·布洛克

1917年4月5日,罗伯特·布洛克出生在伊利诺伊州芝加哥一个普通职员家庭。他从小就爱听恐怖故事,看恐怖电影。十岁时,他买了一本《神怪故事》杂志,居然爱不释手。也正是通过这本杂志,他知道了霍华德·拉夫克拉夫特,也知道了他的克修尔胡恐怖小说。从此,他立下志向,要当一位通俗小说作家。中学时代,他开始了恐怖小说创作。为了求得创作经验,他尝试给霍华德·拉夫克拉夫特写了一封信,不料霍华德·拉夫克拉夫特很快回了信。自此,罗伯特·布洛克成为同霍华德·拉夫克拉夫特长期通信的学生与挚友。在霍华德·拉夫克拉夫特的帮助下,十七岁的罗伯特·布洛克在《神怪故事》发表了第一篇恐怖作品《寺中盛宴》("The Feast in the Abbey",1934)。紧接着,他又在该杂志发表了《几乎是人》("Almost Human",1934)和《外星来的山伯勒》("The Shambler from the Stars",1934)。从这之后,他全身心地投入创作,到40年代初,已在《神怪故事》等通俗小说杂志发表了四十多篇恐怖小说。

早期罗伯特·布洛克创作的恐怖小说深受霍华德·洛夫克拉夫特的影响,基本以面目狰狞的超自然臆想物为主人公,表现克修尔胡式太空恐怖。如《外星来的山伯勒》,塑造了星际吸血鬼的恐怖形象。这些吸血鬼在外星上诞生,外貌丑陋不堪,没有头、脸、眼睛,却有着巨大的魔爪,形体庞大,行走缓慢,身上涂满了鲜红的血,且有吸食鲜血的吸管。在吸食人血以后,会显露原形。这些星际吸血鬼已存在了几千年,能在太空中自由行走,只有掌握某种魔法的人才能将其降服。这篇小说的草稿,罗伯特·布洛克曾寄给霍华德·洛夫克拉夫特过目,并询问能否用他的名字作为其中角色的名字。霍华德·洛夫克拉夫特复信不仅表示同意,而且还说可以"描绘、谋杀、灭尸、解体、变形、质变以及用其他粗暴方式进行处理"[1]。于是,该小说果真出现了一个名叫"洛夫克拉夫特"的角色,并且这个角色最终被残忍地杀死。后来,作为"回报",霍华德·洛夫克拉夫特也在一篇小说中塑造了一个名叫"罗伯特"的主人公,而且这个主人公也被杀死。

随着时间的推移,罗伯特·布洛克逐渐变得成熟,并显示出个人的特色。这种特色主要体现在他的作品已经融入了埃及神话和传说的成分,如《无面之神》("The Faceless God",1936)、《墓穴的爬行物》("The Creeper

---

[1] Frank N. Magill. *Critical Survey of Mystery and Detective*. Salem Press, Pasadena, California, 1988, p. 144.

in the Crypt",1937)、《邪恶法老的神庙》("Fane of the Black Pharaoh",1937)、《塞贝克之谜》("The Secret of Sebek",1937)、《木乃伊的眼睛》("The Eyes of the Mummy",1938),等等。在这些小说中,罗伯特·布洛克描绘了古埃及许多人面兽身的邪神,它们从幕后控制着法老,把活人作为献祭品,满足自己吸食鲜血的淫欲。其中最凶狠的是沙漠魔王尼亚拉索特普,它是埃及最古老,也是权势最大的邪神,能在星际间自由行走。但最后,这些人面兽身的邪神都被善良的神灵所制服。不过,传说尼亚拉索特普将在世界末日来临时回归。

40年代初,罗伯特·布洛克受聘于纽约一家广告公司,并且一连干了十一年。在这之后,他移居好莱坞,投身电影和电视制作。不过,他依然创作了许多恐怖小说。1945年,他出版了第一个短篇小说集《开路者》(*The Opener of the Way*),不久又出版了长篇小说《披肩》(*The Scarf*,1947)。到60年代末,他已经出版了十三部长篇小说和十九部短篇小说集。这个时期他创作的恐怖小说已经突破了克修尔胡的框架,而改以恐怖、悬念、犯罪为主要特征。这方面代表作有长篇小说《精神病人》(*Psycho*,1959)。该书主要描述一个具有双重性格的人——诺曼·贝茨,他表面上是普通人,开了家小旅馆,但实际上是个患有精神分裂症的杀人犯。一日,玛丽·克兰偷了保险公司的四万美元,急匆匆去找男朋友。途中,她到诺曼·贝茨的旅馆住宿,不料在沐浴时被一个疯狂老太婆杀死。之后,玛丽的姐姐莉娜和保险公司调查员密尔顿前来寻找。在询问诺曼·贝茨时,密尔顿也被杀死。似乎凶手是诺曼·贝茨的母亲贝茨太太。但莉娜又从县司法长官那里获知,贝茨太太早在20年前就已去世。最后莉娜在地下室里发现了贝茨太太的尸体,于是真相大白,是诺曼·贝茨杀死了玛丽·克兰。这部小说问世后,引起了极大轰动,并且一些知名导演,也纷纷将它改编成电影、电视剧。于是罗伯特·布洛克又先后写了两部续集《精神病人II》和《精神病人III》。

1978年,罗伯特·布洛克为了纪念恩师霍华德·洛夫克拉夫特,特地写了一部克修尔胡式长篇小说《陌生的亿万年》(*Strange Eons*)。该小说主要描述男主人公阿尔伯特在购买了原创的"皮克曼模型"之后,与前妻凯特,还有新闻记者马克,先后卷入了一场大阴谋。该阴谋旨在破坏美国政府实施的遏止克修尔胡及其恐怖活动的太空安全计划。然而,古埃及魔王尼亚拉索特普也在紧锣密鼓地准备带领大大小小的克修尔胡邪神向人类宣战。与20世纪30年代的克修尔胡恐怖小说相比,该书的最大特色是显得比较真实。一方面,罗伯特·布洛克采用了现代社会的故事场景,另一方面,他又穿插了许多能以假乱真的考据似的叙述。

第六章　20世纪后半期(上)

第一节　黑色悬疑小说

渊源和特征

黑色悬疑小说(noir fiction)是在硬派私家侦探小说基础上发展起来的一类通俗小说。它成形于40年代,在50年代和60年代最为流行,其最大特色是充满了紧张的黑色悬念,但按其内容,则基本上可以归属在意蕴较宽的犯罪小说之列。同硬派私家侦探小说一样,这类小说也有犯罪,也有调查,然而它关注的重点不是侦破疑案和惩治罪犯,而是剖析案情发生的扑朔迷离的背景和犯罪的心理状态。作品的叙事角度也不是依据犯罪事实的调查人侦探,而是依据与神秘事件有关的某个当事者或案犯本身。往往这些当事者或案犯是处在社会最底层的"反英雄",如三教九流的私家侦探、前警察、退伍老兵、流浪汉、刑满释放者、蓝领工人,等等。而女主人公,则以反派人物居多,虽说外貌美丽,但生性淫荡,善于操纵和驾驭男人。他们犯罪的原因每每是出于贪婪、愚昧、自私、负心或性堕落,甚至是出于难以言状的心理扭曲或心理缺损。伴随着这些小说主人公因人性缺陷或因病态心理的驱使而陷入越来越可怕的犯罪境地,故事的神秘性和悬疑性也越来越强,从而激起了读者的极大兴趣。

战后美国黑色悬疑小说的流行与同一时期兴起的黑色电影运动密切相关。二战极大地冲击了美国社会,给这个国家带来了思想、道德观念的深刻变化。人们不再沉醉于徘徊了一个多世纪的孤立主义的和平美梦,而是对未来充满了担忧和恐惧。与此同时,各式各样的怀疑心理、悲观意识和失望情绪开始在社会上泛滥。受这些虚无主义思想的影响,美国好莱坞的一些导演开始编导表现人性丑陋、人生虚无的黑色风格电影。最先获得成功的是约翰·休斯顿(John Huston, 1906—1987)。1941年,他根据达希尔·哈米特的《马耳他猎鹰》编导的同名电影在各地上演后,出现了罕见的火爆场面。紧接着,斯图尔特·海斯勒(Stuart Heisler, 1896—1979)把达希尔·哈米特的另一部小说《玻璃钥匙》搬上银幕,也取得了同样的效果。

在这种情况下,其他导演也竞相编导具有同样主题风格的黑色电影,从而掀起了一场声势浩大的运动。起初,许多导演只是仿效约翰·休斯顿和斯图尔特·海斯勒,改编一些硬派私家侦探小说,尤其是一些名家的作品,如雷蒙德·钱德勒的《长眠不醒》《湖中女人》等。随着运动的深入,一些人开始编导原创性的黑色电影。在这些电影中,主人公已不是任何意义上的侦探,而是生活在社会最底层的小人物。他们有着种种人性弱点和生理缺陷,与罪恶世界有这样那样的联系。整个主题风格依旧表现人性的阴暗面,强调人生的残忍、污秽、疑虑、浮躁、挫败和虚无。至于情节,则以紧张的悬疑为主要特色,往往是上述特征的男主人公与一个美貌女子邂逅,该女子利用自己的美色勾引他,进而操纵他犯罪,而反过来,她也在自己精心设计的圈套中走向毁灭。鉴于这类电影十分受欢迎,从而促使一些通俗小说作家开始创作具有类似主人公、类似主题风格、类似情节的通俗小说,于是黑色悬疑小说应运而生。

一般认为,美国黑色悬疑小说的鼻祖是康奈尔·伍里奇(Cornell Woolrich,1903—1968)。自1940年起,他创作了一系列十分畅销的长、中、短篇小说。这些小说均以具有某种人性弱点或生理缺陷的小人物为主人公,通过他们所遭遇的惊心动魄的危险经历,展示现实世界的邪恶与黑暗。继康奈尔·伍里奇之后,夏洛特·阿姆斯特朗(Charlotte Armstrong,1905—1969)又以一系列具有类似特征的作品赢得了人们的瞩目。这些作品同样描写小人物所遭遇的危险经历,但更加强调事情发生的背景,强调超自然邪恶气氛。50年代和60年代是美国黑色悬疑小说大发展的时期,先后诞生了吉姆·汤普森(Jim Thompson,1906—1977)、帕特里夏·海史密斯(Patricia Highsmith,1921—1995)、琼·波茨(Jean Potts,1910—1999)、玛格丽特·米勒(Margaret Millar,1915—1994)等一批著名的作家。同康奈尔·伍里奇和夏洛特·阿姆斯特朗一样,他们的作品注重塑造处在社会底层具有某种人性弱点或生理缺陷的"反英雄",但各自有着独特的创作手法和成就。吉姆·汤普森的作品主要以剖析罪犯的犯罪心理而著称,通过一系列令人心颤的第一人称自述,表现了一个有悖于人类道德规范的扭曲的罪恶世界。帕特里夏·海史密斯擅长描绘扭曲个性和病态心理,她笔下的主人公体现了残忍与脆弱的结合,虽令人切齿痛恨,但也不乏引起同情。琼·波茨是个卓有成效的"实验者",她的作品运用了多种写作技巧,尤其是"思想犯罪"的引入,扩展了黑色悬疑小说的创作题材。而玛格丽特·米勒的黑色悬疑小说在艺术上具有较高的价值,这种价值主要体现于她的立体式人物塑造以及悬疑手法的运用。

康奈尔·伍里奇

　　1903年12月4日,康奈尔·伍里奇出生在纽约一个土木工程师家庭。幼年,他即遭遇了父母离异的不幸。在前往父亲工作的墨西哥生活了一段时间之后,他回到了出生地,同母亲相依为命。1921年,他进入了哥伦比亚大学,但不多时,即对平淡的学习生活感到厌倦,并于一场大病之后退学,开始了向往已久的职业创作生涯。1926年,他出版了长篇处女作《服务费》(*Cover Charge*),接下来又以极快速度推出了《时代广场》(*Times Square*, 1929)、《曼哈顿恋歌》(*Manhattan Love Song*, 1932)等五部长篇小说。这些小说被誉为"爵士时代小说"的杰作,尤其是《里兹的孩子》(*Children of the Ritz*, 1927),为他赢得了《大学幽默》杂志举办的原创作品竞赛大奖,并得以受邀来到好莱坞,将小说改编成电影剧本。

　　1930年,事业蒸蒸日上的康奈尔·伍里奇与电影制片商女儿结婚,但这段婚姻只维持了几个星期,便以他本人的恋母情结和同性恋倾向而告终。此后,他一度意志消沉,创作也连连受挫。一怒之下,他销毁了全部严肃小说手稿,转向通俗小说创作。1940年,他的第一部黑色悬疑小说《黑衣新娘》(*The Bride Wore Black*)问世,顿时引起轰动,他由此被称为"20世纪的爱伦·坡"和"犯罪文学界的卡夫卡"。紧接着,他又以自己的本名和笔名陆续出版了十七部黑色悬疑小说,其中的《黑色帷帘》(*The Black Curtain*, 1941)、《黑色罪证》(*Black Alibi*, 1942)、《黑夜天使》(*The Black Angel*, 1943)、《黑色恐惧之路》(*The Black Path of Fear*, 1944)、《黑色幽会》(*Rendezvous in Black*, 1948)同《黑衣新娘》(*The Bride Wore Black*, 1940)一道,构成了他的著名的"黑色六部曲"。其余的《幻影女郎》(*Phantom Woman*, 1942)、《黎明死亡线》(*Deadline at Dawn*, 1944)、《华尔兹终曲》(*Waltz Into Darkness*, 1947)、《我嫁给了一个死人》(*I Married a Dead Man*, 1948),等等,也继承了同样的黑色悬疑风格,颇受好评。与此同时,他也在《黑色面具》等十几家通俗小说杂志刊发了大量中、短篇黑色悬疑小说。它们同样受欢迎,被反复结集出版。然而,巨额稿费收入并没有给他带来任何精神上的愉悦。他依旧"像一只倒扣在玻璃瓶中的可怜小昆虫",徒劳挣扎,郁郁寡欢。50年代,因酗酒过度,加之母亲逝世的沉重打击,他的健康状况日益恶化,而且一条感染了的大腿因未及时医治被截除。1968年,他在孤独中逝世,死前倾其所有财产,以母亲名义为母校哥伦比亚大学设立了一项教育基金。

　　康奈尔·伍里奇的黑色悬疑小说大多以美国经济萧条时期的大都市

为背景,着力表现普通人处于绝望境地时的心理状态,表现了人性的阴暗面和人生的残忍、污秽、挫败以及虚无。作品的深重孤独感可以追溯到他的童年经历,其时他目睹了墨西哥大革命的血腥屠杀场面,兼之父母早年离异,造成了他的愤世嫉俗的孤僻性格。而作品男女主角内心的挣扎与不安,也可以说是他内心的写照,因而描写时显得十分逼真。随着这些男女主角因病态心理的驱使而陷入越来越可怕的犯罪境地,故事的神秘性和悬疑性也越来越强,从而激起了读者的极大兴趣。譬如《黑衣新娘》,描述一个神秘女子伪装成不同身份和外表对多个男性进行疯狂复仇,起因是多年前那些人枪杀了她的丈夫,从那时起,她就立下誓言血债血偿,其手段之残忍,令人咂舌。而《黑色幽会》则描述一个男子的未婚妻被五名男子的空中抛物致死,该男子心灵被疯狂滋长的复仇欲望所扭曲,并渐至迷失本性,在难以言状的病态心理驱使下,将这五名男子最心爱的女人一个个杀死,与此同时,他也成为可悲的社会牺牲品。

  同这类以男女罪犯为主角的小说相映衬的是另一类以受到陷害、孤立无援的无辜者为主角的作品。《黑色帷帘》和《幻影女郎》堪称这方面的代表作。男主角脑部遭受重击丧失记忆,过去的生活片段如梦魇般在内心煎熬。他渐渐回忆起自己曾被人陷害,是一起谋杀案的疑犯。而要洗清嫌疑,他必须恢复记忆。伴随着支离破碎的回忆,他极度害怕自己就是真凶。无独有偶,《幻影女郎》中的男主角与妻子吵架负气出门,在与陌生女郎一夜情之后,发现妻子被杀,自己则被控告行凶,判处死刑。本可以证明他清白的神秘女郎,却仿佛人间蒸发一般,而那晚所有见过他的人,都不记得他曾与女郎在一起。随着行刑日期接近,所有寻找女郎的努力都以失败告终。即便他本人也开始怀疑,是否真有这样一位女郎存在。

  在结构安排上,康奈尔·伍里奇通常也有巧思。他喜欢按照罪犯实施罪恶计划以及受牵连者阻止、勘破其计划的两条不同主线穿插叙述。读者一方面能够进入罪犯的角色揣测其下一步的行动;另一方面,又替受牵连者担心、着急,不知他们能否及时制止罪犯的计划,使命案免于发生。为了增加情节的刺激性,康奈尔·伍里奇还通常以第一人称的口吻来叙述故事,让读者更好地融入角色。但是为了增加作品的悬疑,特别是中、短篇小说的悬疑,他也会仿效一些传统侦探小说的写法,描述一些出人意料的谋杀奇案。如《死亡预演》("Preview of Death")的身穿宫廷裙服的女演员突然被烧死,警方必须弄清楚罪犯(伴舞者中的一个)如何在一大群伴舞者中放火杀人。而《自动售货机谋杀案》("Murder at the Automat")要解决的则是罪犯如何利用自动售货机毒杀三明治购买者。除了一些常见的布局手法，暗示超自然力量的存在也是他解释某些罪案发生的方法之一。《眼镜蛇之吻》("Kiss of Cobra")述说一个离奇的印第安妇女能将毒蛇的毒液转移至其他物品。《疯狂灰色调》("Dark Melody of Madness")描述一个坚持要解读出"乌顿"（一种巫术）秘密的乐师。《向我轻语死亡》("Speak to Me of Death")则以一个先知谶语来展开叙述。不难看出，受作者的神秘主义和虚无主义的影响，这些短篇实际上已经离"调查谜案""惩治罪犯"相去甚远。自康奈尔·伍里奇起，传统侦探小说已经逐步发展到了强调当事者的犯罪心理状态和案件的扑朔迷离背景的黑色悬疑小说。

夏洛特·阿姆斯特朗

1905年5月2日，夏洛特·阿姆斯特朗出生在密歇根州瓦尔肯。她的父亲是铁矿工程师，系美国公民，而母亲则来自英国康沃尔。在当地中学毕业后，她入读威斯康星州立大学，毕业后，去了纽约，先是替《纽约时报》处理分类广告业务，继而在一家会计公司当秘书，还干过一段时间的时装新闻记者。1928年1月，二十三岁的夏洛特·阿姆斯特朗同广告商杰克列维步入婚姻的殿堂。婚后，她辞去工作，专心照料丈夫、子女的饮食起居。平和的家庭生活给她提供了大量的闲暇时间，她遂开始了文学创作。

早期，她的作品多是一些诗歌和剧本，其中《最欢乐的日子》(The Happiest Days, 1939)和《伊莎贝拉的戒指》(The Ring Around Elizabeth, 1940)还曾在百老汇上演。1942年，夏洛特·阿姆斯特朗转入犯罪小说的创作，首批推出的是以"麦克·达夫"为业余侦探的《下注吧，麦克·达夫》(Lay On, Mac Duff, 1942)、《威尔德姐妹案宗》(The Case of Weird Sisters, 1943)和《无辜的弗劳尔》(Innocent Flower, 1945)。尽管这"三部曲"含有较多的侦探小说成分，但作者关注的重点已不是"调查案情""惩治罪犯"。接下来，夏洛特·阿姆斯特朗又推出了更加"离经叛道"的黑色悬疑小说《未受怀疑》(Unsuspected, 1946)。该小说获得极大成功，翌年被改编成电影，再次引起轰动。从此，她专注于黑色悬疑小说创作，以破案解谜为线索，表现罪犯的犯罪心理，通过用多个层面反映小人物的社会重压，代表作有《恶作剧》(Mischief, 1950)、《梦游者》(Dream Walker, 1955)、《一瓶毒药》(A Dram of Poison, 1956)、《谁一直坐我的椅子》(Who's Been Sitting My Chair, 1963)，等等。其中《一瓶毒药》还获得1957年美国神秘小说家协会的爱伦·坡奖。然而，长期的辛勤创作损害了她的身体健康。1969年7月18日，夏洛特·阿姆斯特朗在加利福尼亚州格伦代尔纪念医院病逝，享年六十四岁。

毋庸置疑,夏洛特·阿姆斯特朗的黑色悬疑小说的最大特色是充满了紧张的悬疑。几乎一开始,她就对传统侦探小说写法不感兴趣,到后来,更是直接采取了黑色悬疑小说的创作模式。在一次访谈中,她曾就两类小说创作的区别做过如下描述:"一个女人被绑铁轨,如果从火车轧过后开始写,就是侦探小说;而悬疑小说则从之前开始写。读者一直猜测这事会不会发生,担心会发生,这样就有了悬疑。"[1]为了使小说更加紧张刺激,夏洛特·阿姆斯特朗常常设置时间限制——被警察或杀人犯追击的主角若不能在有限时间内攻克难关,则必死无疑。以《梦游者》为例,小说有两条主线:一条是密谋的凶手,另一条是阻止其计划的主角,两条主线同时展开,若不能在既定时间之前想出对策,凶犯的计谋就会得逞。反过来,若被识破,罪恶计划也就无从实施。双方虚虚实实,互相试探,直到最后一刻,读者悬着的心才能放下。像当时其他黑色悬疑小说家一样,夏洛特·阿姆斯特朗还力求探索小人物身处绝境、面对巨大压力时的心理变化和人格重塑。譬如《恶作剧》,男主角是一个缺乏同情心的人,故事开篇,他居然会因女朋友施舍街边乞丐而要与其分手。在经历了一系列人生磨难后,他的受损的人性逐渐回归。到故事结尾,他返回旅店,决心把无辜的小孩从疯狂的看护手中救回。又如《未受怀疑》,女主人公也经历了人性的另一种蜕变。玛蒂尔达单纯善良,对看护人言听计从,在经受诸多变故后,她逐渐变得坚强、有主见,最后终于摆脱了看护人的控制,救出被看护人绑架的受害者。

夏洛特·阿姆斯特朗的文字鲜有华丽的修饰风格,她擅长用最精简的文字来描写角色与铺陈气氛。许多评论家都认为,夏洛特·阿姆斯特朗不仅是营造紧张悬疑的高手,也是杰出的艺术构筑大师。她大胆的想象力和巧妙构思将虚实结合得天衣无缝。精致的结构,深刻的心理分析,成功的氛围渲染,自然优美的文字,这一切使其作品具有独特的感染力。夏洛特·阿姆斯特朗在自己营造的充满悬念和恐怖的作品中,成功地塑造了一个个经过人生磨炼而逐渐变得理性的人物形象。既能面对社会的残酷现实,又能对未来充满希望,这便是她的理想世界。

吉姆·汤普森

原名詹姆斯·汤普森(James Thompson),1906 年 9 月 27 日出生在俄

---

[1] Frank N. Magill. *Critical Survey of Mystery and Detective*. Salem Press, Pasadena, California, 1988, p. 37.

克拉荷马州阿纳达科。他的父亲是一位破落的商人,早年在生意场大获成功,拥有万贯家财,之后一次一次受挫,直至最后因石油生意破产。由于家庭环境由极度辉煌到一败涂地的强烈反差,吉姆·汤普森很早就为生活的无意义感到绝望。高中时代,他学会了酗酒,开始用自毁的方式来发泄心中的愤懑。中学毕业后,他进入了内布拉斯州大学,1931年与艾柏蒂结婚,并有了三个孩子。到了经济大萧条时期,为了赡养家小,他不得不四处打工。旅店、油井、收藏品代理处、蔬菜地都留下了他的身影。与此同时,他也将社会上一些三教九流人物的经历写成犯罪小说、人物传记和小品文,用赚取稿费的方法贴补家用。

30 年代末,吉姆·汤普森开始参加"俄克拉荷马作家书系"创作活动,先后出版了《现时和人世》(Now and on Earth, 1942)、《留意惊雷》(Heed the Thunder, 1946)两个长篇。前者是半自传体小说,而后者也融合有相当多的家族传闻,尽管它们获得舆论界一些好评,但商业上没有成功。在这之后,他的兴趣逐渐转向新闻报道,曾在几家大型报社任职,还一度当过《传奇》杂志的主编,但最后,还是决定朝通俗小说方面发展。1949 年,他出版了颇受欢迎的《仅仅是谋杀》(Nothing More than Murder)。之后,他又以极快的速度,在几年内出版了《我心中的杀手》(The Killer Inside Me, 1952)、《罪犯》(The Criminal, 1953)、《一个女人的地狱》(A Hell of a Woman, 1954)、《消灭》(The Kill-Off, 1957)等十二部通俗小说。尽管这些小说不时给他带来一些可观的稿费收入,但由于他的嗜酒成性和无固定工作,还是入不敷出。60 年代,他又出版了一些通俗小说,如《罪人》(The Transgressors, 1961)、《骗子》(The Grifters, 1963)、《枪击 1280》(Pop. 1280, 1964),但速度已经明显放缓。接下来,他又试图在影视界发展,与人合作写了两部电影剧本及一些电视连续剧。但随之而来的中风又将他的愿望一扫而空。于是,他万念俱灰,放弃了写作,直至 1977 年 4 月 7 日去世,无一书出版。

吉姆·汤普森的通俗小说,大部分沿用康奈尔·伍里奇等人的创作模式,属于黑色悬疑小说。这些小说通常以凶残的罪犯为主人公,通过一系列令人心颤的第一人称自述,极为细腻地剖析了罪犯的犯罪心理,展示了一个有悖于人类道德规范的残酷、扭曲的现实世界。譬如《我心中的杀手》,主人公福特是一位年轻的代理县治安官,他表面上循规蹈矩,脸上挂着友善的笑容,但骨子里厌恶周围的世界。他也厌恶自己的伪善,感觉到了自己的病态心理。不过,他还是相信人们是理智的,相信所谓我不犯人、人不犯我。但这种信任随着他认识乔伊丝后就彻底消失了。乔伊丝是个年轻美貌的妓女,每每纠缠福特,而福特一怒之下将她打晕过去,然而,乔伊丝醒来,又用色相勾引他。从此,两人开始了一种施虐和受虐的变态性关系。原来,幼时的福特曾遭受过性虐待,自己也曾对小女孩进行过性骚扰。他明白是乔伊丝唤醒了他的变态心理,一步步将他推向深渊。最终,他打死了乔伊丝,由此又引发了一连串谋杀。故事最后,福特从容不迫地走进了诱捕他的圈套。

在这里,吉姆·汤普森彻底摒弃了传统侦探小说的"破案解谜""惩治罪犯"的俗套。故事中既没有神探出山查明真相,让读者释怀,也没有破案后的抑恶扬善,道德规范复位,甚至男女之间都没有爱情与友谊可言,即便有某种情感,也是导致谋杀悲剧产生的病态情感。他们面对的并非是一般心理医生能够解决的心理障碍,而是一系列令犯罪学专家头痛的精神错乱和心理变态。往往这些凶犯本身也是受害者,或年少时受到过无辜的伤害,或经历了贫穷和酗酒的折磨。尽管罪犯的犯罪经历不无令人同情之处,但吉姆·汤普森没有给予正面肯定,而是通过寻常百姓无辜受害的衬托,谴责其野蛮行径,深层次地分析其变态原因。到最后,罪犯均以精神崩溃、自杀而告终。

吉姆·汤普森于60年代创作的黑色悬疑小说在风格上增添了一些幽默色彩。譬如《枪击1280》,主人公尼克也是一个县治安官,他利用职务之便,滥用职权,到处享乐,居民对他无所指望,只把他当作一块笑料。选举临近时,居民想借机让尼克下台,但尼克不会坐以待毙,他开始清除自己的一切障碍。他先是枪杀了一些带头闹事者,接着,又为掩盖自己的罪行进行了一连串的谋杀。到后来,尼克居然妄想自己就是耶稣转世,是上帝派他来杀死这些罪人以便让他们超生。此外,吉姆·汤普森还在一些小说中尝试过叙述角度转换。如《罪犯》和《消灭》,使用了多重第一人称的转换;又如《一个女子的地狱》,从精神分裂主角的不同人格侧面分别展开叙述,结尾则相应并列了两个可互换结局,一是主角被一种人格阉割,二是他以另一人格的自杀而告终。

帕特里夏·海史密斯

1921年1月19日,帕特里夏·海史密斯出生在得克萨斯州沃斯堡。她的童年时代充满了不幸,母亲刚生下她,便撇下她和她父亲,投奔了另一个男人,这个男人也即她后来的继父,是某电话广告公司的画家。之后,她一直由纽约的祖母抚养。六岁时,母亲把她接到继父家中一道生活。但帕特里夏·海史密斯并不喜欢她的母亲。后来,她回忆起同母亲生活的那段日子,说有身处地狱之感。帕特里夏·海史密斯天资聪颖,特别喜好写作。早在中学时代,她就担任校报编辑,不久又开始小说创作。她的第一篇正式发表的小说是1938年刊登在《哈珀市场》杂志的"女英雄"。在这之后,她进了巴纳德学院,并于1942年毕业,取得学士学位。

1949年,她出版了第一部长篇小说《火车上的两个陌生人》(Strangers on a Train)。该书出版后,受到了读者的热烈欢迎,为此著名导演阿尔弗雷德·希区柯克于同年将其搬上电影银幕。1955年,帕特里夏·海史密斯又推出了长篇小说《天才里普利》(Talented Mr. Ripley,1955)。这部小说赢得了美国神秘小说家协会爱伦·坡特别奖和法国侦探小说国际大奖。为此,帕特里夏·海史密斯将其扩展为一个系列。到1985年,该系列共有五部长篇小说问世,除《天才里普利》,还有《里普利在地下》(Ripley Under Ground,1970)、《里普利的游戏》(Ripley's Game,1974)、《追随里普利的男孩》(The Boy Who Followed Ripley,1980)和《神秘的里普利》(The Mysterious Mr. Ripley,1985)。与此同时,她也创作了许多单本的长篇小说,其中包括《一月的两张脸》(The Two Faces of January,1964),该书荣获英国犯罪小说协会银剑奖和当年最佳外国小说奖。1963年之后,帕特里夏·海史密斯定居在欧洲,过上了隐居独处的生活。她喜欢猫、园艺和旅行,并在欧洲的许多国家都有寓所。她规定自己每天写八页纸,写作之余,绘画、雕刻和沉思。1995年2月,她在瑞士和意大利交界的罗加诺寓所去世,享年七十五岁。

帕特里夏·海史密斯一生创作的小说,大部分采用康奈尔·伍里奇的模式,属于黑色悬疑小说。这些小说常常以一些处在社会底层的普通人物为主人公,表现他们的异乎寻常的犯罪经历,不过他们犯罪的动机既不是为了夺取财产,也不是出于什么政治目的,而是因为自身的心理扭曲和心理变态。譬如她的成名作《火车上的两个陌生人》,故事中的一位男主角布鲁诺具有强烈的恋母情结,他不仅嫉妒母亲有过的所有情人,并且想把父亲置于死地。而另一位正试图除掉自己的妻子、另攀高枝的男主角盖伊,居然被布鲁诺的翩翩男人风度所吸引,与他一拍即合,展开了"交叉谋杀"。同样,在《天才里普利》中,帕特里夏·海史密斯塑造了一个精神偏执狂汤姆·里普利。这位出身贫寒的年轻人,因为伪造文书而担心警方追踪,不料遇到了友人之父,并受托前往意大利寻找许久未曾联络的老友,同时身负嘱托,说服他回国继承家业。谁知最后里普利竟杀了友人,霸占了他的身份和财产。当旁人心存怀疑时,骑虎难下的里普利只有越陷越深,一一将阻碍除去灭口。

在其他一些作品中,帕特里夏·海史密斯也表现了这种受病态心理的驱使而犯罪的经历。如《一月的两张脸》,年轻男主人公仅仅因为一个罪犯的外貌酷似自己死去的父亲而对他起了杀意。原来,这位父亲本性十分残暴,在世时曾对自己的儿子进行了很深的伤害。又如《深水》(*Deep Water*,1957),男主人公的妻子长期对他不忠,他备受折磨,心理产生扭曲,以至于散布传闻,说自己已经杀害了妻子的情人。而《讲故事者》(*The Story Teller*,1965)中身为作家的男主人公也相信自己谋杀了妻子。但其实,这只是他在写作中因过分体验谋杀犯罪情感而产生的幻觉。

同康奈尔·伍里奇一样,帕特里夏·海史密斯并不强调案情的侦破结果。在她的许多作品中,读者屡屡看到的是罪犯作案前的犹豫以及犯罪行为暴露后的恐惧。犯罪的念头出现时,犯罪者为念头所苦;而当犯罪发生时,犯罪者又为犯事所苦,"犯罪者"与"犯罪",是一对孪生兄弟,无法分开,也不可能分开。尤其是,罪犯的残忍和脆弱已经融为一体,谋杀变得有根有据,让读者陷入痛恨与怜爱的不置可否的矛盾中。与此同时,受害者虽然无辜,却往往难以激起人们的同情,如《火车上的两个陌生人》中的骄横粗俗的盖伊之妻以及《天才里普利》中的居高自傲的迪基与福莱迪。而凶手也总是最后能够逍遥法外。恶无恶报——这与日常的道德伦理形成了鲜明对照。正如帕特里夏·海史密斯所说:"公众喜欢看到法律的胜利,至少一般公众是这样,但我认为公众同时还喜欢残忍,而且这种残忍很可能是占上风。"[①]

琼·波茨

1910年11月17日,琼·波茨出生在内布拉斯加州圣保罗。从内布拉斯加大学毕业后,琼·波茨在一家报社谋职,不久,她便对记者工作失去兴趣,继而来到纽约,做了自由撰稿人。1943年,费城威斯敏斯特出版社接受了琼·波茨的一部小说稿《要记住的人》(*Someone to Remember*),由此她的名字引起了外界瞩目。十一年后,她的第二部小说《走吧,可爱的罗斯》(*Go,Lovely Rose*,1954)出版,这本小说为琼·波茨带来了莫大荣誉,她因此赢得爱伦·坡侦探小说奖。1975年后,琼·波茨鲜有新作问世。而到了1988年,她又亲口承认自己的文学事业已经到了"泉干井枯"的地步。从此,这位深居简出的美国女作家沉寂文坛。

[①] Frank N. Magill. *Critical Survey of Mystery and Detective*. Salem Press, Pasadena, California, 1988, p. 867.

琼·波茨的创作生涯始于侦探小说突破传统樊篱的年代。这一时期，先是以达希尔·哈米特、雷蒙德·钱德勒为代表的一批作家掀起硬派私人侦探小说的浪潮，继而以康奈尔·伍里奇20世纪40年代创作的黑色系列小说为源头，兴起了黑色悬念小说创作热。许多侦探小说家把心理分析引进自己的作品，着力剖析案情发生的扑朔迷离的背景和罪犯的心理扭曲状态。神秘主义、虚无主义、人性丑陋成为他们深度挖掘的主题。正是在这样的背景下，琼·波茨跻身黑色悬疑小说的创作，在作品的艺术手法、人物刻画和故事叙述上都做了种种突破性的尝试。琼·波茨1956年创作的小说《死硬派》(*The Diehard*, 1956)讲述了一个人人都有可能进行谋杀，但最终没有谁杀人的侦探故事。这一作品实际上已经完全摒弃了传统侦探作品围绕"谁是凶手"展开叙述的手法，将全新的"思想犯罪"概念引进侦探作品。根据琼·波茨的观点，思想犯罪也是犯罪，由此产生的罪恶感、对灵魂的腐蚀与行为犯罪带来的恶果相同。因此，在她看来，正义和惩戒在罪行犯下的那一刻便已实现。罪犯无法逃避心灵的负罪，最终只能自我毁灭。琼·波茨的另一重要作品《邪恶的愿望》(*The Evil Wish*, 1962)便是对她这一观点的最好诠释。故事中的两个女主人公都希望老父亲早日归西，并着手策划谋杀。事有凑巧，她们的父亲在一起意外事故中死亡，虽然没有真正意义上的行为谋杀，两姐妹却始终未能摆脱内心强烈的负罪感，渐至扭曲的人格导致了两人互将对方杀死而告终。

琼·波茨小说中的人物，无论男女，都与某个罪案发生联系，探讨这种联系对人物的生理、心理的影响是作者最感兴趣的题材。事实上，琼·波茨塑造的人物并无"好""坏"之分，无论受害者还是罪犯，都是具有现实情感的真实人物。他们既讨人喜欢，也惹人憎恶。琼·波茨作品的女性人物大都分成三类：善良聪慧型、脆弱逃避型以及坚毅智慧型。同样，作家笔下的男性人物也大致可分成三大类：正直可靠型、性感轻浮型和自我毁灭型。琼·波茨通过对这些人物负面情绪的描述，竭力再现一个真实的主观世界。在结构安排上，琼·波茨在作品中采用多个叙述主线，通过各个人物的主观感受对同一场景做出描述，互有交叉和冲突的记述有助于气氛的烘托，兼之作者不蔓不枝的描写，简洁自然的文笔，使得阅读琼·波茨的侦探作品成为一大享受。

玛格丽特·米勒

1915年2月5日，玛格丽特出生在加拿大安大略省一个商人家庭。幼时，她爱好弹钢琴，曾多次登台亮相。自八岁起，她迷上了侦探小说，并立志当一名作家。在基奇诺-滑铁卢特别中学读书时,她担任校辩论队队员,与该队另一队员交往密切,这名队员就是肯尼斯·米勒,也即后来著名的硬派私家侦探小说家罗斯·麦克唐纳。1938年,她从多伦多大学毕业,不久同肯尼斯·米勒结婚。一年后,两人有了一个女儿。几年后,肯尼斯·米勒去美国密歇根大学攻读博士学位,玛格丽特·米勒随同前往。后来,夫妇俩选择定居在美国加利福尼亚州圣巴巴拉。

大概也正是在这个时候,玛格丽特·米勒开始了侦探小说创作。她先是以婚前的名字玛格丽特·斯特姆(Margaret Sturm)出版了《看不见的蠕虫》(*The Visible Worm*,1941)、《弱视蝙蝠》(*The Weak-Eyed Bat*,1942)、《魔鬼爱我》(*The Devil Loves Me*,1942)三个长篇。它们构成了一个"保罗·普赖"(Paul Prye)系列。同名男主角是个博士,擅长心理分析,身材高大,书卷气浓,颇受漂亮姑娘青睐,但常常卷入神秘的谋杀事件。其后,玛格丽特·米勒开始了新的尝试,出版了《眼障》(*Wall of Eyes*,1943)和《铁门》(*The Iron Gates*,1945),两者皆以"桑兹警长"为侦探主角,同样获得成功。在此期间,她还出版了一部单本的侦探小说《火将凝固》(*Fire Will Freeze*,1944)。接下来,玛格丽特·米勒去好莱坞当了一年编剧,又写了几部其他类型的通俗小说。

自50年代起,玛格丽特·米勒终止其他尝试,开始创作以描写犯罪心理为重点的单本黑色悬疑小说。在这之后的十几年里,她一共出版了十多本黑色悬疑小说。这些小说多以加利福尼亚为背景,表现了罪犯乖戾的心理及异常的犯罪动机。比较著名的有《视角中的野兽》(*Beast in View*,1955)、《我坟墓中的陌生人》(*A Stranger in My Grave*,1960)、《好一个天使》(*How Like an Angel*,1962)、《恶魔》(*The Fiend*,1964)、《人与魔》(*Beyond This Point are Monsters*,1970)等等。其中的《视角中的野兽》曾获爱伦·坡奖,《好一个天使》和《恶魔》也获爱伦·坡奖提名。到了70年代中期,玛格丽特·米勒又开始推出"汤姆·阿拉贡"(Tom Aragon)系列黑色悬疑小说。该系列也有三部,依次是《明天问我》(*Ask for Me Tomorrow*,1976)、《谋杀米拉达》(*The Murder of Miranda*,1979)和《美人鱼》(*Mermaid*,1982)。三部小说均出现年轻律师汤姆·阿拉贡,但他并不是作品中的主要人物,只是起着串联情节的作用。1983年,玛格丽特·米勒的丈夫罗斯·麦克唐纳因病去世。在这之后,她很少动笔,仅出版了两部单本的黑色悬疑小说《女鬼》(*Banshee*,1983)和《蜘蛛网》(*Spider Webs*,1986)。然而,《女鬼》梅开二度,赢得了当年的爱伦·坡奖。

玛格丽特·米勒的黑色悬疑小说,不仅在商业上取得了成功,而且在艺术上也具有较高的价值。这种价值主要体现于她的立体式人物的塑造。同大多数黑色悬疑小说家一样,她笔下的主人公也都是处在社会底层的"反英雄"。他们或因人性有这样那样的缺陷,或因心理有这样那样的障碍,自觉或不自觉地进行了一些犯罪活动。但是这些犯罪活动都是真实可信的,毫无夸张扭曲之感。几乎在每一本黑色悬疑小说中,玛格丽特·米勒都用现实主义的手法,极为细腻地描写了各个人物的情感变化,刻画了追逐者和被追逐者之间的敌对心理、焦虑心情和罪恶感,让读者身临其境地体验到主人公犯罪的迷乱和焦躁。通过这些犯罪心理的描述,玛格丽特·米勒突出了一个较为严肃的主题:鞭挞人性丑陋的一面,也即兽性。在《人与魔》中,她这样写道:"世界是个球体,并不像中世纪地图标示的那样是个平面,人类住一方,妖魔住另一方……因而人域与妖域浑然一体,没有什么将我们同妖魔隔开。"显然,玛格丽特·米勒相信,人既有人性,又有魔性,妖魔就在我们人类身上。而书中的罗伯特母亲就是一个魔性十足的女性。此人貌似贤惠,实质冷酷透顶,正是她造成了儿子的悲剧。同样,《明天别问我》里的富婆吉莉、《谋杀米拉达》里的将军夫人,也都是行为异端、行为反常的带有较多魔性的女人。而《美人鱼》里的一群男女弱智者的所作所为更是告诉读者,人一旦失去了正常思维,任凭兽性泛滥,将会造成极大的危害。

  此外,在设置悬疑方面,玛格丽特·米勒也是一个高手。《我坟墓中的陌生人》从第一个词"恐怖的时刻"就悬疑突起,直至全书结束,读者看到最后一个词"卡洛斯·卡米拉",故事才真相大白。虽然作者在"恐怖的时刻"之后笔锋一转,描写了黛西家的情况,但读者的胃口已被吊起,失去耐心。随之而来的梦境,更加动人心魄,即使其后头绪纷繁,于迷魂阵中辗转迂回,读者还是欲罢不能。《明天别问我》也是谜团贯穿始终,结尾出其不意。青年律师汤姆·阿拉贡受雇寻找富婆吉莉的前夫,但找到当事人时总是晚了一步。合伙人詹金斯喝毒酒,坠身桥下。法官埃尔南德斯深夜猝死。妓女图拉也莫名其妙地惨死在接客的房中。直到最后,汤姆·阿拉贡才悟出自己当了替罪羊。原来那位垂死的病人就是富婆吉莉的前夫。在《美人鱼》中,女主人公刚一出场就令人百思不解,等到读者获知她是智障者时,她却神秘失踪。汤姆·阿拉贡受雇查寻,得到的证据是她竟然与一个男同性恋者结婚,而且隆起了大肚子,将要临产。可谓悬疑迭生,一波未平,一波又起。待到一切谜团解开,但已酿成了可怕的命案。

第二节 色情暴露小说

渊源和特征

世纪之交美国新闻界的黑幕揭发运动至1912年后渐渐趋于停息,但是源于这场运动的政治暴露小说并没有就此终结。在一战和二战之间的三十年里,依然有一些作家在执着地沿袭戴维·菲利普斯、厄普顿·辛克莱、温斯顿·邱吉尔的传统进行创作,不断地推出揭露和抨击美国政治的作品,甚至这些作品在一定时期和一定范围形成了社会热点。譬如多斯·帕索斯(Dos Passos,1896—1970),他在30年代初相继推出了《三个士兵》(*Three Soldiers*,1921)、《曼哈顿转移》(*Manhattan Transfer*,1925)等几部反战小说,以后又出版了以华盛顿为背景的"美国三部曲",即《第四十二条平行线》(*The 42nd Parallel*,1930)、《1919年》(*1919*,1932)和《大款》(*The Big Money*,1936)。这些小说以种种骇人听闻的事实,揭露和抨击了美国统治当局所奉行的黑幕政治和功利主义。只不过像多斯·帕索斯这样有影响的政治暴露小说家数量比较有限,而且作品时断时续,不足以形成潮流。

二战后的美国政治暴露小说继续维持这种相对沉寂的局面。在最初的十二余年,仅有少数作家出版了一些有影响的作品。他们当中包括艾伦·德鲁里(Allen Drury,1918—1998)和戈尔·维达尔(Gore Vidal,1925—2012)。前者于50年代末出版了轰动一时的《劝告与采纳》(*Advice and Consent*,1959),该书通过美国总统和南卡罗来纳州一位资深议员之间的政治角逐,揭露和抨击了美国政界的黑暗和腐朽;而后者于1967年出版了《首都华盛顿》(*Washington D. C.*),这部小说运用令人震颤的故事情节,揭示了自1937年至1953年华盛顿发生的若干重大政治事件,其中包含着对美国一些政治要人的真实暴露和猛烈抨击。

不过,这个时期的美国大众的"性"观念的变化却促成了另一类暴露小说——色情暴露小说(steamy exposé fiction)的诞生和流行。长期以来,美国占统治地位的"性"观念是强调妇女的贞操和自重。妇女的性行为、性活动应该受到社会、宗教和道德规范的严格约束。虽说性行为能够给人带来肉体的快乐和感情的满足,但这是不允许公开议论的,而只能被理解为人与人之间亲密结合的象征。这种观念曾经深深地影响了美国几代人,并被广泛地体现在各类文学作品中。然而,到了二战后,它却开始受到挑战。40年代末,美国印第安纳大学教授艾尔弗雷德·金西(Alfred Kinsey, 1896—1956)经过长期的研究,推出了学术专著《男性性行为》(Sexual Behavior in the Human Male,1948)。该书首次对人类的性行为进行了大胆探索,并披露了长期被传统观念视为罪恶的婚前、婚外性行为调查。它的出版旋即在社会上引起了轩然大波,许多人纷纷给予谴责,但更多的人是给予肯定。数年之后,艾尔弗雷德·金西又推出了《女性性行为》(Sexual Behavior of the Human Female,1953),再次对传统的"性"观念提出了挑战。这时候的美国哲学领域,正持续弗洛伊德学说的研究热。弗洛伊德曾经指出,人类社会文明的发展必然要压抑人的本能。马尔库塞虽然认为这种压抑有必要,但同时又指出,随着物质生活充分发展,人类不必花费全部精力去维持自己的生存,因而应该将这种压抑解脱出来。

在上述种种思潮的冲击下,许多美国年轻人对传统的"性"观念予以全盘否定,而代之以一种"性解放"的全新意识,其结果导致了一系列前所未有的性行为产生。婚前同居、婚外恋、同性恋,都被视为正当,未婚先孕的女性也不再躲躲闪闪、遮遮掩掩。甚至在一些已婚的夫妇之间,也玩起了交换性伙伴的"巡回游戏"。50年代末,美国最高法院宣布将性表现排除在猥亵行为之外,这等于承认某种形式的性表现的合法性。紧接着,好莱坞采用影片分级制,允许不同的观众入场观看,从而为宣扬性行为的影片发行打开了方便之门。面临如此火爆的情况,一些小说家也不失时机地创作了"性解放"题材的小说。他们大肆描写达官贵人、影视明星的肮脏私生活,通奸、滥交、乱伦、变性等许多丑恶现象都在作品中得到了充分暴露。这些作品的畅销又促使更多的小说家加入了这类小说的创作队伍,由此形成了战后美国的色情暴露小说热。

从创作模式来看,色情暴露小说实际上是传统女性言情小说与暴露小说的融合。一方面,它是女性言情小说,作品中往往有一个占据中心位置的女主人公,此人与男主人公的恋爱、婚姻经历构成了小说的主要情节;但另一方面,它又是暴露小说,作品中的男女主人公的恋爱、婚姻情节中包含着许多富于刺激性的色情描述,作者通过这些描述达到"暴露丑恶,针砭时弊"的目的。"言情"与"暴露"的这种联姻反映了战后美国各种类型的通俗小说不断相互交融、相互磨合的发展趋势。

在战后美国众多色情暴露小说家当中,比较知名的有格雷斯·梅塔利尔(Grace Metalious,1924—1964)、哈罗德·罗宾斯(Harold Robbins, 1916—1997)、杰奎琳·苏珊(Jacqueline Susann,1918—1974)和欧文·华莱士(Irving Wallace,1916—1990)。格雷斯·梅塔利尔主要以长篇小说

《佩顿镇》(*Peyton Place*, 1956)著称。该小说以极富煽情的语言,直言不讳地描述了一个新英格兰小镇的道德沉沦以及由此发生的强奸、私通、滥交、乱伦等种种社会丑恶现象,其累计发行量已经超过一千二百万册。哈罗德·罗宾斯的小说不但数量多,而且十分畅销。这些小说大都以社会上的名流为主人公,展现了他们的浮华、侈靡、淫荡的人生经历。杰奎琳·苏珊是首屈一指的好莱坞题材作家。她的《玩偶谷》(*Valley of the Dolls*, 1966)等三部超级畅销书均以影视界的明星、大腕为主人公,表现他们在灯红酒绿、纸醉金迷的影视界不断沉浮、陨灭的悲惨命运以及十分放荡、肮脏的私生活。而欧文·华莱士以一部《查普曼的报告》(*The Chapman Report*, 1960)闻名大西洋两岸。该小说通过大量赤裸裸的性描写,直接演绎了艾尔弗雷德·金西的《女性性行为》。

格雷斯·梅塔利尔

1924年9月8日,格雷斯·梅塔利尔出生在新罕布什尔州曼彻斯特。她的童年生活充满了不幸,父母离异,家庭生活贫困,然而这一切并没有改变她对阅读和写作的爱好。中学时代,她就尝试写小说,并以当作家为终身目标。十八岁时,她和时任小学教师的初恋情人乔治·梅塔利尔结婚,随后与其一道定居在新罕布什尔州吉尔曼顿镇。早期的婚姻生活并没有对实现她的作家梦带来多大帮助,她逐渐感到失望。然而,她还是设法完成了构思已久的长篇小说《佩顿镇》,然后将它交给出版公司。不料,该书的出版竟然奇迹般地改变了她和家人的命运。从此,她成了百万富翁,并结交了不少社会名流,生活也逐渐变得奢侈放荡。后来,她和乔治·梅塔利尔分居,与此同时,和当地多名男子滥交,并开始酗酒。在同乔治·梅塔利尔办理离婚手续之后,她嫁给了当时一个著名的流行音乐节目主持人。1959年,格雷斯·梅塔利尔开始创作《佩顿镇》的续集,陆续出版了《重返佩顿镇》(*Return to Peyton Place*)、《绷紧的白领》(*The Tight White Collar*, 1960)和《失去亚当的伊甸园》(*No Adam in Eden*, 1963)。在这之后,她和乔治·梅塔利尔复婚,又和英国有妇之夫约翰·李同居,并修改遗嘱,让约翰·李继承遗产。因为经常酗酒,她的健康状况日益恶化。1964年,她终因肝硬化逝世,年仅三十九岁。

尽管格雷斯·梅塔利尔一生短促,只出版了四部小说,但她却创造了美国图书出版史上的奇迹。《佩顿镇》问世后第一个月,首版十万册即销售一空,以后又不断再版,不断印刷,到1988年,其销售总量已经超过一千二百万册,这个数字已经战胜《飘》,仅次于《教父》,成为美国赫赫有名的畅销书。而且,根据该小说改编的同名电影也取得了极大的成功,曾获得多项奥斯卡提名奖。此后,它又被改编成电视连续剧,每周三个晚上在黄金时间播出,走进了美国的千家万户。而由于《佩顿镇》的轰动效应,《重返佩顿镇》等三部续集也跻身于畅销书之列。

《佩顿镇》如此受欢迎,很大程度是迎合了当时人们对社会上"性堕落"普遍关注的猎奇心理。格雷斯·梅塔利尔以极富煽情的语言,直言不讳地描述了一个新英格兰小镇的道德沉沦以及由此发生的强奸、私通、滥交、乱伦等种种社会丑恶现象。该书的创作素材取自格雷斯·梅塔利尔所居住的吉尔曼顿镇,许多情节皆属真人真事。1946 年,该镇发生了一起少女谋杀父亲的惨案,而谋杀的原因,则是因为女儿不堪父亲对她的长期的性侵犯。格雷斯·梅塔利尔遂以这个案情为主线,辅以其他种种鲜为人知的丑闻,构成了整个《佩顿镇》的故事情节。其中有偷尝禁果、未婚先孕的少女;有流落街头、甘心沉沦的娼妓;有道貌岸然、勾引单身母亲的镇长;有丧尽天良、强奸至亲侄女的叔叔。一次次的性体验,一回回的性挑逗,一桩桩的性蹂躏,不啻一幅蝇营狗苟、伤风败俗的图画。而小说最后的高潮,则是颇具正义感的少女塞琳娜·克劳斯谋杀了强奸她的继父卢克斯·克劳斯,并将尸体埋藏在羊棚。

鉴于《佩顿镇》的不加掩饰的性描写和十分浓郁的色情风味,它在印第安纳州和罗得岛州被视为淫书,遭到了取缔;加拿大也拒绝予以进口。许多人抨击它"下流、肮脏",充满了"情欲、暴力和权势",甚至讥讽地称谓格雷斯·梅塔利尔是"穿蓝布牛仔裤的潘多拉"。对此,格雷斯·梅塔利尔毫不客气地回击:"如果我是个下流作家,那么许多看我书的人都有下流的嗜好。"[①]从今天的角度来看,《佩顿镇》仍有一定的价值。这种价值首先是文学史意义上的,它是战后第一部最有影响的暴露小说,开创了色情暴露小说的先河。后来许多的通俗小说家,都深受影响。其次,在社会道德方面,它也有某种启迪作用。书中暴露的种种道德沉沦现象,如同一面明亮的哈哈镜,照出了社会的丑陋和邪恶,从而使沉溺于"性解放"的青年人猛然警醒,认识到其危害。再次,它体现了格雷斯·梅塔利尔的一种可贵的女权主义意识。书中那些在性生活、金钱和自我评价上过于依赖男人的女人都是失败者,唯有出身贫贱的少女贝蒂·埃里森自强自立,不依赖任何男人,努力实现自己的理想,最后成为颇有影响的作家。她和那些孤陋寡闻、目光短浅的女性人物形成鲜明的对比。最后,格雷斯·梅塔利尔对

---

① http://www.neosoft.com/~meeker/peytonp.html.

人物刻画生动,叙述流畅而扣人心弦。她很有技巧地暴露和解剖了新英格兰小镇的错综复杂的社会关系,全方位地审视了那里居民的激情和堕落、野心和失败、暴力和抗争。

与《佩顿镇》相比,格雷斯·梅塔利尔的其他小说在艺术上都不甚成功。尽管它们有着大体相同的故事人物和审美方式,但情节模式单调,人物刻画不丰满,反映了后期格雷斯·梅塔利尔创作的急功近利和轻率粗糙。《重返佩顿镇》主要揭露了一些头面人物的卑鄙手腕。《绷紧的白领》则再次暴露人生的激情、罪恶和恐惧。而《失去亚当的伊甸园》讲述了四代邪恶妇女的故事。在奇异的性敲诈中,她们都毁灭了各自的男人。

哈罗德·罗宾斯

原名哈罗德·鲁宾(Harold Rubin),1916年5月21日出生在纽约。他是私生子,刚出生即被遗弃在罗马天主教堂的孤儿院门口,后来在犹太人办的孤儿收养所长大。青年时代,他依靠打工完成了中学的学业。在这之后,他跻身于生意场,二十岁就通过批发食糖成为百万富翁,但不久,又由于经营不善,宣告破产。在这之后,他到好莱坞闯天下,受雇于环球电影公司。也就在这个时候,他开始写小说,先后以哈罗德·罗宾斯的笔名出版了《不要爱上陌生人》(*Never Love a Stranger*,1947)等多部作品。这些作品在商业上取得了巨大成功,且大多数被改编成电影和电视剧,引起轰动。因而他再次成为百万富翁,像小说中的富贵人物一样过着穷奢极侈的生活。他拥有自己的豪华游艇,在法国南部建有别墅,赌博、嫖娼、吸毒,无所不及。1985年,哈罗德·罗宾斯不幸中风,只能躺在轮椅上,同时也丧失部分语言能力。然而,在他的助手简·斯坦布的帮助下,他以惊人的毅力继续自己的创作。随着他的作品销售总额超过五千万,他的人生也走到了尽头。1997年,他在加利福尼亚州棕榈泉一所医院病逝,享年八十一岁。

哈罗德·罗宾斯一生沉溺于花天酒地、纸醉金迷的生活,他坦言创作动机是为了金钱。因而作品大都以达官贵人、影视明星为创作原型,围绕着他们的性欲、权势和金钱等主题展开情节,竭力表现他们的肮脏的私生活。《爱的消失》(*Where Love Has Gone*,1962)汇集了好莱坞包括拉娜·特纳在内的众多女明星的生活绯闻。而《孤独的女人》(*The Lonely lady*,1976)的部分创作素材则来自放荡不羁的色情暴露小说家格雷斯·梅塔利尔。1966年,《新闻日报》著名专栏作家迈克·麦格雷迪对哈罗德·罗宾斯进行了人物专访。当时,罗宾斯正致力于推销他的新出小说《历险记》(*The Adventurers*,1966)。该书主要述说一个复仇故事,情节并不复杂,但充斥着大量赤裸裸的性描写。迈克·麦格雷迪在对《历险记》进行一番仔细统计后发现,书中共计有五十九起人命案、十二起强奸案、九起性虐待,还有六次多人参与的相互滥交。而且主人公的性欲特别旺盛,能先后与十四个女人发生性关系,并最终娶了其中三个。

不过,在哈罗德·罗宾斯的畅销书中,也有一些艺术上比较成功的作品。譬如《别离开我》(Don't Leave Me, 1954),描述小有名气的广告商布拉德同钢铁大亨布拉迪之间的生死商战。布拉德施展自己的男性魅力,引诱了布拉迪的外甥女伊莱恩。之后,他又卑鄙地利用布拉迪的私生女等人,不择手段地达到了自己的目的。而伊莱恩却因爱情幻灭而含恨自杀。该小说较为生动地刻画了布拉德在金钱和情感的权衡中犹豫、彷徨的复杂心理。又如《食人鱼》(The Piranhas, 1986),以食人鱼指代社会上那些贪赃枉法、鱼肉百姓的男女权势人物,揭露了他们对金钱、权利永不满足的奢望和原始的粗暴的性欲。背景丰富,场面宏大,从全球残忍的毒品交易,到华尔街妓女的疯狂,应有尽有。

哈罗德·罗宾斯死后出版的两部小说《掠夺者》(The Predators, 1998)和《秘密》(The Secret, 2000),集金钱、权势、性爱、谋杀于一体,融合了他之前所有畅销书的特点。前者主要描写男主人公杰瑞·库柏的浮华、侈靡、淫荡的人生经历,其中有经济大萧条时期的生存竞争,二战时期的欧洲冒险,朋友的忠诚和背叛,情人的痴迷和张狂,地下犯罪世界的凶恶和残忍。到最后,他已经跻身于赫赫有名的国际大财团。而后者主要描述同名主人公在黑手党杀害他的家人之后,卧薪尝胆,一步步成为有权势的犯罪组织头目的经过。其间还穿插了他的儿子如何试图摆脱父亲的犯罪世界,却身不由己地陷入一次次的搏杀。

杰奎琳·苏珊娜

1918年8月20日,杰奎琳·苏珊娜出生在宾夕法尼亚州费城,父亲是肖像画家,母亲是中学教员。早在童年时代,杰奎琳·苏珊娜就表现出异常的写作天赋。她的母亲认为她是一块当作家的料,而她本人却觉得当作家太艰苦,遂改向舞蹈、戏剧方面发展。她频繁出没于舞会,学会了各种舞蹈。一次费城举行选美,她被选为最美少女。但不幸的是,她染上了毒瘾。1936年,杰奎琳·苏珊娜从费城中学毕业后,满怀着当明星的美梦,闯荡纽约城百老汇,但到头来,仅落得演些跑龙套小角色的结果。其后,她又闯荡影视界,还尝试做模特,也以失望而告终。演艺生涯的受挫令她意志消沉,毒瘾加重。在这之后,她开始转为写作。不久,她完成了处女作《每晚,约瑟芬》(*Every Night, Josephine*)。这是一部有关她的宠物狗的非小说类作品,故事有趣,语言幽默。1939年,她与经纪人欧文·曼斯菲尔德结婚。杰奎琳·苏珊娜并不认为欧文·曼斯菲尔德对她有吸引力,而是认为他的社会关系有利于她的写作事业。他们的婚姻是事业联盟的典范。1962年,《每晚,约瑟芬》出版。同年,她患了乳腺癌,做了乳房切除术。她祈求上帝给她十年时间,以便用事实证明自己是最好的畅销书作家。

1966年,杰奎琳·苏珊娜出版了第一部长篇小说《玩偶谷》。她利用自己的形象与社会关系,为此书做了大量的促销工作。报纸和电视都有极醒目的广告宣传。功夫不负有心人,热销的场面终于出现了,该书于当年荣登《纽约时报》畅销书榜首,并驻留二十八周之久,可观的发行数字还被收入了《吉尼斯世界大全》。以后,它又被改编成电影和电视剧。而杰奎琳·苏珊娜也一举成为美国知名的女作家。在这之后,她又相继推出了长篇小说《爱情机器》(*The Love Machine*, 1969)和《一次不够》(*One Is Not Enough*, 1973)。这两部书同样荣登《纽约时报》畅销书榜首,同样被改编成电影和电视剧。1974年9月,在与癌症做了多年顽强抗争后,杰奎琳·苏珊娜于昏迷中走完自己的一生。

杰奎琳·苏珊娜的《玩偶谷》《爱情机器》《一次不够》三部小说,均以好莱坞的电影明星为主人公,表现她们在灯红酒绿、纸醉金迷的影视界不断沉浮、陨灭的悲惨命运。同格雷斯·梅塔利尔、哈罗德·罗宾斯的许多作品一样,这三部小说均存在着大量的赤裸裸的性描写。杰奎琳·苏珊娜在表现女主人公的悲惨命运的同时,还刻意融入了一些勾引、私通、滥交的性生活丑闻,以刺激读者的感官,取得轰动效应。在《玩偶谷》,主人公是三位漂亮的女性,她们被都市的繁华所吸引,先后卷入了人欲横流的影视界,而且大都变得生活放荡。尼利·奥哈拉不但性生活随便,与多人滥交,还夺走了安妮·韦尔斯的英籍丈夫。詹尼弗·诺斯施展女人的浑身解数,当上了电影性感明星。就连比较保守的新英格兰女人安妮·韦尔斯,也是靠色相成为化妆品电视广告形象代表。这三个女人在遭遇了一系列不幸事件后,均吸上了被称为"玩偶"的毒品。杰奎琳·苏珊娜很善于从自己的实际生活中提取素材,三个女主人公的人物原型均系她所熟悉的好莱坞电影明星,有关她们生活放荡的细节也属她耳闻目睹,甚至是她的亲身经历。正因为如此,她笔下的那些色情描写显得特别逼真,特别煽情,特别有刺激力。

在《爱情机器》和《一次不够》中,杰奎琳·苏珊娜继续演绎纯情少女到影视界闯天下的悲惨命运。她们往往有着共同的幻想:闯荡大都市,一夜暴富,遇见心动的男人,经历一场震撼的感情经历。而且她们进入影视圈后,也总是能遇见一个男人,或得到他的援助,或遭受他的欺骗,但几经挫折和磨难后,又功成名就,然后是幻灭、失望、自杀,其中不乏极富刺激性的糜烂私生活描写。不过,相比之下,这两部小说的色情描写侧重面不同。《爱情机器》主要表现性虐狂和受虐狂。该书的男主人公为电视转播网巨子罗宾·斯通,因长相性感而被称为"爱情机器"。同大多数影视界的名人一样,他的私生活极其糜烂,同多个女明星滥交,并屡屡进行性虐待。但奇怪的是,那些女明星还是迷恋他,甘心遭受这样的折磨。而《一次不够》主要表现乱伦。女主人公詹纽利·韦恩小就崇拜做制片人的父亲,有很强的恋父情结。为此,她希望长大后能在父亲身边工作,但二十岁时,理想破灭了,为此她不惜用色相去达到自己的目的。此外,《爱情机器》和《一次不够》还都有同性恋方面的描写。前者的罗宾·斯通与意大利青年男子瑟炯有染,而后者的卡拉则展示了一个两性人的形象。

欧文·华莱士

1916年3月19日,欧文·华莱士出生在芝加哥一个俄罗斯移民家庭。他自小爱好写作,十五岁就为报刊写稿。二战期间,他服务于美国空军,为《美国军团报》《自由》《星期六晚邮报》《全球》等报刊撰稿。1948年到1958年,他为好莱坞撰写电影剧本,作品有《西点军校的故事》(*The West Point Story*, 1950)、《堕入地狱》(*Jump Into The Hell*, 1955)、《大马戏团》(*The Big Circus*, 1959),等等。尽管他在好莱坞大获成功,但他和雷蒙德·钱德勒、威廉·福克纳等作家一样,视好莱坞为污浊之地。终于,他放弃了电影剧本创作,转而创作小说。他于1941年与后来也成为作家的辛西亚·韩迪结婚。两个孩子也靠自身努力成了作家。一家四口人像一个畅销书加工厂。

欧文·华莱士的第一部小说《菲利普·弗莱明的罪孽》(*The Sins of Philip Fleming*, 1959)出版后反响甚微。然而,第二年问世的《查普曼的报告》却是一本畅销书,并在1962年改编成同名电影。这部作品深受艾尔弗雷德·金西的男女性行为专著的影响,以美国男女性行为调查为主要故事情节,其中含有大量的淫秽的色情描写,而欧文·华莱士也因此成为著名的色情暴露小说家。小说主人公为心理学家查普曼博士,他带着助手保罗·瑞德福来到洛杉矶郊区寻求性行为实验志愿者,最后找到了五个愿意进行这项实验的妇女。第一位志愿者萨拉·卡内尔是个已婚中年妇女,与年轻的戏剧导演弗瑞德·林顿有染。虽然她对导演充满激情,但导演并不真正爱她。第二位志愿者特里萨·哈尼斯是性格乐观的有夫之妇,她深深爱上了体格强壮的足球运动员艾德·克拉斯。第三位志愿者娜米·谢尔士是个女色情狂,她以众所讨厌的爵士音乐家为自己的性伴侣。后来,她遭遇一伙人强奸,自杀身亡。还有,第五位志愿者凯思琳·巴克利是一位年轻的寡妇,她原以为自己性冷淡,但实验证明并非如此。后来,她成为保罗·瑞德福的性伴侣。然而,经过这次实验,所有的志愿者都陷入情欲中不能自拔,由此产生了种种性丑闻。

欧文·华莱士的其他小说,尽管沿袭其他通俗小说的创作模式,但依然存在许多淫秽的色情描写,如《第二十七个妻子》(The Twenty-Seventh Wife,1960)、《影迷俱乐部》(The Fan Club,1974)、《第二夫人》(The Second Lady,1980),仅书名就十分挑逗。他的作品的一个明显特点是,往往从一个假设的、耸人听闻的问题展开情节,这些问题一般来自当代现实生活中的政界、司法界、医药界、学术界的敏感现象。譬如篡改美国宪法会引起什么后果,发明延年益寿的药对人们的生活有何改变,诺贝尔奖评委中出现舞弊现象会有什么结局,希特勒1945年没有自杀会如何脱逃。所有这些问题,既十分新奇,且又结合实际,读者一下子被吸引,非看个明白不可。加上他的作品中又常常出现一些真实的历史人物和历史事件,大胆、浪漫的设想与真实的历史事件相互交织,以至于读者在看完他的作品时,不禁会问,是否真有此事。

《鸽子计划》(The Pigeon Project,1979)就是这样一部作品。故事讲述美国科学家麦克唐纳在苏联成功研制出一种延年益寿的秘方。苏联克格勃想独揽这项成果,麦克唐纳被迫逃到威尼斯。后来,在意大利警方的帮助下,克格勃找到了他,将他囚禁在一个小岛。再后来,麦克唐纳用觅食鸽子向外传递求救信号。鸽子携带的便条被侨居在威尼斯的美国人乔丹发现,他遂按字条上的地址与麦克唐纳在巴黎的女助手爱丽森博士联系。之后,爱丽森与乔丹一道通过多种方法营救麦克唐纳。在追捕中,麦克唐纳不幸中弹身亡。临终前,他将药方交给了乔丹。但乔丹看穿了人世间的炎凉和丑陋,把药方销毁了。

欧文·华莱士的创作题材十分广泛,作品有揭示联邦调查局内幕的《代号R密件》(The R Document,1976),有描写克格勃训练总统夫人替身打进政府心脏的《第二夫人》,有描写美苏携手追逐逃亡希特勒的《第七个秘密》(The Seventh Secret,1986)。从创作技巧来看,华莱士的小说常存在一些偶然的巧合,如《鸽子计划》的鸽子传信,《第二夫人》中与总统夫人极其相像的女间谍,这些巧合有时令人难以置信,这在一定程度上影响了作品的艺术魅力。

《圣经》(*The Word*,1972)是作者的第十五部小说,也是作者唯一登上《纽约时报》畅销书榜首的小说。该书讲述一名公关人员受雇推销一本新译本《圣经》。该《圣经》据说包含了耶稣兄弟詹姆斯写的部分文章,其宣扬的教义与《新约》矛盾。欧文·华莱士在描写詹姆斯续写《圣经》时,引用了当时科学家的考古报告和论文。此书出版后大受欢迎,不少读者给欧文·华莱士写信,询问书中所述是否真实,可见这部小说的魅力所在。

欧文·华莱士一生著有长篇小说十八部,其中多部被改编成电影。迄今,他的作品已被译成三十一种语言,在世界主要国家和地区发行,累积发行达两亿五千万册。1990年6月29日,他因胰腺癌在洛杉矶病逝。

第三节 哥特言情小说

渊源和特征

20世纪50年代"色情"与"暴露"的联姻只是拉开了战后美国言情小说一系列衍变的序幕。到了60年代中期,随着色情暴露小说开始走下坡路,一些言情小说家又尝试将言情小说的模式与哥特式小说的模式相结合。他们的努力结果,致使美国又诞生了一类新型通俗小说——哥特言情小说(gothic romantic fiction)。

美国哥特言情小说的诞生与英国同一时期同类通俗小说的流行直接有关。而它的文学渊源,则可以追溯到更远一些时候的英国的历史言情小说。1938年,英国女作家达芙妮·杜穆里埃(Daphne du Maurier,1907—1989)在总结玛丽·约翰斯顿等人的创作成功的基础上,推出了她的第五部长篇小说《丽贝卡》(*Rebecca*)。这部小说大胆地把言情小说的模式同哥特式小说的模式相结合,取得了独特的效果。很快地,该小说成为超级畅销书,不久又被搬上电影银幕,赢得了奥斯卡大奖。从那以后,一些作家相继追随达芙妮·杜穆里埃的足迹,创作了熔神秘、恐怖、悬念、爱情于一炉的同类作品,由此产生了严格意义上的哥特言情小说。

不过,哥特言情小说作为一种创作浪潮、一种文学运动,却是在二战以后。1960年,受《丽贝卡》成功的启发,英国女作家埃莉诺·希伯特(Eleanor Hibbert,1906—1993)创作了哥特言情小说《梅林的情人》(*Mistress of Mellyn*)。该书以维多利亚·霍尔特(Victoria Holt)的笔名在纽约出版后,旋即引起轰动,翌年在伦敦再版,又引起轰动。面临巨大的商机,英国的一些出版公司重印了乔吉特·海尔(Georgette Heyer,1902—1974)、巴巴拉·卡特兰(Barbara Cartland,1901—2000)、多萝西·伊登(Dorothy Eden,1912—1982)等人在二战以前创作的哥特言情小说,在市面上销售。与此同时,玛丽·斯图亚特(Mary Stewart,1916—2014)安亚·西顿(Anya Seton,1904—1990)等英国小说家也不失时机地推出了近期创作的这类作品。

在这种形势下,美国一些女作家也不甘寂寞,纷纷推出了自己这方面的杰作。其中以菲利斯·惠特尼(Phyllis Whitney,1903—2008)、达奥玛·温斯顿(Daoma Winston,1922—2013)、芭芭拉·迈克尔(Barbara Michaels,1927—2013)等作家的成就为最大。菲利斯·惠特尼是一个多产作家,她的哥特言情小说品种繁多,门类齐全,而且在作品的故事场景、人物塑造和悬念设置等方面显示了较高的创作艺术。达奥玛·温斯顿主要以"戏说"历史场景著称,她笔下的哥特言情小说故事人物形象生动,历史真实感强。而芭芭拉·迈克尔善于构筑哥特言情小说的情节结构,这种结构综合了古老的哥特式小说的一切因素,充满了超现实主义的气氛。

鉴于哥特言情小说是言情小说与哥特式小说的融合,所以创作模式兼有两者的特征。首先,它是言情小说,整个故事以历史或现实为背景,表现女主人公的曲折、离奇的爱情经历。不过,相比之下,作品的女主人公的形象已经复杂化和理想化。她们往往已经去掉了"娇柔美女"的外表,虽说容貌平常,但性格坚强,而且有着男人一般的沉着和勇敢,每每在事情的紧急关头,发挥了重要作用。这种女主人公形象的转换反映了战后处在新的社会条件下的女性对自身价值的重新认识和思考。其次,这类小说又是哥特式小说,故事中通常含有那种神秘、恐怖的哥特式场景,如阴森的宅院、尘封的卧室、秘密的通道,等等。不过,昔时少女逃离恶棍魔掌的情节俗套已经随着女主人公形象的转换而破除,代之而起的是充满悬念的种种险境和罗网。所有细节的描写均是围绕着营造神秘、恐怖的气氛。故事发展到最后,总是女主人公脱离险恶,光明战胜黑暗。

菲利斯·惠特尼

1903年9月9日,菲利斯·惠特尼出生在日本横滨。她的父亲是美国商人,专门做进出口贸易,母亲来自苏格兰名门之后。童年时代,菲利斯·惠特尼是在菲律宾和中国度过的。父亲去世后,她与母亲一道返回美国。不多时,母亲也撒手人间,于是,她来到芝加哥,与姑母一道生活。从芝加哥中学毕业后,她先后当过图书管理员和书店职员。由于职业的关系,她经常观察人们喜欢读什么书,这对她日后的创作活动有很大帮助。1925年,她与乔治·盖勒结婚,后于1945年离婚。其间,她出任《芝加哥太阳报》青少年版编辑,并开始了青少年小说创作。50年代,她的创作对象又由青少年逐步扩展至成人。随着她的知名度越来越高,创作速度也越来越快,几乎每年出一本书。60年代名篇有《桑德山庄》(Thunder Heights, 1960)、《蓝火》(Blue Fire, 1961)、《面对广场的窗户》(Window on the Square, 1962)、《黑色琥珀》(Black Amber, 1964),等等;70、80年代,又有《静听低语》(Listen for the Whisperer, 1971)、《浪花》(Spindrift, 1975)、《雨中曲》(Rainsong, 1984)、《银剑》(Silversword, 1987)、《雾中彩虹》(Rainbow in the Mist, 1989)等名篇问世。与此同时,各种荣誉也纷至沓来。1961年和1964年,《闹鬼池塘之谜》(Mystery of the Haunted Pool)、《隐匿的手之谜》(The Mystery of the Hidden Hand)赢得了爱伦·坡奖;1988年和1990年,神秘小说家协会和言情小说家协会又分别授予她"大师"和"终身成就"称号。2008年2月8日,她因急性肺炎逝世,终年一百零四岁。

菲利斯·惠特尼一生创作的众多哥特言情小说,以"悬疑"为最大特色。1967年2月,她曾在《作家》杂志刊发文章,称自己的作品是"悬疑浪漫小说"。她同时还说,自己创作的小说是娱乐品,不是严肃文学,因此最终检验就是看能不能吸引读者,这就要求她运用技巧。对她个人而言,这种技巧就是"悬疑"。在菲利斯·惠特尼的大多数作品中,往往故事还未展开,罪行已经发生。主人公多为年轻女性,长年在外,因偶然原因回到老家,发现自己卷入了以前不知道的家庭隐私或纠纷,而一旦秘密被揭露,小说也就接近尾声。以《蓝火》为例,女主人公苏珊从芝加哥来到童年生活的非洲,在她眼里,这块土地充满了温馨和快乐。不久,她结识并爱上了一个名叫迪克的男青年。很快,两人结婚,然而婚后生活并不平静。起初来了一个作家,说苏珊的家庭存在不可告人的秘密。继而又来了一个名叫玛拉的女人,扬言迪克应是她的男人。而丈夫迪克则怀疑苏珊参与了当年苏珊父亲的钻石走私事件,虽说当时苏珊还只是一个孩子,而且狠心的父亲已将母女俩逐出了家门。如此接踵而至的事情让苏珊感到莫名其妙,同时又觉得不被丈夫理解而伤心。她决心将事情弄个水落石出。毋庸置疑,在这部小说中,所谓"悬疑"就是苏珊家族尘封多年的秘密。

另一种常见的"悬疑"是英国作家达芙妮·杜穆里埃的《丽贝卡》式的。故事多半陈述一位新娘来到夫家碰到的种种危险,往往是夫家有一个不光彩的秘密,从而构成了高度悬疑。譬如《冬日的人们》,女主人公黛娜与钱德勒一见钟情,闪电般结婚。然而,她并不知道钱德勒家族的老宅对面有个湖泊,自己的母亲就死在那里。婚后,黛娜发现钱德勒家族的人都像"冬日的人们"一样冷若冰霜。等到她得知藏在这所大房子里的秘密时,以前所看到的种种奇怪现象也就不复存在了。

第三种"悬疑"是昔日血案造成父母或丈夫的死亡,女儿或妻子对死因的探寻。譬如《桑德山庄》,女主人公卡米拉的母亲有次回母家桑德山庄,竟神秘死在那里。卡米拉成人后,决心揭开母亲的死亡之谜。又如《雨中曲》,女主人公荷里丝的丈夫利科是著名的通俗歌手,几个月前,他去了纽约,竟然在那里自杀。为了摆脱悲伤,荷里丝来到偏僻港口散心,然而,深夜总是听到丈夫唱歌,而且唱的是她熟悉的"雨中曲"。于是,她决定冒着危险,调查丈夫的真正死因。再如《银剑》,女主人公卡洛琳·科碧一直过着无忧无虑的生活,直至有次出了奇怪的事故,父母双双死亡,她成了可怜的孤儿。成年后,卡洛琳·科碧的婚姻生活也不幸福。偶然中,她发现了当年双亲被害的真相以及可怕的"银剑"秘密。

值得一提的是,菲利斯·惠特尼常常以一封奇怪的来信引出"悬疑"。譬如《面对广场的窗户》,故事发生在19世纪70年代的纽约,女主人公梅甘收到一封署名为布兰顿·瑞德的奇怪来信,信中约她到华盛顿广场一所老宅会晤。梅甘如期而至,但不料,卷入了一场神秘而危险的家族纠纷。从此,她的宁静生活被打破。而在《沃米莲》中,女主人公林赛也收到了一封莫名奇妙的匿名信,说她的父亲突然去世。于是,她来到了位于亚利桑那州的老家。早在十七岁时,林赛就爱上了她的姐夫里科。这次回老家与里科再度相见,林赛发现这份感情依旧存在。不过,林赛与姐姐的关系却很不好。几番殊死搏斗,她终于发现了家族的不堪回首的往事。而这些往事,父亲一直瞒着她。同时,她还查清了父亲的真正死因。

此外,菲利斯·惠特尼还善于描写作品人物之间的微妙关系。她笔下的女主人公常常具有现代青年的自强不息的气质,为了证明自己的身世,或为了弄清楚一个家族的秘密,不懈努力。有趣的是,这些女性往往伴有"恋父情结"。她们或崇拜父亲,或嫁给了比自己年长很多的父亲般的人物。与之相对应,她们的母亲一般十分漂亮,年轻时对女儿没有尽到抚养的责任,且性情风流,有段难言的隐情,甚至是整个恐怖事件的凶手。正如《浪花》的女主人公克蕾斯蒂所说:"她们说我继承了母亲的柔弱、娇小、优雅的身材。而我恨这些。我背过身去,希望能从自己的这副身材和这张脸中摆脱出来,希望自己变得坚强、高大和能干。"①

达奥玛·温斯顿

  1922 年 11 月 3 日,达奥玛·温斯顿出生在华盛顿。她的父母是当地小业主,靠经营杂货店和小餐馆为生。1946 年,达奥玛·温斯顿从华盛顿大学毕业,并取得文学硕士学位。在这之后,她尝试通俗小说创作。20 世纪 60 年代中期,达奥玛·温斯顿开始在哥特言情小说领域建立自己的声誉。这一时期,她出版了十多本长篇小说,如《克伦威尔·克罗辛的秘密》(*The Secrets of Cromwell Crossing*, 1965)、《邪恶的石头》(*Sinister Stone*, 1966)、《官邸的微笑面具》(*The Mansion of Smiling Masks*, 1967)、《陌生女人的阴影》(*Shadow of an Unknown Woman*, 1967),等等。到了 70 年代,达奥玛·温斯顿开始进入哥特言情小说创作的丰盛期。这一时期,她出版了二十多个长篇,其中大部分颇有影响,如《哈弗沙姆遗产》(*The Haversham Legacy*, 1974)、《绞刑之路》(*Gallows Way*, 1976)、《女冒险家》(*The Adventuress*),等等。80 年代和 90 年代,达奥玛·温斯顿的创作热情明显下降,而且创作模式也逐渐发生变化,但也有一些属于传统的哥特言情小说作品,如《停泊港》(*Moorhaven*, 1999)。2013 年 9 月 1 日,她因患慢性肺阻塞疾病在华盛顿家中逝世,终年九十岁。

  达奥玛·温斯顿的哥特言情小说,主要以 19 世纪的华盛顿地区为历史场景。这些历史场景一般不涉及重大的复杂的政治事件,而只是在故事的场所、房屋、建筑,人物的服饰、语言等方面做了若干历史化处理,使读者相信故事发生在过去。不过,达奥玛·温斯顿在进行这些历史化处理时,十分注意真实性。她善于采用一些读者熟知的历史细节,把故事人物的活动融入其中,并不时插入几个真实的历史人物作为点缀,取得了比较完美的效果。在情节结构设置方面,达奥玛·温斯顿一般采用单线条发展的方式。故事的中心人物为一个女人,她往往一开始就卷入不明智的爱情,因而招致了许多危险。但在故事最后,她依靠自己的努力,脱离了险境,赢得了幸福。同时作品中还会出现一个与女主人公对立的另一女性,她生性邪恶,好妒忌,是诸多事端的挑起者。伴随着女主人公与这个反派女性人物的对立加剧,故事悬疑性越来越强。

  譬如《哈弗沙姆遗产》,故事一开始,林肯总统遇刺。这既交代了女主

---

① Frank N. Magill. *Critical Survey of Mystery and Detective*. Salem Press, Pasadena, California, 1988, p. 1720.

人公米兰达·詹维斯活动的历史背景,也为她进入哈弗沙姆家门创造了紧张气氛。哈弗沙姆家系当地名门望族,米兰达·詹维斯与其有远亲关系。在哈弗沙姆家,米兰达·詹维斯充分享受了上流社会生活的一切便利,但也付出了许多代价。不久,她发现自己那些阔亲戚居然是道貌岸然的伪君子,吸毒、贩毒、酗酒、赌博,无所不及。虽然她如愿与自己心中的白马王子结合,但这种结合只能产生人生悲剧。达奥玛·温斯顿以一系列生动的细节,描述了这位少女身陷囹圄,遭遇种种迫害的恐怖心理。书中各个人物的外貌被描绘得惟妙惟肖。舞会上,贵族夫人穿着十分精致、非常耀眼的裙服。法庭上,议员显得妄自菲薄,笨拙可笑。他们有的高,有的矮;有的穿着东部的整洁西服,有的穿着西部的紧身服装;有的嘴唇蓄着胡须,有的脸上刮得精光;有的长发披肩,有的齐耳短发。如此种种,不一而足。

又如《绞刑之路》,故事场景设置在南北战争前夕北卡罗来纳州一个名叫"加洛威"的种植场。在英语里,"加洛威"为"绞刑之路"之意。这个地名来自历史上曾有四位逃跑奴隶在这里被抓住并处以绞刑。女主人公为玛丽埃塔·加维,同《哈弗沙姆遗产》中的米兰达·詹维斯一样,她也经历了不该发生的恋情、疯狂、嫉妒和谋杀。总体上,玛丽埃塔·加维、米兰达·詹维斯的人物个性已经变得坚强。她们已经去掉了传统哥特小说和历史言情小说作家笔下的"娇柔美女"的形象,虽说容貌平常,但有着男人一般的沉着和勇敢。每每在事情的紧急关头,她们依靠自身的努力,转危为安。

在女主人公的坚强个性塑造方面,最令人瞩目的是《女冒险家》中的洛利亚·贝勒。她堪称19世纪末的坚强女性,自强自立,敢爱敢恨。当她遇见英俊、颇有阳刚之气的已婚男子杰弗里·沃顿时,立即向他表示自己的爱情。然而,她万万没有想到,杰弗里·沃顿是一个野心勃勃的政客。其时,他新当选为马里兰州总检察官,正在进一步竞争州长的宝座。由于这个不该发生的恋情,洛利亚·贝勒卷入了危险的政治旋涡。随之而来的是洛利亚·贝勒的沉着、勇敢,她为自己的命运与无耻的政客进行了抗争。

芭芭拉·迈克尔

原名巴巴拉·默兹(Barbara Mertz),1927年9月29日出生在伊利诺伊州坎顿。1943年,她入读芝加哥大学东方学院,先后获学士、硕士、博士学位,其间,曾师从该校著名古埃及研究专家约翰·威尔逊(John Wilson,1899—1976),并在他的指导下,出版了两部颇有影响的古埃及研究专著。不过,她的主要兴趣始终在通俗小说创作。一般来说,她创作的通俗小说分为两类:一类是以芭芭拉·迈克尔为笔名的哥特言情小说,另一类是以伊丽莎白·彼得斯(Elizabeth Peters)为笔名的侦探小说。鉴于她的主要成就是在哥特言情小说领域,下面着重介绍她以芭芭拉·迈克尔为笔名创作的哥特言情小说,而对她以伊丽莎白·彼得斯为笔名创作的侦探小说就不赘述。

芭芭拉·迈克尔的哥特言情小说创作始于 20 世纪 60 年代,主要作品有《黑塔的主人》(*The Master of Blacktower*,1966)和《爱米,回家》(*Ammie, Come Home*,1968)。70 年代和 80 年代,芭芭拉·迈克尔的哥特言情小说创作开始进入丰盛期。这一时期的主要作品有:《哭泣的孩子》(*The Crying Child*,1971)、《格雷加洛斯》(*Greygallows*,1972)、《女巫》(*Witch*,1973)、《多阴影的房子》(*Houses of Many Shadows*,1974)《海国王的女儿》(*The Sea King's Daughter*,1975)、《爱国者的梦》(*Patriot's Dream*,1976)、《猎鹰的翅膀》(*Wings of the Falcon*,1977)、《灰色开始》(*The Grey Beginning*,1980)、《巫师的女儿》(*The Wizard's Daughter*,1980)、《房中人》(*Someone in the House*,1981)、《黑色彩虹》(*Black Rainbow*,1982)、《另一世界》(*Other World*,1983)、《我这样说》(*Here I Say*,1983)、《埋葬在雨中》(*Be Buried in the Rain*,1985)、《碎丝绸》(*Shattered Silk*,1986)、《寻找阴影》(*Search the Shadows*,1987),等等。

从芭芭拉·迈克尔的上述作品,我们可以看出这样一种情节模式:小说中的女主角为年轻女性,她们一般身患疾病,或遭受过打击,或有过不幸的婚姻;故事场地往往是古老而颓废的哥特式建筑,或为女主人公祖上留下的老屋,或曾经有过命案、闹过鬼的旧宅。其中,可怕的家族秘密或一段血案是作品的悬念所在。譬如《格雷加洛斯》,这是一部《丽贝卡》式的作品。女主人公露西爱上了体格强壮的巴隆·克莱尔,她不顾周围人对巴隆·克莱尔的神秘过去的怀疑,与他结了婚。然而,露西没有想到,等待她的是一个梦魇似的蜜月。而在《女巫》中,艾伦·玛奇为了忘记过去的阴影,买下了隐蔽在松树林的一幢老宅,决定重新开始新的生活。但是,一个女人的幽灵般身影常常飘浮在她的新家之中。这让艾伦感到不寒而栗。还有《多阴影的房子》,麦琪常常出现幻觉,医生告诉她这是上次事故留下的结果,唯一的治疗方法是安静休息。为此,爱琪去乡下老房子休假。然而,她的幻觉并没有停止,反而变得更加频繁。此外,在《海国王的女儿》中,一位考古学家自称是桑迪的父亲,为此,桑迪来到了希腊岛。这时,正值沉睡多年的火山爆发。于是,桑迪不但陷入了大自然的灾害,还被卷入她的古老家族的秘密阴影之中。

在众多的古老家族秘密中,"老屋闹鬼"是一个重要情节。譬如《房中人》,故事发生在格雷海文庄园,这是宾夕法尼亚州郊外一幢哥特式风格的精美建筑。安妮和科文为了写作,在这个夏天来到了格雷海文庄园。然而,隐藏在庄园的鬼魂打破了两人的写作计划。又如《我这样说》,吉姆出车祸后,常常被老屋发出的奇怪声音和可怕幻觉纠缠。于是,他决定将老屋改造成一座美丽的乡村酒吧。直至1997年,她还推出了一本老屋闹鬼的《跳舞的天花板》(*The Dancing Floor*)。西泽尔·特拉德斯康特曾经有一个梦想,就是和她的父亲一起去英国朝拜传说中的17世纪时期的一座庄园。如今父亲去世了,她决定独自去实现这个夙愿。不幸的是,当她来到特罗伊坦庄园时,庄园主拒绝了她的访问。西泽尔仍不甘心,勇敢冲破层层阻碍,走进这座维多利亚风格的庄园。然而,她逐渐发现这是一幢闹鬼的屋子。

同美国另一位著名哥特言情小说家菲利斯·惠特尼相比,芭芭拉·迈克尔更强调幽灵、鬼魂、巫术、幻影、奇异的声音等超自然因素。如《海国王的女儿》的火山复活,《巫师的女儿》的鬼魂显灵,《多阴影的房子》的不可思议的幻觉,《与玫瑰一同消失》的奇异玫瑰花香,等等。上述种种现象似乎超出了现实生活的常理,充满了玄妙浪漫。尤其是在描写人的幻觉方面,迈克尔更是玄而又玄。在《与玫瑰一同消失》中,荻安娜是玫瑰学园艺方面的专家。这天她来到房地产事务所来找她失踪的哥哥。当她穿过空荡荡的房间,闻到玫瑰花的香味时,脑中顿时出现了古怪幻觉,这让荻安娜心烦意乱。直至后来,荻安娜遭遇了一连串可怕而古怪的事情,发现了自己家族的秘密,才明白其中缘故。

20世纪90年代,迈克尔的创作风格没有多大改变。不过,在描写女主人公为了揭开事情真相而做出的种种努力方面,她加入了一些侦探小说的因素。譬如《石屋》(*Houses of Stone*, 1993),年轻的英语教授卡伦·赫洛维意外发现了一部手稿,她立即意识到手稿的珍贵,遂去寻找手稿的真正作者。在此期间,她遇到了极大的阻力。后来在古怪而能干的辟基的帮助下,她终于如愿以偿。除了《石屋》,芭芭拉·迈克尔90年代的哥特言情小说还有《与玫瑰一同消失》(*Vanish With the Rose*, 1992)、《及时修补》(*Stitches in Time*, 1995)、《跳舞的天花板》(*The Dancing Floor*, 1997),等等。

第四节 新浪潮科幻小说

渊源和特征

二战结束后,随着美国社会环境的改变和大众阅读口味的更迭,约翰·坎贝尔的《惊人的科幻小说》渐渐失去了在科幻小说领域的统治地位。硬式科幻小说的黄金时代宣告终结。50年代初至60年代中期是过渡期。之后,新浪潮科幻小说(new wave science fiction)崛起,成为新历史条件下的又一科幻小说类型。

过渡时期的硬式科幻小说已经有了一些变化。在创作题材方面,传统的太空冒险还有相当势头,但已没有了当年的风骚。唱主角的是充满悲观气息的黑色恐怖话题。由于二战中美国用原子弹轰炸日本广岛和长崎带来的灾难性后果,人们开始关注科技发展的负面效应。50年代的通俗小说杂志连篇累牍地发表有关核恐怖、地球毁灭内容的短篇小说,如拉斐特·哈伯特(LaFayette Hubbard, 1911—1986)的《末日尚未来临》("The End Is Not Yet", 1947)、阿瑟·钱德勒(Arthur Chandler, 1912—1984)的《黎明子虚乌有》("Dawn of Nothing", 1950)、詹姆斯·施米茨(James Schmitz, 1911—1981)的《宇宙恐惧》("Space Fear", 1951),等等。相关内容的平装本长篇小说和短篇小说集则以乔治·斯图尔特(George Stewart, 1895—1980)的《地球尚在》(*Earth Abides*, 1949)和雷·布拉德伯里(Ray Bradbury, 1920—2012)的《火星纪事》(*The Martian Chronicles*, 1950)最为著名。前者生动地描绘了地球一场特大瘟疫过后,幸存的人倒退到原始状态,而后者则描述美国到火星上开发的居民发动了一场毁灭性核战争。60年代初,美国的科学技术继续迅猛发展,计算机、宇宙航行等领域都有重大突破。但高速的、失控的工业化也带来了诸多问题,如自然环境恶化、人的思想情感僵硬,等等。于是,科幻小说的创作题材又迅速由核恐怖转为生态灾难。在以生态灾难为题材的科幻小说作家当中,最令人瞩目的是哈里·哈里森(Harry Harrison, 1925—2012)。他生于康涅狄克州斯坦福,曾任纽约《幻想》杂志编辑,自1960年起,以反讽的笔调写了一系列以生态灾难为主题的科幻小说。在《死亡世界》(*Deathworld*, 1960)中,他描述了一些具有心智能力的植物向摧残它们的人类展开的一场不寻常战争;而在《让开些!让开些》(*Make Room! Make Room!* 1966),则暴露了天主教会反对控制生育、无视人口迅速增长的严重恶果。凡此种种,为硬式科幻小说过渡到新浪潮科幻小说做了有益的铺垫。

新浪潮科幻小说来自科幻小说界的新浪潮运动,这一运动的发源地是在英国。1964 年,英国著名科幻小说家迈克尔·穆尔科克出任科幻小说杂志《新世界》的主编。他不满传统硬式科幻小说的创作内容和方式,主张对科幻小说的创作进行全面革新。这一倡导得到了布赖恩·奥尔迪斯(Brian Aldiss,1925—2017)、詹姆斯·巴拉德(James Ballard,1930—2009)等英国知名科幻小说家的响应。他们追随迈克尔·穆尔科克,相继发表了一系列实验性的科幻小说。这些小说有的以蒙太奇手法来表现人物性格,有的以时空交错来刻画人的扭曲心理,有的用幽默、诙谐、晦涩来抨击不良现象。与此同时,他们也融入其他类型的通俗小说的若干成分,如神秘、恐怖、谋杀。在题材方面,他们则追随哈里·哈里森之类的灾难科幻小说家,极力渲染当代科技发展的负面效应。

迈克尔·穆尔科克等人的实验性科幻小说很快造成了影响,并扩展为具有一定规模的文学运动。不久,这场运动又波及美国,得到了一些年轻科幻小说作家的有力支持。大西洋两岸的科幻小说家遥相呼应,掀起了声势浩大的科幻小说创作新浪潮。美国的新浪潮科幻小说既有英国的特点,又有自己的创造。他们根据自己对这场运动的理解,大胆进行形式革新,所涉及的方面有叙述视角、文法、版式,等等。在内容上除突出悲剧性结尾外,还对哲学、政治、新闻、音乐等领域的新潮兼收并蓄。同时放纵具体的性描写,不忌讳淫秽的字眼。在美国的新浪潮科幻小说作家当中,最著名的有塞缪尔·德拉尼(Samuel Delany,1942—)、厄休拉·勒吉恩(Ursula Le Guin,1929—2018)、乔安娜·拉斯(Joanna Russ,1937—2011)、罗杰·齐拉兹尼(Roger Zelazny,1937—1995)、哈伦·埃利森(Harlan Ellison,1934—2018)和菲力普·迪克(Philip Dick,1928—1982)。塞缪尔·德拉尼是新浪潮运动的先锋战士,他受詹姆斯·乔伊斯等现代主义作家的影响很深,是最早把意识流等现代主义文学技巧运用到科幻小说中的作家之一。此外,他的作品含有严重的本土化倾向,充满了露骨的甚至是变态的性描写。厄休拉·勒吉恩的科幻小说以故事情节生动、哲理性强著称,她的"海恩系列"(Hain Series)以及"乌托邦"小说探讨了"科学恐怖""理想的社会形式"等多个主题。乔安娜·拉斯是个激进的女权主义者,她的科幻小说一贯以女性问题为主题,充满了不折不扣的女权主义基调,尤其是《雌性男人》(The Female Man,1975),以意识流的手法和幽默尖锐的笔调,抨击和遣责了传统的性别制度对女性的束缚。罗杰·齐拉兹尼善于从古代神话、民间传说和宗教故事中吸取养分,他的作品熔科学、幻想、神话、传说、宗教于一炉,代表着新浪潮科幻小说的多元化和成熟。哈伦·埃利森以才华横溢闻名于科幻小说界,他的作品大多以现实社会的尖锐问题为题材,体现了对战后复杂多变的国际形势的关注以及对科技进步带来的负面影响的批判。而菲力普·迪克是一个带有黑色因素的反科幻小说家。他的作品题材丰富,主题多样,手法独到,描绘了在科技进步的负面作用下,人性的泯灭和死亡的恐怖。

新浪潮科幻小说是对黄金时代科幻小说的内容和形式的彻底反叛。与传统硬式科幻小说的"科学崇拜"决然不同,新浪潮科幻小说表现的是"科学恐惧"。它们没有较多地在星际探险和科技造福于人类的题材上打转,而是着重关注科技发展给人类带来的负面效应,如未来的生存环境、战争的威胁、不同利益集团之间的倾轧、种族冲突、人性自由、心理健康,等等。正如美国著名科幻小说评论家莱斯特·德尔雷(Lester del Ray, 1915—1993)所说:"新浪潮作品体现的哲学观一般是厌恶科学和人类。从长远看,科学技术往往是邪恶的,只能使环境更恶化。而人类基本上是可鄙的,至少不那么重要。小说中自始至终隐含着失败的主题。与宇宙相比,人类的重要性不啻虱子。"[1]这种思想无疑具有某种警示作用。相比之下,新浪潮科幻小说的形式革新却没有多大实际意义。不过,它却被一些热衷于文字游戏的后现代主义小说家所欣赏,并由此使新浪潮运动成为后现代主义运动的一部分。

塞缪尔·德拉尼

1942年4月1日,塞缪尔·德拉尼出生在纽约哈莱姆一个黑人家庭。他的父亲是位成功的丧葬承办人,母亲在公共图书馆工作。中学毕业后,塞缪尔·德拉尼进了纽约城市学院。1961年,他娶女诗人玛里琳·哈克(Marilyn Hacker,1942—)为妻,生有一女,两人在1970和1971年曾共同编辑季刊《夸克》。但在后来,两人离异。

60、70年代的纽约充斥着反传统的文化潮流,年轻的塞缪尔·德拉尼开始用科幻小说反映这种潮流。十九岁时,他出版了《阿普特的宝石》(*The Jewels of Aptor*,1962),二十一岁又完成了《塔楼的坍塌》(*The Fall of the Towers*,1964)。不过,奠定他杰出科幻小说家地位的是1966年出版并荣获星云奖的《通天塔17》(*Babel*-17)。"通天塔17"是一种语言,可以在

---

[1] Lester del Ray. *The World of Science Fiction 1926—1976: The History of a Subculture*. New York, Ballantine, 1979, p. 253.

星际战争中用作入侵武器。在讲这种语言的入侵者对人类发动了几次袭击后,语言学家、诗人和心灵感应者莱德拉很快意识到它具有改变说话者的思维并提供某些能力的功能,也由此,她被政府招募用以发现敌人如何渗透和反渗透。随着莱德拉对这种语言的理解的加深,她能进一步预测下次敌人袭击的地点,并提前召集一个团队前往这个地点。该小说探讨了生活条件如何影响词语意义的形成,以及词语本身如何影响人们的行为。接下来推出的《爱因斯坦交叉点》(*The Einstein Intersection*,1967)又是一部荣获星云奖的佳作。一族外星人在人类离去之后占领了地球,并试图研究人类如何在此繁衍生息。故事虽然怪异,但塑造的角色有血有肉。在这里,作者运用诸多象征性手法,探讨了人类文化发展和性别身份问题。继这两部获奖作品之后,塞缪尔·德拉尼又陆续出版了《帝国之星》(*Empire Star*,1966)、《漂浮的玻璃》(*Driftglass*,1967)、《新星》(*Nova*,1969)、《半人海神》(*Triton*,1976)、《帝国》(*Empire*,1978)、《内维尔扬的故事》(*Tales of Neveryon*,1979)等长篇和小说集。其中《德哈尔格林》(*Dhalgren*,1975)被誉为"詹姆斯·乔伊斯的《尤利西斯》"。故事述说1985年,灾难突然降临美国西南某大都市。众多建筑物被毁,时空顺序乱作一团。鉴于飞来横祸只肆虐这个城市,那里的居民纷纷选择出逃。而此时,一个患有轻微失忆症的雌雄同体的黑人基德,却来到了这座城市的废墟,遭遇种种劫后余生者,同他们一起漫无目标地四处流浪。

综观塞缪尔·德拉尼的上述科幻小说,不难发现他作为"新浪潮"先锋战士的一些显著特点。首先,他受詹姆斯·乔伊斯等现代主义作家的影响很深,是最早把意识流等现代主义文学技巧运用到科幻小说中的作家之一。往往小说的起始是不完整的后半句话,结尾则是一句话进行了一半就戛然止住,但两个断句连在一起就恰好是完整的一句。小说的情节叙述则采用了多重人物视角和多重时间线索,其中不乏以镜子、透镜、棱镜等来聚焦、反射和扭曲形象的象征手法运用。透过小说中的种种现代主义文学技巧的面纱,人们看到的是环境污染、战争威胁、种族冲突、人性泯灭等现代科技发展给人类带来的负面效应。其次,他的作品带有严重的纽约本土化倾向。塞缪尔·德拉尼曾这样给自己定位:作为一个土生土长的纽约人,离开纽约就会感到不适,虽说年事已高,可一踏上纽约土地就如巨人安泰再生。《德哈尔格林》的创作灵感显然来自70年代满目疮痍的纽约第一百三十号大街。《我口袋里的星辰如沙砾》中的男性、女性及外星人之间的复杂性关系是纽约随处可见的形形色色的性关系的真实写照。《疯人》的忧郁主人公的原型则取自纽约街头无家可归的流浪者。而《内维尔扬的故事》虽然设置在文明之初,但明眼人一看便知是第四十二大街的港务局公共汽车总站。塞缪尔·德拉尼生活在纽约,总是随身带着笔记本,穿梭在大街小巷,悉心观察、记录自己的所见所闻,在真实的纽约生活中搜集了大量写作素材,特别是阴暗面写作素材。再次,他的作品充斥着种种露骨的,甚至是变态的性描写。这也正是他招致众多非议的原因之一。《德哈尔格林》的同性恋、性变态者、窥淫癖是这方面的典型例子。此外,他于 70 年代完稿的《小羊》也因内容过分淫秽,直到 1995 年才得以出版。甚至他的自传《光在水中运行》(The Motion of Light in Water, 1988),也毫不掩饰地记述了自己的性生活。不过,这些性描写已同故事中的人物和情节融为一体,并无做作之嫌。

自 80 年代起,塞缪尔·德拉尼的兴趣开始转向学术研究和教学。他先后在马萨诸塞州立大学、纽约城市大学、坦普尔大学等高等学府执教,不过,也创作了一些科幻小说,主要作品包括《我口袋里的星辰如沙砾》(Stars in My Pocket Like Grains of Sand, 1984)、《他们在赛伦飞翔》(They fly at Ciron, 1993)、《昼夜平分点》(Equinox, 1994)、《疯人》(The Mad Man, 1994)、《小羊》(Hogg, 1995),等等。

厄休拉·勒吉恩

1929 年 10 月 21 日,厄休拉·勒吉恩出生在加利福尼亚州伯克利一个知识分子家庭,父母分别是人类学家和儿童文学作家。在家庭的良好文化环境熏陶下,厄休拉·勒吉恩从少年时代就开始了科幻小说创作,十一岁时在《惊人的故事》上发表了处女作《巴黎的四月》("April in Paris")。该小说后来被收入短篇小说集《风的十二方》(The Wind's Twelve Quarters, 1975)。她先后在拉德克利夫学院和哥伦比亚大学取得学士和硕士学位,接着去法国留学,在那里与现在的丈夫查尔斯·勒吉恩(Charles Le Guin)相遇。两人婚后先居住在乔治亚州梅肯,后迁至俄勒冈州波特兰。

1966 年,厄休拉·勒吉恩开始创作"海恩系列"科幻小说。这一年,她出版了两部长篇小说《罗卡农的世界》(Rocannon's World)和《流放行星》(Planet of Exile)。头一部反响平平,但第二部却获得好评。《流放行星》主要描写一个动人的爱情故事。在韦拉尔行星,一年相当于地球的六十五年,地球侨民和本土居民画地为牢,不相往来。但后来,他们不得不联合起来共同抵御戈尔人入侵。其间,一段苦乐参半的恋情发生在两个不同种族的男女之间。第三部《幻想城》(City of Illusions, 1967)是《流放行星》的姊妹篇,描述未来地球文明几近毁灭,一个失去记忆的男子在地球游荡。第四部

《黑暗的左手》(*The Left Hand of Darkness*, 1969) 是同时荣获雨果奖和星云奖的上乘之作，后来在90年代中期还被搬上了戏剧舞台。故事发生在一个常年冰雪覆盖的严寒星球，那里的人的性别飘忽不定，时男时女，有时还是雌雄同体。厄休拉·勒吉恩用哲学分析的方法讨论了文化和偏见的平衡。至此，以反映人类末日、科学恐怖为主题的"海恩系列"已经终结。

到了70年代，厄休拉·勒吉恩又以环境污染、战争威胁、种族冲突等诸多现实问题为题材，继续演绎科学恐怖的主题。在这方面，最有名的作品是荣获雨果奖的《世界的一词是森林》(*The Word for World is Forest*, 1972)。该书的故事场景设置在主要由水和森林构成的星球，那里居住着身材矮小、遍体长毛且爱好和平的阿族人。他们以狩猎为生，彼此相爱，祥和地生活。然而，这种美好生活随着地球人的到来而被打破。地球人带着巨大的伐木机器，疯狂地掠夺森林资源，奴役阿族人。最终阿族人从侵略者那里学会了憎恨，开始为捍卫自由而战。显然，厄休拉·勒吉恩在警示人们，现代科技发展已经导致了地球资源被严重破坏，人类必须共同努力，保护生态环境，维护好自己的家园，而忽视环境问题只会走向自我毁灭。

这个时期，厄休拉·勒吉恩的另一个创作主题是乌托邦。这方面佳作有《天堂的车床》(*The Lathe of Heaven*, 1971)。该书的主人公乔治·欧尔有一种特异功能，能通过梦境改变现实，于是一个权欲熏心的精神病医生胁迫他梦出一个没有战争、疾病和人口过剩的新世界。然而，这个梦出的新世界依旧不完美，因而乔治·欧尔只得不停地做梦，不停地追求幻想中的乌托邦，结果导致了现实社会濒临分崩离析。从某种意义上来说，乔治·欧尔的所作所为正是现实社会人类行为的真实写照。该书于1972年荣获"轨迹"最佳科幻小说奖，且被改编成电视剧。

不过，厄休拉·勒吉恩最有名的一部乌托邦小说是同时荣获雨果奖和星云奖的《被逐者》(*The Dispossessed*, 1974)。该书是一部社会科幻小说，没有老套的太空船、大爆炸、机器人，而是描述了两个截然相反的社会。故事发生在两个孪生星球"厄拉斯"和"阿纳雷斯"，前者十分富庶，后者十分贫瘠。两个世纪以前，无政府主义哲人奥多和他的追随者厌恨"厄拉斯"的压抑和腐败，到"阿纳雷斯"建立了一个乌托邦式社会。那里没有法律、政府、私产、货币、婚姻、警察、监狱，一切都表现出反私有制的观念，甚至连语言中也没有物主代词。在这个社会，男主人公谢维克全身心地投入一项旷世研究，即如何把时间的历时性法则和同时性法则合二为一，以便瞬间跨越时空。然而，这项研究在"阿纳雷斯"无法完成，唯一出路是去"厄拉斯"，似乎那里的人都会助他一臂之力。然而事与愿违，"厄拉斯"的援助之手并非源自对科学的热爱,而是出于攫取科研成果的贪欲。于是,谢维克进退维谷。在这里,厄休拉·勒吉恩没有单纯地描绘乌托邦社会,而是通过男主人公的坎坷经历暴露了其缺陷,通过理论与现实之间的矛盾,对"阿纳雷斯"式的乌托邦社会制度提出了疑问。不过,厄休拉·勒吉恩在批判乌托邦社会的负面效应的同时,也肯定了以私有制为核心的资本主义制度的堕落和腐败。正因为如此,她在小说最后设计了一个颇为令人深思的结尾。

罗杰·齐拉兹尼

1937年5月13日,罗杰·齐拉兹尼出生在俄亥俄州克利夫兰。他的父亲是波兰移民,在打字机厂工作;母亲是美国人,有着爱尔兰血统。自小,罗杰·齐拉兹尼天资聪颖,喜欢看书。十一岁时,他偶然接触到一本科幻小说杂志,顿时爱不释手,并模拟写了一些科幻故事。中学时代,他参加了学生创作俱乐部,还编辑过校报。到1954年中学毕业时,他已创作了十余篇科幻小说,投寄给各种通俗小说杂志,不过仅有一篇《富勒先生的背叛》("Mister Fuller's Revolt")被接受,刊发于当年十月号《文学舞台》。1955年,他入读凯斯西储大学,获学士学位;之后,又到哥伦比亚大学深造,获硕士学位。1962年,罗杰·齐拉兹尼离开学校,供职于俄亥俄州克利夫兰社会保险局。也就在同一年,他的《基督受难剧》("Passion Play")刊发于《惊人的故事》。接下来的几年里,他又在《奇幻》《科学幻想》等杂志刊发了十多篇科幻小说。随着他在科幻小说界崭露头角,他的科幻小说创作也逐步由短篇转为长篇。1966年出版了《这个永生者》(This Immortal)和《梦的主人》(The Dream Master),翌年又出版了《光神》(Lord of Light,1967)。从那以后,他辞去了社会保险局的工作,专心致志进行科幻小说创作,每年都有数量不菲的长、中、短篇作品问世。到1995年6月16日他因患多种癌症引起的肾衰竭逝世,已累计出版三十六个长篇,一百五十八个中、短篇,身后还有大量的遗稿被后人挖掘、整理出版。其中不少备受读者称赞,多次荣获"星云""雨果""阿波罗""塞恩""巴洛克"等科幻小说奖项。

罗杰·齐拉兹尼是60年代初步入通俗文坛的。他在科幻小说界崭露头角之时,正值英国新浪潮运动兴起之际。几乎从一开始,他就有意无意呼应迈克尔·穆尔科克、布赖恩·奥尔迪斯、詹姆斯·巴拉德等人的倡导,主张对陈旧的硬式科幻小说创作模式进行革新。在他的小说中,已看不到早期硬式科幻小说那种单一的刻意强调科学因素的描写,相反,倒是充满了"科学""奇幻""惊险""宗教"的杂糅,尤其是"神话""传说"的导入,令人有高度新鲜感。如《这个永生者》中的希腊神话;《光神》中的印度神话;《光与暗的生灵》(Creatures of Light and Darkness,1969)中的埃及神话;《梦的主人》中的亚瑟王传奇、挪威神话、犹太主义,等等。伴随着这些多元化的现代社会或未来社会的复杂背景,小说主题也进行了创新。在罗杰·齐拉兹尼的笔下,许多主人公都是"超人",或者说,半人半神,尽管生命不朽,但拥有这样那样的缺陷,直至经过种种的磨难,才能成为"真神",变得真正神圣。这种由"超人"至"真神"的转换和进阶,可以说是他的作品的一个经常性主题。

譬如《这个永生者》中的主人公康拉德,就是如此从一个基因突变者,或者说,一个潘神式人物,变为守护地球的英雄,完成了自我救赎。故事发生在亿万年后的地球,其时,人类社会已爆发过一场核战争,遍地废墟,文明俱毁,幸存者仅有四百万,且因基因突变长寿,其中大部分移民至织女星,接受那里的蓝皮肤外星人的统治。但即便如此,蓝皮肤外星人还要觊觎地球的广袤土地,想把这里开发成他们的旅游胜地。作为地球幸存者之一的康拉德,此时正面临进退维谷的两难境地。一方面,他是前来地球考察的蓝皮肤外星人大亨的向导,负责保卫这位大亨的安全;另一方面,他又是回归地球运动的倡导者,不想让自己的家园成为外星人的殖民地;与此同时,还要时刻提防地球上一群激进反叛者的追杀,其中包括他的昔时战友和旧情人。但最后,康拉德成功了躲过了追杀,并用自己的独特方式告诉蓝皮肤外星人,地球人宁愿毁灭地球的财富,也不愿让它落入他人之手,从而使蓝皮肤外星人打消了开发地球的念头。

又如《光神》中的主人公萨姆,原本是"印度之星"宇宙飞船的一个机械师。该飞船在地球濒临毁灭之际,来到了一颗宜住外星,征服了那里的土著生命形式。为了确立自己的永久主导种族地位,他们模拟古印度教建立了等级严格的社会制度,并利用掌握的高科技,将自己变成了所谓的"神",控制着生灵的转世再生,动辄罚敌手投胎为动物或者永远不得再生。他们当中,也有一个人反对如此独裁做法,那就是从不宣称自己是"神"的萨姆。很多年过去了,处在水深火热的被压迫者在一座孤独的寺庙呼唤萨姆的灵魂从天堂回归。萨姆神奇归来后,建立了与佛教相似的新宗教,广泛传播科学知识,破解了转世投胎的阴谋,又到星球深处解救土著人,领导大家拿起武器和作为统治者的"神"展开了惊心动魄的斗争,最终历经万般艰难险阻,取得了胜利。显然,看似"凡人"的萨姆通过对自诩"神"的殖民者的抗争,已超脱成为释迦牟尼的化身。

罗杰·齐拉兹尼笔下另一个经常性主题是"缺失的父亲"。大概是怀念当年突然离世的父亲的缘故,罗杰·齐拉兹尼对弗洛伊德的这一人格理论情有独钟,不但在"琥珀编年史书系"(The Chronicles of Amber)的第一个系列设置了男主人公科温寻觅"神圣"父亲的情节,以及在第二个系列设置了科温的儿子梅林寻觅离奇失踪的科温的情节,还在《路标》(Roadmarks,1979)、《沙中门道》(Doorways in the Sand,1976)、《低能儿》(Changeling,1980)、《马德望》(Madwand,1981)、《黑暗的旅行》(A Dark Traveling,1987)等长篇小说,以及在《暗光》("Dismal Light")、《教子》("Godson")、《十二月密匙》("The Keys to December")等短篇小说中或多或少地描述了主要角色寻找或失去父亲的情节。

此外,罗杰·齐拉兹尼还经常顺应新浪潮运动的潮流,对自己的作品进行形式革新。譬如《光与暗的生灵》,以埃及众神为叙述特色,且完全使用现在时发声;最后一章结构为戏剧,有几章甚至采用了长诗的形式。又如《沙中门道》,采用了闪回叙述技巧,叙述主线不断岔开,又不断倒回到叙述主线,岔开与倒回之间没有任何标志,在视觉上常用空行显示。同样值得一提的还有《路标》。该书别出心裁地将各章标题简化为"一"和"二",凡基于主人公雷德·多拉基恩活动的章节皆列为"一",而基于次要角色,包括原始人物、低俗英雄和真实历史人物活动的章节皆列为"二";"一"和"二"依次交替叙述,前者严格按照时空顺序,发展脉络清晰,而后者不断打乱时空,读者阅读时颇费思索。

哈伦·埃利森

1934年5月27日,哈伦·埃利森出生在俄亥俄州克利夫兰一个犹太家庭。他的父亲原是牙医,因朋友走私受到牵连而入狱,出狱后难操旧业,只能靠售卖珠宝为生。在家乡,作为唯一的犹太家庭,哈伦·埃利森一家受尽了歧视和排挤。据他回忆,自小,周边孩子们都避着他,骂他是"贱民",是"青猴",其寂寞孤独可想而知。万般无奈之下,他只能与自己的想象做伴,借文字来抒怀表意。十三岁时,他在《真正漫画》上刊发了粉丝来信,两年后,又在《克利夫兰新闻报》连载了两篇故事。1951年,哈伦·埃利森进入了俄亥俄州州立大学,但仅过了两年,就因与一个教授结怨,被迫退学。但在此期间,他已经同文学创作,尤其是科幻小说创作,结下了不解之缘,不但经常参加当地的科幻小说协会的活动,还积极给科幻小说爱好者杂志撰稿。1957年,他应征入伍,退伍后,先是去了洛杉矶,出任《男人流氓》杂志编辑,后又来到纽约,继续追逐自己的作家梦。

1956年2月他的短篇小说《萤火虫》("Glow Worm")刊发在《无限科幻》杂志,标志着他的创作开始走上快车道。从那以后,他一发而不可收,在短短几年,用多个笔名,在多家通俗小说杂志刊发了多篇科幻小说。这些小说,尽管打上了较深的模仿印记,却帮助他在科幻小说界建立了初步声誉。接下来,他的创作开始从短篇转向长篇。为了搜集素材,他装扮成失足少年,混迹于布鲁克林街头匪帮,又结交摇滚乐队歌手,一道周游各地,然后以此不平凡经历为生活原型,创作、出版了长篇小说《城市之网》(*Web of the City*,1958)和《蜘蛛之吻》(*Spider Kiss*,1961)。这两部小说尽管偏离了科幻小说的创作模式,但由于出色地描写了现代城市的暴力争斗和喧嚣生活,拓宽了科幻小说的创作思路,为20世纪80年代赛博朋克科幻小说的崛起做了铺垫。

1962年,哈伦·埃利森开始进军好莱坞,独自创作或与他人合作,推出了不少颇有影响的影视剧作,其中一些带有科幻因素的作品,如《有只玻璃手的恶魔》(*Demon with a Glass Hand*,1964)、《永恒边界之城》(*The City on the Edge of Forever*,1967)分别荣获美国作家协会最佳影视剧作奖和雨果最佳剧作奖。这些影视剧的受欢迎,反过来又促使他将其改编成科幻小说,交相关出版公司出版。与此同时,他也继续推出新的单本的长、中、短篇科幻小说和小说集,如《毁灭者》(*Doomsman*,1967)、《埃利森漫游仙境》(*Ellison Wonderland*,1962)、《无声狂啸》("I Have No Mouth and I Must Scream",1967)、《爱情不过是错误拼写的性》(*Love Ain't Nothing but Sex Misspelled*,1968),等等。这些作品的畅销,进一步扩大了哈伦·埃利森的知名度。

70、80年代,哈伦·埃利森继续以一个知名科幻小说家的面目出现在美国通俗文坛。一方面,他将50、60年代的一些名篇扩充为系列,如"地球-凯巴战争系列"(*Earth-Kyba War Series*,1956—1987)、"维克和波拉德系列"(*Vic and Blood Series*,1969—1989);另一方面,又将之前已出版的、未出版的短篇辑成新的小说集或作品合集,如《死鸟的故事》(*Deathbird Stories*,1975)、《哈伦·埃利森的奇幻故事》(*The Fantasies of Harlan Ellison*,1979);与此同时,还编辑、推出其他科幻小说家的优秀作品集,如"危险视觉系列"(*Dangerous Visions Series*,1967—1972),以及供儿童阅读的小本书,如《我生活中的所有谎言》(*All the Lies That Are My Life*,1980)。如此局面一直持续到世纪之交。2018年6月28日,他在睡梦中逝世,享年八十四岁。

综观哈伦·埃利森一生的科幻小说创作,其成就主要在短篇小说,尤其是60年代的短篇小说。这些小说打破了传统的硬式科幻的创作模式,多以黑社会、政治、战争及喧嚣的现代城市生活为主题,并常配以恐怖小说的手法。譬如他的《无声狂啸》,该文首次刊发于1967年3月《假如》杂志,后又收入当年出版的同名小说集,1968年荣获雨果奖。故事发生在人类未来的反乌托邦社会,三个超级大国之间的冷战已演变成世界大战,它们各自建立了超级计算机来管理武器和军队。其中一台计算机获得了自我意识,在同化了另外两台后,控制了冲突,开始了一场种族灭绝行动。一百零九年后,人类仅剩下四男一女,被囚禁在一个无限大地下住宅,遭受种种难以想象的折磨,活在生不如死的状态中。最终他们决定正视各自的人性弱点以战胜自我,与这个近乎神一般的机器做最后一搏。五人当中,泰德杀掉了其他四人,让他们从此摆脱了无尽痛苦,而他本人也为此牺牲了自我。故事最后,"主宰"为了泄愤,将最后一人改造成无比丑陋的粉红色肉球。泰德看着自己不成人形的躯体,高呼"我没有嘴,但一定要呐喊"。

菲利普·迪克

1928年12月16日,菲利普·迪克出生在伊利诺伊州芝加哥一个公务员家庭。自小,他遭遇了诸多家庭不幸,先是同为双胞胎的妹妹夭折,继而父母离异。在这之后,他和母亲共同生活在加利福尼亚州伯克利。中学毕业后,他进了加利福尼亚大学,但不久即辍学,开始在社会上闯荡。他开过唱片店,还在电台做过音乐节目主持人,但最终,还是决定继续朝职业小说家的方向发展。

早在1940年,菲利普·迪克十二岁时,接触到一本科幻小说杂志,他即刻爱上了科幻小说,与此同时,也开始了科幻小说创作。起初,他在《伯克利日报》刊发了十余个短篇,继而其他短篇也开始出现在比较专业的科幻小说杂志上,如《行星故事》《想象》《星系科幻》《大众科幻》,等等。1953年他的短篇《鲁格》("Roog")刊发在《科学幻想》上,标志着他的创作到达了一个转折点。在该杂志编辑、科幻小说作家、评论家安东尼·鲍彻(Anthony Boucher,1911—1968)的提携和鼓励下,菲利普·迪克很快在通俗文坛崭露头角。不久,他已在该杂志以及其他科幻小说杂志上,刊发了五十多个短篇,开始形成不同于传统硬式科幻小说的风格。50年代中期,随着科幻小说杂志走下坡路,他的创作又开始从短篇转向长篇。1955年,他出版了第一个长篇《太阳能彩票》(*Solar Lottery*)。该小说主要描述公元23世纪,地球上的民主制被抽彩制所代替;人们抽彩决定自己在社会中的位置,最后真相大白,原来一切皆由秘密统治者操纵。该小说的政治气氛及对统治阶层的怀疑和批判,遂成为他以后作品的一个重要特色。

60年代是菲利普·迪克的长篇创作高产期,共计有十五个长篇问世。主要作品有《高堡里的人》(*The Man In the High Castle*, 1962)和《生化人会梦到电动羊吗》(*Do Androids Dream of Electric Sheep*, 1968)。前者是一部不同凡响的经典之作,不但赢得了众多读者的好评,还荣获了雨果奖及其他多项大奖提名。小说运用了故事套故事的方法,围绕着虚拟和真实之间模棱两可的主题展开情节。纳粹轴心国德国和日本赢得了二战胜利,占领了美国,人们的行为方式受到逼迫,精神显得压抑。觉醒的作家阿本德森受中国古代《易经》的启发,写了一本科幻小说,推测了假如盟军获胜会出现的状况。作者运用了推理、悬疑、动作、哲理等多种手法,人物丰满真实,情节引人入胜。叙述不停地在角色之间跳跃,目光瞄准整个人类和世界。而后者堪称艺术与理性的结晶。该书描述很久以后的未来,地球满目疮痍,人类按自己的模样复制出功能强大的生化机器人,让其在环境恶劣的外星殖民地做奴隶,自己却要么移民别的星球,要么以豢养动物或电子宠物为乐。这些生化人无论体格或才智都要胜过人类一筹,却只有四年寿命。于是他们为了新生,不惜冒着被捕杀的危险重返地球。在地球统治者的悬赏之下,一批捕猎者开始了行动,男主角里克·德卡德便是其中之一。他的目的是赚钱来买电子宠物羊。警察当局在捕杀机器人时碰到了如何分辨人类与貌似人类的机器人的难题,测试脊髓神经反射和探索心理刺激变化这两种方法均出现了误差。到后来,里克·德卡德在捕杀过程中,也居然对自己的行为产生了怀疑,甚至还对一个女机器人产生了感情。

70年代,菲利普·迪克继续有多部上乘佳作面世。《警察说,让我流泪》(*Flow My Tears, The Policeman Said*)出版于1974年,也同样被搬上电影银幕,并获得约翰·坎贝尔纪念奖。男主角贾森·塔弗纳是个受欢迎的音乐节目主持人,事业如日中天,身后有众多狂热的观众和美貌的女友。但一日,他突然醒来,发现自己躺在一家破旧的小旅馆,口袋仅有为数不多的钱。外面环境虽然和以往相差无几,可朋友却视他为陌生人,而且世界变成了类似法西斯般的集权社会,警察随时拦人检查身份证件,一旦发现有问题就送劳改营。于是,贾森·塔弗纳倾其所有,找到最好的证件伪造者凯西,买了个假证件。不料凯西在造好证件后又毫不犹豫地举报了贾森·塔弗纳,因为在如此集权制度下,她已经失去了判断对错的能力。小说中,现实社会的浮华与虚拟世界的落魄形成了强烈的对比。此外,人物刻画也非常成功,如堕落少女凯西正是美国现实社会中许多吸毒少女的真实写照。

1974年3月,菲利普·迪克自称碰到了"一束粉色的亮光",这亮光来自地球之外,是宇宙间"有着智能的巨大的活跃的生命体",他甚至开始相信自己是古老的魔术师西蒙再生。如果说菲利普·迪克以前的作品多是关于天外世界和被操纵的现实社会,那么到了此时,麻醉药品和神学则主宰了他的小说内容。如《隐秘审视者》(*A Scanner Darkly*, 1977),以一种极其不稳定的麻醉药为情节中心,描绘了一段在未来的毒品世界中,善于使用高科技手段的雇佣秘密警察鲍勃·阿克特的颓废人生经历。故事荒诞怪异,充满了死亡的邪恶气氛。

自1952年至1982年,菲利普·迪克共写了三十多个长篇和一百多个短篇。然而,童年的心灵创伤加之后来数次不幸的婚姻,使他的精神一直处于极不稳定的状态,甚至在晚年要进精神病院接受治疗。往往,他一段时间才思泉涌,而另一段时间又才思枯竭,作品水准也时好时坏,参差不齐。即便他是一个多产作家,也一直穷困潦倒。染上毒瘾后,他的处境更为恶劣,终因吸食毒品过量而导致了1982年的猝死,年仅五十四岁。不过,在菲利普·迪克死后,他的声名倍增,以他的小说为蓝本的多部影视作品皆火爆市场,并吸引了诸如阿诺德·施瓦辛格、汤姆·克鲁斯、史蒂文·斯皮尔伯格等众多影视名人的加盟。另外,还有不少生前未发表的作品也陆续面世。后人还专门设立了菲利普·迪克纪念奖,以表彰他身后杰出的科幻小说家。

第五节　新剑法巫术奇幻小说

渊源和特征

战后美国社会环境的改变和大众阅读口味的更迭不但极大地冲击了硬式科幻小说,也对剑法巫术奇幻小说的发展产生了严重遏制。自40年代开始,《神怪小说》杂志即已停止刊发剑法巫术奇幻小说。一些创作这类小说的作家,如凯瑟琳·穆尔和亨利·库特纳,纷纷转向对科幻小说的创作。而稍后《未知》杂志的停刊,又使奇幻小说作家失去了一个发表剑法巫术奇幻小说的主要阵地。至40年代末,剑法巫术奇幻小说渐渐销声匿迹,市面上几乎看不到任何这类作品。这种局面不禁引起一些从战争中退伍的奇幻小说爱好者对昔时罗伯特·霍华德的柯南系列小说的怀念。他们开始拿出自己的退伍费,创办大大小小的出版社,出版包括剑法巫术奇幻小说在内的平装本通俗小说。1950年,一部题为《征服者柯南》(*Conan the Conqueror*)的书稿送到了通俗小说作家兼编辑斯普拉格·德坎普(Sprague de Camp, 1907—2000)的面前。这部书稿原名《恶龙时刻》

(The Hour of the Dragon),系罗伯特·霍华德于1936年在《神怪小说》上连载的一部小说。斯普拉格·德坎普顿时对罗伯特·霍华德的这部小说产生兴趣,并进而收集他的全部作品。不久,斯普拉格·德坎普又从罗伯特·霍华德当年的文学代理人那里觅得一批未发表的文稿,开始对其中一些进行整理。这些经过他整理的文稿连同他选定的部分30年代的作品构成了一个系列,由箴言出版公司陆续出版平装本,除《征服者柯南》外,还有《柯南之剑》(The Sword of Conan)、《柯南来临》(The Coming of Conan)、《柯南王》(King Conan)、《野蛮人柯南》(Conan the Barbarian)。

该平装本小说系列出版之时,正值英国新英雄奇幻小说风靡大西洋两岸之际。广大通俗小说读者对奇幻小说均有一种偏好。很快地,《征服者柯南》等小说成为畅销书,并被译成法文、德文、意大利文,在欧洲广为流传。受这种成功鼓舞,斯普拉格·德坎普在编辑完该系列的第六本小说《柯南归来》(The Return of Conan)之后,将主要精力用于创作霍华德式剑法巫术奇幻小说。50年代末和60年代初,他一共创作了五个短篇和一个长篇。这些作品均引起了读者很大的兴趣。紧接着,他又觅得罗伯特·霍华德另一批未竟的小说草稿,会同另一个奇幻小说作家林·卡特(Lin Carter,1930—1988)进行重写。其时,林·卡特已经出版了一部剑法巫术奇幻小说《莱缪里尔的男巫》(The Wizard of Lemuria,1965),且获得成功。因此,他很乐意地接受了斯普拉格·德坎普的邀请。从60年代中期至70年代初,斯普拉格·德坎普顿和林·卡特已经合作重写了《黑色眼泪》(Black Tears)等七个中篇和《海岛上的柯南》(Conan of the Isles)等两个长篇。这些小说出版后,同样引起轰动,从而吸引更多的通俗小说家加入新剑法巫术奇幻小说(new sword-sorcery fantasy)的创作队伍。

在继斯普拉格·德坎普、林·卡特之后进行剑法巫术奇幻小说创作的通俗小说作家当中,成就突出的有安德烈·诺顿(Andre Norton,1912—2005)和约翰·诺曼(John Norman,1931—)。前者系儿童作家,后转向新剑法巫术奇幻小说创作,并以《女巫世界》(Witch World,1963)一举成名。之后,她将这部小说扩展为一个很大的系列,续写了三十多部小说,在这些小说中,描述了众多剑客的冒险经历,展示了一个丰富多彩的神灵世界。而后者以太阳系中一个虚拟的行星"戈尔"为场景,连着写了十余部剑法巫术奇幻小说。故事的男主角为卡伯特,也是柯南式人物。但整个情节安排更接近《女巫世界》。

斯普拉格·德坎普、林·卡特、安德烈·诺顿、约翰·杰克斯、约翰·诺曼的上述小说的问世,标志着后霍华德时代新一轮剑法巫术奇幻小说的创作高潮已经兴起。后霍华德时代的剑法巫术奇幻小说基本上是霍华德时代的剑法巫术奇幻小说的延续,在情节模式和人物塑造方面都差不离。不过,相比之下,后霍华德时代的剑法巫术奇幻小说的情节设置更丰富、更合理,人物形象也更饱满、更可信。

斯普拉格·德坎普

1907 年 11 月 27 日,斯普拉格·德坎普出生在纽约市,1930 年获得加利福尼亚技术学院航空工程专业学士学位,三年后,又取得史蒂文斯技术学院工程硕士学位。1939 年,他与女教师凯瑟琳·克鲁克结婚,婚后两人定居在宾夕法尼亚州维拉诺瓦,直至 1989 年迁往普莱诺。第二次世界大战期间,斯普拉格·德坎普曾在费城海军基地服役,被授予中尉军衔。退役后,他还担任过大学讲师、工程师,以后一直从事编辑工作。

1937 年 9 月,斯普拉格·德坎普开始涉足科幻小说和奇幻小说创作,并在《惊险的科幻小说》发表了《同系舌音》("The Isolinguals")。从那以后,他的短篇小说源源不断地出现在各种通俗小说杂志上。不久,他又完成了第一部长篇《唯恐黑暗降临》(Lest Darkness Fall, 1941)。这是一部跨时科幻小说,主要描述一个美国人试图把 20 世纪的科技用于公元 6 世纪的罗马的故事。该书问世后大受欢迎,一版再版,畅销不衰。1941 年,他又与通俗小说作家弗莱彻·普拉特(Fletcher Pratt, 1897—1956)合作,推出了长篇奇幻小说《不完整的巫师》(The Incomplete Enchanter, 1941)。该小说由两个松散连接的中篇《喧闹的喇叭》("The Roaring Trumpet")和《数学魔法》("The Mathematics of Magic")组成。男主角为心理学家兼巫师哈罗德·谢伊和他的雇主查默斯。他们运用数学符号和数学计算,创造出了一套能进入幻想世界的魔法。在《喧闹的喇叭》中,哈罗德·谢伊和查默斯进入了传说中的斯堪的纳维亚仙境,并见到仙境里的众神。他俩与众神的仇敌展开了战斗,展示了自己的价值。而在《数学魔法》中,哈罗德·谢伊和查默斯又进行了一次前往仙境的远足。这次他们在仙境的所见所闻与英国诗人埃德蒙·斯宾塞(Edmund Spenser, 1552—1599)笔下的《仙后》(The Faerie Queen, 1590)颇为相似。这部小说面世后,引起了轰动。于是,斯普拉格·德坎普又先后与弗莱彻·普拉特、克里斯托弗·斯塔谢夫(Christopher Stasheff, 1944—2018)等人合作,陆续出版了《铁城堡》(The Castle of Iron, 1941)、《蛇墙》(Wall of Serpents, 1960)、《哈罗德爵士和守护神》(Sir Harold and the Gnome King, 1991)、《巫师重生》(The Enchanter Reborn, 1992)、《异国巫师》(The Exotic Enchanter, 1995)五部续集。它们共同构成了著名的"哈罗德·谢伊"六部曲。

不过,斯普拉格·德坎普在美国奇幻小说领域的主要成就还在于整理、编辑、出版了罗伯特·霍华德的有关柯南的大部分文稿,并据此与林·卡特合作,续写了不少柯南小说。1950年,斯普拉格·德坎普从弗莱彻·普拉特那里得到了书稿《征服者柯南》,阅后非常感兴趣,即刻产生了将30年代罗伯特·霍华德发表在《神怪小说》的柯南系列小说整理、出版的想法。随后,又发掘出了一批罗伯特·霍华德生前没有发表的文稿,并与林·卡特一道进行修订和整理,先后出版了《柯南之剑》《柯南来临》《柯南王》和《野蛮人柯南》。1957年,瑞典的一位柯南迷又送来了书稿《柯南的归来》,斯普拉格·德坎普随即予以整理、部分重写和出版。至此,罗伯特·霍华德的柯南小说已经全部发掘、整理、出版完毕。

之后,斯普拉格·德坎普觉得意犹未尽,开始依据罗伯特·霍华德的创作模式,续写柯南小说。这些小说的故事场景大部分设置在传说中的"亚特兰蒂斯",与罗伯特·霍华德笔下的"极北乐土"十分相似。不过,由于斯普拉格·德坎普在考古学、历史学和远古神话方面的知识十分渊博,甚至还做过包括亚特兰蒂斯在内的幻想文学地名研究,所以他的笔端描绘出的奇幻世界比罗伯特·霍华德更成熟老到。此外,他从历史、传说和古代文学中借鉴了大量的人名与地名,因而作品中的场景更加真实可信。自然,在大多数地方,他仍忠实地承袭了罗伯特·霍华德的创作风格。整个60年代和70年代,他先后独立或与林·卡特合作,创作了《武士柯南》(Conan the Warrior, 1967)、《海岛柯南》(Conan of the Isles, 1968)、《海盗柯南》(Conan the Buccaneer, 1971)、《阿基罗尼亚的柯南》(Conan of Aquilonia, 1977)、《剑客柯南》(Conan the Swordsman, 1978)、《解放者柯南》(Conan the Liberator, 1979)六部柯南小说。这些小说描述了作为黑色英雄的柯南在各个不同历史时期和历史环境与邪恶势力的血腥厮杀。尽管后来柯南已经登上王位,年过六十,失去了妻子,终日与年幼的孩子为伴,却不甘于安逸生活,最后重整盔甲,踏上冒险之旅。斯普拉格·德坎普这些努力继承了罗伯特·霍华德的宝贵文学遗产,并吸引了一大批通俗小说作家进行柯南小说的创作,如卡尔·瓦格勒(Karl Wagner, 1945—1994)、波尔·安德森(Poul Anderson, 1926—2001)、罗伯特·乔丹(Robert Jordan, 1948—2007),等等,从而掀起了新一轮剑法巫术奇幻小说的创作热潮。

鉴于斯普拉格·德坎普在科幻小说和奇幻小说领域所取得的杰出成就,他先后多次获得有关方面的奖项,如甘达尔夫奖、星云奖等等。1996年,他出版了自传《时间与机遇》(Time and Chance),该书荣获雨果最佳非小说奖。

2000 年 11 月 6 日,斯普拉格·德坎普因病与世长辞,享年九十三岁。

林·卡特

1930 年 6 月 9 日,林·卡特出生在佛罗里达州圣彼得斯堡。1951 年至 1953 年,他在驻韩美军部队服役。退役后,曾进入佛罗里达州一所学校学习漫画,还曾在哥伦比亚大学读过书,但没有毕业。他先后结了两次婚,终身未育。1988 年,他因患慢性肺气肿在新泽西州蒙特克莱逝世。

少年时代的林·卡特爱好文学,尤其喜欢阅读霍华德·洛夫克拉夫特、罗伯特·霍华德、克拉克·史密斯等人的奇幻作品。50 年代末,他开始创作奇幻小说。他的第一篇正式发表的作品是与他人合写的《黏土滑行者》("The Slitherer from the Slime",1958)。在这之后,他完成了第一个长篇《莱缪里尔的男巫》(*The Wizard of Lemuria*,1965)。该书出版后,读者反映颇佳。于是,林·卡特将其扩展为"索恩格系列"(Thongor Series),每年推出一本书。与此同时,他也开始了其他系列以及单本小说的创作。自 1965 年至 1985 年,他总共出版六十多个长篇和一百二十多个短篇,分别列入"大帝国"(*Great Imperium*)、"透特窃贼"(*Thief of Thoth*)、"世界末日"(*World's End*)、"扎肯"(*Zarkon*)等多个系列。

1969 年,林·卡特完成了奇幻小说理论研究专著《托尔金:〈魔戒〉之回顾》(*Tolkien: A Look Behind the Lord of the Rings*),并将其交给鲍兰庭出版公司出版。该书首次对英国杰出奇幻小说作家鲁埃尔·托尔金的经典作品《魔戒》进行了评析。当时鲍兰庭出版公司在成功地出版《魔戒》后,正试图寻找更多的成人奇幻小说亮点。他们在出版林·卡特这本专著的过程中,意识到此人正是他们需要的幻想文学研究专家,于是,邀请他担任"独角兽的踪迹"(The Sign of the Unicorn)成人奇幻小说丛书的编辑顾问。在林·卡特的倡导下,鲍兰庭出版公司组织重印了许多 19 世纪末和 20 世纪初已经发表但渐渐被读者遗忘的经典作家的奇幻文学作品,如威廉·莫里斯、詹姆斯·卡贝尔的作品,等等。此外,他还为该公司在卷帙浩繁的作品集中挑选出最好的短篇奇幻小说加以编辑出版。整个 70 年代,在发行"独角兽的踪迹"奇幻小说丛书的过程中,鲍兰庭出版公司不仅赚得满钵金银,而且逐渐成为国内外颇有声誉的高品位出版公司。

继《托尔金:〈魔戒〉之回顾》之后,林·卡特又出版了两部奇幻小说理论研究专著:《想象的世界:幻想文学艺术论》(*Imaginary World: The Art of Fantasy*,1973)和《洛夫克拉夫特:"克修尔胡神话"之回顾》(*Lovecraft: A Look Behind the Cthulhu Mythos*,1972)。前者对西方奇幻小说的产生、流变以及重要作家的作品做了精湛的介绍和分析，并对这一通俗小说类型做了细致、精确的界定和理论探讨。而后者系统介绍了洛夫克拉夫特的文学成就和对奇幻小说发展的贡献。可以说，林·卡特的这些理论研究成果是前瞻性的。在他之前，没有任何人做过如此系统的有深度的奇幻文学理论研究。

鉴于林·卡特在幻想文学方面的广博知识和杰出成就，另一位颇负盛名的奇幻小说家斯普拉格·德坎普也邀请他一道修订、整理、出版罗伯特·霍华德的柯南小说文稿，并据此续写了一些柯南小说，如《海岛柯南》《海盗柯南》《解放者柯南》等等。这些作品的面世受到读者的热烈欢迎，并吸引了一大批通俗小说作家进行柯南小说的创作，从而掀起了新一轮剑法巫术奇幻小说的创作热潮。林·卡特续写的这些小说，忠实地继承了罗伯特·霍华德的创作模式和文体风格，展示了这位黑色英雄在各个不同历史时期和历史环境与邪恶势力的血腥厮杀。譬如《辛梅里安的柯南》(*Conan of Cimmeria*, 1969)，描述柯南从一个少年窃贼发展到雇佣杀手，并最后成为阿基罗尼亚国王的人生经历。他的胜出主要依赖自己的高超剑术。无论是恶魔似的巫师，还是超自然邪灵，均挡不住那把神奇利剑。尤其是在传说中的极北乐土战场，他和敌人进行了生死搏斗。

林·卡特独自创作的众多奇幻小说，一方面继承了罗伯特·霍华德的传统，另一方面又借鉴了当时影响较大的埃德加·巴勒斯等作家的手法，并融入了鲁埃尔·托尔金的若干成功要素以及一定的科学成分，因而显得场面恢宏，魔法深邃，剑术高超，具有很强的吸引力。如"世界末日"系列，故事场景设置在亿万年之后的冈韦恩大陆，那时月亮早已坠落，一场灭世洪水过后，幸存的艺术家气质的牧师和他的外星人妻子发现了一个新降生的巨人冈恩朗·西尔弗曼。他赤身裸体，孤苦伶仃，然而有着超人的本领。凭着这本领，他同遭遇的各种邪恶势力进行了血腥厮杀。又如"扎肯"系列。同名男主角出生在一个神奇而陌生的未来世界，且已有一百万年生命，象征着一项基因工程计划的最终结果。这个计划由他所生存的奇异世界的君主一手策划，目的是为了阻止人类的灭绝。因此，他是几千年来通过选择性育种而培植出来的完美超人。他带着五个助手经历了各种神奇的冒险，充分表现了他的机智、勇敢的英雄气概。

安德烈·诺顿

原名艾丽斯·诺顿(Alice Norton)，1912年2月17日出生在俄亥俄州克利夫兰一个地毯商的家庭。她从小受父母的影响，养成了阅读文学作品的爱好。中学时代,她即开始创作科幻小说和奇幻小说,并在教师的指导下创作了多个短篇小说。不久,她又开始创作长篇《罗利斯通·勒克》(*Ralestone Luck*)。这个长篇后来得以在1938年出版。1930年,她进了西储备大学,但不久即因经济原因辍学。此后,她一边工作,一边在克利夫兰学院学习新闻和写作的夜间课程。1932年,她受雇于克利夫兰公共图书馆,任儿童部管理员。这个工作给予她博览群书和专心创作的良机。两年后,她的长篇《王子的命令》(*The Prince Commands*)问世。也就是在这一年,她取了一个男性笔名安德烈·诺顿,目的是在这以男性为主体的文学创作领域有更好的发展机遇。50年代,她离开公共图书馆,开始在箴言出版社做校对。其间,她的作品数量不断增多,声誉也越来越大。1958年,她放弃校对的工作,专职从事创作。从那以后,她的作品源源不断地涌现在街市。到2005年逝世,她已经出版了一百四十多部长篇小说,此外还有多卷作品选集和短篇小说集,是个名副其实的多产作家。

安德烈·诺顿的众多科幻小说和奇幻小说,大部分以儿童为读者对象,不过也有一些属于成人作品性质,尤其是"女巫世界"系列,场面庞大,气势恢宏,描述了众多剑客在神奇的幻想世界的冒险经历,具有成人观赏价值。该系列始于1963年出版的《女巫世界》(*Witch World*)。这部小说刚一面世,即刻引起了轰动,同年又获得雨果奖提名,她因此成为杰出的奇幻小说家。从那以后,安德烈·诺顿把《女巫世界》扩展为一个系列,陆续推出了三十多部续集。直到逝世,这个女巫世界的故事仍在安德烈·诺顿的笔下不断延伸。整个庞大的"女巫世界"系列又按故事发生场景分成几个支系。第一个支系为"伊斯特卡普"(Estcarp Cycle),包括《女巫世界》《女巫世界之网》(*Web of the Witch World*, 1964)、《反抗女巫世界的三个硬汉》(*Three Against the Witch World*, 1965)、《女巫世界的巫师》(*Warlock of the Witch World*, 1967)、《女巫世界的女魔法师》(*Sorceress of the Witch World*, 1968)等六部作品。"伊斯特卡普"是一个地貌特征和文化习俗类似于欧洲大陆的幻想世界,那里的许多女孩刚一出生就拥有魔力,她们在年轻时被挑选出来训练成女巫。该故事场景的构思,一部分来自安德烈·诺顿曾经写过十字军东征时期一些故事,而另一部分则来自古老的凯尔特民间传说和英格兰英雄传奇。

在"伊斯特卡普"支系的《女巫世界》等六部小说中,男主人公西蒙·特里加斯是个消极逃避、与现实世界格格不入的年轻人,他在遭遇一群恶棍仓促逃跑时误入一扇神秘的大门。于是西蒙·特里加斯通过这扇门进入了一个陌生的女巫世界。在这个女巫世界,女人拥有魔法,男人则是剑客,他们必须为了拯救这个世界而共同战斗。不久西蒙·特里加斯发现自己无意中卷入一场厮杀,并救出了其中一位来自"伊斯特卡普"的女巫杰里思。接下来的岁月中,西蒙·特里加斯参加了与南方宿敌的战斗。他有着强烈的反抗精神,在战争中扮演了重要的角色。在这个梦寐以求的幻想世界,他逐渐认识自身的力量和弱点,变成了一位成熟的男子汉。在后续的多部作品中,安德烈·诺顿让西蒙·特里加斯和杰里思联姻,以他们的后代为新的剑客和新的女巫,继续展示罗伯特·霍华德式剑法与巫术的无穷魅力。

安德烈·诺顿的文笔简洁质朴,从不离开主题去过分关注外界或人物内心世界的琐碎细节。她以优雅而简略的语言传达给读者故事的精髓和人物的本质特征,干净利落而巧妙地刻画出故事的背景。如同一位技艺高超的画家用线条的浓淡来显示物体的整体轮廓,她的作品错落有致,轻重分明,故事情节充实而动人心弦。她从不使用亵渎性语言或过分依赖暴力描写,而总是用紧凑而具有戏剧性的情节来编织奇幻世界。过去年代的优秀品质和自然美的力量得到了充分体现。她的所有作品都经过仔细研究,给读者提供了一个历史知识宝库。来自各个种族的主人公展示了自己的智慧、活力和勇敢,从而肯定了一切生命的价值。

除了最具知名度的"女巫世界"系列,安德烈·诺顿还创作了其他成人奇幻小说。另外,从年少时起,她一直对亚瑟王传奇保持着浓厚的兴趣。从20世纪50年代初至逝世,她写了许多有关亚瑟王及其所处时代的奇幻小说,其中包括《有魔力的龙》(*Dragon Magic*, 1972)和《梅林的镜子》(*Merlin's Mirror*, 1975)。前者讲述了亚瑟王的传奇般经历,后者则从科幻小说的角度讲述梅林和亚瑟王的故事。当然,在"女巫世界"系列,也提到了相关的背景。

约翰·诺曼

原名约翰·兰格(John Lange),1931年6月3日出生在伊利诺伊州芝加哥。1953年,他获得内布拉斯加大学文学学士学位,以后又分别获得南加利福尼亚大学硕士学位和普林斯顿大学博士学位。约翰·诺曼曾执教于纽约州昆斯学院和哥伦比亚大学。1956年1月14日,他与伯尼斯·格林结婚,现居住在纽约州格雷特内克。

约翰·诺曼一生的文学成就主要体现在他的"戈尔"奇幻小说系列。该系列前后耗时二十一年,始于1966年的《戈尔的塔恩思人》(*Tarnsman of Gor*),终于1987年的《戈尔的魔法师》(*Magicians of Gor*),共计二十五卷。

这些几乎全是畅销书,平均销售量都在百万册以上。不过,由于书中宣扬了男人至上,女人是男人的奴隶等落后观点,它们也受到了舆论的谴责。到80年代末,出版商遂停止了这套书的出版和发行。

"戈尔"系列的故事场景设置在一个名叫"戈尔"的假想星球,它位于太阳系,与地球遥遥相对。主人公名叫塔尔·卡伯特,是个英国人。在《戈尔的塔恩思人》、《戈尔的歹徒》(Outlaw of Gor, 1967)、《戈尔的神父君主》(Priest-Kings of Gor, 1968)等几部作品中,约翰·诺曼介绍了他的身世。年轻的塔尔·卡伯特从小父母双亡,由一位终身未婚的姨母抚养长大。后来,他得以进入牛津大学,毕业后在新英格兰一家小型文学院担任英国文学教师。一个寒冷的夜晚,他在新罕布什尔州怀特山的森林漫步,被劫持到"戈尔"星球。那里一切都与地球不同,到处森严壁垒、等级分明。塔尔·卡伯特逐渐由最好的老师训练成了一个技艺高超的塔恩思人。从此,他开始了自己的不平凡的冒险经历。他多次介入星球统治者神父君主的事非争端,扮演了公平调解人的角色,又代表神父君主,平息了夙敌库瑞人的战事风波。在历险的过程中,他还学习了解自己的过去,处理面对自然的迷茫和困惑。当他结束对地球的探险回到"戈尔"星球后,发现自己的城市已遭到巨大毁坏,亲人四离五散。于是,他又开始了新的冒险历程,终于找到了失散的爱妻。他还被派往游牧平原寻找神父君主仅存的一个卵,以保证生命的延续。

接下来的《戈尔的年轻女奴》(Slave Girl of Gor, 1977)、《戈尔的野兽》(Beasts of Gor, 1978)、《戈尔的探索者》(Explorers of Gor, 1979)等作品中,约翰·诺曼描述了神父君主的宿敌库瑞人如何派遣密探到地球上劫持一些女人到"戈尔"星球做奴隶,让她们成为男人吃喝玩乐和泄欲的工具。该系列还包括一个自成体系的"贾森·马歇尔三部曲"(Jason Marshall Books),描述了年轻男主角贾森·马歇尔如何为拯救被劫持女友来到了"戈尔"星球,又如何被"戈尔"人抓获,成为一名专供贵族妇女淫乐的男仆。但最终,他逃脱了被奴役境况,找回了失散已久的爱人。

在"戈尔"系列的创作技巧和风格方面,约翰·诺曼明显受到埃德加·巴勒斯和罗伯特·霍华德的影响。故事情节构造非常精巧,许多场景描写,如"戈尔"星球的地貌特征、社会状况和文化习俗,等等,都十分细致、详尽,令人感到仿佛是一部详尽的编年史。在"戈尔"人的语言中,"戈尔"是"家庭石"的意思,它与地球类似,地心引力比地球略小,离太阳的距离相当于地球离太阳的距离,并像地球一样绕着太阳旋转。而统治者神父君主是类似人类的外星人,在一百万年前把"戈尔"人带入太阳系。他们无法长时间待在太阳光下,所以住在沙达山脉地底一座大型建筑中。至于"沙达",在"戈尔"语中是"神父君主"的意思,沙达山脉位于戈尔中心大陆的中央地带。戈尔星球上的居民是喜欢盘根问底的种族,他们就像地球上的生物学家研究低等动物一样兴致勃勃地观察人类。在所有的"戈尔"文化类型中,奴隶制度得到广泛的应用。约翰·诺曼对"戈尔"星球的介绍事无巨细,在此不做一一赘述。

约翰·诺曼还写过三卷本科幻小说系列"特尔纳里安人编年史"(The Telnarian Chronicles,1991—1993)。此外,他还写了两部独立作品,分别是《幽灵之舞》(Ghost Dance,1973)和《时间奴隶》(Time Slave,1975)。在一部非叙事的作品《想象的性》(Imaginative Sex)中,他为自己的极权至上的观点做了辩解。

第六节　现实恐怖小说

渊源和特征

美国恐怖小说同科幻小说和奇幻小说一样,其发展趋势是与通俗小说杂志的兴衰连在一起的。二战后,伴着《未知》《神怪小说》的销售额逐年降低以及随之而来的停刊,恐怖小说的创作也渐渐陷入了低谷。作品的数量锐减,质量低下。无论是克修尔胡恐怖小说,还是其他类型的恐怖小说,均没有产生有社会影响的力作。面对这种情况,一些作家开始逆传统而动,运用新的模式和新的手法,创作了一些新型恐怖小说。然而,这些小说没有即时产生社会效应。于是他们转入影视界,将这些作品改编成大众喜闻乐见的恐怖影视,以扩大自己作品的影响。在这方面,卓有成效的作家是理查德·马西森(Richard Matheson,1926—2013)。他于50年代中期打入影视界,几经曲折,终于获得好莱坞的认可。1957年,他将自己的长篇恐怖小说《收缩人》(The Shrinking Man,1956)改编成了电影。这部电影上映后,顿时引起了轰动。从此他一发而不可收,为众多制片人改编了许多恐怖影视剧。这些影视剧的走红促使许多人关注他的恐怖小说,包括他早期创作的一些恐怖小说。由此,他的《我是传说人物》(I Am Legend,1954)等作品成为50年代末和60年代初的热销书。此外,前文提到的弗里茨·莱伯、罗伯特·布洛克以及雪莉·杰克逊(Shirley Jackson,1919—1965)、杰克·芬尼(Jack Finney,1911—1995)、艾拉·莱文(Ira Levin,1929—2007)等作家也通过同样的途径成为这一时期知名恐怖小说家。弗里茨·

莱伯的《魔妻》(*Conjure Wife*, 1953)被改编成电影上映后,他在恐怖小说界的声望直线上升,包括《罪恶之物》(*The Sinful Ones*, 1953)在内的许多小说都成为脍炙人口的作品。雪莉·杰克逊的《山庄闹鬼》(*The Haunting of Hill House*)自1959年问世后,几次被改编成电影,几次出现热销场面。杰克·芬尼的长篇恐怖小说《盗体者》(*The Body Snatchers*, 1955)先后两次被搬上银幕,该书也因此一版再版,畅销不衰。艾拉·莱文于60年代末因《罗斯玛丽的婴孩》(*Rosemary's Baby*, 1967)一举成为美国电影界的骄子。从那以后,他的每一部作品都被改编成电影,同时每一部作品也都上了《纽约时报》畅销书排行榜。而这些知名作家的诞生以及他们作品的大量流行,标志着美国恐怖小说已经走出低谷,进入了一个崭新的发展时期。

理查德·马西森等人的恐怖题材多为邪恶的鬼魂、活尸、吸血鬼和狼人,这与克修尔胡恐怖小说,乃至于其他恐怖小说差不离。然而他们关注的既非"死人骚扰活人",也非"宇宙恐怖",而是"现实多疑症"。在他们的笔下,现实社会即是恐怖根源,人们的安全处处受到威胁。这种威胁人们安全的东西可以是个人的简单有形物体,如墙壁上的金属链、密闭的汽车、公寓、棺材等等;也可以是世上的复杂无形事物,如充满吸血鬼的空间、致命的疾病、死亡等等。主人公一般为知识男性,事业有成,生活优裕,但敏感的个性使他对一切事物都产生了恐惧猜疑。一句话,他是生活在现实世界的患有恐惧多疑症的人物。由于这种从"宇宙恐怖"到"个人多疑"的主题转换,理查德·马西森等人十分注重细节描写的真实。主人公的一举一动、一笑一蹙,都在情理之中。而且鬼魂、活尸、吸血鬼、狼人等虚幻世界的所有物,也做了现实化处理,读来并不觉得怪诞和荒谬。此外,作品中还倾注了揶揄和嘲讽,极尽幽默之能事。传统的恐怖题材,现实的故事框架,"多疑"的表现主题,幽默的语言风格,这些就是50年代和60年代的美国恐怖小说——现实恐怖小说(reality horror fiction)的主要特征。

理查德·马西森

1926年2月20日,理查德·马西森出生在新泽西州阿伦达尔,父母均为挪威移民。八岁时,理查德·马西森遭遇了父母离异的不幸。从那以后,他跟随母亲去了纽约,由母亲独自抚养长大。自小,他喜爱读书,痴迷布拉姆·斯托克(Bram Stoker, 1847—1912)的《德拉库拉》(*Dracula*, 1897),还在《布鲁克林鹰报》刊发了一篇小说习作。从布鲁克林科技高中毕业后,他入读密苏里大学密苏里新闻学院,获新闻专业学士学位,但在此期间,已尝试进行对科幻小说、奇幻小说和恐怖小说的创作。二战爆发后,他在美国第八十七陆军部队服役。退役后,遂以自由撰稿人的身份活跃在通俗小说界。

1950 年,他完成了长篇小说处女作《饥与渴》(Hunger and Thrist),但联系了多家图书公司和出版社,竟无一家接受。不过,同年创作的短篇小说《男人和女人的诞生》("Born of Man and Woman")却刊发在《奇幻和科幻杂志》,且获得好评。接下来,他又在《银河科幻》刊发了短篇《太阳第三个》("Third from the Sun", 1950)和《白日梦》("The Waker Dreams", 1950)。据不完全统计,自 1950 年至 1969 年,他共计在各种通俗小说杂志和作品集发表了八十多个短、中篇。与此同时,他也继续自己的长篇小说创作。1954 年推出了《我是传说人物》,1956 年又推出了《收缩人》。以后,又陆续添加了《回声的骚动》(A Stir of Echoes, 1958)、《地狱之家》(Hell House, 1971)、《投标时间返回》(Bid Time Return, 1975)和《美梦成真》(What Dreams May Come, 1978)。此外,他还进军影视界,将自己的部分优秀小说改编成影视剧。随着这些影视剧在各地上映火爆,他的声名大震,几乎所有的小说都成为畅销书,被抢购一空。

70 年代和 80 年代,理查德·马西森继续以一个当红影视剧作家、小说家的面目呈现在通俗文学界。新作不断,佳作连连,如影视剧本《决斗》(Duel, 1971),电视剧《暗夜魔王》(The Night Stalker, 1972)、《暗夜杀手》(The Night Strangler, 1973),长篇小说《接地气》(Earthbound, 1982),等等。世纪之交,理查德·马西森依旧笔耕不止,又出版了不少长篇小说和中、短篇小说集和作品集。1984 年,他荣获世界奇幻小说终身成就奖,1991 年又荣获布拉姆·斯托克恐怖小说终身成就奖,2010 年还入选科幻小说名人堂。2013 年 6 月 23 日,他因病在洛杉矶家中逝世,终年八十七岁。

理查德·马西森一生所创作的数量惊人的长、中、短篇小说,涉及科幻小说、奇幻小说、恐怖小说等多个类型,不过,奠定他战后恐怖小说大师地位的当属《我是传说人物》和《收缩人》。这两部长篇恐怖小说,与传统的恐怖小说相比较,增加了现实主义因素,叙述笔调也显得更有讽刺意味。《我是传说人物》以吸血鬼为题材。核战争使人类遭受了一场劫难。除了一位名叫罗伯特·尼韦尔的幸免,地球上所有人都成了吸血鬼。在吸血鬼的世界,尼韦尔成了一个异类。为了生存,他与吸血鬼以及内心的孤独感展开了不懈斗争。而《收缩人》是作者极富想象力的现实题材作品,小说描述一个名叫斯科特·卡瑞的男人,无意中打开了装有杀虫剂瓶子的活塞,遭到了瓶里冒出的放射性气体的袭击。接下来的情况奇怪而可悲。卡瑞的身体每周以一英寸的速度在缩小。这突如其来的遭遇使卡瑞的生活显得像梦魇一样可怕。他的正常婚姻和事业都被破坏。他变得越小,受到的威胁就越大。最后,身高仅有六英寸的卡瑞不得不待在地窖,过起了鲁滨孙式生活。为了生存,他与一只巨大蜘蛛展开了斗争。这部作品的故事很荒唐,不过,在看似荒唐的故事背后,却掩盖着一个卡夫卡式主题:人的异化及人在突如其来的灾难面前的种种人性或非人性表现。除了《我是传说人物》和《收缩人》,理查德·马西森的呼声较高的长篇恐怖小说还有《回声的骚动》。故事描述一次晚会,汤姆·华莱士被施以催眠术,于是,他体内潜在的特异功能被激发,能预测事情,提前感知他周围人的想法和感受,并看见一个女鬼在他的起居室徘徊。由于他知道了邻居见不得人的秘密,他的生命受到了威胁。显然,该书又是一部现实题材的恐怖小说,体现了作者一以贯之的"现实即恐怖"的主题和讽刺、幽默的创作风格。

弗里茨·莱伯

  1910 年 12 月 25 日,弗里茨·莱伯出生在芝加哥。他的父母均为当时的著名演员。受父母的影响,弗里茨·莱伯自小痴迷戏剧舞台,曾跟随父母的莎士比亚剧团在各地巡回演出。在这之后,他入读芝加哥大学,毕业后又当了两年演员。1936 年,他与琼圭尔·斯蒂芬斯(Jonquil Stephens)结婚,有了孩子,遂决定结束流动的演出生涯,受雇于"统一图书出版公司"(Consolidated Book Publishing),替《标准美国百科全书》(*Standard American Encyclopedia*)撰稿。也就在这时,他结识了霍华德·洛夫克拉夫特,并在其鼓励下,决心继续朝通俗小说作家的方向发展。早年,弗里茨·莱伯主要是替通俗小说杂志撰稿,先后在《惊险的科幻小说》《未知》等杂志发表了一些短篇小说,所涉题材多种多样。这些小说代表了他对通俗小说创作的探索,其中引人瞩目的是与罗伯特·霍华德、迈克尔·穆尔科克一道杜撰了"剑法巫术奇幻小说"的术语,由此被誉为"剑法巫术奇幻小说之父"。40 年代,弗里茨·莱伯开始转向长篇小说创作,先后在《未知》连载了《魔妻》《聚集吧,黑暗》(*Gather, Darkness*, 1950)等小说。到了 50 年代,随着平装本通俗小说的崛起,他又把这些连载小说予以改写,出版单行本。其中《魔妻》因被改编成电影而成为一本非常火爆的畅销书,他也因此确立了自己的恐怖小说家的地位。在这之后,他又陆续创作了许多长、中、短篇的小说。1992 年,他在丧偶二十多年之后,与一位热恋多年的新闻记者、诗人马戈·斯金纳(Margo Skinner)旅行结婚,因旅途过于疲劳,突发中风,于同年 9 月 5 日去世,享年八十二岁。

  弗里茨·莱伯一生出版了四十多部长、中、短篇小说,这些小说大部分处在科幻小说和恐怖小说的边缘,可以称为科学恐怖小说。譬如《聚集吧,黑暗》,主要描述人们在一场政治变革中利用科学技术创造超自然奇迹。书中涉及宗教、科学和政府统治,充满了恐怖气氛。又如《绿色千禧年》(*The Green Millennium*, 1953),描绘了一幅未来美国的颓废画卷。犯罪和暴力比比皆是,政府极端腐败,社会靠性和游戏来控制。后来,由于两类外星人种的侵入才平息了暴乱。同霍华德·洛夫克拉夫特的克修尔胡恐怖小说一样,弗里茨·莱伯喜欢在自己的作品中使用有形的超自然邪恶势力。这种超自然邪恶势力除了外星人之外,还有各种神怪,如《大时代》(*The Big Time*, 1961),以第一人称的手法,描述了两组被称为"蛇"和"蜘蛛"的超现实武士企图通过改变过去创造未来的恐怖故事。

不过,在弗里茨·莱伯的作品中,也有一些理查德·马西森式的"现实恐怖"的特征。主人公是生活在现实世界中的多疑人物,那里的一切有形无形之物,大至天上的星体,小至人们的日常活动,都是恐怖的根源,他们无法也根本不可能逃离灾难。这方面的代表作是《魔妻》《漫游者》(*The Wanderer*, 1964)和《我们的黑暗女士》(*Our Lady of Darkness*, 1977)。在《魔妻》中,一位大学教授发现自己的妻子在操练魔法,感到十分恐惧。他逼迫妻子中断操练,不料却遭到了校园的其他教授妻子的魔法伤害。在这里,宁静的校园居然成了人身伤害之地。与这相互映衬的是《漫游者》中闯入地球运行轨道的人造卫星,顷刻间,地震、潮汐频频发生,人类经历了空前的灾难。而在《我们的黑暗女士》中,家住旧金山的小说家弗兰兹·韦斯顿得知妻子死亡后也极度悲伤,借酒浇愁,不料大醉醒来,发现整座城市都由一种名叫"异常精神存在"的邪恶力量在控制。于是,兰兹·韦斯顿开始调查这种邪恶力量,品尝了种种恐怖。

弗里茨·莱伯曾于1951年当选为世界科幻小说大会嘉宾,后来又多次荣获雨果奖、星云奖、玛丽·拉德克利夫奖、甘达尔夫奖和世界奇幻小说奖。

雪莉·杰克逊

1919年2月12日,雪莉·杰克逊出生在加利福尼亚州旧金山。她的父亲是一家印刷公司的雇员,母亲是一个家庭主妇。童年时代,雪莉·杰克逊是在加利福尼亚州伯灵格姆度过的,这个地方后来成了她的第一部长篇小说《穿墙之路》(*The Road Through the Wall*, 1948)的故事场景。她对写作的兴趣自学生时代开始。十二岁时,她就赢得了诗歌比赛奖项,上中学时又一直记日记。中学毕业后,她进了罗切斯特大学,但只过了一年,即因患抑郁症而退学。此后,该病不时发作,影响到她的整个人生。为了恢复健康,她回家静心疗养,也正是这个时候,她开始了文学创作。1937年,雪莉·杰克逊进了纽约州西拉克斯大学。在校期间,她在学生刊物发表了一些短篇小说,并与埃德加·休曼相识。两人于1940年结婚。婚后,他们定居在佛蒙特。雪莉·杰克逊第一篇正式发表的小说是《我与梅西的生活》("My Life with R. H. Macy"),该小说刊登在1941年的《新共和》周刊。从那以后,她坚持每天写作,作品源源不断见诸各种报刊。自1948年起,她转向长篇小说创作,并陆续出版了六部长篇小说,其中以《山庄闹鬼》最有名,该书几次被搬上电影银幕,几次出现热销场面。1961年,她荣获爱伦·坡奖,1965年又被母校授予阿伦茨奖。同年8月8日,她在伯灵格姆不幸去世,年仅四十六岁。雪莉·杰克逊去世后,她的短篇小说由丈夫和子女陆续整理出版。

雪莉·杰克逊一生多产,出版了七部长篇小说和五十多个短篇小说。这些小说绝大部分以现实社会为题材,通过一些哥特式场景和令人毛骨悚然的幻觉,表现女主人公因性格多疑、精神脆弱造成的种种恐怖心理。可以说,它们是典型的现实恐怖小说。譬如《汉沙曼》(*Hangsaman*, 1951),述说一个性格内向的十七岁少女纳塔利不愿离家上大学,但又不敢违抗父亲的意愿,于是向心中虚拟的女性朋友托尼求救,谁知一向温柔、友善的托尼却做出了令人恐惧的举止,而纳塔利也身陷恐惧不能自拔。又如《鸟巢》(*The Birds Nest*, 1955),主人公伊丽莎白是个沉默、忧郁的女人,她怀疑自己对母亲的死负有责任,在无法获得旁人相信的情况下,竟然假想出了一些人证和物证。后来,通过一个心理医生和性格乖戾的姑母的帮助,伊丽莎白才恢复了自我。而《我们一直住在城堡》(*We Have Always Lived in the Castle*, 1962)则描写了一个患有多疑症的群体。新英格兰小村庄,发生了一起家庭多人被毒死的命案。案情披露,整个村落一片哗然。邻人们怀疑是这个家庭的少女康斯坦斯作的案,但其实,是康斯坦斯的精神不正常的妹妹梅利卡特把砒霜放进了糖罐。结果怀疑对象被无端扩大,引起了火灾、暴力等一系列恐怖事件,酿成了新的命案。

不过,雪莉·杰克逊的最成功的一部现实恐怖小说当属《山庄闹鬼》。同上述小说一样,这部作品也是着力表现女主人公的多疑症,但情节结构完全不同。戴维医生着手一项失眠症研究,请来了埃莉诺等多个志愿者做实验对象。实验开始后,他让众多志愿者在一幢被遗弃的古宅山庄过夜,并且告诉他们说里面闹鬼。到了晚上,大家都觉得平安无事,唯独胆怯、脆弱的埃莉诺说自己听见了响声。进而,她又说听见一群孩子在说话,并煞有介事地宣称,自己顺着血迹斑斑的台阶,找到了康科德的一本书,她迅速翻开书,注意到上面的名字已被划掉了。经过一连串的令人吃惊的发现,埃莉诺断定,自己已经找到了古宅山庄的秘密。因而,她决心阻止休·克兰再次杀死磨坊里孩子的冤魂。埃莉诺的古怪举止给众人带来了许多灾难。盛怒之下,看守古宅山庄的卢克撕碎了壁炉上方的休·克兰的画像。然而,埃莉诺知道,自己与休·克兰是不可分离的夫妇。她遂召唤休·克兰的幽灵,幽灵出现了,像一团轻烟似的被吸向撒旦的地狱,并顺带杀死了不幸的埃莉诺。只见埃莉诺的灵魂随着刚被解放的磨坊里的孩子的灵魂一道,向上升起。1999 年,该小说第二次被搬上了银幕,并且片名仍然叫作《山庄闹鬼》,由此可见雪莉·杰克逊这部作品的魅力所在。

其他作家和作品

杰克·芬尼,原名沃尔特·芬尼,1911 年 10 月 2 日出生在威斯康星州米尔沃克。他的童年时代充满不幸,三岁时就死了父亲,后来他的母亲带着他改嫁到芝加哥。继父是当地一个铁路工人,后来任职于伊利诺伊电话公司。在当地接受中学教育后,他进了诺克斯学院。其后,他到了纽约,在一家广告公司任职。1946 年,《埃勒里·奎因神秘杂志》举行小说有奖竞赛,他遂投寄了短篇小说《寡妇行走》("The Widows' Walk"),不料竟然获奖。受此鼓舞,他开始给《全球》《好管家》《星期六晚邮报》等报刊撰稿。50 年代初,他携妻带子搬迁到加利福尼亚州马林县。不久,他在《煤矿工》杂志连载了第一部长篇小说《赌场的五个抢劫者》(*Five Against the House*,1954)。这是一部犯罪小说,述说了五个大学生密谋抢劫一家卡西诺赌场的经过。他在该杂志连载的第二部长篇小说《盗体者》是恐怖小说。该书于第二年由德尔出版社出单行本,第三年又被搬上银幕,从而引起轰动。杰克·芬尼也因此确立了战后杰出恐怖小说家的地位。《盗体者》是一部典型的现实恐怖作品,主要讲述迈尔斯·贝耐尔博士通过周围的朋友和邻居的反常举止,发现他们已不是原来的人,而是被外星人用高科技手段精确复制,徒有其表。原来,外星人正在悄无声息地实施一项阴谋控制地球的计划,妄图用精确复制的外星人替代整个人类。为了挫败这个大阴谋,贝耐尔博士和他的女朋友同外星人展开了一场生死搏斗。继《盗体者》之后,杰克·芬尼又出版了一些长篇小说。不过,这些小说的恐怖成分已经大大降低,只能算科幻小说或奇幻小说。其中最著名的有跨时奇幻小说《光阴倒流》(*Time and Again*,1970)。1995 年 11 月 4 日,杰克·芬尼在完成了众人企盼的《光阴倒流》的续集《此刻彼刻》(*From Time to Time*)之后,患肺炎去世,享年八十四岁。

艾拉·莱文,1929年8月27日出生在纽约市。在完成了中学教育后,他进了位于艾奥瓦州德斯莫因斯的德雷克大学。两年后,他又转到纽约大学,主修哲学和英语,并于1950年获得学士学位。在这之后,他开始创作恐怖小说,1951年出版了首部长篇小说《死吻》(*A Kiss Before Dying*)。1953年,他应征入伍,在此期间,以纽约昆斯为场景,为部队编导了许多教学片。退役后,他涉足电视剧创作,写了很多颇有影响的剧本。1967年,他又出版了第二部长篇小说《罗斯玛丽的婴孩》。该书刚一出版,即成为畅销书,翌年被搬上银幕,又引起轰动,而艾拉·莱文也因此成为60年代知名的恐怖小说家。《罗斯玛丽的婴孩》是一部典型的现实恐怖小说,故事的场景设置在寻常百姓人家,引起恐怖的物源既非有形的神怪猛兽,也非无形的邪恶势力,而是孕妇肚子里的婴儿。小说一开始,新婚夫妇盖伊和罗斯玛丽搬进了一套很大的公寓。他们的邻居是一对老两口,性喜饶舌、多事。在新的居住环境中,罗斯玛丽逐渐变得多疑,整天神经兮兮。一天晚上,她梦见自己与可怕的怪兽性交,并且已经怀了孕,而神灵让她这样做的目的就是给纽约居民提供一个可供顶礼膜拜之物。从此,她惶惶不可终日,看着肚里的婴孩一天天长大。而这种恐惧伴随着婴孩的出世也到了顶峰。继这部恐怖经典之后,艾拉·莱文又陆续创作了七部长篇恐怖小说,它们大多数是畅销书,并且被改编成电影。1997年,艾拉·莱文又创作了《罗斯玛丽的婴孩》的续集《罗斯玛丽的儿子》(*Son of Rosemary*)。

第七章　20 世纪后半期（中）

第一节　甜蜜野蛮言情小说

渊源和特征

　　甜蜜野蛮言情小说（sweet-and-savage romance）派生于历史言情小说，它的面世是这一传统的通俗小说类型在新的社会历史条件下按直线性纵深发展方式衍变的产物。

　　70 年代初，哥特言情小说已流行十余年，渐渐失去了吸引力。人们开始厌恶它的千篇一律的神秘、恐怖和悬念，期待阅读口味的变换和更新。"通俗小说一个显著特征是无一例外地追求利润。"[1]受出版利润的驱使，出版商不得不把眼光对准那些能够适合读者新口味的作品。1974 年，纽约埃文图书公司出版了长篇小说《火焰与鲜花》（*The Flame and the Flower*）。这是一位名叫凯思林·伍迪威斯（Kathleen Woodiwiss，1939—2007）的年轻女作家的处女作。小说中男女主角悲欢离合的经历并不新鲜，但令人震惊地出现了未婚夫强奸未婚妻的场面，而且还有详细描述这种性强暴的文字。读者的神经一下子被牵动了。时隔两年，埃文图书公司又推出了年轻女作家罗丝玛丽·罗杰斯（Rosemary Rogers，1932—2019）的长篇小说《甜蜜野蛮的爱》（*Sweet Savage Love*，1974）。这部小说将《火焰与鲜花》中的性强暴镜头拼命扩展，通篇描写男主人公对女主人公的引诱、强奸和折磨。该书出版后，引起了极大的轰动。当年销售数十万册，创近年图书销售最高纪录。紧接着，一批又一批以"甜蜜""野蛮""爱"等字眼为书名标记的模拟作品涌现在街市，令人眼花缭乱，目不暇接。自 1977 年起，女作家帕特里夏·马修斯（Patricia Matthews，1927—2006）连续写了十部以"爱"字为书名起首的历史言情小说，每一部都被列入《纽约时报》畅销书排行榜。另一位女作家贾内尔·泰勒（Janelle Taylor，1944— ）则以"野蛮""狂喜"为书名起首连续写了五部历史言情小说，同样每一部都获得畅销书的桂冠。据统

---

[1]　Betty Rosenberg & D. T. Herald. *Genreflecting*. Libraries Unlimited, Inc., 1991, p. XVI.

计,自70年代中期至80年代初,共有三十多位女作家加入了这类言情小说的创作队伍。她们的此类作品的大量流行,标志着美国又诞生了一类新的言情小说——甜蜜野蛮言情小说。

同历史言情小说一样,甜蜜野蛮言情小说大都是在历史的框架下,演绎男女主人公的曲折、离奇的爱情故事。不过,这些爱情故事所展示的并非是一般意义上的男女之间的心灵和肉体的结合,而是在某个特定的历史环境下男性对女性的原始、野蛮的性强暴。尤其是,面对男主角的一次次惨无人道的性强暴,女主人公一个个显得"麻木不仁""逆来顺受",甚至在被折磨得昏死过去之后还自责,"我连他的名字都没问……我已经厌恶被强奸,难道还算女人吗?"并表示"应该像一个淑女那样在精神上永远忠于她的挚爱对象,也即第一个强奸她的男人"。[①] 甜蜜野蛮派作家的独特之处在于,作者不仅把传统的色情描写上升了一个台阶,即把间接描写变为直接暴露,把委婉暗示变为公开宣扬,把添加作料变为烹饪正餐,而且连令人憎恨、恐怖的暴力强奸,也在她们的笔下,化解为"轻松""愉悦"的经历,变成能产生甜蜜爱情的催化剂。正因为甜蜜野蛮言情小说有着如此大胆的色情描写,它被许多评论家归在色情小说之列。而一些以出版此类言情小说为专长的出版公司,也毫不掩饰地在甜蜜野蛮言情小说的封面标上"色情历史小说""强奸家世传奇""奶头屁股史诗"等骇人听闻的字眼,以招徕顾客。

甜蜜野蛮言情小说"强奸"加"女奴"的创作模式,反映了这一时期美国的性解放运动已经给社会带来严重的道德混乱。60年代末和70年代初,在所谓反对性压抑的口号下,一些美国人公开追求男女两性关系的肉体快乐。他们公开宣称,"肉体快乐同样具有道德价值","剥夺肉体快乐,将会导致家庭破裂、虐待儿童、犯罪、暴力、酗酒和其他非人道的行为的产生"。甚至一些带有病态特征的性行为,如窥淫癖、施虐狂、受虐狂等等,都堂而皇之走出密室,要求取消有关限制,得到社会认可。这种心态不可避免地冲击言情小说领域,成为某些作家塑造主角的基础。

罗斯玛丽·罗杰斯主要因创作以"斯蒂夫"(Steve)、"吉尼"(Ginny)为男女主角的系列小说闻名,此外也写了一些单本的小说。这些小说具有类似的情节:粗鲁、野蛮的俊男和甘于受虐待的美女之间的炽烈爱情。凯瑟林·伍迪威斯除《火焰与鲜花》以及两部续集之外,还写了十多部畅销小说。相对其他甜蜜野蛮派作家,她的女主人公形象显得较为复杂、真实。

---

① Betty Rosenberg & D. T. Herald. *Genreflecting*. Libraries Unlimited, Inc., 1991, p. 178.

帕特里夏·马修斯是一位喜欢以西部为创作背景的女作家,她擅长描写魁梧壮汉与性感女郎之间的火热恋情。贾内尔·泰勒常常以古老西部为背景,描写早期白人移民与当地"苏人"的浪漫爱情。这位作家一贯遵循"写你所知道的"创作原则,这使她的作品更具可信度。同时她的小说既是色情历史小说,又是充满冒险的家世小说,因而往往成为甜蜜野蛮派小说中的高品位之作。

甜蜜野蛮言情小说的流行期并不长。到 80 年代初,这股甜蜜野蛮风渐渐失去了吸引力。与此同时,一种回归传统的怀旧情绪开始在美国大众心底流淌,由此新家庭言情小说开始盛行。潮起潮落,新旧交替,势在必行。

凯瑟琳·伍迪威斯

原名凯瑟琳·霍格(Kathleen Hogg),1939 年 6 月 3 日出生在路易斯安那州亚历山大,并在当地接受基础教育。她很小的时候就喜爱读书。1956 年,她和罗斯·伍迪威斯结婚,婚后从夫姓,成为凯瑟琳·伍迪威斯,生有三个儿子,定居纽约。1972 年,她在埃文图书公司出版了处女作《火焰与鲜花》。这部小说刚一出版,就以它独特的爱情描写震惊了美国。书中不但有男主人公的"性强暴",还有女主人公的"甜蜜顺从"。此后,另一位女作家罗斯玛丽·罗杰斯将这种爱情模式进一步拓展,出版了长篇小说《甜蜜野蛮的爱》,从而在全国掀起了"甜蜜野蛮言情小说"创作的浪潮。

《火焰与鲜花》的故事场景设置在 18 世纪末和 19 世纪初。女主人公名叫海瑟·西蒙斯,是一个美丽的英格兰乡村少女。由于父母双亡,她来到叔叔家。在那里,她受到了婶婶的百般虐待。两年后,海瑟·西蒙斯到了伦敦,找婶婶的兄弟威廉介绍工作。她到达威廉的店铺时天色已晚,威廉遂对她起了歹心,她奋起自卫。搏斗中,威廉不慎被自己的刀子刺伤,血流不止。海瑟·西蒙斯误以为他已死,仓皇逃到码头。这时刚刚抵达伦敦的布兰顿·伯明翰船长派了两个水手上岸寻找妓女解闷。当两个水手把试图搭乘他们海轮的海瑟·西蒙斯带到布兰顿·伯明翰船长面前时,他立即被这个有着蓝宝石一般的眼睛的少女所吸引。于是,他开始强暴海瑟·西蒙斯,而海瑟·西蒙斯居然失去了挣扎的勇气,任凭布兰顿·伯明翰船长胡作非为。其后,布兰顿·伯明翰船长又多次强暴海瑟·西蒙斯,两人由陌生到相互了解,并进而产生了真正的爱情。

继《火焰与鲜花》之后,凯瑟琳·伍迪威斯又陆续出版了《狼与鸽》(The Wolf and the Dove,1974)、《香娜》(Shanna,1977)、《风中灰烬》(Ashes in the Wind, 1979)、《冬日玫瑰》(Rose in the Winter, 1983)、《来爱陌生人》(Come Love a Stranger, 1984)、《非常值得我的爱》(So Worthy My Love, 1989)、《永远在你的怀抱》(Forever in Your Embrace, 1992)等等。这些小说基本沿用同一模式,表现男性对女性的性暴力以及由此产生的甜蜜的爱。不过,与凯瑟琳·伍迪威斯的众多模仿者相比较,这种性暴力的场面不是太多,而且被较为自然地融入男女主角的爱恋经历之中,成为全书复杂情节的不可分割的部分。几乎在每一本书中,凯瑟琳·伍迪威斯一开始就让他们见面,然后描写双方的感情逐步升温,由陌生到初步了解,由初步了解到相互熟悉,直至产生不可抗拒的爱恋之情。此外,在对女主人公的人物塑造方面,凯瑟琳·伍迪威斯也比她的众多模仿者高出一筹。她们除了通常应有的外貌美丽、敏感性强、善于关心和体贴男人之外,还有固执、任性、坚强、睿智、有主见等个性。尽管她们也曾麻木不仁地屈从男主人公的性暴力,但相对而言,着墨不多,而大量的文字被用来表现她们的不依附于男人的独立性。如《狼与鸽》里的女主角艾斯林和《香娜》里的女主角香娜,都曾以海瑟·西蒙斯未曾有过的大胆举止挑战男主角,她们都被描绘成跟男主角一样的知识型人物。而《风中灰烬》里的女主角则更进一步,在整本书的前半部分化装成男孩,拯救了男主角的生命。

在《火焰与鲜花》问世二十多年之后,凯瑟琳·伍迪威斯又创作了两部续集《漂移的火焰》(The Elusive Flame, 1998)和《亲吻之外的季节》(A Season Beyond a Kiss, 2000)。它们共同组成了一个系列。《漂移的火焰》的故事情节有些类似《火焰与鲜花》。布兰顿·伯明翰船长和海瑟·西蒙斯的儿子博长大成人,并且也当了船长。在伦敦码头,他遇到了从监护人家里逃出来的美丽少女塞里尼斯。为了保护塞里尼斯不受监护人的邪恶侄子的侵害,博同她结了婚。但这种婚姻仅是名义上的,待到了查尔斯顿再解除。然而,在旅途中,双方却怎么也无法抗拒对彼此的爱恋。而《亲吻之外的季节》则演绎了布兰顿·伯明翰船长的弟弟杰夫和雷琳之间的奇异婚姻经历。新婚之夜,杰夫和雷琳经过了一阵忙碌之后,正要相拥而眠。这时,一伙人把雷琳叫出洞房,告诉她说,庄园里的女仆内尔被杰夫引诱已经怀孕,即将临产。雷琳一怒之下将杰夫赶出房门,一连几个星期对他不理睬。但风雨过后,强烈的爱情又使两人消除误会,成为真正的夫妻。以上两书的创作模式显然已经有了较大的改变。

罗斯玛丽·罗杰斯

1932年12月7日,罗斯玛丽·罗杰斯出生在殖民地时期的锡兰。她自幼爱好文学,八岁时就开始写作,十几岁已开始模仿自己喜爱的作家写言情小说。后来,她进了锡兰大学,并获得学士学位。60年代中期,她在加利福尼亚州塔维斯空军基地当秘书,后又被调往索拉诺县公园管理处任职员,同时兼任费尔菲尔德《共和日报》的记者。罗斯玛丽·罗杰斯先后两次结婚,两次离异,身边留有四个子女,所以她既要照顾四个孩子的起居,又要为全家的生活奔波,日子过得非常艰难。然而,她那颗热爱文学的心从没有停止过跳动。她总是在午后或者在深夜,当孩子们都睡着以后,拿出笔来捕捉自己的文学想象。1974年,在十四岁的女儿的鼓励下,她将经过二十三次修改的手稿《甜蜜野蛮的爱》交给了埃文图书公司。很快,这部小说得到出版,并且产生轰动,由此引发了以该书的书名命名的甜蜜野蛮小说的创作浪潮。从那以后,她将《甜蜜野蛮的爱》扩充为一个系列,续写了《黑火》(Dark Fires,1975)、《失去的爱,失去的爱》(Lost Love, Lost Love,1980)、《被欲望所缚》(Bound by Desire,1988)、《野蛮的欲望》(Savage Desire,2000)等小说。

《甜蜜野蛮的爱》的故事场景设置在19世纪的弗吉尼亚。美丽、纯洁的女主人公吉尼是一个议员的女儿,自幼娇生惯养。然而,她与军人出身的英俊男主人公斯蒂夫的爱情却是在一系列磨难中开始的。起初她被迫离开自己的安乐窝,继而又遭受斯蒂夫一次次的强奸。尽管她痛恨斯蒂夫的所作所为,却又陶醉在他给予的性享受中。他们彼此都感受到无法抗拒对方的魅力,却都不肯认输,于是发生了一连串的性强暴。女主人公对此欲拒还迎,内心渴望无比,渴望臣服在斯蒂夫的男性魅力之下。该书强暴的场面所用笔墨较多,描写详尽,作者从女性的角度,细腻地描绘了女主人公在强暴过程中的心理感受,从抵触到顺从再到沉溺其中,莫不细致入微,让女主人公的形象活生生地闪现在读者眼前。

在《黑火》和《失去的爱,失去的爱》中,罗斯玛丽·罗杰斯继续演绎吉尼和斯蒂夫的这种又爱又恨的故事。由于一连串的误会,两人分了手,但依然止不住对彼此的刻骨铭心的思念。《被欲望所缚》出版于八年之后,故事的女主人公已经改为吉尼和斯蒂夫所生的女儿劳拉。这个长得和她母亲一样美丽的女性,在经过大体相似的爱情磨难之后,投入了男主人公特伦特有力的怀抱。而又过了十二年出版的《野蛮的欲望》,则对前后两代女主人公的最后结局做了完满的交代。

与此同时,罗斯玛丽·罗杰斯也写了一些单本的小说,如《邪恶的爱情谎言》(Wicked Loving Lies,1976)、《荡妇》(The Wanton,1985)、《我渴望的一切》(All I Desire,1998)等等。这些小说具有类似的情节,即粗鲁、野蛮的俊男和甘于受虐待的美女之间的炽烈爱情。《邪恶的爱情谎言》中的玛丽莎一次次遭受海盗的强暴,乃至昏死过去,但她却甘心接受这种折磨。《荡妇》中的特里斯塔女扮男装,与男主人公一道经历了南北战争的磨难,其中交织着许多爱恨纠葛。《我渴望的一切》中的法国姑娘安杰拉在继承了新墨西哥的牧场之后,也和当地粗鲁、野蛮的牛仔有了爱恨交织的情感经历。

其他作家和作品

帕特里夏·马修斯,原名帕特里夏·欧内斯特(Patricia Ernst),1927年7月1日出生在加利福尼亚州圣费尔南多。1977年,她开始创作甜蜜野蛮言情小说,主要作品有以"爱"字为书名起首的十部小说,如《爱的复仇之心》(*Love's Avenging Heart*,1977)、《爱的最狂热的承诺》(*Love's Wildest Promise*,1978)、《爱的大胆之梦》(*Love's Daring Dream*,1978)等等。这些小说基本上沿袭凯瑟琳·伍迪威斯和罗斯玛丽·罗杰斯的创作模式,表现男女主人公之间狂热的充满暴力的复杂爱情经历。女主人公一个个淫荡好色,正因为如此,能承受一次次性暴力的袭击。几乎从一开始,她们就和男主人公有性接触,而且往往得忍受骇人听闻的强奸和折磨,甚至被迫从事卖淫活动。而男主人公有着各自不同的背景,其行为举止都离不开野蛮和残忍,甚至连传教士也淫秽无比。尤其令人惊讶的是,女主人公在遭受如此残暴的肉体折磨之后,居然太平无事,甚至有着"甜蜜、愉悦的感觉"。譬如《爱的享乐之心》(*Love's Pagan Heart*,1978)中的半夏威夷、半英格兰血统的天真少女在惨遭蹂躏之后身体迅速恢复,依然显得有生气,有活力;《爱的复仇之心》里的美国少女不但能够承受多次性施暴,而且后来一直耽于这种"性享受";《爱的金色命运》(*Love's Golden Destiny*,1979)里的维多利亚时期的来自纽约的女主人公除了有强烈的性欲,事业上也有野心。

贾内尔·泰勒,1944年6月28日出生在佐治亚州阿森斯,1981年开始甜蜜野蛮言情小说创作,主要作品有以"野蛮""狂喜"等为书名起首的"苏人"系列,如《野蛮的狂喜》(*Savage Ecstasy*,1981)、《野蛮的征服》(*Savage Conquest*,1985)、《甜蜜的野蛮的心》(*Sweet, Savage Heart*,1986)等等。这些小说以古老的美国西部为故事场景,展现了早期白人移民与当地"苏人"之间的野蛮、甜蜜的爱情,其中不乏骇人听闻的性强暴和性蹂躏。头四部小说的主要情节围绕着美丽的白人姑娘阿丽莎与英俊的"苏人"武士格雷·伊格尔之间的爱情展开。尽管格雷·伊格尔强暴了阿丽莎,可被这位勇士强有力的胳膊搂住时,她感到一种从未有过的满足。这种异族通婚带来了种种困难和愤恨,但到了第四部小说《肆无忌惮的狂喜》(*Brazen*

Ecstasy,1983)结尾时,他们之间的大部分阻碍已经消除。他们生育的后代和他们一样,追求冒险与野蛮的爱。譬如该系列的第七部小说《偷来的狂喜》(Stolen Ecstasy,1985)中,女主人公丽贝卡·肯尼生活在白人区,但周围的白人对她并不友好。后来她被格雷·伊格尔和阿丽莎的儿子布赖特·阿罗所俘虏,带到了他的族人所生活的地方。布赖特·阿罗给了丽贝卡·肯尼从未品尝过的爱情幸福。由于布赖特·阿罗没有按照族规让丽贝卡做奴隶,而是娶她为妻。于是族人便破坏他们的幸福。书中的人物感情丰富,情节紧凑,悬疑迭出。又如该系列的第八部小说《永恒的狂喜》(Forever Ecstasy,1991),女主人公莫林·斯塔尔是格雷·伊格尔的孙女,她被白人男子约瑟夫·劳伦斯的魅力所征服,跟着他到了弗吉尼亚种植园。而他们的女儿米兰达又在《野蛮的征服》中回到了美国西部,爱上了"苏人"武士布莱津·斯塔尔。

第二节 新女性言情小说

渊源和特征

70年代中期,正当罗斯玛丽·罗杰斯等人的甜蜜野蛮言情小说风靡美国大地之际,在美国的传统女性言情小说领域,也出现了一股强劲的"回归"潮流。而且这股潮流来势之凶猛,持续期之长,令其他一切传统的通俗小说相形见绌。

如同大多数传统通俗小说一样,美国女性言情小说诞生于19世纪初期,它的兴起与这一时期的美国女权主义运动密切有关,其主要特征是以女性为视角中心,反映当代女性所熟悉的家庭婚姻问题。在经过了半个世纪的辉煌之后,女性言情小说的创作模式开始发生蜕变,先后派生出了以"快乐""色情"为特征的蜜糖言情小说和女工言情小说。20世纪30年代,女性言情小说开始融入了历史的因素。从那以后,美国言情小说领域占主导地位的是历史言情小说。而当代题材的女性言情小说一直是走下坡路。尽管各个时期均有一批通俗小说家在执着地依据女性言情小说的传统进行创作,并且不时创作出具有轰动效应的作品,但从总体上看,女性言情小说已经处于低谷。

20世纪60年代重新崛起的美国女权主义运动给女性言情小说的"回归"创造了契机。1963年,贝蒂·弗里丹(Betty Friedan,1921—2006)出版了专著《女性的秘密》(The Feminine Mystique),对美国知识女性受歧视的现状进行了抨击。紧接着,其他一些女权主义者也分别抨击了美国妇女在就业、工资、教育、婚姻等方面的种种不平等现象。不久,这些抨击即发展成为全国范围的运动,在美国社会上产生了很大影响。60 年代末和 70 年代初,这场运动继续朝纵深发展,并很快渗透到文学领域,形成了所谓女权主义的批评理论。女权主义批评家认为,数百年来,女性文学都是遭排斥的。这是因为传统的经典规范向来都是以男性为中心。而这种以男性为中心的思维策略一旦确立,就会进一步维护以男性为中心的文学经典,而对以女性为中心的文学予以排斥。因此必须确立一套以女性为中心的批评标准,以此来评价女性文学。在这样的背景下,女权主义文学批评的热点逐步移向 19 世纪的女性言情小说。伴随着这一过程,大量 19 世纪的女性言情小说得以重新出版和发行,如埃玛·索思沃思的《隐匿的手》、苏珊·沃纳的《宽阔、宽阔的世界》、范妮·弗恩的《鲁思·霍尔》,等等。而这些图书的畅销又促使出版商把目光移向 20 世纪前半期的女性言情小说,并进一步刺激了当代通俗小说作家进行当代题材的言情小说创作。鉴于这种创作是在新的女权主义思潮的冲击下产生的,有相当多的作家自觉或不自觉地采用了早期女性言情小说的部分创作模式。他们多以现代寻常百姓的家庭琐事为题材,以现代女性为视角中心,反映了现代条件下人们的种种婚恋情感和纠葛。但是,在表现手法上,他们已经摒弃了早期女性言情小说常有的神秘和怪诞,而代之以轻松、浪漫的写实和白描。作品中的情节无论是感伤,或者是逗笑,都明快易懂,符合现代读者的快节奏生活。正是这些带有现代印记的新女性言情小说(new women's fiction),汇成了浩浩荡荡的传统言情小说的"回归"潮流。不过,引发这股潮流的并非是哪个知名的女性作家,而是一个有着学者背景的男性言情小说家埃里奇·西格尔(Erich Segal,1937—2010)。

1970 年,埃里克·西格尔完成了电影剧本《爱的故事》(*Love Story*),因一时落实不了拍摄厂家,遂将其改编成小说。这本书出版后,当即造成轰动。一连十几个月,它荣登畅销书排行榜,并被译成二十三种文字,在世界各国出版。同名电影于年底上映后,也取得了同样效应,先后获得众所瞩目的金球奖和奥斯卡奖提名。《爱的故事》的轰动效应引起了众多女作家的追随和模仿,其中颇有成效的是海伦·范斯莱克(Helen Van Slyke,1919—1979)和简纳特·戴利(Janet Dailey,1944—2013)。范斯莱克从1972 年发表处女作至 1979 年去世,一共创作了十部言情小说。这些小说大多数以职业女性的爱情、婚姻为题材,反映了当代美国一些事业有成的女强人在家庭生活问题上遭遇的挫折和不幸。简纳特·戴利是一位高产言情小说家。她自1974年发表处女作至逝世,已出版了九十多部言情小说。这些小说均带有轻松浪漫的肥皂剧性质,展示了"富家子弟贫穷女"式的爱情故事。到了80年代,又有丹尼尔·斯蒂尔(Danielle Steel,1947—)和安尼·泰勒(Anne Tyler,1941—)的女性言情小说引起了人们的瞩目。丹尼尔·斯蒂尔的小说多数是传统题材,反映寻常百姓人家的家庭婚姻经历,其中包含着较为深刻的女性自强不息的主题。而安尼·泰勒的女性言情小说以爱情、婚姻、家庭三者之间的关系为创作主题,顺应了当代美国人看重家庭的伦理道德,崇尚婚姻神圣和爱情纯真的潮流。

埃里奇·西格尔

1937年6月16日,埃里奇·西格尔出生在纽约布鲁克林。他的父亲是一位雕刻家、画家和音乐家。自小埃里奇·西格尔就受到良好的家庭教育和艺术熏陶。1954年他进入哈佛大学,四年后拿到学士学位,1959年又获硕士学位。之后,他在韦尔斯利学院的一次演出中结识了女演员艾丽·麦克劳,并同她成为挚友。艾丽·麦克劳后来在根据《爱的故事》改编的同名电影中扮演女主角詹妮。自1959年起,埃里奇·西格尔出任哈佛大学古典文学辅导教师,后又获得哈佛大学哲学博士学位,并担任哈佛大学客座讲师,1968年晋升为副教授。埃里奇·西格尔十分勤奋。在执教期间,同时在创作、翻译、评论、学术领域中笔耕不辍。他写过不少戏剧,但反响不大。《爱的故事》最初是一部电影剧本,但无人关注。后来,在好友艾丽·麦克劳的鼓励下,埃里奇开始将其改编成长篇小说。该书于1970年问世后,受到极大欢迎,并荣登《纽约时报》畅销书排行榜,驻留时间长达四十一周,在美国国内外销售一千五百万册。

《爱的故事》的主题是歌颂纯真的爱情。出身富家的哈佛大学学生奥里弗不顾父亲的反对,与出身贫寒家庭的馅饼师之女詹妮相爱,并组成了家庭。婚后两人因丧失了经济来源,日子过得十分清贫。但在詹妮的乐观精神的支持下,他们同甘共苦,幸福地生活。然而,等到奥里弗从法学院毕业,并找到了一份高薪工作时,詹妮却患白血病去世。于是,痛苦的奥里弗只好重新回到父亲身边。《爱的故事》只有一百来页,情节并不复杂,之所以能在美国引起如此大的反响,主要原因在于它"生逢其时"。此书诞生之时,正逢60年代美国嬉皮士运动兴起之际。当时的一些青年蔑视传统,对社会不满,他们玩世不恭,留长发,穿奇装异服,吸大麻。整个社会显得颓废、堕落。而这部小说中奥里弗与詹妮之间纯真的爱情犹如一股清风吹进了当代人的心田,唤醒了人们对美好事物的追求和向往。"爱,就是永远也不用说对不起。"这是书中奥里弗与父亲最终和好时说的一句话,现在已成为美国当代青年之间广为流传的一句名言。

1977年,埃里奇·西格尔又推出了《爱的故事》的续集《奥里弗的故事》(Oliver's Story,1977)。在这部小说中,奥里弗经历了自己的第二次爱情。詹妮死后,奥里弗一直郁郁寡欢。后来,他结识了美丽、富有的宾宁代尔百货连锁店女老板马西娅。双方因共同的爱好追求而相爱,但奥里弗对亡妻詹妮一直难以忘怀。不过,奥里弗的父母却十分中意这一桩门当户对的婚姻。后来奥里弗在香港参观了宾宁代尔加工厂,发现它其实是一家榨取工人血汗的工厂。最终,奥里弗还是放弃了马西娅,依然孤独地走着自己的人生道路。70年代,"反叛的一代"已近中年,寻找一份好工作和组建一个好家庭正是他们的现实之梦。在这部小说中,奥里弗向现实妥协了。尤其耐人寻味的是,小说的结尾,一向反对权贵的奥里弗竟继承父业,成了巴雷特家族的经营人。

《爱的故事》诞生十年后,埃里奇·西格尔再度抓住了一个时代的热门话题——婚外恋。《男人,女人和孩子》(Man, Woman and Child, 1980)讲述了一贯受人尊敬的麻省理工学院统计学教授罗伯特因十年前的三天婚外情有了一个私生子。十年后,事情败露,原本一个幸福和睦的家庭风波乍起,不得安宁。在该书中,埃里奇·西格尔表明了自己的观点:提倡理性控制下的纯真爱情。只有这种爱情才合乎传统的道德规范,才会有真正的长久的幸福。书中的罗伯特正是逐渐认识到了这一点,才与宽容的妻子重修旧好,平息了这起家庭风波。

1997年,埃里奇·西格尔又继续婚外恋这一题材,创作了《唯一的爱》(Only Love, 1997)。从情节上来看,《唯一的爱》要比前几部作品显得复杂。美国青年马修在国际医疗队培训中心遇上了富家少女西尔维娅,双方一见钟情。正当二人争取西尔维娅父母的同意,准备结婚时,马修在一次枪击中为保护西尔维娅头部中弹,失去了知觉。当他在医院苏醒过来时,却意外地发现西尔维娅失踪了。不久,他从电视和报纸上看到西尔维娅与另一豪门子弟结婚的消息时,心中十分痛苦。三年服务期满后,马修回到美国,埋头工作,全身心地扑向医学事业。十年以后,他偶遇中学时代的音乐伙伴埃维,两人渐渐产生爱情,于是,马修受到巨大创伤后完全封闭起来的心灵之窗重新开启。这第二次爱情使中年的马修有了一个温暖的家庭和可爱的女儿。正当生活归于平静之时,西尔维娅因患脑瘤被送进马修所在的医院。从此,马修处于痛苦的两难境地:一边是生命垂危的旧情人,另一边是受委屈的妻子。最后马修的道德天平偏向了家庭,与此同时,西尔维娅也在医院因大出血死亡。

简纳特·戴利

1944年5月21日,简纳特·戴利出生在艾奥瓦州斯托姆湖。早年她曾就读于内布拉斯加州一所秘书学校。简纳特·戴利走上小说创作道路完全来自丈夫比尔的鼓励。她的第一部小说《无可饶恕》(*No Quarter Asked*,1974)就是在丈夫的鼓励下完成的。1979年,她的第九部小说《触摸风》(*Touch the Wind*,1979)问世。该小说中从现代化的得克萨斯城到崎岖宏伟的墨西哥高地无所不包。正是此书令她的名字首次出现在《纽约时报》畅销书排行榜上。

在美国,每天下午电视台常常播放一些轻松休闲的肥皂剧。肥皂剧的故事情节一般是以爱情、婚姻、家庭为内容,一连串的悲欢离合的模式化故事或令人伤感,或让人捧腹。观看这种节目的人多为妇女。简纳特·戴利的小说常常被改编成肥皂剧上演。因此,她有"肥皂剧作家"之称。

轻松浪漫确实是简纳特·戴利小说的风格。她的小说往往有一个固定的套式:故事场景是都市大集团或美国中西部农场。男主人公是大农场或大公司的富家子弟,英俊、冷漠、擅长骑术、带着贵族式的高傲,性格孤僻,在早年往往就有一段艰难的奋斗历程,后来,或生意成功发迹,或继承了一大笔遗产。女主人公则是贫家少女,善良、聪明、坚强、自立。她一开始对男主人公心存成见,男主人公阴郁古怪的性情更是造成了两人的隔阂与怨恨。随着事态的发展,真挚的爱情与乐观向上的精神终于感化了男主人公,美满姻缘成为小说"大团圆"式结尾。

这类"富家子弟贫穷女"式的小说最有代表性的是1977年问世的《圣安东尼奥节日》(*Flesta San Antonio*,1977)。这是"科德与斯泰西系列"(Cord and Stacy Series)中的一本,讲述继承了大笔遗产的得克萨斯州富家子弟科德与贫家少女纳塔尼娜的爱情经历。由于从小生长在尔虞我诈的上层社会,科德看透了人性的丑恶与世态的炎凉,性格显得十分阴冷孤僻,失去了对所有人的信任和爱。一次,过圣安东尼奥节日时,他结识了贫家少女纳塔尼娜,遂买下她为妻。但他的本意是给家里找一个合适的保姆,给牧场找一个可靠的管家。经过一段时间的相处,纳塔尼娜的真诚、善良与乐观渐渐感染了科德,唤醒了他心灵深处的良知,使本来是悲剧的买卖婚姻变成了心心相印的幸福结合。显然,《圣安东尼奥节日》是个当代简·爱式的故事。

80年代,简纳特·戴利开始创作"考尔德"(Calder)家世言情系列小说。该系列依然保持原先的创作风格,由波克特公司出版。故事以蒙塔尼牧场为背景,表现几代人的生活经历。不过,男女主人公的爱情纠葛依然是小说的中心情节。其中较有代表性的是《考尔德的天空》(This Calder Sky,1981)、《考尔德的山脉》(This Calder Ranger,1982)以及《一位考尔德男人》(Stands a Calder Man,1982)。"考尔德"系世袭贵族,而对于传统世袭贵族家庭,简纳特·戴利是蔑视的。崇尚人性的自由和纯真的爱情是她小说的一贯主题。她认为,女性不应成为这种等级森严、规矩繁多的家族的附属品与牺牲品。《光荣的游戏》(The Glory Game,1985)一书就表达了这种思想。女主人公在丈夫死后一直在夫家任劳任怨,为了家庭和尚未成年的孩子,她不敢接受外来男人的爱情,而男主人公则鼓励她应该为自己而活,过自己想过的生活。

90年代,简纳特·戴利继续写作"考尔德系列",其中1999年出版的《考尔德的骄傲》(Calder Pride)是本佳作。作为考尔德家族的一员,卡特高傲而美丽。在未婚夫偶然身亡之后,她发誓不再爱任何人。然而,一次酗酒之后,卡特与一位灰眼睛的陌生人发生了性关系。这次偶然事件彻底改变了卡特的生活。没多久,卡特生下了一个有着一双灰眼睛的儿子。她来到了一个牧场,决定在这里将儿子抚养成人。无巧不成书,新来的郡长正是当年的灰眼睛陌生人洛甘。卡特逐渐对洛甘有了感情。但以前的誓言怎么办?卡特陷入了矛盾之中。考尔德家族高傲的品性让她难以接受洛甘。此书创作风格与80年代几乎没有什么区别。

丹尼尔·斯蒂尔

1947年8月14日,丹尼尔·斯蒂尔出生在纽约。她的父亲是德国犹太人,系慕尼黑劳氏啤酒公司创始人的后裔,母亲则来自葡萄牙,系外交官之女。七岁时,丹尼尔·斯蒂尔的父母离异,她遂与父亲一起生活。在欧洲完成中学学业后,她进入了纽约大学。1973年,她在旧金山做文秘,之后与人合作在纽约开了一家公共关系公司。1974年,她开始成为专职作家。丹尼尔·斯蒂尔先后结过两次婚,第一次婚姻育有两个孩子,后与同样有两个孩子的旧金山船业大亨约翰·特雷纳结婚,又生养了五个子女。这样,作为九个孩子的母亲,丹尼尔·斯蒂尔很少有时间外出交际,她除了忙于烦琐的家务,就是写作。她常常忙得"穿着睡衣写作,头发也不梳",即便成名后,也很少抛头露面。丹尼尔·斯蒂尔的性格内向,是美国少数几位不办巡回宣传促销的作家之一。有时,她只是在杂志上开一些笔谈栏目来满足一些读者的需要。

1973年，丹尼尔·斯蒂尔出版了她的处女作《回家》(*Going Home*, 1973)。此书出版后反响平平，没有引起人们注意。1977年，她又推出第二部作品《感情承诺》(*Passion's Promise*, 1977)。该书产生了轰动，她由此成为著名的畅销书作家。《波士顿环球报》载文说："在家庭和爱情题材小说方面，丹尼尔·斯蒂尔是继美国当代名作家埃里奇·西格尔后，在文坛崭露头角的女作家。"德尔公司买下了此书的版权。仅在1978和1979年，该书就重版了七次。

丹尼尔·斯蒂尔的小说题材一般是当代人爱情、婚姻与家庭方面的悲欢离合故事。她擅长抓住现实中的问题来展开情节，如代沟、家庭与爱情的冲突以及中年人的婚姻等等。《回到原地》(*Full Circle*, 1984)是一对母女由隔阂到理解的故事，该书于当年首次荣登《纽约时报》畅销书榜首。《转变》(*Changes*, 1983)则描写一对父子爱上一对母女，其喜剧性情节体现了80年代中年人婚姻如何得到晚辈理解的热门话题。《家庭影集》(*Family Album*, 1985)描写一对美国夫妻领着五个孩子如何面对生活的坎坷与艰难。而《漫游癖》(*Wander Lust*, 1986)讲述一个富家女子在父母双亡后，开始遨游世界，逐渐成长为成熟女性。该书于1986年再度荣登《纽约时报》畅销书榜首，并驻留四周。

丹尼尔·斯蒂尔小说的另一种常见题材是描写女强人如何通过自身努力摆脱逆境，走向成功。如《今生一次》(*Once in a Lifetime*, 1982)，描述女主人公达芙妮在圣诞前夕一场大火中失去了丈夫和女儿，后又发现她的遗腹子先天失聪。现实生活中的种种挫折使母子俩的生活雪上加霜，但她不畏艰难，勇敢地迎接挑战，最后与聋哑学校的校长组成了幸福家庭。1992年的畅销书《宝石》(*Jewels*)描写一位颇有抱负的女孩萨拉从纳粹的死亡集中营逃脱后，经过种种艰苦努力，最终成为一个富有的金融家和珠宝家。《星》(*Star*, 1989)则讲述一对男女成为好莱坞影星的奋斗历程。此书也于1989年荣登畅销书榜首。也就在同一年，她的另一部带有强烈妇女独立意识的小说《爸爸》(*Daddy*, 1989)问世，该书女主人公也叫萨拉，有个幸福美满的家庭，丈夫事业有成，三个孩子活泼可爱。但她却执意要离开自己的幸福窝，到自己的母校哈佛大学攻读硕士学位，并计划写一本小说。

丹尼尔·斯蒂尔作品中的女主人公多为上层社会的漂亮女性，譬如她的《左娅》(*Zoya*, 1989)，同名女主人公为俄罗斯的一名贵族女子，她在苏联十月革命前夕，离开故乡圣彼得堡辗转到了巴黎，后一直定居在纽约，六十多年的生活历经坎坷。另外，轻松的爱情故事也是丹尼尔·斯蒂尔常用的写作题材。有人说读她的小说是一种"愉快的享受"。如《心动》，描写两位电视工作者坠入情网，《万花筒》则描写离散多年的三姐妹经过律师的帮助最终生活在一起。为此，有些评论家说读这些作品"只需用眼，不需用脑"，这当然是嘲讽丹尼尔·斯蒂尔的小说情节简单。但不管怎样，它们赢得了众多的读者。

20世纪90年代和21世纪头二十年，丹尼尔·斯蒂尔依旧笔耕不辍，作品迭出，每年问世的畅销书多达三四种，主要有《巴黎的五天》(*Five Days in Paris*,1997)、《漫漫回家路》(*The Long Road Home*,1998)、《丹奶奶》(*Granny Dan*,1999)、《安全港》(*Safe Harbour*,2003)、《好女人》(*A Good Woman*,2008)、《背叛者》(*Betrayal*,2012)、《隐秘者》(*Undercover*,2015)等等。其中，《安全港》是她的第六十一部畅销小说，于同年被搬上电影银幕，而作为第八十六部小说的《背叛者》，也高居《纽约时报》畅销书榜首。值得注意的是，2015年出版的超级畅销书《隐秘者》融入了较多的惊悚小说因素。该书描写前缉毒局特工马歇尔·埃弗雷特和时尚杂志编辑阿里亚纳·格雷戈里的不寻常恋情。

安尼·泰勒

1941年10月25日，安尼·泰勒出生在明尼苏达州明尼阿波利斯，后随家移迁到北卡罗来纳州罗利，并在那里长大。父亲是工业化学家，母亲是社会工作者。十六岁时，安尼·泰勒获得了一笔全额奖学金，并据此入读杜克大学，在校期间，热爱写作，曾荣获安尼·费克斯勒奖。之后，她在哥伦比亚大学读研究生，从事俄罗斯研究，并兼任该校俄罗斯图书文献编纂员。在校期间，她结识了伊朗心理医生塔奇·莫达雷西(Taqi Modarressi,1931—1997)，共同的写作爱好令两人走到了一起，不久，他们育有两个女儿。

1964年，安尼·泰勒发表了处女作《如果早晨曾经来临》(*If Morning Ever Comes*,1964)。该书讲述一位名叫本·霍克的年轻人为了打听自身家庭的秘密，从哥伦比亚来到了北卡罗来纳，得知父亲一直在母亲与情人之间摇摆不定，而他的祖母当年虽然爱着另外一位男人，却嫁给了他的祖父。长辈的婚姻和爱情给了他很大启迪，为此，他决定与以前的女友重归于好。从情节的构思和安排上看，这本书显得有些稚嫩，但是，却开启了安尼·泰勒日后的经常性创作主题——描写家庭、爱情、婚姻三者之间的关系。

1967年以后，安尼·泰勒成了一位专职作家。1970年，她推出了自己的第三部小说《每况愈下的生活》(*A Slipping-Down Life*,1970)。该书讲述一个其貌不扬的中学生痴迷某个未成年人滚石联盟,竟用剪刀在额头刻下了联盟字样。1972 年,安尼·泰勒的又一部作品《时钟发条》(The Clock Winder),为读者描述了一位生活很无奈的寡妇,虽然继承了一大笔财产,却遭到孩子们的遗弃,独自居住在维多利亚式的、摆放着许多闹钟的大宅中。接下来,安尼·泰勒又推出了《遨游太空》(Celestial Navigation,1974)、《寻找卡列布》(Searching for Caleb, 1975)、《尘世的财产》(Earthly Possessions,1977)、《摩根的去世》(Morgan's Passing, 1980)等作品。这些小说同她以前的小说一样,情节比较简单,没什么高潮与悬念,但人物情感描写却十分细腻感人。

  1982 年,安尼·泰勒出版了《思家饭店的晚餐》(Dinner at the Homesick Restaurant)。这部小说在社会上产生了轰动,《纽约时报》《新闻周刊》《时代》纷纷将其列为当年美国最优秀的小说。而安尼·泰勒也因此跻身于当代著名言情小说家的行列。该书的故事情节是:珀尔被丈夫遗弃后,默默地忍受孤独与痛苦。她含辛茹苦地将三个儿女拉扯成人,但长年的劳累与忧虑使她养成了固执、暴戾的个性,与子女之间没有多少交流与沟通。她的长子科迪逞强自私,与母亲格格不入。女儿贞妮勤奋内向,与她所爱的亲人保持距离。唯有幼子伊兹拉软弱温顺,渴望家庭的温暖和亲人的关爱。伊兹拉从一个寡妇那里继承了一家饭店,改名为"思家饭店"。他常常邀请母亲兄弟来此举行晚餐,但每次总是不欢而散。他的"温馨之家"的梦想一直无法实现。故事最后,珀尔去世,儿女们参加母亲的葬礼归来,竟有如释重负之感。《思家饭店的晚餐》的成功之处在于抓住了 80 年代以后美国人回归传统的心态。与 60 年代和 70 年代追求个性自由的反叛思潮相反,当代美国人十分看重家庭的伦理道德,崇尚婚姻的神圣与爱情的纯真。安尼·泰勒的这本书显然是顺应了这一潮流。

  80 年代,安尼·泰勒的另外两部优秀小说是《偶然的旅行者》(The Accidental Tourist,1988)和《活生生的教训》(Breathing Lessons,1988)。前者获得普利策奖提名,并于同年被搬上电影银幕,而后者也于 1989 年获得普利策奖。《偶然的旅行者》描述马考·里尔在孩子离世、妻子弃他而去之后,开始驾驶飞机漫无边际地旅行,直至结识了驯狗员缪莉尔和她的儿子,这才重新振作。而《活生生的教训》是一个平凡中见珍贵的故事。天生乐观、有事业心的玛琪嫁给了伊拉。一晃二十八年过去,一个炎热的日子,玛琪和伊拉参加朋友的葬礼。在长途驱车的路上,他们回顾了二十八年的生活,得出了一些活生生的教训,重新认识了爱情、婚姻和幸福的意义。

  到了 90 年代和 21 世纪,安尼·泰勒又相继出版了《也许是圣徒》

(*Saint Maybe*,1991)、《岁月之梯》(*Ladder of Years*,1996)、《一棵拼缀的行星》(*A Patchwork Planet*,1998)、《业余婚姻》(*The Amateur Marriage*,2004)、《初学者的告别》(*The Beginner's Goodbye*,2012)、《刻薄女孩》(*Vinegar Girl*,2016)等等。总体上,这些小说的文学性有所增强,但在言情小说界的影响力已经下降。

第三节 硬派女性私家侦探小说

渊源和特征

作为一类成熟的、受欢迎的通俗小说,美国硬派私家侦探小说流行的时间比较长。从卡罗尔·戴利发表短篇小说《三枪特里》到米基·斯皮兰的长篇巨著《我,陪审团》的问世,它风靡美国通俗文坛达数十年。在此期间,产生了许多颇有影响的作家和作品。20年代美国硬派私家侦探小说的旗帜是达希尔·哈米特。他最早提出了硬派私家侦探小说的框架,而且所塑造的"大陆探员""萨姆·斯佩德"等私家侦探也成为众人仿效的对象。到了30年代,又有雷蒙德·钱德勒的"菲利普·马洛"系列特别令人瞩目。该系列以栩栩如生的人物、色彩浓郁的风格和深邃隽永的主题,丰富和完善了硬派私家侦探小说的创作模式。40年代该领域出类拔萃的人物首推罗斯·麦克唐纳和米基·斯皮兰。前者的"刘·阿切尔"系列是公认的高水准小说,而后者的"迈克·哈默"系列也频频在畅销书排行榜崭露头角。"毫无疑义,在过去的60年,达希尔·哈米特、雷蒙德·钱德勒、罗斯·麦克唐纳和米基·斯皮兰是硬派私家侦探小说的最有影响的实践者。"[1]

二战后,美国硬派私家侦探小说依旧保持这种蓬勃向上的发展势头。一方面,罗斯·麦克唐纳、米基·斯皮兰等人还在不断推出"刘·阿切尔"系列和"迈克·哈默"系列的续篇。他们的作品遍布美国的大街小巷,并且被译成多种文字,远销世界各地。另一方面,美国硬派私家侦探小说领域又诞生了理查德·普拉瑟(Richard Prather,1921—2007)、托马斯·杜威(Thomas Dewey,1915—1981)等创作新秀。他们的作品同样畅销,同样受欢迎。同前人相比,这些作品的故事框架依旧,但人物形象多有变化,而且

---

[1] Robert A. Baker & Michael T. Nietzel. *Private Eyes: One Hundred and One Knights*, "Introduction", Bowling Green State University Popular Press, Bowling Green, Ohio, p. v.

变化的总趋势是主人公平民化,也就是说,呈现在读者面前的私家侦探不再是一些高大全式的超人,而是地地道道的凡夫俗子。理查德·普拉瑟自 1950 年起,出版了一系列以私家侦探谢尔·斯科特(Shell Scott)为主人公的畅销小说。在这些小说中,他十分强调谢尔的七情六欲,常常让其同美丽的金发女郎上床做爱。而托马斯·杜威也在同一时期出版的十几部长篇小说中,成功地塑造了一位名叫马克(Mac)的芝加哥私家侦探。该侦探同样具有凡人的种种特点,是现实生活中的真人。

不过,在推行私家侦探平民化方面,成就最大的是稍后一些时间的比尔·普龙泽尼(Bill Pronzini,1943—)。他出生于加利福尼亚州佩塔鲁玛,自小爱好文学。早在中学时,他就创作了第一部小说。为了实现由来已久的梦想,他放弃了去斯坦福大学新闻系求学的机会,当了一名专职作家。1968 年,他受理查德·普拉瑟的影响,开始创作以"无名侦探"(nameless detective)为主人公的短篇小说。这些小说在杂志刊发后,获得了好评。于是,他将其扩展为长篇系列。1971 年,该系列第一部《抓痕》(The Snatch)问世。不久,他又相继出版了第二部《消失》(The Vanished,1973)和第三部《潜流》(Undercurrent,1973)。直至 20 世纪末,该系列的续篇还在源源不断地问世。"无名侦探"虽然无名,却处处体现普通人的七情六欲。他原是旧金山警察署的一名警察,后来当了私家侦探。在同罪犯作斗争的过程中,他虽然表现得机智、勇敢,但并不料事如神,时常出现一些过失,甚至遭人暗算。系列开始时,他四十七岁,身体略胖,一直未娶,喜欢收集通俗杂志。至于主人公为什么一直没取名字,普龙泽尼解释说:"无名和我是同一个人,或者说是我的化身,他的人生观、他的优点、缺点、他收集通俗杂志的爱好——所有这些都是我的……所以,虽然我没这么称呼他,事实上他的名字叫比尔·普龙泽尼。"[1]

70 年代末和 80 年代初,美国硬派私家侦探小说领域依旧是新潮不断,一浪高过一浪。受女权主义运动的影响,一些女作家开始尝试将硬派私家侦探小说中的男性侦探改为女性侦探。最早进行这方面尝试的是马西娅·马勒(Marcia Muller,1944—)。1971 年,她依据硬派私家侦探小说的模式构思了一部以女性侦探为主人公的小说。该女性侦探被取名为莎伦·麦科恩(Sharon McCone)。据她本人介绍,该名字的前半部分来自她的大学同学莎伦·德拉诺(Sharon Delano),而后半部分来自已故前中央情

---

[1] Frank N. Magill, edited. *Critical Survey of Mystery and Detective Fiction*. Salem Press Inc, Pasedena, California, 2008, p. 1470.

报局首脑约翰·麦科恩(John McCone)。但由于种种原因,这部小说没有来得及写完,就夭折了。时隔不久,她又构思了另一部硬派女性私家侦探小说,女主人公仍为莎伦·麦科恩。经过数年的艰苦写作,这部题为《埃德温铁鞋》(Edwin of the Iron Shoe,1977)的处女作终于得以问世。该小说主要描写某古玩店发生的一起复杂的凶杀案,故事情节沿袭传统的硬派私家侦探小说模式,但女主人公是一个全新的人物。她既有超越一般女人的杰出才能,又有普通女人的七情六欲。尤其是,她具有强烈的女权主义意识,不畏强暴,宁死不屈。面对这样一个别开生面的"现代女骑士",读者的神经被牵动了。有关报刊连篇累牍地发表赞扬文章,大西洋两岸响起一片叫好声。

紧接着,一个又一个女作家闻风而动,创作以莎伦·麦科恩式的女侦探为主人公的硬派私家侦探小说。其中同马西娅·马勒一样,颇有影响的有休·格拉夫顿(Sue Grafton,1940—2017)和萨拉·帕莱斯基(Sara Paretsky,1947—)。前者的《A:辩解》("A" Is for Alibi,1982)推出了深受欢迎的女性私家侦探金西·密尔霍姆(Kinsey Millhone),而后者的《唯一补偿》(Indemnity Only,1982)所塑造的女性私家侦探 V. I. 沃肖斯基(V. I. Warshawski)也备受读者好评。整个80年代和90年代,这三位女作家都是硬派女性私家侦探小说(hard-boiled female private detective fiction)创作的光辉旗帜。马西娅·马勒除创作"埃琳娜·奥利弗雷兹"(Elena Oliverez)和"乔安娜·斯塔克"(Joanna Stark)这两个较短的系列之外,主要精力用于创作"莎伦·麦科恩"女性私家侦探小说系列。休·格拉夫顿毕生致力于"金西·密尔霍姆"女侦探系列的创作。她每出一部,便按英文26个字母的顺序在书名前标上一个字母。相对来说,萨拉·帕莱斯基的"V. I. 沃肖斯基"系列的小说数量不多,但几乎每一本都是精品,其中不少曾被列入《纽约时报》畅销书排行榜。

现代硬派女性私家侦探小说是对传统侦探小说的主人公形象塑造的重大突破。本来,古典式侦探小说和硬派私家侦探小说是男性占优势的小说。也就是说,不但小说的作者和读者多半是男性,而且所塑造的侦探主人公也多半由男性担任。至于女性,往往在作品中以受害者或男性凶犯合谋者的次要人身份出现。虽说一战以来,在古典式侦探小说和硬派私家侦探小说当中,也曾出现过少量女侦探,如30年代英国著名作家阿加莎·克里斯蒂笔下的业余侦探简·马普尔(Jane Marple),50年代美国菲克林夫妇(Skip and Gloria Fickling)塑造的性感女侦探霍尼·韦斯特(Honey West),但是她们或者仅仅是披上了一件女性的外衣,其言谈举止、一招一式,均像男性神探;或者被过分强调在"性"方面的作用,其人物形象塑造始终没有脱离男性附庸的窠臼。现代硬派女侦探自诞生那天起,便以全新的面貌矗立于世。一方面,她们是硬汉式私家侦探,愤世嫉俗,有正义感,不畏强暴,坚韧不拔;但另一方面,她们又是女性,具有女性的一切特点,而且这种女性是充满女权主义意识的现代女性,不受制于任何男人,我行我素,自主自立。

马西娅·马勒

1944年9月28日,马西娅·马勒出生在密歇根州底特律。她十八岁进入密歇根大学,先后获得英语学士和新闻学硕士学位。毕业后,她推销过杂志,还当过自由撰稿人,但她的兴趣始终是创作侦探小说。1977年,她尝试创作硬派女性私家侦探小说,并获得成功。由此,她成为美国著名侦探小说家。在这之后,她和后来成为她终身伴侣的比尔·普龙泽尼一起编纂女侦探小说作品集和论文集。从1981年起,她成为专业作家,迄今出版有二十多部硬派女性私家侦探小说。这些小说大部分为畅销书,被译成多种文字在世界各地出版。1993年,她荣获美国私家侦探小说作家协会颁发的终身成就奖。翌年,她的小说《阴影中的狼》(Wolf in the Shadow, 1994)又获得爱伦·坡最佳犯罪小说提名奖和安东尼·鲍彻奖。

马西娅·马勒的硬派女性私家侦探小说主要分三个系列:"莎伦·麦科恩"系列、"乔安娜·斯塔克"系列和"埃琳娜·奥利弗瑞兹"系列。其中,以"莎伦·麦科恩"系列的作品数量最多,成就也最大。在她的处女作《埃德温铁鞋》以及80年代初问世的《问纸牌一个问题》(Ask the Cards a Question, 1982)、《柴郡猫的眼睛》(The Cheshire Cat's Eye, 1983)、《驱逐黑暗的游戏》(Games to Keep the Dark Away, 1984)、《给威利留个口信》(Leave a Message for Willie, 1984)、《翻倍》(Double, 1984)、《没有什么可怕》(There's Nothing to be Afraid of, 1985)等作品中,马西娅·马勒描绘了莎伦·麦科恩的家庭背景和成长经历。莎伦·麦科恩出生在加利福尼亚州圣迭戈一个普通家庭,具有八分之一印第安人血统。起初,她在百货店工作,不久调到保安部门。嗣后,到伯克利大学攻读社会学专业学位,并经过几番周折,又回到了原先的行业,在旧金山一家最大的保安公司当职业侦探。她选择这个工作,完全是出于个人爱好和维持生计的目的。最后,她看中了颇有自由氛围的众生法律事务所,在该所长期担任侦探。她工作勤勉,不畏劳苦,法律观念强,乐于与警方合作,凡是接手的案件都要查个水落石出。她单身未婚,但也结交性伙伴。她的爱情观建立于女权主义基础之上。

接下来,马西娅·马勒出版的《暴风眼》(Eye of the Storm,1988)、《星期日会出事》(There's Something in a Sunday,1989)、《恐怖幻影》(The Shape of Dread,1989)等作品赋予了莎伦·麦科恩新的案情和新的遭际。《暴风眼》的故事场景设置在萨克拉门托三角洲一个神秘的海岛,那里素以鬼魂萦绕、盗匪横行著称。不久,歹徒的蓄意破坏又降临到莎伦·麦科恩的妹妹等人开设的苗圃和饭店。于是莎伦·麦科恩利用假日,顶着狂风来到了海岛。不料,岛上破坏愈演愈烈,最后升级为谋杀。同样,在《星期日会出事》中,一开始,莎伦·麦科恩的年迈雇主突然倒在血泊中,于是她和同事中断了星期日休闲计划,进行了调查。案情牵涉到一个流浪汉和两个激进分子,还有一个倔强的牛仔和一个神秘失踪的金发女郎。莎伦·麦科恩也随之进入了一个因梦幻破灭、婚姻纠葛引起的屠杀迷宫。而《恐怖幻影》是一个极为复杂的"案中案"。夜总会当红明星特蕾西被杀,司法部门认定凶手为餐厅男服务员博比,对此博比也供认不讳。但时隔两年,特蕾西的尸体并未发现,而且博比的供词也存在许多疑点。更令人不明白的是,特蕾西并不像想象的那样单纯。伴随着莎伦·麦科恩重新进行调查,又发生了一连串谋杀。面对以上各个复杂、危险的案件,莎伦·麦科恩没有考虑个人的安危,而是强迫自己接受一个又一个挑战。在这些作品里,她的个性的最大变化是增强了对侦探工作的道德感和使命感。她每每为身不由己地卷入复杂、危险的案情而感到懊悔,但又无法割舍对受害者的同情。在侦破技术方面,她也比以前更加成熟。不管她的对手作案手段多么高明,还是在她手中原形毕露。

不过,马西娅·马勒最有名的"莎伦·麦科恩"小说还是90年代出版的一些作品,如《战利品和亡物》(Trophies and Dead Things,1990)、《回声响起的地方》(Where Echoes Live,1991)、《女尸眼里的钱币》(Pennies on a Dead Woman's Eyes,1992)、《阴影中的狼》、《直至屠夫把他砍倒》(Till The Butchers Cut Him Down,1994)、《荒凉、孤寂之地》(A Wild and Lonely Place,1995)等等。如果说,马西娅·马勒以前的作品着意刻画了莎伦·麦科恩的成长和成熟,那么,这个年代的作品则特别强调莎伦·麦科恩的大智大勇和坚强不屈。在这些书中,这位带有女权主义烙印的"现代女骑士"的活动场景不受限制,案情时间跨度很大,案情本身也极其复杂、极其危险,因而人物形象也更显生动、丰满。譬如《女尸眼里的钱币》,案情发生在三十六年前,被害人是女演员科迪莉亚,而且尸体已经被肢解,双眼各嵌了一枚钱币。经当时的司法机构侦查,凶手是科学家文森特的妻子利斯,她因科迪莉亚勾引文森特而对科迪莉亚起了杀意。而在法庭审判过程中,利斯也承认了自己的所作所为。她由此被判死刑,后又由死刑改为三十六年监禁。但出狱后,她又开始喊冤。在一般人眼里,这是一个铁案,无法推翻,也不可能推翻。然而,莎伦·麦科恩却从这个铁案中找出了漏洞。她开始逐一寻找当时的证人,进行了艰苦细致的调查。正当案情逐渐明朗的时候,风云骤起,当事人利斯自杀,关键证人被杀,而且恐怖的阴影也开始笼罩莎伦·麦科恩。她不断遭到袭击,并且几乎丧命。但是,莎伦·麦科恩没有被这一切吓倒。她巧妙地运用历史模拟法庭的审判程序,诱导利斯的女儿回忆当时的情景,终于找出了真正的凶手。

21世纪头二十年,"莎伦·麦科恩"系列以每年或每两年一部小说的速度继续扩容,到2018年,已有三十四部小说问世。此外,马西娅·马勒又增添了"索莱达县"(Soledad County)系列以及其他单本的小说、小说集。但是所有这些作品,就其影响的深度和广度而言,已不可与昔时的作品同日而语。

休·格拉夫顿

1940年4月24日,休·格拉夫顿出生在肯塔基州路易斯维尔。她从小受当作家的父亲的影响,爱好写作。60年代初,她从路易斯维尔大学毕业后,即开始了文学创作。整个60年代和70年代,她写了两部主流小说,创作和改编了四部电视连续剧。不过,这些作品在社会上均没有造成什么影响。1981年,休·格拉夫顿的感情生活开始发生危机,并被迫与丈夫离婚。为了宣泄自己的情绪,她以前夫作为反派人物,构思了一个庞大的"金西·密尔霍姆"侦探小说系列。该系列计划写二十六本,按英文二十六个字母的顺序逐一命名。主人公为金西·密尔霍姆,她是一个职业女侦探。1982年,该系列的第一部小说《A:辩解》问世。这部别具一格的侦探小说顿时在社会上引起了轰动,成为十分火爆的畅销书。从此,休·格拉夫顿将主要精力用于对"金西·密尔霍姆"系列小说的创作。到2017年,她因患阑尾癌去世,该系列已经出版至字母"Y",共二十五本。

同马西娅·马勒笔下的莎伦·麦科恩一样,金西·密尔霍姆也是一个坚韧不拔,不畏强暴,充满女权主义意识的"现代女骑士"。在该系列的最初几本书中,休·格拉夫顿对金西·密尔霍姆的身世做了简短的介绍。她出身于一个富裕家庭,五岁时,一次可怕的车祸夺走了她的父母的生命,她遂成了孤儿。后来,她投奔了寡居的姨母。姨母膝下无子女,视金西·密尔霍姆为自己的亲生女儿,并予以精心培养。渐渐地,金西·密尔霍姆成长为自强自立的女性。她不喜欢烹饪和时尚,却喜欢书本。二十多岁时,她当了一名警察。但是,两年后,因为不满警察局的官僚制度,提交了辞呈。后来,她成了一位有执照的私家侦探。在《A:辩解》中,金西·密尔霍姆受雇调查一起杀人案,并且出手不凡。罗伦斯是一位律师,专门受理离婚案件,为此经常同一些不三不四的女人混在一起。但有一天,他突然被人杀害,陪审团认为死亡与他的年轻、漂亮的妻子尼基有关,判尼基服刑八年。八年后,尼基出狱。为了洗清自己的罪名,她雇用金西·密尔霍姆寻找杀害她丈夫的真正凶手。尽管这是八年前的陈案,金西·密尔霍姆利用一切可能得到的线索,终于抓住了真正的凶手。接下来,金西·密尔霍姆又在《B:盗贼》("*B*" *Is for Burglar*, 1985)中,成功地破获了一起失踪案。富孀伊莱恩穿着名贵的猞猁毛大衣离开圣特瑞萨的公寓前往博卡拉顿。但就在路上,她突然失踪。疑团随着一个个不祥的突发事件逐渐解开。先是房子失火,继而公寓被盗,再而那件猞猁毛大衣突然出现,最后她的一位桥牌朋友死在房间。显然,这是一起失踪案,也是一起谋杀案。

随着"金西·密尔霍姆"系列的不断推出,这个硬派女性私人侦探也由初试身手到大展神威,破获了不少复杂、危险的案件。与此同时,她的人情味也变得越来越足。在《C:尸体》("*C*" *is for Corpse*, 1986)中,她结交了一个名叫博比的朋友。此人不久前曾经历了一次严重车祸,汽车翻下山崖,虽然幸免一死,但身上留下累累伤痕,而且失去了大部分记忆。然而,他唯一记得的是,那次车祸系人为制造,有人出于某种原因,想置他于死地。而且,死亡的阴影还在向他逼近。为此,博比要求金西·密尔霍姆提供保护。但是,金西·密尔霍姆以为他记忆发生错乱,没有在意。谁知三天后,博比果然被人杀害。金西·密尔霍姆痛心疾首,悔恨不已。她发誓找出凶手,替朋友报仇。这种充满人情味的情节已完全摆脱了早期金西·密尔霍姆"为钱断案"的冷漠面孔,反映了休·格拉夫顿的创作已经由单纯重视故事情节改为故事情节和人物塑造并重。

金西·密尔霍姆是独身主义者,但也结交性伴侣。她曾经有过两次短暂婚姻。一次是她突然离开了丈夫,另一次是丈夫突然离开了她。不过,有关她第一个丈夫的情况,后来休·格拉夫顿在《O:歹徒》("*O*" *is for Outlaw*, 1998)中做了披露。在这部小说中,金西·密尔霍姆突然接到一个陌生人打来的电话,声称他拾到一个盒子,里面放有她的一些纪念物品。出于好奇,金西·密尔霍姆同意与陌生人见面,并经过讨价还价,以二十美元将盒子赎回。原来那是她第一个前夫米基拿走的盒子。自两人分手后,有十四年没见面。盒子里面有一叠邮件,其中包括一个女人的来信,信中称她可以为米基无法向警方解释的四个小时做出不在犯罪现场的证明,米基根本没有谋杀本尼。金西·密尔霍姆随即意识到,做事不明不白,不干不净,这并不符合米基的性格。里面肯定出了什么差错。出于一个职业侦探的正义感,同时也出于对米基的愧疚,她毅然踏上了为米基洗脱罪名的道路。

金西·密尔霍姆的坚韧不拔,不畏强暴的个性,最充分地体现在90年代末出版的《N:陷阱》("N" is for Noose,1997)中。故事伊始,诚实、勇敢,备受人们尊敬的县检察官汤姆·纽奎斯特突然逝世。对于他的死,整个县城的百姓并不感到意外。这位检察官工作太累,烟瘾又重,加上不注意饮食,不注意锻炼,简直就像美国心脏协会招贴画上的人物。汤姆·纽奎斯特的妻子塞尔玛并不怀疑验尸官的结论。但她总想知道,在汤姆·纽奎斯特生命的最后六个星期里,究竟是什么使他如此牵肠挂肚,以致夜不能寐,心脏病突发,死在办公室。为了寻求这个答案,她找到了金西·密尔霍姆。这似乎是个无头案,无边无际,如同在大海捞针。可是,金西·密尔霍姆偏偏要在大海捞针。她开始查看汤姆·纽奎斯特凌乱的办公桌,会见他的家人、同事和朋友。数天过去,她的耳边充斥着这样的话:塞尔玛是麻烦制造者,还是让汤姆·纽奎斯特的灵魂安息吧。但就在这时,金西·密尔霍姆下榻的旅馆遭到了暴力袭击。显然,这是有人向她发出警告,要她赶快离开此地。她由此顺藤摸瓜,开展了多方调查,不久终于查明,汤姆·纽奎斯特七年前就着手调查一起谋杀案,这起谋杀案与现时的一系列杀人事件有关。然而,金西·密尔霍姆的对手也在紧锣密鼓,大动干戈。金西·密尔霍姆陷入前所未有的危险之中。

休·格拉夫顿的"金西·密尔霍姆"系列多次获奖,如《B:盗贼》《C:尸体》《G:侦探》("G" is for Gumshoe,1990)分别于1986年、1987年和1991年获得安东尼最佳长篇小说奖;《B:盗贼》《G:侦探》和《K:谋杀》("K" is for Killer,1994)分别于1986年、1991年和1995年获得沙缪斯最佳精装小说奖;《Y:昨天》("Y" is for Yesterday,2017)于2018年获得比尔·克莱德系列小说奖;等等。

萨拉·帕莱斯基

1947年6月8日,萨拉·帕莱斯基出生在艾奥瓦州阿米斯。不过,她是在堪萨斯州长大的。60年代末,她从堪萨斯大学毕业后,来到芝加哥大学深造,并先后获得工商管理学硕士和历史学博士学位。在这之后,她在芝加哥一家保险公司任职,与此同时开始了对侦探小说的创作。1982年,她出版了第一部以女侦探V.I.沃肖斯基为主人公的小说《唯一赔偿》(Indemnity Only)。这部小说当即受到欢迎,成为轰动一时的畅销书。受此鼓舞,萨拉·帕莱斯基遂把该书扩展为一个系列,继续创作以 V. I. 沃肖斯基为女侦探的小说。到 2020 年为止,该系列已出至二十二本,其中大多数为畅销书,且被译成多种文字,远销世界各地。

　　如同莎伦·麦科恩和金西·密尔霍姆,V. I. 沃肖斯基也是一个典型的硬派私人女侦探。她出生在芝加哥,母亲是意大利移民,父亲为波兰籍犹太人且在当地警察局任职。在父亲的影响下,她很早就学会了用枪,并崇拜警察,后来成了一名职业的私人女侦探。她为人正直,聪明睿智,尤其擅长破解经济犯罪案件。案件发生地往往是一些大的金融企业,而且每每与高层官僚的腐朽有关。譬如《唯一赔偿》,故事一开始,V. I. 沃肖斯基受理了一个案件。客户是一个自称约翰·塞耶的银行家,他雇请 V. I. 沃肖斯基寻找他的儿子彼得失踪的女朋友阿尼塔·希尔。然而,随着调查深入,V. I. 沃肖斯基发现,阿尼塔·希尔并非这位失踪者的真实姓名,而所谓约翰·塞耶的儿子彼得也另有其人,并且已死,显然是被谋杀的。约翰·塞耶究竟是何许人?他为何要设此迷魂阵?到此时,V. I. 沃肖斯基知道,一个本来十分简单的案件已经变得极其复杂。约翰·塞耶和警方均断定那场谋杀出自恐怖组织或贩毒集团之手,而 V. I. 沃肖斯基认为与死者所在的阿贾克斯保险公司有关。于是,她开始在该公司各个部门展开调查,并最终揭露了该公司某些高级官员妄图诈骗巨额保险金的大阴谋。

　　尽管 V. I. 沃肖斯基经常与大公司总裁打交道,但她的客户却是一些中低阶层的人物,而且她本人的经济也是"捉襟见肘"。她的侦探事务所设置在芝加哥市中心一幢建筑物内。那里设施陈旧,由于电梯经常出故障,她总是从一楼爬到四楼,底层门厅也总是挤满流浪汉。不过,这丝毫不影响她我行我素的生活方式。她总是在高级酒吧点菜,与朋友一道饮酒、聊天。许多案情调查就是在那里进行的。虽然她有很多警察局的朋友,但始终坚持独立办案,不依赖任何人。尤其是,她推崇独身主义,虽然结过婚,但只维持了四个月,后来结交的诸多性伴侣也都是随意的、短暂的,如《杀人规则》(*Killing Orders*, 1985)里的转保经纪人罗杰·费伦特,《苦药》(*Bitter Medicine*, 1987)里的妇产科主任彼得·伯戈因,《艰难时世》(*Hard Time*, 1999)里的记者莫雷·莱尔森,等等。虽说他们起着重要的咨询作用,但绝没有左右 V. I. 沃肖斯基的独立办案。不过,V. I. 沃肖斯基并非没有个人情感。在《唯一赔偿》中,她就向父亲的朋友安德普·麦格拉兹诉说了自己的隐私,说父亲不理解她以前情人的死亡对她一生有多大的影响。而在《死锁》(*Deadlock*, 1984)中,萨拉·帕莱斯基则颇为细致地描述了她对自己的堂哥布姆的亲情。这位曲棍球明星由于获知了大湖造船公司的经济犯罪事实,惨遭谋害。V. I. 沃肖斯基发誓要查出布姆"失足"落水的真相。她不辞劳苦,远赴加拿大取证,经过种种曲折,终于查出谋害布姆的凶手。所有这些,充分显示出 V. I. 沃肖斯基真实、生动,充满女权主义特征的个性。

不过,V. I. 沃肖斯基给读者最深刻的印象是坚韧不拔,不畏强暴。几乎在每一个案件中,她都遇到了来自犯罪势力的利诱、威胁或侵害。然而,她并没有屈服,而是顶着种种压力,继续调查。在她的心目中,始终有一个坚定的信仰:主持正义,惩罚罪犯。譬如《血迹》(*Blood Shot*,1988)中,V. I. 沃肖斯基应童年好友卡洛琳的请求,寻找她失踪多年的父亲。但调查刚开始,另一位童年好友南茜即泛尸湖面。究竟谁谋杀了南茜?她的被害与寻找卡洛琳的父亲有何联系?怀疑对象从市府要员一直排到联合大企业的总裁。而随着这张庞大的黑网被逐步掀开,V. I. 沃肖斯基也遭遇了前所未有的威慑。但是,她不顾个人的安危,继续调查,直至找出了全部真凶。又如《燃烧痕迹》(*Burn Marks*,1990)中,V. I. 沃肖斯基多年未谋面的姑母埃琳娜经营的旅馆突然失火,她被雇用调查火因。但是,调查刚开始,埃琳娜即失踪,她的一位年轻朋友也突然死在建筑工地上。与此同时,一位高资历的警官和一个芝加哥开发商均告诫沃肖斯基不要插手此案。之后,沃肖斯基又接连遭到了暴徒的袭击。袭击的幕后操纵者无疑来自那些政客、警官或开发商。但是,V. I. 沃肖斯基没有被袭击吓倒。她不辞劳苦,多方调查,终于发现一大型建筑企业与腐败官员相互勾结、侵吞巨款的黑幕。

然而,在这方面,最精彩的是 90 年代末出版的《艰难时世》(*Hard Time*,1999)。多媒体环球娱乐公司购买了《芝加哥先驱者星报》,解雇了原报社的所有人员。于是,V. I. 沃肖斯基的好友莫雷·莱尔森改任环球网络电视秀节目主持人。这天,V. I. 沃肖斯基参加了庆祝莫雷·莱尔森首次登台亮相的晚会。在驱车回家的路上,她看见前面路上躺着一个女人,于是急转方向盘,避过了该女人的身躯,但发现她还是遍体重伤。裙子上沾满了污血,左臂被折断。不久,她在医院死去。紧接着,怪事接踵而至。两个警官急忙冲进了 V. I. 沃肖斯基的办公室,指控她犯了交通肇事致人死亡罪。而原先验尸官做出该女人的死亡非 V. I. 沃肖斯基之故的结论书又不翼而飞。显然,这是一个精心设计的大阴谋,目的是栽赃陷害 V. I. 沃肖斯基。经过调查,V. I. 沃肖斯基发现,那个死去的女人名叫尼古娜,是个监狱逃犯。她因没有钱给年幼的孩子治病,故偷盗雇主的一条项链而被投进监狱。不久,所有疑点都汇集到了库利斯女子监狱。这是州政府委托一家保安公司办的监禁女犯的场所。正当此时,一纸逮捕令送到了

V. I. 沃肖斯基的面前。到了库利斯女子监狱,她没有选择保释,而是毅然待在那里服刑。在狱中,她冒着种种危险,忍受着种种耻辱,记录了种种暴行。终于,她戳穿了库利斯女子监狱的伪善面孔,将这个人间地狱血淋淋的一切暴露在世人面前。

第四节　警察程序小说

渊源和特征

　　警察程序小说(police procedural fiction)也是一种探案小说,只不过在这种小说中,担任案件侦破工作的主角不是任何一类职业的、非职业的侦探,而是在政府部门工作的警察。往往这个警察会根据部门工作的需要,一人同时负责侦破几个案件。有时他也需要发挥团队的作用,即以他为核心,组织一支精干的警察侦破队伍。但无论哪种情况,小说中均包含着大量有关他个人或团队成员的日常生活、工作情况的现实主义描写,尤其是破案程序和破案技巧的现实主义描写。究其本质,警察程序小说是一类从警察的叙述视角,用现实主义的写作手法描写案件侦破工作程序的通俗小说。

　　同侦探小说中的侦探相比,警察程序小说中的警察有着明显不同的人物塑造特征。侦探小说中的侦探,无论是职业的,还是非职业的,都是非常自由的人物。他们可以随心所欲采取任何一种侦破方法,既可以像福尔摩斯那样进行推理与想象,也可以像萨姆·斯佩德那样进行追踪和交锋。案件侦破的成功往往离不开个人的超常智慧和能力。而警察程序小说中的警察作为政府机构中的成员,其行动必须以不违反部门的职业制度和工作程序为准则。他们必须懂得现实生活中哪些能做,哪些不能做。这里有两种情况:一种是警察个人的看法与上司的旨意一致,案件侦破的成功突显集体智慧;另一种是警察个人的看法与上司的旨意相左,其结果往往是上司带有某种偏见,而警察个人则有独到看法,但事实证明警察个人的看法是正确的。至于侦破手段,往往是依赖现代化的收集情报、审讯犯人等手段。当然,这并不否认警察具有超常的职业技能与素质。侦探小说中有关侦探的浪漫、夸张的成分居多。尤其是硬派私家侦探,往往是杀不死、打不烂的。而且与其对立的歹徒也是罪恶之极、狡诈之极,善与恶、好与坏形成强烈的对比。而在警察程序小说中,警察和凶手均属普通的凡人,小说情节十分平常,没有任何神奇夸张。正因为如此,警察这个人物形象较之任何一类侦探更具有现实主义的特征。

尽管早在19世纪中期,西方警察制度便已普遍建立,但作为一种以警察为主角的描写案件侦破工作程序的警察程序小说,却一直延迟到二战后才问世。这种严重滞后的主要原因是人们对国家法律制度和执法人员的不信任。而基于社会道德观念和读者欣赏口味的通俗小说,则应尽量反映人们的这种观念,满足人们的这种愿望。几乎从一开始,古典式侦探小说就把警察作为反面配角,用以衬托主角侦探的睿智和神奇。譬如爱伦·坡的《莫格街谋杀案》,该小说出现了一个次要人物巴黎警察局长,其笨拙的行为与侦探杜潘的神机妙算形成了鲜明的对照。而柯南·道尔的福尔摩斯小说集中也出现了一位跑龙套的警官莱斯特雷德,其所作所为只是为了反衬大侦探福尔摩斯。从那以后,侦探智胜警察就成为古典式侦探小说的一种套式。不可否认,在当时的古典式侦探小说中,也有少量属于以警察为主角、侦探为配角的小说,如"法国侦探小说之父"埃米尔·加博里欧的《勒鲁热命案》,"美国侦探小说之母"安娜·格林的《利文华斯案件》,安东尼·阿博特的《马戏团女王谋杀案》(*The Murder of the Circus Queen*, 1932),等等。不过,作者在描写这些警察时,依旧关注他们超常的职业技能与素质,展示他们如同大侦探破案一般的神奇,也就是说,没有脱离侦探人物塑造的窠臼。20世纪20年代硬派私家侦探小说的诞生并没有带来警察角色的根本性变革。一方面,达希尔·哈米特、雷蒙德·钱德勒等多数作家还在沿袭"侦探智胜警察"的套式;另一方面,厄尔·比格斯(Earl Biggers, 1881—1993)、海伦·赖利(Helen Reilly, 1891—1962)等少数作家也在不时推出戴着警察面具的侦探作品。这是因为侦探小说的模式由强调"解谜"变为强调"冒险"之后,现实主义的成分虽然有所增加,但整个作品的基调仍然是浪漫主义的。作者为了表现侦探不畏强暴的"现代骑士风范",必然要继续将他"神化",要将他刻画成一个杀不死、打不烂的铮铮铁汉,而这方面以受到诸多限制的警察为主角是很难奏效的。只有到了二战后,随着刑事侦破成为一门专业技术,并且产生了一整套破案程序,才能将侦探小说创作彻底现实主义化,也即诞生以警察的叙述视角描写案件侦破工作程序的警察程序小说。

一般认为,美国现代警察程序小说之父是劳伦斯·特里特(Lawrence Treat, 1903—1998)。他于1945年出版的长篇小说《V:受害者》(*V as in Victim*)最早用现实主义的写作手法描述了审讯、监视、盯梢、实验分析等警察工作程序,而且书中有关警察个人生活的一些细节,如家庭破裂、受上司猜疑和同行嫉妒、遭女性罪犯引诱等等,已成为许多警察程序小说的固定套式。稍后,希拉里·沃(Hillary Waugh,1920—2008)、埃德·麦克贝恩(Ed McBain,1926—2005)也分别推出了自己的同类畅销作品《惊鸿一瞥》(Last Seen Wearing,1952)和《怀恨警察者》(Cop Hater,1956)。同《V:受害者》一样,《惊鸿一瞥》十分强调用现实主义手法描绘警察的工作和塑造警察的人物形象。而《怀恨警察者》除了上述特征之外,还创造了一种多主角的叙述模式,即担任小说主角的不是单一的警察,而是一个警察群体。到了60年代,又有伊丽莎白·利宁顿(Elizabeth Linington,1921—1988)的《悬案》(Case Pending,1960)、罗伯特·菲什(Robert Fish,1912—1981)的《亡命者》(The Fugitive,1962)、约翰·鲍尔(John Ball,1911—1988)的《炙热的黑夜》(In the Heat of the Night,1965)等同类畅销作品引起人们瞩目。《悬案》首次塑造了一个充满正义的拉丁美洲裔警探卢斯·门多萨。他继承有祖父的百万家产,但依然奋战在洛杉矶警察局。《亡命者》的男主角达·席尔瓦警探的所作所为虽然有些神化,但基本可信。他浪漫、豁达的个性与胆大、心细的才干赢得了读者喜爱。而《炙热的黑夜》是一部主题深刻、技艺精湛的佳作。该书男主角——黑人警探弗吉尔·蒂比斯——积极投身民权运动,体现了那个时代的显著特征。

不过,美国警察程序小说的繁荣期还是70年代和80年代。一方面,希拉里·沃、埃德·麦克贝恩、伊丽莎白·利宁顿、罗伯特·菲什、约翰·鲍尔等人还在不断地推出佳作,尤其是埃德·麦克贝恩将《怀恨警察者》扩展为一个庞大的"第八十七警察署"系列,几乎每隔几个月或半年就出版一本书,它们均受到读者的热烈欢迎。另一方面,该领域又涌现了托尼·希勒曼(Tony Hillerman,1925—2008)、约瑟夫·万鲍(Joseph Wambaugh,1937—)、劳伦斯·桑德斯(Lawrence Sanders,1920—1998)、马丁·史密斯(Martin Smith,1942—)等创作新秀。托尼·希勒曼的主要成就在于十几部以纳瓦霍印第安人部落为背景的长篇小说。在这些长篇小说中,他融入了人物心理的因素,描写了两种民族文化的心理分析和冲突,从而增加了作品的思想深度和可读性。约瑟夫·万鲍本人系警察出身,他的一系列单本的长篇小说十分真实地描绘了洛杉矶年轻警察的成长经历以及警察职业的酸甜苦辣,被誉为"警察工作的百科全书"。劳伦斯·桑德斯擅长借鉴其他通俗小说的写作技巧。他的一系列长篇小说既有传统警察程序小说的成功要素,又有古典式侦探小说、硬派私家侦探小说和间谍小说的若干成分,而且视野开阔,情节复杂、生动。马丁·史密斯也擅长在警察程序小说的框架内描写带有侦探小说和间谍小说色彩的惊险故事。他的三个系列的长篇小说情节复杂,人物形象生动,尤其是社会场面宏大、逼真。

同侦探小说和间谍小说一样,70年代和80年代的美国警察程序小说也开始实现了由男性主人公向女性主人公的转换。1972年,美国女作家莉莲·奥唐奈(Lillian O'Donnell,1936—2005)率先出版了长篇小说《电话》(The Phone Calls)。在该书中,她塑造了一个令人难忘的女主角——诺拉·马尔卡哈妮警官。她是个寡妇,拖家带口,但能干聪明,工作十分出色。在这之后,莉莲·奥唐奈又将此书扩充为一个"诺拉·马尔卡哈妮"系列,描述这位意志坚定的女警官在城市的偏僻街道破案的种种不平凡经历。该系列很快受到人们的瞩目,并引起了众多女作家的仿效。在她们当中,影响较大的有玛格丽特·马伦(Margaret Maron,1938—2021)、凯瑟琳·福里斯特(Katherine Forrest,1939—)、巴巴拉·保罗(Barbara Paul,1931—2022)、苏珊·邓拉普(Susan Dunlap,1943—)、琼·赫斯(Joan Hess,1949—2017)等等。尤其是玛格丽特·马伦,其自传体长篇小说系列"西格里德·哈拉尔德"(Sigrid Harald)自1982年问世后,一版再版,并被译成十余种文字,远销世界各地。到了90年代,这股以女警官为警察程序小说主人公的潮流依旧在发展,先后涌现了帕特里夏·康韦尔(Patricia Cornwell,1956—)、朱莉·史密斯(Julie Smith,1944—)、埃莉诺·布兰德(Eleanor Bland,1944—2010)、劳里·金(Laurie King,1952—)、卡罗尔·奥康奈尔(Carol O'Connel,1947—)等新秀。其中帕特里夏·康韦尔以女验尸官凯·斯卡佩塔(Kay Scarpetta)为主角的长篇小说系列刚一问世,就连续获得爱伦·坡、约翰·克里西、安东尼·鲍彻、麦卡维蒂四项大奖。如今,帕特里夏·康韦尔已被誉为世界上最有成就的警察程序小说家之一。

希拉里·沃

1920年6月22日,希拉里·沃出生在康涅狄格州纽黑文,1942年从耶鲁大学毕业,获得文学学士学位。之后,他应征入伍,成为一名海空部队飞行员。服役期间,他开始了文学创作,先后有三部长篇小说问世。服役期满,他返回新英格兰。但没多久,他又去了纽约,后定居在康涅狄格州。1951年,他与荻安娜·泰勒结婚,育有二女一子,后又离异,另娶莎伦·欧克科。1956年至1957年,他从事教师工作。1961年至1962年,他在一家周报任编辑。1971年至1973年,他涉足政界,成为康涅狄格州吉尔福德议员第一候选人。尽管政务繁忙,他还是挤出时间创作。

希拉里·沃的创作成就始于三部十分受欢迎的硬派私家侦探小说:《爽约今宵》(Madam Will Not Dine Tonight,1947)、《渴望死亡》(Hope to Die,1948)和《赌注耗尽》(The Odds Run Out,1949)。这三部小说奠定了他作为一个杰出侦探小说家的基础。之后,一个偶然的机会,他接触到了查尔斯·博斯韦尔(Charles Boswell)的纪实作品集《异常案件实录》(*A Case Book of True and Unusual Murder*,1949),并深受启发,遂产生了以书中受害少女的经历为题材,创作一部真实描述警察探案的长篇小说的念头。1952年,这部题为《惊鸿一瞥》的长篇小说得以出版。该书同劳伦斯·特里特的《V:受害者》一样,用现实主义的手法描写了警察探案的种种程序。书中两名警探——警官弗兰科·福特和副手伯顿·卡梅伦——均是现实社会的普通人物,他们有着普通人的七情六欲以及性格上的弱点和缺陷,破案手段并非神机妙算,而是靠繁杂的调查和艰辛的取证。另外,同事的合作与帮助也是破案成功的关键。

接下来,希拉里·沃又以同样的故事场景和情节模式,创作了一个警察程序小说系列——"弗雷德·费洛斯系列"(Fred Fellows Series)。该系列共有十一部,主要作品有《深藏我的爱》(*Long Sleep, My Love*,1959)、《道路堵塞》(*Road Block*,1960)、《失踪的男人》(*The Missing Man*,1964)等等。这些作品充分展示了希拉里·沃从构思、谋篇到人物塑造的过人才华。他并没有采取多案例的叙述方法,而是专注于某一个案件的侦破过程——循环地盘问疑犯和目击者,寻找各种相关线索,搜索街区,翻阅以往的档案记录。希拉里·沃不厌其烦地描写了案件侦破的琐碎过程,随着案情有条不紊地发展,故事悬疑性也越来越强。小说主角弗雷德·费洛斯警官的形象也较以往任何侦探有了很大突破。在该系列的第一部《深藏我的爱》中,弗雷德·费洛斯五十三岁,是四个孩子的父亲。他热爱家庭,尽情享受生活,而且有抽烟嗜好,喜欢在办公室挂贴裸体女郎海报,动作看上去显得有点迟钝。但在实际破案中,他不仅具有优秀的专业素养和丰富的办案经验,还敏锐、睿智,常常出奇制胜地侦破了很多疑案。在《道路堵塞》中,他利用汽车里程表追踪罪犯,并设计通过虚假广播消息诱捕了罪犯。而在《失踪的男人》中,他又不怕困难、挫折,终于查明了湖畔女尸的身份,并将凶手绳之以法。这个爱讲故事、嚼着烟草的胖警察俘获了众多读者的心,成为最受他们欢迎的警探之一。

1968年,希拉里·沃在完成"弗雷德·费洛斯"系列的最后一部小说《骗局》(*The Con Game*)之后,又开始了对"弗兰克·塞辛斯"(Frank Sessions Series)警察程序小说的创作。该系列一共有三部:《东曼哈顿三十号》(*30 Manhattan East*,1968)、《年少猎物》(*The Young Prey*,1969)和《杀死我》(*Finish Me Off*,1970)。在这三部小说中,希拉里·沃把故事场景从小城镇搬到了大都市,复杂的城市环境增加了破案的难度,劳累、烦琐的户外调查取证成为小说叙述的重头戏。60年代末和70年代初,希拉里·沃又捕捉了当时许多真实事件,生动地表现了社会的混乱状况。在写作风格上,"弗兰克·塞辛斯系列"继续保持希拉里·沃原有的精巧、紧凑的结构和简练、质朴的叙述手法。进入80年代,希拉里·沃主要致力于"西蒙·凯系列"(Simon Kaye Series)侦探小说的创作,主要作品有《多里安·瑞芙案件》(The Doria Rafe Case, 1980)、《比利·堪特拉案件》(The Billy Cantrell Case, 1981)和《那瑞莎·克莱尔案件》(The Nerissa Claire Case, 1983)。此外,他也创作了一些单本的警察程序小说,如《游猎谋杀》(Murder on Safari, 1987)、《城镇之死》(A Death in a Town, 1989)等等。

埃德·麦克贝恩

原名萨尔瓦托·隆比诺(Salvatore Lombino),1926年10月15日出生在纽约。他自小在意大利贫民窟长大,饱尝生活艰辛。1938年,他随家搬到纽约州布朗克斯;在那里,进了当地一所中学。中学毕业后,他依靠奖学金进了纽约艺术学生联盟,之后又转到库珀联合艺术学院。1944年,他加入了美国海军,在太平洋海域服役一年,退役后进入亨特学院攻读文学,并于1950年获得文学学士学位。大学毕业后,他做过兼职教师,当过编辑,还做过汽车俱乐部夜间热线接线员。自40年代起,萨尔瓦托·隆比诺使用"柯特·坎农"(Curt Cannon)、"亨特·柯林斯"(Hunt Collins)等多个笔名,发表了许多短、中、长篇小说,但未能引起人们瞩目。1954年,他出版了带有自传性质的长篇小说《黑色丛林》(The Blackboard Jungle)。该小说以新颖的题材和朴素的文风获得了读者好评,并被搬上银幕。从那以后,他成为一个知名小说家。两年后,他的一部以"埃德·麦克贝恩"为笔名的警察程序小说《怀恨警察者》问世。这部小说取得了更大的成功,于是他将该书扩展为一个很大的系列——"第八十七警察署系列",几乎每隔几个月或半年就出版一本书,到2005年他因患喉癌逝世,已有一百二十多本书面世,他从而成为美国最多产、最具有影响力的警察程序小说作家。

"第八十七警察署系列"小说主要有:《怀恨警察者》《洋娃娃》(Doll, 1965)、《八千万双眼睛》(Eighty Million Eyes, 1966)、《萨迪,当她死的时候》(Sadie When She Died, 1972)、《八匹黑马》(Eight Black Horses, 1985)、《吻》(Kiss, 1992)、《浪漫故事》(Romance, 1995)等等。《怀恨警官者》是"第八十七警察署"系列小说的首部,主要描述警察署三位警察接连死于非命,斯蒂夫·卡雷拉警探竭尽全力查找怀恨警官者,为同事们报仇的故事。《洋娃娃》的书名则源于埃德·麦克贝恩书中的一则比喻。他认为,生活在这个城市的居民就像缺胳膊少腿的洋娃娃,他们曾是别人手中的玩物,现在却被扔进垃圾堆。小说描述母女俩住在一幢公寓,女儿双腿残缺,靠假肢行动,后又遭人谋杀,负责此案的警探也突然失踪。第八十七警察署接管了此案,并最终使案件水落石出。而在《萨迪,当她死的时候》中,死者名叫萨拉,是位漂亮女性,因胸部挨了一刀而丧命。奇怪的是,她的丈夫对于妻子的死于非命却流露出了毫不遮掩的高兴。表面上看,这是一起抢劫案。第八十七警察署的斯蒂夫·卡雷拉警探根据死者生前藏在壁橱的一本黑色笔记本,逐步推断出死因,并明白了为什么她死的时候,所有人都管她叫"萨迪"。此外,《吻》主要描述一个年轻女子突然被人推到地铁站台下面的轨道,机智的她趁地铁还未开来,快速爬上站台。但没过多久,一辆汽车又朝她迎面撞来。幸亏她反应快,及时闪开,没有丧生在车轮之下。这次她看清了开车的曾是在她丈夫手下工作过的人。为此,她断定有人要谋害自己,遂求助于第八十七警察署的斯蒂夫·卡雷拉警官。而她的丈夫为了她的安全起见,也为她雇用了一位保镖。斯蒂夫·卡雷拉经过调查分析,将疑犯锁定为她的丈夫。而《浪漫故事》则描述第八十七警察署警官侦破一个女演员在剧院屡遭行刺的复杂案件。书名源于该女演员出演的一出《浪漫故事》的戏剧。

埃德·麦克贝恩的"第八十七警察署系列"的成功,首先在于作者广泛取材,生动、立体地展现了社会生活的各个层面。作品对犯罪题材进行了深度挖掘,通过发现尸体、调查审讯、找出真凶等一系列警察工作程序,探讨了犯罪对涉案人员的心理影响,剖析了罪恶和暴力发生的原因。其次,作者十分强调集体的力量,强调破案的成功主要在于团队的默契与合作。第八十七警察署是一个十分有活力的群体。这个群体的成员有着鲜明的人物性格。警长斯蒂夫·卡雷拉身材魁梧,为人正直,办事果断。生活中,他对妻子十分忠诚,是个疼爱孩子、顾及家庭的好男人。迈耶是退伍老兵,为人风趣幽默,富有正义感。他非常憎恨贩毒活动,看到吸毒者就忍不住要训诫一番。不过,这个脾气好的老好人也有执拗的一面,他最不能容忍的就是别人嘲讽他戴的假发。此外,布朗和伯特,一个身材魁梧,经验老到;一个长相英俊,心地善良,但缺乏经验;两人是很好的工作搭档。在塑造这些人物时,埃德·麦克贝恩不是简单地将他们处理成可以替代的办案机器,而是把他们看作一个集体中的个体。人与人之间的具体接触,取代了空洞的描述和冗长的分析,成为人物塑造的首要手段。埃德·麦克贝恩作品中的人物刻画的另一重要特点是对反面人物的成功塑造。其中给人留下深刻印象的是恶棍戴夫。此人精通各种犯罪手法,善于利用人性弱点供己之用,是凯米拉的死对头。重视对反面人物的塑造增强了作品的张力,使侦探作品的创作突破了只是讴歌正义的单调局限。正是这些各式各样的鲜明生动的人物形象,极大丰富了埃德·麦克贝恩的警察程序小说。

托尼·希勒曼

1925年5月27日,托尼·希勒曼出生在俄克拉荷马州波特沃托米县的一个农场主家庭。他从小就在印第安人保留区长大,熟谙西米诺尔印第安人部落的生活习俗。后来,他就读天主教会兴办的印第安人寄宿学校,进一步接触到印第安人文化。所有这些,为他后来创作以印第安人为题材的警察程序小说奠定了扎实的基础。1943年,他进入了俄克拉荷马大学,但不久即应征入伍,赴德国参加二战。其间,他十分勇敢,屡获勋章。鉴于他眼部受伤,造成弱视,因而退役之后无法继续在俄克拉荷马大学化学专业的学习,遂改学新闻。1948年,他取得该大学新闻专业学位,并成为得克萨斯州博格市一家报社的记者。在这之后,他又尝试了其他一些工作,但最后接受了新墨西哥州首府圣菲一位朋友的邀请,担任当地一家颇有影响的报纸的编辑。尽管这个职位收入丰厚,但他念念不忘儿时的理想——当一个小说家。于是,他辞去了该工作,到新墨西哥大学一边打工,一边攻读文学写作。1966年,他获得新墨西哥大学文学硕士学位,并留校任教,与此同时,开始了对警察程序小说的创作。他的第一部公开出版的作品是《祝福之路》(The Blessing Way,1970)。该书一问世即获得好评,并成为当年的畅销书。从那以后,他的小说接二连三出现在畅销书目上,其中包括《死人的舞厅》(Dance Hall of the Dead,1973)。到2008年他因呼吸衰竭逝世,已出版有十八部警察程序小说。这些小说大体构成了一个松散的"乔·利福恩和吉姆·奇系列"(The Joe Leaphorn and the Jim Chee Series)。主要作品除《祝福之路》《死人的舞厅》外,还有《垂听的女人》(Listening Woman,1977)、《黑暗中的人们》(The People of Darkness,1980)、《裸体行走者》(Skinwalkers,1986)、《时间之贼》(A Thief of Time,1988)、《丛林狼在等待》(Coyote Waits,1990)、《哀号风》(The Wailing Wind,2002)、《邪恶猪》(The Sinister Pig,2003)、《骷髅人》(Skeleton Man,2004)、《变速器》(The Shape Shifter,2006)等等。此外,他还著有多卷的单本长篇小说、短篇小说集以及一些非小说作品。

托尼·希勒曼的警察程序小说的最大特色是融入美国西南印第安人保留区的文化背景。他笔下的两个警察主角乔·利福恩和吉姆·奇都在纳瓦霍印第安人保留区任职。他们常常驰骋在保留区,追捕形形色色的罪犯,其繁杂的调查取证和神奇的推理思考都打上了深深的纳瓦霍印第安人的文化烙印。尤其是,托尼·希勒曼用凝重的语言,描述了纳瓦霍印第安人神秘的身体特征以及他们同相邻的白人之间在情感方面和价值观方面的异同。然而,这一切并非简单地堆砌在案件的侦破程序中,而是与故事情节、人物塑造融为一体。托尼·希勒曼擅长构思复杂的情节,其模式往往是以一起令人毛骨悚然的案件为故事开篇,然后由警察主人公在看似毫无头绪、凌乱不堪的暴行中找到线索而破案。

乔·利福恩在《祝福之路》首次以主人公形象出现时,只有三十几岁。纳瓦霍印第安人的文化背景和思维方式造就了他非凡的断案能力。他从不依靠运气。相反,他崇尚社会秩序,坚信人类行为的自然程序和因果关系。而且,他坚信自己有能力从大量杂乱无章的相关事件中找出这种秩序。他常常运用逻辑推理来办案,总是运用才智和对人性深刻的认识来识破罪犯的诡计,揭示他们产生暴力和恐怖行为的畸形心理变化。在办案过程中,他看见了人类社会的许多阴暗面,尤其是纳瓦霍印第安人传统文化的负面效应。因此,他既不愿意改头换面投身白人主流文化,又不愿意彻底献身于在他看来已成为没落之势的部落文化。小说最后,尽管罪犯得到了应有惩罚,但乔·利福恩本人却陷于沉寂和忧虑。在后来的《时间之贼》中,他已届中年,痛失爱妻,办案也逐渐失去往昔风采,因而由一名主角变成一名配角。

托尼·希勒曼笔下的另一位主角吉姆·奇首次出现在《黑暗中的人们》中。其时,他年轻、单身,乐观上进,充满同情心,不仅竭尽全力破案,还努力向他的叔叔学习,梦想成为纳瓦霍印第安人部落的药剂师。他是一个具有双重性格的人物。一方面,他接受纳瓦霍印第安人的文化理念,崇尚他们的诅咒方式和祝福仪式;另一方面,他又痛楚地意识到该文化的没落与羁绊。尽管他深爱着白人教师玛丽,但在个人感情与原有文化理念之间徘徊犹豫,进退维谷。玛丽虽然也很爱吉姆·奇,但一想到要在保留区抚养孩子就不寒而栗。她希望吉姆·奇能加入联邦调查局,而这意味着他必须离开保留区,放弃自己原有的文化理念。最后,玛丽为了使吉姆·奇摆脱困境,决定从他的生命中消失。

约瑟夫·万鲍

1937年1月22日,约瑟夫·万鲍出生在宾夕法尼亚州东匹兹堡。他的父亲是东匹兹堡警察局局长,后于1951年举家迁往加利福尼亚州。在那里,约瑟夫·万鲍完成了三年的高中学业,并加入了美国海军。1957

年,他从海军退役,回到加利福尼亚州。在接下来的几年里,约瑟夫·万鲍尝试过多种工作。其间,他以半工半读形式获得查费学院英语专科学位。1960年,约瑟夫·万鲍获得洛杉矶州立学院文学学士学位,同年进入洛杉矶警察局。后来,他回忆说,当时之所以选择警察这个行业,是因为没有别的工作可做。

约瑟夫·万鲍喜爱文学和写作,在从事警察工作的同时,千方百计挤出时间进行创作。一开始,他尝试写了一些以警察为主角的短篇小说,并向《花花公子》等时尚杂志投稿,但时运不济,稿件总是被退回。不过,他并没有气馁,而是继续写作。工作经历充实了约瑟夫·万鲍的写作素材。他先后花了六个月时间,完成了第一部警察程序小说《新百人队长》(The New Centurions)。这本书以1965年8月洛杉矶警察镇压瓦茨骚乱的真实事件为背景,描写了三位警察的不寻常成长经历。由于约瑟夫·万鲍亲身经历了骚乱事件,小说写得十分真实。全书以现实主义的手法,描述了监视、盯梢、审讯、分析、实验等警察侦破程序,生动地再现了警察的生活和工作。这次投稿,他十分幸运,遇上了《大西洋月刊》资深编辑埃德伍德·韦科斯。在此人的推荐下,近十五万字的《新百人队长》最终于1970年由大西洋-小布朗图书公司出版。此书问世后,好评如潮,不久即被列入《纽约时报》畅销书排行榜,且驻留时间长达三十周。"每月一书俱乐部"也将此书列入读者推荐书目。小说最终的销售量超过了二百万册。紧接着,约瑟夫·万鲍又推出了第二部警察程序小说《蓝色骑士》(The Blue Knight,1972)。同《新百人队长》一样,该书凭借对警察事业与生活的真实描写又成为一本畅销书。其销售总量超过了一百万册。初显声名的约瑟夫·万鲍本希望小说创作和警察事业两不误,但警局的繁忙事务不容许他这样做。于是,1974年,他离开了警察局,成为一名职业作家。接下来的十余年,约瑟夫·万鲍是在繁忙和荣誉中度过的。他先后推出了数部警察程序小说,其中绝大多数是畅销书,如《闪光的穹顶》(The Glitter Dome,1981)、《三角洲之星》(The Delta Star,1982)《哈里·布莱特的秘密》(The Secret of Harry Bright,1985)等等。90年代和21世纪头二十年,他依旧笔耕不辍,出版了诸如《金橘》(The Golden Orange,1990)、《漂浮者》(Floaters,1996)、《好莱坞车站》(Hollywood Station,2006)、《海港夜曲》(Harbor Nocturne,2012)等力作。

约瑟夫·万鲍的警察程序小说继承了劳伦斯·特里特、希拉里·沃、埃德·麦克贝恩等人的同类小说的特点,以彻底的现实主义手法,从警察的叙述视角描写案件侦破的工作程序,真实地再现了警察的内心世界。在约瑟夫·万鲍的笔下,警察生活既充斥着暴戾、冷血、贪污、堕落,又有着凡人世界的无奈和小人物的真诚善良。"宿命"是他对警察职业的全部界定。在他看来,每个人的社会角色都是命定的,每个圈子都有自己的游戏规则,进入者的任务便是遵守这些规则。而警察的社会角色因其职业的特殊性尤其显得可怜。这种悲天悯人的论调几乎贯穿了他的所有作品。在《新百人队长》中,基尔文斯基感悟到生命的价值只是熬完所有的值勤任务领取退休金,于是开枪自杀。而在《蓝色骑士》中,邦珀·摩根是一个有着"猪"的诨名的警察。他身材肥胖,性格暴戾,终日追逐女色,可在他的声色犬马的生活背后,却隐藏着挫败和孤独。警察本是保护弱者权益、维护社会公正的执法者,可在约瑟夫·万鲍描绘的警察世界,他们又是司法制度的受害者,往往得不到受害人的谅解和感激。与此同时,作者认为,任何司法制度都具有维护某种价值取向的性质,警察只能机械执行这些维护既定利益的制度,因而,警察的职业在本质上是悲哀的、无自我的。在《线和影子》(*Lines and Shadows*, 1983)中,警员迪克从参加狙击非法入境者的行动中,逐渐意识到经济利益是操纵违法者和执法者之间生死较量的幕后黑手。约瑟夫·万鲍通过对警察生活的细心考察,刻画了一个个真实可信的人物形象,成功再现了充满辛酸血泪的警察生涯,拉近了读者和警察之间的距离。尽管约瑟夫·万鲍的作品主题凝重,但表现手法和叙述风格却活泼幽默。无论是早期作品《蓝色骑士》《黑色大理石》(*The Black Marble*, 1978),还是后期作品《闪光的穹顶》《哈里·布赖特的秘密》,都秉承了轻松幽默的叙事风格。正如弗洛伊德所说,笑话背后往往隐藏着人类最深层次的恐惧。这句话不啻是对约瑟夫·万鲍作品的最好诠释。

玛格丽特·马伦

1938年8月25日,玛格丽特·马伦出生在北卡罗来纳州格林斯伯勒,父亲是个木匠,母亲长年操持家务。在当地完成中学教育后,玛格丽特·马伦入读北卡罗来纳州大学,后又转学至布鲁克林学院和纽约城市大学,但终究没有完成学业,选择在五角大楼当了一个文秘。其间,她结识了一个海军军官,两人相爱结婚。其后,她随丈夫在意大利生活了三年,返国后定居在纽约布鲁克林。正是在意大利生活期间,她开始学习写作。起初,她涉足诗歌领域,但没有建树,遂改写短篇小说,并专注探案题材。60年代末和70年代初,她已在多家通俗小说杂志刊发了数十个短篇,其中不乏一些精品,如《至尊宝石》("Virgo in Sapphires")、《不会叫的狗》("The Dog That Didn't Bark")。

80年代，随着上述通俗小说杂志走下坡路，她开始将其中一些精品短篇小说扩充为长篇小说，并逐一将其中的男主角改成女警官"西格里德·哈罗德"（Sigrid Harald），1981年出版了《一杯咖啡》（One Coffee With），以后又陆续出版了《蝴蝶之死》（Death of a Butterfly，1984）、《蓝色文件夹中的死亡》、《Death in Blue Folders，1985）、《正是这个杰克》（The Right Jack，1987）、《洋娃娃游戏》（Baby Doll Games，1985）、《过去不完美》（Past Imperfect，1991）等等。这些小说共同组成了一个颇有规模的"西格里德·哈罗德系列"，其中第六部《科尔普斯圣诞》（Corpus Christmas，1989）还赢得了阿加莎和安东尼最佳长篇小说奖，也由此，玛格丽特·马伦在警察程序小说创作领域初步建立了自己的声誉。

"西格里德·哈罗德系列"的同名女主角是一位孤独的警官。她的母亲是曾获得普林斯奖的摄影杂志记者；父亲也是位警官，但在她蹒跚学步时，不幸死于枪杀。她从小生活在母亲充满爱意而又心烦意乱的复杂阴影中，同时身上也笼罩着因公殉职的父亲的英雄光环。她身为一名警官，虽然破案技术高超，不畏强暴，但在与人的交流上却存在较为严重的心理障碍。不过，在该系列以后的小说中，这种心理障碍因生活环境和工作经历得到了明显改善。在创作技巧上，玛格丽特·马伦充分展示了对现代艺术场景的敏锐把握，其笔调时而是引人发笑的嘲弄，时而是令人伤感的抒情。如《一杯咖啡》中，一位艺术系教授喝了有毒的咖啡而死亡。事发前，他的年轻秘书、一位匈牙利维修员，还有一位同事曾到过案发现场。西格里德·哈罗德经过仔细调查，分析了每个嫌疑人的个性和谋杀动机，终于找出了真凶。

1992年，玛格丽特·马伦又开启了"德波拉·诺特法官系列"（Judge Deborah Knott Series）的创作。首部《非法制酒商之女》（Bootlegger's Daughter，1992）问世后，大获成功，先后赢得阿加莎、安东尼、爱伦·坡等三项大奖。接下来的第二部《南方不适》（Southern Discomfort，1993）又获得安东尼奖提名，从那以后，她将主要精力用于创作这个系列。到2021年她因患心肌梗死去世时，该系列共有二十部长篇小说，其中绝大多数都是畅销书，并赢得这样那样的奖项。

"德波拉·诺特法官系列"的同名女主角是一位三十岁左右的地区法官。女主角父亲是一位非法制酒商，只有她一个女儿，而儿子却有十一个。德波拉·诺特自小在烟草农场长大，是传统农业生活和现代高科技城市生活的产物。与西格里德·哈罗德明显不同，她目光敏锐，经验丰富，但同时又不过分依赖自己的经验和智慧，因此，深受亲人和朋友的喜爱。在首部《非法制酒商之女》中，她三十四岁，单身，是个正直的辩护律师，常常无私帮助贫穷的被告。不仅如此,她还决定参加县法官竞选,而此前该县法官一直为男性所垄断。正当她卷入激烈的竞选时,一位十八岁少女诉求母亲珍尼被害。她旋即展开调查,筛选出一些被人忽视的线索,最后成功破案。有关人士盛赞该小说充满了现实主义细节描写,又不乏轻松幽默。又如在第三部《射击潜鸟》(*Shooting at Loons*, 1994)中,德波拉·诺特前去波弗特代替生病的同事尽职。那是一个风景如画的古老渔村,新建码头停满了来自世界各地的时髦游艇和高大游轮,此外它也是房地产开发商心目中的沃土。正当德波拉·诺特为岛屿的富有和环境的和谐感到欣慰之时,发生了一起骇人听闻的暴力事件。一日,她随同少年渔夫出海捕蛤,意外发现当地渔商领袖人物泰勒惨死海边。但未等她查清这起命案是意外致死还是蓄意谋杀,她又被另一起疑案缠身——她以前的情人被控杀人。于是,她马不停蹄地投入了调查。

帕特里夏·康韦尔

1956年6月9日,帕特里夏·康韦尔出生在佛罗里达州迈阿密。她的父亲是律师,母亲是秘书。七岁时,父母离异,她遂随同母亲一道移居至北卡罗来纳州蒙特利尔,并在那里接受基础教育。其时,她经常从邻居那里借阅文学杂志,由此产生了文学爱好。从戴维森大学毕业后,她入职《夏洛特观察家报》,出任警察专栏记者。1980年,她因一系列披露卖淫的报道获得了北卡罗来纳州新闻协会颁发的调查报道奖。1984年,帕特里夏·康韦尔调入弗吉尼亚州立法医办公室,并在下属的陈尸馆一干就是六年。她见证了成百具尸体解剖,积累了大量的法医解剖数据和信息资料。与此同时,她也是一位城市警察志愿者,体验了社区警察工作的种种艰辛。所有这些,为她日后的创作提供了灵感和素材。

帕特里夏·康韦尔的处女作《铭记时刻》(*A Time for Remembering*)问世于1983年。这是一部描述福音传教士比利·格莱姆的妻子露丝的传记。其后,帕特里夏·康韦尔的创作经历了一段曲折,其间她虽连续创作了三部探案小说,但均遭到出版社拒绝。直到1990年,她的警察程序小说《尸体解剖》(*Postmorten*)问世,才改变了境遇。此书大获成功,在不到一年的时间里赢得爱伦·坡、克里西、安东尼和麦卡维蒂四项大奖。《尸体解剖》的故事场景设置在弗吉尼亚州里士满,三个女人接连惨死在自己卧室,现场没有留下任何蛛丝马迹。不过,根据分析,罪犯三次作案都在周六早上。又是一个周六,凌晨2点33分,主任验尸官斯卡佩塔从睡梦中惊醒,电话中传来了第四个受害者的噩耗。她深感自己作为一名警官,责任重大,必须从尸检中找出线索,帮助同事捕获凶手。然而,她要面对的不仅是烦冗的调查取证,更有男性上司的压力。他们不愿意看见一个女警官超越自己,于是谋划着挫败她的事业,诋毁她的名誉。鉴于《尸体解剖》大获成功,帕特里夏·康韦尔遂将其扩展为一个系列。到 2020 年,"斯卡佩塔系列"已包含二十四部警察程序小说,如《尸证》(*Body of Evidence*, 1991)、《残留》(*All that Remains*, 1992)、《残酷暴露》(*Unnatural Exposure*, 1997)、《黑色告示》(*Black Notice*, 1999)、《追踪》(*Trace*, 2004)、《骨床》(*The Bone Bed*, 2012)、《混沌》(*Chaos*, 2016)等等。这些小说全是畅销书,其中《残忍和出奇》(*Cruel and Unusual*, 1993)还荣获英国犯罪小说家协会颁发的金剑奖。该小说的故事场景仍设置在里士满,杀人犯沃戴尔被判死刑,并于当晚执行电刑。像往常一样,斯卡佩塔在太平间等候查验沃戴尔的尸体。然而这次解剖,她预感到有不幸的事情将要发生。果然,在当晚,一个男孩被杀,尸体倚着垃圾车。斯卡佩塔遂把两件貌似无关的事情联系起来,侦破了一起大案。"斯卡佩塔"系列的其他小说也同《尸体解剖》《残忍和出奇》一样,十分强调科学实验和法医证据,读来颇为真实可信。为此,《文学评论》杂志盛赞她写小说如同外科医生使用手术刀,文风干净利落。《观察家》杂志也称赞她是揭示人类邪恶的病理学家。

1997 年,帕特里夏·康韦尔出版了一部单本的警察程序小说《霍纳特的巢穴》(*Hornet's Nest*)。该书无论从谋篇布局还是人物塑造,都堪称警察程序小说的创作典范。故事主人公为代理警察局局长弗吉尼亚·韦斯特,她受命监视被委派到警察局工作的年轻报刊记者安蒂。主要情节围绕一系列骇人听闻的谋杀案展开。它和"斯卡佩塔"系列的不同之处在于不刻意渲染谋杀,而是栩栩如生地再现了美国中等城市高层女警官的真实生活,显示了帕特里夏·康韦尔较深的写作功底。传奇的生活经历,旺盛的创作精力,卓绝的创作才华以及精湛的写作技巧,构成了帕特里夏·康韦尔创作的独特魅力。迄今,这位传奇女作家的女性警察程序小说已被译成二十四种语言,在世界五十六个国家出版发行。

第五节　间谍小说

渊源和特征

间谍小说(espionage fiction)的名称如同侦探小说、警察程序小说,也是来自男女主角的职业特征。在间谍小说中,作者采用侦探小说和警察程序小说的许多手法,描写作为间谍的男女主角的谜一般的冒险活动经历。这里所说的冒险活动,是指那种受异国情报机构指使或派遣,以极其隐蔽的方式打入敌方要害部门,发现、窃取、传送机密情报的颠覆性破坏活动。从事这种活动的男女间谍可以是专业性质的政府特工,也可以是业余性质的其他职业人员。但无论哪种情况,作者必须以他们的间谍活动为故事情节的主线。有些通俗小说,特别是以国际大舞台为背景的侦探小说和警察程序小说,有时也会出现间谍面目的男女主角,但由于故事情节的主线不是描写他们的间谍活动,故不能冠以"间谍小说"的名称。

西方间谍小说诞生于 19 世纪和 20 世纪之交,是当时西方资本主义世界内部各种矛盾进一步激化,军事、政治斗争持续加剧的产物。尽管在此之前,间谍和情报机构早已产生,而且在许多小说家的笔下,也曾描述过间谍和谍报活动,甚至还出现了以"间谍"命名的长篇小说,如詹姆斯·库珀的《间谍》,但是他们的这些描写实际上是把间谍活动当成一种创作素材,当成一种表达特定主题思想的手段,因此不是严格意义上的间谍小说。只有到了一战前夕,随着西方世界内部的军事、政治斗争白炽化,各国之间的间谍活动变得十分频繁,有关间谍和间谍活动的文学描写才逐步发展成为一种有着固定模式的独立小说类型,即间谍小说。

一般认为,西方第一部严格意义的间谍小说是英国小说家厄斯金·查尔德斯(Erskine Childers,1870—1922)的《沙滩之谜》(*The Riddle of the Sands*,1903)。在这部长篇小说中,作者以高昂的爱国热情、惊险的故事情节和生动的人物形象,描述了两个英国业余间谍刺探德国海防情报的冒险经历。该小说在伦敦出版后,立即引起轰动,以后又多次再版,畅销不衰。后来许多著名的间谍小说,如约瑟夫·康拉德(Joseph Conrad,1958—1934)的《特务》(*The Secret Agent*,1907)、约翰·巴肯(John Buchen,1875—1940)的《三十九级台阶》(*The Thirty-Nine Steps*,1915)、萨默塞特·毛姆(Somerset Maugham,1874—1965)的《阿申顿,或不列颠特工》(*Ashenden; Or,The British Agent*,1928),等等,都深受其影响。这一时期享有厄斯金·查尔德斯同样声誉的英国间谍小说家还有威廉·勒克(William Le Queux,1864—1927)和爱德华·奥本海姆(Edward Oppenheim,1866—1946)。前者的《德皇的间谍》(*Spies of the Kaiser*,1909)、《德国间谍》(*The German Spy*,1914)、《柏林七十二号》(*Number 72, Berlin*,1916)等一系列长篇小说,真实地记录了一战前后德国和英国之间炽热的间谍战,而后者的《历史制造者》(*A Maker of History*,1905)、《双重叛贼》(*The Double Traitor*,1915)、《盲人王国》(*The Kindom of the Blind*,1916)等多部畅销书,也精彩地描绘了欧洲诸国相互开展间谍战的惊险画面。

　　厄斯金·查尔德斯、威廉·勒克、爱德华·奥本海姆等人创立了早期西方间谍小说的浪漫主义冒险模式。不过,是埃里克·安布勒(Eric Ambler,1909—1998)和格雷厄姆·格林(Graham Greene,1904—1991)将这一模式继续推进,创立了以现实主义为主要特征的现代间谍小说。与早期间谍小说相比,现代间谍小说没有那么多"爱国主义"的陈腐气,而且在作品的主题思想、情节结构、人物塑造等方面,也注入了许多现实主义活力。埃里克·安布勒的现代间谍小说经典之作主要有《迪米特里奥斯之棺》(A Coffin for Dimitrios,1939)和《恐惧之旅》(Journey into Fear,1940);而格雷厄姆·格林的这类名篇也有《秘密特工》(The Confidential Agent,1939)、《恐惧内阁》(The Ministry of Fear,1943)等等。这些小说的间谍主人公均是普通人物,但形象更加真实,行为也更加可信。二战后东西方两大阵营的对峙和冷战局面的形成给英国间谍小说提供了新的发展空间。一方面,埃里克·安布勒、格雷厄姆·格林等人还在继续推出富有新意的佳作,如《武器通道》(Passage of Arms,1959)、《人性的因素》(The Human Factor,1978)等等。另一方面,又出现了像伊恩·弗兰明(Ian Fleming,1908—1964)、约翰·勒卡雷(John Le Carré,1931—2020)、莱恩·戴顿(Len Deighton,1929—)这样的创作新秀。这些新秀的作品总的来说是传统模式的延续,但也有各自的创新和突破。伊恩·弗兰明主要以塑造"詹姆斯·邦德"(James Bond)而著称,这个具有硬派侦探特征的专业间谍已经成为继福尔摩斯之后又一家喻户晓的神话人物。与伊恩·弗兰明不同,约翰·勒卡雷强调间谍工作的乏味和艰苦。在他的眼里,专业间谍不是一个冒险者,而是一个机械刻板的官吏。此外,他的作品深邃的主题、迷宫似的情节和诗一般的语言也获得了众多人的好评,其中脍炙人口的是《冷战世界的间谍》(The Spy Who Came in from the Cold,1963)。而莱恩·戴顿则步约翰·勒卡雷的后尘,以极其逼真的细节描绘了冷战双方间谍机构的日常复杂生活情景。尤其是,他善于用反派人物的奸诈特征来刻画正面人物,取得了令人耳目一新的效果,这方面最成功的是他的处女作《伊普克雷斯卷宗》(The Ipcress File,1962)。伊恩·弗兰明等创作新秀的出现以及他们的佳作的问世,标志着战后英国间谍小说已经步入了黄金时代。

　　尽管半个多世纪以来,英国间谍小说已经发展成为一类相当成熟、极其受欢迎的通俗小说,但在大西洋彼岸的美国,间谍小说的发展才刚刚起步。这是因为任何一类通俗小说的流行,必须具备一定的社会条件,间谍小说也不例外。几乎从一开始,美国政府就对间谍工作抱轻视态度。1917

年，美国总统威尔逊在国会发言时公开宣称，间谍是独裁专制的产物，像美国这样的"民主国家"是不需要间谍的。在这种观念的支配下，美国迟迟没有建立公开的情报机构，更谈不上向各国派遣窃取情报的间谍了，虽说他们暗地里有个情报网，用以监视国内的激进派和防止国际间谍渗透。鉴于美国缺乏描述间谍活动的生活素材，也就无法产生带有美国特征的间谍小说。整个20世纪上半期，美国仅出现了两位以国际间谍活动为题材的间谍小说家。他们分别是30年代的约翰·马昆德(John Marquand, 1893—1960)和40年代的海伦·麦金尼斯(Helen MacInnes, 1907—1985)。自1935年起，约翰·马昆德先后出版了《并非英雄》(*No Hero*, 1935)、《谢谢你，元本先生》(*Thank You, Mr. Moto*, 1936)、《开动脑筋，元本先生》(*Think Fast, Mr. Moto*, 1937)、《元本先生非常遗憾》(*Mr. Moto Is So Sorry*, 1938)、《最后的笑，元本先生》(*Last Laugh, Mr. Moto*, 1942)、《中转站：东京》(*Stopover, Tokyo*, 1957)六部系列长篇小说。在这些小说中，他塑造了一位身材矮小、鼻梁上架着眼镜、镶有金牙且擅长柔道的元本先生，其彬彬有礼的风度、敏捷的思维以及临危不惧的气概赢得了大众读者的喜爱。而海伦·麦金尼斯自1937年移居美国后，也以欧洲各大城市为背景，出版了《不容置疑》(*Above Suspicion*, 1941)、《布里坦尼条约》(*Assignment in Brittany*, 1942)等十多部单本的长篇小说。在这些小说中，她塑造了种种令人信服的业余间谍，而且作品充满异域风光与历史氛围的场景描写以及娴熟的侦探小说手法，也给读者留下了深刻的印象。尽管约翰·马昆德和海伦·麦金尼斯成功地创作了这些作品，而且这些作品还一度十分畅销，给作者带来了种种美誉，但终究数量有限，不成气候。

第二次世界大战逐步改变了美国政府的间谍工作观念，同时也给美国间谍小说的发展创造了生机。1942年，罗斯福总统下令组建战略情报局，负责窃取德、意、日等轴心国的情报工作。不久，接替他任总统的杜鲁门又撤销了战略情报局，成立了级别更高的中央情报局。到了50年代末和60年代初，随着战后世界格局的改变和冷战局面的形成，美国中央情报局的特工已经遍布世界各地。正如艾森豪威尔总统所说，谍报工作虽然"令人厌恶，但必不可少"。所有这些为美国间谍小说的起飞创造了必要条件。

美国间谍小说的成熟期是60年代，其标志是出现了唐纳德·汉密尔顿(Donald Hamilton, 1916—2006)、帕特里夏·麦格尔(Patricia McGerr, 1917—1985)、多萝西·吉尔曼(Dorothy Gilman, 1923—2012)等一批有影响力的间谍小说家。这些作家的创作模式多半仿效伊恩·弗兰明、约翰·勒卡雷和莱恩·戴顿，但也不乏自己的创新。唐纳德·汉密尔顿的主要影响在于塑造了令人难忘的美国间谍——马特·赫尔姆(Matt Helm)。这个间谍擅长反间谍活动,而且其人物个性也完全有异于当时流行的反英雄。帕特里夏·麦格尔是一位集侦探小说、黑色悬疑小说、间谍小说的创作于一体的作家。她在间谍小说领域的突出成就是推出了一位"詹姆斯·邦德"式女间谍——塞莱娜·米德(Selena Mead),从而打破了间谍小说中女性人物只能做配角的传统。多萝西·吉尔曼的作品更多地体现了海伦·麦金尼斯的传统。不过,她最大的成就是塑造了一位栩栩如生的女间谍——埃米莉·波利法克斯(Emily Pollifax)。此人是个寡妇,为人善良,性格幽默,常常有意无意地卷入复杂的国际间谍事件。

70年代和80年代,美国间谍小说继续呈蓬勃发展之势。一方面,唐纳德·汉密尔顿、帕特里夏·麦格尔、多萝西·吉尔曼等人还在不断地推出新作,另一方面,罗伯特·卢德勒姆(Robert Ludlum,1927—2001)、威廉姆·巴克利(Willliam Buckley,1925—2008)、比尔·格兰杰(Bill Granger,1941—2012)等人又以新颖的创作题材和新型的主人公塑造赢得了读者瞩目。罗伯特·卢德勒姆与英国的莱恩·戴顿、约翰·勒卡雷、伊恩·弗兰明一道被称为"西方四大间谍小说家"。自1971年起,他几乎每年都要出版一本畅销书,其中包括脍炙人口的"伯恩"(Bourne)三部曲。这些小说背景丰富,情节曲折,人物鲜明,字里行间透射出震撼人心的力量。威廉姆·巴克利是当代美国著名政治家、编辑和专栏作家,但也在间谍小说领域颇有建树。他的突出成就是塑造了全新的主人公——"布莱克福德·奥克斯"(Blackford Oakes)。这个主人公融有传统间谍人物的一切要素,既有"詹姆斯·邦德"的浪漫气质和坚强个性,又有"乔治·斯迈利"的普通平凡和真实可信。而比尔·格兰杰的主要贡献是创作了以"十一月人"(The November Man)为主人公的系列长篇小说。"十一月人"是一位"詹姆斯·邦德"式的职业间谍。相比之下,他少了一些浪荡气,但又有异于高尚、正义、善良的化身。

唐纳德·汉密尔顿

1916年3月24日,唐纳德·汉密尔顿出生在瑞典厄普萨拉一个古老的贵族世家。八岁时,他随家人移民到了美国。他的父亲原是个医生,后在哈佛学院医学系任教,事业颇为成功。中学毕业后,唐纳德·汉密尔顿本想追随父亲,攻读医学,但最终还是改学了化学,并于1938年获得芝加哥大学学士学位。二战期间,他成了一名预备役军官,在马里兰州安纳波利斯海军工程实验站搞研究。1946年,他离开了海军,进行专职摄影和写作。起初,他在杂志上发表了几个短篇小说,但不久他的创作就由短篇小说变为长篇小说,并于 1947 年出版了第一本书《与黑暗约会》(*Date with Darkness*)。这是一部间谍小说,主要描写一个惊险的反间谍故事。紧接着,他又出版了一系列快节奏的西部小说和神秘小说,其中两部小说《火线》(*Line of Fire*, 1956)和《使命:谋杀》(*Assignment: Murder*, 1956),获得了舆论好评。

1960 年,继创作九部通俗小说之后,唐纳德·汉密尔顿又出版了间谍小说《公民之死》(*Death of a Citizen*)。这部作品可谓他的写作生涯中的里程碑。当时编辑看到了该书的市场潜力,建议他将书中的主人公名字由乔治·赫尔姆改成马特·赫尔姆,并继续以马特·赫尔姆为主人公,推出一系列间谍小说。唐纳德·汉密尔顿采纳了这些建议。在以后的三十余年中,他几乎每年都要出一至两部"马特·赫尔姆系列"间谍小说。到 90 年代中期,该系列已经出至二十七本,其中比较著名的除《公民之死》外,还有《迁移者》(*The Removers*, 1961)、《埋伏者》(*The Ambushers*, 1963)、《破坏者》(*The Ravagers*, 1964)、《胁迫者》(*The Intimidators*, 1974)、《复仇者》(*The Revengers*, 1982)、《恐吓者》(*The Frighteners*, 1989)、《威胁者》(*The Threateners*, 1992)、《毁坏者》(*The Damagers*, 1993)等等。2002 年,唐纳德·汉密尔顿去世前四年,他又完成了一本"马特·赫尔姆系列"小说,题为《统治者》(*The Dominators*),但没有出版。

"马特·赫尔姆系列"间谍小说的魅力在于塑造了一个"詹姆斯·邦德"式的美国职业间谍——马特·赫尔姆。确实,马特·赫尔姆和詹姆斯·邦德有很多相似之处。两人都承担了反间谍任务,精于枪械,擅长搏斗,可以不费吹灰之力制服对手。而且,他们都听命于一个顶头上司。詹姆斯·邦德的上司是一个化名为 M 的先生,而马特·赫尔姆的上司则是迈克先生。两人都以捍卫祖国的利益为己任,不惜任何代价完成任务。他们足智多谋,总是能在千钧一发之际化险为夷、死里逃生。但是,两人也有许多不同。比起詹姆斯·邦德,马特·赫尔姆显得更加冷酷无情,在执行任务时与机器人无异。他不大相信女人,除非经过血与火的考验;而詹姆斯·邦德却是无论何时何地,总有倾国倾城、背景复杂的美女相伴左右。

在《公民之死》等前几部小说中,马特·赫尔姆四十多岁,身材高大,体重九十多公斤,饮食简单,有喝酒的嗜好。他原在二战期间担任美国战略情报局特工,曾多次执行暗杀纳粹头目的任务。战争结束后,他成了作家和摄影家,与妻子儿女一道过着平静的生活。然而,十五年过去了,这种平静生活被打破。随着冷战的升级,他被再次召回间谍机关,充当反间谍杀手。他的第一个暗杀对象就是当年暗杀纳粹头目的女搭档蒂娜。原来,蒂娜是一个双料间谍,她早就投靠了俄国人。此次,她接受了俄国间谍机关的指令,要谋杀美国的一位重要科学家。且不幸的是,蒂娜先行他一步,绑架了他的女儿。紧接着,妻子也对他产生了误会,弃他而去。但他毫不气馁,强忍着失去亲人的痛苦,继续与敌人斗智斗勇。在这里,马特·赫尔姆体现了不折不扣的"间谍职业精神"。对于马特·赫尔姆来说,间谍的职责就是完成上司交给他的任务,这是他考虑一切事物的出发点,是国家最高利益的体现。为此,他必须排除一切情感因素,做到冷酷无情,不择手段。

一般认为,唐纳德·汉密尔顿最好的"马特·赫尔姆系列"小说是《破坏者》。在该书中,马特·赫尔姆接受了迈克先生指派的一个任务,顶替因公殉职的同事,追捕一位著名科学家的妻子。因为她窃取了一份重要的机密资料,并打算同女儿一道,越过美国和加拿大边境,将资料交给俄国人。然而,这份资料其实是假的,马特·赫尔姆所做的,也只是假追踪,而实际上放纵这位女士和她女儿逃亡,使假资料能送到俄国人手中。其间,他卷入了联邦调查局的探员调查。这些探员均是无能之辈,不仅没有助马特·赫尔姆一臂之力,还阻碍了他的行动。接下来,故事情节更加曲折。原来,那位科学家的妻子根本不是什么叛国分子,而只是受当局派遣,在执行递送假资料的任务。那位与她一起逃亡的"女儿"也不是真的,而是俄国派来监视她的女间谍。她自己的亲生女儿早已被扣为人质。虽然在故事最后,母女俩被成功救回,但是马特·赫尔姆却为没有完成任务而懊丧——那份假资料并没有交给俄国人。此时,迈克先生吐露了真相。原来整个行动与所谓资料根本无关,而是要将前来接取资料的潜艇炸毁,这一任务已被圆满完成。惊险、复杂的故事情节简直使读者眼花缭乱,这也正是唐纳德·汉密尔顿的"马特·赫尔姆"系列间谍小说的显著特色。

帕特里夏·麦格尔

1917 年 12 月 26 日,帕特里夏·麦格尔出生在内布拉斯加州瀑布城一个天主教家庭。她自小信仰天主教,并一直就读于华盛顿一所教会学校。1936 年,她取得内布拉斯加州大学学士学位,翌年又取得哥伦比亚大学硕士学业。在这之后,她回到华盛顿,在"美国造路者协会"任编辑工作。1943 年她迁至纽约,出任《建筑方案》杂志副主编。在此期间,她开始了文学创作,并出版了两部侦探小说——《挑选你的受害者》(*Pick Your Victim*,1946)和《七个可怕的姐妹》(*The Seven Deadly Sisters*,1947)。这两部小说一经出版便成为畅销书。从此,帕特里夏·麦格尔辞去了纽约的杂志编辑工作,回到了华盛顿,专门从事小说创作。接下来,她又出版了一系列侦探小说，如《有本事来抓我》(Catch Me if You Can, 1948)、《拯救证人》(Save the Witness, 1949)、《来,当夜幕……》(Follow, As the Night..., 1950)等等，从而跻身知名侦探小说家行列。

尽管帕特里夏·麦格尔在侦探小说领域赢得了一定的声誉,但她为今天的读者所知,并津津乐道的还是"塞伦娜·米德"系列间谍小说。该系列的创作始于60年代中期,包括《屋子里是否有个叛国者》(Is There a Traitor in the House, 1964)和《危险遗产》(Legacy of Danger, 1970)两个长篇以及二十五个短篇。在这些小说里,帕特里夏·麦格尔塑造了个性鲜明的职业女间谍塞伦娜·米德。在《屋子里是否有个叛国者》等起初几部小说中,塞伦娜·米德二十几岁,是个性格坚强的女性。她出身上流社会,父亲是美国驻外大使,母亲是名门闺秀。她集聪明、美貌于一身,知书达理,胆识过人,不仅接受过良好教育和文化熏陶,而且自小跟随父亲在欧洲十几个不同国家居住。正因为如此,她精通多门外语,熟悉欧洲各国的人文地理、历史和风俗人情。成年后,她拒绝了一个门当户对的银行家的求婚,离开了美国,只身旅居自己更为熟悉和喜爱的欧洲。在东柏林,她无意中救助了一个年轻英俊的记者——西门·米德,两人遂坠入爱河。为了爱情,塞伦娜甘愿牺牲一切,选择了与西门·米德私奔。婚后,他们幸福地生活,直到此时,塞伦娜·米德才了解到自己丈夫真正的身份——一个以报社记者为掩护的间谍。丈夫的特殊身份给她的生活添加了新鲜和刺激。然而,八年后,一次执行任务中,西门·米德不幸殉职。从此,塞伦娜·米德便接替了丈夫,成为一名由总统直接管辖的间谍。当然,她的公开身份仍然是一名记者。塞伦娜·米德凭借自身优秀的素质和家族庞大的关系网,一次又一次圆满地完成了任务。事实证明她比西门·米德更胜任这项冒险工作。在这个男人占统治地位的世界,她逐渐赢得了同行的认可和尊敬,其中包括她的顶头上司休·皮尔斯。两人因为工作来往甚密,同事之间的情谊逐渐转化成了爱情。不久,塞伦娜·米德再次与一个表面与她极不相配的男人步入了婚姻殿堂——因为休·皮尔斯的假身份是个性情古怪的波希米亚业余画家,塞伦娜·米德的家人根本无法理解他们的结合。婚后的塞伦娜·米德不顾休·皮尔斯的反对,继续从事这项极其危险而又极富挑战性的工作,充分显示了巾帼不让须眉的气概。

鉴于塞伦娜·米德是位女性,她不可能像詹姆斯·邦德和马特·赫尔姆那样精通枪械、善于搏斗,帕特里夏·麦格尔便采用另一种手法来突出她的杰出才能——描写她的聪明、睿智。如此,作品中融入了大量的侦探小说和神秘小说的成分,塞伦娜·米德与其说是一个间谍,还不如说是一个破案解谜者。随着故事发展,塞伦娜·米德一层层揭开对手的真实身份和目的,最终取得胜利。整个故事情节也是围绕着塞伦娜·米德的思考和推理而展开——这个正在追求她的年轻议员是敌人还是朋友?他是不是个俄国间谍?这些可疑的人当中谁在预谋刺杀来访的皇室成员?这个正在度假的科学家是不是已经叛国,并正为铁幕政府效劳?经过缜密的思考,塞伦娜·米德总是能及时揭开谜底并设好圈套等着幕后之人自投罗网。

除了间谍小说和侦探小说,帕特里夏·麦格尔还创作了一些颂扬天主教教义的宗教小说,如《马莎,马莎》(Martha, Martha, 1960)和《我的兄弟们,记住莫尼卡》(My Brothers, Remember Monica, 1964)。她终生未嫁,全身心地投入文学创作。1985年5月11日,她因患癌症去世,享年六十七岁。

多萝西·吉尔曼

1923年6月25日,多萝西·吉尔曼出生在新泽西州新布伦瑞克一个牧师家庭。她从小在教堂长大,热衷于撰写各种宗教宣传品,还创办了一份六页的宗教杂志,供教区居民传阅。在宾夕法尼亚州美术专科学校读书期间,她尽量挤出时间在宾夕法尼亚大学旁听写作课程。1944年,她同埃德加·巴特斯结婚,与此同时开始了创作生涯。起初,她对儿童文学感兴趣,曾出版了不少青少年小说,如《着迷的旅行队》(Enchanted Caravan, 1949)、《吉卜赛游艺会》(Carnival Gypsy, 1950)、《拉加穆芬·阿利》(Ragamuffin Alley, 1951)等等。1965年,多萝西·吉尔曼与埃德加·巴特斯的婚姻破裂,遂把全部精力用于创作,翌年即出版了《意想不到的波利法克斯太太》(The Unexpected Mrs. Pollifax, 1966)。这是一部间谍小说,主人公为一位年逾半百的女间谍埃米莉·波利法克斯,她别具一格的人物造型以及不同凡响的工作业绩赢得了众多读者的青睐。1970年,该小说又被搬上电影银幕,并引起轰动。于是,多萝西·吉尔曼继续以埃米莉·波利法克斯为主人公,开启了"波利法克斯太太系列"间谍小说的创作。几乎每隔一年或两年,她就要出版一本"波利法克斯太太"系列小说。到2012年,她因阿尔茨海默病并发症去世,该系列已出至十三本,如《不可思议的波利法克斯太太》(The Amazing Mrs. Pollifax, 1970)、《独一无二的波利法克斯太太》(The Elusive Mrs. Pollifax, 1971)、《波利法克斯太太远游》(Mrs. Pollifax on Safari, 1977)、《波利法克斯太太与金三角》(Mrs. Pollifax and the Golden Triangle, 1987)、《波利法克斯太太和旋转托钵僧》(Mrs. Pollifax and the Whirling Dervish, 1990)、《清白旅游者波利法克斯太太》(Mrs. Pollifax Innocent Tourist, 1997)等等,死后还有一本《揭去面纱的波利法克斯太太》(Mrs. Pollifax Unveiled, 2000),由后人整理出版。这些小说绝大多数是畅销书,并获得舆论好评。1970 年,《意想不到的波利法克斯太太》又被搬上电影银幕,由罗莎林·德拉塞尔主演,片名为《间谍波利法克斯太太》(Mrs. Pollifax, Spy)。

埃米莉·波利法克斯是个寡妇,一双儿女都已成人,不在身边。本来,她可以在家颐养天年,享享清福。但她却不甘寂寞,自告奋勇提出要为中央情报局工作。起初,中央情报局官员怀疑她的能力,仅给她布置了一些简单的任务,但她一次又一次的出色表现令他们不得不刮目相看。随着时间推移,波利法克斯太太被赋予重任。她经常被卷入错综复杂、极其危险的间谍活动,足迹几乎遍布世界各地。就她的外形来说,人们很难把她与间谍相提并论,但她恰恰是凭借这种优势,免受怀疑,成功地完成了一项又一项任务。她经常戴一顶华丽的大檐帽,将十份机密的文件藏在帽里,巧妙地带出了国境。此外,她是个极具个性的人,不仅外表风姿绰约,而且坚毅果敢,反应机敏,还富于同情心和幽默感。正因为如此,她时常得到身旁异性的青睐,其中包括在非洲相识的中央情报局上司里德。此人来自康涅狄格州,退休前当过律师和法官。与波利法克斯太太不同,里德在生活上随遇而安,但也不乏勇气和热情。他不但追求波利法克斯,还与她一起共患难。小说最后,波利法克斯太太嫁给了里德。

波利法克斯太太的人物造型来源于多萝西·吉尔曼的实际生活。据她在《一种特别的倾向》("A Particular Bent")中回忆,还在很小的时候,她就开始留意父亲教堂里的各式各样的人物。其中有一些经常到教堂做礼拜的年迈女教徒,极其善待年幼的多萝西·吉尔曼,总是给她买礼物,讲故事。渐渐地,她们在多萝西·吉尔曼的心中融合成了一个心地善良、无拘无束、好管闲事,甚至有些神经质的风趣老太太的人物形象。起初,这个老太太被取名为克里斯平小姐。经过多年的观察和酝酿,克里斯平小姐最终成为脍炙人口的波利法克斯太太。

人们总爱拿波利法克斯太太与阿加莎·克里斯蒂笔下的简·马普尔小姐相比。确实,两人都是富有阅历的老妇人,性格也有些相似。然而,两者之间更多的是个性差异。马普尔小姐喜欢待在自己家里,除了偶尔外出度假,从未离开过自己居住的宁静村庄,而波利法克斯太太的足迹遍布天南海北,或是在墨西哥被绑架,或是在阿尔巴尼亚入狱,这会儿出现在瑞士的疗养院,那会儿又辗转在非洲大陆或中国的丝绸之路。再者,马普尔小姐仅是业余侦探,而波利法克斯太太却是作为正式间谍经历了各种险境,她比马普尔小姐更专业,更活跃,还学习过军事技术和空手道。

"波利法克斯太太系列"间谍小说行文简洁,情节紧密连贯,内容通俗易懂且富有戏剧性。这大概得力于多萝西·吉尔曼多年的儿童文学写作。在她的笔下,正义总是战胜邪恶,主人公总能不断发掘真正的自我,获得无穷的勇气和耐力,去面对一切挑战,并最终转危为安。她的小说多是关于国际间谍、铁幕政府、第三世界新兴国家、恐怖主义、政治谋杀、解救持不同政见者等内容,虽然主题凝重,但少有血腥暴力,充满了乐观向上的色彩,这也得到了评论界一致首肯。如此效果主要得益于多萝西·吉尔曼对高超幽默技巧的运用。关于这个特色,她曾做过专论,认为幽默是对事实的荒谬扭曲或滑稽夸张,但要在小说中完成幽默并非易事。幽默的成功主要靠技巧的运用,其中多半是时间的安排。她还注意到了幽默的不同类型,或微妙或坦率,或怪异或黑色,或讽刺或机智,而她最偏爱运用对比、不和谐、扭曲或夸张。如让一个老寡妇来阻止政治谋杀,让修女来对付雇用杀手,等等。尽管间谍小说充满了暴力,且涉及人类的贪婪、残忍、妒忌、暴力等丑恶现象,但在多萝西·吉尔曼的"波利法克斯太太系列"小说中,这些均被幽默、容忍、高雅等化解了。

罗伯特·卢德勒姆

1927年5月25日,罗伯特·卢德勒姆出生在纽约。他的家庭属于富有的上层中产阶级,虽然父亲很早离世,但家中仍能一直供他在私立学校读书。年轻的罗伯特·卢德勒姆渐渐迷上了戏剧表演,还曾在百老汇参加演出。后来,他又对军事产生兴趣。求学尚未结束,就想加入空军,但因年纪太小而未能如愿,于是他转而参加了海军。退役后,他进入了康涅狄格州米德尔敦的卫斯理大学,主修戏剧,1951年以优异的成绩毕业。在大学,他还与后来的妻子玛莉相识,婚后有了三个孩子。大学毕业后的几年中,罗伯特·卢德勒姆一直从事戏剧表演,在地区剧院、百老汇和电视中都曾登台献艺,虽说在演艺圈中小有建树,但一直没能达到明星级别。因而,他在50年代末转向幕后工作,还在新泽西市郊一个购物中心建起了剧院,收入颇丰。

1970年,时年四十三岁的罗伯特·卢德勒姆又开始了一个新的人生旅程——文学创作。他根据多年前构思的一个短篇创作了间谍小说《斯卡拉蒂遗产》(The Scarlatti Inheritance,1971)。这部小说完成后,他四处奔走,辗转多时才找到愿意合作的出版商。但此书一出版,精装本销售量就超过七万五千册,不久平装本的销售量也达到了惊人的数字。他由此成为当红的畅销书作家。接下来,他终止了其他一切工作,专门从事间谍小说创作。到2001年他突发心脏病逝世,他已出版二十多部间谍小说,平均每年出一书,其中包括脍炙人口的《奥斯特曼周末》(The Osterman Weekend,1972)、《双子座斗士》

(*The Gemini Contenders*, 1976)，以及《伯恩的身份》(*The Bourne Identity*, 1980)、《伯恩的优势》(*The Bourne Supremacy*, 1986)、《伯恩的哀的美敦书》(*The Bourne Ultimaturm*, 1990)等"伯恩三部曲"。此外，他还分别以乔纳森·赖德(Jonathan Ryder)和迈克尔·谢泼德(Michael Shepherd)的笔名，出版了几部以国际金融和绑架教皇为题材的间谍小说。所有这些小说，都十分畅销，总销售量超过两亿册。

　　罗伯特·卢德勒姆的间谍小说大都以二战、冷战、越战等重大历史事件为故事场景，而且情节发展往往涉及一个很大的政治、经济阴谋。主人公多半为家庭经济富足、受过良好教育的中年人，因为某项行动而无意识地卷入了威胁自身性命和世界和平的阴谋之中，于是不得不全力进行搏击。但小说的最后，敌方的阴谋败露，正义战胜了邪恶。譬如他的处女作《斯卡拉蒂遗产》，描写军事特工马修·坎菲尔德少校从一位叛逃的纳粹头目那里获得一个绝密卷宗，该卷宗显示某个资本大亨正秘密同希特勒勾结，妄图通过第三帝国的军事扩张，确立自己的国际金融霸主地位。密谋涉及该大亨的母亲斯卡拉蒂太太的巨额遗产。经过一番激烈的暴力冲突与生死较量，马修·坎菲尔德少校终于挫败了敌人的密谋。显然，罗伯特·卢德勒姆认为，德国纳粹之所以能上台执政，与包括美国在内的一些国家的资本家的经济资助不无联系。又如他的第二部小说《奥斯特曼周末》，故事发生在新泽西市郊，只持续了四天。主人公约翰·坦纳邀请四对夫妇于周末来家里做客。不料聚会前夕，一个自称是中央情报局探员的人突然来访，说做客的四对夫妇当中藏有苏联间谍组织"奥米加"的成员。该组织正在策划一项特大金融阴谋。接下来，约翰·坦纳家充满了紧张的猜疑，还出现了暴力。但最后，情报局人员没能完成使命，约翰·坦纳不得不取而代之。

　　1976年问世的《双子座斗士》被认为是罗伯特·卢德勒姆最成功的一部作品。该小说始于二战初，终于越战末，地点从古希腊延伸到了意大利，又从意大利延伸到了英国、美国和越南。可以说，在罗伯特·卢德勒姆的全部作品中，还从未有过如此大的时空跨度，且情节构筑不仅涉及德国纳粹，还牵涉两千年前的一份有关基督教起源的重要文献。多个世纪以来，这份重要文献被希腊僧侣隐藏。二战初期，德国纳粹占领希腊，获知了秘密，并打算利用这一文献在基督教内部制造分裂，削弱同盟国力量。而同盟国方面则不遗余力地粉碎德国纳粹的阴谋。于是，双方围绕着寻找这份文献展开了激烈斗争。到了越战时期，矛盾焦点集中于一对双胞胎兄弟安德鲁和阿德里安，他们的祖父是唯一知道宗教文献隐藏地的人。两兄弟如同该隐和亚伯一样成了对手。原本他们都想揭发一些罪恶行径，一个是针对军队中的堕落,另一个则是针对政府和商业中的腐败。安德鲁想肃清军纪,秘密组织了"眼睛军团"。但狂热的精英人物,无论起始目的多么高尚,终归难免被恶势力利用。而阿德里安则代表了美国的正义力量与敌手交锋。经过无数次暴力拼杀和血腥伤亡,"亚伯"终于杀死了"该隐",阿德里安得到了文献。但他并没有将文献内容昭示天下,因为这可能引起基督教世界大乱。事实上,被钉死在十字架上的不是耶稣本人,而只是个替身,耶稣是在三天后自杀身亡的。于是,阿德里安自觉地承担起继续隐藏文献的重任。

可以说,类似于《双子座斗士》中"亚伯"杀死"该隐"的血腥暴力充斥罗伯特·卢德勒姆所有的间谍小说,它通常是解决矛盾的唯一途径。在"伯恩三部曲"中,主人公伯恩也是一个血迹斑斑的杀手。首部《波恩的身份》描写他在一次追杀中因头部严重受伤而昏迷不醒,待到苏醒过来,已记不起自己的真实身份和刺杀任务。然而对手却记住了他,一直在进行追踪,想置他于死地。第二部《伯恩的优势》是以中国香港问题为背景。1984年中英开始香港问题谈判,罗伯特·卢德勒姆对此很感兴趣,便携妻去香港与中国内地做了调查,回国后就写成这本书。故事描述中英关系紧张,战争一触即发,美国极力阻止,派伯恩去执行使命。但此时伯恩已"金盆洗手",离开特工圈,成为一名从事东方学研究的教授。他拒绝接受此项任务,后因妻子被人绑架,才迫于无奈,远渡香港,平息了一场战争。这部小说含有大量的东方风土人情描写,令西方读者十分着迷,被认为是"一部满足了卢德勒姆书迷愿望和期待的小说"。三部曲中的最后一部《伯恩的哀的美敦书》讲述一名教授被人追杀,对手是以前合伙人所串通的越南恐怖组织。伯恩受命解救了教授。曾经有人批评罗伯特·卢德勒姆过于美化暴力,对此他反驳道,世界并非处处美好,暴力确实存在。他的小说需要描写暴力,需要读者了解真实的世界。

威廉姆·巴克利

1925年11月24日,威廉姆·巴克利出生在纽约一个富裕的天主教家庭。1943年,他入读墨西哥大学,后辍学入伍,获少尉军衔。1946年退役后,他进入了耶鲁大学,1950年以优异成绩毕业。1947年至1951年,他在耶鲁大学教授西班牙语。他与妻子帕特里夏·泰勒于1950年结婚,独生子继承父业,也是个作家。

长期以来,威廉姆·巴克利热衷于政治,一直是美国政坛的风云人物。他是共和党成员和纽约州保守党成员,大学保守派组织"自由青年美国人"即由他发起。1965年,他作为纽约保守党候选人参加纽约市市长竞选,虽未获得成功,但极大地提升了自己的政治影响力。威廉姆·巴克利不仅活跃于政坛,还亲自撰写和编辑了二十余部著作,阐述了自己在社会、经济、政治方面的重要观点。他还是著名的报刊专栏作家,曾主持"右翼"(On the Right)专栏达十四年之久,并在《绅士》《星期六评论》《哈珀》《大西洋月刊》等杂志刊发诸多文章。

在度过知天命年之后,威廉姆·巴克利又宣布即将开始创作间谍小说。由于他的显赫政治背景和惯有写作风格,公众自然是对他有所期盼。1976年,他出版了间谍小说《营救女王》(Saving the Queen,1976),并一举获得成功。该书主人公名叫布莱克福德·奥克斯(Blackford Oakes),他从小在英格兰接受一流的教育,成年后进入了中央情报局,功勋卓越。就其个性来说,他儒雅而不乏阳刚,强壮而不粗鲁,睿智而不轻率,爱国而不狂热,喜欢嘲讽而不愤世嫉俗。这与威廉姆·巴克利多年来一直努力保持的谦逊低调、高大但并非完美的公众形象很是吻合。布莱克福德·奥克斯虽然不像詹姆斯·邦德一样风流倜傥,但也同样拥有男性魅力,甚至在营救女王的行动中俘获了女王陛下的芳心。威廉姆·巴克利早年在墨西哥大学求学时曾与美国中央情报局有短暂联系,他自述《营救女王》的布莱克福德·奥克斯的受训过程系他本人的亲身经历。因而可以说,他虽然运用了间谍小说的题材与体裁,却是从职业的角度进行创作的。包括主人公布莱克福德·奥克斯在内的小说人物都是为小说本身服务,没有像之前同类小说中的主人公那样,滔滔不绝地赞颂个人英雄主义或渲染集体恐怖主义。

鉴于《营救女王》获得了成功,威廉姆·巴克利遂将其扩展为一个系列,继续创作以布莱克福德·奥克斯为主人公的间谍小说。到2005年,该系列已经出至十二本,其中重要的有《彩色的玻璃》(Stained Glass,1978)、《马可波罗,如果你行》(Marco Polo, If You Can,1982)、《亨利·托德的故事》(The Story of Henri Tod,1984)等等。这些小说同《营救女王》一样,有两个显著的主题,其中之一是"背叛"。本来,"背叛"在间谍小说中屡见不鲜,但威廉姆·巴克利的独特之处在于对"背叛"的微妙处理和对背叛者人格的刻画。"布莱克福德·奥克斯系列"小说中的叛徒不是呆头呆脑的蹩脚演员,而是思维敏捷的高智商人物。威廉姆·巴克利深入挖掘了这些角色背信弃义的动机和原因。譬如,《营救女王》的叛徒是一个英国人,与女王及贵族关系十分密切,这正影射了50年代曾轰动一时的英国间谍精英变节事件。在这本书中,布莱克福德·奥克斯的任务是除掉这个变节者同时保护女王的安全。而《马可波罗,如果你行》的叛徒是一个有特权的年轻美国女子,小说用倒叙的方法讲述了她的来龙去脉。在《彩色的玻璃》中,布莱克福德·奥克斯渐渐钦佩和喜欢上了自己的刺杀对象,并与他结下了深厚友谊。他究竟应该忠于自己的国家还是忠于朋友之情？在忠诚与背叛之间，他犹豫徘徊，进退两难。而在《亨利·托德的故事》中，变节来自复杂的派别和个人原因。

就小说的情节模式而言，威廉姆·巴克利与前辈伊恩·弗兰明、唐纳德·汉密尔顿等人大同小异。但值得注意的是，"布莱克福德·奥克斯系列"小说的故事场景设置在冷战时期，时间跨度从20世纪50年代中期到60年代中期，涉及当时许多重大历史事件，如德国柏林墙的筑立、英国间谍的背叛、英法占领苏伊士运河、苏联人造卫星升空、卡斯特罗在古巴执政、古巴导弹危机等等。在此多事之秋，美国中央情报局的特工无处不在，年轻的布莱克福德·奥克斯更是冲锋陷阵，肩负一个个危险使命。按常理，历史事实的运用难免限制小说的创作空间，因为读者早已对这些历史耳熟能详。但威廉姆·巴克利给人的印象是，他总能巧妙地使之戏剧化。他常常借退休情报人员之口进行叙述，还擅长把本人的思想和愿望融入小说中。此外，"布莱克福德·奥克斯"小说还以特有的方式，成功地再现了20世纪50、60年代的社会气氛。小说中精确地描绘了当时人们的着装、流行音乐、俚语俗话等等。而且，威廉姆·巴克利不限于这些细节描写，更抓住了当时风行一时的地缘政治理论，让众多真实的历史人物轮番登场。这些真实历史人物并非机械地穿梭在情节中，而是与故事融为一体，如艾奇逊、杜勒斯、艾森豪威尔总统等等。威廉姆·巴克利娴熟地驾驭书中错综复杂的情节，即便有时与历史事实相悖，也能巧妙地分散读者的注意力。

比尔·格兰杰

1941年6月1日，比尔·格兰杰出生在威斯康星州伍德县，但在芝加哥长大，并接受基础教育。从当地一所天主教学校毕业后，他入读德鲍尔大学，1963年毕业，获英语学士学位。同年应征入伍。1965年，他脱下戎装，投身新闻界，开始了长达数十年的新闻记者和专栏作家生涯。他先后供职于合众国际社以及《芝加哥论坛报》《太阳时报》《每日先驱报》，还一度加盟芝加哥哥伦比亚学院，讲授新闻学。

自1979年起，比尔·格兰杰即以本名以及"比尔·格里菲斯"（Bill Griffiths）、"乔·盖什"（Joe Gash）的笔名，出版了许多通俗小说。这些小说涉及间谍小说、神秘小说、警察程序小说等多个门类，其中最有影响的当推"十一月人"系列间谍小说。该系列始于1979年的《十一月人》（The Novermber Man, 1979），终于1994年的《焚烧使徒》（Burning the Apostle, 1993），共计十三卷。这些小说几乎都是畅销书，一版再版，风靡世界各地。

在该系列的首卷《十一月人》中,比尔·格兰杰介绍了男主角其人。他名叫德维洛(Devereaux),代号"十一月人",受雇于美国 R 部门。这是一个监督中央情报局的机构,归总统直接管辖。很久以前,总统就知道中央情报局不可信任,遂创建了自己的团队,并视"十一月人"为美国最有价值的安全资产。也由此,"十一月人"经常受到中央情报局官员以及他的顶头上司的嫉恨,双方龃龉冲突不断,不过,更多的时间,"十一月人"要精心对付克格勃特工。某种程度上,"十一月人"更接近于私家侦探中的"硬汉",不但睿智、勇敢,而且不畏强暴、坚韧不拔,游刃于各种秘密间谍活动之中。在比尔·格兰杰这部处女作中,他描述了"十一月人"挫败一起暗杀英国首富及英国首相的阴谋,调查英国政坛要人诺德·斯诺被杀内幕的曲折经历。小说充满了现实主义色彩,不仅有精彩的对白,而且情节发展扣人心弦。更令人惊讶的是,小说问世不久,英国居然发生了与小说主要情节相似的爱尔兰共和军暗杀英国女王堂兄的真实事件。

接下来的第二部小说《内讧》(Schism, 1981)展示了 80 年代间谍小说的新趋势——女间谍的出现。故事开始就疑团重重,本以为早就死在柬埔寨丛林的神父,二十多年后却神秘地重新出现,并遭到美国中央情报局的拘禁。"十一月人"的任务就是要赶在年底,弄清楚这位神父的秘密。但还不等他采取行动,一位名叫丽塔·马科林的女记者却抢先联系了神父。在小说的结尾,"十一月人"与这位机智、勇敢的女记者坠入爱河,而且为了避免世界大战,他们甘冒生命危险,共同将神父的秘密公之于众。在这本小说中,丽塔·马科林的形象被刻画得近于完美。她还出现在该系列的第五部小说《苏黎世数字》(The Zruich Numbers, 1984)中,成为与"十一月人"并驾齐驱的小说主角。在这之后出版的《布拉格婴儿》(The Infant of Prague, 1987)、《亨利·麦克吉先生没有死》(Henry McGee Is Not Dead, 1988)、《听到太多的人》(The Man Who Heard Too Much, 1989)、《恐怖联盟》(League of Terror, 1990)等小说,也是以他们为男女主人公,而且故事情节同样曲折、惊险,但增添了恐怖和荒诞的色彩。鉴于"十一月人"系列间谍小说的上述特色,比尔·格兰杰荣获了爱伦·坡奖。

90 年代,比尔·格兰杰又另起炉灶,创作了以"德罗弗"(Drover)为男主角的系列神秘小说,作品有《德罗弗》(Drover, 1991)、《德罗弗和斑马》(Drover and the Zebras, 1992)、《德罗弗和指定击手》(Drover and the Designated Hitter, 1994)等等。它们同样受读者青睐,也同样为比尔·格兰杰赢得爱伦·坡奖。但就在这时,他不幸患了严重的心脏病,不得不中止创作。在度过了数年的患病生涯之后,2012 年 4 月 22 日,他与世长辞,终年七十一岁。两年后,根据"十一月人"系列间谍小说第七部《没有间谍》(*There Are No Spies*,1986)改编的电影《十一月人》,开始在美国上映,并引起火爆场面。

第六节　家族犯罪小说

渊源和特征

　　犯罪小说同神秘小说、惊悚小说、言情小说一样,是一个笼统的概念。它不但意蕴宽泛,而且特征难以确定,在不同的历史时期有着不同的指代对象。往往人们用它来指代侦探小说、警察程序小说和间谍小说。这几类小说都是主要以作者褒扬的英雄人物为主人公,通过他们对各种犯罪事实的调查,揭露罪犯的面目,惩治罪犯的邪恶。不过,犯罪小说不但应当包括这些英雄犯罪小说(hero crime fiction),还应当包括那些以作者贬抑的罪犯为主人公的反英雄犯罪小说(anti-hero crime fiction),譬如黑色悬疑小说。同英雄犯罪小说一样,反英雄犯罪小说也有犯罪,也有调查,但这种调查不是依赖侦探之类的人物完成的。而且作者关注的重点也不是侦破疑案和惩治罪犯,而是述说案情发生的背景和剖析罪犯的心理状态。正因为如此,反英雄犯罪小说的主题一般来说显得比英雄犯罪小说灰暗。

　　西方最早的反英雄犯罪小说可以追溯到西方小说成形的年代。像英国丹尼尔·笛福的《海盗王》(*The King of Pirates*,1719)、《杰克上校》(*Colonel Jack*,1722)、《街头六大盗》(*The Six Notorious Street Robbers*,1726)等等,均以海盗、窃贼为主角,是地地道道的反英雄犯罪小说。稍后,马修·刘易斯和威廉·戈德温又分别出版了自己的代表作《修道士》和《本来面目》。这两部小说不但是英国哥特式小说的经典,也是18世纪反英雄犯罪小说的名篇。到了19世纪,反英雄犯罪小说主要为一些主流小说家所看重,成为他们表现情欲与道德之间冲突主题的重要手段。如美国纳撒尼尔·霍桑(Nathaniel Hawthorne,1804—1864)的《红字》(*Scarlet Letter*,1850)、俄国陀思妥耶夫斯基(Dostoevsky,1821—1881)的《罪与罚》(*Crime and Punishment*,1866)等等,都是这方面脍炙人口的作品。1929年美国作家威廉·伯内特(William Burnett,1899—1981)的《小恺撒》(*Little Caesar*,1929)的问世,不但标志着通俗意义上的反英雄犯罪小说的重新崛起,也标志着这一领域题材多样化的开始。从此,抢劫偷盗、敲诈勒索、杀人越货、贩卖私酒、开办赌场、经营妓院、销售毒品、刊印淫书、放高利贷、投机诈骗、黑市走私等等,都成为这类小说的创作题材,因而也出现了一大批各有特色的反英雄犯罪小说作品。

战后美国反英雄犯罪小说继续朝题材多样化的方向发展。一方面,以康奈尔·伍里奇、夏洛特·阿姆斯特朗、吉姆·汤普森等人为代表的一些犯罪小说家继承威廉·伯内特的传统,刻意塑造各类反英雄形象,表现这些处在社会最底层人们的失落、彷徨和无奈;另一方面,以帕特里夏·海史密斯、琼·波茨、玛格丽特·米勒为代表的另一些犯罪小说家则从陀思妥耶夫斯基、威廉·福克纳(William Faulkner, 1897—1962)的严肃犯罪小说中吸取养分,强调剖析罪犯的犯罪心理,表现心灵扭曲、心灵缺损的邪恶和伤痛。他们的共同努力致使美国产生了一类声势浩大的新型反英雄犯罪小说——黑色悬疑小说。此外,同一时期美国还诞生了一类"滑稽剧式"的反英雄犯罪小说(Comic Caper)。这类小说以唐纳德·韦斯特莱克(Donald Westlake, 1933—2008)的十六本以"帕克"(Parker)为主人公的系列小说为代表,其基本特征是以幽默、同情的笔触塑造罪犯。这个罪犯虽为反英雄主人公,但有自己的是非观念以及爱与恨,而且他的犯罪动机常常令人同情,犯罪行为又常常令人捧腹。

然而,对美国传统反英雄犯罪小说的创作模式继续变革,并使之取得了压倒其他一切通俗小说声誉的当属马里奥·普佐(Mario Puzo, 1920—1999)。1969年,他根据自己长期对西西里人的研究,创作了一部反映黑社会家族兴衰的犯罪小说《教父》(The Godfather, 1969)。该书出版后,一连六十七个星期高居畅销书榜首,销售量高达二千一百万册。随后,根据此书改编的三部电影又创造了巨大的票房价值。这三部电影中,两部获奥斯卡奖,一部获奥斯卡奖提名。一句话,整个美国掀起了"教父"热,由此也诞生了一类新型的反英雄犯罪小说——家族犯罪小说(family crime fiction)。家族犯罪小说对于传统反英雄犯罪小说的创作模式是一个根本性的突破。传统的反英雄犯罪小说,包括黑色悬疑小说,多半与个体罪犯和谋杀案件有关。即便是一些描写犯罪团伙的小说,所强调的也是犯罪主人公的个人兴衰。其形象为惩罚型,作者意在表现犯罪主人公的悲剧性结局。而《教父》描写了一个犯罪家族以及这个家族在整个美国黑社会势力中的争斗。它的主人公形象为冒险型,作者意在表现其惊人的冒险经历。自《教父》起,美国反英雄犯罪小说的模式已经实现了从惩罚型主人公到冒险型主人公的转变。继《教父》之后,马里奥·普佐又写了四部犯罪小说。它们沿用《教父》的家族犯罪小说的模式,在商业上也获得了巨大成功。

马里奥·普佐

1920年10月15日,马里奥·普佐出生在纽约一个意大利移民家庭,二战期间曾在美军服役,后又到哥伦比亚大学学习文学。自20世纪50年代起,他开始创作犯罪小说,并出版了《黑色竞技场》(The Dark Arena,1955)和《幸运的漫游者》(The Fortunate,1964)两部作品,但它们在社会上并没有即刻引起反响。1969年,他的第三部犯罪小说《教父》(The Godfather,1969)问世。该书刚一出版,即荣登《纽约时报》畅销书排行榜首,并持续达二十二周,随后,该书被译成多国文字,畅销世界各地,总销售量也飙升至一亿五千万册。自1970年起,它又先后三次被搬上电影银幕,每次都引起了轰动,创造了巨大的票房价值。

《教父》主要描述纽约黑社会魁首维托·考利昂一家如何采取种种非常手段,实现其在整个黑社会势力中独尊地位的经过。维托·考利昂是一名十分显赫的家族权威,也是黑社会中举足轻重的人物。人们畏于他的神通和威严,尊称他为"教父"。黑社会中另一个显赫家族的索洛佐来找"教父"商谈毒品交易,未获成功。于是他怀恨在心,派人杀死了"教父"。而"教父"的儿子迈克尔为了复仇又杀死了索洛佐,并逃往西西里岛。一年后,迈克尔返回美国,除掉了家族的仇人,重振家业,成为新的"教父"。

《教父》的巨大成功在于它抓住了犯罪小说中的一个空白点——黑帮家族的暴力犯罪行为。小说奠定了一个新的三元情节模式:一名家族权威(维托·考利昂式的"教父")、一名精干后辈(迈克尔)和一名对立人物(索洛佐和其他四大家族)。继《教父》之后,美国通俗文坛出现了许多仿照这一模式的作品,作品的主题常常表现为复仇与暴力。《教父》的巨大成功还来自其所显示的"黑色魅力"。人的本性除了对美好的事物有追求和喜欢外,对于丑恶的东西也有一种本能的好奇。暴力一方面是令人痛恨的,但另一方面又体现了弱肉强食的生存之道。本是行凶作恶的行为,在马里奥·普佐写来,也显得入情入理,有是有非。为父报仇、洗刷耻辱的"坏人"成了正面形象,一种朴素的"血债要用血来还"的思想赢得了大众读者的审美心理。

继《教父》之后,马里奥·普佐又写了四部犯罪小说。它们是:《傻瓜灭亡》(Fools Die,1978)、《西西里人》(The Sicilian,1984)、《第四个肯尼迪》(The Fourth K,1990)和《末代教父》(The Last Don,1996)。其中,《末代教父》沿用《教父》的家族犯罪小说模式,在商业上也获得了巨大成功。1999年7月马里奥·普佐因心脏病去世,遗作《拒绝作证》(Omerta)和《家族》(The Family)分别于2000年和2001年出版。

其他作家和作品

美国的"教父热"一直持续到 70 年代和 80 年代。在此期间,涌现出一批依照马里奥·普佐的家族犯罪小说模式进行创作的现代犯罪小说作家。其中影响较大的有莱斯利·沃勒(Leslie Waller, 1928—2015)、乔治·希金斯(George Higgins, 1939—1999)和埃尔莫尔·伦纳德(Elmore Leonard, 1925—2013)。莱斯利·沃勒是芝加哥人,早在大学求学期间,他就担任《芝加哥太阳报》的新闻记者,负责采访该城市的犯罪活动。与此同时,他也涉足犯罪小说领域。1969 年,他模拟《教父》的题材和情节,创作了长篇小说《家族》(*The Family*)。该书出版后,也获得了成功。从那以后,他又创作了《酷暑天》(*Dog Day Afternoon*, 1972)、《瑞士账户》(*The Swiss Account*, 1976)、《众目睽睽下》(*Hide in Plain Sight*, 1980)等一系列长篇小说。这些小说均是畅销书,从不同的社会领域揭示了"地下"世界的种种骇人听闻的罪恶。他因此被誉为"犯罪小说的教父"。乔治·希金斯出生于马萨诸塞州一个教师家庭,自小喜爱文学,大学毕业后曾任新闻记者。60 年代中期,他进入波士顿法学院深造,获得律师资格,并多次在法庭上担任罪犯辩护人。70 年代初,他以一个偶然失足的少年罪犯为生活原型,创作了一部反映黑社会团伙犯罪的长篇小说《埃迪·科伊尔的朋友们》(*The Friends of Eddie Coyle*, 1972)。该小说出版后,即获得文论家的好评,同时也成为风靡全美的畅销书。紧接着,他又出版了长篇小说《吊膀子游戏》(*Digger's Game*, 1973)和《科根的交易》(*Cogan's Trade*, 1974)。这两本书连同《埃迪·科伊尔的朋友们》一起,构成了他的著名的"现代犯罪小说三部曲"。从此,他迈进了当代最重要的犯罪小说家的行列。埃尔莫尔·伦纳德出生于新奥尔良,在底特律长大。他自小对西部小说感兴趣,十五岁即在杂志上刊发西部小说,大学毕业后又出版了不少有影响的西部小说。70 年代初,他受马里奥·普佐和乔治·希金斯的影响,开始创作现代犯罪小说,并出版了《五十二辆轻型货车》(*52 Pick-Up*, 1974)。这部小说为他赢得了初步声誉。之后,他一发不可收,相继出版了《马耶斯迪克先生》(*Mr. Majestyk*, 1974)、《赃物》(*Swag*, 1976)、《金海岸》(*Gold Coast*, 1979)、《拉布拉娃》(*LaBrava*, 1983)、《匪徒》(*Bandits*, 1987)等二十余部犯罪小说。其中《拉布拉娃》荣获 1974 年度"爱伦·坡"奖。

第八章　20世纪后半期（下）

第一节　社会暴露小说

渊源和特征

战后美国色情暴露小说的"黄金时代"一直持续到60年代末。在这之后,它从顶峰跌落,滑入了低谷。虽然包括哈罗德·罗宾斯、杰奎琳·苏珊和欧文·华莱士在内的许多暴露小说家还在不断地推出新作,但已经完全没有当年那种振聋发聩的风骚。然而,几乎在暴露小说跌落的同时,一些小说家也在酝酿着它的"革新"和"复兴"。他们努力拓宽暴露小说的创作题材,并尝试将暴露小说的模式与其他类型通俗小说的模式相融合。这种革新的结果,致使美国产生了一类新型的暴露小说——社会暴露小说（social exposé fiction）。70年代末和80年代初,社会上已经开始出现了一些颇有影响的社会暴露小说。这些作品屡屡登上畅销书排行榜,并被改编成电影,形成火爆场面。到了80年代中期,社会暴露小说越来越多,越来越受欢迎,并进一步压倒其他许多类型的通俗小说,成为主导美国通俗文学领域的力量。如此局面一直维持到20世纪末。

80年代和90年代社会暴露小说的流行与同一时期美国后工业社会的固有矛盾进一步加剧有关。一方面,新的科技革命带来了新的巨大财富;而另一方面,广大劳动者又生活在贫困和失业之中。由于垄断资本与权力的结合,美国统治阶层腐败成风。各级政府以及各大财团的营私舞弊屡屡发生。人们的精神生活也陷入危机,消费主义、享乐主义、个人主义成为时尚,犯罪率急剧上升。凡此种种,都为美国的暴露小说家提供了更宽阔的创作空间,同时也为扩大作品的阅读队伍打下了基础。

社会暴露小说的基本特征是暴露的层面比以前更宽,政界、商界、司法界、金融界、医药界、影视界等各个领域都成为抨击的对象。暴露的力度也比以前大。作者关注的热点不再限于各种丑闻,而是把批判矛头直指社会制度本身。政治腐败、恐怖活动、经济犯罪、司法交易等民众痛恨的社会现象都得到比较深刻的揭露。从这个意义上说,传统的政治暴露小说创作风格得到了恢复。当然,在暴露和批判的天平上,还是前者大于后者。此外,在表现手法上,社会暴露小说家也完全摒弃了"新闻写实"式的报告文学模式,注重吸取其他通俗小说的创作要素,注重情节的惊险和悬疑的运用。诸如描写一则内幕或阴谋,人物如何被卷入,阴谋如何被戳穿,结果总是正面人物得胜,反面人物自食其果,其中再穿插个人的奋斗经历与情爱故事。在某种意义上说,社会暴露小说是反映人性丑陋与社会堕落的惊悚小说。

　　社会暴露小说按照所暴露的领域,可以细分为政治暴露小说、军事暴露小说、经济暴露小说、宗教暴露小说、法律暴露小说、医学暴露小说、女性暴露小说等等。女性暴露小说是杰奎琳·苏珊等人的影视暴露小说的延续和发展。这类小说主要以好莱坞的大牌女明星或企业的女强人为主人公,通过她们在功成名就前所遭受的谋杀、强奸、绑架等经历,暴露了美国社会的种种黑暗和邪恶。这方面首屈一指的作家当属西德尼·谢尔顿(Sidney Sheldon, 1917—2007)。自70年代中期至现在,他已经创作了十多部女性暴露小说。这些小说不仅在国内造成了巨大的影响,而且被译成五十一种文字,远销一百五十多个国家。此外,朱迪思·克兰茨(Judith Krantz, 1927—2019)在该领域也称得上声名显赫。她的作品不多,但每本都是超级畅销书。而且她作为一名女性,比西德尼·谢尔顿更能细腻地把握作品中女主角的心态。医学暴露小说派生于早期的医生护士小说,并融入了恐怖小说、侦探小说等成分,其主要特征是以医生、护士为主人公,以意外医疗事故为情节主线,揭露医学界的黑幕与医疗制度的弊端。这方面的代表作家是罗宾·库克(Robin Cook, 1940—)。自1977年起,他成功地推出了二十余本医学暴露小说。这些小说均是畅销书,而且大部分被搬上银幕,引起轰动。当代政治暴露小说崛起于80年代初,其代表作家为美国前总统哈里·杜鲁门的女儿玛格丽特·杜鲁门(Margaret Truman, 1924—2008)。她成功地把传统政治小说的模式同当代侦探小说的若干要素结合起来,创作了一系列以华盛顿上层社会为背景的畅销小说。这些小说分别从白宫、国会、最高法院、五角大楼、联邦调查局、国立博物馆等角度,描述了种种骇人听闻的政治事件,将统治当局的伪善和腐败暴露无遗。在军事暴露小说方面,最知名的作家是彼得·多伊特曼(Peter Deutermann, 1941—)。他所创作的《官方特权》(*Official Privilege*, 1995)等小说暴露了后冷战时代美国海军官僚的伪善和腐败。法律暴露小说的代表作家当推约翰·格里森姆(John Grisham, 1955—)。他的《律师事务所》(*The Firm*, 1991)等十多部小说分别从法官、律师、原告、被告、陪审团等多种角度对美国的法律制度做了淋漓尽致的揭露。

西德尼·谢尔顿

1917年2月11日,西德尼·谢尔顿出生在伊利诺伊州芝加哥。他曾于30年代中期在西北大学读书,但不久就辍学,到洛杉矶闯荡好莱坞。起初,他只是帮助制片商读评剧本,每周获取十七美元的报酬。几番曲折之后,他开始与人合作编写"B"级电影片。1941年,他加入了美国空军,但很快就退伍,专门从事音乐剧创作。翌年,他创作的三部音乐剧在百老汇上演,并获得好评。40年代中期,他重返好莱坞,开始为制片商编写电影剧本,其中一些颇为成功,为此赢得了奥斯卡金像奖和托尼奖。60年代初,他转向电视连续剧领域,编导了几部成功的作品,数次得到埃米金像奖提名。1969年,他再度调整创作方向,出版了第一部小说《裸脸》(*Naked Face*)。该书虽然在舆论界获得好评,并赢得当年的"爱伦·坡"奖,但在读者当中反响不大。数年后,他又出版了第二部小说《子夜的另一边》(*The Other Side of Midnight*, 1974)。该小说很快成为畅销书,并一连五十二个星期荣登《纽约时报》畅销书排行榜。紧接着,他的第三部小说《镜中的陌生人》(*Stranger in the Mirror*, 1975)也成为《纽约时报》畅销书排行榜上的宠儿。从这以后,他把主要精力用于小说创作,出版了一本又一本畅销书。这些书不仅在美国国内十分畅销,而且陆续被译介到国外,产生了巨大的影响。在中国,他的小说基本上已经全被译成中文,且有多种译本。他的几部小说被拍成电影后,也在中国上映,并深受中国大众喜爱。1997年,他被"吉尼斯世界纪录"确认为世界上作品被翻译得最多的作家。至2000年,他总共出版了十七部小说,累计销售量达二亿七千五百万册。

西德尼·谢尔顿早期创作的小说多以年轻、漂亮的女明星为主人公,通过她们在好莱坞成名前后所遭受的谋杀、强奸、绑架,以及疯狂报复的经历,暴露了美国影视圈的种种黑暗和邪恶。如《子夜的另一边》,主人公为出身贫困家庭的法国少女诺埃尔,她在惨遭富翁蹂躏之后与见义勇为的美国空军飞行员拉里坠入爱河。但预定日期过去了,信誓旦旦要与诺埃尔结婚的拉里终究没有露面,诺埃尔遂由失望变为愤怒。她发誓要进行报复。依靠出卖色相和肉体,诺埃尔渐渐成为好莱坞明星。她由此不断地追踪以前的情人拉里,展开了一系列令人发指的报复行动。又如《镜中的陌生人》,主人公吉尔有着与诺埃尔类似的成长环境和奋斗经历。她刚一出生,父亲就不幸去世,由母亲含辛茹苦地拉扯大。当势利的男朋友遗弃她之后,她揣着梦想来到了好莱坞。面对弱肉强食的冷酷世界,她的一切努力化为泡影,唯有靠出卖色相和肉体一步步当了电影明星。这时,她遇见了英俊潇洒的托比——一个同样靠出卖色相和肉体当上大牌明星的男演员。于是,两人一起合作,上演了一幕幕骇人听闻的人生戏剧。显然,这类小说继承了 50 年代色情暴露小说的传统,含有许多相当露骨的性描写。为此,西德尼·谢尔顿曾对记者解释说:"我承认色情成分是太多了些,而且不是很有必要。但它们并不是我杜撰的,都是现实生活中确实发生过的事情。"

自《血缘》(Bloodline,1978)起,西德尼·谢尔顿继续以漂亮、聪明、能干的年轻女性为主人公,但暴露的领域不再限于影视圈,而是纵深发展到社会的各个层面和各个人物,其中丑陋人性的暴露是一个重点。《血缘》主要描写世界跨国医药公司的董事长萨姆·罗夫登山时遭人暗害,董事们为中饱私囊,纷纷要求抛售股份,整个公司摇摇欲坠。萨姆·罗夫的独生女伊丽莎白·罗夫继任董事长之后,决定重振家业。然而,她面对的是重重困难和阻力。不久,她察觉有人要暗杀她。所有的董事都有嫌疑,其中包括她的丈夫。该书场面宏大,人物众多,将跨国公司与豪门世家的黑暗内幕暴露得淋漓尽致。不过,一般认为,西德尼·谢尔顿的女性暴露小说代表作是《假如明天来临》(If Tomorrow Comes,1985)。该书主要讲述银行女职员特雷西·惠特尼因调查母亲被杀的真相而遭到陷害,在狱中受到了种种非人的折磨。出狱后她凭借自身的勇敢与聪明,进行疯狂的报复。这一切成功后,她迫于生计,最终成为偷盗能手。后来,她在爱情的感化下,决心洗手不干,开始了正常人的幸福生活。具有同样地位的作品还有 1997 年出版的《精心策划》(The Best Laid Plans)。该书主要讲述聪慧美丽的莱思莉大学毕业后任职于一家公关公司,与该公司正在竞选州长的律师拉索尔进行热恋。后来拉索尔为满足自己的政治野心,另外攀上了前参议员的女儿简恩,并在与其结婚后凭借岳父的势力成为白宫总统。莱思莉几经坎坷成为《华盛顿论坛报》的女老板。她用新闻媒介作武器,对当年的情人、如今的总统展开了精心策划已久的报复行动。显然,书中的女主人公莱思莉又是一个"特雷西"式的复仇女神。

在悬疑设置方面,西德尼·谢尔顿是个高手。他善于一开始就制造冲突,构成悬念,然后层层展开情节,直至故事的终结。为此,他的许多作品采取倒叙手法,如《子夜的另一边》、《世无定事》(Nothing Lasts Forever,1994)等等。此外,他也善于塑造人物。如《假如明天来临》《精心策划》的女主人公特雷西·惠特尼、莱思莉·斯图尔特被刻画成外柔内刚、坚韧不拔的勇敢女性,形象十分动人。有关前者盗窃的一些场面描述也非常惊险,给人以强烈印象。最典型的是《世无定事》中对三位医生的描写。三位女医生都正直、善良、漂亮,但又有各自不同的个性。佩姬的坚毅,凯特的自尊以及霍尼的乐善好施跃然纸上。还有《血缘》中有关伊丽莎白回忆父亲生前的关爱与教诲的描述也十分动人,尤其是作者采用了过去与现在交叉的场景,对照出现实的冷酷与昔日亲情的温暖。另外,受长年撰写剧本的影响,西德尼·谢尔顿的小说读起来有些像电影,故事情节清晰,没有过多的白描,有很强的现场感。

2007年1月30日,西德尼·谢尔顿在度过了九十岁生日后不久,染上了肺炎,医治无效逝世。

罗宾·库克

1940年5月4日,罗宾·库克出生在纽约。他从小喜爱医生的职业,中学毕业后入读卫斯理大学,后又进哥伦比亚大学内外科学院深造,1966年获得医学博士学位。在这之后,他先后在夏威夷、马萨诸塞、波士顿等地的医院担任外科医生。工作之余,他阅读了大量的畅销小说,并对它们产生了浓厚兴趣,遂产生了创作念头。1972年,他出版了处女作《实习医生之年》(The Year of the Interne,1972)。然而,令他失望的是,这本书没有在社会上产生任何影响。于是,他潜心研究畅销小说的写作技巧,借鉴各个成功小说家的创作经验,并于70年代末出版了医学暴露小说《昏迷》(Coma,1977)。该书主要描述波士顿某医院一起骇人听闻的盗卖人体器官事件。八号手术台上,一位年轻姑娘在做人流手术时竟然昏迷不醒。紧接着,又有两个病人陷入同样的昏迷状态。该院实习医生苏珊决心解开这个"昏迷"之谜。在调查中,她受到各种各样的威胁,几次死里逃生。最后她发现,八号手术台其实是一个屠宰场。昏迷的病人被医院某些人作为"活尸"收藏。一旦需要,他们就把昏迷的病人弄死,摘下某个器官,用专机送往买主处,牟取暴利。这本书出版后,顿时成为畅销书,并被分别列入《纽约时报》精装本和平装本畅销书目。一年之后,它又被搬上银幕,再次引起轰动。

《昏迷》的成功奠定了罗宾·库克作为杰出的医学暴露小说家的地位。继此之后,他又出版了《人脑》(Brain,1981)、《发烧》(Fever,1982)、《致幻》(Mindbend,1988)等一系列医学暴露小说。这些小说的创作模式与《昏迷》大体相同。故事一开始常常是病人接二连三地昏迷或死亡,病因不明或蹊跷。主人公医生决心查清事实真相,却遭到一连串的刁难和攻击,敌对势力则来自医药界的领头人物,最后隐藏在"猝死"现象背后的阴谋罪行终于暴露。书中古怪的医疗事故、精心策划的阴谋、神奇的杀人手段,无不让人感受到那种通常只有在科幻小说和哥特式小说中才会有的神秘、恐怖气氛。然而,作品中十分真实的医院场景描写和高科技医学背景穿插,又使之蒙上了浓郁的现实主义色彩。在《人脑》中,一个年轻的女病人莫名其妙地死在手术台上,而且其大脑已被秘密摘除。紧接着,又有几个女病人遭受了同样的厄运。对此年轻的马丁医生心生怀疑,同恋人丹尼斯一道进行调查。在经历了一连串危及生命的可怕事件之后,他们终于查明了那些女病人的死因,并再次目睹了这一医学研究机构令人发指的实验。《发烧》的主人公查尔斯为白血病研究者,自九年前他的妻子沦为这一绝症的受害者之后,他就开始了对这个领域的研究。如今,十二岁的女儿又患上了同样的疾病。经过艰苦研究,查尔斯发现妻子、女儿的白血病与某化工厂的污染源有关。正当此时,他的上司要他放弃自己的研究,化工厂也威胁要将他和女儿置于死地。但他没有向恶势力屈服,终于查明和揭露了该医学研究机构与化工厂相互勾结、牟取昧心钱财的犯罪事实。而《致幻》的主人公亚当是一个医学院的大学生,因为需要钱,接受了一家大型制药厂的工作职位。而他也放心地把自己将要临产的妻子托付给该制药厂附属的诊所。但随着时间的推移,他发现噩梦开始降临在妻子身上,似乎她正被迫进行某项药物试验。于是,他开始了调查。正当此时,种种威胁向他袭来。但他不顾个人安危,坚持进行调查,终于发现了该制药厂妄图利用致幻药非法牟取暴利的大阴谋。

90年代后期,罗宾·库克的创作模式有了较大的改变。暴露和抨击的对象不再限于医药界,而是扩展到其他社会领域。作品的思想深度也大大增强,而且往往会提出一些发人深省的问题供读者思考。如《致命的治疗》(*Fatal Cure*, 1993)中,主人公为年轻医生夫妇戴维与安吉拉,他们经过漫长的实习期后带着身患先天性绝症的八岁女儿在巴特莱特镇安家落户。当地人的热情以及医疗机构提供的帮助令他们非常感激,但与此同时危险也正在向他们逼近。不久,在他们的新家的地下室发现了前任院长的尸体。安吉拉多次催促警方调查,结果反遭歹徒强奸。紧接着,戴维负责的一些危重病人也莫名其妙地死亡,而且这种死亡阴影也在向他的女儿逼来。于是,戴维与安吉拉冒着生命危险,开始展开调查,甚至请了一位私家侦探进行协助,终于揭开了一个骇人听闻的大阴谋。又如《紧急传染》(*Contagion*, 1995)中,故事一开始,纽约市接二连三出现恶性传染病,先是鼠疫流行,接着又爆发兔热病、斑疹热和肺炎,患者和医务人员不断死亡。对此,媒体轰动,医院搪塞,专家众说纷纭。然而主人公杰克大夫有着自己独特的看法。他顶住上司的压力和黑社会的威胁,多次奔赴现场调查。他的行动几乎遭到所有人的反对,甚至三次险遭谋杀。但他不顾个人安危,查清了事件幕后黑手,使案情大白于天下。

最值得注意的是1998年问世的《毒素》(*Toxin*)。该小说的主人公为心外科医生里吉斯,因为性格不合,他同身为心理医生的妻子特蕾系离异。但是，里吉斯决心做一个好父亲。一天晚上，他领着十岁的女儿贝基去用餐。不料，贝基吃了一个特制汉堡包后感到不适，不得不去看医生。经过检查，医生发现贝基感染了一种致命病菌，而这病菌就留藏在那个特制汉堡包中。终于，贝基的病情继续恶化，不幸死去。里吉斯悲痛万分，发誓要查出真凶。他停止了自己一项颇有前景的研究，开始对病菌进行追踪调查。在新闻媒体和一位新到任的农业部女督察员的帮助下，里吉斯查明了农业部、屠宰场、肉加工厂的腐败官员沆瀣一气，为非作歹的事实。但就在这时，他被绑架、刺伤，险些丧命。但他早已将自己的生命置之度外，决心将这个致使他的爱女死亡的真相公之于众。

玛格丽特·杜鲁门

1924年2月17日，玛格丽特·杜鲁门出生在密苏里州独立村，父亲是美国第三十三任总统哈里·杜鲁门（Harry Trueman，1884—1972）。她自小在独立村公共学校读书。1934年，她的父亲入选美国参议院，她也随之到了华盛顿，在当地一所著名的女子私立学校上学。在这之后，她进了华盛顿大学，并于1946年获得历史学学士学位。不过，她真正的爱好是在声乐方面。她从十六岁起即师从斯特里克勒夫人学声乐，以后又拜了多个名师，学习一直没有间断。1947年，她举行了多场个人演唱会，之后又加盟国家广播乐团，到各地巡回演出。50年代中期，她应出版公司之约，撰写了白宫生活回忆录《玛格丽特·杜鲁门的故事》（Margaret Trueman's Story，1956）。从此，她对写作产生兴趣，走上了作家道路。在继续撰写了《白宫宠儿》（White House Pets，1969）、《哈里·杜鲁门》（Harry Trueman，1973）、《无畏的女人》（Women of Courage，1976）等几本非小说作品之后，她于1980年出版了长篇小说《白宫谋杀案》（Murder in the White House，1980）。这是一部政治暴露小说，主要内容是美国国务卿布莱恩被害，美国总统韦伯斯特任命罗恩为特别调查员，负责调查此案。在调查过程中，罗恩获知布莱恩生前生活极其糜烂，并卷入多起经济丑闻。随着调查进一步展开，主要证人金斯利太太却被杀害。与此同时，总统夫人也向罗恩透露了二十年来深藏心底的秘密。正当罗恩准备揭开谜底，让案情大白于天下之时，"凶手"却主动投案。该书成功地把传统政治小说的模式同当代犯罪小说的若干要素结合起来，暴露了华盛顿上层社会的腐败和黑暗。《白宫谋杀案》出版后，顿时在社会上引起了轰动，以后又多次重印，畅销不衰。于是玛格丽特·杜鲁门将其扩充为"首都犯罪系列"（Capital Crime Series），继续创作以华盛顿上层社会为题材的政治暴露小说。到2008年她因病去世，该系列已经出至二十四本，身后还有数本由后人整理出版。它们均以"谋杀案"为书名起首,重要的除《白宫谋杀案》外,还有《最高法院谋杀案》(Murder in the Supreme Court, 1982)、《国立博物馆谋杀案》(Murder in the Smithsonian, 1983)、《中央情报局谋杀案》(Murder at CIA, 1985)、《五角大楼谋杀案》(Murder in the Pentagon, 1991)、《雾谷谋杀案》(Murder in Foggy Bottom, 2000)、《联合车站谋杀案》(Murder at Union Station, 2004)、《K街谋杀案》(Murder on K Street, 2007)等等。

《白宫谋杀案》的出版,确立了玛格丽特·杜鲁门在政治暴露小说领域的独特地位,同时也确立了"首都犯罪系列"的基本情节模式。故事一开始是华盛顿上层社会的一位显要人物的猝死;随之而来的是扑朔迷离的调查;通过调查,引出了一段不可告人的丑闻,或一起肮脏的交易,或一个精心策划的政治阴谋,或一则风流的绯闻艳事;故事最后,高层下令捂盖子,从而案件不了了之。譬如《最高法院谋杀案》,英俊潇洒的首席法官秘书克拉伦斯·萨瑟兰被害,警官马丁和女检察官苏珊娜奉命进行调查。案件涉嫌一连串的政府要人,而每一个嫌疑者都与被害人生前有着一桩不可告人的秘密或交易。究竟谁杀害了他?是首席法官?还是与他有染的女人,还是曾被他栽赃的人?马丁和苏珊娜苦苦思索着。又如《国立博物馆谋杀案》中,资深历史学家刘易斯·腾尼博士从伦敦回到国立博物馆,居然在副总统主持的盛大宴席上遇刺身亡,而杀害他的凶器是该馆的展品——前总统杰斐逊佩带过的宝剑。副总统责令华盛顿警官汉拉恩进行调查,但同时要他注意维护国立博物馆的形象。随后汉拉恩发现,所有与被害人有关的人员都不予合作,除了被害人的未婚妻希瑟,而希瑟又宣称刘易斯·腾尼博士的被害与最近她的叔叔的死亡有关联。故事最后,汉拉恩查明,凶手杀害刘易斯·腾尼博士的目的是为了掩盖一桩不可告人的秘密。

不过,人们普遍认为,玛格丽特·杜鲁门最优秀的"首都犯罪系列小说"是《中央情报局谋杀案》和《五角大楼谋杀案》。这两部小说已经摒弃了早期小说中那种回忆录式的松散陈述,改以丰富的背景描写和场景介绍。此外,故事情节也显得比以前更加紧凑,增加了阅读的紧张悬念和作品的思想深度。在《中央情报局谋杀案》中,主人公科利特是一位驻守在匈牙利首都布达佩斯的女特工,她与漂亮的文化掮客巴里交往密切,经常利用她携带一些秘密文件。但就在这时,从伦敦的希思罗机场传来了巴里被枪杀的消息。出于朋友情谊,同时也出于中央情报局的工作需要,科利特开始调查巴里的死因。于是,她回到了华盛顿,然后去了伦敦以及维尔京群岛等地。但调查越是深入,她越是感到惶恐不安。因为她知道,她已经获知了高层的一些不应该了解的机密,很有可能为此丧命。而在《五角大楼谋杀案》中,故事一开始,美国资深武器专家理查德博士被害,据说凶手是与他有同性恋关系的罗伯特军士。根据上峰指派,空降部队直升机女飞行员玛吉特少校担任罗伯特的辩护律师。于是,在她的恩师、前法律教授史密斯的帮助下,玛吉特开始了调查。调查的结果显示,罗伯特是无辜的。但军方为什么要诬陷他?玛吉特终于发现,这里涉及一个不可告人的大阴谋。而随着阴谋的逐步曝光,她也开始为自己的安全担忧。

彼得·多伊特曼

1941年12月27日,彼得·多伊特曼出生在马萨诸塞州波士顿一个海军军官家庭。他出生后不久,即随家庭迁移到加利福尼亚州拉霍亚,之后,又随家庭迁徙了几个地方,其间曾在内布拉斯加州奥马哈等地的学校读书,完成了中学学业。1959年,他进了安纳波利斯海军学院,毕业后被分配到太平洋舰队,在一艘新型的"莫顿"号驱逐舰上服役。越南战争爆发后,他开始指挥自己的舰艇,驻守在越南的南北海岸,多次执行重大军事任务。1968年,他获准回家结婚,又入读华盛顿大学,学习公共政治和国际法,并于两年后获得学士学位。但不久,他又重返太平洋舰队,任"朱厄特"号巡洋舰指挥官,全面负责越南北部湾军事行动。到1989年退役时,他已是大西洋舰队的海军准将。

彼得·多伊特曼一生戎马二十六年,有着丰富的海军生活经验,而70、80年代在五角大楼的工作经历,又使他熟谙美国政界和军界的内幕,洞悉上层官僚的冷酷和腐败。所有这些,为他90年代创作以海军生活为题材的军事暴露小说奠定了扎实基础。他的第一部军事暴露小说是《海蝎》(*Scorpion in the Sea*,1992)。该书的故事场景设置在佛罗里达海域,主人公名叫迈克·蒙哥马利,是一艘设备陈旧的"戈尔兹伯勒"号驱逐舰的舰长。由于海军高层人士的偏见,更由于他与某高级指挥官的妻子戴安娜的暧昧关系,"戈尔兹伯勒"号经常被惩罚性地执行一些"紧急"作战任务。显然,随着苏联的解体和冷战的结束,那些所谓"敌情"是莫须有的。然而,在海军军方多次捏造"敌情"之后,敌情真的出现了。某个国家的"海蝎"号潜艇出于临时报复性目的,进入了佛罗里达海域。面对敌强我弱之势,海军官僚们傻了眼。但迈克·蒙哥马利凭借丰富的作战经验击败了"海蝎"号潜艇,给"惩罚者"一记响亮的耳光。全书以大量的真实细节,描述了美国海军反潜艇作战的生动经历,抨击了后冷战时代美国军方的卑鄙政治伎俩以及上层人士的官僚主义和腐败。

《海蝎》于1992年由乔治·马森大学出版社出版后,立即成为畅销书,翌年被搬上银幕,又引起轰动。接下来,彼得·多伊特曼又以极快的速度,出版了《荣誉的边缘》(*The Edge of Honour*, 1994)、《官方特权》(*Official Privilege*, 1995)、《清道夫》(*Sweeper*, 1997)、《别无选择》(*Zero Option*, 1998)、《列车员》(*Train Man*, 1999)等长篇小说。这些长篇小说有着与《海蝎》大体相同的主题和情节模式,其中《官方特权》和《清道夫》融入了侦探小说的一些要素,布局巧妙,悬念迭出,人物形象生动,堪称他的军事暴露小说代表作。

《官方特权》以一起神秘的谋杀案拉开序幕。故事一开始,泊于费城海军船坞的一艘旧船的锅炉内被发现藏着一具男性黑人青年的尸体。消息传开,整个船坞哗然。为了防止影响扩大,海军高层首脑坚持不让已经民用化的海军调查处单独调查,而指派了五角大楼一位"非常听话"的海军指挥官丹·科林负责此案。接下来,彼得·多伊特曼以较长的篇幅描述了丹·科林如何在海军调查处的格雷斯·斯诺的协助下调查此案的经过,其中夹杂着大量与海军官僚的政治腐败和生活糜烂有关的细节描写。随着调查的深入,案件牵涉到某个有权势的海军上将。但就在这时,海军高层首脑向丹·科林施压,要他草草了结此案,新任总统也向格雷斯·斯诺下达了调离的命令。然而,丹·科林和格雷斯·斯诺受正义感驱使,顶着高压继续办案,终于查明了事实真相。原来,某海军女中尉与某海军高级军官私通,因要求没有得到满足而欲以告发。于是,该海军高级军官便通过一个助理雇凶向她施暴,并意外使她丧命。当这位女中尉的兄弟卷入此事时,他们又向他施暴,并将他的尸体塞进旧船锅炉。两年后,他的尸体被发现,从而有了上述案情调查。

而《清道夫》以"越战"为故事背景,以背叛和复仇为情节主线,演绎了两个有人性缺陷的男人之间的生死较量。战争期间,美国海军特种兵加兰兹奉命在越南丛林执行秘密任务,而前往接应的海军中尉舍曼因误入游击队的地雷阵仓皇退却。后来,上级指示舍曼放弃接应计划,将加兰兹遗弃在丛林中。二十多年过去了,在经历了婚姻和家庭的巨大不幸之后,舍曼被提升为海军少将。但正当此时,灾难接踵而至。先是与他相伴三年的女友伊丽莎白在家中莫名其妙地死去,继而提升他为少将、与他情同父子的海军上将施米特又在家中辞世。这两起神秘的命案都留下了蛛丝马迹:舍曼具有作案犯罪的动机。然而,舍曼心里清楚,必定是加兰兹在嫁祸于他,在向他实施报复。原来,当年加兰兹被遗弃后,并没有死去。他历尽艰险,顽强地生存着,并于数年后潜回美国,成了一名"清道夫",一个权力机构的超级间谍,一个隐匿身份的终极杀手。随着案情调查的展开,一个被海军高层首脑掩盖了多年的"越战"丑闻逐渐败露。同《官方特权》一样,《清道夫》深刻地揭示了事业与家庭、权利与道德等一系列具有普遍意义的问题,抨击了美国海军官僚政治的伪善和腐败。

90年代末,彼得·多伊特曼开始出任美国两家高科技公司的董事会董事以及华盛顿特区太空风险投资集团顾问,但他依然挤出时间创作,到2020年,又有十六部军事暴露小说问世,如《狩猎季节》(*Hunting Season*,2001)、《蜘蛛山》(*Spider Mountain*,2006)、《最后一个人》(*The Last Man*,2012)、《红天鹅》(*Red Swan*,2017)等等。

约翰·格里森姆

1955年2月8日,约翰·格里森姆出生在阿肯色州琼斯伯勒。他的父亲是个建筑工人,家里有兄弟姐妹数人,生活比较贫困。十二岁时,约翰·格里森姆随全家迁居至密西西比州绍瑟文,并在那里接受基础教育。中学时代的约翰·格里森姆喜欢棒球,还爱看经典作家的小说。毕业后,他进入了密西西比州大学,所选择的专业是会计,期待日后成为一名税务人员。1981年,他取得该校会计学学士学位。但这时,他又对会计职位失去兴趣,而自己擅长言辞,适合做一名律师。于是,他又进入密西西比州大学法学院,攻读法律博士学位。在这之后,他通过了律师资格考试,在绍瑟文开了一家律师事务所,受理刑事和民事案件。1983年,他被选为密西西比州议会会员,从此进入政界。

1984年,约翰·格里森姆接手了一个刑事案件,某移民男子强奸十岁少女。该案件对约翰·格里森姆的触动很大,他简直无法想象那少女及家人遭受的痛苦。后来,他曾对记者表示:"那一瞬间,我真希望自己是她的父亲,替她伸张正义。"这种强烈的正义感激发了他的创作欲望。由此,他以该案为基础,用了三年时间,创作了法律暴露小说《杀戮时刻》(*A Time to Kill*)。书稿完成后,他先后投了二十五家出版社,均遭到拒绝。最后,1989年,温伍德图书公司出版了此书,但初版仅印了五千册,而且其中一千册由约翰·格里森姆自销。但他并不气馁,紧接着又创作了第二部法律暴露小说《律师事务所》(*The Firm*)。这次书稿被好莱坞电影商看中,出价六十万美金买下了摄制权。由于行情看好,曾拒绝他处女作的双日出版社又以二十万美金与约翰·格里森姆签订了出版合同。此书于1991年出版后,引起了轰动,一连四十七周高居《纽约时报》畅销书榜首。翌年平装本又创造了连续四十八周高居《纽约时报》畅销书榜首的纪录。从此,约翰·格里森姆关闭了律师事务所,辞去了议员职务,开始了一个当红通俗小说家的创作生涯。他以每年一本的速度继续创作法律暴露小说,几乎本本畅销,本本被改编成电影或电视连续剧,就连处女作《杀戮时刻》也由双日出版社重版,首发三百万册,并以六十万美元出售了电影改编权。到2000年,他已出版了十二部法律暴露小说。其中最著名的除《杀戮时刻》《律师事务所》外,还有《鹈鹕案卷》(*The Pelican Brief*, 1992)、《超级说客》(*The Rainmaker*, 1995)、《失控的陪审团》(*The Runaway Jury*, 1996)、《合伙人》(*The Partner*, 1997)等等。这些法律暴露小说从法官、律师、原告、被告、陪审团等多种角度对美国的法律制度做了淋漓尽致的揭露。

约翰·格里森姆的法律暴露小说有一个基本的模式,即主人公均是小人物。然而,这些小人物却凭着自己的智慧和谋略屡屡战胜掌握国家机器和巨大财富的大人物。譬如他的成名作《律师事务所》中,主人公米切尔·麦克迪尔为哈佛大学法学院一个穷苦的毕业生,他在几经考虑之后加入了本迪尼法律公司。岂知这家名牌法律公司居然是由黑手党一手操纵、非法牟取暴利的黑窝。面对巨额利润的诱惑,他选择了道德和良知。于是,他开始充当联邦调查局的"内线",收集"本迪尼"的种种犯罪罪证。不久,黑手党徒获知了他的行为,对他进行严密防范和监视。然而他不畏高压,巧妙地与他们周旋。关键时刻,联邦调查局高层官员出卖了内情,米切尔·麦克迪尔命在旦夕。但他机智地逃出了"本迪尼"大本营,并周密地安顿了妻子、兄弟和助手,然后与他们一起对付来自黑手党和联邦调查局两方面的追捕。由于米切尔·麦克迪尔提供的铁证,本迪尼法律公司及其黑手党魁首被起诉,正义得到伸张。但是,米切尔·麦克迪尔本人和他的妻子,为了躲避黑手党的报复和追杀,不得不躲避到加勒比海一座小岛上。

又如《鹈鹕案卷》中,故事的主人公达比·肖也是一位学法律的大学生。一天,电视中播送了一则新闻,说两名大法官在同一天晚上被害,而凶手已经逃之夭夭。达比·肖看了之后觉得非常蹊跷,遂建立了"鹈鹕案卷",对此案进行调查。然后,她根据调查情况,写了一份案情分析报告,交给她的教授卡拉汉。而卡拉汉为了炫耀得意门生的才干,又将这份报告交给他的好朋友、联邦调查局顾问律师韦尔希克。没想到这份本是学生作业的报告竟然引起了联邦调查局官员的极度恐慌。总统心腹科尔亲自挂帅,组织人马调查"鹈鹕案卷"的背景。从此,达比·肖陷入了危险的旋涡。不久,卡拉汉和韦尔希克遇害,达比·肖也被迫逃往异地。原来,这起案件的背后隐藏着一个不可告人的秘密。石油巨头马蒂斯为了自身利益,滥采油田,危及附近濒危动物鹈鹕的生存。为此,一家环保机构提出了诉讼。而马蒂斯仗着现任总统撑腰,干掉了两位不合作的法官。当然,又是达比·肖凭着大智大勇,逃脱了科尔的围追堵截,并在《华盛顿邮报》记者格兰森姆的帮助下,在媒体上披露了事实真相。但凶手却依然逍遥法外,正义难以伸张。

约翰·格里森姆的法律暴露小说的另一个最大特色是故事充满了紧张的悬念。他曾向媒体谈起自己编排故事的三项原则:"一个能抓住并吸引读者读下去的开头,一个能使读者身陷扣人心弦的叙述之中的中段,以及一个令读者焦虑不安、期待着的结尾。"正因为如此,他的小说往往是一开始就悬念突起,接踵而来的情节跌宕起伏,迷雾重重,而故事结局更是出其不意,惊心动魄。在整个阅读过程中,读者如在迷魂阵中辗转迂回,欲罢不能,并陷入深深的思考。这方面的例子可以说比比皆是,尤其是后期创作的《超级说客》《失控的陪审团》等等,十分精彩。不过,最典型的当属1997年出版的《合伙人》。该书主要描写某律师事务所合伙人帕特里克窃取九千万美元巨款潜逃巴西,并于四年后被抓获、引渡归案,以及随之而来在法庭内外与对手斗智斗勇的经过。约翰·格里森姆在书中设置了三大悬念。帕特里克为什么失踪、为什么盗窃巨款以及巨款的来龙去脉,是第一大悬念。帕特里克和伊娃以前与斯特凡诺的私人调查公司有过什么交往,是第二大悬念。帕特里克在失踪之时是否杀了人,是第三大悬念。全书围绕着这三大悬念以及其中附加的许多小悬念,一个章节又一个章节地揭开并予以强化。这一个又一个谜团紧紧地牵引住读者,一直把他们引向尾声。原来这九千万美元属于赃款,律师事务所博根等合伙人背着他为一家承包国防项目的大公司骗取不义之财,参议员和海军部长都卷入其中。斯特凡诺的私人调查公司之所以能找到帕特里克,并非他们有什么独特的才能,也并非伊娃的出卖,而是出于帕特里克本人的精心安排。"索取酬金是我的主意,……我们一次次敲诈斯特凡诺的钱,最终把他引向我在蓬塔波朗的小屋。"因为他已厌恶东躲西藏的逃亡生活,宁愿忍受酷刑、冒着生命危险,也要破除压力,获得真正的自由。而他在失踪时也没有杀人,汽车上被焚毁的只是一个自然死亡的老人的尸体。故事结局,约翰·格里森姆还抛出一个悬念:伊娃为何久不露面?她是否带着剩余巨款潜逃,抛弃了痛不欲生,但仍然一往情深的情郎?读者不禁陷入深思。这正是约翰·格里森姆所要创造的艺术效果——"一个令读者焦虑不安期待着的结尾"。

21世纪头二十年,约翰·格里森姆继续以一个大红大紫的畅销书作家的面目呈现在全球读者面前,不但作品的数量成倍增加,而且暴露的题材也不断拓宽,甚至跳出了法律腐败的范畴,如《漆屋》(*A Painted House*, 2001)、《跳过圣诞》(*Skipping Christmas*, 2001)、《玩耍比萨》(*Playing for Pizza*, 2007)、《卡利科·乔》(*Calico Joe*, 2012)。与此同时,所融入的其他通俗小说的要素也逐渐增多,尤其是《清算》(*The Reckoning*, 2018),既有谜案,又有审判;既有家世传奇,又有成长故事,还是战争小说。

第二节 高科技惊悚小说

渊源和特征

高科技惊悚小说(high-technical thriller)诞生于60年代末和70年代初,它的崛起和流行与同一时期美国高新技术的飞速发展密切相关。随着越南战争的结束和对外政策的调整,美国政府部门,尤其是军事部门,再度关注科技工作,科技革命又呈现某些新的发展势头。微电子、激光、光纤通信、海洋工程、宇宙航行、生物技术、机器人、新材料、新能源等领域陆续取得了一系列新的重大成果。一个以信息技术为核心的新的工业技术发展高潮已经蓬勃兴起。这种社会现象不可避免地要反映在作家头脑中,成为通俗小说的重要创作题材。不过,高科技惊悚小说在社会上的正式确立及其名称的问世却迟至80年代。1984年,美国一家以出版严肃小说著称的出版社出版了汤姆·克兰西(Tom Clancy,1947—2013)的处女作《猎杀"红十月"》(*The Hunt for Red October*)。令这家出版社吃惊的是,原先前景并不被看好的这本小说,居然是一本超级畅销书。一连数月,它荣登畅销书榜首。报纸、电台、电视台一片叫好声。捧场者不仅有文论家、记者、编辑,还有前总统部队官兵、政府公务员和议员。接踵而来的是汤姆·克兰西本人以及其他作家的同类畅销作品问世。这些作品的特色是如此鲜明,以至人们觉得有必要冠以一个崭新的名称。1988年,《纽约时报》的帕特里克·安德森(Patrick Anderson)在评论汤姆·克兰西的作品时首次提出了"科技惊悚小说"(techothriller)的概念。同年,《新闻周刊》(Newsweek)的埃文·托马斯(Evan Thomas)也载文称赞汤姆·克兰西是"科技惊悚小说的创始者"。从此,"科技惊悚小说"这个名称就流传开来。以后,人们又在这个名称前面加上一个"高"字,即"高科技惊悚小说"。

尽管众多媒体把汤姆·克兰西奉为"高科技惊悚小说的创始者",但包括汤姆·克兰西本人在内的许多人都公认迈克尔·克莱顿(Michael Crichton,1942—2008)才是"高科技惊悚小说之父"。事实上,早在汤姆·克兰西的《猎杀"红十月"》问世之前,迈克尔·克莱顿就出版了以现代生物学为背景的《安德洛墨达细菌》(*The Andromeda Strain*,1969)。这本小说不但在舆论界获得好评,而且在商业上也取得了巨大成功,并被好莱坞买下了电影改编权。70年代和80年代,他又延续《安德洛墨达细菌》的创作主题和创作模式,出版了三部高科技惊悚小说:《终端人》(*The Terminal Man*,1972)、《刚果》(*Congo*,1980)和《神秘之球》(*Sphere*,1987)。这些小说堪称他的高科技惊悚小说力作。尽管人们能够不时从中找到传统通俗小说名篇的痕迹,但他渊博的科学知识和编织惊险故事的才能已初见端倪。90年代,他又出版了《侏罗纪公园》(*Jurassic Park*,1990)、《失落的世界》(*The Lost World*,1995)等畅销书,从而在高科技惊悚小说领域真正确立了自己的地位。

从创作模式看,高科技惊悚小说实际上是一切具有惊险情节的通俗小说与现代高科技场景的融合。所谓惊险情节,有两方面的含义。其一是内容新颖,凡用以创作的素材都必须是新颖的。其二是场景危险。作者必须围绕着主人公的命运,尤其是在主人公生死存亡的关键时刻,创造场面凶险的情景。高科技惊悚小说完全具备这两个要素。它的内容多半与新奇的事件有关。大至全球性的政治阴谋、战争黑幕,小至个人圈内的暴力行为、精神恐惧,五花八门,无所不有。而且这些新奇事件的场景也十分凶险。作者将作品中的主人公频频置于险象环生、孤立无援的境地,刻意制造一个又一个紧张悬念,读来惊心动魄,极其刺激。其次,高科技惊悚小说拥有现代高科技背景。这是高科技惊悚小说的根本特征,也是这类小说区别于其他任何一类惊悚小说的标志。毋庸置疑,宇宙航行、导弹发射、海洋探测、微波通信、生物工程,这些代表现代社会文明的高新技术对于广大读者来说是新奇的。正因为如此,它们有一种神秘感。他们渴望了解核导弹、核潜艇,了解电脑病毒、DNA,了解这些领域的鲜为人知的一切。当然,作者不会一味地机械照搬,为了增强故事的新奇感和神秘色彩,他们往往要加以适度想象。这种想象是建立在事实基础之上的。尽管读者已经意识到里面含有夸张,甚至不可能的成分,但绝不会感到荒谬绝伦,绝不会感到置身于虚无缥缈的世界。正因为这一点,高科技惊悚小说不同于以未来科学推测为特征的科幻小说。后者的科学想象虽然也是建立在事实的基础之上,但存在一个游离于现实的第二世界。

迈克尔·克莱顿

1942年10月23日,迈克尔·克莱顿出生在芝加哥。早在中学时代,他就显示了对文学的爱好,此外他还积极参加体育活动,曾是校篮球队主力队员。1960年,他进入哈佛大学,主修英文,但不久即对刻板的教学方法感到厌烦,改学人类学。毕业后,他去英国剑桥大学当了一年人类学讲师,又回到哈佛大学攻读医学。他虽然是医学院在读学生,却渐渐对通俗小说创作产生兴趣,并采用约翰·兰格(John Lange)的笔名,出版了多部长篇小说,如《优势》(*Odds On*,1966)、《刮除》(*Scratch One*,1967)等等。这些小说多半为间谍题材的惊悚小说,不过它们并没有在社会上产生影响。1968年,他又以杰弗里·赫德森(Jeffrey Hudson)的笔名,出版了医学题材的惊悚小说《危难案例》(*A Case of Need*)。该书以扑朔迷离的案件和丰富的医学背景引起了公众的瞩目,从而使他赢得了当年的爱伦·坡最佳神秘小说奖。翌年,他又出版了高科技惊悚小说《安德洛墨达细菌》。此书获得了更大的成功,不但被列为当年的畅销书,而且被搬上电影银幕,引起轰动。从此,他放弃了对医生职业的追逐,开始了一个当红通俗小说家的创作生涯。从1972年至2000年,迈克尔·克莱顿一共出版了十五部长篇小说,其中大部分是高科技惊悚小说,重要的除《安德洛墨达细菌》外,还有《终端人》《食尸者》《刚果》《侏罗纪公园》《失落的世界》等等。

《安德洛墨达细菌》是迈克尔·克莱顿的成名作,也是他对高科技惊悚小说创作的首次尝试。早在50年代,就有生物学家推测,人类如果接触到外星球来的生物,那么它们必定是单细胞形式的,而且即便不会伤害人类,也会危及首次接触者的生命。《安德洛墨达细菌》即是描绘根据这种科学推测而虚构的惊心动魄的故事。60年代初,美国诺贝尔奖得主、细菌学家杰里米·斯通向总统进言,成立一个机构来研究如何杀灭外星球来的细菌,以便给可能带来这种细菌的宇航员、回收卫星和宇宙飞船消毒。这个建议很快得到了总统批准,于是在内华达沙漠建立了一个绝密的"野火"实验室。但几乎在同时,美国军方也启动了一个代号为"勺子"的卫星工程,目的是收集太空"不明细菌",用于生物战争。然而,不幸的是,两年后,"勺子"卫星七号突然坠毁在亚利桑那州某个小城,带来了从太空收集的致命的安德洛墨达细菌。霎时间,死神降临,整个小城除了一位老人和一个婴儿,全部丧生。面临这场可能蔓延的灭顶之灾,杰里米·斯通立即率领"野火"实验室的科学家投入了战斗。全书结构十分精巧,充满了紧张的悬念,有关生物医学等方面的高科技知识令人大开眼界。

70年代和80年代出版的《终端人》《刚果》和《神秘之球》成功地演绎了《安德洛墨达细菌》的创作主题和创作模式,是迈克尔·克莱顿的高科技惊悚小说的力作。《终端人》主要以医学领域为故事背景,主人公哈里·本森患有暴力性癫狂症,住进了洛杉矶一家医院。该医院精神病研究室主任罗杰·麦克弗森博士深信,用一种名叫"阶段三"的方法可以治疗他的病,于是对他进行了高难度的外科手术,具体做法是在他的大脑深处植入电极,然后通过电极向大脑兴奋区域输送由电脑控制的镇定脉冲。手术获得了成功,但不久,哈里·本森逃离了医院,于是他旧病复发,进行了一系列谋杀活动。《刚果》主要以人类学、动物学为故事背景。在传说中的津尼古城废墟,一支八人探险队全员遇难。根据现场发回的图像,有一群可怕的猩猩在作祟。为了查明他们死亡的原因,同时也为了完成他们未竟的任务——探察传说中的所罗门钻石矿址,有关方面迅速组织了另一支探险队,奔赴前一支探险队的遇难现场。新探险队由具有丰富非洲探险经验的女博士卡伦·罗斯带队,队员当中有灵长目动物专家彼得·埃利奥特,以及一只训练有素的懂得手势语言的猩猩。接下来,探险队遭遇了一系列危险,其中有丛林险恶、猛兽袭击、火山喷发,但最后终于查明了津尼古城废墟的秘密。原来历史上这里是盛产钻石之地,当地居民为了防止钻石矿藏被窃,特地训练了一些凶悍的猩猩。后来那些猩猩精神错乱,将居民全都杀死,导致城市变成废墟。两千年来,它们的子孙一直守卫着钻石矿。而《神秘之球》则主要以航空航天、海底探测为故事背景。在南太平洋深达千英尺的海底,一群美国科学家正在对一艘巨大的不明船体进行勘察,其间出现了一连串的惊奇和疑问。原来这是一艘来自宇宙的太空船,因为根据船上资料,可以推断它从地球外太空坠落。更令人惊讶的是,坠落发生在三百年前,但船体竟完好无损。然而,在这艘太空船内,最神秘的是一颗直径三十英尺的圆球。从这颗圆球中,这群科学家发现了一个惊人的秘密,从而使自己面临严峻的挑战。

不过,迈克尔·克莱顿最有影响的高科技惊悚小说是他在90年代出版的《侏罗纪公园》和《失落的世界》。这两部小说均以现代生命科学为故事背景,描述早已灭绝的史前动物恐龙的复活以及随之产生的一系列社会问题。小说问世后,旋即成为畅销书,随之被搬上电影银幕,产生轰动,而且其影响很快从美国传到了世界各地,形成了全球范围的恐龙热。《侏罗纪公园》主要讲述一个性格古怪的富翁约翰·哈蒙德,他别出心裁,在离哥斯达黎加海岸不远的索纳岛建起了侏罗纪公园。公园内栖息着各种各样早已灭绝的恐龙,这些恐龙是国际遗传技术公司运用最先进的生物遗传工程技术复制出来的。他们先是在一块史前琥珀中找到一只蚊子叮咬过的恐龙化石,继而从化石中分离出恐龙的 DNA,再根据这一 DNA 克隆出恐龙。然而,事情的发展远远出于约翰·哈蒙德所料。当公园内恐龙的数量已经变得失控,并进一步威慑人类时,他不得不关闭公园,将里面的恐龙杀尽灭绝。而《失落的世界》为《侏罗纪公园》的续篇。故事发生在约翰·哈蒙德复制的恐龙泛滥成灾,侏罗纪公园被彻底摧毁六年之后,在哥斯达黎加的索纳岛又发现了奇怪的动物。古生物学家莱文只身上岛,想揭开这个秘密,但却遭遇危险。紧接着,莱文的朋友马尔科姆、哈丁等人,还有几个想窃取国际遗传技术公司机密的人,也先后登上该岛。于是,在那个失落的世界,展开了一场人与恐龙、人与人,以及正义与邪恶的惊心动魄、险象环生的大搏斗。同《侏罗纪公园》相比,《失落的世界》的主题显得更加深刻。作品除了呼吁人们警惕大自然被破坏的报复,还引发了对人类自身进化与发展的思考。恐龙为什么会绝迹？这部小说中的电脑控制专家马尔科姆认为"不是它们对环境的适应能力发生了变化,而是因为它们的行为方式发生了变化"。

2002 年,迈克尔·克莱顿出版了《猎物》(Prey)。该书破天荒地描写了纳米技术,探讨了人工智能、遗传算法、种群动态和宿主寄生虫共同进化等高科技领域可能给人类带来的灾难,因而再次引起了人们的广泛瞩目。时隔两年,他又出版了《恐惧状态》(State of Fear, 2004)。这部小说的知名度更高,以全球变暖为中心主题,揭示了生态恐怖分子的惊天大阴谋,初始印刷量为一百五十万册,并在 2005 年 1 月的一周内在亚马逊网站排名第一,在《纽约时报》畅销书排行榜上排名第二。正当迈克尔·克莱顿的高科技惊悚小说创作顺风顺水、如日中天之际,他被查出患了绝症。2008 年 11 月 4 日,他因淋巴癌去世,享年六十六岁。

汤姆·克兰西

1947 年 4 月 12 日,汤姆·克兰西出生在马里兰州巴尔的摩。他的父亲是爱尔兰后裔,曾在海军服役。汤姆·克兰西自小受父亲的影响,对海军感兴趣,喜欢收集海战方面的信息。从当地教会学校毕业后,他进入了洛约拉学院,主修英文。接着,他结婚、生子,当了保险代理人。随着时间的推移,他的资本越来越大,开始有了自己的保险公司。然而,他始终没有忘记儿时的梦想——当一名军事题材小说家。80 年代初,他挤出业余时间,创作了第一部长篇小说《猎杀"红十月"》。该小说几经周折,于 1984 年出版。没想到,居然一炮打响,短期内售出几百万册,荣登《纽约时报》畅销书排行榜首。紧接着,他与另一位通俗小说家合著的长篇小说《红色风暴升起》(Red Storm Rising, 1986)也成为脍炙人口的畅销书。从此,他放弃了保险公司的业务,专职进行通俗小说创作。从 1987 年至 2000 年,他一共出版了二十多部长篇小说,其中绝大多数是高科技惊悚小说,如《克里姆林宫的主教》(The Cardinal of the Kremlin, 1988)、《迫在眉睫》(Clear and Present Danger, 1989)、《恐惧之极》(The Sum of All Fears, 1991)、《第六道彩虹》(The Rainbow Six, 1997)等等。它们同《猎杀"红十月"》一道构成了以杰克·雷恩(Jack Ryan)为主人公的"杰克·雷恩小说系列"。

同迈克尔·克莱顿的高科技惊悚小说相比,"杰克·雷恩小说系列"的政治色彩显得特别浓厚。作品的高科技背景描述主要集中在国际政治和军事领域,反映了冷战后期美苏两个超级大国激烈的政治角逐和军事冲突。汤姆·克兰西十分讲究细节真实。他每次动手创作前,都要查阅大量的资料。

加上他目光敏锐,擅长从当代最尖端的军事技术和最敏感的国际政治问题中捕捉创作灵感,从而使作品显得惊心动魄,极富新奇色彩。譬如他的处女作和成名作《猎杀"红十月"》,描述苏联一艘装有新型无声推进系统及核弹头弹道导弹的"红十月"号核潜艇在艇长拉米尔的指挥下,利用演习之机叛逃美国。为了不让这艘价值亿万美元的新型核潜艇落入美国之手,苏联动用了一切军事手段在大西洋进行围追堵截,并指示一旦发现"红十月"的下落,立即将其击毁。而美国方面也得到了有关情报,下令大西洋舰队的所有船只一齐出动,务必保证"红十月"的安全。于是围绕着搜寻"红十月"以及围截和反围截,两个超级大国在大西洋展开了激烈的军事角逐。此书惊心动魄的情节和有关海军先进装备的描述获得了广大读者的青睐,还引起了美国高层首脑的瞩目,如美国前总统里根、前国防部长温伯格等等。又如《红色风暴升起》,描述苏联经济滑坡,石油储备告急,为了迅速摆脱危机,它密谋制造借口,控制某海湾国家,而其主要对手是以美国为首的北约军事组织。为此,美苏之间就各自的经济利益和政治图谋展开了又一次激烈争夺。此书的战争场面十分壮观,充分体现了高科技的威力。《华盛顿邮报》认为"极其真实,具有卓越的军事想象力"。

《克里姆林宫的主教》是又一部以冷战时期美苏两国政治、军事角逐为题材的高科技惊悚小说。该书描绘的阿富汗战争场面及包括杀伤力极强的激光武器在内的高科技军事技术再次令读者大开眼界,从而使其有别于一般的间谍小说,成为高科技惊悚小说的精品。米克黑尔·菲利托夫上校是苏联红军的一位战斗英雄,在各个时期屡建奇功,备受高层首脑信任。然而,正是他,三十年来一直充当美国中央情报局间谍,代号"主教"。此时,正值垂暮之际,他正进行间谍生涯的最后一次冒险——窃取"光明之星"军事情报。但不幸,在莫斯科地铁站的一次偶然相遇,他暴露了身份,随即被捕入狱,遭受严刑审问,生命岌岌可危。为了营救他出狱,获取绝密军事情报,美国中央情报局派遣特工杰克·雷恩潜入莫斯科。于是,美苏两国展开了罕见的间谍战。双方动员了一切间谍力量和间谍手段,各自付出了惨痛代价。故事最后,米克黑尔·菲利托夫上校奇迹般地逃离监狱,到了美国。在生命终结之后,他的遗体被安葬在戴维营。

80年代末和90年代初,随着苏联的解体和冷战的结束,汤姆·克兰西逐渐将高科技惊悚小说的创作题材转向反对国际贩毒集团和反对国际恐怖主义,不过创作特点依旧是在鲜为人知的高科技背景下表现正义与邪恶、法律与权力、道德与腐朽之间的交锋。如《迫在眉睫》,描述美国总统出于对国际贩毒集团疯狂报复的担忧,悄然终结在哥伦比亚的"扫毒"行动,包括杰克·雷恩、约翰·克拉克在内的一批中央情报局的优秀特工被迫调离岗位。然而,他们出于道德与良知,顶着巨大的压力,与毒枭继续进行生死搏斗。而在《恐惧之极》中,杰克·雷恩也不顾国家安全局主任的谗言和诬告,凭借自己的大智大勇,挫败了一群恐怖分子妄图用核武器袭击美国、破坏中东和平的特大阴谋。

一般认为,汤姆·克兰西90年代最出色的高科技作品是《第六道彩虹》。该书的故事场景设置在西欧,故事主人公为杰克·雷恩的老搭档约翰·克拉克,相比之下,这个人物少了点英雄气概,多了点叛逆感。面对日益猖獗的国际恐怖主义,他被派遣到英国筹建代号为"彩虹"的美国反恐怖主义组织。"彩虹"刚一建立,就成功地挫败了恐怖分子抢劫瑞士银行、袭击西班牙主题公园等阴谋。随着时间的推移,他们发现俄国间谍盯上了"彩虹"。经过同前"克格勃"特工波波夫的激烈较量,他们终于发现,恐怖分子意欲在澳大利亚奥运会开幕之际制造特大爆炸案,并瞄准了美国一群不寻常的科学家。

2002年和2003年,汤姆·克兰西又出版了两部呼声很高的高科技惊悚小说:《红兔》(Red Rabbit)和《虎牙》(The Teeth of the Tiger)。前者仍以杰克·雷恩为男主角,描述他协助一个知晓教皇谋杀计划的苏联军官叛逃,而后者的男主角已改为杰克·雷恩的儿子,由此开启了一个新的高科技惊悚小说类型,亦即"校园系列小说"(The Campus Series)的创作。但就在这时,汤姆·克兰西发现自己患有严重心脏病,不得不住院治疗。尽管如此,自2010年起,他还是陆续与其他作家合作,出版了《死或活》(Dead or Alive, 2010)、《锁定》(Locked On, 2011)、《威胁维克多》(Threat Vector, 2012)、《指挥权》(Command Authority, 2013)等四部"校园系列小说"。2013年10月1日,因心力衰竭,汤姆·克兰西在巴尔的摩逝世,终年六十六岁。

其他作家和作品

汤姆·克兰西的高科技惊悚小说影响了80、90年代的许多作家,其中比较知名的有斯蒂芬·孔茨(Stephen Coonts, 1946—)、拉里·邦德(Larry Bond, 1951—)和戴尔·布朗(Dale Brown, 1956—)。他们均沿用汤姆·克兰西的套路,着重表现基于现代尖端军事科学技术的海陆空战争。斯蒂芬·孔茨和戴尔·布朗本人都曾是出色的战斗机飞行员,创作素材有许多来自他们自身的经历。而且两人的作品都是以一位英雄人物为主线的系列小说。斯蒂芬·孔茨侧重写航空母舰,而戴尔·布朗写得更多的是各种新式轰炸机。这三位作家当中,拉里·邦德受汤姆·克兰西的影响最深,他的作品主要描写恐怖组织与反恐怖组织的斗争,并以恢宏的战斗场面描写和精确预测国际争端而著名。下面简要介绍这三位作家和他们的作品。

斯蒂芬·孔茨于1946年出生在西弗吉尼亚州一个煤矿工人家庭。1968年,他从西弗吉尼亚大学毕业,即参加了海军,开始了将近十年的海空军事飞行生涯。1977年,他从海军退役,先后在科罗拉多州当警察和出租车司机,后又进入科罗拉多大学学习法律,并于1979年12月获得学士学位。1981年,他成为一家大型石油公司的法律顾问,但念念不忘儿时的理想——当一个小说家。1984年,他开始了小说创作,并完成了第一部高科技惊悚小说《飞行者入侵》(Flight of the Intruder, 1986)。该书出版后,即刻成为畅销书,并一连二十八周出现在《纽约时报》畅销书排行榜。《飞行者入侵》真实地再现了越战期间美国空军在越南作战的画面。主人公杰克·格拉夫顿是一名普通的飞行员,曾驾驶战机执行多起轰炸任务。但不久,他即为那些在自己炮弹下丧生的人感到内疚,并时时陷入困惑与沮丧。为此,他曾违背上峰指示,孤身一人飞往河内轰炸他认定的越共指挥部目标。继《飞行者入侵》大获成功之后,斯蒂芬·孔茨依然以杰克·格拉夫顿为主人公,创作了《终极飞行》(Final Flight, 1988)、《重围》(Under Siege, 1989)、《谍影迷踪》(The Minotaur, 1989)、《红衣骑士》(The Red Horseman, 1993)、《入侵者》(The Intruders, 1994)、《古巴》(Cuba, 1999)、《香港》(Hong Kong, 2000)等诸多作品。这些小说有着与《飞行者入侵》大体相同的创作模式,情节惊心动魄,有关现代高科技空战的描述令人耳目一新。《终极飞行》主要描述杰克·格拉夫顿同一个名为卡奇的阿拉伯上校的较量。后者曾策划自己的追随者在意大利一个港口挟持美国一艘装有核弹头的航空母舰。《谍影迷踪》讲述杰克·格拉夫顿设法挫败五角大楼一名双面间谍试图盗取"雅典娜"战斗机的阴谋,该战斗机能躲避光、声、雷达和红外线的追踪。而《重围》中的杰克·格拉夫顿面对的是制造多起恐怖事件的哥伦比亚暴徒,他们要求华盛顿当局释放在押毒枭。显然,斯蒂芬·孔茨受汤姆·克兰西的影响很深,不过他创作的题材多是空中角逐,其小说人物塑造也颇有独到之处。除了"杰克·格拉夫顿"系列高科技惊悚小说,斯蒂芬·孔茨还独自或与他人合作,出版了一些单本的长篇小说、短篇小说集及非小说类作品,如《战争时运》(Fortunes of War, 1998)、《第一次飞行》(First to Flight, 1999)、《空中实战》(War in the Air, 1997)等等。

拉里·邦德,1951年生,1973年毕业于明尼苏达州圣保罗市圣托马斯大学。在做了两年的电脑程序设计员后,他被选送到罗得岛州新港海军军官预备学校读书。其后,他在海军部队服役了六年,前四年上了一艘驱逐舰,后两年离开舰艇,专门为海军后备部队设计电脑程序。退役后,他依旧以电脑程序设计为职业,在华盛顿担任国防部某咨询机构海军信息分析员。拉里·邦德与高科技惊悚小说的结缘,源于他 1980 年设计、开发的一套电脑游戏软件——"捕鲸"(Harpoon)。这套游戏软件主要以现代化海上战争为主要内容,由于内容新奇,情节惊险,有关高科技军事战争的模拟非常逼真,深受大众欢迎。汤姆·克兰西也对该游戏软件感兴趣,并据此构思了一部分海战情节,写进了《猎杀"红十月"》。接下来,拉里·邦德与汤姆·克兰西的交往日渐密切,两人一道合作,创作了高科技惊悚小说《红色风暴升起》。该小说出版后获得了巨大成功。从此,拉里·邦德走上了高科技惊悚小说创作道路。从 1987 年至 2000 年,他一共出版了六部高科技惊悚小说,这些小说场面宏大,人物众多,情节惊险,有关高精尖武器装备的描写和战争场景的叙述非常到位,其中比较著名的有《红凤凰》(Red Phoenix,1989)、《旋风》(Vortex,1991)、《鼎沸》(Cauldron,1993)和《暗敌》(The Enemy Within,1995)。《红凤凰》虚拟了第二次朝鲜战争的惊险场面,交战的双方是北朝鲜对南朝鲜和美国,主要人物有美国将军、美国步兵中尉、女后勤军官和 F-16 战斗机飞行员。该小说从一个侧面反映了作者对于新时期美国影响下的南北朝鲜关系演变的一种推断。《旋风》的主人公是一名美国记者和一位南非军官,他们试图摧毁南非法西斯政府一度废弃的核工厂,虽然重点是描写南非的种族冲突,但也涉及其他国家。《鼎沸》讲述全球贸易大战引发的法、德两国与波兰、斯洛伐克、捷克等国的战争。书中写了五十多个人物,最主要的是一个贸易界女强人、一个中央情报局间谍和俄国叛逃者。而《暗敌》的题材与"反恐"有关,主要讲述美国"反恐"专家彼得·索恩上校及中央情报局特工海伦·格雷同隐匿的恐怖主义头目——伊朗将军阿米尔·塔莱的生死较量。阿米尔·塔莱妄图重蹈萨达姆覆辙,夺取沙特阿拉伯油田,为此在美国制造了一系列恐怖事件,以转移美国的注意力。然而,这一切并没有逃脱彼得·索恩的眼睛。他利用现代高科技侦讯手段,破获了阿米尔·塔莱与恐怖分子的通信密码,从而挫败了德黑兰的军事行动。

戴尔·布朗于 1956 年 11 月 2 日出生在纽约州布法罗。1978 年,他从宾夕法尼亚州立大学毕业后,参加了美国空军,曾驾驶 B-52 重型轰炸机和 FB-111A 型超声波轰炸机执行任务,多次获得嘉奖。1986 年,他从空军退役,即开始了对高科技惊悚小说的创作,翌年出版了处女作《老战机》(Flight of the Old Dog,1987)。该书主要描述冷战时期美苏两个超级大国在包括新型激光武器在内的高精尖军事装备方面的竞争。苏联先挑起战争,攻击美国飞机,随后美国进行反击。其间,主人公帕特里克驾驶外号为"老狗"的 B-

52 轰炸机立下了赫赫战功。《老战机》的成功问世为戴尔·布朗赢得了极大的声誉。从此,他开始了一个畅销书作家的创作生涯。从 1987 年至 2000 年,他一共出版了十三部高科技惊悚小说,这些小说几乎全是畅销书,名列《纽约时报》畅销书排行榜,其中重要的除《老战机》外,还有《银塔》(Silver Tower, 1988)、《猎豹行动》(Day of the Cheetah, 1989)等等。《银塔》对美国未来的反对力量做了一个预言性的描述。在这部书中,苏联入侵石油富国伊朗,此军事行动被美国一个名为"银塔"的太空站探知并进行追踪。而苏联得知真相后,马上派出宇航员进行清剿。整个"银塔"太空站只有两人幸免,一个是年轻的将军贾森·迈克尔,另一个是负责研制激光武器的科学家安妮·佩奇。不过,两人最终粉碎了苏联要毁灭"银塔"太空站的计划。有评论说这部书"有趣,有看头",但同时也承认"它触及了一些棘手和具有挑衅性的问题"。1989 年问世的《猎豹行动》可谓戴尔·布朗最有名的一部高科技惊悚小说,故事背景设置在 1996 年,其间美国正在进行一项代号为"梦星"的喷气式战斗机实验。但一位苏联间谍打入了要害部门,设法窃走了实验计划。于是,主人公帕特里克·麦克拉纳汉奉命追回该计划,他驾驶着一架功能与"梦星"接近的 F-15 战斗机与苏联间谍在空中展开殊死搏斗。与汤姆·克兰西、斯蒂芬·孔茨、拉里·邦德等人笔下的主人公不同,帕特里克·麦克拉纳汉是个性格有点古怪的"反英雄"。这个人物多次出现在以后的《重锤》(Hammerheads, 1990)、《夜鹰》(Night of the Hawk, 1992)、《雷霆出击》(Storming Heaven, 1994)、《战火燃烧》(Battle Born, 1999)等小说中,构成了"帕特里克·麦克拉纳汉系列"。

第三节 赛博朋克科幻小说

渊源和特征

美国新浪潮科幻小说风行了十余年,之后渐渐走下坡路,至 80 年代中期,被赛博朋克科幻小说(cyberpunk science fiction)所取代。赛博朋克科幻小说是科幻小说的又一分支。这一新型科幻小说分支的诞生与新浪潮科幻小说有着惊人的相似。所不同的是,它的发源地不是在英国,而是在美国,且有着新浪潮科幻小说无可比拟的影响力。

赛博朋克为英文 cyberpunk 的音译。这是一个杜撰的新词,具有多种含义。它可以表示一种文学运动,也可以表示一类与这种运动有关的人,还可以表示一类与这种运动有关的新型科幻小说,即赛博朋克科幻小说。这类小说的创始人公认是美国作家威廉·吉布森(William Gibson,1948—)。1984年,他成功地推出了长篇科幻小说《神经浪游者》(Neuromancer)。这本别具一格的书立即引起了人们的注意,许多评论家拍手叫好,为此它赢得了雨果、星云、菲力普·迪克三项科幻小说大奖。紧接着,威廉·吉布森的密友布鲁斯·斯特林(Bruce Sterling,1954—)、鲁迪·拉克(Rudy Rucker,1946—)、约翰·雪利(John Shirley,1953—)和刘易斯·夏勒(Lewis Shiner,1950—)也相继推出了自己的具有同样特征的科幻小说。其时,布鲁斯·斯特林正在主编科幻小说杂志《廉价真理》。他经常以该杂志为阵地,发表一些抨击传统科幻小说的文章,鼓吹他们一伙人的改革观点。论战中,一位与之意见相左的科幻小说杂志编辑加德纳·多兹瓦(Gardner Dozois,1947—)借用一篇小说来稿的题名,讥讽地称他们是"电脑(cyber)痞子(punk)",而布鲁斯·斯特林等人也揶揄地以这个名称自居。不久,这个名称便在媒体流传开来。事情的发展远远出乎论战双方的意料,赛博朋克逐渐成为文学界一个最时髦的词语。许多人以拥有这个名称而自豪,包括嬉皮士和有电脑犯罪冲动的年轻人在内。随着时间的推移,赛博朋克被赋予多种新的含义。学者们对赛博朋克小说显示了高度的兴趣,视其为后现代主义文学的一部分。为此,学术界展开了热烈的讨论。许多高等学府还开设了相关研究生课程。到了90年代,赛博朋克的影响继续扩大。如今,它已经走出科幻小说界,进入电影、电视、音乐、体育等领域,乃至整个社会。

赛博朋克科幻小说的产生绝非偶然。80年代中期,美国开始进入现代高科技发展时代。以电脑为中心的信息网络技术已走进政府、企业、学校,走进千家万户,成为人们日常生活不可缺少的一部分。与此同时,社会上与电脑高新技术有关的智能犯罪活动也日益严重。所有这些,必然要通过某种文学形式反映出来。而科幻小说是一种以科学为基础的通俗小说样式,本身也存在一个求生存、求发展,重视市场效应的问题。这就决定它必然要表现崭新的文化主题。

作为一种在现代历史条件下诞生的新型科幻小说,赛博朋克有着自己的显著特征。首先,它十分强调现代高新技术,但这种强调既不同于"黄金时代"的"科技崇拜",又不同于"新浪潮时代"的"科技恐惧"。其次,它也十分强调犯罪,但这种犯罪是智能犯罪,有别于任何一种传统犯罪小说所采用的手段。它是一种在全球化、信息化、科技化的社会背景下的犯罪。而且它的视域更宽,所设定的时间更近,情节描写更细,因而整个画面也就显得更复杂、更可信。一般来说,作品中有一个受现代高新技术,特别是电脑信息技术控制的文化系统。该系统通过大脑移植、修复假肢、克隆器官等方式渗透进人的身体,把人变成机器的一部分,因而能掌握人的命脉。而电脑黑客、社会渣滓、心术不正者往往利用它为自己牟利。赛博朋克科幻小说就是描写这样一类人以及这类人的犯罪经历。

威廉·吉布森

  1948年3月17日,威廉·吉布森出生在南卡罗来纳州康威,但在弗吉尼亚州威斯维尔长大。他的性格自小就比较叛逆,尤其是父亲的英年早逝,导致他养成了不在学校好好读书、成天躲在房间听唱片和看小说的恶习。十八岁时,母亲去世后,他干脆从寄宿学校辍学,在社会上闯荡。十九岁时,为了避免越战征兵,他移居加拿大。在多伦多,他度过了数周的失业和无家可归的生活。同样在多伦多,威廉·吉布森遇到了现在的妻子吉恩·汤普森,两人一起旅行并于1972年结婚,定居在温哥华。

  为了享用一笔数额不菲的奖学金,威廉·吉布森入读哥伦比亚大学,并取得英国文学学士学位,之后又获得科幻硕士学位。也就是在这前后,他开始了小说创作。起初,他曾写过一些短篇小说,如与约翰·雪利合著的《附属种类》("The Belonging Kind",1981),1995年被搬上电影银幕的《约翰尼记忆术》("Johnny Mnemonic",1981),在杂志《一切》(*Omni*)上刊发的《燃烧的铬》("Buring Chrome",1982),等等。其中一部分后来被收录到他的短篇小说集《燃烧的铬》(*Buring Chrome*,1986)中。

  1984年,威廉·吉布森出版了赛博朋克科幻小说滥觞之作《神经浪游者》。该小说问世后,引起了巨大反响,当年即囊括了所有科幻小说的重大奖项,成为科幻小说中的超级经典。《神经浪游者》以崭新的科幻小说面貌出现,呈现给读者一个灰色的网络世界:二战后日本崛起,继而它超越了所有发达国家,实力强盛的日本跨国企业控制着世界,"公司"战胜了"国家",只有效忠和服从公司才能得到正常的生活,否则就是背叛。以牟利为真理、无孔不入的资本以前所未有的程度统治了世界。科技高度发达,甚至可以将电脑芯片植入人的大脑,网络挤占了人类自然的生存空间,个体的人成为一种无关紧要的存在。主角电脑高手凯斯是一个21世纪的黑客,他能在互联网上自由冲浪,破解各种数码信息,甚至能够让精神离开躯体,进入赛博空间翱翔。世界留给主角凯斯之类孤独黑客的只有无助的疏离感,他们在全世界流浪,也在网络中流浪,对他们而言,只有电脑中的世界才是唯一的真实,肉体生活反而成为一种苦痛。他当了雇佣电脑大盗。但他因向雇主的资料库下手,被破坏了大脑神经,无法再进入赛博空间,只剩下躯体痛苦徘徊。直到有一日,"全能"(Almighty)恢复了他在电脑世界中翱翔的能力,但条件是要他再回到赛博空间,进行一次惊天的盗窃行动,即要破坏全球电脑网络的赛博空间的矩阵(matrix),以此反抗大公司控制的社会统治。于是这位超级电脑牛仔进入了世界上最大的电脑网络,开始了惊心动魄的冒险经历。该书结构设计精巧,情节跌宕起伏,人物栩栩如生,成功地展示了人们进入网络虚拟空间的奇特感受。

《神经浪游者》的意义重大,影响深远,威廉·吉布森在这部小说中创造出了"赛博空间"(Cyberspace)的新词,预见到了电脑互联网的出现,从而确立了新型科幻小说分支——赛博朋克科幻小说的基本要素。威廉·吉布森的幻想空间出炉时,正是现实社会犯罪猖獗,腐败成风之际,一切就像他笔下那样浮华、冷酷和颓废。正是在这样的背景下,小说将如此复杂的线索尽情展现在读者面前,给世人描述了一个关于未来的严酷而无法逃避的悖论:人类为自由而发展科技,但在科技的不断进步中,人类却渐渐失去自由,变成了科技的奴隶。小说中描述主人公进入赛博空间,使自己的灵魂永远地脱离肉体的束缚,这本身就是对自由的寻求。但是,当他真正地达到这一目的之后又发现,实际上他又成了技术本身的囚徒。小说围绕着"寻求自由"与"反对束缚"的主题,涉及宗教、商业、科技、性等社会方方面面科技发展的不可限制性,以及电脑天才们冒着生命危险寻求自由,与网络中的守卫"武士"进行的惊心动魄的大搏斗。故事中的人物无一例外都是在探求获得自由的道路。作品饱含着一个科幻小说家对科技盲目发展的批判。

继《神经浪游者》之后,威廉·吉布森又出版了《计零》(Count Zero,1986)和《蒙娜丽莎超速挡》(Mona Lisa Overdrive,1988)。这两部作品与《神经浪游者》在情节和场景上前后呼应,故而被统称为"矩阵三部曲"(Matrix Trilogy)。《计零》主要描述《神经浪游者》出版七年后发生的故事,而《蒙娜丽莎超速挡》则描述主人公可以在死亡后进入电脑内部,控制外面的世界。它们的故事内容怪异离奇,在构思和风格上与"新浪潮"作家等前辈迥然不同。

威廉·吉布森在完成了"矩阵三部曲"之后,又有了新的创意。1990年,他与布鲁斯·斯特林合写了蒸汽朋克科幻小说《不同的引擎》(The Different Engine)。该小说把故事场景搬回到了维多利亚时代,别开生面地虚构人类早在19世纪就创造出了依靠蒸汽机运转的电脑,历史与现实交错,妙趣横生。到1993年,他又回到了"赛博朋克"的主题,先后出版了《虚拟之光》(Virtual Light,1993)、《艾多鲁》(Idoru,1996)、《所有未来的政党》(All Tomorrow's Parties,1999)等作品。其中,《艾多鲁》不再有《神经浪游者》的压抑和晦涩的生造词,令人耳目一新。故事发生在21世纪的东京,男主角居然爱上了虚拟偶像,并决定和她结婚。

21世纪头二十年,威廉·吉布森又推出了两个新的"三部曲":"蓝蚁三部曲"(Blue Ant Trilogy)和"杰克伯特三部曲"(Jackpot Trilogy)。前者包括《模式识别》(The Pattern Recognition, 2003)、《幽灵国》(Spook County, 2007)、《零历史》(Zero History, 2010)等三部小说,场景均设置在同一个当代宇宙,故事情节除延续之前的"偏执狂加黑科技"的风格外,还融入了"9·11"后的美国新文化;而后者出版了《外围》(The Peripheral, 2014)、《代理》(Agency, 2020)等三部小说,其最大亮点是增添了"悬疑""惊悚"的因素。

布鲁斯·斯特林

1954年4月14日,布鲁斯·斯特林出生在得克萨斯州布朗斯维尔,祖父是农场主,父亲是工程师。年少时,他曾随家人到印度生活了数年,由此产生了对这个东方之国的文化,尤其是宝莱坞影片的喜爱。返回美国后,他入读得克萨斯大学,1976年毕业,获新闻学学士学位。也正是在这前后,他开始创作科幻小说。

他最早面世的作品是短篇小说《人造自我》("Man-Made Self"),该小说被收入乔治·普罗克特(George Proctor, 1946—2008)主编的小说集《孤星宇宙》(Lone Star Universe, 1976)。而第一部长篇小说是《退化的海洋》(Involution Ocean, 1977),之后的主要作品依次是《人造小孩》(The Artificial Kid, 1980)、《分裂矩阵》(Schismatrix, 1985)、《网络中的岛屿》(Islands in the Net, 1988)、《不同的引擎》(1990,与威廉·吉布森合著)、《圣火》(Holy Fire, 1996)、《困惑》(Distraction, 1998)、《时代精神》(Zeitgeist, 2000)、《女像柱》(The Caryatids, 2009)、《海盗乌托邦》(Pirate Utopia, 2016)等等,其中《分裂矩阵》获得英国科幻小说奖,《网络中的岛屿》获得坎贝尔奖,《困惑》获得亚瑟·克拉克奖。

《退化的海洋》和《人造小孩》等早期作品虽称不上经典之作,但也十分引人入胜,充分显示出布鲁斯·斯特林的创作潜力。前者主要描述男主角约翰·纽毫斯吸上了一种名叫"闪烁"的毒品,该毒品只能从生活在努拉夸行星的一种鲸的内脏中提取,而努拉夸行星是被银河系忽视的一颗星,一直停留在五百年前的状态。在那里,人类只有在一个巨大的深洞底部才能生存,洞底是无水的硅土海。该行星禁止高科技、狂热崇拜宗教。约翰·纽毫斯来到努拉夸星做起了经营"闪烁"的商人,但银河系联盟突然将"闪烁"列入违禁名单,他不得不上了一艘捕鲸船偷偷地搜集"闪烁",从此开始了艰难的海上历险。而后者以一个由珊瑚礁、悬浮岛和流动荒地构成的星球为场景,那里的人类社会已进化到反乌托邦,血腥的暴力争斗已成为常态。于是,阿蒂,一个经过大量生物基因改造的男孩,通过出售自己与他人生死搏杀的视频来取悦上层阶级,成为耀眼的明星。

布鲁斯·斯特林与好友威廉·吉布森合作的《不同的引擎》是一部"蒸汽朋克"科幻小说。该小说别出心裁地把读者带回到了1885年的英国,那时整个英国被资本家控制,知识分子则在拜伦的领导下进行工业革命,蒸汽机车支撑一切;查尔斯·巴比奇发明了一种解析引擎,以装配非电子能力电脑,因而电脑实际上提前一个世纪诞生,带来了依靠蒸汽运转的信息时代。小说糅合了历史、政治和黑社会,侦探、女巫、政客、科学家、间谍等各种角色纷纷登场。威廉·吉布森善于运用明喻和暗喻,而布鲁斯·斯特林则善于刻画个性古怪,情节惊险,可读性强,结局引人深思,既精确、细致地描写了维多利亚时期的社会场景,又巧妙地穿插了过去与现代相仿的一些细节,令读者不经意间产生了回到现实的感觉。此外,像威廉·吉布森的《神经浪游者》一样,该小说没有章节,只有戏剧般的场景转换,且大量运用了维多利亚时期的行话和黑话,令小说有些地方显得晦涩。

《圣火》是布鲁斯·斯特林1996年推出的又一力作。21世纪末,世界由一个所谓医学工业联合体统治,人们致力于延长生命的科技研究,生命可延长到一百岁,甚至更长,如同现今电脑的不断升级。"后人类"用金钱、权力控制着整个社会,但生活一片沉闷。德高望重的医药经济学家米亚·齐曼已九十四岁高龄,一生小心谨慎,昔日情人的去世让她从往日暗淡无光的生活中觉醒。她经受了一种激进而痛苦的新疗法,居然返老还童,在身体和思想上都回到了二十岁,但同时也进入了以电脑互联网为背景的虚拟世界。人类的欲望和价值观随年龄的变化而改变,但当青春重现时,年轻时的激情与创造力又自然恢复到了米亚·齐曼身上。小说臆造了一个五花八门的虚拟世界,那里有会说话的狗、奇妙的科学技术和古怪离奇的药物等等。作者情感丰富,文笔清晰流畅,风趣幽默,诗人般的文风一览无余。

此外,同一时期,布鲁斯·斯特林还写了大量高质量的短篇小说,这些小说大部分被收录在《镜影》(*Mirrorshades*,1986)、《晶体快车》(*Crystal Express*,1989)、《全球总裁》(*Globalhead*,1992)、《一个美好的老式未来》(*A Good Old-Fashioned Future*,1999)、《住宅幻觉》(*Visionary in Residence*,2006)、《哥特式高科技》(*Gothic High-Tech*,2012)、《超真实赛博朋克》(*Transreal Cyberpunk*,2016)等小说集中。其中一些故事共享一种场景,描述在遥远的未来,人类已经扩散到恒星,并分裂为两种独立的发展模式,一种依赖机械技术、计算机和假肢设备;另一种则倾向于基因工程和软科学。其他故事则显示了赛博朋克运动的趋势,背景设置在不久的将来,计算机技术主导着日益退化的世界。

除了实际创作,布鲁斯·斯特林还为"赛博朋克"科幻小说做了较多的定位、宣传、正名等理论工作,所以他更是完全意义上的"赛博朋克"代言人。无论是在对威廉·吉布森的作品介绍,还是在各种各样的报刊记者访谈中,他都深入浅出地向读者介绍和分析了"赛博朋克"。在小说集《镜影》的导言中,布鲁斯·斯特林总结了"赛博朋克"的特征。他认为,现代科技的发展已不在人类的控制之中,而是如潮水般入侵着传统文化和社会结构。"赛博朋克"是作家与读者从新角度对现代高科技的认识。以往高科技领域和地下世界是完全分离的,而"赛博朋克"设想了两者相互交叠的幻境。如果说威廉·吉布森的作品发动了赛博朋克的引擎,那么布鲁斯·斯特林的善辩之才就是推动车轮转动的动力。

鲁迪·拉克

1946年3月22日,鲁迪·拉克出生在肯塔基州路易斯维尔。他的父亲原本是家具商,后转行做了教区牧师,而母亲是家庭主妇,热衷于园艺、绘画和陶艺。从当地一所中学毕业后,鲁迪·拉克入读斯沃斯莫尔学院,主修数学,后又到拉特杰斯大学深造,先后获得数学硕士和博士学位。1972年,鲁迪·拉克执教于纽约州立大学数学系,与此同时,也开始了科幻小说创作。1976年夏天,他完成了第一部长篇科幻小说《时空环状物》(*Spacetime Donuts*),但迟迟找不到出版商,最后《发掘》杂志答应分三期连载,可惜第三部分还没来得及面世,该杂志就倒闭了。

1978年,鲁迪·拉克获得德国亚历山大基金资助,前往海德堡大学数学系进修,其间又完成了两部长篇科幻小说,即《白光》(*White Light*,1980)与《软件》(*Software*,1982)。经联系,《白光》由美国爱司图书公司和英国弗吉恩图书公司同时出版,不久爱司图书公司又购买了《时空环状物》和《软件》的出版权。从那以后,鲁迪·拉克便一发不可收,作品一本接一本出现在街市。80年代问世的长篇除了《白光》和《软件》,还有《性球体》(*The Sex Sphere*,1983)、《空间和时间的主宰》(*Master of Space and Time*,1984)、《生命的秘密》(*The Secret of Life*,1985)、《湿件》(*Wetware*,1988)。到了90年代,又有《空心地球》(*The Hollow Earth*,1990)、《黑客与蚁人》(*The Hacker and the Ants*,1994)、《赠件》(*Freeware*,1997)、《飞碟圣贤》(*Saucer Wisdom*,1999)等面世。与此同时,他还在通俗小说杂志刊发了大量中、短篇作品,如《第五十七个弗朗茨·卡夫卡》("The Fifty-Seventh Franz Kafka",1982)、《大果冻》("Big Jelly",1994)等等。21世纪头二十年,鲁迪·拉克的科幻小说创作兴趣有增无减,不但添加了《真件》(*Realware*,2000)、《太空国土》(*Spaceland*,2002)、《恋爱中的数学家》(*Mathematicians in Love*,2006)、《百万英里公路旅行》(*Million Mile Road Trip*,2019)等十一部长篇小说,中、短篇小说也有《废弃 DNA》("Junk DNA",2003)、《朱与南茨人》("Chu and the Nants",2006)等五十多篇。此外,他还出版了二十六本科幻小说集、汇编、选集和小本书。

鲁迪·拉克的上述诸多作品,不少与数学专业有关。譬如他的成名作《白光》,以栩栩如生的虚拟场景,探讨了数学中的"无限概念"(mathematics of infinity),尤其是虚构了一个宇宙空间,剖析了集合论中的"阿列夫无穷大"(aleph number)。故事男主角菲利克斯·雷曼也被设置为穷困潦倒的大学数学教师。为了体验格奥尔格·康托尔(Georg Cantor,1845—1918)的"连续统假设"(continuum hypothesis),他借助麻醉的力量,让自己的灵魂脱壳,游历了一个新型世界。那里不但有阿尔伯特·爱因斯坦、格奥尔格·康托尔等著名科学家和数学家,还有各种形式的数学无限概念。又如《太空国土》,呼应了埃德温·阿博特(Edwin Abbott,1838—1926)的经典数学科幻传奇《平面国土》(*Flatland*,1884)。故事描述硅谷计算机算法高手乔·丘巴从公司带回一个能够令普通电视机屏幕产生 3D 效果的新产品。这个原本为讨好关系冷漠的妻子的暖人举止,不经意间引起了一个来自四维空间,名叫莫莫的女人的注目,在她看来,地球的三维空间不啻地毯的薄表面。莫莫建议乔·丘巴创办一家公司,专门销售她提供的四维空间产品。也由此,乔·丘巴离开了地球的三维世界,领略了四维世界的种种神奇。再如《恋爱中的数学家》,描绘两个师从疯狂数学教授的博士贝拉和保罗共同发明了一种数学终极理论,据此可以预测未来,并打破从一个平行宇宙到另一个平行宇宙的障碍。然而,正是这两个数学天才,同时爱上了美丽的姑娘阿尔玛。起初阿尔玛与贝拉关系暧昧,然后又转投保罗的怀抱。为了重新夺回阿尔玛,贝拉开始利用数学终极理论前往平行宇宙。一路上,他组建了一支摇滚乐队,成了真人秀明星,并发现了一个由巨型水母统治的宇宙。

不过,一般认为,鲁迪·拉克最有名,也最接近赛博朋克风格的科幻小说是"制件四部曲"(The Ware Tetralogy)。该四部曲由《软件》《湿件》《赠件》《真件》四个长篇构成,前两个长篇曾荣获菲利普·迪克最佳长篇小说奖。2010 年,美国普莱姆公司又将这四个长篇合成一卷,出版了平装本,由著名赛博朋克科幻小说家威廉·吉布森作序。

在该四部曲的首部《软件》中,鲁迪·拉克详细介绍了男主角科布·安德森的背景。他出生在美国二战后的婴儿潮,是个另类电脑专家,曾因制造有自由意志的"波普"机器人,并帮助他们获得自由,在月球建立自己的社会而被判处"叛国罪"。时间飞逝,转眼到了2020年,此时的佛罗里达遍布科布·安德森般的古怪老头。他们听着老调歌曲,酗酒吸毒,醉生梦死,攒钱购买人造器官让自己长寿。正是在这样的背景下,居住在月球上的"波普"机器人开始造访年届七十的科布·安德森,并许诺给他装一个新的心脏,让他长生不老。但事实上,他们真正的目的是攫取科布·安德森的记忆、个性、思维,制造功能更强大的机器人。而《湿件》的背景设置在这之后的十年,故事主人公已换成科布·安德森的侄女德拉·泰兹和雄心勃勃的"波普"机器人贝雷妮丝,后者胁迫前者前往地球,繁衍已植入科布·安德森大脑信息的新一代"波普"机器人。德拉·泰兹如期诞下新一代"波普"机器人"曼采尔",很快,曼采尔又使多个地球女性怀孕。尽管在这以后,人类设法制造出能杀死新一代"波普"机器人的转基因芯片,还是未能阻止曼采尔的子孙在地球蔓延。

继《软件》《湿件》之后的《赠件》,继续探索后人类时代的人工智能生命。故事背景设置在2053年,此时,"波普"机器人已被人类完全摧毁,取而代之的是一种名叫"摩尔迪斯"的新的人工智能生命。这是一种藻类转基因塑料生物,会散发奶酪的气息,生存目标是赚取足够多的"性素"以自我繁殖,为此,愿意听从人类调遣,从事这样那样的低微职业,尽管有时也口出怨言,甚至极端对抗。鲁迪·拉克通过三个故事中的人物,即痴迷同"摩尔迪斯"做爱的"奶酪球"兰迪·塔克、颇具"性素"销售头脑的瘾君子特雷和任劳任怨、忽视自身价值的"摩尔迪斯"女仆莫尼克,共同演绎了人类和"摩尔迪斯"人工智能生命有惊无险的共处经历。直至有一天,人类精英破解了密码,居心叵测的外星人借助宇宙射线入侵了"摩尔迪斯"的肌体。

在该四部曲的最后一部《真件》中,鲁迪·拉克将上述人类与外星人的生死搏杀推到了极致。经过人类的不懈努力,入侵"摩尔迪斯"肌体的外星人大部分被绞杀,但有着不同维度世界体验的女外星人夏默却成功逃脱,带着梅塔马蒂安斯等五个同伴到了汤加国,后者向该国赠送了一种神奇装置"阿拉",能把愿望变成现实。随着"阿拉"被广泛下载和应用,人类开始一个接一个神秘失踪。于是,有着丧父之痛的菲尔·格特勒开始了调查之旅。到最后,一切真相大白。原来,"阿拉"是把双刃剑,人类既可以据此解决贫穷、饥饿问题,也可以因此变得贪婪,甚至相互攻击、自相残杀。该书有超越一般赛博朋克科幻小说的两大亮点,一是探索了更高维度世界的生命形式,二是展示了丑陋的人性。

约翰·雪利

1953年2月10日,约翰·雪利出生在得克萨斯州休斯敦,后在俄勒冈州波特兰长大。十岁时,他的父亲不幸去世,这一突如其来的打击使原本性格乖戾的约翰·雪利变得更加叛逆。进入中学后,他成了不合群的问题少年,行为激进,加入了朋克的行列。偌大一所学校只有三个留长发的学生,他便是其中之一。此外,他还是政治激进分子,在学校出版地下刊物,公开谈情说爱。一次,一位教师讲了核战争的恐怖,约翰·雪利竟然怒不可遏,把这位老师锁了起来,这场风波最终导致了他被学校开除。

此时,写作和音乐挽救了这个失学的年轻人。1972年,年仅十九岁的约翰·雪利参加了克拉里恩写作班,学习了有关通俗小说的写作知识,并开始在各种通俗小说杂志刊发作品。当时一些著名的科幻小说家,如罗伯特·西尔弗伯格(Robert Silverberg,1935—),都曾给他指点和帮助。不过,他并不受所谓创作规律的约束,喜欢保持自己的放荡不羁。因而在写作的同时,他还参加朋克乐队,担任主唱。他往往白天写小说,夜晚在俱乐部演出,玩朋克、玩摇滚,旧金山、纽约、洛杉矶都留下了他的足迹。

这种经历几乎完整地反映在他的第一部长篇科幻小说《超越疯狂》(*Transmanicon*,1979)中。小说中的男主角正是约翰·雪利式的人物,政治激进,推崇无政府主义,宣扬颓废情感,甚至歌颂死亡。80年代初,他与威廉·吉布森、布鲁斯·斯特林、鲁迪·拉克、刘易斯·夏勒等人相识。那时的"赛博朋克"还没有验明正身,仍属于地下文学。约翰·雪利经常在《廉价真理》上撰文,传播"赛博朋克"的观点。这一时期,他出版了多个长篇和中、短篇小说集,名篇有《奥沃金来城市》(*City Come A-Walkin'*,1980)、《旅队》(*The Brigade*,1981)、《地下室》(*Cellars*,1982)、《蚀》(*Eclipse*,1985)、《半影》(*Eclipse Penumbra*,1988)、《辉煌的混沌》(*A Splendid Chaos*,1988)、《蚀之光环》(*Eclipse Corona*,1990)、《湿骨》(*Wetbones*,1991)等等。

70、80年代的美国吸毒祸害严重,约翰·雪利也未能幸免。他在纽约染上了毒瘾,且越陷越深。所幸他终于迷途知返,在《湿骨》出版后的五年中,他一边戒毒,一边靠写电视剧本维持生活。因而在此期间,他只有零星的小说问世。戒毒后约翰·雪利的生活逐步走上正轨,创作也渐渐恢复生机,尤其是在21世纪头二十年,出版了《魔鬼》(*Demons*,2002)、《另一端》(*The Other End*,2007)、《黑玻璃》(*Black Glass*,2008)、《死后多伊尔》(*Doyle After Death*,2013)、《亚特兰蒂斯之剑》(*Swords of Atlantis*,2020)等二十六个长篇以及《分裂黑暗》(*Darkness Divided*,2001)、《活影》(*Living

Shadow，2007）、《青春之歌》(A Song Called Youth，2012）等九部小说集、汇编、小本书。此外，他的一些旧作在近年都有新版发行。

  有评论称约翰·雪利为"赛博朋克之父"，这固然是溢美之词，但他对"赛博朋克"的贡献也由此可见一斑。可以说，约翰·雪利是开创这一科幻小说分支的重要一员，是"赛博朋克的耐心的零点"（威廉·吉布森语）。在他开始创作时，"赛博朋克"这个名称还没有产生，所以他那时的许多作品也被多数人所忽视，而后来也一直没有获得像威廉·吉布森、布鲁斯·斯特林或鲁迪·拉克那样的声名。但事实证明，他的作品，尤其是早期作品，为其他成功的"赛博朋克"作家提供了灵感，对他们产生了深远的影响。《奥沃金来城市》被威廉·吉布森称为"所有赛博朋克小说的原生质"，可以说，其他所有"赛博朋克"作品或多或少都受到了该小说的影响。主人公斯图·科尔努力经营着自己名为"麻醉"的俱乐部，他与化身为人的代表旧金山城市精神的神明相识，这个超级英雄带着神明经历了种种恐怖与危险，并与他一同为拯救城市而斗争。故事充满了暴力和超现实主义想象，对城市的道德标准提出了质疑。《蚀》也被认为是早期"赛博朋克"的佳作。情节复杂离奇，融合了政治、流行文化、激情与偏执。作者从黑暗的政治背景出发，以独特的视角预言了万花筒般变化的21世纪。2029年，第三次世界大战爆发，战场从地球一直延伸到宇宙空间站，但还没有哪个国家敢于使用核武器。"第二联盟"原本是一个为国家提供治安服务的跨国实体，它趁欧美各国忙于应付战事，运用媒体传播、政变等手段，一跃成为欧洲霸主，并意欲建立法西斯种族主义的所谓世界新秩序。名曰"新抵抗"的摇滚乐队看清了"第二联盟"的真面目，以自己的微薄之力同它进行了坚苦卓绝的斗争。约翰·雪利用丰富的想象塑造了众多有血有肉的角色，且秉承了他一贯的朴素文风，语言简洁而措辞准确。

  虽然同样写文章为"赛博朋克"进行论辩，同样创作了早期的"赛博朋克"小说，但事实上，大多数所谓"赛博朋克"作家都是有着体面工作的中产阶级白领。他们平日里循规蹈矩，只用文字来表达自己的一些奇思异想，且基本上采取比较正规的科幻小说形式。唯有约翰·雪利是唯一真正意义上的"朋克"，是人群中的另类，是彻底的叛逆者。他在作品中体现出的"粗鲁"和放荡不羁令人惊愕。批评家还曾将约翰·雪利与爱伦·坡、菲利普·迪克等许多著名作家相提并论，因为他的小说糅合了科学、恐怖、后现代、色情、超现实、魔法、黑色、悬疑、先验等诸多元素。有些故事发生在真实世界，主人公多是反体制的角色，面对道德的选择陷入某种困惑，而有些故事是超现实或超自然的，如同发生在噩梦中。几乎所有的故事都在黑暗的笼罩下,没有明确的道德标准。他的科幻小说经常是从黑暗的现实出发,预测未来的世界,用晦暗、凄冷、顽劣的幽默和隐喻的手法剖析人类邪恶的欲望。许多作品中的恐怖氛围使读者在读后仍心有余悸,并成为其他恐怖小说作家竞相效仿的对象。此外,约翰·雪利认为,传统的科幻小说对未来世界的预测过于谨慎和模糊,缺乏大胆的想象,科幻小说应以海纳百川的气度接受"朋克"等各种后现代文化潮流的影响。如在小说《硅拥抱》中,他大胆地改写历史,讽刺了所谓的21世纪精神和飞碟学说,影射了所有的传统科幻小说经典。

刘易斯·夏勒

1950年12月30日,刘易斯·夏勒出生在俄勒冈州尤金,是家中的独生子。因为父亲从事国家公园养护工作,所以在读中学之前,他一直跟随父母迁移,走遍了亚利桑那、佐治亚、新墨西哥和得克萨斯。刘易斯·夏勒回忆说,他三岁就能识字,四岁就开始写故事。中学时代,他曾获达拉斯中学生小说竞赛奖;后来,在南卫理公会大学主修英语专业时,又获得写作新秀奖。大学毕业以后,刘易斯·夏勒从事过各种职业,如计算机编程、科技写作、工程绘图、建筑工、乐手、滑稽剧作家等等。与此同时,他也开始了通俗小说创作。

在早期,刘易斯·夏勒主要是在《伽利略》《沙伊尔》《科幻和奇幻》等通俗小说杂志刊发了一些短篇作品,如《锅匠的诅咒》("Tinker's Damn", 1977)、《下午的国王》("Kings of the Afternoon", 1980)、《梦中物》("Stuff of Dreams", 1981)、《汤米和会说话的狗》("Tommy and the Talking Dog", 1982)等等。这些作品分属科幻小说、奇幻小说、恐怖小说等多个类型,后来被收进《关于宇宙本质的九个难题》(*Nine Hard Questions About the Nature of the Universe*, 1990)、《事物的边缘》(*The Edges of Things*, 1991)等小说集。自80年代中期开始,他开始转向长篇小说创作,作品有《弗朗特拉》(*Frontera*, 1984)、《乔克斯·怀尔德》(*Jokers Wild*, 1987)、《心中的废城》(*Deserted Cities of the Heart*, 1988)、《猛击》(*Slam*, 1990)、《惊鸿》(*Glimpses*, 1993)、《说再见》(*Say Goodbye*, 1999)、《黑与白》(*Black and White*, 2008)、《黑探戈》(*Dark Tangos*, 2011)、《伊甸园门外》(*Outside the Gates of Eden*, 2019)等等。这些小说大都是赛博朋克科幻小说,其中《弗朗特拉》和《心中的废城》是他的成名作,曾荣获星云奖、菲力普·迪克奖和轨迹奖。

《弗朗特拉》是一部"赛博朋克"力作,全书以传统的硬式科幻的现实主义笔触,描绘了21世纪全球政府崩溃后的恐怖画面,其中既有废弃火星殖民地的危险之旅，又有大脑植入生物芯片的黑科技；既有诉诸极端暴力的黑心企业集团，又有被遗忘的变异儿童和超级数学天才。故事聚焦饱受战争创伤的凯恩，他是一个企业雇佣兵，在不知情的状况下被植入复杂的生物技术芯片，带领一群年迈的前宇航员调查被地球遗弃十年的弗朗特拉火星殖民地。而《心中的废城》则以中美洲为故事场景，描绘了一个腐化堕落、野蛮残酷的末日世界。内容新颖别致，行文紧凑，人物心理活动细腻，对话真实可信。故事男主角是摇滚明星埃迪·耶茨，多年前，他突然消失在亚马孙热带雨林，据说是去毁坏的玛雅神庙寻觅一种迷幻蘑菇，这种蘑菇能带着他穿越时空，在死亡的幽谷中行走。

　　不过，人们公认，刘易斯·夏勒最优秀的一部赛博朋克科幻小说是《惊鸿》。该书曾获得世界奇幻小说奖、最佳小说奖和紫罗兰最佳小说奖。作品带有自传性质，以音乐文化为主要题材。刘易斯·夏勒对摇滚乐情有独钟，认为该音乐可以最充分地表现人们内心的痛苦挣扎。他曾在摇滚乐队担任鼓手和歌手，还灌制过音带。这些亲身经历为《惊鸿》的创作提供了丰富的素材。故事发生在 80 年代末，近于而立之年的雷是一个普通的立体音响技师，他与妻子的关系出现了裂痕，同时关系淡漠的父亲也意外过世。生活的种种不如意令他产生一种奇妙的幻觉，耳中能听到一些从未听过、由 60 年代著名摇滚乐手演唱的曲调，还能通过大脑把这些曲调直接录制下来，他如此灌制了甲壳虫乐队的《漫长曲折的路途》。洛杉矶音乐制作人格雷厄姆曾成功翻录过三张题为《惊鸿》的摇滚巨星专辑。在他的鼓励和说服下，雷继续发掘自己的这种特异功能，在时空逆行，回到了 60 年代，帮助当时的著名摇滚乐手完成了新的作品，从而改变了历史。雷和格雷厄姆的目的并不在于获取经济利益，而是想唤醒 60 年代的摇滚乐迷，以他们的火一般的情感和热情，拯救日益堕落的世界。在努力复兴 60 年代摇滚乐的同时，雷还在以往的时空中追寻了父亲生前的生活，并阴差阳错地与一个潜水教练发生了婚外恋，更加深了夫妻之间的裂痕。该小说主题严肃，反映了当代人对现实生活的绝望和对未来美好生活的期盼。时隔五年，刘易斯·夏勒又写了一部续集《说再见》，该书描述了一位年轻女子奋发不懈，终于成为顶级摇滚乐手，故事从一个音乐记者口中娓娓道出，人情味十足，感人至深。

　　刘易斯·夏勒的赛博朋克科幻小说题材多样，涉及音乐文化、星际移民、时空穿梭、高科技幻想等各种主题。他遵循客观写实的原则，文风朴实严谨，感情充沛，略带感伤，而且作品越来越关注政治。此外，他还是"赛博朋克"运动中的一位雄辩家，自"赛博朋克"问世之时起，就一直以"最响亮的和不容置疑的声音"为这一新型科幻小说分支呐喊。

第四节　新英雄奇幻小说

渊源和特征

　　正当斯普拉格·德坎普、林·卡特等人沉溺于美国奇幻小说的传统，塑造后霍华德时代的辉煌之时，在英国，一个名叫鲁埃尔·托尔金(Ruel Tokien,1892—1973)的牛津大学教授却决意告别剑法巫术奇幻小说，同"剽悍骁勇"的"柯南"分手。早在青年时代，鲁埃尔·托尔金就十分爱好英国史诗，试图以《贝奥武甫》(Beowulf)中的恶龙为题材创作奇幻小说。1937年，他出版了《霍比特人》(The Hobbit)，基本上实现了这一愿望。该书主要述说主人公比尔博在巫师甘达尔夫的劝说下参加十三个小矮人的冒险，并最后战胜恶龙，夺回被抢珠宝的经过。其中一个重要细节，是描绘比尔博如何拾到戈伦丢失的一只魔戒。后来，鲁埃尔·托尔金依据这个细节，开始酝酿一部场面更宏大、情节更丰富、人物更复杂的长篇奇幻小说。1955年，这部耗时十三年、长达一千多页的三卷本《魔戒》(The Lord of the Rings)终于出版。它一问世，便以巨大的艺术魅力震惊了文学界。一时间，众多作家竞相模仿，形成了罕见的奇幻小说创作高潮。从此，西方奇幻小说从总体上告别了霍华德时代，进入了以《魔戒》为代表的现代新英雄奇幻小说(new heroic fantasy fiction)的发展时期。

　　新英雄奇幻小说同新剑法巫术奇幻小说相比，在创作模式方面有了较大的改变。首先，作品的主人公已不再是"剽悍骁勇"的"英雄"，而是"柔弱无力"的"小人物"。所表现的主题也不再是"恃强凌弱"的"各方冒险"，而是"正义与邪恶的交锋"。尤其是，作者十分强调传统的"因果报应"，一切邪恶、贪婪、权欲冲天的人终将受到惩罚，而善良、诚实、道德高尚的人必定会获得好结果。其次，作品的艺术性已经大大增强。作者借用了古代英雄史诗和神话的若干手法，显得气势恢宏，绚丽多彩。各种角色纷繁复杂，人、鬼、动物、妖精同居一体，禽兽皆能与人交流，甚至连山川、树木也充满了灵性。

　　70年代末，这股源于英国的新英雄奇幻小说浪潮终于冲破数十年来新剑法巫术奇幻小说的羁绊，抵达美国海岸。第一个弄潮儿是特里·布鲁克斯(Terry Brooks,1944—　)。1977年，他出版了新英雄奇幻小说《尚纳拉之剑》(The Sword of Shannara)。尽管该小说的情节结构可以说完全是《魔戒》的翻版,它还是在商业上取得了极大成功。受这种成功的鼓舞,特里·布鲁克斯于80年代又续写了《尚纳拉之妖精石》(The Elfstone of Shannara, 1982)和《尚纳拉之如意歌》(The Wishsong of Shannara, 1985)。这两部小说与前一部构成了一个"尚纳拉系列"。90年代初,他又出版了第二个"尚纳拉系列"。该系列由四部长篇组成,时间设置在前一个系列的三百年之后。1996年,他又补写了一本《尚纳拉开国国王》(The First King of Shannara),作为开篇。至此,一个中等规模的"尚纳拉书系"已经完成。2000年,他又继续扩充"尚纳拉书系",几乎每隔一年就要出版一本书,到2020年,已累计完成了十个系列,共计二十九本书。目前,该书系被公认是美国新英雄奇幻小说的经典。

继特里·布鲁克斯之后,在美国新英雄奇幻小说领域崭露头角的还有斯蒂芬·唐纳森(Stephen Donaldson, 1947—)、戴维·埃丁斯(David Eddings, 1931—2009)、罗伯特·乔丹(Robert Jordan, 1948—2007)、雷蒙德·费斯特(Raymond Feist, 1945—)和特里·古坎德(Terry Goodkind, 1948—2020)。斯蒂芬·唐纳森主要出版有"怀疑者托马斯·科弗南特编年史"(The Chronicles of Thomas Covenant the Unbeliever)。该编年史由两个"三部曲"、一个"四部曲"构成,共计十个长篇,其中多部获得这样那样的奇幻小说奖项。戴维·埃丁斯于80年代初以"贝尔加里亚德"(Belgariad Series)系列一举成名。从那以后,他又著有"马罗里恩系列"(The Mallorean Series)以及"埃伦尼厄"(Elenium)和"塔姆利"(The Tamuli)两个"三部曲";2003年,又开启了"梦幻家系列"(The Dreamers Series)的创作。这些作品不但在国内畅销,而且在瑞典等国也引起轰动。罗伯特·乔丹原是多部"柯南小说"的作者,90年代涉足新英雄奇幻小说领域,著有"时间转轮系列"(The Wheels of Time Series)。到2005年,该系列已有十一个长篇问世,身后还由他人整理出版了三个长篇。雷蒙德·费斯特也是个多产作家,著有"里弗特沃家世传奇"(The Riftwar Saga)等十个系列和一个"三部曲"。特里·古坎德是90年代中期涌现的新秀,其长篇处女作《巫师第一定律》(Wizard's First Rule, 1994)创90年代中、后期同类书畅销之最,由该书扩展的"真理之剑系列"(Swords of Truth Series)也有很高的声誉。

特里·布鲁克斯

原名泰伦斯·布鲁克斯(Terrence Brooks),1944年1月8日出生在伊利诺伊州斯特林,父亲是印刷公司老板,母亲是家庭主妇。在完成中学基础教育后,特里·布鲁克斯就读于汉密尔顿学院,1966年毕业,获英国文学学士学位,以后又到弗吉尼亚州华盛顿-李大学攻读法学,获得法学硕士学位。在这之后,特里·布鲁克斯成了一位律师,几年后又放弃了律师的职业,专心致志搞创作。目前他和妻子朱迪住在华盛顿州西雅图,但在夏威夷有第二个家。

早在中学时代,特里·布鲁克斯就开始写作,他的第一部长篇《尚纳拉之剑》是他在法学院读书时业余创作的成果。1974年,他完成了该小说,书稿辗转到了鲍兰庭出版公司奇幻小说编辑莱斯特·德尔雷(Lester Del Rey, 1915—1993)手中。其时,莱斯特·德尔雷正准备推出一部新的奇幻小说,在看过特里·布鲁克斯的《尚纳拉之剑》后,兴奋地说:"这是自鲁埃尔·托尔金以来最好的一部奇幻小说。"1977年该书得以出版,并荣登《纽约时报》畅销书排行榜,创造了巨大的商业利润。

此后,特里·布鲁克斯趁热打铁,于1982年又出版了《尚纳拉之妖精石》。1985年随着第三部小说《尚纳拉之如意歌》的出版,他完成了第一个"尚纳拉"系列的创作。90年代初,特里·布鲁克斯又开始创作第二个"尚纳拉"系列,该系列包括《尚纳拉之后裔》(The Scions of Shannara, 1990)等四个长篇,主要描绘《尚纳拉之如意歌》的故事发生三百年之后尚纳拉人的经历。两个系列共计七部小说,再加上1996年补写的开篇《尚纳拉之开国国王》,以及自2000年起持续扩充的"尚纳拉之高德鲁伊"(High Druid of Shannara)、"尚纳拉之创世纪"(The Genesis of Shannara)、"尚纳拉之传说"(Legends of Shannara)、"尚纳拉之黑暗遗产"(The Dark Legacy of Shannara)、"尚纳拉之捍卫者"(The Defenders of Shannara)、"尚纳拉之陨落"(The Fall of Shannara)六个系列,构成了一个规模宏大的"尚纳拉书系"。

特里·布鲁克斯对于幻想世界的描写是十分细腻、栩栩如生的。读者在看过他的第一个尚纳拉系列后很容易想象出树荫谷中的宁静村庄、岩石密布的龙牙地带、斯特拉海姆平原的荒凉景观,还有庄严如天堂的泰瑟斯城和头盖骨山周围的不毛之地诺斯兰德。反派巫师统领是个邪恶而偏执的灵魂统治者,他和众恶魔住在头盖骨山,那是一个令人毛骨悚然之地。特里·布鲁克斯精心塑造了妖精、侏儒、洞窟巨人、德鲁特伊男巫等角色,当然还有人类。故事发生在远古的战祸之后,尚纳拉的子孙后裔希厄·欧姆斯福特住在宁静和平的树荫谷,对于困扰折磨外部世界的痛苦一无所知。然后巨人阿兰依揭示了一个秘密:据说已死巫师统领阴魂不散,正密谋毁灭整个世界,而抵抗恐怖势力的唯一武器就是尚纳拉之剑。不过,这把剑只能由尚纳拉真正的继承人找到,并用它来消灭邪恶的力量。希厄·欧姆斯福特是尚纳拉这一支派最后的子孙,所有的希望都寄托在他身上。

不久,一个来自头盖骨山的宠臣潜进了树荫谷,准备刺杀希厄·欧姆斯福特。为了拯救整个世界,希厄·欧姆斯福特成功从树荫谷出逃,与忠诚而古怪的朋友一同出发去寻找尚纳拉之剑,并经历了各种危险与战斗的洗礼。在《尚纳拉之妖精石》和接下来的《尚纳拉之如意歌》中,围绕着尚纳拉的子孙又发生了其他惊险的故事。妖精石和如意歌都是他们用来打败敌人的魔法和武器,前者用来对抗邪恶,而后者能使庄稼迅速从春天的绿色变成秋天的金黄。

"尚纳拉书系"的独特之处在于比一般的奇幻小说显得真实。故事场景设置在地球,而不是设置在虚无缥缈的外部空间。故事里的人物、背景、神奇的力量都有合理的解释。譬如侏儒、巨人和妖精,特里·布鲁克斯较为令人信服地解释了他们在地球上存在的原因。那是在远古尚纳拉人统治时期,人类残忍地相互屠杀,少数幸存者散落在地球的各个角落,彼此无法联系。而由于原子核辐射的作用,他们又衍变成各个具有不同身体特征的种群。此外,特里·布鲁克斯在保留奇幻小说的善良与邪恶、超凡的魔力、剑法巫术等精华的同时,吸取了科幻小说的一些成功要素。故事情节生动,可读性很强。主要角色刻画也十分到位,人物性格得到了充分的发展。读者情不自禁地同情书中英雄人物的命运,并与之产生共鸣。

除了"尚纳拉书系",特里·布鲁克斯还创作了两个规模较小的奇幻小说系列:"神奇的兰多弗王国"(Magic Kingdom of Landover)和"福音书与虚幻国"(Word and Void)。前者包括《待售的神奇王国——售出》(*Magic Kingdom for Sale-Sold*, 1986)等六部作品,主要描述男主人公本·哈勒代尔在购买了一个神奇王国之后与邪恶的男巫及其他邪恶势力奋力搏斗的经历。而后者作为"尚纳拉书系"的前奏,包括《与恶魔共舞》(*Running with the Demon*, 1997)等三部著作,描述了福音国骑士约翰·罗斯同虚幻国恶魔的搏击。值得注意的是,这两个系列的创作风格同"尚纳拉书系"很不相同。"尚纳拉书系"是英雄史诗般的,语言风格比较庄重。而"神奇的兰多弗王国"的语言幽默诙谐,并且蕴涵着很深的道德寓意。至于"福音书与虚幻国",语言风格则更进一步,属于黑色幽默作品。此外,特里·布鲁克斯还以科幻小说,甚至非小说的形式,写过不少与"尚纳拉书系"有关联的著作。

斯蒂芬·唐纳森

1947年5月13日,斯蒂芬·唐纳森出生在俄亥俄州克利夫兰。他的父亲是位整形外科医生,擅长治疗麻风病,长年派驻在印度工作。斯蒂芬·唐纳森自小跟随父母去了印度,直到十六岁才返回美国。1968年,斯蒂芬·唐纳森获得俄亥俄州乌斯特学院文学学士学位。越战期间,他曾短暂在一家医院工作,并积极投身于反战运动。1971年,他又到肯特大学深造,获得英语专业硕士学位。在这之后,斯蒂芬·唐纳森留在肯特大学,担任过为期一年的大学教师,还做过其他许多兼职工作。然而,他的兴趣始终是文学创作。他曾说过,自己读大学本科和研究生的目的不是想当学者,而是为了学会写小说。

1977年,斯蒂芬·唐纳森开始创作以"托马斯·科弗南特"为男主角的系列英雄奇幻小说。首批问世的是一个"三部曲",包括《福尔王的毁灭》(Lord Foul's Bane,1977)、《邪恶地球之战》(The Illearth War,1977)、《留存的权力》(The Power that Preserves,1979)三个长篇。该"三部曲"出版后,受到了读者的热烈欢迎,其中《福尔王的毁灭》还获得英国奇幻小说家协会颁发的最佳小说奖。于是,斯蒂芬·唐纳森又从速推出了第二个"三部曲",包括《受伤的土地》(The Wounded Land,1980)、《唯一的树》(The One Tree,1982)和《白金操纵者》(White Gold Wielder,1983)。它们问世后同样受到了热烈欢迎,其中《受伤的土地》《唯一的树》还分别获得1981年和1983年巴尔罗格最佳奇幻小说奖。时隔二十年,也即2004年,斯蒂芬·唐纳森又接着推出了一个"四部曲",包含《地球的符文》(The Runes of the Earth,2004)、《致命的亡灵》(Fatal Revenant,2007)、《完全出乎意料》(Against All Things Ending,2010)和《最后的黑暗》(The Last Dark,2013)。至此,一个颇有规模的十卷本"怀疑者托马斯·科弗南特系列"已经成形。除了这个系列,斯蒂芬·唐纳森还出版了三个规模较小的系列,分别是"莫登特的需求"(Mordant's Need)、"沟壑"(The Gap)和"伟神的战争"(The Great God's War)。

"怀疑者托马斯·科弗南特系列"的故事场景设置在一个虚拟的"陆地王国"。同名男主角是麻风病患者,因而遭到人们的蔑视,被遗弃在一个二级空间——"陆地王国"。然而,在那里,人们却把他当成哈夫汉德的化身。后者是很久以前"陆地王国"最伟大的英雄,生前拥有一种"白金"的魔力,并据此与邪恶的敌人福尔王做过不屈不挠的斗争。而现在,"陆地王国"又一次面临着被福尔王摧毁的危险,只有"白金"的魔力才能使它幸免于难,故臣民都把希望寄予托马斯·科弗南特。但是托马斯·科弗南特不相信这个充满魔法的世界,也不相信人死后会再生,更没有听说"白金"的魔力,因此他称自己为"怀疑者"。他确信这里的一切只是自己做的一个梦,如果相信梦中的事情,就成了一个神志不清的疯子。然而,他还是不由自主地遭遇了种种险境,并卷入了因土地之争引起的激战,最终拯救了"陆地王国"的臣民。

显然,斯蒂芬·唐纳森笔下"陆地王国"的原型来自幼年时曾经生活过的东方文明古国印度。那里的地理环境以及富有魅力的传统文化,都给他以深刻的启示。而他的父亲在那里治疗麻风病的经历,也无疑给了他丰富的创作素材。不过,读者迷恋这个系列的主要原因还是托马斯·科弗南特这个人物。同传统奇幻小说家塑造的主人公不同,托马斯·科弗南特既不是叱咤风云、救民救世的英雄,也不是武艺高明、恃强凌弱的剑客。他只是现实社会的普通人,在他的身上,存在着善与恶、正义与邪恶的双重因素。随着社会环境的变化,他的恶性与德性轮番上升,并最终德性战胜恶性,成为众所拥戴的英雄。斯蒂芬·唐纳森以大量生动的细节,描述了托马斯·科弗南特的心理转变过程。一开始,他生活在现实社会,结婚生子,又写了一部畅销书,并因此致富,美好的前途似乎唾手可得。但突然,他得了麻风病,被送进麻风病院,遭受了家庭和社会的遗弃。这个残酷现实剥夺了他作为普通人的尊严,因而他失去了对人性善良的信仰,绝望成了他的人生基调。一天,他穿过马路时突然失去了意识,醒来发现置身于另一个世界——"陆地王国"。在这个田园牧歌似的社会,人们不仅接受了自怜自艾的托马斯·科弗南特,而且迫切需要他来拯救世界。但是他不相信这个世界的真实性,拒绝成为世界的拯救者,绝望情绪令自己拒绝接受他人善意的帮助,给信任他的人们造成了伤害和痛苦。但后来,他慢慢摆脱了身心的黑暗面,开始给予别人他一直否定的东西,亦即爱、友谊和忠诚。

戴维·埃丁斯

1931年7月7日,戴维·埃丁斯出生在华盛顿州斯波坎县,并在西雅图北部的皮吉特湾长大。中学毕业后,他先后在埃弗里特专科学校、里德大学、华盛顿大学等高等学府求学,获得学士和硕士学位。1954年,他应征入伍,退役后在波音公司西雅图分公司、奥尔良分公司任职。他还先后在美国中西部一所商业学院和师范学院教授过英语。

自十七岁起,戴维·埃丁斯开始写作。大学时,他参加过一个写作课程班,获得了一些写作技巧方面的训练。他向里德大学提呈的学士学位论文也是一篇有一定分量的小说。1973年,他出版了长篇小说《激动人心的追猎》(High Hunt)。这是一部自传性质的当代惊悚小说,全书从第一人称的角度,描述了五个人在猎鹿的过程中发生的冲突。不过,这部小说在社会上并没有产生反响。接下来,他又写了一些其他作品,构思间隙还信笔涂鸦地绘制了一幅幻想世界的图谱。之后,他在一家书店闲逛,无意中发现英国著名奇幻小说家鲁埃尔·托尔金的《魔戒》已发行到第七十三版,由此意识到奇幻小说的无穷魅力。于是,他立即回到家里,翻出原先绘制的幻想世界图谱,开始构思"贝尔格里亚德系列"奇幻小说。

接下来,戴维·埃丁斯开始为创作这个系列奇幻小说做前期准备。从1978年至1979年,他整天泡在图书馆,广泛阅读神学、政治、历史、社会和地理学等方面的书籍,为设置书中广阔的社会场景打下了扎实的基础。1982年,该系列第一个长篇《预言小人物》(Pawn of Prophecy)终于问世。紧接着,戴维·埃丁斯又出版了续集《巫术女王》(Queen of Sorcery,1982)、《魔法师的开局》(Magician's Gambit,1983)、《魔法城堡》(Castle of Wizardry,1984)和《巫师的残局》(Enchanter's End Game,1984)。这五部小说出版后,立即在社会上产生了轰动,每一本都上了《纽约时报》畅销书排行榜。受"贝尔格里亚德"创作成功的鼓励,从1987年开始,戴维·埃丁斯又创作第二个系列"马罗里恩"。该系列创作风格秉承"贝尔格里亚德",包括《西部守护者》(Guardian of the West,1987)、《莫哥斯之王》(King of the Murgos,1989)、《卡兰达的恶魔王》(Demon Lord of Karanda,1988)、《达什瓦的女巫》(Sorceress of Darshiva,1989)、《凯尔的女预言家》(Seeress of Kell,1991)五部小说。它们出版后同样受到读者的热烈欢迎。到了1995年,戴维·埃丁斯又开始将第一个系列扩充,增补了《男巫贝尔加拉斯》(Belgarath the Sorcerer,1995)、《女巫波尔加拉》(Polgara the Sorceress,1997)、《瑞瓦人法典》(The Rivan Codex,1998)三部小说。至此,一个庞大的"加里恩"(Garion)奇幻小说书系已经完毕。自2003年起,戴维·埃丁斯又雄心勃勃地同自己的妻子合作,开始了四卷本"梦幻家"系列的创作。但就在这时,他和妻子都发现自己的健康出了问题,随着妻子先行离世,2009年6月2日,他也在睡梦中去世,享年七十八岁。

"加里恩"奇幻小说书系不仅是戴维·埃丁斯的杰作,也是当代美国英雄奇幻小说的经典。它多达十三卷,气势宏伟,场面壮观,内容浩瀚。整个书系以一个淳朴的乡村男孩加里恩的曲折成长经历为主线,描述了一个神奇的魔法王国所发生的种种惊险故事。很久以前,恶神托拉克企图侵占"西方圣地",挑起了战争,迫使人类和诸神参战。但在决战中,他被正义力量击败,由此长眠不醒。时间流逝,恶神托拉克的一名牧师偷走了奥尔德球,托拉克即将苏醒,重新称霸。根据预言,只有找回保护"西方圣地"的奥尔德球,并把它放在一个叫作"瑞瓦"的地方,人类才会安然无恙。于是,加里恩跟着他的祖父和姨母,也即魔法师贝尔加拉斯和女巫波尔加拉,离开自幼生长的农村,走上了寻找奥尔德球的漫漫探险之路。最后,他们找回了奥尔德球。加里恩杀死了恶神托拉克,还和托尔纳德拉王国公主塞娜德拉结婚,并成为"西方圣地"的统治者。恶神托拉克死后三年,奥尔德球警告加里恩那个黑色的预言仍然存在。随后,他年幼的儿子被神秘的黑暗之子赞德拉玛斯劫持充作祭祀品。加里恩只得和随从们再次出发探险,一路上为追查黑暗之子及其绑架者的踪迹,寻回丢失的儿子而遭遇了许多危险。故事最后,他们进入凯尔城,试图从唯一一部完好无损的福音书中寻求答案,碰到几个世纪以来一直在保护福音书的预言者。

显然,戴维·埃丁斯受鲁埃尔·托尔金的影响很深。同《魔戒》里的主人公比尔博一样,加里恩也是个简单的小人物。故事开始时,他可以说是一个愚笨的人,不相信魔法,不喜欢冒险,只希望安静、快乐地生活。他一点都不知道自己居然是魔法师的后代,也没有发觉自身的潜力。只是随着情节的发展,他才逐步成长。故事其他几个主要人物也都有自己的缺点,不是正统意义上的英雄。譬如魔法师贝尔加拉斯和密探西尔克,他们有善良的一面,也有粗暴或狡诈的一面。此外,戴维·埃丁斯深厚的学术背景也令这些人物打上了经典文学的烙印。早年戴维·埃丁斯在里德大学求学时,就熟读了《奥德赛》和亚瑟王的传奇故事。后来他在华盛顿大学深造,又系统地研读了中世纪的英语语言文学。他说:"当代史诗性奇幻小说几乎直接来自中世纪传奇故事,所以我对乔叟和托马斯·马洛的研究让我在这个领域捷足先登。"所以很少有人能像他那样写出具有完整的宗教、政治体系和历史背景的浩瀚、可信的幻想世界。尽管他的作品大多篇幅冗长、情节复杂,但是阅读起来条理分明,善与恶的冲突在平实、简单而通顺的叙述中得以顺利铺展。从整体上来说,戴维·埃丁斯的作品娱乐性非常强,但是思想性欠缺,人物性格较单薄。他提倡主人公的享乐主义,并认为享乐主义者性格豪放不羁,比起基督教徒来说有更多的刺激。这方面显然也是沿袭了鲁埃尔·托尔金的路线。

罗伯特·乔丹

原名詹姆斯·里格尼(James Rigney),1948年10月17日出生在南卡罗来纳州查尔斯顿。他的父亲是一个说故事的好手,经常给他讲动听的故事。而比他年长十多岁的哥哥在照看他时,也给他朗读自己喜欢的文学作品。因而罗伯特·乔丹很早就与文学有了接触。四岁时,他开始学习认字并阅读,五岁时便能津津有味地阅读马克·吐温、朱尔斯·凡尔纳等人的作品。他对故乡查尔斯顿的历史变迁和军事发展史也特别感兴趣,曾阅读了许多有关书籍。所有这些,为他日后的奇幻小说创作打下了良好基础。1968年至1970年,他两次参加越战,曾获得不少勋章。70年代中期,他到西特德尔军事学院深造,专修物理,毕业后,在海军部门担任核能工程师。一次意外事故,他的身体受了严重伤害,需要长期住院治疗,这无形之中给他提供了大量阅读文学作品的机会。也正是在这个时候,他开始提笔写作。

起初,他写了一些戏剧、舞蹈方面的评论。之后,他又以里根·奥尼尔(Regan O'Neal)的笔名写了几部家世传奇。从1982年起,他以罗伯特·乔丹这个笔名,模仿罗伯特·霍华德的模式和文风,创作了一系列"柯南"小说,其中比较著名的有《无敌柯南》(*Conan the Invincible*, 1982)、《不可征服的柯南》(*Conan the Unconquered*, 1983)等等。1990年,他受特里·布鲁克斯、斯蒂芬·唐纳森、戴维·埃丁斯等人大获成功的影响,开始创作"时间转轮"奇幻小说系列。他以平均每年一本书的速度进行创作。到2013年,该系列已经出版有十四部长篇小说,如《世界的眼睛》(*The Eye of the World*, 1990)、《大追猎》(*The Great Hunt*, 1990)、《复活的巨龙》(*The Dragon Reborn*, 1991)等等,其中最后三部,即《聚集的风暴》(*The Gathering Storm*, 2009)、《午夜之塔》(*Towers of Midnight*, 2010)和《光的记忆》(*A Memory of Light*, 2013),系他2007年9月16日去世后,由布兰登·桑德森(Brandon Sanderson, 1975—)整理出版。这些小说全是畅销书,被翻译成十四种文字介绍到国外。罗伯特·乔丹也因此成为世界知名的奇幻小说作家。

"时间的转轮转起来了,一个个世纪来了又去,于是留下的记忆变成了传奇。传奇逐渐消逝变成了神话,而当赐予其生命的世纪再次来临时,神话或许早已被遗忘。"对于罗伯特·乔丹不计其数的书迷来说,"时间转轮"系列的这段开场白已经成为奇幻文学史上最激动人心的篇章。该系列的每部书都长达八百多页,几乎涵盖了一切奇幻小说的成功因素,如冒险、爱情、死亡、恶势力的威胁、神奇的力量、道德危机、政治阴谋等等。故事情节多线索地同时展开,将发生在欧洲、古老的美洲大陆、斯堪的纳维亚半岛,以及俄国和日本的一切神话融入其中。公元3世纪,那是个神秘的预言发挥作用的世纪。男主人公兰德来自一个无名村庄,是个普通牧羊人。然而命运注定他要成为"复活的神龙"。黑魔正策划逃离关押他的囚笼,并摧毁时间转轮,从而使世界灭亡。人们需要一个即将成年的男孩来阻止恶魔的行动。很久以来,预言中所说的能够打败黑魔,使人类免于浩劫的只有一人,他就是"复活的神龙"兰德。预言还说,在拯救世界的过程中,"复活的神龙"会变得暴戾而且残忍,还会杀死身边最亲近的人。故事伊始,男孩兰德拒绝接受命运的安排,甚至在可怕的恶魔之首阿姆利林企图驯服他时,也断然否认自己的魔力。后来,为了使村里的人不受到自己的伤害,兰德只得动身前往探险。他肩负使命,长途跋涉,去过许多神秘的地方,接受过无数次危险挑战,寻找过丢失的号角,据说它可以使已逝的古代英雄们复生。他也去过眼泪之城寻找一把卡兰达剑,因为只有他才能支配这把魔剑,如此种种,不一而足。于是,在冒险与战斗的历程中,兰德逐渐相信了自己的魔力。但同样为了不伤害自己的亲人,他又同预言中的命运安排奋力抗争。

显然,罗伯特·乔丹受鲁埃尔·托尔金的影响很深,他的作品直接沿袭了鲁埃尔·托尔金的新英雄奇幻小说的创作模式和创作风格,甚至书中的许多人物、场景都直接来自鲁埃尔·托尔金的小说。因而很多评论家和读者称他为"托尔金转世"。不过,罗伯特·乔丹的"时间转轮"系列也有自己的特色。相比之下,作品里的幻想气氛更加浓厚,内容更加丰富。他的行文如奔腾的江河,一泻千里,磅礴的气势中又夹带着几分天真、诙谐,令人感到一种独特的魅力。罗伯特·乔丹还擅长描绘人物,他笔下的每个人物形象都是活生生的,随着故事情节的发展逐步展示出其性格的多样化及其发展特征。他也倾心于各个故事场景的设置,细致入微地描绘了时代变迁中的社会、经济、政治各个层面。另外,罗伯特·乔丹对于女性人物的刻画也比其他奇幻小说家更加深刻,譬如旅店老板的女儿埃格温,她深爱着"复活的神龙"兰德,又为古老的预言所困扰,担心受到兰德的伤害,于是在爱情和命运之间苦苦挣扎。

罗伯特·乔丹充分利用奇幻小说的空间形式诠释了自己的人生哲学观。他自己曾提及,主流文学的写实主义使作品中的事件与人物没有绝对的善恶和对错之分,所有的事物都像硬币一样具有两面性,很难区分绝对的好与坏。然而奇幻小说则不存在这样的限制,作家无须屈从主流文学的清规戒律,可以随心所欲地创造人物,发掘其好坏、对错、荣誉和责任的内涵。它体现了人们内心深处对更简单、更易识别善恶的生活的向往。罗伯特·乔丹的"时间转轮"正是给读者提供了这种生活形象和评价体系。当然,他无法完全避免主流文学的某些影响,作品中不时也会有令人感到阴郁的描写。

雷蒙德·费斯特

1945年12月21日,雷蒙德·费斯特出生在加利福尼亚州洛杉矶,但在南加利福尼亚长大。他自小喜欢阅读儿童探险小说。稍大,接触到鲁埃尔·托尔金的《魔戒》后,又被奇幻小说吸引,并由此进一步阅读了罗伯特·霍华德、阿伯拉罕·梅里特、弗里茨·莱伯等知名小说家的作品。在当地完成基础教育后,雷蒙德·费斯特入读加利福尼亚大学圣迪戈分校,1977 年毕业,获通信艺术学士学位。

在这之后,他有过一段时间的失业,仅靠母亲的社会保险金过活。于是,他时时思考着改变贫困生活的途径。大学期间,他曾参与电脑游戏软件设计,其中一种名叫"密德克米尔"(Midkemia)的游戏光碟,深受玩家欢迎。受这种游戏光碟成功的启发,雷蒙德·费斯特开始构思一部类似"密德克米尔"故事情节的奇幻小说。经过数年的努力,这部题为《魔法师》(*Magician*,1978)的奇幻小说终于完稿。它刚一问世,即受到读者热烈欢迎,并荣登《纽约时报》畅销书排行榜。而雷蒙德·费斯特也一跃成为知名奇幻小说家。接下来,他趁热打铁,又推出了两部续集,题为《银色荆棘》(*Silverthorn*,1985)和《塞瑟纳的黑暗》(*A Darkness at Sethanon*,1986),两者同《魔法师》一道,构成了一个"里弗特沃家世传奇"系列。这两部续集问世后,同样成为畅销书。从此,雷蒙德·费斯特摆脱了穷困潦倒的生活,开始了一个当红畅销书作家的创作生涯。

"里弗特沃家世传奇"主要描述魔法师帕格和朋友托马斯的传奇经历。孤儿帕格和厨师的儿子托马斯从小生活在密德克米尔王国,并一起长大成人。帕格梦想成为法术无边的魔法师,而托马斯则希望变成一个力大无穷的武士。当存在于其他空间的策拉安尼帝国通过一道时空缝隙进入密德克米尔王国后,他们的一切都改变了。后来,帕格成为一个大魔法师的弟子,参加了由公爵和他最小的儿子阿鲁沙领导的探险队。公爵此举是觊觎国王的宝座,想壮大自己的势力。在探险的路上,他们遭遇了无数奇事,碰到了小妖精、侏儒、妖魔和洞窟巨人等各种生灵。总的来看,这个"三部曲"是关于贵族和魔法师如何打败邪恶势力的故事。

可以说,该系列融入了自鲁埃尔·托尔金以来一切新英雄奇幻小说要素,是《魔戒》的基本创作模式和风格的再现。不过,雷蒙德·费斯特也有自己的创造。首先,他构思奇幻世界的能力出类拔萃,虚构了密德克米尔王国,介绍了其多元文化结构,解释了它成为各种生灵汇聚之地的原因。与之对比,他又设置了策拉安尼帝国,一个由单一文化主宰的地方。于是,小说中存在两个来自不同时空、不同文化结构的奇幻世界。一个是密德克米尔王国,那里的社会环境近似于欧洲西北部;另一个是策拉安尼帝国,那里与远东的社会环境比较接近,国王已越来越少地牵扯权力游戏,而贵族领导的各个政治派别和军队取代了他的位置,此外还有完全置身于法律之上的魔法师。这两种社会环境的差距之大,随着主人公帕格由密德克米尔王国进入策拉安尼王国后更一目了然。策拉安尼人俘虏了帕格并将其带回自己的国家。初到那里,帕格感到一切都很神秘,处处碰壁。但他凭借自己顽强的意志,生存下来,并度过了四年比较适应的生活。当那些刚来此地的朋友谈起可以耍些欺骗手腕时,帕格答道:"这绝无可能!因为我们根本无法了解这些人的思维方式和价值观,根本不懂得他们如何看待生存。"其次,雷蒙德·费斯特强调故事人物的性格塑造,认为一部成功的奇幻小说,重要的不是向读者灌输作者的某种思想,而是精心塑造生动的人物形象。因而他的作品中的人物个性复杂,立体感强。他还善于刻画人物在不同的处境下的不同感受,表现他们的成长或堕落的过程,从而使人物形象真实可信。对读者来说,阅读他的作品是一种享受。

继"里弗特沃家世传奇"之后,80、90年代,雷蒙德·费斯特又独自或与他人合作,推出了"凯莱旺帝国"(Kelewan Empire)、"克朗托的儿子"(Krondor's Sons)、"塞佩特沃家世传奇"(Serpentwar Saga)、"里弗特沃遗产"(The Riftwar Legacy)四个新的系列。其中"凯莱旺帝国"由《帝国的女儿》(Daughter of the Empire, 1987)等"三部曲"组成,"塞佩特沃家世传奇"由《黑色王后的阴影》(Shadow of a Dark Queen, 1994)等"四部曲"组成,而"克朗托的儿子"仅有《血性王子》(Prince of the Blood, 1989)和《国王的投机政客》(The King's Buccaneer, 1992),两者起着连接"凯莱旺帝国"和"塞佩特沃家世传奇"的作用。至于"里弗特沃遗产"三部曲,则开启了自2000年至2013年继续扩充的"里弗特沃传奇"(Legends of the Riftwar)、"阴影的秘密"(Conclave of Shadows)、"达克沃家世传奇"(Darkwar Saga)、"迪蒙沃家世传奇"(Demonwar Saga)、"乔斯沃家世传奇"(Chaoswar Saga)等六个新的系列。以上十个系列共同构成了规模宏大的,二十九卷本"里弗特沃宇宙"书系。

特里·古坎德

1948年1月11日,特里·古坎德出生在内布拉斯加州奥马哈,并在那里长大成人。他从小患有难语症,阅读速度缓慢,词汇理解能力很差,并常常受到同学的羞辱和嘲笑。因而,幼时的特里·古坎德痛恨学校,常常到图书馆借阅名著解闷,由此养成了对文学和写作的爱好。中学时代,老师发现了他在写作上的天赋,鼓励他朝文学创作方面发展。特里·古坎德深受鼓舞,在老师的指导下读完了弗朗茨·卡夫卡所有的作品,还阅读了相当数量的科幻小说和奇幻小说。

中学毕业后,特里·古坎德进了大学,但不久又辍学。他做过木匠,制造过小提琴,还曾是个催眠师,并投身野生生物艺术行业,修复了许多来自世界各地的珍贵艺术品。与此同时,他也爱上了绘画,以至后来他出版自己的小说时,还参与了其中一些美术设计。1983年,特里·古坎德与妻子搬迁到缅因州,并买下四公顷的林地建造居屋。在他亲手修建房子的过程中,他的脑海里开始浮现一个个奇幻故事。于是,他开始把这些故事以及故事中的人物,尤其是他们的情感,一一记录下来。到1993年,他又把所有记录整理成一本奇幻小说。这就是他1994年出版的处女作《巫师第一定律》的由来。后来,特里·古坎德谈到这本小说时说:"自从我开始创作《巫师第一定律》,我就知道写作是我的使命,是我真正想为之献身的事业。"《巫师第一定律》一跃成为当年的畅销书,并获得了同行的好评。

在这之后,特里·古坎德乘胜追击,以较快的速度出版了《眼泪石》(Stone of Tears,1995)、《血盟会》(Blood of the Fold,1996)、《风的神殿》(Temple of the Winds,1997)和《火的灵魂》(Soul of the Fire,1999),2000年以后又陆续添加了《失败的信仰》(Faith of the Fallen,2000)、《创造的支柱》(The Pillars of Creation,2001)、《赤裸的帝国》(Naked Empire,2003)、《链火》(Chainfire,2005)、《幻影》(Phantom,2006)和《自白者》(Confessor,2007),这些续集与《巫师第一定律》一道,构成了十一卷本之多的"真理之剑"系列。

该系列故事围绕主人公里查德·赛弗曲折的人生经历展开。书中的幻想世界被划分成三个区域,一个善良的巫师划定了两条无法跨越的边界,从而形成了西部、内陆和东部。西部没有任何魔法和妖术,而内陆充满了魔力,东部则由黑神拉尔等恶人统治。其时,黑神拉尔试图控制"奥登"魔法,从而统治整个世界。只要打开"奥登"三个盒子中的一个,就可以得到这种魔法。但是只有一次机会打开唯一正确的那个盒子,否则星球上所有的生灵将因此失去生命。黑神拉尔已经获得了两个盒子,他要设法抓住里查德·赛弗,因为只有他才知道应该打开哪个盒子。至于里查德·赛弗,他是西部一个头脑简单、性格淳朴的森林向导,从未想过自己哪天会卷入魔法和战争,乃至整个世界的命运都取决于他的行动。无意之中,里查德·赛弗救了一位神秘女子卡兰,她是内陆的女牧师,正寻找一个伟大巫师来抵抗黑神拉尔统领的黑暗势力。里查德·赛弗的好朋友和顾问泽德是最后一个伟大巫师,他任命里查德·赛弗为真理寻求者和传说中的真理之剑的控制者。真理之剑赋予拥有者至高无上的权力。而按照巫师第一定律,里查德·赛弗和卡兰是对抗黑神拉尔唯一的希望。一开始,里查德·赛弗不愿意接受那把剑去进行危险的旅行。但他得知自己邂逅的卡兰在黑神拉尔的桎梏下会憔悴而死时,他接受了挑战。于是他们三人一起离开森林去寻找最后一个"奥登"盒子,以阻止邪恶的黑神拉尔掌握最高境界的魔法。途中,里查德·赛弗成为真理之剑的寻找者和控制者。之后又在眼泪城,他把地狱之王密封在地狱,成了新的统治者。再后来,他又遭遇了更强大的贾刚王,必须完成不可能完成的任务:用魔力来破除敌人的魔力。故事最后,他经历重重危险,把内陆和另一块陆地合并在一起,组成一个强大的王国来对抗贾刚王和他的军队。

特里·古坎德善于刻画故事人物,尤其善于表现故事人物面临左右为难的困境时的复杂心绪。同之前大多数奇幻小说家不同,他欣赏富有勇气的人物,往往通过人物的塑造描写故事,而不像一些奇幻小说作家那样往往单纯强调动作场面。当然他的故事中也有许多激烈的战斗场面,但它们并非故事的焦点,这种叙事手法使人物的战斗力量表现得更加壮观。特里·古坎德受鲁埃尔·托尔金的影响很深,他笔下的主人公里查德·赛弗也不是所向无敌的全能型英雄。他值得人们尊敬,有荣誉感,有自尊,很诚实,同时也像其他人一样会犯错误。他不得不面对敌人并努力战胜他们。这种复杂的心理描写时时体现在特里·古坎德的作品中。此外,特里·古坎德还十分注意细节描写。他能构思出大量吸引人的细节,其中既有幽默可笑的场景,也有悬疑迭起的动作画面,常常给读者以惊喜。

除了"真理之剑系列",自 2011 年至 2020 年逝世,特里·古坎德还推出了三个规模较小的系列,即"理查德和卡伦"(Richard and Kahlan)、"马格达·西勒斯的传说"(The Legend of Magda Searus)、"尼奇编年史"(The Nicci Chronicles),它们与"真理之剑系列"一道,组成了规模更大的"真理之剑书系"。

第五节　社会恐怖小说

渊源和特征

理查德·马西森等人的现实恐怖小说凭借影视媒介的力量在60年代造成了一定的声势,但总的来说,这种声势不如新浪潮科幻小说和新剑法巫术奇幻小说。至于同其他类型的通俗小说相比,那更是小巫见大巫。然而,到了70年代中期,这种局面即因斯蒂芬·金现象发生了变化。斯蒂芬·金是1974年跻身美国恐怖文学殿堂的。自1979年10月起,他的名字频频出现在《纽约时报》畅销书单上。到2000年为止,他已出版了六十多本恐怖小说,其中大部分发行量都超过了一百万册,创下美国出版史上的奇迹。

斯蒂芬·金的成功不是偶然的。首先,这与70年代以来美国通俗小说发展的大气候密切有关。其次,也与他的作品故事情节生动、人物形象逼真、语言表达流畅不无关系。然而,最重要的是,斯蒂芬·金把60年代现实恐怖小说的传统同一些与现实社会紧密相连的惊险通俗小说的若干要素结合起来,创立了一个全新的当代恐怖小说创作模式。60年代现实恐怖小说的基本特征是"回归现实"。作者对鬼魂、活尸、吸血鬼、狼人之类的超自然成分都做了现实化处理,主人公的一切举止也都置于现实社会之中,读来并不觉得怪诞和荒谬。正是这个基本特征,顺应了当时通俗文坛融合主流小说的潮流,使恐怖小说走出低谷,实现了复兴。斯蒂芬·金继承了这一特征,他的作品中已经看不到早期恐怖小说那种明显有悖于常理的超自然描写,一切细节描写都犹如发生在现实社会之中。然而斯蒂芬·金并没有停留在现实社会的表面,而是在此基础上向社会各个层面纵深发展。他创造性地将科幻小说、犯罪小说、言情小说等通俗小说的若干要素融入传统恐怖小说中,从而扩大了作品的政治背景和社会容量,并在审视一些为人们所关心的现实社会中发生的重大事件的同时,譬如越南战争、水门丑闻、军备竞赛、环境灾难等等,描绘了特定个人所承受的不寻常的压力和恐惧。斯蒂芬·金的恐怖小说创作模式的形成,标志着美国一类新型的恐怖小说——社会恐怖小说(social horror fiction)已经诞生。

沿袭斯蒂芬·金的社会恐怖小说模式进行创作的作家主要有彼得·斯特劳布(Peter Straub, 1943—2022)和安妮·赖斯(Anne Rice, 1941—2021)。前者自70年代中期开始创作,并以《鬼故事》(*Ghost Story*, 1979)

一举成名,以后又陆续创作了多部颇受欢迎的小说。而后者主要以创作《夜访吸血鬼》(*Interview with the Vampire*, 1976)著称,该书一反吸血鬼的传统凶残形象,赋予其复杂的情感和善良的品性,在艺术描写上达到了较高的境界。此外,约翰·法里斯(John Farris, 1936—)、迪安·孔茨(Dean Koontz, 1945—)、罗伯特·麦卡蒙(Robert McCammon, 1952—)的部分作品也沿袭了斯蒂芬·金的创作手法,在该领域具有一定的声誉。

斯蒂芬·金

1947年12月12日,斯蒂芬·金出生在缅因州波特兰大。两岁时,他的父亲突然离家出走,据说是去刚果当了雇佣军,母亲含辛茹苦地操持家庭。由于家境贫寒,斯蒂芬·金的童年没有什么快乐。十四岁那年,他在家中阁楼上发现了一个箱子,里面装有父亲收藏的一些恐怖小说。从此,他就迷上了恐怖小说,并立志当一个恐怖小说作家。中学时代,他就开始创作,并向杂志投稿。他创办了一份小型的讽刺类报纸,曾在校园轰动一时。在缅因大学学习期间,他是校刊主笔之一。毕业后,他白天在一家汽车修理站工作,晚上写恐怖小说。后来,他到一所中学任英语老师,但依旧笔耕不辍。不过,他这一时期的作品还不为人们所看好,因而经常陷入经济拮据状况。直到1974年,他的第三部恐怖小说《嘉莉》(*Carrie*, 1974)成为轰动一时的畅销书,他才开始摆脱经济困境。

《嘉莉》一书的情节构思纯属偶然。一次,一位朋友说他的某个短篇小说男子气十足,他为了反驳这位朋友的观点,就写了一个"女人未卜先知"的故事。事后他又把故事手稿扔进了废纸篓。斯蒂芬·金的妻子把手稿捡了回来,并建议他改成小说。这部小说即《嘉莉》。此书由双日出版社出版后,深受读者欢迎,精装本销售量为一万三千册。斯蒂芬·金一下子拿到二十万美元稿酬,尝到了甜头,也有了经济保障,便辞去教师的工作,专心创作。在这之后,他又创作了《撒冷姆斯罗特》(*Salem's Lot*, 1975)。该书讲述作家勃恩为创作一部长篇小说,回到童年居住的小镇。没想到,该小镇正遭受吸血鬼巴洛的侵害,到处是被它害死的村民,而这些村民一旦遇害,又成为新的吸血鬼。不幸的是,勃恩的女友苏珊也遭了毒手。为了复仇,他与吸血鬼巴洛展开了斗争。最后,勃恩找到当年安葬巴洛的棺材,趁红日高照,将木片插入死尸的心脏,顷刻间巴洛化成灰土。之后,勃恩一把大火烧掉了这个鬼气沉沉的镇子,开始寻找新的生活。

除了吸血鬼题材,斯蒂芬·金还善于描写活尸,这方面的代表作是《宠物坟场》(*The Stand*, 1979)。路易斯医生举家搬迁到一个乡村小镇。那里环绕着一片茂密的树林,树林中有一个宠物坟场。一切似乎非常平静,直到有一天,路易斯的女儿的小猫死于车祸,路易斯将它的尸体埋在宠物坟场。但第二天,那只小猫竟活着回来了。邻居老人告诉路易斯,是坟场使小猫起死回生。后来,路易斯的儿子也死于车祸,路易斯十分悲痛。这时他想到了宠物坟场,但邻居老人警告说,曾经有人为了让战死的儿子复活,将尸体埋在那块墓地,但第二天回来的却是一个邪恶的幽灵。路易斯不听老人的劝告,还是将儿子的尸体埋进了宠物坟场。第二天,儿子果然活着回来,但悲剧也随之发生。儿子的活尸杀死了生身母亲和善良的邻居老人。路易斯不禁万般后悔,一怒之下杀死儿子的活尸。到了晚上,他于悲痛之中又将爱妻的尸体埋入了宠物坟场。第二天,他的妻子的活尸又带着邪恶朝他走来。

斯蒂芬·金的恐怖小说还有一部分属于传统的孩童恐怖题材,他同样赋予其新的社会场景和新的生活气息。这方面的代表作有《幻象》(The Shining, 1977)。该书讲述五岁的男孩达尼具有一种叫作"幻象"的特异功能,能看到即将遭遇的危险。他的父亲杰克本是一位教师,后来失业,在一家建立在山顶的旅馆做管理员。达尼与父亲,还有母亲温特就住在这家旅馆。但该旅馆充满了邪恶的幽灵。杰克被鬼魂附体后,要杀死妻儿。达尼凭借"幻像"看到了恐怖的画面和"谋杀"的字样。后来他和母亲温特在黑人厨师的帮助下,逃脱了鬼魂的纠缠。整座旅馆连同里面的幽灵在爆炸声中化成灰烬。不过,斯蒂芬·金最有名的一部孩童恐怖小说当属《它》(It, 1986)。该书讲述德里小镇每隔数十年就要发生一件怪事。1741年,三百多名居民一夜失踪。1906年,一家工厂所有职员突然死亡。1930年,一百七十多名孩子下落不明。而造成这一切恶果的,是小镇上的一个怪物,名叫"它"。1957年,当"它"又一次袭击小镇时,七个勇敢的孩子发誓要将这个怪物打败。光阴荏苒,他们与怪物的斗争从未中断过,直到1985年,他们终于发现了"它"的老巢,原来"它"是一只巨大的黑蜘蛛。

80年代末和90年代初,斯蒂芬·金的题材和创作特征依旧,但情节编排得更新颖。譬如《黑暗的另一半》(The Dark Half, 1989),描写一位恐怖小说作家分裂成两半,一半是真名实姓的作家自身,另一半是假名假姓的依托体,假名假姓的依托体干出了一系列恐怖谋杀事件,而真名实姓的自身却无法将其另一半控制住。此书初版即印了一百五十万册,创下了美国出版史上精装本小说初版的最高纪录。而《杰拉德的游戏》(Gerald's Game, 1992)也令人耳目一新,该书描写一位性变态者对妻子进行了骇人听闻的虐待与折磨。

斯蒂芬·金善于把古老的传统题材同当代社会的实际生活相结合。他很少正面描写恐怖的鬼魂或场景，而是通过悬念与暗示来激发读者对恐怖的想象。现实生活中的任何事物，大至复杂的政治事件，小至细微的、常人不太注意的东西，都能演化出一个恐怖故事。作品中与鬼怪、活尸作斗争的也都是现实社会中活生生的人。斯蒂芬·金善于观察当代人的实际生活感受，表现他们所承受的现实社会压力和恐惧心态。他的小说情节是超现实的，是不可能发生的。但人们读他的小说时，却常常觉得事件就发生在自己身边。

21世纪头二十年，斯蒂芬·金继续以一个当红畅销书作家的面目出现在读者面前。自2001年至2020年，他一共出版了二十五部长篇小说，这些小说几乎全是畅销书，屡登《纽约时报》畅销书排行榜，并获得这样那样的重要通俗小说奖项。不过，在创作特色方面，也较之前有了相当大的变化。古老的传统题材，如鬼怪、幽灵、活尸，渐渐退出舞台，代之而起的是融合了侦破、犯罪、言情等要素的社会恐怖事件。譬如《捕梦者》(*Dreamcatcher*, 2001)，采用了很多科幻小说手法，实际上是科学恐怖小说。又如《莱西的故事》(*Lisey's Story*, 2006)，熔神秘、悬疑、言情于一炉，可以说是心理恐怖小说或言情恐怖小说。再如《梅赛德斯先生》(*Mr. Mercedes*, 2014)，以一个退休侦探为男主角，聚焦案件侦破和惩治罪犯，即便斯蒂芬·金本人也称之为他的"第一部硬派侦探小说"。该书的受欢迎以及赢得爱伦·坡奖，驱使他写了两部续集《谁找到归谁》(*Finders Keepers*, 2015)和《警戒结束》(*End of Watch*, 2016)。

彼得·斯特劳布

1943年3月2日，彼得·斯特劳布出生在威斯康星州密尔沃克。他的父亲是一位推销员，母亲是一位护士。早在中学时代，彼得·斯特劳布就对文学表现出了极大兴趣。他经常泡在图书馆，阅读军事、间谍、犯罪等类型的小说。1965年，他从威斯康星大学英语系毕业，并于一年后进入哥伦比亚大学，攻读英语硕士学位。在这之后，他回到了故乡密尔沃克，担任自己的母校密尔沃克中学的英语教师。工作之余，他迷上了诗歌创作，并不时有作品问世。到1972年他从爱尔兰都柏林大学取得文学博士学位时，已出版了两本诗集。在这之后，他定居在伦敦，并开始转向小说创作。他的第一部面世的作品是主流小说《婚姻》(*Marriage*, 1973)，但该书在社会上并没有造成什么影响。也正是这个时候，他开始接触到霍华德·洛夫克拉夫特的作品，并对创作恐怖小说产生了浓厚的兴趣。

1975年和1976年,他先后推出了两部长篇恐怖小说《朱莉亚》(Julia)和《假如此时你能看见我》(If You Could See Me Now)。虽然它们没有成为畅销书,但获得不少读者好评。1979年,他出版了第三部长篇恐怖小说《鬼故事》。这部小说在商业上获得了巨大成功,一版再版,畅销不衰,他由此建立了自己的杰出恐怖小说家的地位,成为声誉仅次于斯蒂芬·金的作家。其后,他回到了美国,专心致志地进行恐怖小说创作,不久又推出了《幻境》(Shadowland,1980)和《漂龙》(Floating Dragon,1983),并且同斯蒂芬·金合作,出版了孩童恐怖小说《护身符》(The Talisman,1984),后者赢得了世界幻想小说奖和轨迹幻想小说奖。80年代后半期和90年代,彼得·斯特劳布创作的长篇恐怖小说主要有《科科》(Koko,1988)、《格德夫人》(Mrs. God,1990)、《秘密》(Mystery,1990)、《咽喉》(The Throat,1993)、《狱火俱乐部》(The Hellfire Club,1996)、《X先生》(Mr. X,1999)等等,其中《科科》《秘密》《咽喉》构成了他的著名的"蓝玫瑰三部曲"(Blue Rose Trilogy)。

彼得·斯特劳布早期创作的恐怖小说,大部分以传统的死人纠缠活人的故事为题材,描写邪恶鬼魂对人的种种威慑和侵害。不过,他并没有简单地重复传统的鬼故事,而是将创作的重心置于现实社会的特定个人,表现他所遭受的社会环境重压以及由此产生的人性扭曲。譬如他的成名作和代表作《鬼故事》,述说一个超自然幽灵复仇的恐怖经历。但故事的主角并非这个超自然幽灵,而是四个事业有成的绅士。彼得·斯特劳布以较多的笔墨描述了这四个绅士于青年时代无意中杀死了一个名叫伊娃·加利的女人以及随之产生的种种恐惧心理。虽然他们已经将伊娃·加利的尸体连同汽车一道沉入湖底,但脑海中总会浮现她的身影。仿佛她的冤魂正潜伏在某处,随时都有可能向他们复仇。这种不祥的预感终于随着其中一位名叫爱德华·万德利的绅士的猝死而成为事实。接下来,其余三个绅士也被告诫要坦白和反省自己的罪行,否则就面临死亡的危险。然而,现实社会的种种客观因素,又使他们无法将当年杀人事件的真相公之于众。当其中两人以同样的恐惧症状死去之后,唯一的幸存者不得不找来了爱德华·万德利的侄子商量对策,并会同另一个遭遇伊娃·加利的鬼魂伤害的青年人一道,寻觅和摧毁复仇的鬼魂。

又如1983年出版的《漂龙》,述说康涅狄格州某富裕小镇的闹鬼故事。该镇建立已有三百多年的历史,但恐怖阴影一直笼罩着每个居民。每逢周期性地到了那个灾难的"黑色夏天",树上的麻雀坠地而死,可怕的瘟疫迅速蔓延,各种各样的溺死、谋杀也陡然增多。为了拯救无辜的受害者,作家格拉汉姆·威廉姆斯开始探寻"黑色夏天"的来龙去脉。这种探寻逐渐移向三个重新回到镇上定居的人。他们同格拉汉姆·威廉姆斯一样,也是小镇创始人的后裔。但进一步探寻发现,造成这一切悲剧的超自然杀手居然是美国国防部研制的一种名叫"漂龙"的毒气泄漏。在"漂龙"的作用下,无辜者逐渐失去了理智,躯体也最终液化为乌有。

自《漂龙》之后,随着彼得·斯特劳布的恐怖小说创作技巧越来越娴熟,他的作品中现实因素也越来越多,甚至多次出现了诸如越战之类的重大政治题材。相应地,作品中的超现实因素也越来越淡薄,乃至恐怖幽灵成为一种隐喻性的邪恶势力的象征。譬如《科科》,以发生在亚洲各地的一系列谋杀案作为小说的开端,凶手每次作案之后都留下了"科科"的标记,而这个标记是十多年前越南战场某步兵排玩耍的纸牌上的字纹。于是,四个越战中幸存的老兵,被"科科"的幽灵聚集在一起,追忆当年发生在越南某山村洞穴里的梦魇般的事件。他们知道,只有这个排的士兵才会回忆起洞穴曾经发生过什么,凶手肯定是他们当中某个人的朋友。他们必须找到这个朋友,当然不是抓住他,而是拯救他。

90年代末,彼得·斯特劳布似乎又恢复了早年那种以超自然邪恶因素为恐怖源的恐怖小说创作。这个时期的代表作是《X先生》。该书的主人公为内德·邓斯坦,他从小在母亲的庇护下长大,不知父亲为何人。出于一种不祥之兆,他赶回了家乡埃杰顿。果然,母亲病危,即将撒手人寰。临终前,母亲向儿子透露了生身父亲的名字,并告诫说,他自己的生命处在极端危险之中。尽管有母亲的临终嘱咐,他还是没有顾着自己逃命,而是决心了解未知的父亲——X先生的秘密,并由此卷入了一系列的犯罪和谋杀中,并被认定为嫌疑主犯。随着他学会"吞吃时间",他终于发现,自己身边总尾随着一个具有超凡穿透墙壁能力的双胞胎兄弟,正是这个双胞胎兄弟附在自己身上犯下了那些罪行。于是,为了洗脱自己的罪名,他使尽浑身解数,进行搏击。

21世纪头二十年,彼得·斯特劳布创作恐怖小说的兴趣有增无减,不但持续与斯蒂芬·金合作,推出了《护身符》的续集《黑屋》(*Black House*,2001),还独自出版了《迷失的男孩,迷失的女孩》(*Lost Boy, Lost Girl*,2003)、《在夜屋》(*In the Night Room*,2004)、《暗物质》(*A Dark Matter*,2010)《云雀》(*The Skylark*,2010)等数部颇受欢迎的长篇恐怖小说。此外,他还在各种通俗小说杂志上发表了数量不少的中、短篇恐怖小说。2022年9月4日,彼得·斯特劳布因髋部骨折并发症去世,享年七十九岁。

安妮·赖斯

1941年10月4日,安妮·赖斯出生在路易斯安那州新奥尔良。她是家中第二个孩子。本来,她在出生时母亲给她取了一个男性化的名字"霍华德"。后来,她到一所教会学校读书,一位修女问她叫什么名字,她脱口而出"安妮"。从此,"安妮"便成了她的正式名字。安妮十四岁时,母亲去世。1958年,父亲再婚,当时安妮就读于得克萨斯州理查逊中学。情窦初开的安妮喜欢上了同校一位高年级学生斯坦·赖斯。四年以后,也即安妮二十岁时,她与斯坦·赖斯结为夫妻,双双定居旧金山。婚后,安妮·赖斯入读旧金山州立大学,并获得政治专业和创作专业的学士学位。1966年,安妮·赖斯生下一女。这时,斯坦·赖斯在旧金山州立大学任教,安妮继续攻读硕士学位。一家三口生活十分幸福。不幸的是,1972年,爱女因病早逝。自此以后,安妮一蹶不振,整日借酒浇愁,发泄失去女儿的悲痛。

正是在女儿病重以及离世的这段时间,她开始构思自己的第一部小说《夜访吸血鬼》。该书的主人公名叫路易斯,是一位年轻有为的庄园主。二十五岁那年,他不幸遭到吸血鬼莱斯特的袭击也变成了吸血鬼。从此,他陷入一种矛盾的境地。一方面,他无法摆脱凡人的感情,但另一方面又不得不为了生存而吸血。但是,他极少杀戮,多半靠吸食动物的血为生。有一次,他看见一个面容憔悴的女孩伏在母亲的尸体上哭泣。出于生理上的极度饥饿,路易斯情不自禁地袭击了这个女孩。因而这个女孩也变成了小吸血鬼克劳蒂亚。路易斯慈父般地爱着克劳蒂亚,每天搂着她睡在同一口棺材里。然而,吸血鬼莱斯特却像暴君一样干涉路易斯与克劳蒂亚的自由。终于,有一天,路易斯与克劳蒂亚决定出逃,摆脱莱斯特的控制。他们来到巴黎,找到一所名叫"吸血鬼剧院"的吸血鬼老巢,结识了男吸血鬼阿曼和女吸血鬼麦德琳。但好景不长,凶残的莱斯特追杀而来,他将路易斯强行装进棺材,埋了起来,然后又杀死了克劳蒂亚和麦德琳。吸血鬼阿曼营救了路易斯。路易斯见克劳蒂亚惨遭毒手,已化成了一堆灰烬。他悲痛欲绝。为了报仇,他一把火烧掉了"吸血鬼剧院",所有生存在其中的吸血鬼消失殆尽。

《夜访吸血鬼》在美国吸血鬼恐怖小说中占有十分重要的地位。本来,吸血鬼是一种相当无奈的东西,它由人变成了鬼,躺在棺材里,却仍然有生命,必须靠吸人血才能维持生存。这一特性决定了它本身是凶残的形象。然而,《夜访吸血鬼》改变了这个凶残形象,赋予其复杂的情感及善良的一面,尤其是刻画了吸血鬼对生命的体验和对生存的饥渴,展示了极为丰富的吸血鬼的精神世界。此外,该书文笔清新流畅,字里行间流露出哀婉动人的情感。所有这些,都使得它不同于一般通俗的鬼故事,而达到了相当高的文学境界。正因为如此,人们对此书的评价很高。后来,它被搬上电影银幕,版税高达一千五百万美金。

在这之后,安妮·赖斯开始了世界范围的旅行。她到过欧洲许多国家,还去过埃及。1979年,她再次怀孕,生下一个健康的男孩。80年代,家庭生活平静之余,她再次拿起笔,写了《夜访吸血鬼》的两部续集:《吸血鬼莱斯特》(The Vampire Lestat, 1987)和《被诅咒的女王》(The Queen of the Damned, 1989)。这两部小说同《夜访吸血鬼》一道,构成了她的十分著名的"吸血鬼三部曲"(The Vampire Trilogy)。90年代,"吸血鬼三部曲"又变成了"吸血鬼编年史"(The Vampire Chronicles),陆续添加了《盗尸贼的故事》(The Tale of the Body Thief, 1992)、《魔鬼蒙诺克》(Memnoch the Devil, 1995)和《吸血鬼阿曼德》(The Vampire Armand 1998)。之后,"吸血鬼编年史"继续扩容,到2021年她因心肌梗死逝世,已增至十三卷,成为一个中等规模的小说系列,其中不少多次再版,如《黑森林农场》(Blackwood Farm, 2002)、《莱斯特王子》(Prince Lestat, 2014)、《血液圣餐》(Blood Communion, 2018)等等。

除了"吸血鬼编年史",安妮·赖斯还著有两个规模较小的吸血鬼小说系列:"吸血鬼新传"(New Tales of the Vampires)和"梅菲尔女巫传奇"(Lives of the Mayfair Witches)。前者仅有两部小说,即《潘多拉》(Pandora, 1998)和《吸血鬼维托里奥》(Vittorio the Vampire, 1999);而后者是一个三部曲,包括《行巫时刻》(The Witching Hour, 1990)、《拉舍》(Lasher, 1993)和《塔托斯》(Taltos, 1994),三者均是有名的畅销书。此外,安妮·赖斯还涉足历史小说、奇幻小说,甚至宗教小说领域,出过一些反响不大的小说。

其他作家和作品

约翰·法里斯于1936年7月26日出生在密苏里州杰斐逊城。他涉足文坛较早,早在高中毕业时就出版了第一部小说,到二十三岁时,已是一位销售量突破百万的畅销书作家。在早期,他主要是出版了一些沿袭传统的超自然恐怖小说,如《漫长的曙光》(The Long Light of Dawn, 1962)、《温德姆国王》(King Windom, 1967)、《麦克尔呼唤时》(When Michael Calls, 1967)。1969年以后,他开始创作社会恐怖小说,如《捕捉者》(The Captors, 1969)、《严酷实习》(Sharp Practice, 1974)。不过,他在该领域的成名仰仗于代表作《狂怒》(The Fury, 1976)。该书的主人公为一对孪生兄妹——吉莲·贝拉沃和洛宾·桑扎;他们具有一种奇怪的特异功能,能将体内的心理感应转化为外在的毁灭性巨大力量,为此受到政府秘密组织"魔吉"的跟踪和追捕,该组织专门网罗特异功能者为其服务。他们的父亲,也即上届政府的刺客彼得,为营救自己的孩子与"魔吉"展开了殊死搏斗。《狂怒》问世一年后,约翰·法里斯又推出了另一本畅销书《不堪回首》(*All Heads Turn When The Hunt Goes By*,1977)。该小说主要描述1942年,出生名门望族的军官克里坡与一位继承万贯家产的社会名媛喜结连理,奢华的婚礼在南部一所军官学校举行。突然,一阵神秘的铃声响后,发生了地震。随后克里坡猝死于杀人狂的乱刀之下,新娘和克里坡的父亲也倒在了血泊中。但克里坡的兄弟查普和新娘的妈妈诺娜幸存下来。之后,查普奔赴太平洋战场。两年后查普回到位于达萨隆斯的种植园,并带来了一位神秘的朋友——英国籍医生杰克森,由此引出一段杰克森、诺娜以及已故的查普的父亲年轻时的一段恩怨。作品中有大量描写种族大屠杀和巫术魔法的情节。在这之后,约翰·法里斯创作的社会恐怖小说主要有《地下墓穴》(*Catacombs*,1982)、《无尽黑夜之子》(*Son of the Endless Night*,1985)、《天然森林》(*Wildwood*,1987)、《魔鬼》(*Fiends*,1990)、《献祭》(*Sacrifice*,1994),等等。2000年,约翰·法里斯开始将《狂怒》扩充为一个系列,陆续增添了《狂怒和恐惧》(*The Fury and the Terror*,2001)、《狂怒和权力》(*The Fury and the Power*,2003)和《复仇的狂怒》(*Avenging Fury*,2008)。

迪安·孔茨于1945年7月9日出生在宾夕法尼亚州埃弗里特一个穷困家庭。他从小喜爱文学,很早就开始写作。读大学时,他的短篇小说《小猫》("The Kittens")荣获《大西洋月刊》创作奖。大学毕业后,他做了一段时期的中学教师,以后放弃教师的职业,当了专业作家。60年代末和70年代初,他主要是创作了一些新浪潮科幻小说,如《龙悄悄来了》(*Soft Come the Dragons*,1967)、《星探》(*Star Guest*,1968)、《梦想机器降落》(*The Fall of the Dream Machine*,1969)、《兽孩》(*Beastchild*,1970)、《时间窃贼》(*Time Thieves*,1972),等等。其后,他开始创作恐怖小说,作品有《魔种》(*Demon Seed*,1973)、《梦魇之旅》(*Nighimare Journey*,1975)、《夜怵》(*Night Chills*,1977),等等。不过,这些小说并没有引起反响。直到1980年,他的《私语》(*Whispers*,1980)问世,这才摆脱了温而不火的境况,跻身于知名社会恐怖小说家的行列。该小说主要述说孤弱无助的女子遭受歹毒男人谋害,充满了恐怖悬疑。继此之后,迪安·孔茨又出版了许多以恐怖悬疑为特征的社会恐怖小说,如描写巫术的《夜幕降临》(*Darkfall*,1984)、描写鬼魅的《通往十二月之门》(*The Door to December*,1985)、描写不明飞行物的

《陌生人》(*Strangers*, 1986)、描写古大西洋的《昏暗的眼睛》(*Twilight Eyes*, 1987)。1989 年,迪安·孔茨迎来了一生中最辉煌的创作时期。他于该年度创作的恐怖小说《午夜》(*Midnight*, 1989)荣登美国《纽约时报》畅销书榜首。从这以后,他几乎每年都要出版一本《纽约时报》畅销书,名字开始红遍国内外,如《坏地方》(*The Bad Place*, 1990)、《藏身》(*Hideaway*, 1992)。这些小说显然继承了斯蒂芬·金的创作题材和创作风格。《午夜》主要描写加利福尼亚州某小镇接二连三发生的恐怖死亡事件,而《藏身》则描写了人的特异功能,字里行间透露出阴森之气。21 世纪头十年,迪安·孔茨的社会恐怖小说主要有"弗兰肯斯坦宇宙"系列(Frankenstein Universe Series)。该系列包含《回头浪子》(*Prodigal Son*, 2005)等五卷书,不过在创作模式上,已经融入了相当多的奇幻小说和科幻小说要素。

罗伯特·麦卡蒙于 1952 年 7 月 17 日出生在亚拉巴马州伯明翰。他很早就开始恐怖小说创作,早期的一些作品,如《巴阿尔》(*Baal*, 1978)、《贝沙尼之罪》(*Betheny's Sin*, 1979)、《夜船》(*The Night Boat*, 1981),题材比较传统,没有产生反响。后来,他改推吸血鬼小说题材的《他们饥渴》(*They Thirst*, 1981),开始引起人们瞩目。接下来,罗伯特·麦卡蒙又推出了两部比较成功的恐怖小说《神秘行走》(*Mystery Walk*, 1983)和《厄舍的通道》(*Usher's Passing*, 1984)。前者以特异功能为题材,描述两个小孩,一个擅长与死者交流,另一个精通信仰疗法,但由于受恶魔变形者的怂恿和挑拨,彼此互相残杀;而后者沿袭爱伦·坡的名篇《厄舍古屋的倒塌》,具有哥特式小说的许多要素,如突如其来的亲戚、神秘的遗产以及古老而颓废的望族宅院,此外书中还描写了一个专门掠走孩童的妖怪与一只嗜血成性的黑豹,充满了恐怖的气氛。1987 年,罗伯特·麦卡蒙出版了《绝唱》(*Swan Song*, 1987)。该书被认为是他的代表作。故事以美苏两个超级大国之间的核战争为题材,描述了人类后世界末日的恐怖景象。在创作手法上,这部小说类似于斯蒂芬·金的《宠物坟场》。自此之后,罗伯特·麦卡蒙的恐怖小说创作进入丰收期。一方面,《毒刺》(*Stinger*, 1988)跻身于《纽约时报》畅销书排行榜;另一方面,《我的》(*Mine*, 1990)又赢得当年布拉姆·斯托克长篇小说奖。与此同时,《男孩经历》(*Boy's Life*, 1991)在赢得当年的布拉姆·斯托克奖之后,还梅开二度,赢得翌年的世界奇幻小说奖。自 2002 年起,罗伯特·麦卡蒙开始转向对历史谜案小说的创作,出版了《夜鸟说话》(*Speaks the Nightbird*, 2002)、《贝德兰姆女王》(*The Queen of Bedlam*, 2007)、《灵魂河》(*The River of Souls*, 2014)等八部长篇小说,它们共同组成了一个"马修·科贝特"(Matthew Corbett Series)系列。

第九章 21 世纪前二十年

第一节 同性恋小说

渊源和特征

21世纪前二十年,西方通俗小说继续呈快速发展态势,其中言情小说独占鳌头。据克丽斯廷·拉姆斯代尔(Kristin Ramsdell,1940—)主编的第二版《言情小说:类型指南》(*Romance Fiction: A Guide to the Genre*, 2012),2004年西方新出图书近二千三百种,销售额十二亿美元,但仅过了六年,也即到了2010年,这两个数字分别上升到八千二百四十和十三亿五千八百万。[①] 与此同时,创作模式也不断翻新,尤其是同性恋小说的异军突起,成为一道十分耀眼的人文风景线。如同色情暴露小说和甜蜜野蛮言情小说,同性恋小说(gay/lesbian novels)也是色情味较浓的一类言情小说,其最大特点是,爱情故事主人公并非通常情况下的热恋男女,而是同性的两个男人或女人。作者聚焦这些性取向异常者,竭力渲染他们或她们之间的同性吸引、情感困惑、世俗偏见、宗教谴责、法律歧视和暴力欺凌,由此激发读者极大的好奇和兴趣。

尽管自古以来,在西方世界,同性恋的存在是一个事实,但在以基督新教为主要信仰的美国,这种恋情从殖民地时代即被视为不耻,政府相关部门禁止出版这样的书籍,文学家也不屑于创作这样主题的作品。然而,到了19世纪下半期,情况开始有了变化。一方面,贝亚德·泰勒(Bayard Taylor,1825—1878)的《约瑟夫与他的朋友》(*Joseph and His Friend*, 1870)描写了一个刚订婚的年轻小伙爱上了另一个年轻小伙;另一方面,爱德华·史蒂文森(Edward Stevenson,1858—1942)的《伊姆列》(*Imre*, 1906)也描写了一位年逾三十的英国男性贵族与一位二十五岁的匈牙利男性军官相恋。此外,福尔曼·布朗(Forman Brown,1901—1996)的《更美天使》(*Better Angel*, 1933)、朱娜·巴恩斯(Djuna Barnes,1892—1982)的《夜林》

[①] Kristin Ramsdell. *Romance Fiction: A Guide to the Genre*, 2nd Edition. Libraries Unlimited, Manufactured in the United States of America, 2012.

(*Nightwood*,1936)、杜鲁门·卡波特(Truman Capote,1924—1984)的《另类声音,另类天地》(*Other Voices, Other Rooms*,1948)、戈尔·维达尔(Gore Vidal,1925—2012)的《城市与支柱》(*The City and the Pillar*,1948)等等,也或多或少描写了男同性恋者的生活方式和最终结局。同一时期率先涉猎女同性恋主题的美国小说家有盖尔·威廉(Gale Wilhelm,1908—1991)和海伦·安德森(Helen Anderson)。前者的《照亮瓦尔哈拉》(*Torchlight to Valhalla*,1938)描写年轻女主人公被一个英俊迷人的小伙子追求,但最终她意识到自己的幸福还是和另一个女人在一起;而后者的《怜悯女人》(*Pity for Women*,1937)描写了一家女子客栈的几个女人的性变态,以及一个女人对另一个女人的恋情受挫。不过,总的来说,以上作品毕竟是少数,没有形成规模,尤其是缺乏市场的轰动效应,没有构成一个通俗小说类型。

战后美国文学新格局的形成和通俗小说的迅速崛起为同性恋小说的模式化、市场化和类型化做了铺垫。1952年,美国金牌图书公司(Gold Medal Books)大胆地打破政府相关部门的审查禁忌,出版了马里亚尼·梅克尔(Marijane Meaker,1927—2022)平装本长篇小说《春火》(*Spring Fire*)。该书主要描写两个女大学生之间的同性恋情,问世后特别受欢迎,前后印刷了三次,总销售量达一百五十万册。在《春火》的影响下,其他图书公司也出版了许多类似题材、类似主题、类似版式的女同性恋小说。一时间,创作女同性恋小说成为美国通俗文学界的一股热潮。代表作家除马里亚尼·梅克尔外,还有帕特里夏·海史密斯、安·班农(Ann Bannon,1932—)、瓦莱丽·泰勒(Valerie Taylor,1913—1997)、马里昂·布拉德利(Marion Bradley,1930—1999)、阿特米斯·史密斯(Artemis Smith,1934—)、伊莎贝尔·米勒(Isabel Miller,1924—1996)、梅·萨顿(May Sarton,1912—1995)等等。她们都著有一部或多部女同性恋畅销书,尤其是安·班农的"毕波·布林克六部曲"(The Beebo Brinker Chronicles,1957—1962),自问世后,一版再版,畅销不衰,安·班农也由此有了"女同性恋小说女王"之称。与此同时,这股创作热潮又深刻影响了其他男性小说家,激励他们以本名或多个化名,创作出了一批融男同性恋与色情于一体的小说,如约翰·雷希(John Rechy,1931—)的《夜城》(*City of Night*,1963)、埃德温·菲(Edwin Fey)的《所多玛之夏》(*Summer in Sodom*,1965)、杰克·洛夫(Jack Love)的《男妓》(*Gay Whore*,1967)、迈克尔·斯塔尔(Michael Starr)的《好莱坞男同性恋》(*Hollywood Homo*,1967)、奥兰托·帕里斯(Orlando Paris)的《斯塔德·索雷尔的短暂幸福性生活》(*The Short Happy Sex Life of Stud Sorell*,1968)、迪克·戴尔(Dick Dale)的《山间男同性恋》(*Gay on the Range*,1968)、珀西·奎因(Percy Queen)的《美丽酷儿》

(*Queer Belles*,1968),等等。以上女同性恋小说和男同性恋小说的问世和流行,标志着美国通俗意义上的同性恋小说已经成形。

1969年纽约的"石墙骚乱"(Stonewall Riots)催生了激进的同性恋运动。在该运动的影响下,美国的同性恋小说又掀起了一轮创作高潮。70年代比较知名的女同性恋小说有丽塔·布朗(Rita Brown,1944—)的《红果丛林》(*Rubyfruit Jungle*,1973)、埃拉娜·戴克沃蒙(Elana Dykewomon,1949—2022)的《里弗芬格的女人》(*Riverfinger Women*,1974)、伯莎·哈里斯(Bertha Harris,1936—2005)的《恋人》(*Lover*,1976)、凯特·米利特(Kate Millett,1934—2017)的《西塔》(*Sita*,1977)、萨拉·阿尔德里奇(Sarah Aldridge,1911—2006)的《都是真心相爱》(*All True Lovers*,1978),等等。而男同性恋小说名篇也有特里·安德鲁(Terry Andrews,1929—1989)的《哈罗德的故事》(*The Story of Harold*,1974)、帕特里夏·沃伦(Patricia Warren,1936—2019)的《领跑者》(*The Front Runner*,1974)、安德鲁·霍勒兰(Andrew Holleran,1943)的《舞池舞者》(*Dancer from the Dance*,1978)、亚米斯德·莫平(Armistead Maupin,1944—)的《城市故事》(*Tales of the City*,1978),等等。这个时期女同性恋小说的创作模式同50、60年代一样,大多是揭示女同性恋之谜,通常以监狱、军营、寄宿学校为场景,描述单身女性如何遭受掠夺性女同性恋者的引诱、强暴,结局十分不幸。而男同性恋小说在延续传统的浓郁的色情味的同时,也注重视角的切换、主题的多样化以及族裔文化的渗透和主流小说技巧的运用。

20世纪80、90年代,随着同性恋运动的深入发展,以及主流小说与通俗小说的进一步融合,女同性恋小说和男同性恋小说的创作模式持续变革。前者由着重"暴露"女同性恋者的变态、吸毒、染病以及死亡逐渐改为两情相悦或者相悖之中相互容纳等多样化内涵,如艾利斯·沃克(Alice Walker,1944—)的《紫色》(*The Color Purple*,1982)、李·林奇(Lee Lynch,1945—)的《牙签屋》(*Toothpick House*,1983)、卡罗尔·安肖(Carol Anshaw,1946—)的《蓝宝石》(*Aquamarine*,1993)、卡琳·卡尔梅克的《彩月》(*Painted Moon*,1994),等等。而后者也与时俱进地将视角转向艾滋病,并不断地拓宽创作题材,变换故事场景,改变创作风格,让读者从惊悚和奇特中领悟故事主角的同性恋真情。这方面比较突出的作品有查尔斯·尼尔森(Charles Nelson,1942—2003)的《拾子弹的男孩》(*The Boy who Picked the Bullets Up*,1981)、埃德蒙·怀特(Edmund White,1940—)的《一个男孩的自身故事》(*A Boy's Own Story*,1982)、戴维·莱维特(David Leavitt,1961—)的《湮没的鹤语言》(*The Lost Language of Cranes*,1986)、詹姆斯·贝克(James Baker,1947—1997)的《少年天才》(*Boy Wonder*,1988)、迈克尔·康宁汉(Michael Cunningham,1952—)的《天涯家园》(*A Home at the End of the World*,1990)、乔·基南(Joe Keenan,1958—)的《丽兹表演》(*Putting on the Ritz*,1991)、路易斯·贝格利(Louis Begley,1933—)的《如马克斯所见》(*As Max Saw It*,1994)、马修·斯塔德勒(Matthew Stadler,1959—)的《艾伦·斯坦》(*Allan Stein*,1999),等等。此外,值得一提的是,美国同时期的一些女性和男性犯罪小说家,如凯瑟琳·弗里斯特(Kathrine Forest,1939—)、迈克尔·纳瓦(Michael Nava,1954—)、安托瓦内特·阿佐拉科夫(Antoinette Azolakov,1944—)、芭芭拉·威尔逊(Barbara Wilson,1950—)、埃伦·哈特(Ellen Hart,1949—),成功地将侦探小说的创作模式与女同性恋小说、男同性恋小说的创作模式相融合,推出了一大批以女同性恋者或男同性恋者为侦探主角的系列谜案小说,也引起了广大读者瞩目。

不过,美国同性恋小说的大流行还是发生在 21 世纪。随着美国五十个州的高等法院相继宣布同性婚姻合法,同性恋小说的创作环境越来越宽松,有关奖项设置接踵而至,其中包括过去仅有主流小说家才能荣膺的普利策奖。2009 年,美国成立了同性恋小说家专业组织"彩虹作家协会"(Rainbow Romance Writers)。同年,该协会又被美国言情小说家协会吸纳为下属组织,并设立了"彩虹奖",专门奖励优秀的同性恋小说家。这意味着同性恋小说创作已经完全融入了言情小说的主流。从那以后,同性恋小说书迷数量猛增,2011 年是两千五百,但仅过了三年,这个数字便变成一万七千。[①] 与此同时,同性恋小说家的数量也呈几何级数增长。他们当中,既有 70、80、90 年代叱咤风云的老将,如丽塔·布朗、凯瑟琳·弗里斯特、卡琳·卡尔梅克、李·林奇、埃德蒙·怀特、安德鲁·霍勒兰、亚米斯德·莫平、迈克尔·康宁汉、乔·基南、戴维·莱维特等等,又有 21 世纪头二十年崭露头角的新秀,如洛莉·莱克(Lori Lake,1960—)、拉德克利夫(Radclyffe,1950—)、乔治娅·比尔斯(Georgia Beers)、金·鲍德温(Kim Baldwin)、埃利斯·艾弗里(Ellis Avery,1972—2019)、亚历克斯·桑切斯(Alex Sanchez,1957—)、戴维·莱维特(David Leavitt,1961—)、安德鲁·格里尔(Andrew Greer,1970—)、佩里·摩尔(Perry Moore,1971—)、戴维·利维森(David Levithan,1972—)、贝基·阿尔伯塔利(Becky Albertalli,1982—)、亚当·西尔韦拉(Adam Silvera,

---

[①] https://www.aideeladnier.com/romance-writers-of-america-recognize, retrieved on April 6, 2023.

1990—)等等。据不完全统计,自1952年至2020年,美国共计出版男同性恋和女同性恋小说约三百四十种,其中21世纪头二十年就有二百一十余种,大大超过前五十年的总和。①

在上述21世纪问世的数量惊人的同性恋小说当中,有不少是所谓的"专门型女同性恋小说"(pro-lesbian novels)。作者沿袭50年代安·班农、马里亚尼·梅克尔等人的传统,以女性言情小说或历史言情小说为故事框架,描述两个或多个女同性恋者的缠绵情感和最终结局,如拉德克利夫的《爱情假面舞会》(*Love's Masquerade*,2004)、乔治娅·比尔斯的《清新轨道》(*Fresh Tracks*,2006)、埃利斯·艾弗里的《最后的裸体》(*The Last Nude*,2012);但也有不少属于"阳刚型女同性恋小说"(virile lesbian novels),作者仿效凯瑟琳·弗里斯特的"凯特·德拉菲尔德谜案小说"(Kate Delafield Mysteries),极力打造硬汉式女同性恋主人公,描述她在凶险的现实世界或奇幻世界的冒险行径和缠绵情感,如洛莉·莱克的"枪系列"(The Gun Series,2001—2013)、金·鲍德温的"埃立特密探系列"(Elite Operatives Series,2008—2015)、贝基·阿尔伯塔利的"西蒙瓦斯系列"(Simonverse Series)。而21世纪面世的男同性恋小说也可以依据不同的读者服务对象区分为"成人男同性恋小说"(genteel gay novels)和"青少年男同性恋小说"(young adult gay novels)。前者以戴维·莱维特的《印度职员》(*The Indian Clerk*,2007)、迈克尔·康宁汉的《夜幕降临》(*By Nightfall*,2010)、安德鲁·格里尔的《莱斯》(*Less*,2017)为代表,后者的名篇有亚历克斯·桑切斯的"彩虹三部曲"(Rainbow Trilogy,2001—2005)、戴维·利维森的《男孩遇见男孩》(*Boy Meets Boy*,2003)、佩里·摩尔的《英雄》(*Hero*,2007)、亚当·西尔韦拉的《他们最终死去》(*They Both Die at the End*,2017),等等。

拉德克利夫

真名莱诺拉·巴罗特(Lenora Barot),1950年8月13日出生在纽约州北部一个乡村普通家庭。她的父母都是哈德逊河沿岸工厂的工人。她自小在那里长大和接受基础教育。从哈德逊·福尔斯高中毕业后,她入读纽约州立大学奥尔巴尼分校,后又到宾夕法尼亚大学医学院深造,主修整形外科,1976年毕业,获得医学博士学位。其后,她选择去新泽西州沃里斯

---

① Category:American LGBT Novels,from Wikipedia,the free encyclopedia,last edited on 4 January 2021.

镇,开了一家专业整形外科私人诊所。尽管在这家诊所,莱诺拉·巴罗特干得风风火火,但她还是念念不忘年轻时曾经有过的梦想,创作女同性恋小说。同大多数女同性恋小说家一样,莱诺拉·巴罗特本人也是一个女同性恋者。她自述十一岁时首次意识到自己与别的女孩并不一样的生理需求,是生活中的"局外人"。稍后,她偶然接触到安·班农的一本"毕波·布林克小说",阅后备受鼓舞,从此迷上了女同性恋小说,不但读完了安·班农的其余五本小说,还读完了包括拉德克利夫·霍尔(Radclyffe Hall,1880—1943)的《孤独之井》(The Well of Loneliness, 1928)在内的所有女同性恋经典小说。但一直到了十八岁,她才开始交第一个女朋友,并积极参加学校及社会上的女同性恋运动。①

早在宾夕法尼亚大学医学院求学时,莱诺拉·巴罗特就以"拉德克利夫"的笔名创作了一部女同性恋小说。到新泽西州沃里斯开私人诊所后,又坚持写女同性恋书迷小说,每晚至少在网络上提交一千字。功夫不负有心人。进入21世纪后,莱诺拉·巴罗特的女同性恋小说创作成果终于井喷式地迭出。2001年,她出版了长篇小说《安全港》(Safe Harbor)和《荣耀至上》(Above All, Honor),2002年又出版了长篇小说《荣誉束缚》(Honor Bound)、《正义之盾》(Shield of Justice)、《纯洁的心》(Innocent Hearts)和《爱的温柔战士》(Love's Tender Warriors)。此后几年,又继续保持了每年出版三至四部女同性恋长篇小说的发展势头。与此同时,她也在谋划成立专业的女同性恋小说出版机构,为自己以及其他女同性恋小说家,创造更多的出书机会。2005年,随着这家名为"大胆出击图书公司"(Bold Strokes Books)的正式挂牌,莱诺拉·巴罗特关闭了新泽西州沃里斯的私人诊所,又辞去了罗伯特·约翰逊医学院外科教授的兼职,开始了新的忙碌的女同性恋小说创作、编辑、出版生涯。一方面,她基于本人之前推出的多部女同性恋小说,将其扩充或改造为一个个的小说系列;另一方面,她又举办各式各样的线上线下写作班和研讨会,让年轻女同性恋小说作家的优秀作品脱颖而出。到2020年,她共计扶掖、推出了两百多个"彩虹族"作家的近两千种作品,其中约有60%是女同性恋小说。而她本人也作为"拉德克利夫",累计出版了《荣耀》(Honor)、"正义"(Justice)、"普罗温斯敦的故事"(Provincetown Tales)、"综合医院传奇"(PMC Hospital Romance)、"急救员"(First Responders)、"里弗斯的社区医院"(Rivers Community)等六个小

---

① https://susiebright.blogs.com/the_bright_list/2013/05/susie_bright_interviews_len_barot.html, retrieved on April 11, 2023.

说系列的四十一卷书，外加十六卷单本的长、中篇小说以及多部短篇小说集、作品汇编。其中不少荣获这样那样的重要文学奖项，如拉姆达文学奖、金冠文学奖、月桂花环奖、阿斯彭金奖、棱镜奖、最佳书商奖、爱丽丝读者奖等等。她既是"圣人和罪人文学名人堂"（the Saints and Sinners Literary Hall of Fame）的名人，又是拉姆达文学基金会（Lambda Literary Foundation）公认的杰出作家。

莱诺拉·巴罗特本人创作的上述近六十卷女同性恋小说，可以依据所沿袭的女同性恋小说传统，区分成"专门型"和"阳刚型"两大类。前者以女性言情小说或历史言情小说为故事框架，描述两个或多个女同性恋主角的缠绵情感和最终结局，如"综合医院传奇"第一卷《命定的爱》（*Fated Love*，2004）所描述的年轻女外科医生奎因和她新来的上司奥诺的故事、"急救员"第三卷《荣耀誓言》（*Oath of Honor*，2012）所描述的白宫第一医生韦斯和特勤局女特工埃文的故事、"里弗斯的社区医院"第一卷《违背医嘱》（*Against Doctor's Orders*，2014）所描述的社区医院新掌门人里弗斯和企业家普雷斯利的故事，等等；而后者则融合了硬派私人女侦探小说或警察程序小说的多个要素，描述作为政府特别调查员或秘密特工的女同性恋主角，在国家日趋复杂的政治、经济斗争的旋涡中，遇到心上人，由此在责任与欲望之间取得平衡，在爱与荣誉之间做出选择的经历。如"荣耀"第一卷《荣耀至上》所描述的政府秘密特工卡梅隆和美国总统的女儿布莱尔的故事、"正义"第一卷《正义之盾》所描述的特别犯罪组女调查员丽贝卡和女目击证人凯瑟琳医生的故事、"普罗温斯敦的故事"第一卷《安全港》所描述的新任女警长瑞茜和十几岁的酋长女儿布里安娜以及备受心灵创伤的女医生维多利亚的故事，等等。

值得注意的是，无论是"专门型"女同性恋小说，还是"阳刚型"女同性恋小说，在作品主题展示方面，莱诺拉·巴罗特已全然摒弃早期女同性恋小说"一味暴露"女主角的变态、吸毒、染病以及死亡的陈规俗套，而代之以两情相悦或相悖之中相互容纳、共坠爱河，结局充满希望等多样化创新。譬如"综合医院传奇"第三卷《十字路口》（*Crossroads*，2012）里的哈里斯·门罗和安妮·科尔法克斯，一个是处理高危妊娠的产科医生，工作勤勤恳恳，以产妇成功分娩为荣；一个是不慎怀孕的准妈妈，独自一人，勉强维持生计，唯一的愿望就是活下去。两个女人都不想谈恋爱，但命运却让她们在十字路口走到了一起。又如"急救员"第五卷《狂野海岸》（*Wild Shore*，2016）里的吉莲·马丁和奥斯汀·杰曼。前者是海岸野生动物保护区的首席生物学家，也是野生动物应急响应小组的负责人，而后者是故障排除专家兼大型石油公司雇佣枪手。当两人在即将来临的飓风急救中偶然相遇时,她们均未想到这一行动居然会点亮彼此相爱的火花。此时此刻,她们除了与时间赛跑,拯救野生动物保护区及周边居民,还得努力按捺内心深处的狂野激情。再如 2003 年推出的单本小说《情感狂怒》(*Passion's Bright Fury*),也描写了一段不寻常的女同性恋。萨克森·辛克莱是曼哈顿一家医院的创伤外科主任。当性格内向,只知兢兢业业工作的她,获知手下一个新来的住院医师即将成为一部纪录片的主角时,内心显得十分不情愿。无疑,这会极大地干扰她的科室工作。不料,热情洋溢的独立电影制作人裘德·卡斯尔的到来,却点燃了萨克森·辛克莱的情感火花。原来,两个人都有要用一生守护的秘密,也都选择了事业而不是爱情。但是,面对毫无预兆地袭来的炽热情感,她们发现自己已全然顾不得职业冲突,在欲望和工作之间苦苦挣扎。

不难看出,莱诺拉·巴罗特在创作《十字路口》《狂野海岸》《情感狂怒》时,采取了自己十分熟悉的医院工作场景和职业医生人物塑造,因而显得极其真实自然,读来毫无矫揉造作之感。事实上,追求真实自然,这不独是这三部女同性恋小说成功的秘诀,也几乎是她所有女同性恋小说成功的秘诀。

洛莉·莱克

1960 年 2 月 9 日,洛莉·莱克出生在俄勒冈州波特兰一个普通家庭,家中有五个姐妹,她是老大。十三岁时,她遭遇了父母离异的不幸。在这之后,她去了泰加德,与叔叔婶婶一起生活。从泰加德高中毕业后,她入读刘易斯-克拉克学院,1983 年毕业,获得英语和政治学双学士学位。此后,她又到哈姆林大学深造,攻读文科硕士学位,师从作家卡罗尔·布莱(Carol Bly,1930—2007)。1989 年,离开哈姆林大学后,她应聘到了圣保罗县政府一家福利机构,开始了长达将近二十年的公务员生涯。

正是 80 年代在刘易斯-克拉克学院求学期间,洛莉·莱克公开了自己的女同性恋身份,并在一家银行勤工俭学期间,结交了在那里工作的一个名叫黛安娜的女友,两人建立了配偶关系,定居在明尼苏达州圣保罗。也正是在此期间,她对文学创作产生了浓厚兴趣,确立了今后的女同性恋小说创作方向。然而,一开始,这条路走起来并不顺利。她自述"从 1986 年开始认真写作,并花了很多时间试图出版"。[①] 1995 年,她完成了长篇小说

[①] http://www.lorillake.com/bio.html, retrieved on April 17, 2023.

《时光倒流》(Ricochet in Time)。这是一部"专门型"女同性恋小说,故事的女主角丹妮新交了女友梅格,不料一场突发的恶性仇恨事件造成梅格死亡,丹妮的身体和情感也受到极大的伤害,这时,医院理疗师格蕾丝走进了丹妮的生活,她也是一个女同性恋者,试图以自己的悉心照料和无微不至的关怀,打开丹妮已经关闭的情感大门。小说完稿后,洛莉·莱克先后联系了多家出版商,均不被看好。于是,她暂时放下这部书稿,重新构思了一部"阳刚型"女同性恋小说,描述明尼苏达州圣保罗警察局两个女警官在现实世界的冒险经历和缠绵情感。经过数年的打磨,1999年,这部题为《枪怯》(Gun Shy)的长篇小说终于完稿,并被一家小型图书公司接纳。不料,该小说正式面世后,居然是一部畅销书。先是出版电子书,获得线上众多好评,接着发行纸质图书,又供不应求,一版再版。也由此,她之前被出版商拒绝的长篇女同性恋小说《时光倒流》,重新得到接纳并于2001年出版。2003年又出版了《异装》(Different Dress),叙述三个女同性恋者在越野音乐之旅中的故事。此外,还有《带我出柜》("Take Me Out")等多个短篇,也被收进这样那样的作品选集。与此同时,她也开始将《枪怯》扩充为"枪系列",并开启了另一个女同性恋小说系列,也即"警探神秘系列"(The Public Eye Mystery Series)的创作。

为了多出成果、快出成果,2003年,洛莉·莱克辞去了圣保罗县政府福利机构的工作,成了一个职业女同性恋小说家。她十分敬业,勤奋创作,到2020年,已累计出版了包括"枪系列""警探神秘系列"在内的六部长篇小说,外加五部单本的长篇小说、三部短篇小说集和十四部作品选集。这些数量不小的小说,尽管背景不同,故事各异,甚至风格也不尽相似,如《雪月升起》(Snow Moon Rising,2006)以"历史风味"著称,而《八次约会》(Eight Dates,2014)又带有"幽默色彩",然而,它们几乎无一例外都是女同性恋小说精品,荣获这样那样的相关重要奖项,如彩虹文学奖、金冠文学奖、拉姆达文学奖、安·班农奖、美国小说图书奖、爱丽丝读者奖、薰衣草杂志奖等等。2009年,在与同居二十七年的配偶黛安娜分手之后,洛莉·莱克回到了阔别多年的俄勒冈州波特兰。在那里,她一度开设了自己的小型图书公司"腾飞出版社"(Launch Point Press),后因精力有限,又将其出售,但仍以作者、编辑、封面艺术家的身份与其合作。近年,洛莉·莱克又接受了"阁楼文学中心""波特兰女同性恋作家小组"等机构的邀请,定期为那里的文学创作青年讲授小说创作技巧,并将一系列讲稿汇集成多卷本非小说著作《创意火花:激发写作技巧的智慧之言》(Sparking Creative: Words of Wisdom to Inspire Your Writing Crafe),陆续交出版社出版。

毋庸置疑,在洛莉·莱克创作的上述数量不小的女同性恋小说中,最知名也最具代表性的当属"枪系列"。该系列共有四个长篇,除成名作《枪怯》外,还有《枪下》(*Under the Gun*, 2002)、《有枪去旅行》(*Have Gun We'll Travel*, 2005)和《枪跳》(*Jump the Gun*, 2013)。这些小说融合了硬派私家侦探小说、警察程序小说的多个要素,既有犯罪,又有谜案;既有冒险,又有激情,被誉为"对女同性恋小说类型的突破"。[①] 此外,故事情节也充满了惊险的动作画面。两个女同性恋主角的人物刻画,精彩绝伦。洛莉·莱克频频将两人置于险境,通过一连串的令人心颤的追逐、营救,表现彼此的刻骨铭心的爱和危难中见真情。在该系列的首卷《枪怯》中,故事一开始,便出现了歹徒强暴两个女人的恐怖场景。其时,德兹正在巡逻,即刻上前营救,也由此,获救的杰琳被德兹吸引,并一路追随,直至加入圣保罗警察学院。而且也如杰琳所愿,德兹最终被指派为她的战地训练官,有了密切接触的机会。然而,杰琳不知道的是,多年前,德兹曾爱上另一名女警官,受到过严重伤害。接下来的第二卷《枪下》描述德兹和杰琳经过相互了解,感情逐渐升温。两人被委以调查双重谋杀案的重任。但正当此时,有人密告德兹和杰琳因热恋而渎职,由此引发了一系列意外事件,并导致杰琳受伤、德兹停职。两人不得不面对被迫分离的可能性。第三卷《有枪去旅行》进一步加大了惊悚、悬疑的含量。此时的德兹和杰琳,关系已十分融洽。为了缓解工作的压力,她们决定与两个好友一道,到明尼苏达州北部进行一次野营。其间,她们发现自己无意中卷入了一起复杂的暴力冲突。大胆的越狱、黑社会阴谋、好友的遇害、杰琳的被绑架,一齐在崎岖林区碰撞,让向来沉稳的德兹焦头烂额。为了营救自己的爱人,她必须与时间赛跑。然而,迷宫般的复仇之路让她如此迷茫。到了第四卷《跳枪》,杰琳已晋升为战地训练官,而德兹也面临是去反恐特警队还是与杰琳分离的艰难选择。但这时,命案骤起,一位同事殉职,然而,未等展开调查,一名证人又被杀。而且,德兹本人也成为下一个暗杀目标。似乎在圣保罗警察局,没有谁是安全的,包括杰琳。德兹知道,为了自己所爱的人,她必须尽快找出这个隐匿的无情杀手。

亚历克斯·桑切斯

1957年4月23日,亚历克斯·桑切斯出生在墨西哥城一个移民家庭。他的父亲有德国血统,而母亲来自古巴。五岁时,他又随父母移民到了美

[①] https://www.goodreads.com/series/74567—gun, retrieved on April 20, 2023.

国的得克萨斯州,在当地接受基础教育。自记事起,亚历克斯·桑切斯即意识到自己的生理需求与别的男孩不一样,中学时代,又开始将自己与"酷儿""同性恋"挂钩,并因此备受痛苦,后经过较长时间的心理调整才恢复正常。这段经历致使他在弗吉尼亚理工大学取得英语学士学位之后,决心继续到奥道明大学深造,专攻心理咨询硕士学位,并担任了长达十五年的海外及美国本土性取向异常青年的心理指导老师。

在这之后,他开始基于自己十五年来的工作经历,创作面向青少年读者的男同性恋小说。首部《彩虹男孩》(*Rainbow Boys*,2001)刚一问世就引起瞩目。它既是 2002 年美国图书馆协会"最佳青少年读物",又是 2003 年国际阅读协会"青少年之选",此外,还是《儿童图书中心学报》"蓝丝带奖得主",以及入选《时代周刊》"有史以来一百本最佳青少年图书书目"和拉姆达文学奖最后评选名单。《出版者周刊》盛赞该书"创造了与当代青少年对话的现代情境","故事可信,而且感人"。[1] 而《柯克斯评论》也赞扬该书"与早期的同性恋小说不同","发人深省,对所有年轻人都有益"。[2]

《彩虹男孩》主要聚焦三个十几岁的高中男孩,描述他们如何从出柜到初恋再到艾滋病恐慌,最终坦然面对自己的同性恋身份的故事。詹森是高中篮球队的明星,也是一个隐秘的同性恋者。小说伊始,他参加了一次彩虹学生会议,以验证自己并非同性恋者。然而,随着小说的发展,他再也无法否认自己是同性恋者的事实,因为他爱上了男同学凯尔。这意味着他将面临三重恐惧:其一,害怕出柜后会失去篮球奖学金;其二,害怕面对长期交往的女友;其三,害怕受到酗酒、恐同的父亲的虐待,甚至被赶出家门。而校游泳队的明星凯尔已知道自己是同性恋者,只是没有出柜。看到詹森参加彩虹学生会议异常兴奋,因为他深爱着詹森。为了发展同詹森的恋情,他利用自己擅长数学的优势,经常辅导詹森做数学题。渐渐地,詹森正视了自己的同性恋身份,与凯尔建立了恋爱关系。这时,另一个名叫尼尔森的同学,看到凯尔与詹森走得如此近,渐渐变得忧郁,原来他也是一个同性恋者,而且深爱着凯尔。但与凯尔、詹森的个性不同,尼尔森喜好"张扬",不但早早出柜,而且把头发染成金黄,自称"女王",为此,常常遭受欺凌,甚至受网上结交的一个年长男子引诱,失去了童贞。当尼尔森意识到对方没有使用安全套时,忧伤变成了恐惧。时光流逝,三个同学的友谊与

---

[1] https://www.publishersweekly.com/9780689841002,retrieved on April 6,2023.

[2] https://www.kirkusreviews.com/book-reviews/alex-sanchez/rainbow-boys,retrieved on April 6,2023.

日俱增。在凯尔的耐心劝说下,尼尔森去医院做艾滋病检测,而詹森也坦然向家人和朋友出柜。

接下来,亚历克斯·桑切斯又推出了续集《彩虹高中》(*Rainbow High*,2003)和《彩虹之路》(*Rainbow Road*,2005)。这两部小说不但延续了之前的三个同性恋男主角,还延续了他们之前发生的同性恋故事,由此与《彩虹男孩》一道,构成了名副其实的"彩虹三部曲"。《彩虹高中》的故事背景设置在他们三人高中时代的最后一个学期。尼尔森松了一口气,发现自己没感染艾滋病毒,但他的男友杰里米却检测出了艾滋病毒阳性。因为担心传染给尼尔森,杰里米处处躲避尼尔森,这令尼尔森十分伤心。最终,两人决定分手,但保持一般朋友关系,并在柏拉图式约会中参加了舞会。而凯尔除了必须正视游泳队多个队员的恐同言语之外,还面临毕业后是去普林斯顿大学还是去理工学院的难题,因为詹森得去理工学院。詹森不想凯尔为了他不顾自己的前程,放弃去普林斯顿大学。为此,在接受电视台记者关于同性恋的采访,被问到是否已经有男友时,詹森故意说没有。凯尔看到后很不开心。但最终,凯尔还是同意去普林斯顿大学,与詹森一起参加了舞会,之后发生了性关系。

而《彩虹之路》的故事始于詹森在电视台接受记者采访一举成名后,被洛杉矶一所新办的男女同性恋高中邀请在开学典礼上发言。詹森、凯尔、尼尔森遂决定利用这个机会进行一次公路旅行。一路上,他们大开眼界,但也因遭遇这样那样的事不开心,甚至詹森和凯尔之间的情感也起了涟漪,其中包括尼尔森酗酒、凯尔丢失钱包、三人食物中毒、邂逅十几岁的变性女孩、詹森受双性恋女孩引诱接吻等等。尽管如此,事情还是向好的方面发展。一方面,一对维持了二十多年婚姻关系的同性恋夫妇给詹森、凯尔以极大鼓舞;另一方面,尼尔森又爱上了在洛杉矶同性恋高中工作的曼尼。曼尼向校长介绍了尼尔森,并邀请尼尔森留在洛杉矶。经过深思熟虑,并征得母亲同意,尼尔森愉快地接受了邀请。于是,詹森、凯尔单独开启了为期四天的回家之旅,彼此更加信任,对未来生活充满信心。

除了"彩虹三部曲",亚历克斯·桑切斯还出版了一些单本的同性恋小说,如《很难说》(*So Hard to Say*,2004)、《得到它》(*Getting It*,2006)、《上帝之盒》(*The God Box*,2007)、《诱饵》(*Bait*,2009)、《男朋友和女朋友》(*Boyfriends with Girlfriends*,2011)等等。其中,《很难说》荣获 2004 年拉姆达文学奖以及 2004 年罗德岛青少年图书奖提名和 2005 年奎尔奖提名。《得到它》荣获 2007 年迈尔斯杰出图书奖和第九届国际拉丁裔图书奖。《诱饵》荣获 2009 年佛罗里达青年图书金奖和 2011 年托马斯·里维拉墨西哥裔美国儿童图书奖。

第二节　家庭黑幕小说

渊源和特征

美国是高度发达的西方国家,也是暴力犯罪十分猖獗的国家。进入21世纪以来,美国的暴力犯罪率依旧居高不下,其中有相当大比例是发生在家庭内部的"非陌生人作案"。种种家庭成员之间的殴打、捆绑、囚禁、性侵引发的身体、精神创伤乃至疯狂、死亡,让人们不寒而栗,他们迫切需要了解世界为何变得如此邪恶,如何从源头消除家庭暴力的悲剧。① 在这样的社会背景下,西方的一些女性犯罪小说家敏锐地捕捉到当前的文化焦虑,开始创作基于家庭暴力的新型犯罪小说,其中不乏引人瞩目的作品。譬如英国女作家艾琳·凯利(Erin Kelly,1976—)的《毒树》(*The Poison Tree*,2010),刚一问世就被列入理查德和朱迪读书俱乐部(Richard & Judy Book Club)的数字频道,后又被改编成大型电视连续剧,造成轰动;又如加拿大女作家苏珊·哈里森(Susan Harrison,1948—2013)的《沉默的妻子》(*The Silent Wife*,2013),故事情节神秘、惊悚,受到《多伦多星报》《华盛顿邮报》《卫报》等多家媒体追捧;再如澳大利亚女作家李安·莫里亚蒂(Liane Moriarty,1966—)的《大小谎言》(*Big Little Lies*,2014),不但跻身于《纽约时报》畅销书排行榜,还是众所瞩目的戴维特奖(Davitt Award)得主。

不过,在上述21世纪新型犯罪小说的"弄潮女"当中,成就最大、影响也最大的当属美国女作家吉莉安·弗琳(Jillian Flynn,1971—)。2012年6月,吉莉安·弗琳出版了第三部长篇小说《消失的爱人》(*Gone Girl*)。与她的前两部长篇小说《利器》(*Sharp Objects*,2006)和《暗处》(*Dark Places*,2009)一样,《消失的爱人》也聚焦某个貌似不幸但内心黑暗的女性主人公,所不同的是,这是一部超级畅销书。该书问世仅六个月,便售出一百八十万册,到翌年12月,已发行十四版,总销售六百万册。与此同时,整个西方世界也响起一片赞扬声。《纽约时报》资深评论员珍妮特·马斯林(Janet Maslin,1949—)盛赞"弗琳女士取得了众所瞩目的突破","塑造了21世纪最有争议的女主人公";美国最有声望的女性小说奖(Women's

---

① Laura Joyce and Henry Sutton, edited. *Domestic Noir*: *The New Face of 21st Century Crime Fiction*. Palgrave Macmillan, 2018.

Prize for Fiction)也将《消失的爱人》列为获奖候选书目。①

尽管最终该书没有获奖,但其巨大的商业成功和媒体的高度关注足以在西方通俗文学界掀起一阵"吉莉安·弗琳飓风"。许多女作家有意无意追随《消失的爱人》,相继创作了一大批类似情节、类似主题、类似女主人公的犯罪小说,其中不乏同《消失的爱人》一样的畅销书或超级畅销书,如2013年英国作家路易斯·道蒂(Louise Doughty,1963—)的《苹果树院》(Apple Tree Yard)、2014年美国作家让·科雷利茨(Jean Korelitz,1961—)的《你该知道》(You Should Have Known)、2015年英国作家宝拉·霍金斯(Paula Hawkins,1972—)的《列车上的女孩》(The Girl on the Train)、2016年加拿大作家莎丽·拉佩娜(Shari Lapena,1960—)的《邻家情侣》(The Couple Next Door)、2017年美国作家金伯利·贝尔(Kimberly Belle,1968—)的《婚姻谎言》(The Marriage Lie)、2017年英国作家萨拉·平伯勒(Sarah Pinborough,1972—)的《在她眼睛背后》(Behind Her Eyes)、2018年爱尔兰作家利兹·纽金特(Liz Nugent,1967—)的《埋伏》(The Lying in Wait)、2018年美国作家科琳·胡佛(Colleen Hoover,1979)的《真实》(Veriety)、2019年澳大利亚作家莎莉·赫普沃斯(Sally Hepworth,1980—)的《婆婆》(The Mother-in-Law)、2019年南非作家塔林·费舍尔(Tarryn Fisher,1983—)的《妻子们》(The Wives)、2020年美国作家玛丽·库比卡(Mary Kubica,1978—)的《另一个太太》(The Other Mrs.)、2020年加拿大作家詹妮弗·希利尔(Jennifer Hillier,1974—)的《小秘密》(Little Secrets),等等。

起初,这些新型犯罪小说与吉莉安·弗琳的《消失的爱人》一样,被贴上了"女性心理惊悚小说"(women's psychological thriller)的标签。2013年,英国女作家朱莉亚·克劳奇(Julia Crouch,1962—)在博客撰文,诉说使用这个标签的种种弊端,并参照该新型犯罪小说的若干特征,提出了"家庭黑幕小说"(domestic noir)的新名称。很快,这个新名称就通过网络流传开来,成为十分时髦的犯罪小说类型术语,不但用以指代朱莉亚·克劳奇本人之前创作的《杜鹃》(Cuckoo,2011)、《屡破誓言》(Every Vow You Break,2012)、《玷污》(Tarnished,2013)等长篇犯罪小说,也指代吉莉安·弗琳的《消失的爱人》《利器》《暗处》以及其他一切女性犯罪小说家基于家庭暴力创作的新型犯罪小说。据美国大型读书网站 Goodreads 的统计资料,自2006年至2020年,西方累计出版新型"家庭黑幕小说"一千五百四十三

---

① Bernice M. Murphy and Stephen Matterson,edited. *Twenty-First-Century Popular Fiction*. Edinburgh University Press,2018,p. 158.

种,极大地超过同一时期出版的传统型犯罪小说。① 而由此,吉莉安·弗琳本人也被新闻界、文学界、出版界作为家庭黑幕小说的领军人物而推崇备至。

综观吉莉安·弗琳以及上述女性犯罪小说家的代表作,不难看出,家庭黑幕小说借鉴了20世纪40、50年代美国黑幕电影和黑色悬疑小说的一些要素,如对破案解谜、惩治罪犯不感兴趣,强调案件的扑朔迷离和犯罪的心理状态;通过某个具有人性弱点或生理缺陷的主人公所遭遇的惊心动魄的经历,展示现实世界的邪恶与黑暗等等。不过,也不难看出,家庭黑幕小说有着许多自己的创造。其一,创作模式相对宽泛、灵活,除借鉴黑幕电影和黑色悬疑小说的一些要素外,还融合了硬派侦探小说、警察程序小说,甚至超自然小说的某些成分。其二,作者几乎为清一色的女性,依据女性的独特视角,阐述女性主人公的中心体验,用现实主义的手法表现家庭、母亲、孩子、婚姻、爱、性和背叛的重要主题。其三,故事情节以家庭生活为主要背景,并融入了现代社会的女性权利、精神桎梏、暴力冲突等场面,其最大的特色是,颠覆了传统的家庭生活观念。在作者看来,家庭固然是居住者休养生息的场所,但也可以是一个社会牢笼,一个备受折磨、充满心理创伤和家庭暴力之地。尤其是,女性并不总是受害者,她们往往也对亲人施以家暴,性格有这样那样的缺陷,貌似心地善良、无辜,实质内心丑陋、黑暗,有时阴谋得逞,有时诡计一时受挫,但仍虎视眈眈。

吉莉安·弗琳

1971年2月24日,吉莉安·弗琳出生在密苏里州堪萨斯城一个中产阶级家庭。她的父母都是大都会社区学院宾夕法尼亚谷校区的文科教授,父亲教电影、戏剧,母亲教文学欣赏。自小,吉莉安·弗琳受父母的影响,痴迷读书,热爱写作。她自述儿时曾在母亲的指导下阅读了大量的神秘、悬疑、惊悚小说,而父亲为了改变她与生俱来的胆小性格,经常带她去看恐怖电影之举,也早早打开了她心中编织恐怖故事的大门。② 1989年,她从当地一所私立天主教中学毕业后,入读堪萨斯大学,获得了英语和新闻学的本科学位。之后,她去了加利福尼亚州,受聘于一家人力资源专业杂志,两年后又搬迁至芝加哥,在西北大学梅迪尔新闻学院攻读硕士学位。此

---

① https://www.goodreads.com/shelf/show/domestic-noir, retrieved on May 3, 2023.
② https://screencraft.org/blog/8-takeaways-from-our-interview-with-gone-girl-writer-gillian-flynn, retrieved on April 25, 2023.

后,她又去了纽约,成为《娱乐周刊》的新闻记者和专栏作家,而且她在这个岗位,一干就是十多年。

尽管在此期间,她作为《娱乐周刊》的首席影视评论家,每天都要定时撰写、审阅许多新闻文稿,工作十分忙碌,但还是挤出时间创作。2006年,她出版了长篇处女作《利器》。这是一部别开生面的犯罪小说,有着20世纪黑色悬疑小说和黑幕电影的许多印记,但书中几个女性人物的异样塑造,给人以震撼。故事伊始,《每日邮报》记者卡米尔被派往家乡采访两个女孩遇害案,在那里,她与疏远多年的母亲阿朵拉和同母异父的妹妹爱玛重新建立了联系。卡米尔与阿朵拉的关系一直不好,因为阿朵拉总是偏心眼,溺爱卡米尔的妹妹玛丽安,但玛丽安不久因不明疾病去世。玛丽安死后出生的爱玛又被阿朵拉"宠"成一个"双面女孩"。在阿朵拉的面前,爱玛表现得特别温顺,背地里却坏事做绝,酗酒、吸毒和滥交。随着采访的深入,卡米尔发现,阿朵拉居然有毒杀亲生女儿玛丽安之嫌。但就在此时,卡米尔被爱玛引诱酗酒、吸毒。迷幻中,卡米尔觉得阿朵拉正在照料她,给她服药。随后,卡米尔昏死过去。醒来,卡米尔发现警察逮捕了阿朵拉,因为她被证实因"病态"毒死了玛丽安,现在又想毒死卡米尔,而且也正是那个同母异父的妹妹爱玛,一手制造了她要采访的两个女孩遇害案。听完警察解释的一切,卡米尔精神崩溃,恢复了之前以利器"自残"的恐怖行为,幸被《每日邮报》社长夫妇救活。小说问世后,吸引了众多媒体瞩目。《柯克斯评论》称赞该书"令人毛骨悚然,十分精彩"。而《星级先驱报》也赞该书"层层剥茧,欲罢不能"。2007年,它荣获犯罪小说家协会颁发的新人小说匕首奖和伊恩·弗莱明钢匕首奖。

时隔三年,吉莉安·弗琳又推出了第二部长篇犯罪小说《暗处》。该书的神秘、悬疑、惊悚依旧,但对几个相关女性人物的塑造,更加生动,且采用了情节交替、倒叙、插叙技巧。女主角莉比七岁时遭到了一场家庭谋杀,母亲和两个姐妹丧生,她侥幸脱逃。而更可怕的是,凶手是她的哥哥本恩。时隔二十四年,一家名为"杀戮俱乐部"的犯罪活动研究机构找到了莉比,指出当年她的证词存在疑点,本恩实际上是无辜的,并出钱要莉比配合调查。莉比先是联系了报道此谋杀案的前记者芭比,继而又去监狱会见了本恩,逐步得出了当年自己确实因"撒旦恐慌",诬陷了哥哥的结论。接下来,莉比开始调查真正的凶手,案情涉及家庭的贫困、父亲的残忍和本恩的婚外情。现场证据似乎表明,凶手是本恩的未婚先孕的女友戴恩德拉,她为了掩盖自己怀孕的事实,用斧头肢解了莉比的母亲和两个姐妹。莉比遂去戴恩德拉家一探虚实。交谈渐渐涉及多年前的谋杀案,但见戴恩德拉的女儿克里斯托突然举起熨斗,击倒了莉比。后莉比设法逃脱,与"杀戮俱乐部"的莱尔会面。这时,莱尔告诉莉比,已查明凶手实为歹徒卡尔文。他为了攫取巨额保险金,精心安排了谋杀。于是,一切真相大白。这部小说出版后,获得了更多的荣誉和奖项。它既是《纽约时报》畅销书,又是《出版者周刊》最佳图书,还是《纽约客》评论家最喜爱图书,此外,还被提名角逐众所瞩目的黑羽毛笔奖(Black Quill Award)。

鉴于《利器》和《暗处》已在商业上获得初步成功,2009年,随着《娱乐周刊》的发行逐渐走下坡路,吉莉安·弗琳辞去了在那里的工作,专心致志创作第三部长篇犯罪小说《消失的爱人》。相比《利器》和《暗处》,这部小说的悬疑性更强,且运用了"交替视角""不可靠叙述""情节转折"等技巧。尤其是,作为故事女主角的"蛇蝎美人"艾米的人物塑造,被誉为新的成功突破。她不但性格扭曲、心理变态,且诡计多端、善于操纵。全书共分为三部分,围绕着丈夫尼克是否应该对妻子艾米的失踪负责展开故事情节。在第一部分,先是尼克述说结婚五周年纪念日回家,发现艾米失踪,有挣扎痕迹。其后艾米的叙述以日记形式出现,介绍了两人的婚姻从甜蜜到恶化的经历。在她眼里,尼克是个极不称职的丈夫,并担心自己的生命安全。接下来尼克的叙述,又把艾米描绘成无事生非、控制欲极强的女人,但担心她的失踪。警方开始调查,种种线索和证据指向尼克。而第二部分尼克和艾米的叙述又相继披露之前两人所说的均不可靠。一方面,尼克为了洗刷自己的疑点,向警方隐瞒了自己与学生有婚外情,并打算与艾米离婚;另一方面,艾米为了报复他的婚外恋、陷害尼克,又伪造了日记,设置了自己的失踪。警方找到了部分证据,发现尼克被诬陷,但随后的证据又显示他确有杀妻动机,于是尼克锒铛入狱。其后,艾米藏身的旅馆被抢劫,无法继续通过媒体误导警方。走投无路的她,向前男友德西求助,德西收留了她,但限制她的自由。这时,在律师的建议下,尼克通过接受脱口秀主持人采访改变自己的公众形象。艾米看到电视采访,被尼克的模范丈夫的表演所打动,顿时萌生悔意,想回到尼克身边。接着,她在自己的身体上做了一番手脚,造成被德西绑架的假象,然后引诱德西,杀死了他。在第三部分,艾米在获释的尼克面前现身。她向警方编造了一个故事,说自己被德西绑架并囚禁,然后伺机将他杀死后逃跑。尼克、警探都知道她在撒谎,但没有证据。随着媒体风暴平息,尼克继续受到艾米胁迫,貌合神离地与艾米重回婚姻生活。小说出版后,在商业上取得了更大的成功。

在此之后,吉莉安·弗琳将主要精力用于改编影视剧作,2014年和2018年分别推出了银幕剧本《消失的爱人》(*Gone Girl*)、《寡妇》(*Widows*),2018年和2020年又分别推出了电视连续剧《利器》(*Sharp Objects*)、《乌托邦》(*Utopia*);仅在2014年,创作了短篇犯罪小说《大人》("The Grownup")。该小说沿袭之前的创作套路,曾以《你要干什么》("What Do You Do")为题,被收入乔治·马丁(George Martin, 1948—)和加德纳·多佐瓦(Gardner Dozois, 1947—2018)共同主编的小说集《流氓》(*Rogues*, 2014),2015年荣获爱伦·坡奖。

金伯利·贝尔

1968年2月20日,金伯利·贝尔出生在田纳西州金斯波特,并在那里长大。她的父母都是科学专业人士,父亲从事化学研究,母亲系语言健康专家。金伯利·贝尔自小喜欢看书,热爱写作,并憧憬将来当一个小说家。从当地完成基础教育后,她入读佐治亚州迪凯特一所私立女子文理学院,获学士学位。在这之后,她选择从事慈善行业,先后为仁人家园、基督教女青年会、安妮·凯西基金会、联合之路等多家大型慈善机构募集善款,但与此同时,念念不忘儿时的作家梦,千方百计地利用业余时间创作。鉴于募集善款占据了她大量时间,多年来,尽管她创作勤奋,但效果并不明显。于是,她下决心辞去这一工作,当了一个职业通俗小说家。

她的第一部通俗小说《最后一口气》(*The Last Breath*)问世于2014年。这是一部典型的家庭黑幕小说。作者从女性的独特视角,以家庭生活为主要场景,通过充满悬疑的惊悚故事情节,表现了母亲、孩子、婚姻、爱、性和背叛的重要主题。故事女主角吉娅是一个人道主义工作者,也是一个杀人犯的女儿。十六年前,她的父亲雷因谋杀她的继母埃拉被判终身监禁。但如今,雷患了胰腺癌,行将离世。出于人道主义考虑,监狱官员将奄奄一息的雷送回了家,并由自小离家的吉娅全天候照顾。吉娅到达田纳西家乡小镇时,叔叔卡尔迎接了她,他既是当地最好的辩护律师,也是当年她父亲的出庭律师。吉娅一直相信卡尔在替她父亲辩护方面做得非常出色。但是,随着对卡尔不利的证据越来越多,吉娅相信父亲有罪的信念逐渐动摇,尤其是邂逅法学教授杰弗里后,更加相信卡尔至少提供了"粗制滥造"的辩护。问题是,卡尔为什么要这样做?于是,她不顾一切,开始调查自己家庭被毁的真相。

《最后一口气》问世之后,得到了包括《柯克斯评论》在内的多家媒体、网站的正面评价。于是金伯利·贝尔又以极快的速度推出了第二部家庭黑幕小说《我们信任的人》(*The Ones We Trust*, 2015)。该书的主要故事场景已涉及阿富汗战争,但基于家庭暴力的悬疑故事情节依旧,且展示了更为深刻的"真相与背叛、忠诚与救赎"的主题。故事女主角阿比盖尔原是华盛顿特区的记者。自小,戎马一生的父亲向她灌输了正义的价值观。由此,她在一次报道不幸引起悲剧之后,引咎辞职,并决心以实际行动纠错。随后,她找到被杀士兵扎克的家人,展示了自己意外收到的一包军方掩盖士兵死亡真相的非机密文件。扎克家人恳请阿比盖尔写下扎克的经历并公开真相。随着调查的深入,越来越多的证据显示军方对扎克死因的解释存在漏洞,女主角所信任的人越来越少,就连已退休的将军父亲也不可信任。与此同时,她也惊讶地发现自己爱上了扎克的兄弟加布。为了保护所爱的人,最终,她做出了一个似乎不可能的选择。小说出版后,获得了比《最后一口气》更多的好评。《RT 图书评论》称赞该书"感人至深,引人入胜",而《悬疑杂志》也称赞该书"写得很好,是一部了不起的佳作"。①

不过,金伯利·贝尔 2017 年推出的第三部家庭黑幕小说《婚姻谎言》,一扫之前《最后一口气》《我们信任的人》销售的不温不火局面,开启了她的真正的畅销书作家生涯。据 Goodreads 网站的不完全统计,该书先后被译成十几种文字,印刷四十二版,既是《今日美国》《华尔街日报》《环球邮报》畅销书,又是排名第一的 iTunes 英国畅销书,此外还入围 2017 年 Goodreads 网站的最佳悬疑惊悚小说推荐书目。而且,在故事情节的悬疑设置方面,金伯利·贝尔也堪称"高手"。一方面,她运用了"不可靠叙述",让女主角艾瑞丝在高度情绪化的状态下叙述自身的经历;另一方面,又运用了"多重情节转折",让读者时时体验一波未平一波又起的情节跌宕。与此同时,她还赋予艾瑞丝以"心理学家身份",给读者提供一连串现实世界的心理学课程,其中包括自恋人格、说谎识别,以及对悲伤的见解。

《婚姻谎言》的故事始于艾瑞丝与威尔的结婚纪念日。这天早晨,一架飞往西雅图的航班坠毁,艾瑞丝通过新闻台获知,威尔在航班上,是遇难者之一。顿时,艾瑞丝陷入崩溃,她满心希望这是场误会,但几个月过去,奇迹没有发生。尽管如此,威尔突然改乘西雅图航班以及被指控挪用雇主数百万美元的事还是令艾瑞丝百思不解,她遂带着自己的兄弟前往西雅图一探究竟。在那里,她打听到威尔十几岁时曾卷入一起纵火案,由此,他的母亲和两个孩子在烈火中丧生。随着真相慢慢揭开,艾瑞丝还发现,威尔及其朋友卡尔是挪用雇主巨款的共同黑手。而且,纵火案也系卡尔一手策划,目的是烧毁两人挪用钱财的证据。这时,卡尔突然现身,劫持了艾瑞丝,威胁她交代威尔的藏身处和挪用款的去向。千钧一发之际,艾瑞丝的

---

① https://www.kimberlybellebooks.com/the-ones-we-trust, retrieved on May 4, 2023.

律师带着警察冲了进来。双方交火,卡尔丧命。人质劫持事件之后,艾瑞丝准备卖房,过平静的生活。她也曾怀了威尔的孩子,但因压力过大流产。她与律师告别时,威尔奇迹般出现,解释了一切,声称自己陷得太深,已无法回到过去。两人以做爱的方式依依惜别。其间,艾瑞丝按下警报系统的按钮,召唤警察到家中逮捕威尔。

继《婚姻谎言》之后,金伯利·贝尔又推出了三部畅销小说,书名分别是《三天失踪》(*Three Days Missing*,2018)、《爱妻》(*Dear Wife*,2019)和《湖中陌生人》(*Stranger in the Lake*,2020)。它们也套用了家庭黑幕小说的创作模式。《三天失踪》主要描述一起惊心动魄的儿童绑架案。故事女主角凯特刚走出梦魇式的婚姻,对于她,儿子伊森就是一切。然而,一次学校野外考察,伊森却从学生共同居住的小屋里消失了。与此同时,市长夫人斯特夫也接到一个神秘电话,说她的儿子萨米被绑架,而萨米正是伊森的同班同学,也参加了野外考察。于是,两个地位悬殊、毫无共同点的母亲,面对每个父母最可怕的噩梦,携手互助。而《爱妻》聚焦家庭暴力,故事在三个叙述者的视角之间切换。第一个叙述者是一位化名贝丝的女性,正在从婚姻虐待中逃亡,直到小说最后一页,读者才完全确定她是谁。另外两个叙述者都是男性。一个是杰弗里,系一个名叫萨宾的失踪妇女的丈夫。另一个是马库斯,是个侦探,被分配调查萨宾失踪案。尽管作为小说中主要的行善者,马库斯也有一段不为人知的过去。

最值得一提的是《湖中陌生人》。金伯利·贝尔一如既往地展示了编织错综复杂的悬疑故事的能力,但人物塑造更生动、更可信。尤其是对女主角夏洛特面对丈夫保罗涉嫌杀人时的内心挣扎的描写,惟妙惟肖。一方面,她庆幸攀上了一个财富和地位都大大超过自己的男人,从此不用为生计发愁;另一方面,又担心"梦想成真的事实"瞬间失去,因为有太多悬而未决的问题,根本无法忽视。一个不久前还在办公室与保罗聊天的女人,居然溺亡在他们家前面的船坞下面,而四年前,保罗的前妻凯瑟琳也在同一个位置溺亡。直至现在,小镇上许多人还认为保罗与凯瑟琳之死有关。终于,保罗回来了,但夏洛特已经事先通知了警察局,以及保罗的挚友米卡,此人是著名的潜水员,专门从事水下调查取证。当保罗否认见过死去的女人时,夏洛特颇感震惊。同保罗一样,夏洛特也告诉警方不认识死去的女人。她对自己的撒谎一度感到不安,并考虑向曾是她好友的警官山姆坦白真相。事实上,山姆曾警告她不要嫁给保罗。但后来,夏洛特又考虑,如果她选择放弃,保罗会怎么看?婚姻、金钱会不会都消失?"真的,与保罗给我的一切相比,一个微小、愚蠢、无关紧要的谎言又算得了什么?这不是一个艰难的决定。"

玛丽·库比卡

  1978年2月,玛丽·库比卡出生在伊利诺伊州芝加哥市郊一个普通的家庭,并在当地长大。她自述还是小女孩时,就爱好读书,尤其喜欢推理、悬疑故事;稍大,一个堂姐成功刊发故事的事例又激发了她对写作的兴趣,她立志将来当一个小说家。也就是从那时起,她经常把自己关在卧室,用家里的打字机写作,不知不觉草稿已塞满一纸箱。在当地完成基础教育后,她入读俄亥俄州迈阿密大学,获历史学和美国文学学士学位。在这之后,她应聘到了位于伊利诺伊州格尼的沃伦县高中,教历史,并且一干就是十余年。其间,她结婚生子,养家糊口,但念念不忘儿时的作家梦。

  2010年,已过而立之年的她,终于下决心将之前的零散书稿整理出版。首部长篇小说《好女孩》(The Good Girl)完稿后,她一边打磨,一边联系代理商,不料得到的回信均是拒绝。但她毫不气馁,不停发信询问。终于,到了2012年初,在继续收到一连串的拒绝信之后,她突然收到一封之前询问过的代理商的电子邮件,问该书稿目前有无买家。又过了两年,这位代理商又发来邮件,说这部书稿仍然在她心里引起了共鸣。于是几个月后,玛丽·库比卡从她那里拿到出版合同。再后来,这位代理商与玛丽·库比卡一起编辑了七八个月,将书稿发给了出版商。而且,也正如这位代理商所估计的,《好女孩》由"米拉图书公司"(Mira Books)出版后,即刻引起轰动。《出版者周刊》《书目》《图书馆杂志评论》等多家媒体发表评论,对之称许不已。很快,它成为《纽约时报》和《今日美国》畅销书,仅在北美就售出五十万册,并被译成多种文字,在二十多个国家出版。

  人们如此追捧《好女孩》,原因不难理解。首先,玛丽·库比卡采用了比较时尚的家庭黑幕小说创作模式。女教师米娅出身富家,父亲是著名法官,母亲是社会名媛,但自小,她与母亲、姐姐的关系不融洽,与父亲的关系更糟。一天晚上,米娅在酒店邂逅英俊小伙科林,两人坠入爱河。但不久,读者发现,科林勾引米娅的目的是绑架她,以便勒索她的法官父亲。随着案情的逐步展开,读者陷入一个又一个迷雾。其后,米娅家人、幕后罪犯、警局侦探轮番上场。到最后,案情终于大白。原来米娅的绑架是自导自演,目的是报复她的痴迷金钱和名誉的法官父亲。于是,一个貌似心地善良,实则内心丑陋,不惜对亲人施暴的坏女孩形象跃然纸上。其次,小说结构独特,作者围绕米娅回家前后展开各种叙事。故事在叙事之间自由切换,且层层推进,到最后汇聚在"小木屋",解密米娅失忆前后的经历。此外,书末结束语也为情节增添了终极转折。最后,展示了多重主题,如爱有多种形式,但并非所有形式都持久;人是复杂的,可能会对自己和他人撒谎,从而表现出某种假象;虐待可以是肉体的,也可以是文字的;判断家庭关系,获取性格信息时,第一印象并不可靠等等。

《好女孩》的大获成功,致使玛丽·库比卡又以极快的速度推出了《漂亮宝贝》(Pretty Baby,2015)、《你别哭》(Don't You Cry,2016)、《最后的谎言》(Every Last Lie,2017)、《当灯熄灭时》(When the Lights Go Out,2018)、《另一位夫人》(The Other Mrs.,2019)等长篇小说。这些小说无一例外地沿用了家庭黑幕小说的创作模式,也无一例外地成为《纽约时报》《今日美国》的畅销书或超级畅销书。《漂亮宝贝》描述了一个更具震撼力的悬疑故事,结局完全不可预测。海蒂是一个心地善良的女性,在一家慈善机构工作,对于她来说,帮助无家可归的流浪者似乎是自己的天职。然而,有一天,海蒂带着一个怀抱婴儿的年轻女子薇洛回家时,她的丈夫和女儿还是被吓坏了。这个女人蓬头垢面,显然无家可归,但也可能是个罪犯,甚至更糟。接下来的几天里,海蒂试图帮助薇洛重新站起来,然而随着关于薇洛过去的线索开始浮出水面,海蒂不得不思考自己行为的正当性。一开始是善意的举动,但很快就演变成一个任何人都无法预料的曲折故事。而《你别哭》展示了更惊心动魄的痴迷、恶意、怀疑和蒙骗。在芝加哥市中心,一位名叫埃丝特的年轻女子突然从公寓消失得无影无踪,仅留下一封"致我最亲爱的人"的书信,这让她的室友奎因想知道埃丝特去了哪里,自己是否是信中所指的那个人。时间一天天过去,奎因开始挖掘埃丝特之前生活的蛛丝马迹,但挖掘得越多,就越担心自己的生命安全。与此同时,在距芝加哥一小时车程的密歇根州港口小镇,一个神秘女子出现在十八岁的亚历克斯工作的咖啡店,他立刻被她的美丽和魅力所吸引。起初,他只是单纯暗恋,但不久,恋情升级,而且变得黑暗,不可收拾。这个神秘女子是否就是埃丝特?她勾引亚历克斯的动机又是什么?作者提醒读者,当一切真相大白时,别哭。

在《最后的谎言》中,玛丽·库比卡继续以多重交替视角,演绎对真相的追求可能会引向心灵的黑暗的主题。一场车祸,令克拉拉突然成了寡妇。她的丈夫尼克是在送女儿回家的路上丧生的,所幸女儿安然无恙。这起车祸被警方裁定为意外。接下来几天,女儿梅西开始夜夜做噩梦,惊叫"爸爸,坏人在追我们",这让克拉拉质疑那天下午究竟发生了什么,并陷入了对真相的绝望追查。谁会希望尼克死?而且,更重要的是,为什么要他死?克拉拉做了种种猜测。到最后,一切真相大白,读者获知,克拉拉不但是一个有问题的母亲,还是一个不靠谱的叙述者。无独有偶,《当灯熄灭时》也描述了一个不断质疑自己的过去的女主人公。在多年照料生病的母亲后,杰西走上了重建生活的道路。她租了一套新公寓并申请上大学。但是,当校方通知她的社会安全号可能被盗用时,她开始怀疑自己所知道的一切。日子一天天过去,失眠症愈演愈烈,判断力越来越弱,直至无法再分辨什么是真实的,什么是她想象的。与此同时,二十年前,在两百五十英里之外,另一个女人的瞬间决定可能是揭开杰西秘密过去的关键。杰西的一生是一个谎言,还是她的错觉占了上风?

一般认为,《另一位夫人》是玛丽·库比卡最好的家庭黑幕小说。故事由四个不同的叙述者从两个不同的角度讲述,且因引入"分离性身份障碍"而显得更加扑朔迷离。人类生态学教授威尔和医生妻子萨迪育有两个男孩,分别是十四岁的奥托和七岁的泰特。在威尔的妹妹爱丽丝因不堪病痛折磨自杀身亡后,他们又承担起监护爱丽丝的十六岁女儿伊莫金的责任。此后,他们举家离开芝加哥,搬进了爱丽丝位于缅因州海岸外一个小岛的家。不料,从那时起,他们的生活开始变得噩梦连连。奥托在学校里持刀行凶,伊莫金处处与萨迪作对,而萨迪本人也处于两起谋杀案调查的中心,被怀疑谋杀了威尔的第一任未婚妻艾琳的妹妹摩根以及威尔学院的一个女学生嘉莉。随着警官伯格的调查展开,萨迪的嫌疑人身份逐渐被坐实,而且伯格也发现萨迪患有精神疾病,具有双重人格。作为萨迪时,她聪明伶俐,勇敢正直;但作为大学热恋时的"卡米尔",她小鸟依人,对威尔百依百顺。这时,威尔突然试图杀死萨迪。千钧一发之际,伊莫金用重器击中威尔的头部,救了萨迪。之前,伊莫金还录下了威尔的犯罪证据。原来,威尔是个恶棍。当年,他与艾琳热恋,在得知她爱上另一个男人时,出于嫉妒杀死了她,又担心罪行被她的妹妹摩根知晓,一直想找机会除掉摩根。后来,萨迪被发现患有分离性身份障碍,威尔不但没有为萨迪治病,反而利用萨迪表现为"卡米尔"之机,先后教唆萨迪杀死了纠缠威尔的嘉莉和艾琳的妹妹摩根。

第三节 金融惊悚小说

渊源和特征

如同犯罪小说、神秘小说和冒险小说一样,惊悚小说(thriller fiction)也是一个意蕴宽泛,并与其他多种通俗小说相互交叉、重叠的类型术语,而且常常根据其聚焦的领域或展示的重要主题,可进一步细分为心理惊悚小说、高科技惊悚小说、间谍惊悚小说、历史惊悚小说、灾难惊悚小说、超自然惊悚小说、政治惊悚小说、法律惊悚小说、宗教惊悚小说等等。21 世纪前二十年，美国宗教惊悚小说大师无疑是丹·布朗（Dan Brown，1964—）。自 2000 年，他熔"事实和虚构"于一炉，推出了含有浓郁宗教神秘色彩的《天使与魔鬼》（Angels & Demons，2000）、《达·芬奇密码》（The Da Vinci Code，2003）、《失落的符号》（The Lost Symbol，2009）、《地狱》（Inferno，2013）、《起源》（Origin，2017）五部长篇小说。这些全是《纽约时报》畅销书或超级畅销书，先后被译成五十六种文字，总销售量超过了两亿册。其中《达·芬奇密码》的销售量甚至超过了 J. K. 罗琳（J. K. Rowling，1965—）的《哈利·波特与死亡圣器》（Harry Potter and the Deathly Hallows，2007）。①

  不过，尽管丹·布朗的宗教惊悚小说赢得了数以亿万计的读者，但在创作层面，却是一枝独秀，没有引起众多模仿，因而也不足以成为一股创作潮流。相比之下，同一时期，流行时间更长、影响面更大，并引起作家竞相模仿的还是金融惊悚小说（financial thriller novels）。2019 年 6 月 25 日，美国作家亚当·米茨纳（Adam Mitzner，1964—）在 CrimeReads 网站介绍了七部暴露华尔街金融交易黑幕和高端金融游戏的长篇小说。这些小说分属七个美国作家，而且全是《纽约时报》畅销书，其中不少被改编成电影、电视连续剧。2022 年 9 月 9 日，美国作家乔尔·斯塔福德（Joel Stafford，1957—　）又在 JoelBooks 网站介绍了九本"极为烧脑"的"金融惊险图书"，其中除一本外，全为美国作家所著，而且只有极少数与亚当·米茨纳介绍的重复。毋须说，它们都是畅销书，不少被改编成电影、电视剧。最令人震惊的是 GoodReads 公布的网络数据，该网站从全球一百一十六本十分畅销的金融惊悚小说中列出了五十本最受读者欢迎的图书，它们分别为英国、美国、意大利、加拿大、阿富汗、日本、印度的四十一个作家所著，其中美国作家的作品就占了一半。

  21 世纪前二十年美国金融惊悚小说大流行的原因是不难理解的。金融作为美国国家经济的命脉，历来为美国小说家所关注。早在 20 世纪初，西奥多·德莱塞（Theodore Dreiser，1871—1945）就以"美国轨道大王"查尔斯·耶基斯（Charles Yerkes，1837—1905）为故事人物原型，推出了半纪实性小说《金融家》（The Financier，1912）。稍后，又有乔治·克拉森（George Clason，1874—1957）的"个人理财经典"《巴比伦首富》（The Richest Man in Babylon，1926）震撼问世。到了 20 世纪七八十年代，随着高科技惊悚小说、社会暴露

---

  ① Bernice M. Murphy and Stephen Matterson, edited. *Twenty-First-Century Popular Fiction*. Edinburgh University Press, 2018, p. 125.

小说的崛起，保罗·埃尔德曼（Paul Erdman，1932—2007）、沃伦·阿德勒（Warren Adler，1927—2019）和汤姆·伍尔夫（Tom Wolfe，1930—2018），又分别推出了早期金融惊悚小说畅销书《笃定十亿美元》（*The Billion Dollar Sure Thing*，1973）、《随意之心》（*Random Hearts*，1984）和《虚荣的篝火》（*Bonfire of the Vanities*，1987）。世纪之交的金融惊悚小说名篇有迈克尔·托马斯（Michael Thomas，1936—2021）的《黑钱》（*Black Money*，1995）、克里斯托弗·雷希（Christopher Reich，1961—）的《编号账户》（*Numbered Account*，1998）、布拉德·梅尔策（Brad Meltzer，1970—）的《百万富翁》（*The Millionaires*，2001）、斯蒂芬·弗雷（Stephen Frey，1960—）的《沉默的合伙人》（*Silent Partnert*，2003）、彼得·斯皮格尔曼（Peter Spiegelman，1958—）的《死亡的小助手》（*Death's Little Helpers*，2005），等等。2007年至2008年的全球金融危机加剧了美国公民的社会焦虑。他们更加想了解危机产生的原因，了解货币市场如何大崩盘，黑心资本家如何进行影子交易、空头买卖，玩弄高端金融游戏。也由此，美国金融惊悚小说开始了新一轮创作高潮。一方面，之前一些已经成名的作家，还在不断地推出新作，如斯蒂芬·弗雷的《地狱之门》（*Hell's Gate*，2009）、克里斯托弗·雷希的《风险王子》（*The Prince of Risk*，2013），等等；另一方面，又涌现了许多新的畅销书作家的佳作，如李·万斯（Lee Vance）的《背叛花园》（*The Garden of Betrayal*，2010）、里德利·皮尔森（Ridley Pearson，1953—）的《风险代理》（*The Risk Agent*，2012）、迈克尔·西尔斯（Michael Sears，1950—）的《黑色星期五》（*Black Fridays*，2012）、比尔·布劳德（Bill Browder，1964—）的《红色简报》（*Red Notice*，2015）、戴维·邦恩（David Bunn，1952—）的《多米诺骨效应》（*The Domino Effect*，2016）、克里斯蒂娜·阿尔杰（Cristina Alger，1980—）的《银行家的妻子》（*The Banker's Wife*，2018）、谢尔顿·西格尔（Sheldon Siegel，1958—）的《热射》（*Hot Shot*，2019），等等。

  某种意义上，金融惊悚小说实际上是聚焦金融领域的社会暴露小说与惊悚小说的融合。像聚焦金融领域的社会暴露小说一样，金融惊悚小说以暴露金融领域的贪婪、腐败为能事。所涉及的主题往往有证券欺诈、空头买卖、影子交易、洗钱、贿赂等等。有时也呈现黑心资本家和华尔街资本大亨的穷奢极侈的生活方式，如高风险赌注、一夜暴富、一掷千金、乘私人飞机环游世界。然而，在表现手法上，金融惊险小说又是惊悚小说。其核心要素是，依靠持续不断的"煽情"，激发读者的强烈的悬疑、激动、惊奇、期待和焦虑。常用的文学手段有隐匿关键信息、情节一波三折、设置假象、转移注意力、让主角频频处于孤立无援的境地，以制造意想不到的结局。人物除资本大亨、律师外,还包括罪犯、跟踪狂、刺客、无辜受害者、受威胁的女性、精神病患者、雇佣杀手、现实不满分子、特工、恐怖分子、警察和逃犯、私家侦探,以及悲观厌世者和心理变态恶魔。

斯蒂芬·弗雷

1960年生,1982年入读弗吉尼亚大学达顿商学院,1987年毕业,获理学学士和工商管理硕士学位。在这之后,他先后在法国兴业银行、摩根大通公司、欧文信托公司任职,并出任一家私募股权公司的董事、总经理。斯蒂芬·弗雷自述读书不多,但喜爱写作,而且深受约翰·格里森姆的影响,曾在两小时内读完其代表作《律师事务所》。大学毕业那年,斯蒂芬·弗雷和两个室友一道自驾游,其间,他突发灵感,构思了金融惊险小说处女作《收购》(The Takeover),之后,又开始将提纲写成书稿,断断续续地写了若干年,即便进入职场也没放弃。[1]

1995年,几经曲折、反复打磨的《收购》终于由企鹅出版集团下属的达顿图书公司(Dutton Books)出版。这是一部约翰·格里森姆式的长篇小说,故事充满了惊险和悬疑,但以高端金融领域为背景。小说伊始,年轻的投资专家安德鲁启动了华尔街历史上最大的一次收购。如果收购成功,他将净赚五百万美元,反之,将赔上全部家当。然而,几乎刚一开始,收购就显露了超越金融投资领域的"恶意"迹象。先是在蒙大拿州,美联储主席溺水身亡;继而在圣克罗伊岛外,投资分析师又活活被喂了鲨鱼。渐渐地,安德鲁发现这次收购有一个"哈佛校友"组成的幕后操纵机构,阴谋涉及阻止极端自由派美国总统连任,而自己不仅是一次热门交易的参与者,更是贪婪、腐败甚至更险恶的高风险游戏中的棋子。他阻止这一切的唯一机会是取决于是否承担更大的风险,包括识别他生命中的两个美丽女人。于是,安德鲁开始为生存而战,试图智取背叛者以及隐藏的敌人。小说问世后,《洛杉矶时报》《西雅图邮报》《新闻周刊》《福布斯》《今日美国》等多家媒体均持正面评价。很快地,它成为《纽约时报》畅销书,先后印刷二十七版,且被译成数十种文字,风靡世界各地。

接下来,"一跃登顶"的斯蒂芬·弗雷又以极快的速度推出了《秃鹰基金》(The Vulture Fund,1996)、《内殿》(The Inner Sanctum,1997)、《遗产》(The Legacy,1998)、《业内人士》(The Insider,1999)、《信托基金》(Trust

---

[1] https://www.bookreporter.com/authors/stephen-frey/news/interview-011003, retrieved on May 11,2023.

Fund，2001）、《日间交易者》(*The Day Trader*，2002）、《沉默的合伙人》(*Silent Partner*，2003）、《影子账户》(*Shadow Account*，2004）八部同样畅销的金融惊悚小说。这些小说均延续了《收购》的创作模式。譬如《秃鹰基金》，描述华尔街高端金融领域又一耸人听闻的事件。著名证券公司高级合伙人刘易斯任命年轻有为的投资专家梅斯负责管理一个新成立的总额高达二十亿美元的"秃鹰基金"。尽管对上司的时间安排和经济分析数据感到有些不安，梅斯还是接受了任命。然而，梅斯不知道的是，刘易斯只是中央情报局局长马尔科姆设计的拜占庭式计划的一部分，目的是套取大量资金，帮助共和党总统候选人入主白宫。马尔科姆招募了一群恐怖分子在美国各地肆虐，导致市场崩溃。与此同时，梅斯的漂亮女学生蕾切尔也告知梅斯"秃鹰基金"来路存疑。随着对方阴谋的逐渐暴露，以及一伙武装分子控制了纽约核电站，梅斯义无反顾地投入了解救自己国家的战斗。又如《业内人士》，也是以华尔街高端金融领域的腐败和阴谋为主要情节。杰伊在纽约投资公司获得了高薪职位，而且福利似乎好得惊人。然而，在公司工作了数月，老板奥利弗并没有兑现承诺，而是要杰伊进行几项不寻常的大笔交易。唯恐奥利弗不高兴并可能失去百万美元的奖金，杰伊勉强遵命，但万万没想到，他从此陷入一个又一个泥潭。杰伊知道，他必须以自己的聪明才智，揭开那些玷污他声誉的谎言。再如《影子账户》，男主角康纳是华尔街又一个同企业腐败和白宫阴谋作斗争的年轻投资专家。二十七岁的他，实际上已是公司创始人的得力助手。一切似乎都那么美好，直至一封"误发"的电子邮件出现在电脑里。邮件涉及一家从未听说过的欺诈企业。如果信息属实，后果不堪设想。随后康纳在追踪遍布全国的一系列曲折线索时，发现了一个令人震惊的阴谋。现在，对于他，生存意味着必须不懈地揭露真相。

自2005年，斯蒂芬·弗雷开始谋划系列的金融惊悚小说，先后出版了"克里斯蒂安·吉莱特系列"（Christian Gillette Series）和"红细胞三部曲"（Red Cell Trilogy）。前者包括《董事长》(*The Chairman*，2005）、《门徒》(*The Protégé*，2005）、《权力掮客》(*The Power Broker*，2006）、《继承人》(*The Successor*，2007）四个长篇，主要描述作为纽约著名私募股权公司董事长的同名男主角在高端金融世界的传奇经历。故事一如既往地充满了企业腐败案例，并同政治阴谋交织在一起。而后者也包括《北极之火》(*Arctic Fire*，2012）、《红细胞七》(*Red Cell 7*，2014）、《科迪亚克天空》(*Kodiak Sky*，2014）三个长篇，故事围绕美国绝密的红细胞七号部队的反法律的"卫国"行动展开叙述，但主要情节已经偏离或脱离金融市场，严格地说，只能算是政治惊悚小说、法律惊悚小说。

在这前后问世的单本的金融惊悚小说,如《地狱之门》(*Hell's Gate*,2009)、《天堂之怒》(*Heaven's Fury*, 2010)、《陪审团镇》(*Jury Town*, 2017),也包含这种"离经叛道"的特征,故事几乎不涉及金融领域的冒险,反映了斯蒂芬·弗雷继"红细胞三部曲"之后,拓宽创作题材的种种尝试。但近年他创作的《终极力量》(*Ultimate Power*, 2018),似乎又有回归传统的趋势。男主角安德鲁是华尔街一家实力雄厚的投资银行的对冲基金经理,事业可谓蒸蒸日上,财务前景也很美好。但伴随着这一切的是他付出的高昂代价。屋漏又逢连夜雨,他的侄女克莱尔又被绑架了。然而绑架者对金钱不感兴趣,而是想要关键信息。为了让克莱尔安全返回,安德鲁必须深入调查公司事务,揭开比他想象的更糟糕的秘密。

克里斯托弗·雷希

1961年11月12日,克里斯托弗·雷希出生在日本东京。他的父亲是瑞士人,在日本经营一家旅行社,1965年又率家人移民至美国,定居在洛杉矶。克里斯托弗·雷希自小在洛杉矶接受基础教育。1979年,从哈佛男校毕业后,他入读乔治敦大学外交学院,获学士学位。之后,他选择就业,所获得的第一份工作是股票经纪人,但专业知识的缺乏促使他又到得克萨斯大学奥斯汀商学院深造,并于1994年获得工商管理硕士学位。同年,在应聘第一波士顿银行受挫之后,他去了苏黎世,加盟联合瑞士银行,以及出任一家小型手表公司的首席执行官。也就是在这时候,他突然做出一个大胆的决定:辞去一切工作,全职写作。

早在乔治敦大学外交学院求学期间,克里斯托弗·雷希就喜爱文学,曾是海明威的忠实粉丝,以后又向往做一个通俗小说家,甚至构思了一部长篇金融惊悚小说的写作提纲。在新婚妻子的支持下,他找出了那份提纲,开始夜以继日地将其变成书稿。九个月后,他完成了这部题为《编号账户》的处女作,然后又打磨了四个月,将其寄给了经纪人。其后,就是忐忑不安地等待经纪人回复。差不多一年过去了,终于,经纪人打来电话,说已同出版社商妥,七十五万美元成交。克里斯托弗·雷希喜出望外,禁不住跳了起来。[①]

而且,也正如经纪人所预料的那样,《编号账户》面世后,即刻引起轰动。《华尔街日报》《福布斯》《人物》《丹佛邮报》等多家媒体发表评论,齐

[①] https://christopherreich.com/bio, retrieved on May 15, 2023.

声叫好。很快，它成为畅销书，荣登《纽约时报》畅销书排行榜，且一连驻留六周，先是排行第十三，后又升至第九，数个月累计销售一百万册，并被译成二十三种文字，风靡世界各地。该书主要讲述一个年轻人追捕杀害他父亲的凶手的故事，神秘的瑞士银行业务流程和迷宫般的国际政治阴谋事件穿插其中，令读者欲罢不能，大呼过瘾。尼克是前海军陆战队员，刚获得哈佛大学 MBA 学位，在华尔街有一份收入丰厚的工作。但突然，他辞去这份工作，来到联合瑞士银行当实习生，目的是查明他父亲死亡的真相。当年，他父亲也曾是联合瑞士银行的雇员，出于未知的原因，在朋友家被枪杀。随着这家古老银行的秘密被揭露，尼克突然间知道了太多——不该接受的提议，不该处理的钱，不该爱的女人。当黑暗笼罩他时，尼克面临着一个令人震惊的现实：要抓住谋杀他父亲的罪犯，他必须自己先成为罪犯……

两年后，"大红大紫"的克里斯托弗·雷希又推出了第二部长篇小说《赛跑者》(The Runner, 2000)。这也是一部畅销书，先后印刷三十八版。故事情节的悬疑、惊悚依旧，但赖以支撑情节的金融腐败、贪婪背景被换成二战结束时德国喧嚣的历史画面。男主角贾奇是美国资深检察官，1945年7月作为国际审判纳粹战犯的法官来到德国，审判党卫军军官、前奥林匹克短跑运动员埃里奇。但就在这时，埃里奇突然从战俘营脱逃，并造成多人死亡。然而，当贾奇在满目疮痍的国家追捕埃里奇时，发现自己卷入了一个惊人的阴谋。因为埃里奇不是普通逃犯，他背后挺立着一群虎视眈眈的德国军火商，他们试图借助美国人对抗苏联来振兴自己破碎的国家。小说面世后，受到了众多媒体和粉丝的热捧，但也有人给予负面评价，质疑作者"想到了一个陈旧的概念"，"情节和人物都很呆板"。①

不过，接下来的第三部、第四部、第五部长篇小说又回到克里斯托弗·雷希熟悉的国际金融场景。一方面，《第一个十亿》(The First Billion, 2002)描述了投资公司首席执行官加瓦兰押宝于职业生涯中风险最大的一笔赌注，由此遭到国际金融大亨暗算的惊险经历；另一方面，《魔鬼银行家》(The Devil's Banker, 2003)又以温文尔雅的法务会计师查培尔为男主角，通过他从巴黎到慕尼黑再到沙特阿拉伯王国追踪巨额赃款，描绘了恐怖主义是大生意，金钱是战争的终极武器的真谛。与此同时，《爱国俱乐部》(The Patriots' Club, 2004)还聚焦纽约投资银行的年轻董事博尔登，通过他遭遇离奇的绑架、诬陷和谋杀，揭示了一个潜伏在美国企业黑暗角落

---

① https://www.publishersweekly.com/9780385333665, retrieved on May 16, 2023.

的惊世阴谋。

继此之后,克里斯托弗·雷希又出版了八部同样畅销的长篇小说。这些小说的故事情节几乎全部仿效《赛跑者》,在极力渲染悬疑、惊悚的同时,不含或少含国际金融场景,如作为"乔纳森·兰瑟姆三部曲"(Jonanthan Ransom Trilogy)的《欺骗法则》(Rules of Deception, 2008)、《复仇法则》(Rules of Vengeance, 2009)和《背叛法则》(Rules of Betrayal, 2010)。唯一的例外是2013年问世的单本的长篇小说《风险王子》(The Prince of Risk)。故事场景设置在纽约证券交易所,情节由简短、快节奏的章节推动。男主角鲍比是一个无所畏惧的对冲基金枪手,他在解开作为金融大亨的父亲突然遇害的谜团时,遭遇了作为联邦调查局资深特工的前妻亚历克斯,后者正在追踪一群渗透纽约金融市场的国际恐怖分子。与此同时,鲍比还得努力维持风险越来越大的商业交易。然而,危在旦夕的不仅是他的公司,还有一笔巨大的财富,足以威胁美国整个金融体系。该书曾被 GoodReads 网站誉为"克里斯托弗·雷希的最有创意的、最具悬疑和娱乐性的金融惊悚小说"。[1]

克里斯蒂娜·阿尔杰

1980年,克里斯蒂娜·阿尔杰出生于纽约,并在那里长大。她的父亲是华尔街一个著名金融家。自小,她爱好文学,曾痴迷帕特里夏·海史密斯、约翰·格里森姆、汤姆·伍尔夫的悬疑惊悚小说。从曼哈顿上东区一所私立女子学校毕业后,她入读哈佛大学,2002年毕业,获英美文学学士学位。其时,她的理想职业是大学英语教授。正当她考虑进一步在哈佛大学深造、攻读博士学位之际,父亲突然逝世,于是不得不回到纽约,找一份薪水较高的工作。她向高盛银行投寄了简历,并幸运地被法律部聘用。两年后,她又申请入读纽约大学法学院,2007年毕业,获法学博士学位。在这之后,克里斯蒂娜·阿尔杰先是出任高盛银行金融分析师,继而加盟"威尔默·卡特勒·皮克林·黑尔·多尔律师事务所"(Wilmer Cutler Pickering Hale and Dorr LLP),成为一个职业律师。

金融危机期间,已过而立之年的克里斯蒂娜·阿尔杰开始创作第一部长篇小说《达令一家》(The Darlings, 2012)。她自述创作这部小说时没有目标,没有压力,纯粹是宣泄,为自己而写作,而且鉴于她经常出差,写作往

---

[1] https://www.goodreads.com/book/show/15797930—the-prince-of-risk, retrieved on May 16, 2023.

往是在旅途中进行的。此外,该书被出版商接纳也完全是个惊喜。书稿完成了三分之一后,克里斯蒂娜·阿尔杰寄给了她在哈佛认识的一个作家朋友,这个朋友又寄给了自己的经纪人。然后,这个经纪人给克里斯蒂娜·阿尔杰打来电话,说愿意做她的代理。再后来,她把这事告知律师事务所,意外获批几个月休假,借此续完书稿,以及对整部书稿进行打磨、编辑。①正如经纪人所预料的,《达令一家》出版后,即刻引起了轰动。《洛杉矶书评》《华尔街日报》《今日美国》《书目》《图书馆杂志》《出版者周刊》《娱乐周刊》等多家媒体纷纷发表书评,为之喝彩。很快,它成为《纽约时报》畅销书,先后印刷二十五版,并被译成十三种文字,风靡世界各地。

该书主要以2008年金融危机为背景,讲述华尔街一个亿万富翁家族因一起不幸突发事件而陷入巨大"庞氏骗局"的经历。男主角保罗原是一位律师,在与卡特·达令的女儿梅丽尔·达令结婚后,被有钱有势的岳父指定担任他的德菲克对冲基金公司的总法律顾问。然而,保罗的好运并不长久。一个暴风雨之夜,公司经理自杀身亡,监管机构的调查和形形色色的丑闻也随之而来。公众希望看到有人为数十亿美元损失买单。突然间,保罗陷入两难,他苦苦思索,究竟是背叛妻子和岳父岳母来拯救自己,还是不惜一切代价保护达令家族企业。"克里斯蒂娜·阿尔杰熟谙华尔街投资银行的内部运作","故事引人入胜","既讲述了家庭,也讲述了金钱和社会地位,可能是迄今为止金融危机时期最好的文学作品。"②

《达令一家》的火爆自然也引起了美国电视联播网的瞩目。他们不但购买了该书的电影改编版权,还邀请克里斯蒂娜·阿尔杰合写剧本,这意味着她必须辞去律师事务所的工作,全职写作。尽管她对律师工作恋恋不舍,最终还是走上了全职写作道路。紧接着,克里斯蒂娜·阿尔杰又启动了对第二部长篇小说《这不是计划》(*This Was Not the Plan*, 2016)的创作,且写作提纲被出版商接受。但就在这时,她患了产后抑郁症,几乎无法提笔,不得已退还了预付款。不过,在丈夫的鼓励下,她还是战胜了自我,完成了这本书。这是一部关于单亲家庭的父子关系的小说,以法律、金融为背景,但相比《达令一家》,核心情节涉及金融腐败、贪婪的并不多。故事描写男主角查理中年丧妻,儿子由妻妹帮助抚养。多年来他只知在顶级律师事务所埋头工作,疏于顾及家庭。也由此,父子关系出现裂痕。一次事

---

① https://mdash.mmlafleur.com/cristina-alger-wang-interview, retrieved on May 17, 2023.
② https://www.amazon.com/Darlings-Novel-Cristina-Alger/dp/0143122754, retrieved on May 18, 2023.

务所晚会,他多喝了点酒,说了些不检点的话,造成了不良影响,结果遭到解雇。起初,他只想报复当事人。但后来,随着与儿子相处的时间越来越多,观念产生变化,并反思之前夜以继日地工作是否妥当。渐渐地,他意识到做父亲的不仅是在经济上供养儿子,培养儿子超越父亲更重要。小说问世后,也同样得到诸多媒体的正面评价,也同样成为《纽约时报》畅销书。

接下来,克里斯蒂娜·阿尔杰又推出了第三部《纽约时报》畅销书《银行家的妻子》。该书的创作可比肩《达令一家》,其最大亮点是采用了交替视角,故事的女主人公有两个,分别是作为银行家妻子的安娜贝尔和刚嫁入豪门的新闻记者玛丽娜,她们均被塑造为坚强的女性,矢志不渝地揭露离岸银行的惊人黑幕。小说伊始,一架前往日内瓦的私人飞机坠落,失踪者包括瑞士联合银行主管离岸业务的马修。其后,他的遗孀安娜贝尔开始处理遗物,包括一台加密的笔记本电脑和一份可疑的客户名单。她确定马修的死绝非偶然,而自己也处在生死的十字路口。与此同时,新闻记者玛丽娜也如愿嫁入一个有钱有势的家庭。原本一心当阔太太的她,在导师去世后,应允再写一篇关于瑞士联合银行离岸业务的通讯报道。调查从日内瓦延伸到纽约,再到伦敦,再到开曼群岛,涉及神秘的亿万富翁和道德存疑的首席执行官,如果发表,可能会提供安娜贝尔苦苦追求的答案。

2019 年,克里斯蒂娜·阿尔杰推出的第四部《纽约时报》畅销书《我们这般女孩》(Girls Like Us)沿袭了《这不是计划》的诸多特征,不但以家庭关系为主题,而且疏于表现金融世界的腐败和贪婪。故事主角是联邦调查局女特工内尔,她在身为警察局刑事侦探、关系疏远的父亲马丁死于一场摩托车事故之后,回到了儿时的家。但几乎同时,她就被卷入了马丁生前的最后一次谋杀案调查。两名妇女被发现死亡,第二具尸体在内尔到达后不久出现。内尔很快意识到证据指向一个明确的嫌疑人——她的父亲。他的同事和朋友都在为他掩护,内尔不知道她可以信任谁,也不知道父亲有什么事情瞒着她。渴望得到答案的她被卷入了更深层次的案件中。

第四节 蒸汽朋克科幻小说

渊源和特征

如前所述,美国赛博朋克科幻小说崛起于 20 世纪 80 年代中期,是当时美国现代社会历史条件下,以计算机为中心的网络技术快速发展,人人可以享用信息传递的产物。其核心创作模式是,聚焦计算机高新技术和黑社会的相互碰撞及其对人类社会发展的影响,强调有别于任何一种传统形式的"新型犯罪",亦即在全球化、信息化、科技化的社会背景下的人工智能犯罪。到了 90 年代,赛博朋克科幻小说的影响持续扩大,并迅速收揽、衍生出了许多分支,如生化朋克科幻小说(biopunk science fiction)、纳米朋克科幻小说(nanopunk science fiction)、柴油朋克科幻小说(dieselpunk science fiction)、原子朋克科幻小说(atompunk science fiction)、石器朋克科幻小说(stonepunk science fiction)、妖精朋克科幻小说(elfpunk science fiction)、神话朋克科幻小说(mythpunk science fiction)等等。其中,影响最大的是蒸汽朋克科幻小说(steampunk science fiction)。

与赛博朋克科幻小说不同,蒸汽朋克科幻小说在本质上属于复古未来主义(retrofuturism)。故事往往根植于维多利亚时代的另类平行世界或交替世界,所强调的是 19 世纪西方工业革命的蒸汽动力机械,如蒸汽炮、飞艇、模拟计算机等等,而不是真实计算机所控制的机器人、万维网、人工智能等实际存在或尚未存在的现代高科技。细节描写也融"现代风格"与"历史旧貌"于一体,并侧重 19 世纪英美的时尚服饰、流行文化、建筑风格和艺术观,包括女人的衬垫内衣、长袍和衬裙;男人的西装马甲、外套、圆顶礼帽、燕尾服和长裤;钟表、遮阳伞、护目镜和射线枪等等。此外,在主题展示上,蒸汽朋克科幻小说也基本摒弃了赛博朋克科幻小说的社会崩溃、反乌托邦、毒品文化、技术革新和性革命,而代之以蒸汽技术至上、魔幻与科学共存、怀旧和奢华并行、现实和幻想混杂、反思和救赎齐鸣。

蒸汽朋克科幻小说术语的创造者,最早可溯源到美国科幻小说作家凯文·杰特(Kevin Jeter,1950—)。1987 年 4 月,他在给美国科幻小说杂志《轨迹》的一封信中,戏称蒂姆·珀沃斯(Tim Powers,1952—)的《阿努比斯门》(*The Anubis Gates*,1983)、詹姆斯·布莱洛克(James Blaylock,1950—)的《霍蒙克鲁斯》(*Homunculus*,1986),以及他本人的《莫洛克之夜》(*Morlock Night*,1979)和《地狱设施》(*Infernal Devices*,1987),均有穿越到维多利亚时代的故事情节,是所谓"蒸汽朋克"。① 从那以后,这个戏称就开始在网络传播,并逐渐成为一个十分时髦的科幻小说类型名称。而凯文·杰特、蒂姆·珀沃斯、詹姆斯·布莱洛克三位美国科幻小说家的上述四部小说,以及之前其他美国科幻小说家创作的一些类似穿越情节的小说,如约翰·劳默(John Laumer,1925—1993)的《帝国的世界》(*Worlds of the Imperium*,1962)、哈里·哈里森的《跨大西洋隧道》(*Tunnel Through the Deeps*,1973),也被贴上了"蒸汽朋

---

① Jeter, K. W. "Letter-essay from K. W. Jeter". Locus. Vol. 20, No. 4. *Locus Publications*.

克"的标签。

不过,美国蒸汽朋克科幻小说的真正起步还是在90年代。一方面,威廉·吉布森与布鲁斯·斯特林推出了星云奖获奖作品《不同的引擎》,丰富和完善了蒸汽朋克科幻小说的创作模式;另一方面,詹姆斯·布莱洛克又完成了"纳邦多系列"(The Narbondo Series)的第三部《凯尔文勋爵的机器》(*Lord Kelvin's Machine*, 1992),进一步确立了自己早期美国杰出蒸汽朋克科幻小说家的地位。与此同时,保罗·迪菲利波(Paul Di Filippo, 1954—)还首次以"蒸汽朋克"为书名,出版了《蒸汽朋克三部曲》(*The Steampunk Trilogy*, 1995)。该小说集包含"维多利亚"("Victoria")、"霍屯督人"("Hottentots")和"沃尔特和艾米丽"("Walt and Emily")三个中篇,内容奇特,风格怪诞,同时又不失幽默、风趣,让读者感受到蒸汽朋克科幻小说的魅力。

21世纪前二十年,美国蒸汽朋克科幻小说的创作进入了快车道。无论是作家的数量,还是作品的数量,都呈几何级数增长。2008年8月12日,由美国作家布兰迪·波利尔(Keely Hyslop, 1983—)发起,美国GoodReads网站在全球进行了一次"最佳蒸汽朋克图书"的推选活动。截至2022年12月12日,已有四千四百二十四人参加了投票,共计推选出最佳图书一千一百七十五种,其中绝大多数是21世纪前二十年面世的美国小说家创作的蒸汽朋克科幻小说。而且在按得票率排出的前五十种蒸汽朋克科幻小说中,美国小说家创作的也几乎占了八成,如盖尔·卡莉格(Gail Carriger, 1976—)共有十部作品入选。而司各特·韦斯特费德(Scott Westerfeld, 1963—)、切瑞·普里斯特(Cherie Priest, 1975—)、梅吉恩·布鲁克(Meljean Brook, 1977—)、卡桑德拉·克莱尔(Cassandra Clare, 1973—)等人,也分别有几部作品入选。[①] 他们也理所当然地被视为21世纪前二十年美国蒸汽朋克科幻小说的代表性作家。

盖尔·卡莉格以"阳伞保护国宇宙书系"(The Parasol Protectorate Universe)著称。该书系包含四个规模较小的系列,共计十九卷书。这些小说熔维多利亚时代的交替历史、蒸汽朋克、城市奇幻和超自然言情于一炉,展示了一个个诙谐、引人入胜的冒险故事。而司各特·韦斯特费德也著有众口交誉的《利维坦》(*Leviathan*, 2009)、《巨兽》(*Behemoth*, 2010)、《哥利亚》(*Goliath*, 2011)"利维坦三部曲"(Leviathan Trilogy)。作者别出心裁地虚

[①] https://www.goodreads.com/list/show/14564.Best_Steampunk_Novels, retrieved on Dec. 12, 2022.

构了19世纪和20世纪之交的西方交替历史,作品中另类的奥匈帝王争夺、异样的一战背景、神奇的鲸鱼飞艇和人造动物武器等等,令读者心颤不已。切瑞·普里斯特的颇获好评的"时钟机械世纪系列"(Clockwork Century Series)也是以西方的交替历史为特色。该系列始于《震骨钻机》(Boneshaker,2009),终于《提琴头》(Fiddlehead,2013),共计有六卷,外加《烈酒》("Tanglefoot",2008)和《蓝花楹》("Jacaranda",2014)两个短、中篇。作者设想美国南北战争已经延续到19世纪80年代。战争的绵延导致了黑科技发展和难以想象的恐惧。许多人逃离了交战区,希望到西部去过安静的生活。相比之下,梅吉恩·布鲁克的包含有十个长、中篇的"铁海系列"(The Iron Seas Series,2010—2014)容纳了更多的蒸汽朋克要素,既有维多利亚时代的社会背景,又有飞艇、僵尸、纳米技术,而且,海盗的公海冒险与女主角的凄美爱情描写相互交融,构成了一幅幅色彩斑斓的画景。卡桑德拉·克莱尔是个多产的作家,她的"凡人器械宇宙书系"(The Mortal Instruments Universe,2007—2023)共有八个系列,其中"地狱装置三部曲"(The Infernal Devices Trilogy)包含较多的维多利亚时代蒸汽朋克科幻小说要素,如时钟机械生物军队、变形女孩、暗影猎手等等,是神秘、魔幻、冒险的高度融合。

盖尔·卡莉格

原名托法·博雷加德(Tofa Borregaard),1976年5月4日出生在加利福尼亚州马林县博利纳斯。她的母亲是英国人。幼时,她经常随母亲去英国老家度假,耳濡目染了古老的英格兰文化;与此同时,受父母双双爱好文学的影响,也阅读了大量的文学作品,尤其是科幻小说和奇幻小说。八岁时,她开始写童话故事,此后在私立学校上高中时,又尝试写科幻小说和奇幻小说。在这之后,她入读俄亥俄州欧柏林学院,获文理学士学位。其间,受同窗好友在通俗小说杂志刊发作品的影响,又重新产生了创作科幻小说和奇幻小说的激情。这种激情一直持续到她后来去英国诺丁汉大学和美国加州大学圣克鲁兹分校深造。而且功夫不负有心人,1999年,她在《时空》杂志(Space and Time)刊发了短篇小说处女作《一种狠毒》("A Kind of Malice")。此后,又陆续在《剑与女巫》(Sword and Sorceress)、《航海与巫术》(Sails and Sorcery)等期刊发表了《我的姐妹之歌》("My Sister's Song",2000)等三个短篇。尽管这时,她已经从诺丁汉大学和加州大学这两所世界级名校获得了一个理学硕士学位和一个文学硕士学位,而且博士学位之路也已经走完了四分之三,但考虑到自己当时良好的创作状态,尤其是"阳伞保护国系列"(The Parasol Protectorate Series)的首个长篇《无魂》(*Soulless*, 2009)由轨道图书公司(Orbit Books)推出后引起极大轰动,还是决定放弃未来的学术生涯,做一个职业通俗小说家。

"阳伞保护国系列"共有五个长篇,除《无魂》外,还有《无变》(*Changeless*, 2010)、《无辜》(*Blameless*, 2010)、《无心》(*Heartless*, 2011)和《无时》(*Timeless*, 2012)。这些小说几乎全是畅销书,被列入《纽约时报》和《今日美国》畅销书单,荣获各种创作奖项。故事背景设置在维多利亚时期的伦敦交替世界,那里不但有衣着长袍衬裙等时尚服饰,依靠蒸汽动力机械生活的凡人,还有神话传说中的狼人和吸血鬼,而且这些超自然生灵已经或多或少同人类社会融为一体,甚至在维多利亚女王的政府中扮演隐秘但重要的角色。超自然生灵登记局确保它们遵守社会规则,吸血鬼不能捕食不情愿的受害者,狼人月圆之夜不能到处乱跑。此外,它们作恶的成功率也非常低,只有受害者拥有足够多的灵魂才能让其在死亡之咬中幸存。本系列的女主角亚历西克娅·塔拉博蒂就是这样一个屡屡让吸血鬼、狼人的作恶功亏一篑之人。她是一个英国人,但生父来自意大利,也由此继承了他的根本没有灵魂的本性,这意味着她永远不会受到吸血鬼、狼人的侵害,成为吸血鬼或狼人。而且她善于运用阳伞保护自己,必要时会拿起阳伞,重击对方头部,对方即失去战斗力。

正是在这样一个十分奇特的故事场景中,亚历西克娅·塔拉博蒂开始了一系列的轻松、诙谐,甚至令人忍俊不禁的冒险。在首卷《无魂》中,她不慎杀死了一个流浪吸血鬼,超自然生灵登记局负责人,也即当地狼人领袖麦肯勋爵,前来调查死因。对亚历克西娅一见钟情的他试图为亚历西克娅淡化罪责,两人开始了剪不断、理还乱的情感碰撞。随着满月的临近,两人又心有灵犀地相互合作,粉碎了一起针对当地超自然生灵的大阴谋。随后的绑架未遂、戏剧性营救、狼人变形和科学混乱终于将一个英俊绅士和一个老处女的心系在一起。接下来的第二卷《无变》描述作为麦肯勋爵夫人的亚历西克娅一觉醒来,发现丈夫神秘失踪,于是决定乘飞艇去苏格兰狼人老巢一探究竟。其间,法国女仆、红发男仆、同父异母的妹妹、亲密好友一齐登场,有超自然生灵试图夺取她的生命,尤其是一场将吸血鬼、狼人变成凡人的瘟疫,始终遍布苏格兰。第三卷《无辜》聚焦亚历西克娅的突然离奇受孕。鉴于狼人没有生育能力,她被推断为对丈夫不忠。随着所谓通奸的丑闻迅速扩散,她被维多利亚女王从影子议会中除名。与此同时,伦敦的吸血鬼社区也开始与她反目。目睹痛苦的麦肯勋爵借酒浇愁,亚历西克娅决定前往已故父亲的出生地,到圣殿骑士那里寻找答案。然而,因为她没有灵魂,探明真相之旅要比原来想象的复杂得多。第四卷《无情》又将重孕在身的亚历西克娅·塔拉博蒂置于扑朔迷离的维多利亚女王谋杀案中。关键是尽快确定谁在试图暗杀这位君主。案情涉及正与她修复关系的丈夫麦肯勋爵以及已成为女权主义者的同父异母的妹妹。更糟糕的是,她本人仍然遭到威斯敏斯特众多吸血鬼的追杀,对方的新近尝试是使用改造的豪猪喷射有毒芒刺。在第五卷也即最后一卷《无时》中,已为人母的亚历西克娅·塔拉博蒂开始享受平静的家庭生活。但好景不长,命案骤起,苏格兰狼人杜布死在血泊中。案情涉及古埃及一个谜团,亚历西克娅遂带着丈夫、儿子乘火车、轮船前去亚历山大港与吸血鬼女王会面。然而,在那里,又有更多的谜团出现,需要她独自前往去解开。

"阳伞保护国系列"的大获成功,致使盖尔·卡莉格又从速推出四个后续系列——"女子精修学校"(Finishing School, 2013—2015)、"蛋奶协议"(The Custard Protocol, 2015—2019)、"非常致命"(Delightfully Deadly, 2016—2020)和"超自然社会"(The Supernatural Society, 2016—2019)。这四个系列所包含的小说卷数不等,但无一例外地沿袭了之前维多利亚时代蒸汽朋克社会场景,如神秘莫测的蒸汽机车、飘浮荒野的巨型飞艇、妙趣横生的城市建筑、华丽派对的时尚礼服、轨道奔跑的发条女仆、萌态十足的腊肠机器狗等等。而且故事情节也一如既往地容纳了异样风情的吸血鬼、狼人,显得诙谐、轻松、有趣。此外,故事人物塑造也有不少新的亮点。如"女子精修学校"的女主角索芙罗尼亚,出身乡村大家庭,自小不受约束,且好奇心强,喜欢恶作剧,为此家长将她送至女子精修学校"精修",也由此,她与学校的舞蹈、着装、礼仪以及间谍技能课程发生一系列滑稽碰撞。但到最后,她不但以优异的成绩完成了学业,还展示了勇敢和忠诚,并在被劫持的飞船上完成了一项惊世壮举,拯救学校和整个伦敦于毁灭的危险之中。又如"蛋奶协议"中的女主角普鲁登丝,父母分别是"阳伞保护国系列"的男女主角亚历西克娅和麦肯勋爵,因此继承了两人的超自然特性,但同样率真、任性,喜欢恶作剧,在意外获赠一艘豪华飞艇后,第一时间想到的就是带领一群狐朋狗友飘浮到印度去喝一杯所谓完美无缺的茶,并由此意外发现了当地持不同政见者和狼人大亨的不可告人的秘密。再如"非常致命"中的普利西尔,几任丈夫都突然死亡,有着"扫帚星"的恶名,但她毫不在意。作为女子精修学校的优秀毕业生,她掌握了高超的间谍技能,被吸血鬼雇主派去保护一位公爵,并由此与加文鲁船长相识,相互吸引。凡此种种,不一而足。正因为如此,这四个系列同样受到蒸汽朋克科幻小说书迷的追捧,同样成为《纽约时报》和《今日美国》畅销书。

切瑞·普里斯特

1975年7月30日,切瑞·普里斯特出生在佛罗里达州坦帕一个军人家庭,家中还有一个哥哥和一个姐姐。幼时,鉴于父亲的流动工作性质,切瑞·普里斯特经常随家庭在南方各州迁徙,足迹遍布佛罗里达州、得克萨斯州、肯塔基州和田纳西州。从田纳西州一所私立学校完成基础教育后,她入读田纳西州南方复临大学,1998年毕业,获英语学士学位;此后,又到田纳西州立大学深造,2001年毕业,获修辞学和专业写作硕士学位。正是在田纳西州极不寻常的十余年求学期间,她确立了自己未来的专业作家方向,也开始了艰难的通俗小说创作之旅。

2003年,切瑞·普里斯特出版了处女作《四只与二十只黑鸟》(*Four and Twenty Blackbirds*, 2003)。这是一部南方哥特恐怖小说(south gothic horror fiction),整部作品以美国南方为故事场景,且含有较多的哥特式恐怖要素。女主角名叫伊登·穆尔,是一个孤苦伶仃的混血少女,面对亲人危及生命的魔咒和持枪歹徒的疯狂追杀,她走遍了南方闹鬼的疗养院废墟,调查自己充满虐待、乱伦、谋杀和疯狂的病态家世。小说由一家小型图书公司出版后,居然引起了众多读者的瞩目,多家书业媒体,如《出版者周刊》《柯克斯评论》,均给予正面评价,不久,又由大型图书公司再版,并荣获露露·布卢克奖(Lulu Blooker Prize)。接下来,切瑞·普里斯特将该书扩充为"伊登·穆尔三部曲"(Eden Moore Trilogy),增添了《王国之翼》(*Wings to the Kingdom*, 2006)和《非肉非羽》(*Not Flesh Nor Feathers*, 2007)。无须说,这两个长篇也受到了众多读者和书业媒体的追捧。

继此之后,切瑞·普里斯特开始转入更为时尚的蒸汽朋克科幻小说创作。她的首秀是作为"时钟机械世纪系列"的开卷之作《震骨钻机》。该书取得了更大的成功,先后印刷四十六版,不但得以入选2009年星云奖和2010年雨果奖的最后角逐名单,还荣获2009年太平洋西北地区书商协会奖和2010年轨迹奖。接下来,切瑞·普里斯特又以极快的速度推出了几卷续集,包括中长篇《克莱门汀》(*Clementine*, 2010),长篇《无畏号》(*Dreadnought*, 2010)、《木卫三》(*Ganymede*, 2011)、《无法解释》(*The Inexplicables*, 2012)和《提琴头》。它们也全都是畅销书,少则印刷十几版,多则印刷数十版,还被译成法文、德文、俄文、日文、波兰文、捷克文、西班牙文、葡萄牙文、土耳其文,风靡世界各地。而切瑞·普里斯特本人,也从此有了"蒸汽朋克科幻小说女王"①的佳誉。

人们之所以如此称颂切瑞·普里斯特,首先在于她的"时钟机械世纪系列"设置了一个全新的、颇有创意的蒸汽朋克故事场景。同之前问世的大多数基于维多利亚时代的蒸汽朋克科幻小说不同,该系列的蒸汽朋克故事场景是"纯"美国式的。作者聚焦美国历史上著名的南北战争,设想这场发生于1861年至1865年的大规模内战实际持续了二十年。也由此,至19世纪80年代,由林肯领导的北方联盟军队和由杰佛逊·戴维斯率领的南方邦联军队还在进行血腥的厮杀,当然,是在"交替世界"。战争致使国家百孔千疮。一方面,科学技术被推向可怕的深渊,科学家扭曲人与自然的法则,用自己的灵魂换取以光、火和蒸汽为动力的飞艇、潜艇、装甲车等各种武器;另一方面,西部矿产资源被大肆挖掘挥霍,地下有害气体泄漏,包围和吞没整个城市,凡吸入这种气体的人都会变成僵尸。与此同时,在南北边界,拉起了一道密密匝匝的封锁线,军警横行,走私猖獗,百姓苦不堪言。

其次,切瑞·普里斯特善于刻画故事人物,尤其是女性故事人物。她们的角色不同,身份也各异,但无一例外地表现了在饱受战争蹂躏及毒气侵害的国土苦苦挣扎的复杂心境。譬如《震骨钻机》中的疯狂科学家布鲁的遗孀布莱尔,长期背负着丈夫用"震骨钻机"摧毁西雅图的骂名。当含辛茹苦养大的儿子意欲为父亲洗脱罪名,进入毒气爆炸后封闭十六年的城市废墟时,她旋即乘飞艇追随,决心将儿子从致命毒气中解救出来。不料途中,又遭遇冒充她丈夫之名的疯狂博士,于是简单的解救变成与时间竞赛,她必须赶在这个男人动手之前将儿子带出这座充满不死生物、空中海盗、犯罪金主和武装难民的城市废墟。故事最后,作者披露,原来是布莱尔杀死了乘坐"震骨钻机"逃跑的丈夫,而且这一义举也得到了儿子的理解。又如《克莱门汀》中的前南方邦联女间谍玛丽娅,经历了流亡、丧偶、挨饿等阵痛,不得已加盟芝加哥平克顿侦探社,岂知接受的第一项使命就是帮助昔日对手北方联盟利用"克莱门汀"号飞艇运送急需物资。而这艘飞艇的原主人为奴隶出身的空中海盗海尼,此人劣迹斑斑,是警局屡屡通缉的重罪犯,在获知飞艇被他人窃取后,舍命追赃。于是在局势极为复杂的堪萨斯城,一个危险的猎物、一个危险的女人,上演了一出争夺、控制"克莱门汀"号飞艇的大戏。然而,一波未平一波又起,有人操纵多方势力对两人进

---

① Paul Goat Allen. "The Queen of Steampunk Speaks: An Interview with Cherie Priest", https://www.barnesandnoble.com, January 23, 2014.

行围剿。千钧一发之际，两人调转枪口，结成暂时联盟。她加入了他的团队，他利用了她的关系；她听从他的命令，他采纳她的建议。两人发誓要让那个幕后策划者后悔。再如《无畏号》中的护士默茜，在弗吉尼亚州里士满一家战地医院工作。忠于职守的她，却厄运连连。先是接到丈夫死于战俘营的噩耗，不久，又传来了远在西海岸的老父重伤在身，即将死亡的消息。她决定赶在父亲离世之前见上一面。这意味着她要穿越整个美国，包括战火甚浓的边境各州。经过一次次难以置信的冒险，她终于抵达圣路易斯，又上了由"无畏号"蒸汽机车牵引的火车。然而，在丛林里火车又遭到武装分子和叛军士兵的猛烈袭击。本是一次普通的旅行，却变得如此危机重重。火车正驶离战场，驶向广袤无垠的西部，无法想象歹徒为何如此感兴趣，也许与最后一节车厢藏匿的神秘货物有关。她不知道自己究竟能否活着离开火车，在父亲去世前见到他。

除了"伊登·穆尔三部曲"和"时钟机械世纪系列"，切瑞·普里斯特还出版了其他一些成系列的、单本的长篇小说。前者如"柴郡红报道"（Cheshire Red Reports），包括《血丝》（*Bloodshot*，2011）和《顽固》（*Hellbent*，2011）两个长篇，后者如长篇小说《可怕的皮肤》（*Dreadful Skin*，2007）、《家族阴谋》（*The Family Plot*，2016）、《钟声》（*The Toll*，2019）等等。不过，它们的内容均已跳出了南方哥特恐怖小说和蒸汽朋克科幻小说的故事框架。

梅吉恩·布鲁克

原名梅丽莎·卡恩（Melissa Khan），1977年8月6日出生在俄勒冈州达拉斯。她自小在郊外一个小农庄长大。平静的田园生活给予她美好的大自然风光享受，也帮助她养成了热爱读书的好习惯。她常常从祖母的藏书屋里悄悄取出希腊神话等各种故事书，躲在树林中一看就是一整天。离开小农庄后，她热爱读书的习惯依旧，不但读完了《失乐园》《神曲》《傲慢与偏见》《简·爱》等经典著作，还成为超自然言情小说（paranormal romance）和漫画小说（comic books）的超级书迷，不久，又迷上了在书迷网站写书迷小说（fanfiction），上传了包括《最暗光线》（*In the Darkest Light*，2001）、《神奇女侠对阵风暴》（*Wonder Woman vs. Storm*，2001）在内的多部书迷小说。完成基础教育后，她入读波特兰州立大学英语系，不久即辍学，到一家建筑公司管理部当了会计，但依旧痴迷写粉丝小说，并开始创作真正属于自己的超自然言情小说《恶魔天使》（*Demon Angel*）。然而，建筑公司的会计工作还是与她的创作发生了严重的时间冲突。经过三思，她决定辞去这份工作，回波特兰州立大学英语系继续读完学位，走专业小说创作路线。

2004年10月,她意外收到"伯克利出版公司"(Berkeley Publishing)一位高级编辑的电子函,说是已在书迷小说网站见到她的《恶魔天使》部分章节,很欣赏小说的故事背景、角色设计,希望能看到这部完整的小说。于是电话中,她和这位高级编辑商定了先递交作为《恶魔天使》前奏曲的中篇小说《爱上安东尼》("Falling for Anthony")。一年后,这篇超自然言情小说与《今日美国》畅销书作家爱玛·霍莉(Emma Holly, 1961—)等人的其他作品一道,被收进伯克利出版公司编辑、出版的小说集《热咒》(Hot Spell)。梅吉恩·布鲁克的这篇处女作问世后,获得了众多好评,有的读者甚至在《言情迷》(Romance Junkies)、《新小说》(Fresh Fiction)等杂志网站撰文,称赞它是"情感过山车","奇妙地挑战了死亡爱情"。[1] 接下来,梅吉恩·布鲁克以极快的速度,推出早已成文或部分成文的"守护者系列"(The Guardians Series)。该系列始于2007年的《恶魔天使》,终于2013年的《守护恶魔》(Guardian Demon),有八个长篇,外加《爱上安东尼》等五个中篇,共计十三卷。

随着这些超自然言情小说越来越受读者欢迎,梅吉恩·布鲁克也开启了另一个更为时尚的蒸汽朋克科幻小说系列,也即"铁海系列"(The Iron Seas Series)的创作。该系列的首卷长篇小说《铁公爵》(The Iron Duke, 2010)刚一问世,就荣登《纽约时报》畅销书排行榜,接下来的第二卷长篇小说《钢心》(Heart of Steel, 2011)又是《纽约时报》畅销书。到2014年,"铁海系列"又增添了《铆接》(Riveted, 2012)、《海妖王》(The Kraken King, 2014)两个长篇,外加作为前奏或插曲的《羞涩的贵族》(The Blushing Bounder, 2011)、《到处是怪物》(Here There Be Monsters, 2010)、《米娜·温特沃斯与看不见的城市》(Mina Wentworth and the Invisible City, 2012)、《拴住》(Tethered, 2012)、《失事》(Wrecked, 2013)、《打捞》(Salvage, 2013)六个中篇,共计有十卷。同一时期,梅吉恩·布鲁克还与他人合作,编辑、出版了十一部中、短篇小说集,如《野生动物》(Wild Thing, 2007)、《燃尽》(Burning Up, 2010)、《夜班》(Night Shift, 2014)等等。在这之后,她趋于停笔。2020年,"息影"多年的梅吉恩·布鲁克重新出山,以米拉·瓦恩(Milla Vane)的新笔名推出了新的"群龙聚首系列"(A Gathering of Dragons Series)。但截至目前,该系列仅出版了《血与灰之心》(A Heart of Blood and Ashes, 2020)、《石头与血之味》(A Touch of Stone and Snow, 2020)两个长篇。

---

[1] https://meljeanbrook.com/books/the-guardian-series/hot-spell/, retrieved on March 30, 2023.

同当时大多数蒸汽朋克科幻小说一样,梅吉恩·布鲁克的"铁海系列"也是以维多利亚时代的英格兰交替世界为主要故事场景,但所包含的蒸汽朋克要素更多,且容纳有浓厚的浪漫爱情成分。在这个交替世界,蒙古游牧部落研发出一种十分先进的生物武器——纳米毒剂,用以征服整个亚洲、欧洲和非洲。也在这个交替世界,在纳米毒剂的袭击下,整个英格兰崩溃,国民受制于血液中被激活的毒素,任凭野蛮人剥削和奴役。还在这个交替世界,江洋大盗"铁公爵"里斯·特拉哈恩率众反抗,摧毁了纳米毒剂控制塔,将侵略者赶出了英格兰。作为"铁海系列"的首卷,《铁公爵》不但描写了里斯·特拉哈恩在摧毁纳米毒剂控制塔后,罪孽得到赦免,甚至被授予安格尔西公爵的头衔,还描写了他意欲打造一个庞大的商业帝国,由此引起了那些从新大陆返回的贵族的恐慌。当一具尸体突然从飞艇降落,正好掉在他的家门口时,前来调查的伦敦警局探长米娜·温特沃斯进入了他的危险世界。尽管里斯·特拉哈恩对米娜·温特沃斯一见钟情,但后者并没有接受前者的爱,她出身贫困,且母亲因遭受侵略者强暴,导致她身体内有一半蒙古血统,她有自卑感。然而,米娜调查死者身份时,意外发现一个针对英格兰所有国民的大阴谋。为了挫败这个阴谋,她必须和里斯联手,一道穿越僵尸出没的荒地和险恶的海洋。不久,米娜发现,自己面临的最大危险居然是里斯的疯狂示爱。接下来的第二卷《钢心》以寻宝者福克斯和女海盗艇长亚斯敏为男女主角,但同样展示了惊心动魄的蒸汽朋克冒险和缠绵缱绻的另类爱情。作为女海盗艇长,亚斯敏练就了冷酷的"钢心",唯一牵挂的是海盗飞艇及其船员。也因此,她面对曾经试图夺取她飞艇的男人的死而复生,不可能真正动心。而福克斯其实对海盗飞艇不感兴趣,他真正想要的是她从他那里窃取的达·芬奇素描以及她这个人。为了夺回旷世珍宝,他决心引诱这个曾经把他扔给一群贪婪僵尸的顽固女人。其后,达·芬奇素描又引起了外围危险的关注。于是,亚斯敏和福克斯一道前往被蒙古游牧部落占领的摩洛哥,并直接落入敌人之手。两人随即投入了为拯救自己和一座处于叛乱边缘的城市的战斗。然而此时,亚斯敏发现,她所面临的最大难题来自一个试图融化她的冰冷心灵的男人。

第三卷《铆接》将视角移至欧洲北部的冰岛,描述两个完全陌生的男女从飞艇相遇、坠入爱河、克服障碍、真心告白的历程,并从中牵引出两个自被蒙古游牧部落侵占以来的惊天秘密。戴维是一个研究火山的科学家,大部分经历由机械巨魔和纳米特工构成。一次意外爆炸,母亲不幸殒命,而他本人虽然幸存,但从此安上了机械手臂和机械眼睛,成了仿生人。此生唯一的心愿是找到母亲的出生地,将她的符文项链放置在先祖墓前。而安妮卡来自冰岛一个偏远、神秘的女人村,是飞艇机械师。她之所以选择这个职业,是为了完成一个心愿,找到姐姐卡拉。几年前,由于安妮卡的冒失,她犯了大忌,卡拉代为受过,被驱逐出村庄。当戴维登上前往冰岛的飞艇,听到安妮卡说话时不寻常的"鸟音",他立刻想起了母亲,也相信将从安妮卡身上找到帮助母亲认祖归宗的钥匙。而第四卷《海妖王》又把读者带到了澳大利亚和太平洋地区。尽管该卷最初是作为八集电子书出版,但依旧保持了故事的完整性和可读性,其中的渲染、夸张、动作、阴谋、冒险、爱情以及飞艇、热气球,等等,令读者大呼过瘾。故事女主角季诺比亚是《钢心》中觅宝者福克斯的妹妹,她因创作基于福克斯觅宝和赢得财富的系列小说而成为被绑匪劫持的对象。这一年,在飞艇上,她又一次逃脱了绑匪的劫持。解救者是澳大利亚克拉肯镇的镇长阿里克,绰号"海妖王"。他营救季诺比亚及其好友是出于保护自己城镇的居民的目的,因而坚持要亲自护送两人前往危险的红城。一开始,他并没有理睬季诺比亚的暗送秋波,但最终还是抵挡不住这个老处女的示爱,与她坠入爱河。

毋庸置疑,正如《出版者周刊》和《RT 书评》(*RT Book Review*)一开始所说,"铁海系列"以"飞艇、僵尸、纳米技术、古怪的次要角色,以及复杂的女主人公","构成了复杂、扣人心弦的故事",而且,那些"充满僵尸、海盗和致命背叛的公海和空中冒险,除了令人心跳的故事情节,还有许多严肃的感官刺激"。[①]

第五节　城市奇幻小说

渊源和特征

鲁埃尔·托尔金创立的新英雄奇幻小说在美国发展了二十余年,至新旧世纪之交,已达到顶峰。一方面,特里·布鲁克斯的"尚纳拉书系"、斯蒂芬·唐纳森的"怀疑者托马斯·科弗南特编年史"和戴维·埃丁斯的"加里恩书系"还在不断地扩展;另一方面,罗伯特·乔丹、雷蒙德·费斯特、特里·古坎德又分别推出了"时间转轮系列""里弗特沃家世传奇"和"真理之剑系列"。与此同时,还涌现出乔治·马丁(George Martin,1948—)、罗宾·荷布(Robin Hobb,1952—)、帕特里克·罗斯弗斯(Patrick Rothfuss,1973—)、布兰登·桑德森(Brandon Sanderson,1975—)、斯科特·林奇(Scott Lynch,

---

[①] https://meljeanbrook.com/books/the-iron-seas/the-iron-duke/, retrieved on April 3, 2023.

1978—)、克里斯托弗·鲍里尼(Christopher Paolini,1983—)等许多新秀。他们的诸多新英雄奇幻小说不时荣登《纽约时报》畅销书排行榜,造成一波又一波的轰动。但与此同时,一些作家也在酝酿这一传统小说类型的变革和创新。他们持续努力的结果,推动了新的一类奇幻小说,亦即城市奇幻小说(urban fantasy)的诞生。

城市奇幻小说,顾名思义,是以城市为背景的超自然通俗小说。这里的城市背景,既可以是现实社会的真实城市缩影,也可以是奇幻世界的虚拟场所设置,但无论哪种情况,故事情节均以"现实和虚拟神奇地相互交织"为主要特征,如妖精弹奏摇滚乐、魔怪漫游地铁城、死者折磨或诱惑生者等等。换句话说,城市奇幻小说把中世纪的神话与传说带进了现代社会环境,通过演绎一个个现代版超自然惊悚故事,创造了一种"亦真亦幻、真假难分"的现代幻想奇迹。而且在表现形式上,作品除了保留相当数量的基于魔法的所谓"纯"幻想之外,还融入了恐怖小说、科幻小说、犯罪小说、惊悚小说、言情小说的若干要素。几乎每一部城市奇幻小说都离不开仙子、吸血鬼、狼人、变形怪、恶魔、超自然侦探、三角恋,然而这一切都被神奇而巧妙地融入了现代西方社会的诸如毒品犯罪、种族歧视、宗教狂热之类的情节。不妨说,城市奇幻小说是包容性极强的一类超自然通俗小说,它存活于多个成功的通俗小说类型的相互碰撞中,游走于自然和超自然、现代科技和中世纪魔法的前沿之间。

城市奇幻小说的英文术语最早见于20世纪20年代《纽约时报》关于圣·雷吉斯酒店的广告,不过,其运用显然不是类型意义的。之后,同样的非类型意义运用还见于纽约格罗斯曼出版公司的《加利福尼亚的威尼斯》(*Venice, California*, 1973)。在这本旅游指南中,作者加上了一个城市奇幻的副标题,以强调该地景致的美不胜收。到了80年代末和90年代初,西方媒体开始用这个词来表示一些带有上述城市奇幻小说特征的作品,如美国作家泰瑞·温德林(Terri Windling, 1958—)编辑的小说集《边城》(*Borderland*, 1986),被誉为"城市奇幻小说最重要的发源地之一",[1]而加拿大作家查尔斯·德林(Charles de Lint, 1951—)和美国作家艾玛·布尔(Emma Bull, 1954—)也因为"引入城市活力,甚至摇滚乐"的《月心》(*Moonheart*, 1984)、《为橡树而战》(*War for the Oaks*, 1987),而被认定是城市奇幻小说的"年轻创始性作家"。[2] 1997年,在《奇幻百科全书》

---

[1] Bordertown Series, https://bordertownseries.com. Retrieved on April 5, 2018.
[2] An Introduction to *Bordertown*. Tor.com. Retrieved on May 5, 2011.

(*Encyclopedia of Fantasy*)一书中,加拿大学者约翰·克鲁特(John Clute,1940—)和英国学者约翰·格兰特(John Grant,1949—)首次对城市奇幻小说进行界定,强调了城市的设置背景,以及多种通俗小说模式的交叉之下,"幻想和现实相互作用、交织"的主要特征。

世纪之交的西方媒体所关注的城市奇幻小说家主要有英国的尼尔·盖曼(Neil Gaiman,1960—)和美国的劳雷尔·汉密尔顿(Laurell Hamilton,1963—)。两人均被认定对这一新型奇幻小说做出了开拓性贡献。1993年,劳雷尔·汉密尔顿出版了长篇小说《愧疚的乐趣》(*Guilty Pleasures*)。该书的最大亮点是描写了"吸血鬼"。但与恐怖小说中的吸血鬼不同,《愧疚的乐趣》中的吸血鬼是张扬的,而且以女性为主,她们集美貌、老练、凶残于一体,与人类共同生活在现实社会。作者以高度悬疑的第一人称手法,描写了女主角安妮塔·布莱克如何利用自己的"起死回生"的特长,为警局提供审讯犯人的服务,并进而成为追杀女吸血鬼的业余特工的神奇经历。故事强调离奇、曲折的追杀过程和行动。而由于《愧疚的乐趣》以及之后据此扩展的"安妮塔·布莱克系列"(Anita Blake Series)的"吸血鬼"女性化特征,劳雷尔·汉密尔顿也成为所谓女性城市奇幻小说的鼻祖。相比之下,尼尔·盖曼根据同名电视剧改写的《乌有乡》(*Neverwhere*,1996)没有那么新潮,但同样富有想象力。男主人公理查德·梅休倏然发现,在伦敦的地下,居然有一个"地下伦敦"存在,它连通每一个地铁站。这个与人类居住空间并存的另类天地,人们一般看不见,但出于某种不可知的原因,会"跌入缝隙",成为其一部分。尽管那里没有吸血鬼,也没有狼人,但有各种各样的另类生物,且一个比一个怪异。尤其是,还有阴森的修道院、恐怖的贵族宫廷,一切都令人想起野蛮的中世纪。尼尔·盖曼意欲通过多种类型交融的故事表明,当今西方社会存在可怕的"排斥",那些被排斥的人不再是文明世界的组成部分,他们失去了拥有的一切,无家可归,不得不屈从地下世界的无情规则的摧残。

继劳雷尔·汉密尔顿之后,在美国城市奇幻小说领域崭露头角的有吉姆·布切(Jim Butcher,1971—)、莎莲·哈里斯(Charlaine Harris,1951—)、帕特里夏·布里格斯(Patricia Briggs,1965—)、基姆·哈里森(Kim Harrison,1966—)、凯伦·莫宁(Karie Moning,1964—)、珍妮恩·弗罗斯特(Jeaniene Frost,1974—)、凯文·赫恩(Kevin Hearne,1970—)等等。他们均是西方奇幻小说领域的知名人物,著有一个或多个十分畅销的城市奇幻小说系列,其中一部或多部荣登《纽约时报》畅销书排行榜,并获得这样那样的奇幻小说奖项,也由此,被争先恐后地改编成电影、电视连续剧、有声小说、动漫、游戏。

吉姆·布切的"德累斯顿案卷"(The Dresden Files)始于2000年的《风暴前线》(Storm Front),终于2020年的《战场》(Battle Ground),计有十七个长篇,三十三个中、短篇。这些数量不小的城市奇幻小说以同名巫师为主角,展示了这位另类私家侦探在芝加哥交叉世界的种种断案经历。而莎莲·哈里斯始于《死到天黑》(Dead Until Dark, 2001)的"南方吸血鬼之谜"(The Southern Vampire Mysteries),也有同样的数量不小的长、中、短篇小说。作者基于奇幻小说的传统,虚拟了一个惊人的路易斯安那州魔法世界,那里不但有吸血鬼,还有狼人、变形怪和仙女。相比之下,帕特里夏·布里格斯的"默茜·汤普森系列"(Mercy Thompson Series)的规模不大,但同样描绘了一个充满狼人、吸血鬼和妖精的魔法世界,尤其是狼人抚养长大的同名女主角,身为汽车修理师,但法术无边,可以随意变幻形体。基姆·哈里森的"空心系列"(The Hollows Series)始于2004年的《女巫活尸行走》(Dead Witch Walking),迄今也包含十六部长篇小说、八部短篇小说、两部图画小说和一部阅读指南。故事主要设置在辛辛那提及其郊外的交叉世界,并融入了冷战、太空竞赛、基因工程等现代军事科技因素,场面宏大,寓意深刻,其中不乏对猎人、女巫、吸血鬼和妖精的动人描写。

凯伦·莫宁出道较早,早在世纪之交,就创作了脍炙人口的英雄奇幻小说《穿越高地迷雾》(Beyond the Highland Mist, 1999)。在这之后,她将该书扩展为"挑战者系列"(Highlander Series), 2006年,又开始转入城市奇幻小说创作,出版了包括《暗热》(Darkfever, 2006)、《血热》(Bloodfever, 2007)、《异热》(Faefever, 2008)在内的多达十一个长篇的"发热系列"(Fever Series)。这些小说熔凯尔特神话、爱尔兰传说、吟游诗人故事和现代童话于一炉,描述了一个具有心灵感应的现代女性穿越到灵异仙界的一系列寻仇和复仇的故事。珍妮恩·弗罗斯特的"夜间女猎手系列"(The Night Huntress Series)包含《走向坟墓》(Halfway to the Grave, 2007)、《踏入坟墓》(One Foot in the Grave, 2008)、《坟墓尽头》(At Grave's End, 2008)等七个长篇,外加若干中、短篇。这些小说沿袭劳雷尔·汉密尔顿的"安妮塔·布莱克系列"的传统,以追杀吸血鬼为主题,但故事重点在于塑造半人半吸血鬼的女主角凯瑟琳·克劳菲尔德,表现她的疾恶如仇的个性以及与赏金猎人博恩斯的缠绵感情。凯文·赫恩的"强者德鲁伊编年史"(Iron Druid Chronicles)共有《猎犬》(Hounded, 2011)、《诅咒》(Hexed, 2011)、《锤击》(Hammered, 2011)等九个长篇和一部短篇小说集。故事场景设置在他的家乡亚利桑那州,那里不但居住着现代人类,还有女巫、吸血鬼、狼人、恶魔,以及欧美神话乃至中国神话中的各路神仙。

劳雷尔·汉密尔顿

原名劳雷尔·克莱因(Laurell Klein),1963年2月19日出生在阿肯色州希伯斯普林斯。她刚出生不久,父亲便离开了这个家,于是劳雷尔跟随母亲、外祖母一道移居到印第安纳州西姆斯的一个小村庄,并在母亲遭遇车祸死亡之后,由外祖母抚养长大。劳雷尔自小经常听外祖母讲灵异故事,也由此养成了阅读通俗小说的爱好。小学二年级时,她开始编写奇幻故事,十二岁起又开始创作奇幻小说和恐怖小说,并尝试以"劳雷尔·汉密尔顿"的笔名投寄给杂志社和出版公司。完成中学基础教育后,怀着当作家的梦想,她入读印第安纳州马里恩学院,主修创意写作,辅修生物学,同时获得英语和生物学两个学士学位。在这之后,她一边在公司全职上班,一边挤出时间创作。

她的第一个正式面世的短篇是刊发在《马里恩·齐默·布拉德利的奇幻杂志》(*Marion Zimmer Bradley's Fantasy Magazine*)的《巫师之家》("House of Wizards",1989)上,而第一个正式出版的长篇是"大鹏图书公司"(Roc Books)推出的《夜行者》(*Nightseer*,1992)。后者出版后,尽管获得了一些好评,但没有吸引多少粉丝。于是,劳雷尔·汉密尔顿谋划更新颖、更吸引人的系列小说。一方面,她推出了"安妮塔·布莱克系列",该系列于1993年出版了首部《愧疚的乐趣》,以后以平均每年一部的速度递增,到2021年,已累计有长篇小说二十八部,外加九部中、短篇小说集;另一方面,她又推出了"风流绅士系列"(Merry Gentry Series),该系列始于2000年的《影之吻》(*A Kiss of Shadow*),终于2014年的《光之抖》(*A Shiver of Light*,2014),共计有九个长篇。这两个小说系列都在商业上获得了极大的成功。前者有五个长篇荣登《纽约时报》畅销书排行榜,分别是排列第五的《锁链水仙》(*Narcissus in Chains*,2001)、排列第二的《天蓝罪孽》(*Cerulean Sins*,2003),以及排列榜首的《弥迦》(*Micah*,2006)、《黑血》(*Blood Noir*,2008)和《詹森》(*Jason*,2014);而后者也有三部荣登《纽约时报》畅销书排行榜,即排行第十四的《影之吻》(*A Kiss of Shadow*,2000),排行第二的《霜之舔》(*A Lick of Frost*,2007)、《光之抖》(*A Shiver of Light*,2014)。①

"安妮塔·布莱克系列"主要从同名女主角的视角展开故事情节。安

---

① https://www.laurellkhamilton.com/tag/new-york-times-list,retrieved on February 5,2023.

妮塔·布莱克所生活的圣路易斯城，既是现实的，又是奇幻的。一方面，她受雇于动画公司，开吉普车、穿耐克鞋、嗜好咖啡，同现实社会中的普通女孩并无两样；但另一方面，她的周围又充斥着神话、童话和传说中的各种超自然生灵，如巨魔、僵尸、海妖、恶龙、鼠王、巨蛇等等。其中最多的是吸血鬼和狼人。这些尽管在欧洲仍属非法公民，但在美国，最高法院已通过法案，允许与人类混居、生活、工作、通婚、生子，甚至可以成立自己的公共社区、议会组织和政治团体。当然，由于与生俱来的邪恶基因，他们也会变坏，给社会造成危害，这就需要负责超自然生灵案件的警察调查真相、惩罚罪犯，但同时也给安妮塔·布莱克之类具有特异功能、掌握了魔法的吸血鬼猎手以惩恶扬善、主持正义的天地。在《愧疚的乐趣》中，安妮塔·布莱克杀死了幻化成少女，能呼唤鼠人作恶的吸血鬼大师尼古拉斯；而在《笑尸》(*The Laughing Corpse*, 1994)中，她又应警官多尔夫之请，调查了几起复杂的僵尸谋杀案，并为此卷入了一系列的暴力冲突。此外，她还在《血骨》(*Bloody Bones*, 1996)中，协助警方勘查三个男孩离奇死亡的现场，最后查明了凶手是一个患有精神病的吸血鬼，他挥舞着利剑削去了死者的面庞。一如既往地，她遭遇了多重报复，因而九死一生。自《杀戮之舞》(*The Killing Dance*, 1997)起，安妮塔·布莱克除协助警方或独自侦破谜案外，还遭遇了较多的男女情感波折，并不可逆转地卷入了三角恋。她生命中两个割舍不断的所谓"男孩"，一个是吸血鬼，现已四百岁，傲慢、擅长操纵，有极度的控制力；另一个是狼人，中学教师，善良、性感，长期隐瞒身份。尽管安妮塔·布莱克聪明、坚强，可以徒手砍下吸血鬼的脑袋，或者靠一把冲锋枪和伶牙俐齿将一群愤怒的狼人拒之门外，但在感情上一无所知。

同"安妮塔·布莱克系列"一样，"风流绅士系列"也是从女主角梅瑞狄斯·尼克埃塞斯的视角展开故事情节，只不过她并非人类，而是黑暗族妖精国的公主。《影之吻》一开始，梅瑞狄斯不堪忍受她的姑母，也即空气与黑暗女王安黛丝的虐待，逃离仙境，来到了洛杉矶的现实世界，化身为侦探社的私家侦探"风流绅士"。但好景不长，她被对手识破了身份，并被作为人质，押回了黑暗族妖精国。尽管堂兄赛尔王子觊觎母亲安黛丝的王位，欲将梅瑞狄斯置于死地，但安黛丝出自王族血统纯洁的考虑，还是指定梅瑞狄斯为王位继承人，条件是必须先于赛尔王子生育新的妖精孩子。个中原因不难理解。鉴于一系列宫廷阴谋，黑暗族妖精国和光明族妖精国的统治者都可能无法生育，唯有梅瑞狄斯具有半人类基因，最可能怀孕生子。于是在洛杉矶的平行世界打响了一场生育大战。在接下来的《暮光爱抚》(*A Caress of Twilight*, 2002)等几部小说中，梅瑞狄斯被软禁在宫廷，整天与姑母安黛丝赏赐的英俊卫士寻欢作乐。其间,淫荡与狂野交错,魔法与奸诈并行。直至第八卷《吞噬黑暗》(*Swallowing Darkness*,2008),梅瑞狄斯借助神圣的力量,才得以怀孕,而且怀的是双胞胎。但正在此时,读者又从最后一部小说《光之抖》看到,她的叔父塔拉尼斯,也即光明族妖精国的国王,在引诱她未遂之后,悍然进行强奸,并利用人类法庭起诉探视权,声称她生养的一个婴儿是属于他的。

不难看出,劳雷尔·汉密尔顿的作品之所以成为《纽约时报》畅销书排行榜的"常客",关键在于全新的城市奇幻小说模式创造。在代表作"安妮塔·布莱克系列"和"风流绅士系列"中,劳雷尔·汉密尔顿融合了奇幻、科幻、恐怖、神秘、侦破、冒险、言情等多个通俗小说的要素。它们既可以说是吸血鬼小说、狼人小说、巫术小说,又可以说是神秘小说、硬派侦探小说、警察程序小说,还可以说是哥特言情小说、色情暴露小说。也由此,劳雷尔·汉密尔顿同尼尔·盖曼一道,确立了自己西方城市奇幻小说开拓者的地位。后来的许多城市奇幻小说作家,如凯莉·盖伊(Kelly Gay)、考特尼·莫尔顿(Courtney Moulton,1986—)等等,都在接受采访时公开表示,自己的创作受到劳雷尔·汉密尔顿很大的影响。[1]

吉姆·布切

1971年10月26日,吉姆·布切出生在密苏里州独立城。他是家中幼子,上面有两个姐姐。他自小爱好体育运动,尤其是骑马、击剑、跆拳道。七岁时,他不幸患有链球菌咽喉炎,不得不卧床休息。为了替他解闷,姐姐拿来了鲁埃尔·托尔金的《魔戒》和布莱恩·戴利(Brian Daley,1947—1996)的"汉·索罗历险三部曲"(*The Han Solo Adventures Trilogy*,1979—1980),没想到他一看竟着了迷,从此爱上了奇幻、科幻小说,不但接着看完了克莱夫·刘易斯的七卷本"纳尼亚传奇"(*The Chronicles of Narnia*,1950—1956),还看完了所能找到的星球大战题材小说。十几岁时,他决心当一个专业作家,先后写了三部传统模式的奇幻小说,但均遭到出版商的拒绝。在这之后,他入读俄克拉荷马大学,主修创意写作,获得英语学士学位。1996年,他参加了该校的一个写作提高班,师从著名奇幻小说家黛博拉·切斯特(Deborah Chester,1957—)。后者建议他暂停原有的传统奇幻小说创作,改以创作比较时尚的城市奇幻小说。很快地,他拿出了一个包含二十多部长篇小说提纲的"德累斯顿案卷",并着手撰写该系列的首卷

---

[1] https://en.wikipedia.org/wiki/Laurell_K._Hamilton,retrieved on February 10,2023.

《风暴前线》。

1997年,吉姆·布切带着反复修改,经黛博拉·切斯特首肯的《风暴前线》书稿四处寻觅出版商。两年过去了,一无所获。终于,到了1999年,他设法会见了劳雷尔·汉密尔顿的出版经纪人莉西亚·梅因哈特(Ricia Mainhardt,1954—),此人了解了"德累斯顿案卷"的全部创作计划,并在得知已有三卷现成的书稿之后,答应尽力推荐。于是,在吉姆·布切与莉西亚·梅因哈特签约半年后,大鹏图书公司于2000年推出了首卷《风暴前线》。紧接着,该公司又出版了第二卷《愚月》(Fool Moon,2001)和第三卷《重危》(Grave Peril,2001)。此后,出版的速度放缓,但也几乎保证了每年一卷的增幅。随着"德累斯顿案卷"的规模越来越大,吉姆·布切的知名度也越来越高,销售额直线上升。先是2004年,科幻图书俱乐部(Science Fiction Book Club)挑选了前三部小说,以精装综合版的形式发行,标题为《雇佣巫师》(Wizard for Hire);继而2005年,第七卷《死亡节奏》(Dead Beat,2006)的精装本首印一万五千册,三天售罄,随即再版。再而第八卷《证明有罪》(Proved Guilty,2007)跻身于《纽约时报》畅销书排行榜第二十一位。而且自此之后,《纽约时报》畅销书排行榜的大门一直对"德累斯顿案卷"敞开。第九卷《白夜》(White Night,2008)名列第五,第十卷《小恩惠》(Small Favor,2009)又攀升至第二。第十一卷《翻身大衣》(Turn Coat,2010)和第十二卷《变化》(Changes,2011)还飙升至第一。此后的第十三卷《幽灵故事》(Ghost Story,2012)和第十四卷《冷日》(Cold Days,2013)也都位列第一。到2020年,"德累斯顿案卷"已增至十七卷,外加四部长篇小说合集、三部短篇小说集。毋须说,它们均被争先恐后地改编成电子书、动漫、电子游戏和电视连续剧。

"德累斯顿案卷"上述所有单本长篇小说、长篇小说合集、短篇小说集,以及电子书、动漫、电子游戏和电视连续剧,均以哈里·德累斯顿为男主角。他是一位巫师,精通巫术,借此在芝加哥开了一家私家侦探所,专门受理警察局无法破解的超自然疑案,也由此,接触到了吸血鬼、狼人、恶魔、鬼魂、妖精等等。所有这些超自然生灵,在芝加哥都属真实存在,且它们同人类一样,有着自己的政治、行业组织,并区分为好、歹、善、恶。在该系列的首卷《风暴前线》中,故事伊始,欠了两个月房租的哈里·德累斯顿受聘寻觅一位女士失踪的丈夫。他本以为这是一起极易侦破的案件,不料开始调查后,频频陷于险境,并阴差阳错地被当成杀人犯,差点丢了性命。在接下来的《愚月》中,哈里·德累斯顿又协助墨菲警官调查了几起凶杀案。案情追踪到某个神秘女子的未婚夫,此人实际上是个凶恶的狼人,每逢满月,就会幻化成人形,伤害无辜者。到了第三卷《重危》,哈里·德累斯顿奋力追查的对象又转向在医院产房作祟的女鬼。其间,他不幸遭到两名女吸血鬼的袭击和性侵。为了拯救芝加哥于鬼魂和神秘噩梦的折磨,哈里·德累斯顿几乎耗尽了自己的魔力,但终于,他成功警示了处在沉眠中的墨菲警官,拯救了正在变成吸血鬼的女友苏珊。

第四卷《夏日骑士》(*Summer Knight*, 2002)引入了仙国"妖精"。故事始于夏日骑士罗纳德被害,冬日女王麦布胁迫哈里·德累斯顿解开谜团。一如既往地,哈里·德累斯顿与巨魔、食人魔和食尸鬼作战,九死一生,但最后,峰回路转,正义战胜了邪恶。第五卷《死亡面具》(*Death Masks*, 2003)将视角移向堕落天使和瘟疫诅咒,并围绕都灵裹尸布被盗案,展开了制造瘟疫与阻止瘟疫的交锋。第六卷《血祭》(*Blood Rites*, 2004)以爱的力量为中心主题,故事重点是哈里·德累斯顿与吸血鬼的搏杀,过程一波三折,其中包括意外发现吸血鬼托马斯是自己同父异母的兄弟。第七卷《死亡节奏》延续了上一卷的故事情节。哈里·德累斯顿四处奔走,寻觅吸血鬼玛芙拉索要的两本书。三天期限将至,他终于拿到了两本书,而且,他还发现,所有的黑色魔法大师都在实施同一个阴谋,而这可能危及数以千计的无辜者的生命。第八卷《证明有罪》聚焦一起冤案,一个十六岁少年因所谓"精神控制朋友和家人"被判处死刑。但实际上,哈里·德累斯顿相信,真正的幕后黑手是一种来自精神世界的超自然生物——噬菌体。为了拯救被噬菌体绑架的少年的生命,他必须不顾个人安危,找出其来源。第九卷《白夜》将视角移向另一起复杂的命案。偌大的芝加哥城内,未成年巫师一个接一个蹊跷自杀。种种证据指向有前科的托马斯。但哈里·德累斯顿相信凶手另有其人,开始了艰难的调查。然而,他也知道,稍有不慎,就会有很多人死去,其中包括他同父异母的兄弟。

此后的第十卷《证明有罪》至第十七卷《战场》(*Battle Ground*, 2020),也总体上继承了以上各卷融传统奇幻小说和硬派侦探小说于一体的创作风格。故事一如既往的快节奏,情节充满了神秘、悬疑和惊险刺激,人类角色与非人类角色均给读者以强烈的印象,尤其是男主角哈里·德累斯顿,越来越显示出独特的魅力。一方面,第十一卷《翻身大衣》以白色巫师协会为场景,描述了哈里·德累斯顿不计前嫌,为蒙受奇冤的宿敌唐纳德洗刷罪名;另一方面,第十二卷《变化》又持续了哈里·德累斯顿与吸血鬼的搏击,描述了他与旧情人苏珊强强联手,救出了他尚不知晓,且已沦落为吸血鬼的活祭品的女儿玛姬。与此同时,第十三卷《幽灵故事》还别出心裁地让哈里·德累斯顿本身变成一个鬼魂,他奔走于阴间和阳世,在无法使用魔法的情况下，为拯救自己的朋友竭尽全力。此外，在第十五卷《皮囊游戏》中，还上演了一场罕见的打斗大戏，历尽险境的哈里·德累斯顿与昔时的仇敌联手，抢夺冥界之王哈迪斯的金库。

最值得一提的是第十七卷《战场》，该卷堪称整个"德累斯顿案卷"的集大成之作。在经历了上一卷《和谈》(*Peace Talks*, 2020)的惊心动魄的激战之后，哈里·德累斯顿又卷入了"史诗般的神话般的战斗"。其间，之前各卷出现过的、活着的朋友或敌人纷纷露面，或继续与他并肩作战，或继续与他为敌。此外还出现了更加棘手的新敌人，其中包括最后的泰坦——巴洛尔的女儿埃斯纽，她率领的军队已经夷平了芝加哥城区并杀死了数千人。面对最后的泰坦的宣战，哈里·德累斯顿的任务是杀死埃斯纽，拯救芝加哥城。这似乎是无法完成的任务，但他必须一试。而这次尝试将永远改变他的生活，改变芝加哥城和凡人世界。

总之，同劳雷尔·汉密尔顿笔下的安妮塔·布莱克和风流绅士一样，吉姆·布切塑造的哈里·德累斯顿也"逐步成长为一个令人难忘的角色——诚实和光荣到足以讨人喜欢，有缺陷和不可预知到足以变得有趣。他作为一个男人和一个巫师都是完全可信的。事实上，吉姆·布切巧妙地解释了哈里·德累斯顿施展魔法的原因和方法，这是"'德累斯顿案卷'最精彩的部分之一，是对魔法力量及其局限性的异常令人信服的描绘。"[1]

随着"德累斯顿案卷"取得成功，吉姆·布切也开始回归奇幻小说传统，开启了第二个小说系列，也即英雄奇幻小说系列"阿勒拉法典"(Codex Alera)的创作。该系列始于 2004 年的《卡尔德隆之怒》(*Furies of Calderon*)，终于 2009 年的《第一领主之怒》(*First Lord's Fury*)，共计六卷。它们也几乎全都是《纽约时报》畅销书。此外，2015 年，吉姆·布切还开启了第三个系列，也即蒸汽朋克小说系列"灰烬尖塔"(Cinder Spires)的创作。目前该系列仅出版了首卷《飞行员的起锚机》(*The Aeronaut's Windlass*, 2015)。

帕特里夏·布里格斯

1965 年 2 月 28 日，帕特里夏·布里格斯出生在蒙大拿州比尤特一个普通家庭。她的母亲是小学图书管理员，这个职位为自己的家人借阅图书提供了方便之门。帕特里夏自小与姐姐一道，阅读了大量的童话故事，稍

---

[1] Victoria Strauss. "The SF Site Featured Review: Fool Moon", www.sfsite.com. Retrieved on February 19, 2023.

大，又独自阅读了不少传统的奇幻小说，尤其是早期新剑法巫术奇幻小说家安德烈·诺顿的作品，令她十分着迷。完成基础教育后，她入读蒙大拿州立大学，获历史学和德语学士学位。其间，她受同住一个宿舍的学友痴迷文学创作的影响，开始尝试创作短篇奇幻小说，但几经周折，未果。在这之后，她入职一家保险公司，还担任了一个时期的代课教师，但最后，还是决定做一个职业作家，专心致志进行奇幻小说创作。

起初，帕特里夏·布里格斯沿袭传统模式，创作了一些长篇的、短篇的新剑法巫术奇幻小说。首部长篇小说《假面舞会》(*Masques*, 1993)问世后，几乎没有引起任何反响，接下来的《盗龙》(*Steal the Dragon*, 1995)出版后，也是反应平平，但她毫不气馁，依旧在丈夫的支持下默默耕耘。1998年出版了《当恶魔行走》(*When Demons Walks*), 2001年又出版了《霍布的交易》(*The Hob's Bargain*)。这两部长篇小说都获得了一些正面评价。尤其是随后问世的《龙骨》(*Dragon Bones*, 2002)和续集《龙血》(*Dragon Blood*, 2003)，以及《乌鸦之影》(*Raven's Shadow*, 2004)和续集《乌鸦之击》(*Raven's Strike*, 2004)，因其复杂的故事情节和令人难忘的人物塑造，获得了更多的好评，甚至被誉为"惊心动魄的奇幻传奇"。[①] 鉴于帕特里夏·布里格斯出色的驾驭长篇小说"二部曲"的能力，她的图书出版编辑给她打电话，建议她规划更大规模的系列小说的创作，并改以时尚的城市奇幻小说创作模式，她欣然应允。于是一个包含十三部长篇小说的"默茜·汤普森系列"陆续问世。

"默茜·汤普森系列"始于2006年的《唤月》(*Moon Called*)。该书由王牌图书公司推出后，受到读者的热烈欢迎，被列为《今日美国》畅销书。接下来的第二卷《血缘》(*Blood Bound*, 2007)又跻身于《纽约时报》畅销书排行榜，名列第十二位。此后的第三卷《铁吻》(*Iron Kissed*, 2008)、第四卷《叉骨》(*Bone Crossed*, 2009)、第五卷《银载》(*Silver Borne*, 2010)更是一发便不可收，分别奇迹般地飙升至《纽约时报》畅销书排行榜第一、第三和第一。随着"默茜·汤普森系列"越来越多的长篇小说荣登《纽约时报》畅销书排行榜，帕特里夏·布里格斯的声誉直线上升，此前滞销的《假面舞会》《盗龙》等小说，也被多家出版公司争先恐后地再版。

"默茜·汤普森系列"之所以受到读者热捧，关键在于复杂的故事情节和全新的同名女主角人物塑造。与之前任何城市奇幻小说的女主角不同，默茜·汤普森不是狼人，胜似狼人。她自小在狼人窝里长大，初恋是狼

---

① https://www.amazon.com/Ravens-Strike-Raven-Duology-Book, retrieved on March 2, 2023.

人,来华盛顿开汽车修理铺后,又与狼人为邻。而且,她从黑脚族印第安人父亲那里遗传了身体变形的技能,可以随意变成土狼,据此,混迹于吸血鬼、恶魔、鬼魂、妖精等超自然生物中。最重要的是,她有一颗金子般的心,乐于路见不平、拔刀相助。在首卷《唤月》中,她主动帮助一个年轻的狼人流浪者,为此卷入了针对狼人首领的激烈冲突,不得不寻求吸血鬼好友查找幕后黑手。接下来的第二卷《血缘》中,默茜·汤普森为了报答吸血鬼好友,又与被恶魔附身的巫师鏖战。尽管她只是"步行者",但竭尽全力,甚至不惜牺牲自己的生命。第三卷《铁吻》聚焦华盛顿妖精保留地的几起命案。噩耗传来,默茜·汤普森的昔时恩师被诬陷入狱,她随即展开了为之洗罪的调查。凭借敏锐的土狼感官,她查出了真正凶手,但不幸的是,为时已晚,恩师已被处死,而且她本人也付出了肉体和情感的代价。第四卷《叉骨》将故事场景移回默茜·汤普森的汽车修理铺。鉴于之前她伙同吸血鬼友人误杀了吸血鬼女王的恋人安德烈,吸血鬼女王下达了对她的追杀令。逃亡途中,她又无奈卷入了同邪恶鬼魂的激烈交锋。但最后,依靠狼人群的帮助,她终于转危为安。

第五卷《银载》描述默茜·汤普森误打误撞,无意中揭开了一本旷世妖精奇书的惊天秘密。此时的她,已不再"孤独",不但被狼人群体重新接纳,还与狼人首领亚当喜结连理。第六卷《河标》(*River Marked*, 2011)以哥伦比亚河为故事场景,原本的蜜月之旅变成了生存之战。默茜·汤普森迫切需要见到父亲的灵魂,以驱逐传说中的邪恶、凶险的河魔。第七卷《燃霜》(*Frost Burned*, 2013)展示了默茜·汤普森收养继女杰西以来面临的最大恐惧,即丈夫亚当的突然失踪。显然,他和狼人群体都处在极度危险之中。第八卷《破夜》(*Night Broken*, 2014)涉及亚当的前妻克里斯蒂,这个女人试图与亚当破镜重圆,然而在她背后,还有一个未知恶魔意欲撕裂默茜·汤普森的整个世界。第九卷《触火》(*Fire Touched*, 2016)演绎默茜·汤普森与多方联手,阻止巨魔对人类发动毁灭性战争。秘密武器是解救远古时代困在魔法世界的一个人类男童。然而,风险也巨大,尤其是如何消除他身上的"触火"。第十卷《坠寂》(*Silence Fallen*, 2017)始于默茜·汤普森落入世界最强大吸血鬼的魔爪。尽管她以土狼形体逃脱,却再次孤立无援。她迫切需要查明绑架者的真正目的,以及谁是仇敌,谁是盟友。而在布拉克城中心,古老的幽灵悄然升起。第十一卷《诅暴》(*Strom Cursed*, 2019)以较多的笔墨描述了默茜·汤普森的父亲和她的同父异母兄弟,但核心情节依然是她遭遇新的仇敌,其中包括地精、侏儒、僵尸和黑色女巫,尤其是后者,肆虐整个三城地区。第十二卷《烟咬》(*Smoke Bitten*, 2020)的故事情节紧接上卷,展示了默茜·汤普森遭遇的多个新的险境,其中最重要的是冒出了一种可怕的"烟雾"生物,可以"噬咬"任何生灵,并迫使其攻击同伴,甚至是亲近者。第十三卷亦即最后一卷《夺魂》(*Soul Taken*,2022),围绕着"吸血鬼伍尔夫神秘失踪"展开故事叙述,许多情节源于之前各卷,不啻"激动人心的、不停歇的、紧张的、充满动作打斗的"①大合唱。

"默茜·汤普森系列"的大红大紫,也促使帕特里夏·布里格斯不久开启了另一个城市奇幻小说系列,亦即"阿尔法和欧米伽系列"(Alpha and Omega Series)的创作。该系列的故事场景与"默茜·汤普森系列"相同,但故事人物几无关联,而且故事情节,也正如系列名称所暗示的,均为独立、完整的篇章。首部《嚎叫的狼》(*Cry Wolf*)问世于 2008 年,以后又陆续出版了《狩猎场》(*Hunting Ground*,2009)、《公平比赛》(*Fair Game*,2012)、《平分秋色》(*Dead Heat*,2015)、《熊熊燃烧》(*Burn Bright*,2018)、《荒野征兆》(*Wild Sign*,2021)等五部长篇小说。毋须说,它们也都是畅销书,其中,《嚎叫的狼》《狩猎场》《公平比赛》还同样跻身于《纽约时报》畅销书排行榜。

第六节 启示录恐怖小说

渊源和特征

西方的启示录恐怖小说(apocalyptic and post-apocalyptic fiction),亦即世界末日小说,是 21 世纪新兴的一类超自然恐怖小说。在此之前,这类小说主要作为科幻小说的一个分支,散见在若干具有反科学恐怖色彩的反乌托邦小说、新浪潮科幻小说和赛博朋克科幻小说当中。其主要特征是,在融合硬式科幻小说多个要素的同时,强调宇宙系统的崩溃和人类社会的灭亡,且与宗教预言或民间传说中的世界末日事件紧密相连,如洪水泛滥、瘟疫流行、气候失常、生态灾难、毁灭性战争等等;或者更具想象力的,如僵尸爆发、技术奇点、人工智能失控、外星人入侵等等。而且,它的直接文学渊源,也可以追溯到公元 1 世纪前后的《但以理书》(*Book of Daniel*)和《启示录》(*Revelation*)。前者作为犹太教的经典,通过先知但以理目击的种种异象,预言了暴君统治的国度在"远古日子"的消亡以及"像人子一样的人"的来临;而后者也作为基督教《圣经新约》的最后一卷,描述了使徒约翰被

---

① Barb. *Soul Taken by Patricia Briggs*: *a Review*, https://www.thereadingcafe.com. Retrieved on August 23,2022.

囚禁在拔摩海岛时所看到的种种异象,其中最重要的是世界末日将至、耶稣再来、死者复活和最后审判。

1839年12月爱伦·坡刊发在《伯顿的绅士杂志》(Burton's Gentleman's Magazine)的《埃洛斯与查米恩的对话》("The Conversation of Eiros and Charmion")堪称美国最早的启示录恐怖作品。作者假借两个死后灵魂的对话,描述了地球因遭彗星撞击,大气中氮成分消失殆尽,世界末日来临的惨象。到了1912年,杰克·伦敦(Jack London, 1876—1916)又推出了长篇小说《猩红瘟疫》(The Scarlet Plague)。故事发生在2073年的旧金山,一场罕见的瘟疫突袭,地球人口锐减。在这之后,美国启示录恐怖小说的名篇主要有埃德温·巴尔默(Edwin Balmer, 1883—1959)和菲利普·怀利(Philip Wylie, 1902—1971)合著的《星球碰撞》("When Worlds Collide", 1933)、伊萨克·阿西莫夫的《夜幕降临》("Nightfall", 1941)、乔治·斯图尔特(George Stewart, 1895—1980)的《地球永存》(Earth Abides, 1949)、理查德·马西森的《我是传说人物》(1954)、帕特·弗兰克(Pat Frank, 1908—1964)的《唉,巴比伦》(Alas, Babylon, 1959)、库尔特·冯内古特(Kurt Vonnegut, 1922—2007)的《猫的摇篮》(Cat's Cradle, 1963)、拉里·尼文(Larry Niven, 1938—)的《魔鬼之锤》(Lucifer's Hammer, 1977)、斯蒂芬·金的《末日逼近》(The Stand, 1978)、弗兰克·赫伯特(Frank Herbert, 1920—1986)的《白色瘟疫》(The White Plague, 1982)、戴维·布林(David Brin, 1950—)的《末日邮差》(The Postman, 1985)、罗伯特·麦卡蒙的《绝唱》(1987)、奥克塔维娅·巴特勒(Octavia Butler, 1947—2006)的《播种者寓言》(Parable of the Sower, 1993)、查尔斯·佩莱格里诺(Charles Pellegrino, 1953—)和乔治·泽布罗夫斯基(George Zebrowski, 1945—)合著的《杀戮之星》(The Killing Star, 1995),等等。这些小说大体沿袭了传统的世界末日主题,或描述日渐失控的气候变化,或绘写极其可怕的瘟疫流行,或演绎毁灭性外星人入侵,或展示反乌托邦体制的暴力冲突和旷世灾难。

20世纪和21世纪之交,随着千禧年的临近和来临,《但以理书》和《启示录》中的世界末日预言再度成为包括美国在内的西方舆情中心。人们开始在报刊议论基督再来的准确日期,以及世界末日是否真是"2012/12/21"。[1]与此同时,影视界、娱乐界也不失时机地挖掘这方面的题材,推出了许多改编的、原创的启示录恐怖影片、电视剧、广播剧和游戏软件,如《世界毁灭》

---

[1] Martin Hermann. *A History of Fear: British Apocalyptic Fiction, 1895—2011*. EpubliBerlin, 2015, p. 1.

(*Apocalypse*,1998)、《黑色天使》(*Dark Angel*,2000)、《未来疯狂》(*The Future Is Wild*,2002)、《人类死亡》("Humans Are Dead",2005)、《推进战争》(*Advance Wars*,2008)等等。这些影片、电视剧、广播剧和游戏软件的异常火爆,又促使许多美国通俗小说家依据当时的社会热点,特别是"9·11"事件之后的恐怖袭击、全球气候变暖、埃博拉和"非典"病毒、黑科技、宇宙灾难,创作这样那样的启示录恐怖小说。最先获得成功的是丹·西蒙斯(Dan Simmons,1948—)的《恩底弥翁》(*Endymion*,1996)。该书熔希腊神话、蒸汽朋克、宗教教义于一炉,描述了地球上拯救人类的复杂斗争。小说出版后,短时期内印了五次,并入围1997年轨迹奖。两年后,又有杰克·麦克德维特(Jack McDevitt,1935—)的《月落》(*Moonfall*,1998)引起了瞩目。该书回归古老的星球碰撞主题,描述美国副总统登上月球,为人类第一个月球基地揭幕之时,一颗彗星撞向月球,由此产生了地球文明崩塌、人类几近毁灭的悲剧。

2006年见证了美国启示录恐怖小说的大流行。一方面,科马克·麦卡锡(Cormac McCarthy,1933—2023)的《路》(*The Road*,2006)以一对父子为主角,描述了"令人心碎""难以忘怀"和"情绪崩溃"的后世界末日景象。[①] 该书荣获2007年布克奖,2009年又被搬上电影屏幕,再次引起轰动;另一方面,苏珊·菲弗(Susan Pfeffer,1948—)又开启了脍炙人口的"最后幸存者系列"(Last Survivors Series)的创作。首篇《我们所知道的生活》(*Life as We Know It*,2006)描述小行星撞击月球之后,火山喷发,海啸肆虐,成百上千万人死亡,幸存者忍饥挨饿,在死亡线上苦苦挣扎。该书2007年被青年图书馆服务协会评为最佳青年图书,并入围同年安德烈·诺顿杰出科幻或奇幻图书奖;与此同时,约翰森·兰德(Johnathan Rand,1964—)的《瘟疫》(*Pandemia*,2006)还面向青少年读者,以现实生活中的禽流感为题材,描写这种动物宿主病毒因现代交通方式发生变异,成为人类大流行病,最终导致全球进入紧急状态。此外,马克斯·布鲁克(Max Brooks,1972—)的《僵尸世界大战》(*World War Z*,2006),还借用栩栩如生的僵尸爆发情节和虚拟的世界末日场景,讽喻反乌托邦政府无能、企业腐败和人类短视,小说中的每一个细节几乎都能在现实社会中找到印证。

21世纪的第二个十年,美国启示录恐怖小说继续保持了强劲的发展势头,老将不老,新秀辈出,名作不断,而且多以"系列"或"三部曲"面世,如苏珊·伊(Susan Ee,1950—)的"天使降临三部曲"(*Angelfall Trilogy*,

---

[①] Holcomb,Mark. "End of the Line-After Decades of Stalking Armageddon's Perimeters,Cormac McCarthy Finally Steps Over the Border". *The Village Voice*. Retrieved April 23,2007.

2012—2015)、威廉·福尔斯琴(William Forstchen,1950—)的"约翰·马瑟森系列"(John Matherson Series,2009—2017)、苏珊娜·柯林斯(Suzanne Collins,1962—)的"饥饿游戏系列"(Hunger Games Series,2008—2020)、贾斯廷·克罗宁(Justin Cronin,1962—)的"末日之旅三部曲"(Passage Trilogy,2010—2016)、里奇·范西(Rich Vancey,1962—)的"第五波三部曲"(The 5th Wave Trilogy,2013—2016)、安·阿吉雷(Ann Aguirre,1970—)的"剃刀国系列"(The Razorland Series,2011—2017)、诺·凯·杰米宁(N. K. Jemisin,1972—)的"破碎地球系列"(Broken Earth Series,2015—2017)、詹姆斯·达什纳(James Dashner,1972—)的"移动迷宫系列"(Maze Runner Series,2009—2020)、乔什·马勒曼(Josh Malerman,1975—)的"鸟盒系列"(Bird Box Series,2014—2020)、休·豪威(Hugh Howey,1975—)的"筒仓三部曲"(Silo Trilogy,2011—2013)、米拉·格兰特(Mira Grant,1978—)的"僵尸末日系列"(Newsflesh Series,2010—2018)、维罗妮卡·罗斯(Veronica Roth,1988—)的"分歧者三部曲"(Divergent Trilogy,2011—2013),等等。其中,最耀眼的新星当属黛安·库克(Diane Cook,1976—)。早在哥伦比亚大学求学期间,黛安·库克就开始了启示录恐怖小说的创作。作品数量虽然不多,但都是精品。短篇小说集《人类对抗自然》(Man vs. Nature,2015)刚一面世,便引起广泛瞩目,被誉为"超现实主义、寓言故事和传统世界末日小说的巧妙结合"①,并入围《卫报》《信徒》《洛杉矶时报》新人小说奖。在这之后,她转入长篇小说创作。处女作《新荒野》(The New Wilderness)于2020年问世后,又获得评论界广泛好评,被"书虫网站"(https://bookriot.com)列入当年十五本最佳启示录恐怖小说名单②,并入围当年布克奖。

苏珊娜·柯林斯

  1962年8月10日,苏珊娜·柯林斯出生在康涅狄格州哈特福德一个军人家庭。父亲是位空军军官,曾在朝鲜战场和越南战场服役。由于父亲的工作性质,苏珊娜·柯林斯自小就随家庭不停地迁徙,并在美国东部度过了大部分童年时光。苏珊娜·柯林斯幼时即显露出了良好的文学艺术天赋,中学时代是在伯明翰市阿拉巴马美术学院度过的。在这之后,她入读印第安纳大学布卢明顿分校,主修戏剧和电子通信,1985年获得文学学

---

① https://fictionwritersreview.com/review/man-v-nature-by-diane-cook/ · Retrieved on August 21,2023.

② https://bookriot.com/best-post-apocalyptic-books-2020/ · Retrieved on August 21,2023.

士学位,几年后又获得纽约大学蒂施艺术学院戏剧写作硕士学位。

1991年,苏珊娜·柯林斯开始了作为一个电视剧作家的创作生涯。她参与创作了不少颇有人气的青少年电视剧,如"尼克有线电视频道"(Nickelodeon)的《克拉丽莎解释一切》(*Clarissa Explains It All*,1991—1994)、《谢尔比·伍的神秘档案》(*The Mystery Files of Shelby Woo*,1996—1999),等等,两者皆获得众所瞩目的艾美奖(Emmy Prize)提名。2003年,受同为电视剧作家的詹姆斯·普罗伊莫斯(James Proimos,1955—)成功转型的启发,苏珊娜·柯林斯开始了自己向往已久的青少年奇幻小说创作。首部长篇小说《陆行者格雷戈》(*Gregor the Overlander*,2003)刚一问世便成为畅销书,被誉为"奇幻迷和该类型新手的一次引人入胜的冒险"。① 接下来,苏珊娜·柯林斯把它扩充为"地下编年史系列"(The Underland Chronicles),续写了《格雷戈与贝恩的预言》(*Gregor and the Prophecy of Bane*,2004)、《格雷戈与温血者的诅咒》(*Gregor and the Curse of the Warmbloods*,2005)、《格雷戈与秘密印记》(*Gregor and the Marks of Secret*,2006)、《格雷戈与利爪法典》(*Gregor and the Code of Claw*,2007)四部长篇小说。无须说,它们也是畅销书,被译成多种文字,畅销世界各地,还被改编成电子书、有声小说,一次次引起轰动。

尽管"地下编年史系列"已经取得相当大的成功,但真正确定苏珊娜·柯林斯在当代美国通俗小说界的"大腕"地位,并跻身当代西方通俗小说知名作家行列的还是在这之后推出的"饥饿游戏三部曲"(Hunger Games Trilogy)。该三部曲自2008年至2010年由学乐出版公司(Scholastic)推出。首部《饥饿游戏》(*The Hunger Games*,2008)连续一百周荣登《纽约时报》畅销书排行榜,短短几年内印刷多次,销售量超过一千七百五十万册;续集《星火燎原》(*Catching Fire*,2009)和《嘲笑鸟》(*Mockingjay*,2010)也是《纽约时报》著名畅销书,销售量分别超过七十五万册和一千万册。同一时期三部曲的有声小说、电子书的销售量更是惊人,每部均超过一百万册。2012年3月,亚马逊宣布苏珊娜·柯林斯成为有史以来最畅销的Kindle电子书作者。同年根据《饥饿游戏》改编的同名电影首映也创下了一亿五千二百五十美元的票房纪录。与此同时,各种荣誉也纷至沓来。仍以《饥饿游戏》为例,它既是《出版者周刊》的"年度最佳图书"和《纽约时报》的"优秀青少年读物",又是金鸭奖青少年小说类获奖作品和《学校图书馆学报》(*School Library Journal*)的"年度推荐书目"。此外,它还赢得了加利福尼亚州青少年读者奖和《亲

---

① Berman,Matt. "Gregor the Overlander: Underland Chronicles, Book 1". *Common Sense Book Reviews*. Retrieved August 15,2015.

子》杂志(Parent and Child)"最激动人心的结局"奖。

人们之所以热捧"饥饿游戏三部曲",原因是多方面的。"油管"(YouTube)著名作家、博客作者约翰·格林(John Green,1977—)盛赞该三部曲"情节精彩,节奏完美","塑造了令人难忘的复杂而迷人的女主人公"。[1] 著名恐怖小说家斯蒂芬·金则将它比作"八重奏大厅所玩的电子游戏,明知不是真的,也会通宵达旦地玩"。[2] 著名奇幻小说家里克·赖尔丹(Rick Riordan,1964—)还声称它"最接近完美冒险"。[3] 不过,最根本的,恐怕还是苏珊娜·柯林斯从古希腊忒修斯和牛头怪的经典神话、古罗马角斗士竞技游戏、美国发动的伊拉克战争,以及当代电视真人秀节目中得到灵感和启发,塑造了一个让读者眼前一亮的后世界末日时代的反乌托邦"帕纳姆"(Panem)。在这个"灰烬中崛起的国家"里,当权者基于权力中心"国会大厦",对周围拥有不同生活资源的十二个区横征暴敛,也由此,那里的百姓生活在水深火热之中。为了防止他们反抗,当局采取了种种骇人听闻的法西斯控制手段,如建立武装到牙齿的警察部队,设立一道道安全围栏,等等。尤其是,每年举行一次血腥的"饥饿游戏",即运用抽签的方式,从十二个地区各挑选十二岁至十八岁的一名男孩和一名女孩,让这些"贡品"在指定的竞技场相互残杀,直至最后留下一名幸存者。整个血淋淋的场面通过电视台现场直播,其目的很明显,震慑任何对现实不满的"反政府人士"。

该三部曲的十六岁女主角凯妮丝即是这样的"反政府人士"。故事一开始,她自愿替换不幸中签的妹妹,与另一个名叫皮塔的男孩一道,作为第十二区的两个"贡品",参加了当局举办的第七十四届饥饿游戏。游戏开始,二十四个"贡品"相互残杀,凯妮丝和皮塔九死一生,但最终凭借良好的户外狩猎技能得以幸存。接下来,两人没有继续按照游戏规则火拼,而是双双抓住有毒的浆果,试图同时自尽。如此叛逆举止震惊了当局。高层急忙下令修改游戏规则,承认这一届有两个获胜者。"国会大厦"的阴谋受挫,而"反政府人士"则从凯妮丝和皮塔身上看到了希望。翌年,"国会大厦"又修改游戏规则,宣布第七十五届饥饿游戏将由前几届获胜者对阵,从而将凯妮丝和皮塔再次置于危险之中。与此同时,更多的维和警察被派驻在十二个地区,以期减少市民在饥饿游戏后的"非常举止"。但事情的

---

[1] John Green. "Scary New World". *The New York Times*, November 7, 2008.
[2] Stephen King. "Book Review: The Hunger Games". *Entertainment Weekly*. September 8, 2008.
[3] Rick Riordan. "Home-Suzanne Collins". January 26, 2011.

发展出乎当权者的意料,"非常举止"越来越多,并渐渐演变成为声势浩大的叛乱。而凯妮丝等人也设法冲破了当局的围追堵截,加入了叛乱队伍。二十年后,凯妮丝和皮塔结婚并育有两个孩子。在叛军指挥官佩勒的统治下,饥饿游戏早已废除,竞技场也改成了纪念馆,但过去参加饥饿游戏的种种经历,时时给凯妮丝带来噩梦。

2020年,苏珊娜·柯林斯又续写了《鸣禽与蛇之歌》(The Ballad of Songbirds and Snakes),由此"饥饿游戏三部曲"成了"饥饿游戏系列"。该书场景设置在《饥饿游戏》出版前六十四年,故事聚焦"帕纳姆"政府首脑斯诺,描述他的家族的崛起以及饥饿游戏的由来和发展。

休·豪威

1975年6月23日,休·豪威出生在北卡来罗纳州夏洛特,但在门罗长大。他自述从小有两个梦:一是写科幻小说,二是周游世界。完成中学基础教育后,他一度迷上了电脑,当了电脑修理工。之后,他还是选择了去查尔斯敦,在当地上大学。其间,他在书店当营业员,替人装修房屋,靠积攒下来的钱买了一艘帆船。大学三年级时,他驾驶这艘帆船,开始了梦寐以求的海上旅行。起初,他向南航行,但肆虐的飓风又迫使他折回美国。为了生存,他当了职业游艇驾驶员,也曾在纽约、巴拿马、加拿大上了货轮,兼任水手。一次航行,他邂逅后来的妻子,于是在后者的劝说下,放弃了流浪生涯,定居佛罗里达州朱庇特。也正是从那时起,他开始实现人生的第二个梦想——当一个通俗小说家。

几乎从一开始,休·豪威就走上了一条与大多数通俗小说家不同的创作道路。他不是先准备好作品,再联系出版商,而是直接通过亚马逊网站的Kindle自助出版系统,持续推出自己的作品。2009年和2010年,他以极快的速度出版了以太空冒险为题材的"伯尔尼传奇系列"(The Bern Saga)。该系列包括《莫莉·菲德与帕索纳救援队》(Molly Fyde and the Parsona Rescue)、《莫莉·菲德与光之国》(Molly Fyde and the Land of Light)、《莫莉·菲德与数十亿人血》(Molly Fyde and the Blood of Billions)、《莫莉·菲德与和平之战》(Molly Fyde and the Fight for Peace)四本电子书,尽管引起了不少人瞩目,而且网上也不时传出叫好声,但真正成为他一生创作起飞点的还是2011年7月推出的电子书《羊毛》(Wool)。这本近六十页的电子书刚一在亚马孙Kindle平台露面,即受到许多科幻小说爱好者的追捧。于是,休·豪威迅速把它扩充为一个"羊毛系列"(Wool Series),续写了四本同样篇幅的电子书,分别是《羊毛:适当规格》(Wool: Proper

Gauge,2011)、《羊毛:摆脱困境》(Wool:Casting Off,2011)、《羊毛:揭开谜底》(Wool:Unraveling,2012)和《羊毛:搁浅》(Wool:Stranded,2012)。随着"羊毛系列"在全球网上的销售量超过了四十万本,休·豪威在美国通俗小说领域的声誉也到达了顶峰。各种西方的主流出版公司,如"西蒙-舒斯特"(Simon & Schuster)、"兰登书屋"(Random House),纷纷向他伸出橄榄枝,也由此,他的长达五百多页的纸质版《羊毛全书》(Wool Ominibus,2012)登上了《纽约时报》畅销书排行榜,风靡大西洋两岸。同年,他又将《羊毛全书》的影视制作权卖给了"20世纪福克斯"(20th Century Fox),但保留纸质书、电子书的销售权利。继此之后,休·豪威又从速续写了三卷本《轮班》(Shift),分别是《第一班:遗产》(First Shift:Legacy,2012)、《第二班:订单》(Second Shift:Order,2012)和《第三班:契约》(Third Shift:Pact,2013),以及一卷本《尘土》(Dust,2013),它们在故事情节和人物设置上,与"羊毛系列"一脉相承,由此共同构成了前面提到的"筒仓三部曲"。2023年1月10日,美国大型读书网站 Goodreads 依据读者投票,从二万二千八百二十六种西方的启示录恐怖小说中遴选出五十种最受欢迎的图书,其中休·豪威的《羊毛》《轮班》《尘土》等"筒仓三部曲"全部入选。①

  休·豪威的"筒仓三部曲"之所以获得如此多的读者青睐,首先在于设置了一个异乎寻常的后世界末日背景。一场突如其来的"核爆炸"过后,人类几近灭绝,幸存者住进了预制的巨大地下筒仓。这个筒仓有一百四十四层深,没有电梯,也没有数字通信,信息传递靠搬运工在旋梯上下跑动。依赖严密监控和纳米技术,筒仓能勉强维持正常的生活秩序和需求。职业有分工,食物被种植和定量供应,空气被净化,废物被回收,石油从下面的储备设施抽出,用来发电,并通过严格的计划生育政策控制人口。几百年过去了,筒仓里的人们就这样一直在地下生活、工作和死去,活着的居民渐渐忘却了自己是怎么来的,忘记了地面曾经有另一个世界存在。尤其是,筒仓有一个铁定的法律:永远不能说"到外面去",否则会判以叛国重罪。每隔一段时期,高层都会指示警长派送一个犯有叛国罪的居民到顶层清理传感器。在那里,可以窥见,土地焦黑,空气有毒,即使穿上全套工业防护服,也会在几分钟内死去,从来没有一个人活着回来。凡此种种描写,给人以强烈的新奇感与震撼力。

  其次,休·豪威善于设置故事情节悬念。《羊毛》一开始,就出现了警长霍尔斯顿告诉副手他"想出去",并穿上特制防护服去顶层外面清洁传

---

① https://www.goodreads.com/shelf/show/post-apocalyptic,retrieved on January 10,2023.

感器的情景。他为何要"自罚",重蹈三年前妻子赴死的覆辙?读者带着这样的疑问,看完了筒仓的蒸汽朋克式生活环境以及永远不要说"到外面去"的铁定法律。直至快到书末,作者才开始交代市长、副市长如何到底层选定一个熟谙 IT 技术的朱丽叶,顶替已死的警长霍尔斯顿,但依旧没有彻底释解此前读者心中的疑问。一波未平一波又起,只见市长、副市长开始步行旋梯返回筒仓顶部。然而,就在他们即将登顶之时,市长又在 IT 楼层停留后死于毒水。一周后,朱丽叶抵达警官办公室,旁边立着来自 IT 部门的新市长。她着手调查原市长被谋杀案时,无意中在老警长及妻子的个人档案中发现了奇怪的信息。但就在这时,朱丽叶突然又被新市长指控犯有谋杀罪,并被判处到顶层外面清洁传感器。幸运的是,当中出了岔子,朱丽叶没死。至此,《羊毛》全书结束。

接下来的《轮班》直接把读者带回到二百五十年前建造筒仓的时代。原来,一切始于一个邪恶的"优质人种"计划。其时,美国参议员瑟曼借口防止恐怖袭击,要求国会另一个议员基恩建造一个可容纳千人藏身的一号筒仓,但实际上,瑟曼安排建造的筒仓还有四十九个,只不过基恩全然不知。民主党召开庆祝大会的当天,瑟曼引爆了"核弹",将少数"优选"国民有序导入四十九个巨型地下筒仓。一号筒仓实际上是指令仓,在那里,瑟曼、基恩等若干"计划"负责人被置于深度冻眠状态,以便在特定的间隔时间"轮班"唤醒。而《羊毛》提到的两个警长霍尔斯顿、朱丽叶属于十八号筒仓。该筒仓 IT 主管伯纳德发现朱丽叶知道了某些不该知道的秘密,于是指示下属卢卡斯将她派至顶层外部清洁传感器。但关键时刻,卢卡斯又良心发现,拯救了朱丽叶,并伺机调包杀死了伯纳德。到这时,故事情节才真正回到《羊毛》的故事终点,开始了基恩三次"轮班唤醒"时的惊心动魄的叙述。每次轮班都披露了瑟曼希望保密的一些信息。有人最先警觉纳米战争一触即发;政客开始操弄媒体掩人耳目;大气弥漫无数纳米微尘,杀人于无形;全球人类即将灭绝,只剩瑟曼建造的象征美国五十个州的五十个巨型地下筒仓;几万个美国优选国民像种子一样储存在地下筒仓,五百年后地球会成为一个新世界;只有极少数人可以活着,其他全部灭绝,且谁死谁活,仅由一小撮人决定。

《尘土》既是"筒仓三部曲"的终曲,也是《羊毛》《轮班》情节和人物的融合点。在《羊毛》中,由于卢卡斯的相救,朱丽叶不但在地面幸免于难,还察觉到邻近有一个十七号筒仓,并试图进入该筒仓。而《轮班》中的基恩也察觉到自己被瑟曼欺骗、利用,拖着病入膏肓的躯体,尽力拯救五十个筒仓的居民的生命。但此时,邪恶的瑟曼已被"唤醒",他逮捕了基恩,严刑拷问。千钧一发之际,朱丽叶终于打通了前往十七号筒仓的通道。瑟曼意识到十八号筒仓已失控,下达了绝杀令,于是毒气被泵入十八号筒仓,仅有二百余人逃到了十七号筒仓。此时,基恩已引爆唯一的炸弹,与一号仓内的瑟曼等人同归于尽。于是,其余筒仓的"人种"得救。朱丽叶等人研究筒仓地图,发现每个筒仓都有一台挖掘机指向一个名为"种子"的特定位置。就这样,他们从十七号筒仓挖出隧道,发现置身于蓝天白云和绿色植物之下,而筒仓周围则竖立着计算机控制的所谓尘埃面纱。此时此刻,他们的心情,正如作者在《羊毛》卷首所描述的:"如果谎言未杀死你,那么真相一定不会让你活着。"

继"筒仓三部曲"之后,休·豪威还著有"沙丘编年史"(The Sand Chronicles, 2013—2022),包括《沙丘》(Sand, 2014)等五部小说,仍以后世界末日为母题,但它们均未产生"筒仓三部曲"那样的轰动效应。

维罗妮卡·罗斯

1988年8月19日,维罗妮卡·罗斯出生在纽约一个中产阶级家庭。她是个混血儿,母亲来自波兰,父亲来自德国。儿时,由于父亲的工作性质,维罗妮卡·罗斯的足迹遍布许多国家和地区,尤其是德国,中国香港。五岁时,维罗妮卡·罗斯的父母不幸离异,倔强的母亲独自带着三个小孩来到了芝加哥,靠绘画谋生,不久,又改嫁给园林绿化公司的财务顾问弗兰克·罗斯。从那以后,维罗妮卡·罗斯开始随母亲、继父定居在伊利诺伊州芝加哥郊区巴林顿,并在当地接受基础教育。

维罗妮卡·罗斯天资聪颖,早在巴林顿上中学时,就显露了对写作的强烈兴趣。中学毕业后,她就读明尼苏达州诺斯菲尔德的卡尔顿学院,但仅过了一年,又转学至芝加哥的西北大学,主修创意写作,与此同时,也开始构思、创作启示录恐怖小说《分歧者》(Divergent)。大四毕业前夕,她终于完成了这部长达四百八十七页的小说。该书于2011年5月由哈珀柯林斯出版公司(Harper Collins)推出后,即刻成为畅销书,一连数周位列《纽约时报》畅销书排行榜,并入选 GoodReads 网站读者最喜爱的图书目录。接下来,维罗妮卡·罗斯又从速推出了续集《叛乱者》(Insurgent, 2012)和《忠实者》(Allegiant, 2013),它们同《分歧者》一道,构成了"分歧者三部曲"。这两部小说也是畅销书,尤其是前者,一度上升到《纽约时报》畅销书排行榜之首。到2015年,该三部曲的销售量超过了三千万册。[①] 2014

[①] https://www.britannica.com/topic/Divergent, retrieved on January 29, 2023.

年、2015 年和 2016 年,由这三部曲改编的同名电影又取得了巨大成功,总票房收入达七亿六千五百万美元。①

某种意义上,维罗妮卡·罗斯的"分歧者三部曲"与苏珊娜·柯林斯的"饥饿游戏三部曲"有异曲同工之妙。同"饥饿游戏三部曲"一样,"分歧者三部曲"的故事背景也设置在一个后世界末日的反乌托邦国家。故事聚焦于芝加哥废墟上建立的一个封闭大都市,周边竖立着密密匝匝的铁链隔离墙。为了方便管理,当局将所有居民划分为五个"人格类型阶层"。"无私"阶层掌管政府,"智慧"阶层担任教师,"和睦"阶层是农民和顾问。"诚实"阶层负责律法,"无畏"阶层维持城市秩序。此外,还有所谓"无阶层"和"分歧者",前者是社会的弃儿,住在社会的角落,过着赤贫的生活,而后者因人格类型交叉或不确定受到当局的忌惮和猜疑,属于政府极端打压的对象。以上五个人格类型已确定的阶层的孩子随自己的父母长大,但年满十六岁,就要接受当局组织的"入会测试",以便正式确定属于哪个阶层。这种"入会测试"主要通过注射血清引起被测试者的恐怖幻觉,下意识地施行种种暴力,因而无异于过鬼门关,稍有不慎,就会酿成大祸,甚至丧失生命。

也同"饥饿游戏三部曲"一样,"分歧者三部曲"的女主角是一个"对社会不满"的十六岁少女特里斯。起初,她参加"入会测试",表现出对三个不同阶层的适应性,因而属于"分歧者"。她决定隐瞒这一真相,争取成为"无畏"阶层一员,以期实现由来已久的"人生梦"。在经历了九死一生的考验之后,她侥幸存活,以第一名的成绩加入了"无畏"阶层。但接下来各个阶层之间相互摩擦的种种残酷现实又令她十分心寒。她渐渐明白"智慧"可以导致贪婪,"诚实"可以产生谎言,"和睦"可以制造冲突,"无畏"可以擦出对抗,"无私"可以酿成暴力。而且,这一切的根源来自当局的社会分层管理。随着各个阶层之间的相互冲突逐渐加剧,许多无辜者命丧黄泉,特里斯开始质疑自己向往的"无畏",而之前畏惧的"分歧者"又究竟意味着什么。尤其是,当局为何要划分这些阶层,为何要将城市用铁链网隔开,重兵把守,外面的世界究竟怎样。到后来,读者恍然大悟,原来这一切是拜法西斯主义所赐。后世界末日时代的世界其实很大,并非只有芝加哥一个城市。而芝加哥当局强迫公民所做的一切,也实际上是执行"遗传福利局"的一项科学实验,目的是确定群居生活是否有助于将受损的 DNA 恢复到原始的"纯"形态。为了芝加哥所有公民的尊严,让今后基因受损的人不再被视为二等公民,特里斯决心以自己的生命为代价,抹去"遗传福利

---

① https://en.wikipedia.org/wiki/The_Divergent_Series, retrieved on January 29, 2023.

局"的所有"实验数据"。

为了宣传"分歧者三部曲",2013年9月,维罗妮卡·罗斯写了一本电子书,题为《分歧者的世界:通往忠实者之路》(*The World of Divergent: The Path to Allegiant*),作为"分歧者三部曲"的姊妹篇,交哈珀柯林斯出版公司免费发行。该书针对读者十分关心的问题,详细描述了三部曲的创作灵感、"人格类型阶层"划分的由来和发展,以及"入会测试"的过程和效果。2014年7月,她又推出了一部作为三部曲前传的短篇小说集《四号:分歧者小说集》(*Four: A Divergent Collection*)。该小说集改以特里斯的恋人托比亚斯为叙述视角,共包含五个短篇,大部分故事场景都曾出现在三部曲中。到了2017年,她还推出了一部题为《我们可以被修补》(*We Can Be Mended*)的短篇小说集,仍以托比亚斯为叙述视角,但故事发生在《忠实者》的惊人事件的五年后。

除此之外,维罗妮卡·罗斯还出版了一些与"分歧者三部曲"不相关的科幻小说或奇幻小说,如长篇小说《雕刻标记》(*Carve the Mark*,2017)、《命运之分》(*The Fates Divide*,2018),短篇小说集《结束和其他开始》(*The End and Other Beginnings*,2019),等等。

主要参考书目

Aldiss, Brian. *Billion Year Spree: The History of Science Fiction*, Weidenfeld and Nicolson, London, 1973.

Anderson, Rachel. *The Purple Heart Throbs: The Sub-literature of Love*. Hodder and Stoughton, London, 1974.

Armstrong, Julie. *Experimental Fiction: An Introduction for Readers and Writers*. Bloomsbury, London, 2014.

Ashley, Mike. *Time Machines: The Story of Science-Fiction Pulp Magazines from Beginning to 1950s*. Liverpool University Press, Liverpool, 2000.

Ashley, Mike. *Transformations: The Story of the Science Fiction Magazines from 1950 to 1970*. Liverpool University Press, 2005.

Baker, Robert A. and Nietzel, Michael T. *Private Eyes: One Hundred and One Knights: A Survey of American Detective Fiction 1922—1984*. State University Press, Bowling Green, Ohio, 1985.

Barron, Neil, ed. *Fantasy Literature: A Reader's Guide*. Garland Publishing, New York and London, 1990.

Barron, Neil, ed. *Horror Literature: A Reader's Guide*. Garland Publishing, New York and London, 1990.

Baym, Nina. *Woman's Fiction: A Guide to Novels by and about Women in America, 1820—1870*. Cornell University Press, Ithaca and London, 1978.

Bercovitch, Sacvan, ed. *Reconstructing American Literary History*. Harvard University Press, Massachusetts, Cambridge, 1986.

Besant, Walter. *All Sorts and Conditions of Men*, edited with an introduction and notes by Kevin A. Morrison. Victorian Secrets, 2012.

Bloom, Clive. *Cult Fiction: Popular Reading and Popular Theory*. St. Martin's Press, New York, 1996.

Bold, Christine. *Selling the Wild West: Popular Western Fiction, 1860—1960*. Indiana University, Bloomington, 1987.

Brulotte, Gaëtan, and John Phillips, edited. *The Encyclopedia of Erotic Literature*. Routledge, USA, 2006.

Buhle, Paul, ed. *Popular Culture in America*. University of Minnesota Press, Minneapolis,1987.

Carter, Lin. *Imaginary Worlds: The Art of Fantasy*. Ballantine Books, New York,1973.

Cawelti John G. *Adventure, Mystery, and Romance: Formula Stories as Art and Popular Culture*. University of Chicago Press, Chicago,1976.

Cuncliff, Marcus, ed. *American Literature Since 1900*, Greenwood Press, Westport,Connecticut,1987.

D'Ammassa, Don. *Encyclopedia of Adventure Fiction*. Facts on File, Inc., New York,2009.

D'Ammassa, Don. *Encyclopedia of Fantasy and Horror Fiction*. Facts on File, Inc., New York,2006.

D'Ammassa, Don. *Encyclopedia of Science Fiction*. Facts on File, Inc., New York,2005.

Daniels, Les. *Living in Fear: A History of Horror in the Mass Media*. Scribner's, New York,1975.

Davidson, Cathy N. *Ideology and Genre: The Rise of the Novel in America*. American Antiquarian Society,Worcester,Massachusetts,1987.

Del Ray, Lester. *The World of Science Fiction 1926—1976: The History of a Subculture*. Ballatine Books,New York,1979.

Drew, Bernard A. *100 Most Popular Contemporary Mystery Authors*. Libraries Unlimited,USA,2011.

Drew,Bernard A. *100 Most Popular Genre Fiction Authors*. Libraries Unlimited, USA,2005.

Drew, Bernard A. *100 Most Popular Thriller and Suspense Authors*. Libraries Unlimited, USA,2009.

Fiedler,Leslie. *Love and Death in the American Novel*,Dalkey Archive Pr., 1960

Foster,Hannah W. *The Coqutte, with an Introduction by Cathy N. Davidson*. Oxford University Press,Oxford and New York,1986.

Garson, Helen S. *Tom Clancy: A Critical Companion*. Greenwood Press, Westport and Connecticut and London,1996.

George N. Dove. *Suspense in the Formula Story*. Popular Press,1989.

Glover,David, and Scott McCracken, edited. *The Cambridge Companion to*

Popular Fiction. Cambridge University Press, New York, 2012

Erisman, Fred, and Etulain, Richard W. ed. *Fifty Western Writers: A Bio-Bibiliographical Sourcebook*. Greenwood Press, Westport and Connecticut and London, 1982.

Harrison, James A. ed. *The Complete Works of Edgar Allan Poe*, 17 vols. AMS Press, New York, 1965.

Hart, James. *The Popular Book: A History of American's Literary Taste*. Oxford University Press, New York, 1950.

Heaphy, Maura. *100 Most Popular Science Fiction Authors*. Libraries Unlimited, USA, 2010.

Henderson, Lesley, ed. *Twentieth Century Crime and Mystery Writers* St. James Press,. Chicago, 1991.

Herald, Diana Tixier. *Genreflecting: A Guide to Popular Reading Interests*, 8th Edition. Libraries Unlimited, 2019.

Hinckley, Karen and Barbara. *American Best Sellers: a Reader's Guide to Popular Fiction*. Indiana University Press, Bloomington, 1989.

Inge, M. Thomas, ed. *Handbook of American Popular Culture*. Greenwood Press, Connecticut, Westport, 1979—80.

Jakubowski, Maxim, edited. *Following the Detectives: Real Locations in Crime Fiction*. New Holland Publishers (UK) Ltd, 2010.

Joyce, Laura and Henry Sutton, ed. *Domestic Noir: The New Face of 21st Century Crime Fiction*. Palgrave Macmillan, 2018.

Keating, H. R. F. *Whodunit? A Guide to Crime, Suspense and Spy Fiction*. Shuckburgh Reynolds, London, 1982.

Klein, Kathleen G. *The Woman Detective: Gender and Genre*. University of Illinois Press, Illinois, 1988.

Lehman, David. *The Perfect Murder: A Study in Detection*. University of Michigan Press, Michigan, 1987.

Lippard, George. *The Quaker City; or, The Monks of Monk Hall*. Edited with Introduction and Notes by David S. Reynolds. Amberst, University of Massachusetts Press, 1995.

Lovecraft, H. P. *Supernatural Horror in Literature*. Dover, 1973.

Magill, Frank N, ed. *Critical Survey of Mystery and Detective Fiction*. Salem Press, Pasadena, California, 1988.

Mann, George. *The Mammoth Encyclopedia of Science Fiction*. Constable and Robinson, London, 2001.

Murphy, Bernice M., and Stephen Matterson, edited. *Twenty - First - Century Popular Fction*. Edinburgh University Press, 2018.

Mussell Kay. *Women's Gothic And Romantic Fiction: A Reference Guide*. Greenwood Press, Westport and Connecticut and London, 1981.

Nolan, William F. *The Black Mask Boys: Masters in the Hard-Boiled School of Detective Fiction*. Mysterious Press, 1987.

Nye, Russel B. *The Unembarrassed Muse: The Popular Arts in America*, Dial Press, New York, 1970.

Pelzer, Linda C. *Erich Segal: A Critical Companion*. Greenwood Press, Westport and Connecticut and London, 1997.

Punter, David. *The Literature of Terror: A History of Gothic Fictions from 1765 to the Present Day*. Longman, London and New York, 1980.

Quinn, A. Hobson. *American Fiction: An Historical and Critical Survey*. Appleton-Century-Crofts, New York, 1936.

Ridgely, J. V. *John Pendleton Kennedy*. Twayne Publishers, Inc., New York, 1966.

Roberts, Adam. *The History of Science Fiction*. Palgrave Macmillan, UK, 2006.

Rollyson, Carl, edited. *Critical Survey of Mystery and Detective Fiction*, revised edition. Salem Press, INC, 2008.

Rosenberg, Betty, and Herald, Diana Tixier. *Genreflecting: A Guider to Reading Interests in Genre Fiction*, Third Editions. Libraries Unlimited, INC., Englewood, Colorado, 1991.

Rowson, Susanna. *Charlotte Temple and Lucy Temple*. Edited with an Introduction by Ann Douglas, Penguin Books, New York, 1991.

Russell, Sharon A. *Stephen King: A Critical Companion*. Greenwood Press, Westport and Connecticut and London, 1996.

Smith, Curtis C. ed. *Twentieth-Century Science-Fiction Writers*. St. Martin's Press, New York, 1981.

Southland, John. *Bestsellers: Popular Fiction of the 1970s*. Routledge, London, 1981.

Southworth, E. D. E. N. *The Hidden Hand, Introduced by Nina Baym*. Oxford University Press, Oxford and New York, 1997.

Symons, Julian. *Bloody Murder: From the Detective Story to the Crime Novel*, Penguin Books, New York, 1985.

Summers, Claude J. ed. *The Gay and Lesbian Literary Heritage*. Henry Holt and Company, New York, 1995.

Tate, Andrew. *Apocalyptic Fiction*. Bloomsbury Academic, 2017.

Taylor, D. J. *A Vain Conceit: British Fiction in the 1980s*, Bloomsbury, London, 1989.

Timmerman, John H. *Other Worlds: The Fantasy Genre*. State University Press, Bowling Green, Ohio, 1983.

Vasudevan, Aruna, ed. *Twentieth-Century Romance and Historical Writers*, Third Edition. *London and Detroit and Washington DC*, St. James Press, 1994.

Warren, Joyce W. ed. *New Jersey, Rutgers University Press*, The (Other) American Tradition. 1993.

Worthington, Heather. *The Rise of the Detective in Early Nineteenth-Century Popular Fiction*. Palgrave Macmillan, London, 2005.

主要参考网站

http：//authorscalendar. info/

http：//blogs. seacoastonline. com/

http：//robertludlum. com/

http：//www. bookrags. com/

http：//www. classiccrimefiction. com/

http：//www. differencebetween. net/

http：//www. edmcbain. com/

http：//www. isfdb. org/

http：//www. josephwambaugh. net/

http：//www. larry-bond. com/

http：//www. lorillake. com/

http：//www. neosoft. com/

http：//www. patriciacornwell. com/

http：//www. phyllisawhitney. com/

http：//www. sfreviews. net/

http：//www. sfsite. com/

http：//www. telegraph. co. uk/

http：//www. themiddleshelf. org/

https：//achievement. org/

https：//allaboutromance. com/

https：//biography. yourdictionary. com/

https：//blog. mugglenet. com/

https：//bookriot. com/

https：//books. google. com. hk/

https：//celadonbooks. com/

https：//christopherreich. com

https：//crimereads. com/

https：//egs. edu/

https：//ehillerman. unm. edu/

https://elisa-rolle.livejournal.com/
https://greencardamom.github.io/
https://hughhowey.com/
https://joelbooks.com/
https://meljeanbrook.com/
https://news.readmoo.com/
https://sf-encyclopedia.com/
https://stephenking.com/
https://stephenking.fandom.com/
https://torontopubliclibrary.typepad.com/
https://ultimatepopculture.fandom.com/
https://urbanfantasy.fandom.com/
https://web.archive.org/
https://www.aideeladnier.com/
https://www.alexsanchez.com/
https://www.amazon.com/
https://www.atlassociety.org/
https://www.baltimoresun.com/
https://www.biblio.com/
https://www.biography.com/
https://www.bookreporter.com/
https://www.britannica.com/
https://www.buffalolib.org/
https://www.centipedepress.com/
https://www.coonts.com/
https://www.cristinaalger.com/
https://www.encyclopedia.com/
https://www.famousauthors.org/
https://www.fanfiction.net/
https://www.fantasticfiction.com/
https://www.fantasybookreview.co.uk/
https://www.glamour.com/
https://www.goodreads.com/
https://www.hachettebookgroup.com/

https://www.hbook.com/
https://www.independent.co.uk/
https://www.janelletaylor.com/
https://www.jim-butcher.com/
https://www.latimes.com/
https://www.laurellkhamilton.com/
https://www.newyorker.com/
https://www.nightmare-magazine.com/
https://www.nysun.com/
https://www.nytimes.com/
https://www.orrt.org/
https://www.patriciabriggs.com/
https://www.publishersweekly.com/
https://www.robertmccammon.com/
https://www.rudyrucker.com/
https://www.rwa.org/
https://www.saraparetsky.com/
https://www.sfsite.com/
https://www.stephenrdonaldson.com/
https://www.strikelifetributes.com/
https://www.suegrafton.com/
https://www.suzannecollinsbooks.com/
https://www.taylorfrancis.com/
https://www.telegraph.co.uk/
https://www.thebooksmugglers.com/
https://www.thefreelibrary.com/
https://www.theguardian.com/
https://www.tolkiensociety.org/
https://www.tor.com/
https://www.washingtonpost.com/
https://www.wired.com/
https://www.worldcat.org/
https://www.youtube.com/

附 录

美国通俗小说大事记

(1787—2020)

1787　威廉·布朗(William Brown)出版引诱言情小说《同情的力量》(The Power of Sympathy)

1792　休·布雷肯里奇(Hugh Brackenridge)连载讽刺冒险小说《现代骑士》(Modern Chivalry)

1794　苏珊娜·罗森(Susannah Rowson)出版引诱言情小说《夏洛特·坦普尔》(Charlotte Temple)

1797　汉纳·福斯特(Hannah Foster)出版引诱言情小说《卖弄风情的女人》(Coquette)

1798　查尔斯·布朗(Charles Brown)出版哥特式小说《威兰》(Wieland))

1822　凯瑟林·塞奇威克(Catherine Sedgewick)出版女性言情小说《一个新英格兰故事》(A New-England Tale)

1824　莉迪亚·蔡尔德(Lydia Child)出版历史浪漫小说《霍波莫克》(Hobomok)

1834　威廉·卡拉瑟斯(William Caruth)的历史浪漫小说《弗吉尼亚骑士》(The Cavaliers of Virginia)问世

1835　约翰·肯尼迪(John Kennedy)出版历史浪漫小说《马蹄铁鲁滨孙》(Horse Shoe Robinson)威廉·西姆斯(William Simms)出版历史浪漫小说《耶马西人》(The Yemassee)

1836　约瑟夫·英格拉哈姆(Joseph Ingraham)出版历史浪漫小说《拉菲特：墨西哥湾的海盗》(The Pirate of Gulf)

1837　罗伯特·伯德(Robert Bird)出版历史浪漫小说《林中尼克》(Nick of the Woods)

1838　爱伦·坡(Allan Poe)刊发原型科幻小说《气球把戏》("The Balloon Hoax")

1839　丹尼尔·汤普森(Daniel Thompson)出版历史浪漫小说《青山男儿》(The Green Mountain Boys)

1841　爱伦·坡刊发古典式侦探小说《莫格街谋杀案》("The Murders in

	the Rue Morgue"）
1844	乔治·利帕德（George Lippard）连载城市暴露小说《贵格城，或，僧侣殿里的僧侣》(The Quaker City; or, The Monks of the Monk Hall)
1848	查尔斯·韦伯出版西部冒险小说《老向导希克斯》(Old Hicks the Guide)
1849	埃默森·贝内特（Emerson Bennett）出版西部冒险小说《边疆之花》(Prairie Flower)
	埃玛·索思沃思（Emma Southworth）连载女性言情小说《报应》(Retribution)
1850	苏珊·沃纳（Susan Warner）出版女性言情小说《宽阔，宽阔的世界》(Wide, Wide World)
1851	托马斯·里德（Thomas Reid）出版西部冒险小说《剥头皮的猎手》(The Scalp Hunters)
1854	玛丽亚·卡明斯（Maria Cummins）出版女性言情小说《灯夫》(The Lamplighter)
1856	西尔韦纳斯·科布（Sylvanus Cobb, Jr.）出版历史浪漫小说《莫斯科的制枪者》(The Gunmaker of Moscow)
1859	埃玛·索思沃思连载女性言情小说《隐匿的手》(The Hidden Hand)
1860	安·斯蒂芬斯（Ann Stephens）出版廉价西部小说《马拉丝卡，白人猎手的印第安人妻子》(Malaeska, the Indian Wife of the White Hunter)
1866	奥古斯塔·埃文斯（Augusta Evans）出版女性言情小说《圣·埃尔莫》(St. Elmo)
1868	伊丽莎白·费尔普斯（Elizabeth Phelps）出版宗教小说《微开之门》(Gates Ajar)
1869	爱德华·贾德森连载廉价西部小说《布法罗·比尔，边疆人之王》(Buffalo Bill, the King of the Border Men)
1878	安娜·格林（Anna Green）出版古典式侦探小说《利文华斯案件》(Leavenworth Case)
1879	爱德华·贾德森出版廉价西部小说《戴德伍德·迪克——路匪王子》(Deadwood Dick, the Prince of the Road)
1880	卢·华莱士（Lew Wallace）出版宗教小说《本·赫：基督的见证》(Ben Hur: A Tale of the Christ)
1887	格雷斯·希尔（Grace Hill）出版蜜糖言情小说《肖托夸浪漫插曲》

(*The Chautauqua Idle*)

1891 安布罗斯·比尔斯(Ambrose Bierce)刊发超自然恐怖小说《猫头鹰河桥上的故事》("*An Occurrence at Owl Creek Bridge*")

1895 罗伯特·钱伯斯(Robert Chambers)出版超自然恐怖小说集《黄衣国王》(*The King in Yellow*)

1897 查尔斯·谢尔顿(Charles Sheldon)出版宗教小说《遵循他的脚步》(*In His Steps*)

1898 弗朗西斯·克劳福德(Francis Crawford)出版新历史浪漫小说《维·克鲁西斯》(*Via Crucis*)

1900 玛丽·约翰斯顿(Mary Johnston)出版新历史浪漫小说《拥有与占有》(*To Have and To Hold*)

1901 艾丽斯·赖斯(Alice Rice)出版蜜糖言情小说《"卷心菜地"的威格斯太太》(*Mrs. Wiggs of the Cabbage Patch*)

1902 欧文·威斯特(Owen Wister)出版牛仔西部小说《弗吉尼亚人》(*The Virginia*)

1903 哈罗德·赖特(Harold Wright)出版宗教小说《尤德尔那个印刷工》(*That Printer of Udell's*)

凯特·威金(Kate Wiggin)出版蜜糖言情小说《阳光溪农场的丽贝卡》(*Rebecca of the Sunnybrook Farm*)

吉恩·波特(Gene Porter)出版蜜糖言情小说《红衣凤头鸟之歌》(*The Song of the Cardinal*)

1904 伯莎·辛克莱(Bertha Sinclair)出版牛仔西部小说《能人奇普》(*Chip of the Flying U*)

1906 厄普顿·辛克莱(Upton Sinclair)出版政治暴露小说《丛林》(*The Jungle*)

温斯顿·丘吉尔(Winston Churchill)出版政治暴露小说《科尼森》(*Coniston*)

1907 克拉伦斯·马尔福德(Clarence Mulford)出版牛仔西部小说《Bar-20漫游岁月》(*Bar-20 Range Years*)

玛丽·莱因哈特(Mary Rinehart)出版古典式侦探小说《环形楼梯》(*The Circular Staircase*)

1908 戴维·菲利普斯(David Phillips)出版政治暴露小说《老妇新传》(*Old Wives for New*)

1911 哈罗德·赖特出版宗教小说《芭芭拉·沃思的胜利》(*The Winning

of Barbara worth)

阿瑟·里夫(Arthur Reeve)发表科学侦探小说《毒笔》("The Poisoned Pen")

雨果·根斯巴克(Hugo Gernsback)连载硬式科幻小说《拉尔夫》(Ralph 124C 41+)

1912　赞恩·格雷(Zane Grey)出版牛仔西部小说《紫艾丛骑手》(Riders of the Purple Sage)

埃德加·巴勒斯(Edgar Burroughs)连载原型奇幻小说《人猿泰山》(Tarzan of the Apes)

埃德加·巴勒斯连载原型科幻小说《在火星的卫星下》(Under the Moons of Mars)

1913　埃莉诺·波特(Eleanor Porter)出版蜜糖言情小说《快乐少女波利安娜》(Pollyanna, the Glad Girl)

1914　格雷斯·希尔出版蜜糖言情小说《最佳男人》(The Best Man)

1917　詹姆斯·卡贝尔(James Cabell)出版英雄奇幻小说《绝妙笑料》(The Cream of the Jest)

1918　马克斯·布兰德(Max Brand)出版牛仔西部小说《未驯服者》(The Untamed)

1919　阿伯拉罕·梅里特(Abraham Merritt)连载科幻小说《月亮潭》(The Moon Pool)

詹姆斯·卡贝尔出版英雄奇幻小说《贾根》(Jurgen)

1923　卡罗尔·戴利(Carroll Daly)刊发硬派私家侦探小说《三枪特里》(Three Gun Terry)和《奥本帕姆的骑士》(Knights of Open Palm)

达希尔·哈米特(Dashiell Hammett)刊发硬派私家侦探小说《阿森·普拉斯》(Arson Plus)

1925　范·戴恩(S. S. Van Dine)出版《本森谋杀案》(The Benson Murder Case)

1926　阿伯拉罕·梅里特出版奇幻小说《伊斯塔战舰》(The Ship of Ishtar)

霍华德·洛夫克拉夫特(Howard Lovecraft)刊发克修尔胡恐怖小说《克修尔胡的召唤》(The Call of Cthulhu)

1927　达希尔·哈米特连载硬派私家侦探小说《血的收获》(Red Harvest)

1928　维纳·德尔马(Vina Delma)出版女工言情小说《坏女孩》(Bad Girl)

埃勒里·奎因(Ellery Queen)出版古典式侦探小说《罗马礼帽之谜》(The Roman Hat Mystery)

爱德华·史密斯(Edward Smith)连载星际历险科幻小说《太空云雀》(*The Skylark of Space*)

1929 劳埃德·道格拉斯(Lloyd Douglas)出版宗教小说《高尚的着魔》(*Magnificent Obsession*)

达希尔·哈米特出版硬派私家侦探小说《马耳他猎鹰》(*Maltese Falcon*)

1930 约翰·卡尔(John Carr)出版古典式侦探小说《夜间行走》(*It Walks by Night*)

安东尼·阿博特(Anthony Abbot)出版古典式侦探小说《杰拉尔丁·福斯特谋杀案》(*About the Murder of Geraldine Foster*)

1931 范尼·赫斯特(Fannie Hurst)出版女工言情小说《后街》(*Back Street*)

斯图亚特·帕尔默(Stuart Palmer)出版轰动一时的古典式侦探小说《企鹅潭谋杀案》(*The Penguin Pool Murder*)

1932 埃勒里·奎因出版古典式侦探小说《希腊棺材之谜》(*The Greek Coffin Mystery*)

罗伯特·霍华德(Robert Howard)刊载剑法巫术奇幻小说《剑上永生鸟》("The Phoenix on the Sword")

1933 赫维·艾伦(Hervy Allen)出版历史言情小说《安东尼·阿德维斯》(*Anthony Adeverse*)

凯瑟琳·穆尔(Catherine Moore)刊载剑法巫术奇幻小说《黑神之吻》("Black God's Kiss")

克拉克·史密斯刊发克修尔胡恐怖小说《厄博·萨斯拉》("Ubbo-Sathla")

1934 雷克斯·斯托特(Rex Stout)出版古典式侦探小说《毒蛇》(*Fer-de-Lance*)

杰克·威廉森(Jack Williamson)连载硬式科幻小说《太空军团》(*The Legion of Space*)

罗伯特·布洛克(Robert Bloch)在《神怪小说》刊发克修尔胡恐怖小说《外星上来的山伯勒》("The Shambler from the Stars")

1935 卢克·肖特(Luke Short)连载历史西部小说《一枪之仇》(*The Feud at Single Shot*)

默里·莱因斯特(Murray Leinster)刊发硬式科幻小说《比邻星》("Proxima Centauri")

1936	玛格丽特·米切尔(Margaret Mitchell)出版历史言情小说《飘》(Gone with the Wind)
	厄内斯特·海科克斯(Ernest Haycox)出版历史西部小说《小径雾霭》(Trail Smoke)
	卢克·肖特出版历史西部小说《勇敢的骑手》(Bold Rider)
1938	亨利·库特纳(Henry Kuttner)连载剑法巫术奇幻小说《黎明雷声》(Thunder in the Dawn)
1939	克里斯托弗·莫利(Christopher Morley)出版女工言情小说《基蒂·福伊尔》(Kitty Foyle)
	克雷克·赖斯(Craig Rice)成功地推出古典式侦探小说《凌晨三点的八张脸孔》(Eight Faces at Three)
	雷蒙德·钱德勒(Raymond Chandler)出版硬派私家侦探小说《长眠不醒》(The Big Sleep)
	奥古斯特·德莱思(August Derleth)刊发克修尔胡恐怖小说《哈斯特归来》("The Return of Hastur")
1940	康奈尔·伍里奇(Cornell Woolrich)出版黑色悬疑小说《黑衣新娘》(The Bride Wore Black)
1941	海伦·麦金尼斯(Helen MacInnes)出版间谍小说《不容置疑》(Above Suspicion)
	奥斯汀·赖特(Austin Wright)出版英雄奇幻小说《艾兰迪亚》(Islandia)
1943	范·沃格特(Van Vogt)连载硬式科幻小说《混合人》(The Mixed Men)
1944	凯瑟琳·温莎(Kathleen Winsor)出版历史言情小说《永久琥珀》(Forever Amber)
	厄内斯特·海科克斯出版历史西部小说《午后的冲锋号》(Bugles in the Afternoon)
	克利福德·西马克(Clifford Simak)连载硬式科幻小说《城市》(City)
1945	奥古斯特·德莱思出版克修尔胡恐怖小说《门内潜伏者》(The Lurker at the Threshold)
	劳伦斯·特里特(Lawrence Treat)出版警察程序小说《V:受害者》(V As in Victim)
1946	夏洛特·阿姆斯特朗(Charlotte Armstrong)出版黑色悬疑小说《未受

怀疑》(*Unsuspected*)

1947 米基·斯皮兰(Mickey Spillane)出版硬派私家侦探小说《我,陪审团》(*I, the Jury*)

唐纳德·万德里(Donald Wandrei)出版克修尔胡恐怖小说《复活节岛上的罗网》(*The Web of the Easter Island*)

1949 罗斯·麦克唐纳(Ross MacDonald)出版硬派私家侦探小说《移动目标》(*The Moving Target*)

杰克·谢弗(Jack Schaefer)出版历史西部小说《沙恩》(*Shane*)

帕特里夏·海史密斯(Patricia Highsmith)出版黑色悬疑小说《火车上的陌生人》(*Strangers on a Train*)

1950 伊萨克·阿西莫夫(Isaac Asimov)出版硬式科幻小说《我,机器人》(*I, Robot*)

1952 吉姆·汤普森(Jim Thompson)出版黑色悬疑小说《我心中的杀手》(*The Killer Inside Me*)

希拉里·沃(Hillary Waugh)出版警察程序小说《惊鸿一瞥》(*Last Seen Wearing*)

马里亚尼·梅克尔(Marijane Meaker)出版早期女同性恋小说《春火》(*Spring Fire*)

1953 托马斯·科斯坦(Thomas Costain)出版历史言情小说《银质圣杯》(*The Silver Chalice*)

路易斯·拉摩尔(Louis L'Amour)出版历史西部小说《杭都》(*Hondo*)

西奥多·斯特金(Theodore Sturgeon)出版硬式科幻小说《超人》(*More Than Human*)

弗里茨·莱伯(Fritz leiber)出版现实恐怖小说《魔妻》(*Conjure Wife*)

1954 理查德·马西森(Richard Matheson)出版现实恐怖小说《我是传说人物》(*I Am Legend*)

1955 杰克·芬尼(Jack Finney)出版现实恐怖小说《盗体者》(*The Body Snatchers*)

1956 罗伯特·海因莱恩(Robert Heinlein)出版硬式科幻小说《双星》(*Double Star*)

琼·波茨(Jean Potts)出版黑色悬疑小说《死硬派》(*The Diehard*)

格雷斯·梅塔利尔(Grace Metalious)出版色情暴露小说《佩顿镇

(Peyton Place)）

埃德·麦克贝恩(Ed McBain)出版警察程序小说《恨警察者》(Cop Hater)

1957 安·班农(Ann Bannon)出版早期女同性恋系列小说"毕波·布林克六部曲"("The Beebo Brinker Chronicles")

1959 罗伯特·布洛克出版现实恐怖小说《精神病人》(Psycho)

雪莉·杰克逊(Shirley Jackson)出版现实恐怖小说《山庄闹鬼》(The Haunting of Hill House)

1960 玛格丽特·米勒(Margaret Millar)出版黑色悬疑小说《我坟墓中的陌生人》(A Stranger in My Grave)

唐纳德·汉密尔顿(Donald Hamilton)出版间谍小说《公民之死》(Death of a Citizen)

1961 路易斯·拉摩尔出版历史西部小说《萨克特》(Sacketts)

菲利斯·惠特尼(Phyllis Whithney)出版哥特言情小说代表作《蓝火》(Blue Fire)

1963 约翰·雷希(John Rechy)出版早期男同性恋小说《夜城》(City of Night)

1964 约翰·麦克唐纳(John MacDonald)出版硬派私家侦探小说《深蓝色的再见》(The Deep Blue Good-bye)

1965 林·卡特出版新剑法巫术奇幻小说《莱缪里尔的男巫》(The Wizard of Lemuria)

1966 杰奎琳·苏珊(Jacqueline Susann)出版色情暴露小说《玩偶谷》(Valley of the Dolls)

哈罗德·罗宾斯(Harold Robbins)出版色情暴露小说《历险记》(The Adventurers)

厄休拉·勒吉恩(Ursula Le Guin)出版新浪潮科幻小说《流放行星》(Planet of Exile)

罗杰·齐拉兹尼(Roger Zelazny)出版新浪潮科幻小说《这个永生者》(This Immortal)

多萝西·吉尔曼(Dorothy Gilman)出版间谍小说《意想不到的波利法克斯太太》(The Unexpected Mrs. Pollifax)

1967 哈伦·埃利森(Harlan Ellison)出版新浪潮科幻小说《无声狂啸》(I Have No Mouth and I Must Scream)

艾拉·莱文(Ira Levin)出版现实恐怖小说《罗斯玛丽的婴孩》

（Rosemary's Baby）

1968　菲力普·迪克（Phillip Dick）出版新浪潮科幻小说《生化人会梦到电动羊吗?》（Do Androids Dream of Electric Sheep?）

1969　马里奥·普佐（Mario Puzo）出版风靡世界的家族犯罪小说《教父》（The Godfather）

迈克尔·克莱顿（Michael Crichton）出版高科技惊悚小说《安德洛墨达菌株》（The Andromeda Strain）

1970　埃里奇·西格尔（Erich Segal）出版新女性言情小说《爱的故事》（Love Story）

托尼·希勒曼（Tony Hillerman）出版警察程序小说《祝福之路》（The Blessing Way）

约瑟夫·万鲍（Joseph Wambaugh）出版警察程序小说《新百人队长》（The New Centurions）

劳伦斯·桑德斯（Lawrence Sanders）出版警察程序小说《安德森磁带》（The Anderson Tapes）

1971　马丁·史密斯（Martin Smith）出版警察程序小说《安伯的吉卜赛人》（Gypsy in Amber）

海伦·范斯莱克（Helen Van Slyke）出版新女性言情小说《富人与好人》（The Rich and the Righteous）

罗伯特·卢德勒姆（Robert Ludlum）出版间谍小说《斯卡拉蒂遗产》（The Scarlatte Inheritance）

1972　芭芭拉·迈克尔（Barbara Michaels）出版哥特言情小说《格雷加洛斯》（Greygallows）

厄休拉·勒吉恩推出新浪潮科幻小说《世界的一词是森林》（The Word for World is Forest）

凯思林·伍迪威斯（Kathleen Woodwiss）出版甜蜜野蛮言情小说《火焰与鲜花》（The Flame and the Flower）

1973　丹尼尔·斯蒂尔（Danielle Steel）出版新女性言情小说《回家》（Going Home）

塔·布朗（Rita Brown）出版早期女同性恋小说《红果丛林》（Rubyfruit Jungle）

保罗·埃尔德曼（Paul Erdman）出版早期金融惊悚小说《笃定十亿美元》（The Billion Dollar Sure Thing）

1974　达奥玛·温斯顿（Daoma Winston）出版哥特言情小说《哈弗沙姆遗

产》(The Haversham Legacy)

罗丝玛丽·罗杰斯(Rosemary Rogers)出版甜蜜野蛮言情小说《甜蜜野蛮的爱》(Sweet Savage Love)

简纳特·戴利(Janet Dailey)出版新女性言情小说《无可饶恕》(No Quarter Asked)

斯蒂芬·金(Stephen King)出版社会恐怖小说《嘉莉》(Carrie)

1975 塞缪尔·德拉尼(Samuel Delany)出版新浪潮科幻小说《德哈尔格林》(Dhalgren)

斯蒂芬·金出版社会恐怖小说《撒冷姆斯罗特》(Salem's Lot)

1976 威廉姆·巴克利(Willliam Buckley)出版间谍小说《营救女王》(Saving the Queen)

约翰·法里斯(John Farris)出版社会恐怖小说《狂怒》(The Fury)

安妮·赖斯(Anne Rice)出版社会恐怖小说《夜访吸血鬼》(Interview with the Vampire)

1977 简纳特·戴利出版新女性言情小说《圣安东尼奥节》(Flesta San Antonio)

马西娅·马勒(Marcia Muller)出版硬派女性私家侦探小说《铁鞋埃德温》(Edwin of the Iron Shoe)

罗宾·库克(Robin Cook)出版医学暴露小说《昏迷》(Coma)

特里·布鲁克斯(Terry Brooks)出版新英雄奇幻小说《尚纳拉之剑》(The Sword of Shannara)

斯蒂芬·唐纳森(Stephen Donaldson)出版新英雄奇幻小说《福尔王的毁灭》(Lord Foul's Bane)

1978 鲁迪·拉克(Rudy Rucker)出版赛博朋克科幻小说《软件》(Software)

雷蒙德·费斯特(Raymond Feist)出版新英雄奇幻小说《魔法师》(Magician)

1979 比尔·格兰杰(Bill Granger)出版间谍小说《十一月人》(The November Man)

彼得·斯特劳布(Peter Straub)出版社会恐怖小说《鬼故事》(Ghost Story)

1980 罗伯特·卢德勒姆出版间谍小说《伯恩的身份》(The Bourne Identity)

玛格丽特·杜鲁门(Margaret Truman)出版政治暴露小说《白宫谋杀

案》(Murder in the White House)

1982 安尼·泰勒(Anne Tyler)出版女性言情小说《思家饭店的晚餐》(Dinner at the Homesick Restaurant)

艾利斯·沃克(Alice Walker)出版女同性恋小说《紫色》(The Color Purple)

埃德蒙·怀特(Edmund White)出版男同性恋小说《一个男孩的自身故事》(A Boy's Own Story)

休·克拉夫顿(Sue Grafton)出版硬派女性私家侦探小说《A:辩解》("A" is for Alibi)

萨拉·帕莱斯基(Sara Paretsky)出版硬派女性私家侦探小说《唯一赔偿》(Indemnity Only)

戴维·埃丁斯(David Eddings)出版新英雄奇幻小说《预言小人物》(Pawn of Prophecy)

1983 彼得·斯特劳布出版社会恐怖小说《漂龙》(Floating Dragon)

1984 丹尼尔·斯蒂尔出版新女性言情小说《回到原地》(Full Circle)

威廉·吉普森(William Gibson)出版赛博朋克科幻小说《神经浪游者》(Neuromancer)

沃伦·阿德勒(Warren Adler)出版金融惊悚小说《随意之心》(Random Hearts)

1985 汤姆·克兰西(Tom Clancy)出版高科技惊悚小说《猎杀"红十月"》(The Hunt for Red October)

约翰·雪利(John Shirley)出版赛博朋克科幻小说《蚀》(Eclipse)

1986 西德尼·谢尔顿(Sidney Sheldon)出版女性暴露小说《假如明天来临》(If Tomorrow Comes)

1987 朱迪思·克兰茨(Judith Krantz)出版女性暴露小说《我要拿下曼哈顿》(I'll take Manhattan)

戴尔·布朗(Dale Brown)出版高科技惊悚小说《老战机》(Flight of the Old Dog)

罗伯特·麦卡蒙(Robert McCammon)出版社会恐怖小说《天鹅之歌》(Swan Song)

汤姆·伍尔夫(Tom Wolfe)出版早期金融惊险小说《虚荣的篝火》(Bonfire of the Vanities)

1988 鲁迪·拉克出版赛博朋克科幻小说《湿件》(Wetware)

刘易斯·夏勒(Lewis Shiner)出版赛博朋克科幻小说《心中的废城》

(Deserted Cities of the Heart)

1989　拉里·邦德(Larry Bond)出版高科技惊悚小说《红凤凰》(Red Phoenix)

迪安·孔茨(Dean Koontz)出版社会恐怖小说《午夜》(Midnight)

1990　帕特里夏·康韦尔(Patricia Cornwell)警察程序小说《尸体解剖》(Postmorten)

迈克尔·克莱顿出版高科技惊悚小说《侏罗纪公园》(Jurassic Park)

罗伯特·乔丹(Robert Jordan)出版新英雄奇幻小说《世界之眼》(The Eye of the World)

威廉·吉布森与布鲁斯·斯特林共同推出了荣获星云奖的蒸汽朋克科幻小说《不同的引擎》(The Different Engine)

1991　约翰·格里森姆(John Grishem)出版法律暴露小说《律师事务所》(The Firm)

斯蒂芬·孔茨(Stephen Coonts)出版高科技惊悚小说《飞行者入侵》(Flight of the Intruder)

1993　劳雷尔·汉密尔顿(Laurell Hamilton)出版城市奇幻小说《愧疚的乐趣》(Guilty Pleasures)

1994　特里·古坎德(Terry Goodkind)出版新英雄奇幻小说《巫师第一定律》(Wizard's First Rule)

1995　彼得·多伊特曼(Peter Deutermann)出版军事暴露小说《官方特权》(Official Privilege)

迈克尔·托马斯(Michael Thomas)出版金融惊悚小说《黑钱》(Black Money)

1996　布鲁斯·斯特林(Bruce Sterling)出版赛博朋克科幻小说《圣火》(Holy Fire)

1997　约翰·格里森姆出版法律暴露小说《合伙人》(The Partner)

1998　克里斯托弗·雷希(Christopher Reich)出版金融惊悚小说《编号账户》(Numbered Account)

2000　吉姆·布切(Jim Butcher)开始出版城市奇幻小说系列"德累斯顿案卷"("The Dresden Files")

2001　洛莉·莱克(Lori Lake)出版阳刚型女同性恋小说"枪系列"("The Gun Series")

布拉德·梅尔策(Brad Meltzer)出版金融惊悚小说《百万富翁》(The Millionaires)

	莎莲·哈里斯(Charlaine Harris)开始出版城市奇幻小说"南方吸血鬼之谜系列"("The Southern Vampire Mysteries Series")
2003	戴维·利维森(David Leavitt)出版青少年同性恋小说《男孩遇见男孩》(*Boy Meets Boy*)
	丹·布朗(Dan Brown)出版宗教惊悚小说《达·芬奇密码》(*The Da Vinci Code*)
	斯蒂芬·弗雷(Stephen Frey)出版金融惊悚小说《沉默的合伙人》(*Silent Partner*)
2004	亚历克斯·桑切斯出版男同性恋小说《很难说》(*So Hard to Say*)
	拉德克利夫(Radclyffe)出版女同性恋小说《爱情假面舞会》(*Love's Masquerade*)
	基姆·哈里森(Kim Harrison)开始出版城市奇幻小说"空心系列"("The Hollows Series")
2005	彼得·斯皮格尔曼(Peter Spiegelman)出版金融惊悚小说《死亡的小助手》(*Death's Little Helpers*)
2006	乔治娅·比尔斯(Georgia Beers)出版女同性恋小说《清新轨道》(*Fresh Tracks*)
	吉莉安·弗琳(Jillian Flynn)出版家庭黑幕小说《利器》(*Sharp Objects*)
	帕特里夏·布里格斯(Patricia Briggs)开始出版城市奇幻小说"默茜·汤普森系列"("Mercy Thompson Series")
	凯伦·莫宁(Karie Moning)开始出版城市奇幻小说"发热系列"("Fever Series")
	科马克·麦卡锡(Cormac McCarthy)出版启示录恐怖小说《路》(*The Road*)
	苏珊·菲弗(Susan Pfeffer)出版启示录恐怖小说"最后幸存者系列"("Last Survivors Series")
	约翰森·兰德(Johnathan Rand)出版启示录恐怖小说《瘟疫》(*Pandemia*)
	马克斯·布鲁克(Max Brooks)出版启示录恐怖小说《僵尸世界大战》(*World War Z*)
2007	戴维·莱维特(David Leavitt)出版成人同性恋小说《印度职员》(*The Indian Clerk*)
	佩里·摩尔(Perry Moore)出版青少年同性恋小说《英雄》(*Hero*)

	珍妮恩·弗罗斯特(Jeaniene Frost)开始出版城市奇幻小说"夜间女猎手系列"("The Night Huntress Series")
2008	金·鲍德温(Kim Baldwin)开始出版阳刚型女同性恋小说"埃立特密探系列"("Elite Operatives Series")
	苏珊娜·柯林斯(Suzanne Collins)出版启示录恐怖小说"饥饿游戏系列"("Hunger Games Series")
2009	吉莉安·弗琳出版家庭黑幕小说《暗处》(*Dark Places*)
	斯蒂芬·弗雷出版金融惊悚小说《地狱之门》(*Hell's Gate*)
	盖尔·卡莉格(Gail Carriger)开始出版蒸汽朋克科幻小说"阳伞保护国系列"("The Parasol Protectorate Series")
	切瑞·普里斯特(Cherie Priest)开始出版蒸汽朋克科幻小说"时钟机械世纪系列"("Clockwork Century Series")
	司各特·韦斯特费德(Scott Westerfeld)开始出版蒸汽朋克科幻小说"利维坦系列"("Leviathan Series")
	威廉·福尔斯琴(William Forstchen)开始出版启示录恐怖小说"约翰·马瑟森系列"("John Matherson Series")
	詹姆斯·达什纳(James Dashner)开始出版启示录恐怖小说"移动迷宫系列"("Maze Runner Series")
2010	迈克尔·康宁汉(Michael Cunningham)出版成人男同性恋小说《夜幕降临》(*By Nightfall*)
	玛丽·库比卡(Mary Kubica)出版家庭黑幕小说出名作《好女孩》(*The Good Girl*)
	李·万斯(Lee Vance)出版金融惊悚小说《背叛花园》(*The Garden of Betrayal*)
	梅吉恩·布鲁克(Meljean Brook)开始出版蒸汽朋克科幻小说"铁海系列"("The Iron Seas Series")
	米拉·格兰特(Mira Grant)出版启示录恐怖小说"僵尸末日系列"("Newsflesh Series")
	贾斯廷·克罗宁(Justin Cronin)出版启示录恐怖小说三部曲"末日之旅"("Passage Trilogy")
2011	凯文·赫恩(Kevin Hearne)开始出版城市奇幻小说"强者德鲁伊编年史系列"("Iron Druid Chronicles Series")
	卡桑德拉·克莱尔(Cassandra Clare)开始出版蒸汽朋克科幻小说"地狱装置三部曲"("The Infernal Devices Trilogy")

　　　　维罗妮卡·罗斯（Veronica Roth）开始出版启示录恐怖小说三部曲
　　　"分歧者"（"Divergent Trilogy"）
　　　　休·豪威（Hugh Howey）开始出版启示录恐怖小说三部曲"筒仓"
　　　（"Silo Trilogy"）
　　　　安·阿吉雷（Ann Aguirre）开始出版启示录恐怖小说"剃刀国系列"
　　　（"The Razorland Series"）

2012　埃利斯·艾弗里（Ellis Avery）出版女同性恋小说《最后的裸体》
　　　（The Last Nude）
　　　　吉莉安·弗琳出版家庭黑幕小说成名作《消失的爱人》（Gone Girl）
　　　　里德利·皮尔森（Ridley Pearson）出版金融惊悚小说《风险代理》
　　　（The Risk Agent）
　　　　迈克尔·西尔斯（Michael Sears）出版金融惊悚小说《黑色星期五》
　　　（Black Fridays）
　　　　苏珊·伊（Susan Ee）开始出版启示录恐怖小说三部曲"天使降临"
　　　（"Angelfall Trilogy"）

2013　克里斯托弗·雷希出版金融惊悚小说《风险王子》（The Prince of
　　　Risk）
　　　　里奇·范西（Rich Vancey）开始出版启示录恐怖小说系列"第五波"
　　　（"The 5th Wave Series"）

2014　金伯利·贝尔（Kimberly Belle）出版家庭黑幕小说《最后一口气》
　　　（The Last Breath）
　　　　让·科雷利茨（Jean Korelitz）出版家庭黑幕小说《你该知道》（You
　　　Should Have Know）
　　　　乔什·马勒曼（Josh Malerman）开始启示录恐怖小说系列"鸟盒"
　　　（"Bird Box Series"）

2015　贝基·阿尔伯塔利（Becky Albertalli）出版阳刚型女同性恋小说系列
　　　"西蒙瓦斯"（"Simonverse Series"）
　　　　金伯利·贝尔出版家庭黑幕小说《我们信任的人》（The Ones We
　　　Trust）
　　　　玛丽·库比卡出版家庭黑幕小说《漂亮宝贝》（Pretty Baby）
　　　　比尔·布劳德（Bill Browder）出版金融惊悚小说《红色简报》（Red
　　　Notice）
　　　　诺·凯·杰米宁（N. K. Jemisin）开始出版启示录恐怖小说系列"破
　　　碎地球"（"Broken Earth Series"）

黛安·库克（Diane Cook）出版启示录恐怖小说集《人类对抗自然》（Man vs. Nature）

2016　戴维·邦恩（David Bunn）出版金融惊悚小说《多米诺骨效应》（The Domino Effect）

2017　安德鲁·格里尔（Andrew Greer）出版成人男同性恋小说《莱斯》（Less）

亚当·西尔韦拉（Adam Silvera）出版青少年同性恋小说《他们最终死去》（They Both Die at the End）

金伯利·贝尔出版家庭黑幕小说名篇《婚姻谎言》（The Marriage Lie）

玛丽·库比卡出版家庭黑幕小说《最后的谎言》（Every Last Lie）

2018　金伯利·贝尔出版家庭黑幕小说《三天失踪》（Three Days Missing）

玛丽·库比卡出版家庭黑幕小说《当灯熄灭时》（When the Lights Go Out）

克里斯蒂娜·阿尔杰（Cristina Alger）出版金融惊悚小说名篇《银行家的妻子》（The Banker's Wife）

科琳·胡佛（Colleen Hoover）出版家庭黑幕小说《真实》（Veriety）

2019　金伯利·贝尔出版家庭黑幕小说《爱妻》（Dear Wife）

谢尔顿·西格尔（Sheldon Siegel）出版金融惊悚小说《热射》（Hot Shot）

2020　金伯利·贝尔出版家庭黑幕小说《湖中陌生人》（Stranger in the Lake）

玛丽·库比卡出版家庭黑幕小说名篇《另一个太太》（The Other Mrs.）

中英术语对照表

（按汉语拼音顺序）

A

案例小说　　　　　　　　casebook

B

暴露小说　　　　　　　　exposé fiction
边疆人　　　　　　　　　plainsman
并行世界　　　　　　　　parallel world
不可能探案　　　　　　　impossible crimes

C

畅销小说　　　　　　　　bestseller
超级畅销小说　　　　　　top-bestseller
超自然恐怖小说　　　　　supernatural horror fiction
超自然通俗小说　　　　　supernatural popular fiction
城市暴露小说　　　　　　city exposé fiction
城市奇幻小说　　　　　　urban fantasy
纯幻想小说　　　　　　　pure fantasy
粗俗文化　　　　　　　　lowbrow culture

D

地方色彩运动　　　　　　local color movement

F

反英雄　　　　　　　　　anti-hero
反英雄犯罪小说　　　　　anti-hero crime fiction
犯罪小说　　　　　　　　crime fiction
书迷小说　　　　　　　　fanfiction

封闭场所谋杀案　　　　　locked room puzzle
讽刺冒险小说　　　　　　satiric adventure
复古未来主义　　　　　　retrofuturism

G

高科技惊悚小说　　　　　high-technical thriller
哥特式　　　　　　　　　gothic
哥特式小说　　　　　　　gothic fiction
哥特言情小说　　　　　　gothic romantic fiction
古典式侦探小说　　　　　classic detective fiction

H

黑色电影浪潮　　　　　　noir films
黑色悬疑小说　　　　　　noir fiction
轰动效应小说　　　　　　sensation fiction
后现代主义　　　　　　　post-modernism
奇幻小说　　　　　　　　fantasy fiction
荒蛮人　　　　　　　　　backwoodsman

J

家庭黑幕小说　　　　　　family noir fiction
家族犯罪小说　　　　　　family crime fiction
间谍小说　　　　　　　　espionage fiction
剑法巫术奇幻小说　　　　sword and sorcery fantasy
交替世界　　　　　　　　substitute world
揭丑运动　　　　　　　　muckraking movement
金融惊悚小说　　　　　　financial thriller novels
警察程序小说　　　　　　police procedural fiction
经典小说　　　　　　　　classic fiction
妖精朋克科幻小说　　　　elfpunk science fiction
惊悚小说　　　　　　　　thriller fiction
均等线索　　　　　　　　fair-play clueing

K

克修尔胡恐怖小说	cthulhu horror fiction
克修尔胡神话	cthulhu mythos
科学恐怖小说	scientific horror fiction
科学盗贼	scientific cracksman
科学探案	scientific detection
科幻小说	science fiction
科学幻想小说	science fantasy
恐怖小说	horror fiction
恐怖型哥特式小说	horrible gothic fiction
狂野西部展示	wild west show

L

垃圾艺术	trash art
历史浪漫小说	historical romance
历史西部小说	historical western fiction
历史言情小说	historical romantic fiction
廉价小说	dime novel
廉价西部小说	dime western novel
灵异小说	ghost story

M

冒险探案	mixture of adventure and detection
冒险小说	adventure fiction
美国神秘小说家协会	The Mystery Writers of America
美国通俗文化协会	The Association of American Popular Culture
美国西部小说家联盟	The Western Writers of America
蜜糖言情小说	molasses fiction
名人生活书信	letters and biographies
模式小说	formula

N

纳米朋克科幻小说	nanopunk science fiction

南方哥特恐怖小说	south gothic horror fiction
牛仔西部小说	cowboy western fiction
女工言情小说	working-girl fiction
女性言情小说	women's fiction

Q

| 启示录恐怖小说 | apocalyptic horror fiction |

S

赛博朋克科幻小说	cyberpunk science fiction
色情小说	steamy fiction
色情暴露小说	steamy exposé fiction
社会暴露小说	social exposé fiction
社会恐怖小说	social horror fiction
神话朋克科幻小说	mythpunk science fiction
神秘小说	mystery fiction
生化朋克科幻小说	biopunk science fiction
石器朋克科幻小说	stonepunk science fiction

T

太空冒险小说	space opera
甜蜜野蛮言情小说	sweet-and-savage romance
通俗小说	popular fiction
通俗小说杂志	pulps
同性恋小说	gay/lesbian novels
推测小说	speculative fiction

W

| 伪装型西部主人公 | disguised Western hero |
| 无名侦探 | nameless detective |

X

| 西部冒险小说 | western adventure |
| 喜剧式神秘 | comic mystery |

现实恐怖小说	reality horror fiction
消遣小说	entertainment
新剑法巫术奇幻小说	new sword and sorcery fantasy
新浪潮科幻小说	new wave science fiction
新历史浪漫小说	new historical romance
新英雄奇幻小说	new heroic fantasy
星际历险科幻小说	interplanetary science fiction
虚拟历史小说	fictional historical romance

Y

亚文学	sub-literature
言情小说	romantic fiction
严肃小说	serious fiction
引诱言情小说	seductive fiction
硬式科幻小说	hard science fiction
硬派女性私人侦探小说	hardboiled female private detective fiction
硬派私人侦探小说	hardboiled private detective fiction
英雄犯罪小说	hero crime fiction
英雄奇幻小说	heroic fantasy

Z

早期凶杀小说	early whodunit
侦探小说	detective fiction
蒸汽朋克科幻小说	steampunk science fiction
政治暴露小说	political exposé fiction
主流奇幻小说	mainstream fantasy
主流小说	mainstream fiction
自然主义文学	natural literature
宗教惊险小说	religion thriller novels
宗教小说	religion fiction

后　记

　　历时一年零三个月，终于增订完了这部六十多万字的《美国通俗小说史：1787—2020》。这次增订，主要是与时俱进地增加了21世纪前二十年的内容。但除此之外，还有几方面的重要改动，也说明一下：

　　其一，21世纪是互联网时代，美国也不例外。受互联网的影响，美国通俗小说的酝酿、创作、销售、评价等等，也发生了根本变化。一部优秀作品的问世，不再仅仅依赖作品本身的出类拔萃，而更多地依靠各种读书网站、虚拟书店、个人博客的前期炒作，尤其是形形色色的畅销书排行榜，往往起着至关重要的作用。而且在互联网的作用下，出现了电子书、有声小说，作品的产生是批量的，少则"三部曲""四部曲"，多则"系列""书系"。本书力求体现这种根本变化，在评价作家和作品时，尽量做到融专家真知灼见和大众媒体见解于一体，书末不但列有"主要参考书目"，还列有"主要参考网站"。

　　其二，某种意义上，本书是不久前问世的《英国通俗小说史：1750—2020》的姊妹篇。比照这部专著，本书的若干专门术语也做了相应改动，其中包括将"科学小说"更名为"科幻小说"。关于science fiction的译名，早在2003年，本人就在《上海科技翻译》刊载的一篇论文中进行了详细论证，指出了将其译成"科幻小说"的种种弊端。时至今日，本人仍然坚持这个看法。在当今西方通俗小说界，各个类型的相互交融已成为创作主流。事实上，像雨果·根斯巴克时代和约翰·坎贝尔时代那样刻意强调"科学因素"，纯之又纯的"科学小说"是较少的。加上现时我国的绝大多数西方通俗小说读者，在阅读这类小说时，还是习惯将重心倾向于其"非科学成分"。综合这些原因，不妨与时俱进，将science fiction译成"科幻小说"。此外，为了概念的清晰，避免不必要的混淆，"幻想小说"也更名为"奇幻小说"。显然，前者在更多的情况下，是一个广义的术语，几乎囊括了一切基于奇幻世界创作的超自然通俗小说，而后者事实上也在21世纪的头二十年，已经衍变成一个十分流行的狭义幻想小说的替代语。

　　其三，在篇幅上，为了同《英国通俗小说史：1750—2020》大体相当，本书对初版的少量通俗小说作家作品评价做了删节，但总体概貌不变。